Jenk Saborowski
Phantom

PIPER

Zu diesem Buch

Nach dem erfolgreichen Abschluss seines letzten Falls wird Kriminalhauptkommissar Paul Regen als Aushängeschild vorbildlicher europäischer Polizeiarbeit durch die Abteilungen des LKA gereicht, während Solveigh Lang und ihr Team einem internationalen Schmugglerring auf der Spur sind. Zumindest bis sie eine Nachricht erreicht, vor der sich die Polizei und Sicherheitsdienste der westlichen Welt seit Jahren fürchten: Eine Gruppe gewaltbereiter Terroristen ist abgetaucht. In eine Zeit vor der modernen Welt, wie wir sie kennen: Sie verwenden keine Telefone, sie nutzen kein Internet, keine Banküberweisungen, keine Kreditkarten. Niemand weiß, wer sie sind, sie hinterlassen keine Spuren. Sie sind ein Phantom.

Jenk Saborowski, geboren 1977 im Taunus, studierte Publizistik und Germanistik und zog nach New York. Er organisierte die erste interaktive Hundeschau der Welt, betextete Reklametafeln und arbeitete bei mehreren Medienunternehmen, bevor er sich der Schriftstellerei zuwandte. Heute lebt der Autor mit seiner Frau und seiner Tochter in München und Frankfurt.

Jenk Saborowski

PHANTOM

Thriller

Piper München Zürich

Mehr über unsere Autoren und Bücher:
www.piper.de

Von Jenk Saborowski liegen bei Piper vor:
Operation Blackmail
Biest
Argwohn
Phantom

»Phantom« ist eine fiktive Geschichte. Ereignisse, Personen und Institutionen sind frei erfunden, jede Übereinstimmung mit der Realität ist reiner Zufall.

FSC
www.fsc.org
MIX
Papier aus verantwortungsvollen Quellen
FSC® C083411

Originalausgabe
April 2015

Umschlaggestaltung: Hafen Werbeagentur, Zürich
Umschlagmotiv: Ryan McVay/Getty Images
Satz: Kösel Media GmbH, Krugzell
Gesetzt aus der Minion
Papier: Munken Print von Arctic Paper Munkedals AB, Schweden
Druck und Bindung: CPI books GmbH, Leck
Printed in Germany ISBN 978-3-492-30470-2

»Menschenrechte werden nicht nur durch den Terrorismus, Repression oder Mord verletzt, sondern auch durch unfaire ökonomische Strukturen, die große Ungerechtigkeit zur Folge haben.«

Papst Franziskus

TEIL 1

Der tote Informant, Kriegsopfer und ein neuer Job

PROLOG

Frankfurt, Deutschland
18.01.2014, 17.22 Uhr

Hadi Farhan wischte mit dem Tuch aus der blau gekennzeichneten Verpackung über die blanke Edelstahlfläche und beobachtete den roten Streifen am Horizont mit Sorge. Das Ambulanzzimmer war klein, aber es gab viele Flächen unter den Schränken und immer die Gefahr, dass jemand hereinplatzte. Hadi beeilte sich mit den Schranktüren und widmete sich danach dem Boden. Der Feudel schwang fröhlich über das graue Linoleum. Er machte seine Arbeit gerne, obwohl ihnen der Schichtleiter fast monatlich neue Zeitvorgaben machte, die immer schwerer einzuhalten waren. Wer sich beschwerte, flog, so einfach war das. Also beschwerte sich niemand mehr. Hadi nicht, die Kollegen aus dem Senegal nicht und die Rumäninnen auch nicht. Der einzige Deutsche in ihrem vierzig Mann starken Trupp, der für diesen Teil der Universitätsklinik verantwortlich war, war der Schichtleiter. Ein kleiner unfreundlicher Mann mit einem Schnauzbart, der nur lächelte, wenn sich jemand beschwerte.

Als Hadi den Mopp mit dem Klarwasser auswrang, war die Sonne untergegangen. Er rollte den Reinigungswagen neben die Tür und spähte nach draußen. Bis auf eine Schwester, die mit einem Klemmblock vor dem Stationszimmer stand, war der Flur leer. Hadi schloss die Tür leise und zog den Wagen direkt unter die Klinke. So gewann er zumindest ein paar Sekunden Vorwarnung. Er würde nicht lange brauchen für das, was er vorhatte.

An einem kleinen Waschbecken wusch Hadi sich Gesicht und Arme. Dann zog er eine schmale Plastikrolle aus dem Reinigungswagen, die er bei Schichtbeginn zwischen die Flaschen mit den Putzmitteln gestellt hatte. Es war eher eine Plane als ein Teppich, aber der Imam sagte, es wäre in Ordnung. Der Imam der Fatih-Moschee war ein deutscher Konvertit, aber seine Lehre und seine Überzeugung standen selbst für die iranischstämmigen Muslime wie Hadi außer Zweifel. Er hatte beobachtet, dass die Deutschen konservativer sein konnten als die meisten Muslime, die mit ihrem Glauben aufgewachsen waren. Hadis eigenes Weltbild war moderner geprägt als das seines Imam. Aber es war nun einmal seine Moschee, zu der er gehörte wie der Wischmopp zu seiner Arbeit. Beides war einfach da, weil es schon immer so gewesen war. Hadi war niemand, der gerne hinterfragte, was offensichtlich so sein sollte. Seine Weltanschauung war einfach, aber effektiv. Er breitete das Tuch im 45-Grad-Winkel zur Tür auf dem Boden aus. Beim ersten Mal hatte er den Kompass seines Handys benutzt, um herauszufinden, in welcher Richtung Mekka lag. Er hatte diesen Raum schon oft für das Ischā-Gebet genutzt.

Dann zog Hadi die Schuhe aus und ging auf die Knie.

Um 22 Uhr 30 verließ Hadi die Universitätsklinik nach einer Standpauke ihres Schichtleiters. Sie hatten wieder einmal eine Viertelstunde länger gebraucht als vorgesehen. Zwar entstand ihrem Arbeitgeber kein finanzieller Schaden, da die Viertelstunde ohnehin nicht bezahlt wurde, aber darauf schien es ihm auch gar nicht anzukommen.

Als Hadi vor der Klinik auf die Straßenbahnlinie 15 wartete, zog er den Reißverschluss seiner Adidas-Trainingsjacke zu und beobachtete einen großen Jet bei der Landung auf dem nahen Flughafen. Seine blinkenden Positionslichter signalisierten den Ruf fremder Länder. Vielleicht kam der Jet sogar aus seiner Heimat. Hadi war im Iran geboren, lebte aber seit seinem zehnten Lebensjahr bei einem Onkel in Frankfurt. Er vermisste nichts am Iran, weder sein Land noch seine Eltern. Beides war ihm fremd. Seine Heimat war Deutschland, auch wenn das bedeutete, dass er auf Jobs angewiesen war, die kein Deutscher mehr erledigen wollte. Für Hadi ging das in Ordnung. Er konnte es sich leisten, mit der Straßenbahn zu fahren. Er hätte sogar Geld für ein eigenes kleines Zimmer gehabt, wenn er Verwendung dafür hätte. Sein Leben war einfach, aber er kam zurecht. Nicht, dass er jemals viel vom Leben erwartet hätte. Er wusste, dass er die Schule nicht hätte hinschmeißen dürfen, solange er noch Träume hatte. Hadi war nicht an seinen eigenen Träumen gescheitert, sondern an denen der anderen. Niemand, mit dem er befreundet war, hatte Interesse an einem Schulabschluss gezeigt. Und so hatten sie sich gegenseitig darin bestärkt, dass es das Richtige war, erwachsen zu werden und sich möglichst früh eine Arbeit zu suchen. Es war das Leben, das Hadi kannte. Er versuchte die Gebete einzuhalten – vor allem, seit seine Freunde darauf immer mehr Wert legten. Sie lernten die Suren wie andere Vokabeln. Und Hadi war gut darin, sich Dinge zu merken, auch wenn sie auf den ersten Blick kompliziert wirkten.

An der Gartenstraße stieg er in die 16 Richtung Hauptbahnhof um. Er fragte sich, was der Imam von ihm wollte. Er hatte um ein persönliches Gespräch gebeten, es ginge um Hadis Zukunft.

Hadis Verhältnis zum Imam war kompliziert. Er respektierte ihn als das Oberhaupt seiner Gemeinde. Er war ein gläubiger Muslim. Aber die Abende in der Moschee bereiteten ihm zunehmend Bauchschmerzen. Nicht die Gottesdienste oder das Auswendiglernen der Suren, sondern das Programm für die ganz Jungen: die Diskussionsabende und die Vortragsreihen. Manchmal wurde nur Geld gesammelt, das Hadi nicht hatte, aber manchmal wurde auch davon gesprochen, was einen Muslim ausmachte. Und Hadi glaubte nicht, dass so etwas zu seinem Glauben gehörte.

Am Hauptbahnhof angekommen, machte er sich auf den Weg in die Niddastraße, in der das Gemeindezentrum lag. Die Moschee befand sich im Hinterhof eines Reisebüros, das auch Bestattungen verkaufte, was insofern Sinn ergab, als dass gläubige Muslime in heimatlicher Erde bestattet werden wollten und bereit waren, dafür den Wert eines Kleinwagens zu investieren. Der Bestatter war der Vermieter der Gemeinderäume, was für den Erhalt des chronisch klammen Vereins nach deutschem Recht von großer Bedeutung war. Hadi glaubte nicht, dass der Bestatter etwas von den Abendveranstaltungen wusste. Er war ein weltoffener, gläubiger Moslem, der nichts dagegen gehabt hatte, einen deutschen Konvertiten als Imam zu akzeptieren. Vermutlich glaubte er, dass es sie näher zusammenrücken lassen würde, ihre Gastgeber und sie.

Als Hadi den Hinterhof betrat, warf er einen Blick nach oben in den zweiten Stock. Dort wohnte der Imam mit seiner Familie. Er lächelte, als er die einzelne Kerze in ihrem Fenster bemerkte. Es war ihr kleines subtiles Signal, dass Golshan an ihn dachte. Nicht mehr. Aber auch nicht weniger. Wenn sie sich im Treppenhaus trafen, gingen sie wie in Zeitlupe aneinander vorbei, manchmal berührten sich ihre Arme dabei. Alles andere war viel zu gefährlich. Der Gedanke daran elektrisierte Hadi. Er blieb kurz stehen und betrachtete die Kerze vor dem zugezogenen Vorhang. Er spürte die Haare auf seinem Arm unter der Jacke, und es war nicht die Kälte, die ihn schaudern ließ. Langsam ging er zu dem Fahrradständer. An dem kleinen roten Rad von Golshans Bruder steckte er den Wimpel von der rechten auf die linke Seite. Sie würde es sehen, bevor sie zu Bett ging. Mehr blieb ihnen nicht, weil nicht sein durfte, was sie beide wussten: dass sie füreinander bestimmt waren. Nur war Golshan längst einem anderen versprochen, und Hadi hätte den Ansprüchen des Imam auch niemals genügt.

Bevor er das Gemeindezentrum betrat, warf er noch einmal einen Blick auf ihr Fenster, und er glaubte zu bemerken, dass sich der Vorhang bewegt hatte.

Wie immer bei ihren Abendveranstaltungen, lief der Fernseher im Aufenthaltsraum. Frank und Wolfgang, die sich seit ein paar Wochen Saif al-Almani und Jafar al-Almani nennen ließen, saßen auf der Couch und starrten auf den Bildschirm. Es lief eine der DVDs, die der Imam besorgt hatte: Überwachungsaufnahmen einer amerikanischen Drohne, die über Pakistan flog. Ein kleines weißes Viereck tanzte über Gebäude, noch kleinere Zahlen zeigten die Entfernung zum Ziel. Als die Bombe das Wohnhaus zerfetzte, das nicht viel mehr als eine Hütte war, flogen arabische und deutsche Schriftzeichen ins Bild: *Sie töten unsere Brüder. Sie töten unsere Kinder. Und was tust du?* Für Hadi war die Propaganda nichts anderes als das deutsche Fernsehen aus anderer Perspektive. Die Amerikaner führten Krieg gegen ihre Länder, weil sie selbst Krieg führten. Es war ein unausweichlicher Kreislauf, und er wurde nicht akzeptabler, wenn man sich die Folgen vor Augen führte. Hadis Hass wuchs nicht, wenn er immer wieder die gleichen Schrecken sah, weil er wusste, dass man nur Menschen hassen konnte und keine Völker. Es gab solche und solche unter ihnen. Die Konvertiten waren die schlimmsten Hasser, wie ehemalige Raucher die vehementesten Nichtraucher werden konnten. Hadi glaubte, dass der Hass eine Droge war wie die Liebe, vor allem die unerfüllte.

Als er an die Tür zum Büro des Imam klopfte, schlug sein Herz schneller. Und er glaubte, die hämischen Blicke von Frank und Wolfgang im Rücken zu spüren. Es hieß, sie wollten nach Syrien. Für die gerechte Sache kämpfen. Etwas Dümmeres hatte Hadi noch niemals gehört.

Der Imam öffnete selbst die Tür. Er umarmte und küsste Hadi zur Begrüßung. Seine Wangen fühlten sich kalt an, noch kälter als seine Hand. Er bot ihm einen Tee an auf dem kleinen Tisch in der Sitzecke mit den unbequemen Stühlen. Theo Richter war ein Mann großer Worte. Er sprach vom Glauben und von dem, was wichtig war im Leben. Er hörte sich gerne reden, und sein langer Bart schien sich scheinbar schneller als sein Mund zu bewegen. Er sprach von dem Weg, den Saif und Jafar beschritten, davon, dass er ihre Entschlossenheit und ihre Gottesfürchtigkeit bewunderte.

Als Hadi schon dachte, dass sich die Lektion dem Ende zuneigte, begann der Imam plötzlich über Golshan zu sprechen. Hadi sah in seinen Augen, dass er es wusste, noch bevor er darauf zu sprechen kam. Seine Stimme war ausdruckslos, im Gegensatz zu seinen Worten. Saif und Jafar hatten ihn verpfiffen auf ihrem Weg zu besseren Moslems als alle anderen.

Der Iman sprach von Ehre, von Verantwortung, von dem, was richtig ist. Ihm bleibe gar keine Wahl, sagte er später. Und Hadi auch nicht, wenn er seine Ehre retten wollte. Und die seiner Familie. Und wenn er nicht wollte, dass Golshans künftiger Mann davon erfuhr, der sie dann sicher verstoßen würde. Er sprach von der großen Schande, die das bedeuten würde. Für Golshan, für ihn, aber auch für die Familie des Imam. Er legte Golshans Zukunft in Hadis Hände. Und er stellte sicher, dass Hadi wusste, dass er keine Wahl hatte.

Zum Schluss nahm er Hadis Arm in seine kalten Finger und versprach ihm, dass es eine Lösung gebe.

KAPITEL 1

Le Havre, Frankreich
18.01.2014, 22.04 Uhr (zur gleichen Zeit)

Hoch wie ein zehnstöckiges Haus ragte das Heck des tiefgrauen RoRo-Schiffs vor der Frontscheibe seines Autos in den nachtschwarzen Himmel. Das Licht der Scheinwerfer brach sich im feinen Nebel, der in hauchzarten Schwaden vorbeizog. Er kurbelte das Fenster herunter und warf die Zigarette hinaus. Dann stellte er den Motor ab und stieg aus.

Schnell kroch ihm die Kälte durch den Mantel, das Jackett und das Hemd bis auf die nackte Haut. Zu dunkel. Zu kalt. Zu still. Nur das sanfte Schlagen der Wellen gegen das hohle Metall des Ruders, groß wie ein Lastwagen, war zu hören. Der Autotransporter war unbeladen.

Er warf einen Blick auf die Uhr. In nicht einmal zwei Stunden würde sich das ändern. Er griff nach seiner Hosentasche, um sich zu vergewissern, dass ihm der USB-Stick nicht im Auto herausgerutscht war. Zu dunkel. Zu kalt. Zu still. Und zu gefährlich. In der Ferne sah er die hell erleuchteten Containerterminals. Schläge, Metall auf Metall, weit entfernt. Die Nacht trug sie über das Wasser. Hier waren die Piers breiter, weil die Schiffe nur verluden, was vier Räder hatte und selbst hineinfahren konnte in den Schlund, um sich auf den zehn Decks zu verteilen. Die *Sapphire Highway*. Kapazität: 4000 Fahrzeuge. Nicht viel. Ein kleines Schiff, kein wichtiges Schiff. Kein wichtiger Reeder. Weniger Interesse von allen. Ein wichtiger Grund für diesen Treffpunkt.

Er zündete sich eine Zigarette an und wartete. Der Tabak knisterte, als er verbrannte, und er sog den Rauch tief in die Lunge ein. Dann hörte er, wie sich ein Fahrzeug näherte. Er drehte sich um und sah einen dunklen Geländewagen von rechts auf sich zukommen. Der SUV bog von der Straße ab auf den Parkplatz und näherte sich langsam. Die Scheinwerfer blendeten ihn. Er drehte sich um und warf die Zigarette ins Wasser. Wie schweres Öl lag es im Hafenbecken. Fünf Meter tiefer die Schiffsschraube. Ein riesiges Schaufelrad, das einen zerreißen konnte wie ein Mixer. Es schlug einem gegen den Kopf, hob einen nach oben, schleuderte einen nach unten. Riss einem die Bauchdecke auf, grub sich in die Gedärme. Nicht wegen, sondern trotz seiner Größe. Der Sog war schuld. Wie im Mixer. Wenn man Glück hatte – was meistens der Fall war –, wurde man beim ersten Treffer bewusstlos.

Die Schiffsschraube lag still, vollkommen still. Er hörte, wie der Motor des Geländewagens erstarb. Gleich hätte er seinen Teil der Abmachung erfüllt. Und dann würde die Frau wieder aus seinem Leben verschwinden. Ein Teil von ihm wünschte sich das sogar.

Der Geländewagen stand mit aufgeblendeten Scheinwerfern neben seinem alten Passat. Niemand stieg aus. Er schien auf ihn zu warten. Es war ein englisches Fabrikat, ein dunkelblauer Range Rover. Er zündete sich noch eine Zigarette an, während er langsam auf den Wagen zuging. Als er neben die Fahrertür trat, nahm er einen letzten, langen Zug und warf die Kippe auf den Boden.

Ein elektrischer Motor surrte, und das Fenster öffnete sich. Doch hinter dem Steuer saß nicht die, die er erwartet hatte. Ein Mann in einer gelben Öljacke, mit Glatze und dichtem kurzem Bart rund um einen dunkelroten Mund. Er sah aus wie ein Fischer, der er mit Sicherheit nicht war.

»Haben Sie das, was Sie mitbringen sollten?«, fragte der Fischer.

»Ich kenne Sie nicht«, sagte er.

»Natürlich nicht«, sagte der Fischer teilnahmslos. »Hatten Sie etwa angenommen, er käme selbst? Wie ein einfacher Botenjunge?«

Er hielt den Fischer nicht für einen einfachen Botenjungen. Er kannte ihn nicht. Und der Mann kannte seine Auftraggeberin nicht. Er wusste nicht einmal, dass er eine Frau erwartet hatte.

Was kann das bedeuten?, fragte er sich.

»Nein, natürlich nicht«, sagte er. Er musste Zeit gewinnen. Zeit, die er nicht hatte. Der Fischer streckte eine Hand aus dem Auto.

»Geben Sie es mir!«, forderte er. Er trat einen Schritt zurück. Als Nächstes würde der Fischer die Autotür öffnen.

Was hatte er für Optionen? Wenn herauskam, was er gestohlen hatte, war er erledigt. Was, wenn der Fischer zu seiner Firma gehörte? Es gab eine große Sicherheitsabteilung und eine noch größere in der Zentrale in Hamburg. Er hatte nicht gewusst, dass der Werksschutz Mitarbeiter beschäftigte, die aussahen wie Fischer. Andererseits: Was hatte er zu verlieren? Er musste nur zu seinem Auto gehen und wegfahren. Was sollte der Mann machen? Ihn erschießen? Wohl kaum. Ihn zusammenschlagen? Möglich, aber dann hätte er immer noch seine Chance genutzt, heil aus der Sache herauszukommen.

»Ich rede nicht mit Leuten, die ich nicht kenne«, sagte er. Er hatte seine Entscheidung getroffen.

Er drehte sich um. Und ging. Nicht zu schnell. Nicht zu langsam. Es musste bestimmt wirken, sagte er sich. Unnachgiebig. Er wäre gerne unnachgiebig. Diesmal würde er nicht umfallen, sondern einfach wegfahren. Einfach in seinen Passat steigen, den Schlüssel umdrehen und Gas geben. In der Theorie hörte es sich einfach an. Trotzdem zitterten seine Hände, als er auf das Geräusch wartete, dass der Fischer die Autotür öffnete. Er lief um die Motorhaube des Geländewagens herum. Sein Passat stand in greifbarer Nähe, direkt neben dem Landrover. Er langte nach dem Schlüssel in der Manteltasche, als er hörte, wie der starke V8 des Geländewagens ansprang.

Jetzt passierte alles wie in Zeitlupe: Er wusste, dass die Autotür das kleinere Übel gewesen wäre. Er hörte, wie der Motor auf Drehzahl kam. Eine Sekunde. Sah den riesigen Kühlergrill. Kalkulierte, ob er es mit einem Sprint schaffen konnte. Zwei Sekunden. Es würde etwa eineinhalb Sekunden dauern, den Gang einzulegen. Drei Sekunden. Dann spürte er, wie das Metall gegen seinen Arm schlug, seine Brust eindrückte. Er stürzte zu Boden, wartete darauf, dass der Wagen über ihn hinwegrollte. Vier Sekunden. Aber der Range Rover setzte zurück. Zwei Meter. Drei Meter. Er spürte den feuchten Asphalt an seiner Wange. Fünf Sekunden. Dann schoss der Wagen nach vorne, und er spürte, wie seine Beine brachen unter der tonnenschweren Last, verteilt auf vier 235er Geländereifen. Er schrie. Er hörte, wie die Autotür geöffnet wurde. Der Fischer kam ihn holen. Er würde ihm sagen, was er wissen musste.

Er musste ihr etwas sagen. Eine Nachricht schicken. Was würde mit ihm geschehen? Was würden sie mit ihm machen?

Mit schmerzverzerrtem Gesicht griff er nach dem Handy in seiner Jackentasche. Eine SMS. Mehr Zeit hatte er nicht. Er tippte. Dann drückte er »senden«. Dann spürte er eine Pistole am Kopf. Er blickte nach oben, sah den bärtigen Mann. Er hatte das Ölzeug ausgezogen. Seltsamerweise trug der Mann ein Hawaiihemd, eines mit Palmen und weißen Flamingos. Es war das Unpassendste, was er sich vorstellen konnte. Er spürte etwas Heißes auf der Kopfhaut, bevor er den Schuss hörte. Wieso spürt man das Mündungsfeuer vor dem Schuss? Es ergab keinen Sinn. Und wo blieben die Schmerzen?

Vielleicht liegt es am Überschall der … war das Letzte, was er dachte.

KAPITEL 2

München, Deutschland
13.03.2014, 09.38 Uhr (zwei Monate später)

Paul Regen starrte auf das Tablett mit schwitzenden Käsebrötchen und sah den Schinkenrändern beim Trocknen zu. Der Präsident des Bayerischen Landeskriminalamts war nicht bekannt dafür, sich kurz zu fassen.

»Sie alle wissen«, sagte der Präsident, »dass der europäischen Zusammenarbeit eine strategische Bedeutung für das

Bayerische Landeskriminalamt zukommt. Wir werden die Einheit der Europäischen Union nur durch eine gemeinsame Sicherheitspolitik erhalten können. Neben der Währungspolitik sind wir die Speerspitze unserer gemeinsamen demokratischen Bemühungen …«

Paul Regen betrachtete die Baumwipfel durch das Fenster. Die beiden Eichen standen vier Stockwerke unter ihm, in dem kleinen Park direkt hinter dem Zaun des LKA. Hatten sie die richtige Entscheidung getroffen? Adelheid Auch, seine langjährige Mitarbeiterin, stand auf der anderen Seite der Käseplatten neben Kriminaldirektor Wochinger, der sich bemühte, seinen Ärger an dem Proseccoglas in seiner Hand auszulassen. Der Präsident hatte ihnen freie Wahl gelassen nach dem spektakulären Fall im letzten Jahr. »Suchen Sie sich eine Abteilung aus, Paul«, hatte er gesagt. Adelheid und er hatten mehrere Wochen beratschlagt, während sie die Leichenteile aus Portugal katalogisiert hatten und schließlich entschieden, in Zukunft Verbrechen verhindern zu wollen, statt welche aufzuklären und hinterher die Toten zu verwalten.

»… Es freut mich daher heute besonders«, fuhr der Präsident fort, »den Einstand von Kriminalhauptkommissar Paul Regen und unserer Kriminalhauptmeisterin Adelheid Auch beim Dezernat 622 zu feiern. Ich bin mir sicher, sie werden auch in ihrer neuen Aufgabe den Einsatz und die Leistungsbereitschaft zeigen, die sie uns so oft bewiesen haben.«

Von wegen, dachte Paul Regen. Noch letztes Jahr stand ich ganz oben auf der Abschussliste der Chefetage, und jetzt bin ich der Melitta-Mann des LKA. Mit einem Vorschusslorbeerenkranz, dessen sich selbst Gaius Julius niemals hätte würdig erweisen können. Sie wollen mich immer noch scheitern sehen, fuhr es ihm durch den Kopf, als er seinen alten Gegenspieler Klaus Wochinger grinsen sah.

Er hat noch nicht aufgegeben. Er würde viel enger mit ihm zusammenarbeiten müssen. Er war jetzt nicht mehr nur indirekt sein Chef. Adelheid Auch nannte das Konfrontationstherapie. Paul Regen nannte das insgeheim Irrsinn, aber sie hatten sich nun einmal für die Terrorabwehr entschieden, Wochinger hin oder her. Paul Regen würde es sportlich nehmen und auf eine gute Gelegenheit warten.

»Erhebt mit mir das Glas auf die neuen Kollegen!«

Wenn ich der Melitta-Mann bin, der zuversichtlich grinsend auf seiner Toskana-Terrasse sitzt, die tatsächlich in Südafrika liegt, wer ist dann Adelheid Auch? Vermutlich die Frau, die das Giotto hält, dachte Paul Regen und grinste bei der Vorstellung von seiner über 60-jährigen Assistentin im Petticoat und mit einem Nougatbällchen zwischen den lackierten Fingernägeln.

Mechanisch hob er das Glas in seiner Hand und lächelte den neuen Kollegen zu.

»Paul, herzlich willkommen bei der Ermittlung«, sagte sein neuer Vorgesetzter, der Erste Kriminalhauptkommissar Xaver Turner, und berührte ihn jovial am Arm. Paul wusste nicht, ob er heuchelte oder es ernst meinte. Er kannte den ambivalenten Ruf des Paul Regen, und nicht immer reichte ein einzelner großer Erfolg für eine vollständige Rehabilitation. Den einen galt er als einer der kreativsten Ermittler, die das LKA aufzubieten hatte, anderen als Querkopf, auf den man ein Auge haben sollte. Er würde sich seine Lorbeeren bei den Ermittlern gegen islamistischen Terror verdienen müssen. Und er hatte kein Problem damit. Über den Rand seines Glases hinweg warf er einen Blick zu Adelheid Auch. Sie lächelte ihm zu, während der Präsident mit einem Schinkenbrötchen in der Hand von links auf sie zusteuerte.

»Es wird schon, Herr Regen«, sagte ihr Blick. Aus alter Tradition siezten sie sich immer noch, obwohl das im LKA äußerst ungewöhnlich war.

»Ich hoffe, Sie behalten recht wie immer, Frau Auch«, signalisierte ihr Paul Regen, ohne die Lippen zu bewegen. Dann machte er sich auf den Weg zum Buffet und zu seinen neuen Kollegen.

Zumindest konnten sie sich immer damit beruhigen, dass sie es sich selbst ausgesucht hatten. Und das war doch schon einmal mehr, als die meisten von sich behaupten konnten, oder nicht?

KAPITEL 3

Aleppo, Syrien
14. 03. 2014, 01.21 Uhr (in der Nacht darauf)

Die Granaten zogen wie Sternschnuppen über den Nachthimmel, die Detonationen klangen wie weit entfernte Signaltrommeln über den Wüstensand. Hadi presste das silberne Amulett gegen seine Brust und betete. Er sah den Flaum auf Saifs Wange im Mondschein, helles Haar auf der weißen Haut zwischen den schwarzen Kohlestreifen. Er hielt die Kalaschnikow zwischen seinen Füßen und stützte sich mit dem Kinn auf den Lauf. Sie sollten die Leiche von der Kreuzung bergen. Es war wichtig, dass sie die Leichen bargen, weil es mit Respekt gegenüber den Kameraden zu tun hatte. Sie konnten die Fliegen sehen, die um seine Schusswunden schwirrten. Ihre winzigen schwarzen Körper bildeten große Schwärme, die trotz des schlechten Lichts als tanzende Leiber zu erkennen waren. Tausende. Zehntausende. Leben auf Tod.

Hadi und die anderen wussten, dass auf dieser Kreuzung der Tod auf sie wartete. Irgendwo in den Häusern rechts von ihnen saß ein Scharfschütze von Assads Truppen. Jeder Zentimeter, den sie sich vorwagten, konnte einer zu viel sein. Sie wussten das genau, weil Rashid, dessen Körper keine zwei Meter vor ihren Augen verfaulte, es genauso gemacht hatte. Es galt eine Entscheidung zu treffen zwischen Vorsicht und Mut, zwischen Leichtsinn und Todesangst. Und doch konnte die Angst der schlechteste aller Ratgeber sein. Der Scharfschütze wartete auf sie hinter seinem Okular, sein Fadenkreuz wanderte jede Minute über jeden Zentimeter der Hausmauern. Es war wie ein Artistensprung zwischen zwei revolvierenden Trapezen, nur dass sie die Trapeze nicht sahen. Sie waren blind. Hadi zitterte.

»Du zuerst«, sagte Saif.

Hadi klammerte sich an den Gewehrlauf. Sie alle hielten sich an ihren Waffen fest, als ließe sich ihre Feuerkraft in Zuversicht ummünzen. Zehn Schuss in der Sekunde. Sinnlos. Zehn Tode waren nicht tödlicher als einer. Hadi reichte Saif seine AK-47.

»Was soll das?«, fragte der Junge, der eigentlich Frank Proschinski hieß. Er war ihr Zugführer. Kein Kommandant – nur der, der entschied, wenn sonst keiner da war.

»Ich bin schneller ohne«, sagte Hadi und hielt das Medaillon auf seiner Brust in der Faust. Unter der Jacke, damit Saif es nicht bemerkte. Er dachte nicht an Allah, sondern an ein Fenster in einem Frankfurter Hinterhof. Und an die Kerze vor den Gardinen. In Gedanken klemmte er das Fähnchen auf dem kleinen Fahrrad an die andere Seite des Gepäckträgers.

»Wie du meinst«, sagte Saif. Es lag nicht in Saifs Interesse, dass Hadi nach Frankfurt zurückkehrte. Wer weiß? Vielleicht hegte er diesen Wunsch nicht einmal für sich selbst.

Saif starrte ihn an. Und Hadi sprintete los.

Jede Sekunde rechnete er mit dem Ende. Das Adrenalin ließ ihn jeden seiner Schritte wie in Zeitlupe setzen. Rechts, links, rechts, links. Bis zu der Leiche. Er riss an den Armen des Toten, und die Fliegen stoben auf. Hadi spuckte und zerrte an dem schweren Körper und wartete auf den Schuss. Er würde ihn spüren, bevor er ihn hörte, das hatten sie ihnen in den drei Wochen Ausbildungslager erklärt. Hadi hatte kaum zugehört. All dies hatte nichts mit ihm zu tun, hatte er da noch immer geglaubt. Das war vor Aleppo gewesen.

Er griff nach den Ärmeln der Armeejacke und spürte den steifen Körper darin, der sich wie ein Brett gegen seine Rettung stemmte. Hadi biss die Zähne zusammen und zog wie niemals zuvor. Der Angstschweiß mischte sich mit dem Schweiß der Anstrengung. Als sich die Leiche plötzlich bewegte, verspürte er ein Hochgefühl. Er stolperte rückwärts, zurück hinter die schützende Mauer. Es war kein Schuss gefallen. Er zog den stinkenden Körper noch fünf Meter weiter, ließ ihn dann liegen und rannte würgend bis zur nächsten Häuserecke. Dort übergab er sich. Niemand hatte ihn darauf vorbereitet, wie der Tod roch. Und wie sich Todesangst anfühlte. Jemand klopfte ihm auf die Schulter, er spürte es kaum, und zwei Männer begannen, die Leiche in ein großes Tuch zu schlagen.

Hadi hatte einen weiteren Tag in der Hölle überlebt. Wie viele Chancen würde er dem Tod noch bieten müssen?

KAPITEL 4

Caracas, Venezuela
14. 03. 2014, 08.04 Uhr (zwölf Stunden später)

»Uns ist ein gepflegtes Äußeres sehr wichtig«, sagte der Geschäftsführer der *Belaluna Shipping Co.* und trank einen Schluck Kaffee.

»Natürlich«, sagte Catalina Schwarz und strich ihren Rock glatt. Und ganz sicher meinst du nicht nur perfekt manikürte Fingernägel, dachte sie im Stillen.

»Darüber müssen wir uns bei Ihnen offenbar keine Gedanken machen«, sagte Ramon Aguilar und schürzte die Lippen.

Er war ekelhaft, fand Catalina. Er war nicht einmal höflich genug, die Blicke auf ihre Beine zufällig wirken zu lassen. Es würde sie alle Kraft kosten, Aguilar abzuweisen, ohne ihn zu brüskieren.

»Sie sprechen Spanisch, Deutsch und Englisch?«, fragte er.

Catalina nickte. »Mein Vater ist Deutscher, meine Mutter kommt aus Spanien.«

Ramon Aguilar, der hiesige Statthalter der stattlichen *Belaluna Shipping Co.* mit Hauptsitz in Hamburg, Deutschland, schien zufrieden.

»Wir haben hauptsächlich Kunden aus Deutschland«, sagte er und grinste dazu, als sei dies ein wichtiger Grund, ihn noch wichtiger zu finden.

»Das ist toll«, sagte Catalina in der Hoffnung, ihm zu gefallen. Dabei tastete sie die Tasche ihres Blazers nach den Tabletten ab. Es war unwahrscheinlich, dass sie eine brauchte, solange sie wusste, dass sie da waren.

»Sie kennen sich mit Microsoft Office aus?«, fragte ihr neuer Chef.

Die Tabletten waren ihre Rückversicherung. Wenn sich die Kopfschmerzen ankündigten, hatte sie zehn Minuten Zeit.

Sie nickte und blickte nach unten auf ihre ungewöhnlich langen Fingernägel. Sie hatte sie wachsen lassen für dieses Vorstellungsgespräch. Und extra lackiert. Im französischen Stil. Eine Schicht farbiger Lack, die Spitze hell. Sie sah aus wie eine Pornodarstellerin, fand Catalina. Aber die Hauptsache war, dass Aguilar gefiel, was er sah.

Zu gut gefallen durfte sie ihm allerdings auch nicht. Catalina glaubte, dass diese Balance das Schwierigste an ihrem neuen Job werden würde.

»Ich weiß nicht …«, sagte Ramon Aguilar und griff nach ihrem Lebenslauf. Eine Seite, schwarz-weißer Computerausdruck, oben links ein aufgeklebtes Foto.

»Glauben Sie mir, Señor Aguilar, ich bin sehr gut in dem, was ich tue. Ich werde eine gute Assistentin für Sie sein«, versprach Catalina. Sie wollte den Job unbedingt. Es hing viel davon ab.

»Daran zweifele ich nicht«, lächelte Aguilar und glitt vom Schreibtisch. »Ich bin mir nur nicht sicher, wie ich Ihnen die Männer in diesem Büro vom Hals halten soll.« Er grinste dazu. Sie wusste genau, was er ihr damit sagen wollte.

Catalina Schwarz lachte und schlug sich die Hand vor den Mund. Sie dachte, was für ein verdammtes Arschloch er war. Vielleicht würde sie ihm die Kaffeekanne direkt über dem Schritt verschütten. Zwei Liter brühend heißes Wasser. Mindestens.

»Ich bin sicher, Sie werden mich zu beschützen wissen, Señor Aguilar«, sagte sie.

Er lächelte. Wartete. Betrachtete sie. Zu lange.

»Möchten Sie einen Keks?«, fragte er schließlich und hielt ihr einen gläsernen Teller hin.

»Zur Beruhigung?«, fragte Catalina.

»Nein«, sagte Ramon Aguilar. »Ich dachte das eher als Abschiedsgeschenk.«

Catalina Schwarz schlug die Augen nieder. Sie hatte es vermasselt. Und sie wusste, dass sie keine zweite Chance bekommen würde.

Ramon Aguilar lachte. »Weil es das letzte Mal sein wird, dass ich Ihnen die Kekse serviere, Catalina.«

Er streckte ihr die Hand entgegen. Er trug Manschettenknöpfe mit dem Logo der Belaluna in dem teuren weißen Hemd.

»Wollen wir es miteinander versuchen, Catalina?«

Catalina Schwarz lächelte und dachte, dass man dem Schmierlappen den Hals umdrehen müsste. Kein Satz verging ohne eine Zweideutigkeit. Er war der Chef, vor dem ihre Mutter sie immer gewarnt hatte.

»Ich freue mich darauf, Señor Aguilar«, sagte sie und strahlte.

KAPITEL 5

Autobahn A3, Geiselwind, Deutschland
18. 03. 2014, 08.28 Uhr (vier Tage später)

Adelheid Auch scheuchte den 5er-Kombi aus dem Fahrzeugpool des LKA über die linke Spur und versuchte, Anschluss an die Kolonne zu halten. Paul Regen saß auf dem Beifahrersitz und betrachtete die vorbeifliegenden Sträucher mit einigem Misstrauen. Adelheid Auch war eine wahnsinnig schlechte Autofahrerin. Nur Paul Regen fuhr noch weniger gern.

»Frau Auch, finden Sie nicht, dass die Kollegen etwas langsamer fahren sollten?«

Ein Lastwagen blinkte und setzte zum Ausscheren an, aber Adelheid Auch gab ihm die Lichthupe und drückte aufs Gas. Paul Regen beschloss, nicht nach der Ausstieghilfe über der Tür zu greifen, bei dem unmittelbar bevorstehenden Unfall würde es ihm ohnehin nichts nützen. Er hielt nichts davon, sich mit unbrauchbaren Ausflüchten zu beruhigen.

»Mir macht es Spaß«, sagte die unverzagte Kriminalhauptmeisterin, die ob ihres fortgeschrittenen Alters seit über zehn Jahren eine Lesebrille benötigte. Paul Regen hatte keine Ahnung, wie es um ihre Weitsicht bestellt war, zumindest, was das Autofahren anging.

»Wussten Sie, dass es in Geiselwind die größten Autobahnschnitzel in ganz Bayern gibt?«, fragte Paul Regen.

»Ich weiß nicht, was mich mehr erstaunen soll: dass der Kriminalhauptkommissar Paul Regen glaubt, dass es Autobahnschnitzel gibt, oder dass er den Rasthof Geiselwind kennt.«

Adelheid Auch hielt die Motorhaube dicht am Kofferraum des vorausfahrenden Geländewagens, in dem vier Kollegen saßen. Sie selbst waren die Nachhut, das ungeliebte Anhängsel bei dieser Razzia, deren Hintergrund sich Paul Regen nicht erschließen wollte.

»Schnitzelkenntnisse sind nicht zu unterschätzen, Frau Auch. Vor allem heute. Sie werden schon sehen.«

»Die mysteriösen Vorahnungen des Herrn Regen«, sagte Adelheid, die das durfte, weil sie sich schon sehr lange kannten und einige berufliche Höhen und Tiefen gemeinsam durchgestanden hatten.

»Bringen Sie uns einfach heil zu diesen Studenten«, sagte Paul Regen, »und dann sehen wir weiter.«

Adelheid Auch stand mit dem Fuß auf dem Gaspedal, während sie durch die Ausfahrt schlitterten. Das elektronische

System, das den Wagen in der Spur hielt, hatte ordentlich zu tun.

»Sie glauben nicht, dass an den Vorwürfen etwas dran ist?«, fragte Adelheid Auch, als sie an einer roten Ampel hielten. »Immerhin kamen die Ermittlungsergebnisse aus Amerika.«

Paul Regen warf einen Blick auf die Uhr und fragte sich, warum sie nicht einfach das Blaulicht aufs Dach setzten – schließlich ging es hier um einen Fall von Terrorismus, wenn auch nicht um eine unmittelbar bevorstehende Bombenzündung auf der Kölner Domplatte.

»Sie sagen das, als hätte der Erzbischof von München-Freising das verkündet und als bezöge er seine diesbezüglichen Hinweise direkt vom lieben Gott. Meine liebe Frau Auch, glauben Sie mir, die Amerikaner sind weder mit erzbischöflicher Weisheit noch mit göttlicher Eingebung gesegnet. Sie sind einfach nur panisch.«

Die Kollegen hatten die morgendliche Razzia angesetzt, weil die Amerikaner – genauer gesagt: der Verbindungsoffizier irgendeines dieser technisch bis an die Zähne bewaffneten Geheimdienste – dem LKA einen Tipp gegeben hatten. Einen Tipp, der mittlerweile in schönstem Beamtenhochdeutsch Einzug in eine Fallakte des LKA gehalten hatte. »Verdacht auf Bildung einer terroristischen Vereinigung«, stand dort. »Verdacht auf Konstruktion eines kontrolliert steuerbaren, waffenbefähigten Fluggeräts«, stand ein paar Zeilen darunter.

»Sie könnten sich täuschen«, sagte Adelheid Auch und trat aufs Gas. »Immerhin helfen sie uns, die Amerikaner.«

Wenn Sie sich da mal nicht täuschen, liebe Frau Auch,

dachte Paul Regen und starrte auf die Rücklichter des Audi-Geländewagens.

»Nicht jeder Iraker ist ein Terrorist, Frau Auch. So wie nicht jeder Bayer gegen Moscheen ist.«

»Sie meinen, die ganze Aufregung war umsonst?«

Paul Regen starrte aus dem Fenster. Sie waren keine fünf Minuten von ihrem Einsatzort entfernt. Gleich würden sie herausfinden, wer von ihnen recht behalten sollte.

»Ich meine, dass man Leute nicht verurteilen sollte, bevor man sie getroffen hat«, sagte Paul Regen und dachte an die Einsatzbesprechung mit den Kollegen aus dem Geländewagen. Sie waren auf dem Weg zu zwei Terroristen, die mindestens den bayerischen Landtag sprengen wollten. Oder die Commerzbank in Frankfurt. Salafisten, Islamisten, Mudschahedin, Sunniten, alles egal. Sie hatten die E-Mails, sie hatten die Konstruktionspläne. Alles lag vor. Ganz nach Vorschrift. Paul Regen und Adelheid Auch waren zum Zuschauen verdammt.

Die Wagenkolonne hielt vor einem Reihenhaus. Im Vorgarten stand ein gepflegter Buchsbaum, und über dem Türrahmen hatten die Sternsinger ihre Abzeichen hinterlassen.

Die sechs geduckten Gestalten mit den Sturmgewehren versammelten sich hinter dem VW-Bus. Xaver Turner, Paul Regens Chef, kroch aus dem Geländewagen auf der vom Haus abgewandten Seite und gab mysteriöse Handzeichen. Bei einem Anzugträger, der sein Büro in der Maillingerstraße seltener verließ, als man annehmen mochte, wirkten die Handzeichen so deplatziert wie die USK-Kollegen bei einem Schäfflertanz. Trotzdem setzten sich die Männer in

Bewegung – vermutlich hätte Xaver Turner jedes beliebige Handzeichen geben können. Mit routinierten Schritten huschten sie trotz ihrer schweren Stiefel nahezu lautlos über die Straße und postierten sich um die Eingangstür des adretten Häuschens, direkt unter dem Zeichen der Sternsinger.

Vier Mann schwangen ein massives Stahlrohr und ließen es gegen das Holz krachen. Beim zweiten Schlag barst das Schloss, und die sechs Gestalten verschwanden im dunklen Flur. Wie Einbrecher, nur auf Staatskosten.

KAPITEL 6

In der Nähe von Arran, Syrien
18.03.2014, 09.32 Uhr (zur gleichen Zeit)

Das Dorf lag in einer Talsenke hinter einer Bergkette. Frank und Wolfgang alias Saif al-Almani und Jafar al-Almani liefen zwanzig Meter vor den anderen. Sie isolierten sich zunehmend vom Rest der Gruppe. Hadi hatte nicht vor, sich an die Deutschen zu halten. Sie waren radikaler als die meisten, aggressiver. Sie sprachen kaum vierzig Worte Arabisch, aber bellten ständig in der Gegend herum und erwarteten von Hadi, dass er für sie übersetzte. Dass sie täglich neue Anhänger hinzugewannen, machte es nicht gerade einfacher für ihn. Während sie in Aleppo noch keine fünfzehn Mann gezählt hatten, liefen jetzt knapp vierzig den Hang zu dem Dorf hinunter. Die Neuzugänge waren

Jugendliche aus der Stadt, desertierte Soldaten oder Männer, die nicht mehr wussten, wohin. Ihr Anführer war einer der Männer aus dem Camp, in dem Hadi und die anderen ihre Waffenausbildung erfahren hatten. Und Hadi wurde das Gefühl nicht los, dass er den Auftrag hatte, die Neuzugänge aus Deutschland besonders genau im Auge zu behalten.

Die Mittagssonne war kräftiger, als Hadi gedacht hatte, und als sie gegen Viertel vor zehn die ersten Häuser erreichten, wickelte er sein Halstuch um den Lauf seiner Kalaschnikow. Saif und Abu Abqawiy reckten ihre Maschinengewehre in den blauen Himmel, als sie den Marktplatz erreichten. Einige aus der Gruppe folgten ihnen und versammelten sich auf der staubigen Straße. Die meisten Fensterläden waren verrammelt, der Dorfladen geschlossen. Ihre Ankunft war nicht unbemerkt geblieben, die Bewohner hatten sich in ihre Häuser zurückgezogen. Selbst die kleine Moschee und die Schule wirkten von außen verlassen. Die Kinder hockten unter den Tischen in dem Raum, der am weitesten entfernt von dem lag, was sich auf dem Platz abspielte. Die Revolutionäre waren nicht willkommen. Die meisten Menschen wollten mit Krieg nichts zu tun haben. Und mit religiösen Eiferern auch nicht. Hadi konnte die meisten Menschen gut verstehen.

Die Männer mit den Gewehren riefen den Bewohnern zu, dass die Zeit ihrer Unterdrückung vorbei sei. Und dass sie gekommen waren, um Allah zu preisen. »Allah ist groß«, skandierten sie und reckten ihre Gewehre gen Himmel. Hadi wusste, was das bedeutete. Er hatte es gesehen. Er ging im Schatten einer Häuserwand in die Knie und beobachtete die Szene.

Die Bewohner wussten nicht, was sie von den Neuankömmlingen halten sollten. Sie wussten von dem Krieg, sie wussten, dass er auch zu ihnen kommen könnte. Die nähere Zukunft hing davon ab, ob schon eine Gruppe Rebellen vor ihnen da gewesen war. Dann nämlich wüssten die Bürger, was sie erwartete. Ihr Anführer mahnte zur Ruhe, und die Männer senkten ihre Gewehre. Eins nach dem anderen. Einige setzten sich auf den Boden. Nahbarkeit gehörte zum Qumari-Prinzip wie die Unnachgiebigkeit, was das Auslegen der alten Gesetze anging. Mittlerweile war auch die Fahrzeugkolonne eingetroffen, die ihre Munition transportierte. Einer der Trucks bremste direkt vor Hadi und trieb ihm feinen Sand ins Gesicht. Auf der Ladefläche des Pick-ups standen zwei Männer hinter einem schweren Maschinengewehr. Hadi sah Männer mit Raketenwerfern auf die Häuser zulaufen. Khalid verteilte sie auf die Dächer. Sie hatten vier Jeeps und einen Lieferwagen verloren in den letzten Tagen, aber er hatte ihnen neue versprochen.

Nach Hadis Ansicht war Khalid der Einzige, dem man trauen konnte. Er war ein besonnener Kommandant, und er schien sich für ihr Schicksal zu interessieren – zumindest tat er sein Möglichstes, um sie zu schützen. Den meisten anderen war es gleichgültig, wer starb. Manche schienen sogar darauf zu warten. Sie schienen tatsächlich zu glauben, dass im Paradies die Jungfrauen auf sie warteten. Hadi konnte sich einfach nicht erklären, wie Menschen so werden konnten. *Krieg ist ein Ausnahmezustand für die Seele*, hatte Khalid ihm gestern Abend erklärt. Immer wieder fragte sich Hadi, ob es eine Alternative für ihn gab. Gab es eine Möglichkeit, Golshan nicht zu entehren und trotzdem nicht kämpfen zu müssen? Die einzige, die ihm einfiel, war zu sterben.

»Abdul, Karim, Hadi!«, rief Khalid und ruderte mit den Armen.

Hadi stützte sich beim Aufstehen auf sein Gewehr. Er war es nicht gewohnt, so viele Kilometer zu laufen, und so hatte er sich vor drei Tagen das rechte Knie verdreht. Er humpelte zu den anderen. Er wusste, dass es besser wurde, wenn er ein paar Schritte gelaufen war, als würde sich der Körper daran erinnern, was zum Überleben notwendig war.

»Holt Essen und Wasser!«, forderte Khalid.

Hadi war froh, dass sie Saif nicht mitnehmen mussten. Auch Abdul und Karim gehörten zu den Besonneneren ihres Zugs. Die Auswahl bedeutete, dass Khalid die Leute aus dem Dorf auf ihre Seite ziehen wollte.

Hadi und die anderen liefen quer über den Platz zu dem kleinen Laden und hämmerten mit dem Schaft ihrer Gewehre gegen die verschlossene Tür. Niemand öffnete.

Hadi rief: »Mach auf, die Qumari braucht dich!«

Keine Reaktion.

»Die Revolution braucht Wasser und Lebensmittel!«, rief Abdul. Und weiter hämmerten sie gegen die Holztür. Vergeblich. Hadi hörte Schritte hinter sich. Dann spürte er, wie er an der Schulter zur Seite geschoben wurde.

»Lasst mich mal«, sagte Saif und drängte sich an ihnen vorbei. Er hielt das Gewehr in Hüfthöhe und drückte ab.

Die AK-47 ratterte und jagte in einer Sekunde zehn Schuss in das altersschwache Schloss. Er grinste triumphierend, hob den Lauf gen Himmel und trat die Tür auf.

»Was, wenn jemand hinter der Tür gestanden hätte?«, fragte Hadi und drängelte sich an ihm vorbei, um zu erledigen, wofür sie gekommen waren.

»Hat ja niemand«, rief ihm Saif nach und lachte.

Hadi und die beiden anderen begannen, die Regale systematisch auszuräumen. Länger haltbare Lebensmittel in eine Kiste, Obst und Gemüse in andere. Sie stapelten Reis und Getreide, Säfte und Tabak.

Hadi packte gerade einen Sack Linsen auf eine Stiege Dosentomaten, als sie plötzlich das Feuer von Maschinengewehren vernahmen. Und die Schreie der anderen. In das leise und hektische Stakkato der Kalaschnikows mischte sich das wütende Spucken der großkalibrigen Waffen, die auf den Pick-ups montiert waren. Sie hörten, wie die Motoren angelassen wurden. Reifen, die kleine Steine spuckten, als die Fahrer Gas gaben.

Das war kein Aufstand der Dorfbewohner.

Hadi warf einen Blick zu Abdul und Karim. Das Weiß ihrer Augäpfel leuchtete im Halbdunkel des Ladens. Weiß und ängstlich. Sie griffen nach ihren Waffen, und Hadi nickte. Langsam schlichen sie aus dem Lager. Und dann hörten sie es. Das dumpfe Schneiden von Rotorblättern durch die dünne Bergluft. Ein schwerer Hubschrauber der syrischen Luftwaffe. Der gekommen war, um sie zu töten.

Hadi rannte aus dem Haus und drückte sich gegen die Häuserwand. Er hörte Abdul neben sich keuchen. Das Gefühl der Angst war zurück. Binnen Sekunden war die Panik wieder da. Die Angst, dass der nächste Moment der letzte sein könnte.

Das Rotorengeräusch wurde lauter, dazu gesellte sich das Kreischen von Turbinen. Wie viele waren es? Und was taten die Männer mit den Stingern, ihrer unzuverlässigen Flugabwehr? Sie waren da, um sie vor Assads Höllenmaschinen zu beschützen. Er hörte das Zischen einer Rakete, die weit entfernt abgefeuert wurde. Wenn der Hubschrauber auf den Laden gezielt hatte, würden sie sterben. Er hörte Karims Schritte von links. Karim hatte sich entschieden. Er wollte es nicht riskieren, einfach stehen zu bleiben. Obwohl sich zu bewegen ebenso gut die falsche Entscheidung sein konnte. Es war ein Würfelspiel. Hadi blickte nach oben und sah einen großen grauen Fleck, der die Sonne verdunkelte. Ein Monstrum. Einen Höllenhund. Dann hörte er, wie einer der Pick-ups explodierte. Die Männer, die eben noch auf dem Marktplatz siegessicher ihre Gewehre in den syrischen Himmel gereckt hatten, rannten panisch durcheinander. Der Körper eines Mannes, dessen Namen Hadi nicht kannte, lag im Staub, die Beine abgetrennt kurz unter dem Bauchnabel. Seine Eingeweide quollen aus der Bauchhöhle wie Fische aus einem umgekippten Korb. Hadi duckte sich wieder unter das kleine Vordach aus Holz. Es würde ihm keinen Schutz bieten.

Er hörte Männer auf der Terrasse über ihm. Sie riefen: »Schieß ihn ab, schieß ihn ab! Drück ab! Drück ab!« Dann zischte eine Rakete in den Himmel, und die Turbine des Hubschraubers kreischte auf. Hadi riskierte einen Blick und sah, wie der Höllenhund die Schnauze nach oben riss und sich zur Seite neigte. Er spuckte helle Sterne, und die

Rakete änderte ihre Flugbahn, sie steuerte in das verglühende Magnesium statt auf die heißen Triebwerke zu und verschwand hinter dem Berg.

Dann senkte sich der Kopf des Hubschraubers, und Hadi sah einen hellen Schweif. Er hatte eine zweite Rakete abgefeuert. Die Männer auf dem Dorfplatz schrien und rannten zu den Häusern. Nur Saif stand in der Mitte und feuerte auf den Höllenhund. Es schien ihm nichts auszumachen. Die Rakete raste auf einen der Trucks zu, aber der Fahrer war geistesgegenwärtig genug, seinen Wagen auf eines der Häuser zuzusteuern. Hadi sah, wie er sich hinter seinem Lenkrad verkrampfte und sich fragte, ob es reichen würde. Gerade als sich die Rakete senkte, riss er das Steuer herum und raste an der Häuserwand entlang. Er wollte, dass die Rakete das Ziel verlor. Wenn es ihm gelang, ein Gebäude zwischen sich und die Rakete zu bringen, würde sie dort einschlagen.

Hadi traute sich nicht zu atmen, während er auf den Einschlag wartete. Eine zweite Stinger startete vom Dach der Moschee aus dem Schatten des Minaretts. Hadi hörte, wie die Turbinen hochdrehten und der Hubschrauber an Höhe gewann.

Dann schlug die Rakete ins Dach der Schule ein. Die Explosion im Inneren ließ die Fenster bersten, und Glassplitter regneten auf die Straße. Er sah auf den Marktplatz, sah den Torso des Mannes aus dem ersten Pick-up. Weitere Leichen. Mindestens zehn. Die Männer auf der Ladefläche des entkommenen Trucks feuerten dem Hubschrauber hinterher. Sie jubelten angesichts ihrer Rettung in letzter Sekunde, während aus dem Schulgebäude die Flammen schlugen.

Und dann stürmten auch die Dorfbewohner aus ihren

Häusern. Hadi sah Männer mit entsetzten Mienen auf den Straßen. Einer von ihnen hielt seine Frau fest. Sie wollte zu ihrem Kind. Sie wollte in die brennende Schule stürmen, um zu retten, was zu retten war. Hadi rannte zu Khalid, der auf einen der Pick-ups gestiegen war, um seine Leute zu den Verletzten zu dirigieren, die ihre Hilfe am nötigsten hatten. Hadi schnappte sich Verbandsmaterial aus einer Metallkiste und rannte über den Platz. Dann hörte er seinen Namen. Karim? Er blickte sich um.

Aus der Schule rannten Scharen von Kindern. Sechs- bis zehnjährige Jungen, die mit dem Krieg nichts zu tun hatten. Die sich nicht für die Qumari oder für Assad interessierten. Dann sah er Karim. Er lag auf dem Rücken und hielt sich die Brust. Er stöhnte. Hadi lief zu ihm, ging in die Knie und drückte seine Hände zur Seite. In seiner linken Schulter steckte ein Stück Metall, vermutlich ein Teil des explodierten Pick-ups. Er würde es überleben. Der Schnitt war nicht besonders tief.

Wieso waren es nur Jungs, die aus der Schule kamen?, fragte sich Hadi. Oder hatte er sich getäuscht? Er zog den Splitter heraus und presste eine Mullbinde auf die Wunde. Karim stöhnte und spuckte Blut. Hadi versuchte ihn zu beruhigen und starrte dabei auf den Eingang der Schule. Er konnte keine Mädchen entdecken. Wieso flüchteten nur die Jungen? Natürlich wurden sie getrennt unterrichtet. Es war möglich, dass keine Mädchen in dem Gebäude waren. Oder dass ihr Klassenzimmer direkt von der Bombe getroffen worden war. Und dass sie alle tot waren.

Er spürte eine Hand um seinen Unterarm wie einen Schraubstock.

»Hadi«, flehte Karim.

»Es kommt alles in Ordnung, Karim«, sagte Hadi und versuchte, den Druck auf der Wunde gleichmäßig zu verteilen.

Karim schüttelte den Kopf.

»Wieso kommen nur Jungs aus der Schule, Karim?«, fragte Hadi, um ihn abzulenken. Und weil Karim Syrer war. »Die Schule brennt, aber ich sehe keine Mädchen, Karim.«

Karim hustete und spuckte zum zweiten Mal Blut. Mehr Blut. Zu viel Blut. Es konnte unmöglich von der Verletzung durch das Metallstück stammen.

»Hidschab«, flüsterte Karim. »Sie tragen keinen Hidschab.«

Hadi drehte Karim auf die Seite. Und in dieser Sekunde wusste er, warum Karim Blut spuckte. Und er wusste, dass er nicht überleben würde. Und er wusste, warum er keine Mädchen sah, die aus der Schule rannten. Weil ihnen die Lehrerinnen das nicht erlaubten. Weil sie eher sterben sollten, als ohne angemessene Kleidung vor die religiösen Eiferer zu treten, die auf dem Marktplatz standen. Die religiösen Eiferer. *Sie*. Keines der Mädchen würde es aus der brennenden Schule schaffen.

Hadi drehte Karim zurück auf den Rücken und legte ihm die Hand an die Wange. Er schwitzte. Sein Körper bäumte sich auf. Hadi dachte an die Mädchen in der Schule. Und an Golshan.

Während Karim in seinen Armen starb, beschloss er, von heute an nicht mehr zu reden. Kein Wort mehr. Nie mehr. Es gab nichts mehr zu sagen.

KAPITEL 7

Würzburg, Deutschland
18.03.2014, 09.18 Uhr (zur gleichen Zeit)

Paul Regen betrat das Haus direkt hinter seinem Chef Xaver Turner. Wenn es eine Schießerei gegeben hätte, dann hätte das Schießpulver noch in der Luft gehangen, so frisch war der Eindruck der Staatsgewalt, die ohne Vorwarnung in das vorbildliche Reihenhaus eingebrochen war. Natürlich war kein Schuss abgegeben worden, noch hatten die Polizisten Pfefferspray oder Taser anwenden müssen, um die beiden Studenten zu überwältigen. Dennoch musste es für einen unschuldigen Bürger zutiefst verstörend sein, auf diese Art und Weise aus dem Schlaf gerissen zu werden. Schwarz gekleidete USKler kamen mit umgehängten Sturmgewehren die schmale Treppe hinunter und räumten den Platz in dem kleinen Haus für die uniformierten Kollegen, die sich um die Beweissicherung kümmern würden. Computer, Akten, Modellpläne, Hass-DVDs. Solche Sachen. Direkt hinter dem Eingang lag eine kleine Kommode auf dem Rücken, daneben eine zerbrochene Schale falschen Meißner Porzellans mit rotem Dekor. Ein paar Münzen, ein Schlüsselbund an einem Geschenkband. An der Wand hing ein Gemälde mit Blumen, ein billiger Druck.

Paul Regen stieg über die Kommode, während sich Xaver Turner auf den Weg in den ersten Stock machte. Direkt ins Geschehen hinein. Paul Regen wollte ein Gefühl für die Lebensumstände von zwei Terroristen bekommen, die sich

Zimmer bei einer alten Dame mieteten und sich von ihr zu Kaffee und Kuchen in ihr Wohnzimmer einladen ließen. So zumindest stellte es sich Paul Regen vor, wenn man zwei Zimmer bei einer älteren Dame mietete, die zu viel Platz hatte, weil ihr Ehemann vor ein paar Jahren gestorben war. Adelheid Auch wollte ihm folgen, aber er bedeutete ihr, sich an Turners Fersen zu heften. Er wollte aus erster Hand erfahren, wie Turner mit den beiden Terroristen umging, wie das LKA mit Terroristen umging – oder mit solchen, die es dafür hielt, bis ihnen das Gegenteil bewiesen worden war.

Gertrud Pfanndorfer saß auf ihrem dunkelgrünen Samtsofa und ließ einen Notarzt ihren Blutdruck messen. Sie war eine rundliche alte Frau, wie man sich eine rundliche alte Frau vorstellen sollte. Ihr Gesicht war blass, sie starrte auf die Tassen in ihrer Schrankwand, die gerade von Polizisten auseinandergenommen wurde. Paul Regen musste zur Ehrenrettung der Kollegen zugeben, dass sie behutsam mit den Wertsachen der alten Dame umgingen. Niemand räumte die Tassen oder die Dekoteller mit den Weihnachtsmotiven ab, alles wanderte sorgfältig in beschriftete Kisten. Was sie an Unterlagen fanden, an Belegen, Quittungen, die Sterbeurkunde ihres Mannes, verschwand in den Kisten mit dem roten Aufdruck. Das würden sie mitnehmen. Die restlichen Kartons würden mit Gertrud Pfanndorfer in ihrem Wohnzimmer zurückbleiben. Niemand würde ihre Erinnerungen wieder in die Vitrine räumen, das blieb an ihr hängen. Weil sie Zimmer an Terroristen vermietet hatte. Weil ihr Haus als Brutstätte gelten durfte.

Einige ihrer Nachbarn würden das ähnlich sehen. Paul Regen wusste, was mit Gertrud Pfanndorfer passieren würde. Die Blicke voller Fragezeichen, die Gespräche zuerst interessiert, dann voller Skepsis. Am Ende würde Gertrud Pfanndorfer alleine dastehen. Paul Regen hätte ihr das gerne erspart.

Im ersten Stock saßen die beiden Studenten auf einem roten Sofa mit einer kornblumenblauen Decke, die Hände in Handschellen hinter dem Rücken gefesselt. Sie sahen verängstigt aus. Und nicht gerade wie Terroristen.

Xaver Turner schien das nichts auszumachen. Der Chef war in Fahrt. Er bellte die beiden jungen Männer an, brüllte bisweilen fast. Er warf ihnen vor, ein Fluggerät konstruiert zu haben, das als Bombe eingesetzt werden konnte. Als sich Paul Regen neben Adelheid Auch stellte, die am Türrahmen lehnte, hörte er einen der beiden antworten, sie seien nun einmal Studenten der Luftfahrttechnik, und ein ferngesteuertes Fluggerät sei nun einmal die Aufgabe ihres Seminars gewesen. Von einer Bombe hätten sie niemals gesprochen, es sei immer nur um Pakete gegangen. Einen Flugroboter für Versandhändler. Das sei der letzte Schrei im Valley, sagten sie, was immer unter »dem Valley« zu verstehen war. Wer das zur Marktreife kriegt, wird reich, sagten sie. Sie blieben ruhig, sachlich.

»Ich finde, er macht sich ganz gut als keifender D-Jung-Platzwart, unser neuer Chef«, raunte Paul Regen in Adelheids Richtung.

»Ich finde, er macht genau das, wofür er bezahlt wird«, sagte Adelheid Auch.

»Tatsächlich?«, fragte Paul Regen. »Sehen diese beiden Jungs für Sie etwa wie Terroristen aus?«

»Nein«, sagte Adelheid Auch, »aber das tun sie doch niemals, oder nicht?«

»Psychopathen sehen nicht aus wie Psychopathen. Islamische Terroristen sollten aber doch zumindest nicht den Marquis de Sade im Regal stehen haben, oder?« Er deutete auf das Bücherregal an der gegenüberliegenden Wand. »Oder eine Weinfibel«, ergänzte er.

»Vielleicht sind es postideologische Terroristen«, schlug Adelheid Auch vor.

»Postideologisch?«, fragte Paul Regen. »Haben Sie das von Ihrem Herrn Tauscheck?«

Adelheid Auch würdigte seinen Kommentar unter der Gürtellinie mit keiner Antwort. Andeutungen über ihren Motorrad fahrenden Freund fielen bei ihr nicht auf fruchtbaren Boden. Wobei Paul Regen zugeben musste, dass die Bleistiftröcke tragende, wandelnde Fünfzigerjahre-Reminiszenz Adelheid und der patente Provinzpolizist auf seiner alten Moto Guzzi tatsächlich ein hübsches Paar abgaben. Wenn er sie nur nicht mit seiner seltsamen Ausdrucksweise ansteckte, dürften sie gerne nach ihrer Façon glücklich werden. Paul Regen fand es eine Unsitte, von sich selbst in der dritten Person zu sprechen, wie es der Tauscheck gerne tat – auch wenn es ihn insgeheim amüsierte.

»Das führt doch zu nichts«, raunte Paul Regen, nachdem sie dem Verhör weitere zehn unfruchtbare Minuten zugehört hatten. Turner kam langsam zum Schluss, was natürlich bedeutete, dass der Vernehmungsmarathon in einem schmucklosen Zimmer des LKA weitergehen würde.

»Ich weiß, dass Sie etwas geplant haben«, sagte Xaver Turner. »Und ich werde es Ihnen nachweisen, das ist so sicher wie das ›Allahu Akbar‹ auf dem Gebetsteppich.«

»Er meint das Amen in der Kirche«, erklärte Paul Regen. Adelheid Auch warf ihm einen giftigen Blick zu und machte sich aus dem Staub.

Nachdem zwei Kollegen die beiden Iraker abgeführt hatten, stellte sich Paul Regen vor das Bücherregal, um nachzudenken. Er entdeckte einige Fachbücher, deren Inhalt er nicht verstehen würde. Und einige weitere Titel, deren Existenz bei einem strenggläubigen Moslem, der bereit war, in den Heiligen Krieg zu ziehen, zumindest Fragen aufwarf. Sein Bauchgefühl sagte ihm, dass in diesem Zimmer kein Anschlag geplant worden war. Die Konstruktionspläne waren ein Indiz, mehr nicht. Einen Flugroboter zum Ausliefern von Paketen hatten sie bauen wollen. Für Bücher zum Beispiel. So hatten sie behauptet. Paul Regen fragte sich, ob an einer derart absurden Geschichte tatsächlich etwas dran sein konnte. Er musste mit ein paar ihrer Kommilitonen reden, entschied er. Wenn den beiden sonst keiner glaubte, würde wenigstens er es versuchen. Paul Regen fand, dass es nicht recht war, wenn die Staatsmacht zwei junge Leute nur deshalb verdächtigte, weil sie aus dem Irak stammten und Moslems waren. Und er war sicher, dass sich niemand um die Konstruktionspläne für einen Pakethubschrauber gekümmert hätte, wenn die Eltern der beiden aus Castrop-Rauxel und Altötting stammen würden.

KAPITEL 8

Caracas, Venezuela
18.03.2014, 09.04 Uhr (sechs Stunden später)

»Señor Aguilar nimmt seinen mit Milch, Señor Muller mit vier Stück Zucker«, sagte ihre sehr beschwingt auftretende Vorgängerin. Sie hatten ihr vier Tage gegeben, die Neue einzuarbeiten, hatte sie Catalina erklärt. Ihre erste Station: die Kaffeeküche. Offenbar das Wichtigste für ihre neue Rolle. Catalina beobachtete das Füllen der Maschine, das rituelle Kaffeelöffelauflegen auf die Untertasse. Ihre Vorgängerin wirkte ganz und gar nicht unglücklich darüber, dass sie ihren Job verloren hatte. Catalina vermutete, dass sie eine deutlich bessere Stelle gefunden hatte. Vielleicht nicht, was die Arbeit anging, so doch zumindest in Bezug auf das persönliche Verhältnis zu ihrem Chef. Catalina konnte sich gut vorstellen, dass es nicht schwer war, eine bessere Stelle zu finden als bei der *Belaluna Shipping* unter der Fuchtel von Ramon Aguilar. Wenn es bei der Fuchtel bleiben sollte.

»Im untersten Stock sitzen die Stauer«, referierte Maria, als sie Catalina durch die Tischreihen im ersten Stock führte. Die etwa zwanzig Mitarbeiter saßen vor Bildschirmtürmen, meist drei oder vier an Teleskoparmen übereinander aufgebaut. Beinahe alle telefonierten. Catalina erkannte spanische und deutsche Wortfetzen. Meist drehte es sich um Termine oder Kosten.

»Sie kümmern sich um die Beladung unserer Schiffe.

Wenn Sie so wollen, sind sie die Projektmanager. So nennen sie sich auch selber.«

»Und auf wen von den Stauern soll ich achten?«, fragte Catalina.

»Die Stauer sind unwichtig«, sagte Maria. »Kümmern Sie sich nicht um sie. Sie werden von denen überhaupt nur den Chef zu Gesicht bekommen. Aber der ist auch nicht weniger farblos als die anderen.«

Catalina machte einen geistigen Haken hinter dem ersten Stock. Wobei es zu beachten galt, dass die farblosesten Gestalten oftmals die farbenprächtigsten Geschichten zu erzählen hatten.

»Wollen Sie sich eigentlich gar keine Notizen machen?«, fragte Maria und dirigierte sie an der Kaffeeküche der Stauer vorbei, die stärker nach kaltem Rauch stank, als Catalina ertragen konnte. Ihre Krankheit brachte neben den starken Kopfschmerzen einen weiteren Nachteil mit sich: einen bis ins Absurde gesteigerten Geruchssinn, der ihr in der Vergangenheit schon manches abverlangt hatte. Sie hätte nicht nur genauestens wiedergeben können, dass Müller seinen Kaffee mit vier Stück Zucker trank und Aguilar darauf bestand, seine Milch aufgeschäumt separat vom Kaffee serviert zu bekommen, sie hätte ebenso das Parfum von Aguilar in seine einzelnen Bestandteile zerlegen können. Von den hölzernen Obertönen, die ihr nicht unangenehm waren, bis zu dem moschuslastigen Abgang, der mit seinem säuerlichen Körpergeruch eine unheilvolle Allianz einging. Mit ihrem Gedächtnis hingegen hatte sie noch niemals Schwierigkeiten gehabt, diesbezüglich funktionierte ihr Gehirn bestens.

»Was ist im Erdgeschoss?«, fragte Catalina, als sie im Treppenhaus zu den Brokern hinaufstiegen. Ihr war aufgefallen, dass ihr Tourguide durch das Reich von *Belaluna Shipping* beim falschen Stockwerk angefangen hatte.

»Nichts von Belang«, sagte Maria und nahm unbeirrt Stufe um Stufe.

»Nichts von Belang?«, überlegte Catalina. Ihrer Erfahrung nach war das die beste Beschreibung für »Hier fand alles Wichtige statt, aber es geht Sie nichts an«.

»Nichts von Belang?«, fragte sie laut.

»Nur die Leute vom Sicherheitsdienst«, sagte Maria.

Catalina griff nach dem Geländer und beeilte sich, an ihrer Reiseführerin dranzubleiben.

»Das sind Müllers Leute, oder?«, fragte Catalina.

»Sie sind Deutsche?«, fragte Maria, ohne ihre Frage zu beantworten.

»Haben Sie das nicht an meinem Akzent bemerkt?«, fragte Catalina, deren Spanisch gut, aber nicht perfekt war.

»Dass Sie keine Venezuelanerin sind schon«, sagte Maria. »Aber erst Ihr ›ü‹ hat Sie verraten.«

»Schuldig im Sinne der Anklage«, sagte Catalina.

Sie hatten die Tür zum zweiten Stock erreicht. Maria legte die Hand auf den Knauf und hielt inne.

»Halten Sie sich von Muller fern«, sagte sie leise. »Er ist …«

Statt ihren Satz zu beenden, deutete sie mit ihrem Zeigefinger auf die Stirn.

»Verrückt?«, fragte Catalina.

»Eher gefährlich«, flüsterte Maria und drückte die Klinke nach unten.

»Kommen wir also zu den Brokern«, sagte sie, und ihre Stimme hallte nach der Warnung vor dem Sicherheitschef unnatürlich laut durch das Treppenhaus.

Catalina fragte sich, was diese Warnung zu bedeuten hatte. Bisher hatte sie Müller noch nicht zu Gesicht bekommen. Aber es war nicht das erste Mal, dass sie seinen Namen hörte. Und sie hatte das dumpfe Gefühl, dass es nicht das letzte Mal sein sollte. Catalina schien gefährliche Männer anzuziehen, obwohl sie alles dafür tat, ihnen keine Gründe zu liefern.

KAPITEL 9

In der Nähe von Arran, Syrien
20.03.2014, 21.17 Uhr (zwei Tage später)

Das Feuer war heruntergebrannt, die Glut schwelte in den letzten Scheiten am Boden des Lochs, das sie gegraben hatten. Seit Stunden hörte Hadi ihnen zu, weil ihm nichts anderes übrig blieb. Es gab nichts zum Weghören in der Wüste. Die Planen, die der Kommandant über die Pick-ups hatte spannen lassen, waren zu dünn gewesen. Nach den Vorfällen im Dorf heute Morgen hatten sie die Ladeflächen vollgestopft und die verbrannten Mädchen den Dorfbewohnern überlassen. Sie würden dorthin zurückkehren, wenn sich die Wogen geglättet und die Eltern ihre Töchter begraben hatten.

Es hatte keinen Zweck. Es gab nichts zu tun. Nichts zu

rechtfertigen. Nicht ihr Fehler. Darum drehten sich die Gespräche seit Stunden.

»Habt ihr die französischen Hubschrauber gesehen?«, spekulierten sie, obwohl sich keiner von ihnen mit Hubschraubermodellen auskannte. Aber es war das, was die Doktrin predigte: Der Westen rüstete ihre Feinde hoch. Der Westen, der Sündenpfuhl der Welt, trug die Schuld, die hinter allem lag.

»Was hätten wir machen sollen? Hätte er das Dorf nicht angegriffen, wenn wir nicht da gewesen wären?«, fragten sie, weil sie den Gedanken nicht ertragen konnten.

»Wir konnten nichts dafür!«, sagten sie sich.

»Er schießt mit amerikanischen Bomben aus französischen Rohren auf wehrlose Kinder«, sagten sie. »Wie er es schon immer gemacht hat.«

»Wir müssen dem ein Ende setzen«, forderten sie.

»Wir werden sie vernichten!«, riefen sie.

»Und wir werden die Leiber seiner Schergen aufschlitzen und ihnen zeigen, was wir mit denen machen, die unsere Kinder ermorden!«

Mit jedem Scheit, der zu brennen aufhörte, loderte der Hass der Männer, die um das Feuer saßen, umso stärker. Jetzt, da nur noch Glut übrig war, ging es um die Verderbtheit der Ungläubigen. Und den Staat, den sie errichten würden auf dem Blut der heiligen Krieger, die sich für ihn geopfert hatten. Und die Scharia. Es war die einhellige Meinung im Lager, dass die Lehrerinnen der Schule richtig gehandelt hatten, als sie ihren Schülerinnen verboten, aus dem brennenden Gebäude zu laufen. Weil es nicht recht war. Besser war es, im Einklang mit dem Koran zu sterben, als das Wort des Propheten infrage zu stellen. Selbst im Angesicht des Todes. Es war das, was die Männer selbst gelobt hatten.

Hadi saß am Feuer und schwieg. Er lehnte sich zurück in den staubigen Boden, der noch warm war von den Sonnenstrahlen und spürte einen kantigen Stein unter dem rechten Schulterblatt.

Die Stimmen verschwammen vor dem Bild der Sterne in kristallklarer Nacht. Die Sterne standen friedlich in ihren unregelmäßigen Abständen zueinander. Er wusste nicht, ob sie einer Ordnung folgten oder einfach nur an einer Decke klebten. Er hatte sich niemals Gedanken darüber gemacht. Die Sterne waren immer da. Golshan mochte die Sterne. Einmal hatten sie sich im Haus einer Freundin von Golshan getroffen, deren Eltern aus den Vereinigten Emiraten kamen. Sie waren nicht so streng wie Golshans Vater, der nicht einmal gutes Arabisch sprach. Schon damals hätte Hadi klar sein müssen, dass die Deutschen die Schlimmsten waren. Sie hatten auf einem Balkon gesessen, ihre Hände hatten sich an den Handrücken berührt. Sie hatten schon damals gewusst, dass sie niemals ein Paar werden würden. Hadi war nicht gut genug für sie. Also hatten sie geschwiegen. In dieser Nacht war kein Platz für Hass gewesen.

Hadi griff nach dem kleinen Amulett, das an einer silbernen Kette um seinen Hals hing. Er hatte zwei Schnürsenkel zu einem zweiten Band verknotet, zur Sicherheit. Es war das Symbol, dessentwegen er gekommen war, in dieses Land, das nicht sein Land war. In diesen Krieg, der nicht sein Krieg war. Und zum tausendsten Mal fragte er sich, ob es eine Alternative für ihn gegeben hätte.

»Golshan, ich hoffe, es geht dir gut«, flüsterte er in Gedanken zu den Sternen. »Und ich hoffe, dass ich dir mit dem helfe, was ich tue.« Dann küsste er das Amulett und streichelte die eingravierten Linien.

»Und ich hoffe, dass ich weiterlebe«, fügte er hinzu, als er das Amulett unter sein T-Shirt gleiten ließ.

Er starrte noch immer in den Himmel – er wusste nicht, wie lange schon –, als er spürte, dass sich jemand neben ihn setzte. Nicht neben seinen Oberkörper, sondern neben seine Beine. Er nahm den Platz am Feuer ein, als wollte er ihn nicht stören, sondern ihn einladen. Saif würde das niemals einfallen. Hadi setzte sich auf und rutschte näher an die Glut. Er spürte, wie kalt es auf dem Boden gewesen war, und wusste, dass er viel länger dort gelegen hatte, als er gedacht hatte. Es war still geworden um das Feuer. Die meisten lagen in ihren Schlafsäcken unter den Zeltplanen. Nur drei junge Männer, die Hadi nicht kannte, starrten noch ins Feuer, ihre Blicke leer. Sie waren nicht alle mutige Helden, die auf einen Platz im Paradies scharf waren, erkannte Hadi. Die Restwärme der glühenden Holzscheite wärmten seine Finger, als er sich zu dem Mann umdrehte, der jetzt zu seiner Linken saß. Es war Khalid, ihr Anführer. Der Offizier. Er hielt ihm einen frisch gebratenen Hühnerschenkel hin.

»Iss«, sagte er schlicht.

Hadi schüttelte den Kopf.

Khalid biss ab und stocherte mit einem Ast in der Glut

herum, sodass feine Funken aus dem Holz schlugen. Er legte den Schenkel direkt auf einen der Holzscheite.

»Angeblich kriegt man Krebs davon, aber ich denke, da haben wir andere Probleme, was?«, fragte er und lachte.

Hadi schwieg. Er wusste, dass es unhöflich war. Er wusste, dass es ihm als Respektlosigkeit ausgelegt werden könnte. Aber er konnte nicht anders. Er wusste nicht, was er sagen sollte. Er wusste nicht, was es zu sagen gäbe nach heute Morgen.

Khalid griff nach dem Stück Hühnchen, bevor es zu heiß wurde, und biss zum zweiten Mal hinein. Er saß einfach da und aß. Hinter einem der Trucks hörte er einen der anderen pissen.

Erst als sich Hadi fragte, ob auch Khalid seine Sprache verloren hatte, stand er auf.

»Du bist anders«, stellte ihr Anführer fest und wandte sich zum Gehen. »Ich mag das«, sagte er, bevor er sich auf den Weg zu seinem Schlafplatz machte.

»Wir reden das nächste Mal«, hörte Hadi noch. Dann war Khalid verschwunden, und Hadi war wieder alleine.

KAPITEL 10

Caracas, Venezuela
21.03.2014, 15.50 Uhr (am nächsten Tag)

Catalina Schwarz tippte eine E-Mail in den Computer, die ihr Señor Aguilar vor einer halben Stunde aufgetragen hatte. Er liebte es, an seinem Schreibtisch zu sitzen und ihr E-Mails für seine Geschäftspartner zu diktieren. Es war nicht gefordert, sie wortwörtlich abzutippen. Gefordert war vor allem, den Ausschnitt nicht zu hoch zuzuknöpfen und sein Selbstbewusstsein zu bauchpinseln. Catalina machte sich keine Illusionen über ihren Chef. Sie wusste, dass er sie nicht wegen ihrer phänomenalen Auffassungsgabe eingestellt hatte oder weil sie drei Sprachen beherrschte. Sie war diejenige, die er wollte. Und wenn Catalina ehrlich war, hatte sie es darauf angelegt. Sie hatte ein psychologisches Profil von Ramon Aguilar erstellt, bevor sie den ersten Satz ihrer Bewerbung geschrieben hatte. Allerdings hatte sie unterschätzt, worauf sie sich eingelassen hatte.

Vermutlich hätte es nichts an ihrer Entscheidung geändert, aber es erforderte eine Menge Disziplin, sich die Nicklichkeiten von ihm gefallen zu lassen.

Sie hatte die E-Mail an einen der Buchhalter in der Hamburger Zentrale, in der Aguilar um eine Aufstockung des Budgets für die Sicherheitsabteilung ersuchte, gerade abgeschickt, als das Telefon auf ihrem Tisch summte. Es war das Zeichen für die Sekretärin des Geschäftsführers, dass der

Meister nach ihrer Gegenwart verlangte. Er hätte zum Hörer greifen können, aber Ramon Aguilar bevorzugte es, wenn sie persönlich auf der Türschwelle erschien.

Catalina stand auf, zog den Rock zurecht und stakste auf ihren High Heels über den ausgetretenen Teppichboden des Vorzimmers.

»Was kann ich für Sie tun, Señor Aguilar?«, flötete sie nach kurzem Klopfen.

»Der Kaffee ist alle«, sagte Ramon Aguilar. Er bat nicht darum, einen frischen gebracht zu bekommen, sondern er formulierte es als Vorwurf. Als wäre es ihre Pflicht, eine Gabe zu entwickeln, durch die geschlossene Tür zu erkennen, wann sich der Inhalt seiner Tasse dem Ende zuneigte.

»In zehn Minuten kommt Señor Müller«, sagte Catalina. »Soll ich …«

»Eine tolle Idee!«, unterbrach sie Aguilar.

Catalina bedankte sich und kehrte an ihren Platz zurück. Sie hatte kaum das Passwort für ihren Computer eingegeben, als das Telefon erneut summte. Seufzend stand Catalina auf. Diesmal räusperte sie sich, bevor sie klopfte, damit er ihrer Stimme die Verärgerung nicht anhörte.

»Was kann ich für Sie …«

»Wo bleibt mein Kaffee?«

»Aber Sie sagten doch, ich sollte erst für das Meeting mit Señor Müller …«

»Hatten Sie ernsthaft angenommen, ich würde eine Viertelstunde auf eine Tasse Kaffee warten?«, fragte Aguilar ungehalten.

Catalina versuchte, so ruhig wie möglich zu atmen, als

sie die Tür schloss und ein »selbstverständlich, Señor Aguilar« herauspresste.

In der Kaffeeküche schäumte Catalina die Milch in einem kleinen Kännchen auf, genau so, wie Aguilar es haben wollte. Sie füllte etwas von dem speziellen Espresso in das Sieb, den sie für den Chef in ihrer Schreibtischschublade aufbewahrte. Die Maschine war älter als Catalina selbst und hatte ihre Tücken. Sie presste das Pulver mit dem Stempel zusammen und schraubte das Sieb in die linke Gruppe. Die rechte hatte vor ihrer Zeit den Geist aufgegeben. Als sie den Hebel herunterdrückte, ächzte das grüne Monstrum, aber nach wenigen Sekunden lief ein tiefschwarzes Rinnsal in die braune Tasse. Catalina fragte sich, ob es einen schlimmeren Job geben konnte, als sie das Tablett mit dem Milchkännchen und der Untertasse belud.

»Catalina, Sie können zaubern!«, sagte Ramon Aguilar, als sie nach einem weiteren kurzen Klopfen das Zimmer betrat. Robert Müller alias Muller für die Spanisch sprechenden Kollegen war schon da. Zehn Minuten zu früh. Der Sicherheitschef hatte mehr Aknenarben im Gesicht als die meisten Menschen am ganzen Körper. Selbst der dicht getrimmte Ziegenbart konnte darüber nicht hinwegtäuschen. Seine rasierte Glatze mündete in zwei wulstigen Augenbrauen, darunter lagen die kältesten Augen, die Catalina je gesehen hatte. Müller war ein Mann, dem man nicht ohne eine geladene Pistole gegenübertreten wollte. Sie trug das Tablett zum Schreibtisch, und der Löffel klapperte auf der Untertasse. Nicht, weil sie nervös war, sondern weil sie nicht sonderlich geübt darin war, Tabletts zu balancieren.

Als Catalina den Kaffee abstellte, griff Aguilar nach ihrem Handrücken.

»Sie haben den Zucker vergessen!«, flüsterte er. Es war ein Vorwurf und gleichzeitig eine intime Geste. Es war ekelhaft. Er roch nach kaltem Zigarrenrauch und Desinfektionsmittel. Er nahm ihre Hand und führte sie zurück zu dem Tablett.

»Machen Sie das noch mal«, sagte er. »Aber richtig.«

Es klang wie eine Aufforderung zum Geschlechtsverkehr. Catalina nahm das Tablett wieder mit.

Als sie zum zweiten Mal Kaffee servierte, glaubte sie, dass diesmal nichts schiefgehen konnte. Und tatsächlich hatte Aguilar nichts an ihrer Lieferung auszusetzen. Sie spürte die Blicke der Männer auf sich, als sie zurück zu ihrem Schreibtisch lief.

»Einen Moment noch!«, sagte Aguilar, als sie im Begriff war, die Tür zu schließen.

Catalina setzte ihr bestes Lächeln auf und drehte sich um.

»Ich weiß, dass Sie heute Abend Ihren Vater treffen wollten, aber ich brauche Sie noch etwas länger«, sagte Aguilar.

Catalina schlug die Augen nieder.

»Ihr Vater wohnt in Caracas?«, fragte Müller. Seine Stimme klang freundlich, fast so als interessierte er sich tatsächlich für Catalinas Leben. Unter der Oberfläche jedoch spürte sie Misstrauen und Kälte. Catalina vermutete, dass Robert Müller niemandem traute. »Ich dachte, er wäre Deutscher?«, fügte der Sicherheitschef nach einer kurzen Pause hinzu.

Natürlich hatte er ihre Akte gelesen. Catalina war sicher, dass er alle Personalakten las. Vermutlich wurde in keinem Büro von *Belaluna Shipping* irgendjemand eingestellt, dessen Lebenslauf nicht Müllers Tisch passiert hatte. Der Sicherheitschef schien in diesem Unternehmen eine Rolle zu spielen, die viel größer war, als sein Titel es vermuten ließ. Catalina hatte sich immer gefragt, warum er seine Zelte ausgerechnet in Caracas aufgeschlagen hatte. Vermutlich hatte es einiges mit dem zu tun, weswegen sie den Job hier angenommen hatte.

»Er ist Deutscher«, sagte Catalina. »Aber er ist auch ein Säufer. Und er sagt, hier kommt ihn sein Leben billiger.«

»Wohnt er bei Ihnen?«, fragte Robert Müller beiläufig. Catalina traute ihm nicht über den Weg.

»Gott bewahre, nein«, antwortete Catalina. »Er wohnt in einer Kneipe in La Pastora.«

Müller und Aguilar lachten. Nicht aus Mitgefühl, sondern aus Überlegenheit.

»Bis wann brauchen Sie mich?«, fragte Catalina.

»Wir werden sehen«, murmelte Ramon Aguilar, »wir werden sehen.« Sein Blick suchte ihren Schritt.

Hinter der halb geschlossenen Tür ballte Catalina die rechte Hand zur Faust und dachte daran, wie gerne sie ihm damit den Kiefer brechen würde.

Der Streit begann eine halbe Stunde, nachdem sie die beiden Herren mit Kaffee versorgt hatte. Erst fielen nur einige lautere Worte hinter der Tür, aber schon bald konnte Catalina halbe Sätze verstehen. Es ging um eine Lieferung nach Rotterdam und eine Vereinbarung mit einem libanesischen

Großkunden. Catalina schlich zur Tür, um die beiden besser verstehen zu können.

Müller war der Ruhigere von beiden. Es schien fast, als wäre er der Chef, der einem Untergebenen einen Einlauf verpasste. Er warf Aguilar vor, sich nicht genug selbst zu kümmern. Und dass die Zentrale mehr Einsatz erwarten würde bei so einem wichtigen Kunden. Als Catalina hörte, wie Aguilar mit der Faust auf den Tisch schlug und Müller daraufhin drohte, alles dem Boss zu erzählen, konnte sie den Zeigefinger beinah sehen, der auf Aguilar deutete. Sie hätte nicht gewollt, dass dieser Mann mit dem Finger auf sie zeigte. Sie ahnte, dass es nicht gut enden würde. Auf die eine oder die andere Art und Weise.

Dann hörte sie Schritte hinter der Tür. Er ging! Catalina beeilte sich, wieder hinter ihren Schreibtisch zu kommen. Gerade als sie sich gesetzt hatte, flog die Tür auf, und Müller stand vor ihr, sein Kopf rot vor Erregung. Er starrte sie an. Catalina band ihr dunkles Haar zu einem Zopf und lächelte. Robert Müller kniff die Augen zusammen, verließ dann aber ohne ein weiteres Wort das Vorzimmer. Catalina atmete auf.

Aguilar rauschte fünf Minuten nach Müller an ihr vorbei, ohne ein weiteres Wort über die Arbeit zu verlieren, die er ihr angeblich hatte auftragen wollen. Ohne ein Wort der Verabschiedung griff er nach seinem Jackett und verließ das Büro.

Fast war Catalina Robert Müller dankbar, dass er Aguilars Lust auf mehr in Frust verwandelt hatte.

Um Viertel vor neun parkte sie ihren Ford Fiesta vor einem Bordstein in La Pastora. Hinter den zweistöckigen alten Häusern ragten die Zweckbauten aus den Siebzigern in den Himmel. La Pastora war keine reiche Gegend. Hier wohnte die Mittelschicht. Handwerker, Bankangestellte, Händler. Sie wohnten in den Türmen, die von Jahr zu Jahr schwärzer wurden von den Abgasen der Stadt, und hofften auf ein besseres Leben. Es war die Gegend, die sich ein Rentner aus Deutschland hätte leisten können. Catalina nahm ihre Handtasche vom Beifahrersitz und schloss den Wagen ab.

Das »Iglesia« stand seit jeher an seiner Straßenecke und war seit Jahrzehnten ein Anlaufpunkt für die Trinker des Viertels. Die Bar war schmutzig, aber die Gläser waren sauberer als anderswo, und jeder kümmerte sich um seine eigenen Angelegenheiten. Als Catalina den dunklen Laden betrat, roch sie den angetrockneten Schnaps auf dem Holz des Tresens und Hunderttausende Zigaretten, die hier geraucht worden waren. Der Barmann polierte Gläser. Es mochten etwa zwanzig Gäste an der Bar und an den kleinen Tischen sitzen.

Sie entdeckte den vertrauten runden Rücken am Tresen vor einem Bier und einem Schnaps, dem Profigedeck eines Trinkers. Mit einem Seufzer glitt Catalina auf den Hocker neben ihrem Vater. Zur Begrüßung schob er ihr sein Bier neben ihre Handtasche. Sie drückte ihm einen Kuss auf die Wange und bedeutete dem alten Mann hinter dem Tresen, ihr dasselbe zu bringen.

»Was trinkst du?«, fragte sie ihn.

»Was ein Deutscher so trinkt«, sagte er, und Catalina fragte sich, wie es dem Briten gelang, so deutsch zu wirken.

»Wie mache ich mich?«, fragte er.

»Du siehst aus wie der Säufer, der du bist«, grinste Catalina.

»Das ist das netteste Kompliment, das ich seit Langem bekommen habe«, antwortete er und deutete auf den Schnaps, der vor Catalina auf dem Tresen stand.

»Auf uns«, sagte er und prostete ihr zu.

Catalina rollte mit den Augen, griff aber nach dem Schnapsglas.

KAPITEL 11

München, Deutschland
21.03.2014, 20.18 Uhr (einige Stunden zuvor)

Paul Regen starrte durch die Scheibe in den Besprechungsraum. Arif Nadhim, einer der beiden Iraker, die Xaver Turner der Bildung einer terroristischen Vereinigung verdächtigte, wippte auf einem schmalen Stuhl vor und zurück. Auf dem Resopaltisch vor ihm standen ein Hamburger und ein großer Becher warme Cola. Er schien durch das Essen hindurchzustarren.

»Was, in Gottes Namen, macht ihr da?«, fragte Paul Regen seinen Chef, der mit verschränkten Armen neben ihm stand.

»Was glaubst du?«, fragte Xaver Turner zurück.

»Wir nennen das die Theorie des umgekehrten Beweises«, sagte Kriminaldirektor Klaus Wochinger und wischte eine möglicherweise imaginäre Fluse von seinem Einstecktuch.

Es war Freitagabend, und Klaus Wochinger hatte schon seit fünfzehn Jahren an Freitagabenden dienstliche Veranstaltungen. Oper, ein Restaurant, Schauspiel. Immer in Begleitung seiner wunderschönen Frau, meist in Begleitung karrierefördernder Honoratioren aus den Ministerien. Heute schien er gewillt, das Entertainmentprogramm sausen zu lassen. Paul Regen fand das Einstecktuch zum Kotzen. Er hatte nie verstanden, was Lisa vor fünfzehn Jahren an ihm gefunden hatte. Geschweige denn, was sie noch immer an ihm fand.

»Und diese Theorie wollt ihr mit einem Sparmenü beweisen?«, fragte Paul Regen.

»Mit einem Sparmenü, das nicht ›halal‹ ist«, antwortete Xaver Turner.

»Ein nicht koscheres Sparmenü liefert den umgekehrten Beweis, dass der Junge ein Terrorist ist?«, fragte Paul Regen.

»Möglicherweise«, sagte Xaver Turner und deutete auf den Studenten hinter der Glasscheibe. »Wenn er es nicht anrührt …«

»Sind wir hier bei ›Schlag den Raab‹ oder immer noch beim Landeskriminalamt?«, fragte Paul Regen und ärgerte sich keine Sekunde später über seinen Fauxpas.

»Jetzt halt mal die Luft an, Paul!«, schlug Kriminaldirektor Wochinger, sein zweifacher Vorgesetzter, vor.

Aber Paul Regen war längst zu weit gegangen. »Ich habe mit seinen Kommilitonen gesprochen«, sagte er.

»Lass mich raten«, sagte Xaver Turner und rollte mit den Augen, »nichts als mustergültige Buben, die zwei.«

»Sie trinken Alkohol auf Partys«, sagte Paul Regen und fand das zumindest Beweis genug, das herabwürdigende Wer-wird-Superfleischer-Spiel abzubrechen.

»Paul!«, mahnte Xaver Turner einen Ton schärfer. »Glaubst du, wir sind von vorgestern? Glaubst du, wir haben die Facebook-Bilder nicht gesehen? Glaubst du, wir machen das erst seit ein paar Tagen? Im Gegensatz zu dir, wenn ich dich daran erinnern darf?«

Paul Regen schwieg. Ihm war bewusst, dass er sich weit aus dem Fenster lehnte, aber es ging um das Schicksal von zwei jungen Leuten und er hatte nicht vor, sich diese Farce länger mit anzuschauen. Er warf einen Blick auf die Uhr. Der Viktualienmarkt hatte längst geschlossen, was bedeutete, dass er auswärts essen musste, was ihm selten passte.

»Die Bilder sind über ein Jahr alt, Paul«, sagte Xaver Turner. Es klang fast mitfühlend. Paul Regen hasste nichts mehr, als wenn ihm jemand mitfühlend gegenübertrat – außer vielleicht den Regen. Er war nicht krank, er hatte eine Meinung. Xaver Turner kannte kein Mitleid. Die Mahnung hing schwingend im Raum, als er die Tür zum Besprechungsraum öffnete. Die große Xaver-Turner-Show konnte beginnen. Und er hatte die Ehre, sie ausgerechnet zusammen mit seinem Erzfeind, Expartner und Wegschnapper seiner großen Liebe zu genießen.

Paul Regen wollte auswärts essen. Am liebsten sofort.

KAPITEL 12

Caracas, Venezuela
21.03.2014, 20.51 Uhr (einige Stunden später)

Der alte Herr stützte sich auf Catalinas Schultern, als er versuchte, die Tür zu seinem Apartment aufzuschließen. Catalina gab sich redlich Mühe, ihm das Erfolgserlebnis zu gönnen, verlor allerdings nach etwa fünfzehn Sekunden die Geduld. Das Treppenhaus des riesigen Apartmentblocks stank nach Urin und Gras. Sie hatte nicht vor, eine Sekunde länger als nötig auf dem Flur zu verbringen. Außerdem wusste sie, dass er das Spiel genoss.

Ihnen war niemand gefolgt. Seufzend nahm sie ihm den Schlüssel aus der Hand, hielt ihm die Tür auf und schob ihn hinein.

In der winzigen Küche, die die linke Seite des Flurs ausmachte, stapelte sich das schmutzige Geschirr, und ihr gegenüber standen mindestens vierzig leere Flaschen Pampero und Zulia. Catalina rümpfte die Nase.

»Gut gemacht, Papa«, sagte sie.

Der alte Mann grinste und deutete eine Verbeugung an, als er sie ins nächste Zimmer bat. Catalina schob den Vorhang, den er als Türersatz aufgehangen hatte, zur Seite und betrat das Wohnzimmer. Sie warf ihre Handtasche auf das abgewetzte rote Sofa und ließ sich in einen Sessel fallen.

»Du kannst dir nicht vorstellen, was für ein Arschloch dieser Typ ist«, sagte sie.

Er grinste immer noch, als er sich an den Schreibtisch

setzte, der unter der breiten Fensterfront stand. Das Apartment lag im vierten Stock, aber die einzige Aussicht war eine nackte Häuserwand. Es war sicherlich eine der unbeliebtesten Wohnungen innerhalb eines miserabel geführten Komplexes. Was vermutlich der Grund war, warum es kurzfristig bezugsfertig gewesen war.

»Was willst du? Eine Gehaltserhöhung?«, fragte er und fuhr den Computer hoch. Er wirkte auf einmal stocknüchtern. Die drei riesigen Bildschirme erwachten zeitgleich zum Leben und zeigten ein goldenes Logo mit einem Pfeil, gesäumt von den zwölf Sternen der Europäischen Union.

»Ich will das zu Ende bringen. Also sag mir lieber, wo wir stehen«, forderte Catalina.

»Hör zu«, sagte der Mann, der nicht ihr Vater war, sondern ihr Boss, »wir müssen Geduld haben. Niemand hat gesagt, dass es einfach werden würde.«

Die Frau, die sich Catalina Schwarz nannte, seufzte: »Wenn er meinen Hintern anstarrt, würde ich ihm am liebsten meine Jericho an die Eier halten.«

»Und abdrücken?«, fragte William Thater, der Chef der Europapolizei ECSB. »Da können wir ja von Glück sagen, dass deine Pistole zu Hause geblieben ist.«

Sie operierten außerhalb ihres Einsatzgebietes und dehnten ihre Befugnisse mit dieser Operation nicht nur im geografischen Sinne bis kurz vor das Limit aus. Kurz gesagt: Wenn sie erwischt wurde, war sie die Sekretärin von Ramon Aguilar – keine Mitarbeiterin einer europäischen Behörde. Denn als solche war sie nicht eingereist. Natürlich durfte sie keine Waffe tragen, was ihr in diesem Moment als das größte Ärgernis unter ihren Einschränkungen erschien.

Vor allem, wenn sie daran dachte, wie wunderschön Ramon Aguilars geweitete Pupillen aussehen würden, wenn sie ihm den Lauf ihrer Pistole gegen die Schneidezähne presste.

KAPITEL 13

München, Deutschland
21. 03. 2014, 20.53 Uhr (ein paar Stunden zuvor)

Arif Nadhim hatte den Burger nicht angerührt, obwohl er seit mehr als acht Stunden nichts mehr zu essen bekommen hatte. Die maximale Zeit, die im deutschen Rechtsstaat erlaubt war.

»Wenn Islamisten radikalisiert werden, dann schnell«, dozierte Klaus Wochinger. »Es dauert selten länger als ein Jahr, niemals mehr als zwei.«

Paul Regen beobachtete, wie Xaver Turner gegenüber von Arif Nadhim Platz nahm. Er bewegte sich langsam, fast wie in Zeitlupe. Es sollte Kontrolle ausstrahlen. Für Paul sah es mehr nach lächerlicher Pantomime aus.

»Die meisten radikalen Islamisten sind Deutsche«, entgegnete Paul Regen und kratzte sich am Kinn.

Klaus Wochinger schwieg, weil er wusste, dass Paul recht hatte. Auf einer altertümlich anmutenden Konsole betätigte er einen Drehschalter, sodass sie mithören konnten, was in dem Verhörzimmer gesprochen wurde. Es knackte in den Lautsprechern, als er den richtigen Kanal fand.

»Menschen, die mit dem Islam in einer heilen Familie

aufwachsen, rennen nicht nach Syrien und bauen Bomben. Sie heiraten und bekommen Kinder«, sagte Paul. »Wie alle anderen.«

Xaver Turner deutete auf den Burger in der Tischmitte. »Wollen Sie nichts essen?«, fragte er.

Nadhim schüttelte den Kopf. Aus Pauls Sicht war er immer noch ein verängstigter Student, ob er nun das schreckliche Fast Food anrührte oder nicht.

»Für den Dschihad rekrutieren sie genau aus denselben Gesellschaftsschichten wie für die arischen Felsklopfer oder die Braunhemden«, sagte Paul Regen. »Junge Menschen ohne Schulabschluss, ohne familiären Rückhalt, ohne Zukunft.«

In dem Verhörzimmer schüttelte Arif den Kopf.

»Weil es nicht halal ist?«, fragte Xaver Turner. Seine Stimme klang leicht verzerrt über den Lautsprecher.

»Diese beiden Jungs haben eine Zukunft, Klaus. Sie studieren, sie werden mehr verdienen als wir beide, wenn sie ihren Abschluss in der Tasche haben. Was machen wir hier, Klaus?«, fragte Paul Regen.

Arif nickte.

»Sind Sie ein gläubiger Mensch, Herr Nadhim?«

»Lies das hier, und halt endlich die Klappe«, forderte Kriminaldirektor Klaus Wochinger und reichte Paul Regen eine dicke Akte. Auf dem Deckel prangte das Logo der National Security Agency. Es waren die Hinweise der Amerikaner, die das Bayerische Landeskriminalamt erst auf die Spur der beiden Studenten gebracht hatte.

Während sich Xaver Turner alle Mühe gab, Arif Nadhim

aus der Reserve zu locken, blätterte Paul durch Konstruktionspläne und private E-Mail-Korrespondenz.

Vor etwas über einem Jahr hatte Arif begonnen, religiöse Websites zu besuchen. Fast täglich klickte er sich mehrere Stunden durch Foren und las die Blogs salafistischer Prediger, darunter eines für seine radikalen Ansichten bekannten Imam aus Aschaffenburg. Etwa drei Monate später begann er, sich für Politik zu interessieren. Er informierte sich über alles, was im Nahen Osten vor sich ging, las antiamerikanische und antieuropäische Presse. Etwa zu dieser Zeit hörte er auf, seinen Kommilitonen Nachrichten zu schreiben und Alkohol zu trinken. Er verschwand von einem Monat auf den nächsten aus dem Sozialleben der Universität. Nur zu einem hielt er täglich Kontakt per Telefon oder E-Mail: seinem angeblichen Mitverschwörer Mahmoud. Auch seiner Familie im Irak schrieb er immer seltener, am Schluss nur noch seiner Mutter.

Vor einem halben Jahr hatten die beiden eine gemeinsame Arbeit bei ihrem Professor eingereicht: *Konstruktion eines autonomen Fluggeräts zur Nutzung in der Paketlogistik*. Mit anderen Worten: einen automatischen Paketboten für die lokale Luftfracht. Sie entwickelten einen Anforderungskatalog: die Fähigkeit, für eine Zuladung von bis zu vier Kilogramm, eine GPS-Steuerung, automatische Zielführung und die Option zur Fernsteuerung.

In den Worten der NSA: Eine »Miniature Cruise Missile«. Das Projekt wurde von ihrem Professor angenommen. Zur gleichen Zeit brach der Kontakt von Mahmoud zu seiner Schwester ab. Anscheinend gab es von diesem

Zeitpunkt an nur noch die beiden Kommilitonen und eine Moschee in Aschaffenburg. Und einen Imam, der dem Bayerischen Landeskriminalamt als Menschenfänger galt. Ein brillanter Redner, ein Aufwiegler, ein Scharfmacher namens Mustafa Gerken. Er war einer der Islamisten, die eine Traube um sich versammelten, sobald sie die Bühne in einer Fußgängerzone betraten. Er war einer von denen, bei denen selbst junge, aufgeschlossene Muslima mit angesagten Jeans und bauchfreien Tops stehen blieben. Weil das, was er über den Islam sagte, so nach Herz klang.

Seine Botschaften in den Räumen der Moschee waren Hass, Pflicht und der Heilige Krieg. Neunzig Prozent seiner Zuhörer aus der Fußgängerzone wären entsetzt über den ersten Satz seiner wahren Predigt, die er nur hinter verschlossenen Türen hielt. Aber sie kannten diesen ersten Satz nicht. Und sie würden ihn nie zu hören bekommen. Es waren nur etwa zehn Prozent der Zuhörer, denen Arif und Mahmoud ab Mitte letzten Jahres Korane in die Hand gedrückt hatten, aus denen Mustafa Gerken seine Radikalen rekrutierte. Von Arif gab es ein Foto, aufgenommen von der Kamera eines Polizisten, zur Akte beigesteuert vom Verfassungsschutz. Er stand in Abwehrhaltung am Rand der Kundgebung. Die Arme verschränkt, der Blick starr geradeaus. Es lag etwas in diesem Bild, das mehr sagte als all die E-Mails und die Konstruktionspläne.

Als er dieses Foto sah, ahnte Paul Regen, dass er sich geirrt hatte. Es würde ein Triumph werden für Klaus Wochinger. Er würde sagen, natürlich habe der Regen das nicht wissen können. Schließlich müsse sich der Paul noch einarbeiten in die Materie. Das würde er beim Schnitzeltag in der Kantine erzählen. Und jeder würde wissen, was er wirklich sagen wollte. Dass der Regen eben doch nicht so unfehlbar war. Und dass der Regen zu weich war. Und dass er, der Kriminaldirektor Wochinger, ja schon immer darauf hingewiesen habe, dass der Stern des Paul Regen im Sinken begriffen war. Er würde das auch zum Präsidenten sagen. Und Paul ahnte, dass dieser ihm zuhören würde. Auch wenn Paul möglicherweise noch einen kleinen Überziehungskredit genoss. Ewig würde der nicht halten, wusste Paul. Es war sicher kein Zufall, dass er die NSA-Akte vorher nicht zu Gesicht bekommen hatte.

Er blätterte noch lange in den Unterlagen herum, um die Konfrontation mit dem Kriminaldirektor zu verzögern. Paul Regen verlor nicht gerne. Vor allem nicht, weil es nichts daran änderte, dass mit den jungen Leuten nicht korrekt umgegangen worden war. Immerhin hatten sie noch keine Cruise Missile auf den Münchner Flughafen abgeschossen. Und wer wusste, ob sie es jemals getan hätten? Der Schlüssel lag nicht darin, diese Leute von einem Attentat abzuhalten. Der Schlüssel lag auch nicht in der Fußgängerzone oder bei Mustafa Gerken. Er lag im Schulunterricht und darin, welchen Halt dieses Land den Haltlosen bot.

KAPITEL 14

In der Nähe von Arran, Syrien
23.03.2014, 12.48 Uhr (zwei Tage später)

Hadi saß in einem der verlassenen Häuser auf seinem Schlafsack und reinigte sein Gewehr, wie sie es ihm beigebracht hatten. Seit sie in das kleine Dorf zurückgekehrt waren, hatte er keinen Schuss mehr abgegeben. Die Dorfbewohner hatten sie nicht willkommen geheißen, aber sie hatten Angst vor den Männern und ihren Waffen. Niemand traute sich, die Qumari-Revolution für den Verlust einer Generation von Mädchen im Dorf verantwortlich zu machen. In dem Ort war so etwas wie Alltag zu beobachten, wenn es das geben konnte. Es war kein Hubschrauber mehr aufgetaucht, vermutlich war ihnen der Sprit ausgegangen, oder sie hatten lukrativere Ziele gefunden als ihre auf mittlerweile gut sechzig Mann angewachsene Truppe. Khalid behauptete, dass die Hubschrauber gezielt eingesetzt wurden, um ihre Moral zu schwächen. Tatsächlich hätte die Regierung jedoch bei Weitem nicht genug einsatzfähige Maschinen, um sie tatsächlich zu stoppen. Hadi wusste nicht, ob das stimmte, und er fragte sich, ob das wichtig war. Seit Tagen saßen sie in dem Bergdorf fest, während Khalid unterwegs war, um ihre neuen Befehle abzuholen. Offenbar war es schwieriger als gedacht, den Widerstand zu organisieren. Das Handynetz war notorisch unzuverlässig, und teilweise schienen sich die Führer nicht darin einig zu sein, was die wichtigsten Ziele waren.

Solange Khalid nicht da war, hatten sie nichts zu tun. Und die Stimmung zwischen den größtenteils jungen Männern drohte zu eskalieren, die Langeweile forderte ihren Tribut. Hadi hielt sich raus, so gut er konnte, und hoffte, dass sich ihr Offizier nicht zu lange Zeit ließ. Er hatte gerade die Munitionskartusche wieder eingesetzt, als er hörte, wie die Tür aufgestoßen wurde.

Wolfgang, der jetzt Saif hieß, zerrte einen Mann an den Haaren herein. Er schrie die paar Worte Arabisch, die er beherrschte, und stieß ihn zu Boden. Der Mann krümmte sich vor Schmerzen und Angst. Saif presste ihm die Mündung seiner AK-47 an den Hals. Im Versuch, die Hände zu heben, schob der Mann den Staub und den Sand über den Holzboden. Saif trat auf sein Handgelenk.

Als die Tür zum zweiten Mal aufflog, stieß Jafar einen weiteren Mann vor sich her. Er war dürr und klein. Seinen weichen Gesichtszügen nach zu urteilen, war er vielleicht vierzehn, fünfzehn Jahre alt. Jafar hielt ihm eine Pistole an die Schläfe und drückte ihn neben dem anderen Mann auf den Boden. Hadi blieb auf seinem Schlafsack sitzen.

»Frag ihn, warum er uns bestehlen wollte«, schrie Saif. Es war an Hadi gerichtet. Niemand war im Raum außer ihm, der Deutsch und Arabisch sprach.

Aber Hadi wollte nicht reden. Nicht mehr. Er wusste, dass die beiden in großer Gefahr schwebten, aber er konnte seiner Zunge nicht befehlen, sich zu bewegen. Sie würden die beiden nicht erschießen, welchen Sinn also hätte es zu übersetzen? Es gab keine Rationalität. Nicht hier. Nicht von den beiden Deutschen.

Der Mann wimmerte unter Saifs Griff. Er wusste instinktiv, was ihm vorgeworfen wurde. Er sagte, dass das Essen für seine Familie bestimmt gewesen sei. Und dass er nicht wisse, wie er sie sonst ernähren solle. Und dass sie seit Tagen keine Vorräte mehr hätten. Und dass der Laden im Ort der einzige war, der noch Linsen und Bohnen hatte.

Saif schrie weiter. Hadi sah die Schweißperlen auf seiner Stirn und den Zorn hinter seinen Augen. Jafar stand und hielt weiterhin die Pistole an den Kopf des Jungen. Jafar war weniger zornig, er fügte einer Geisel keine unnötigen Schmerzen zu. Aber er half auch nicht. Wie Hadi, wenn er es nüchtern betrachtete.

»Du bist ein Dieb«, sagte Saif, auf einmal viel ruhiger. »Du bist ein dreckiger, gemeiner Dieb.«

Er sprang nach oben und landete mit beiden Stiefeln auf dem Oberarm des Mannes, direkt unter der Schulter. Hadi hörte die Knochen brechen.

»Du hättest mit uns kämpfen können, aber stattdessen hast du dich entschlossen, uns zu bestehlen«, sagte Saif. »Das hat er doch, oder nicht?«, fragte er Jafar.

Jafar nickte.

»Du bist nicht würdig«, sagte Saif und drückte ab.

Die auf Dauerfeuer eingestellte Kalaschnikow spuckte einen Satz Kugeln in den Kopf des Mannes. Hadi zuckte zusammen und starrte auf die Blutlache, die sich unter seinem Oberkörper bildete. Das Gehirn selbst kennt keinen Schmerz, wusste Hadi. Er wusste nicht, warum ihm das in diesem Moment einfiel. Und er sah Saifs Gesicht. Die Macht, das Töten, das Auslöschen des Schlechten, der Weg ins Paradies. Und Hadi sah Jafar, der grinste. Und er sah den Jungen, sein Gesicht starr vor Schock. Und die Kalaschnikow in Saifs Hand, deren Mündung dampfte und die er in dieser Sekunde auf den Jungen richtete.

»Nein!«, schrie er und sprang auf. Er lief mitten in Saifs Gewehrlauf. Heute würde niemand mehr sterben. Nicht hier, nicht in diesem Haus.

Saif hielt seine Waffe im Anschlag, während er Hadi musterte. »Sieh an, er kann wieder reden«, sagte Saif, während Jafar immer noch grinste.

»Der Alte hat gestanden«, sagte Hadi. »Lass den Jungen gehen.«

Saif musterte erst Hadi und dann den Jungen. Er streichelte den Lauf seines Maschinengewehrs, während er darüber nachdachte. Saif musste wissen, dass Khalid nicht erfreut über zivile Opfer wäre. Im Gegenteil. Er duldete sie, wenn es sich nicht vermeiden ließ, aber er wusste, dass jeder tote Zivilist ihren Rückhalt in der Bevölkerung schwinden ließ. Wenn Saif einen geständigen Dieb erschossen hatte, käme er möglicherweise damit durch. Aber einen vierzehnjährigen Jungen?

Hadi sah am Schwinden des Zorns hinter Saifs Augen, dass er gewonnen hatte. Saif war ein Psychopath, aber noch handelte er nicht vollkommen unlogisch.

»Bringen wir ihn hinters Haus«, sagte er schließlich zu Jafar und drehte den Kopf des Toten mit dem Lauf seiner Waffe zur Seite. Hadi atmete auf.

Während Saif und Jafar den schlaffen Körper des Mannes aus dem Zimmer zogen, stand der Junge einfach im Raum und starrte Hadi an. Hadi starrte zurück. Er hörte, wie die Schuhe des Toten gegen die Treppenstufen schlugen, als sie ihn hinunterzogen. Der Junge nickte Hadi zu. Offenbar seine Art, sich zu bedanken.

Hadi schlang seine Waffe über die Schulter und setzte sich wieder auf seinen Schlafsack. Er klopfte neben sich auf das weiche Futter, und für die nächsten zwei Stunden saßen sie einfach nebeneinander. Auch der Junge schien seine Sprache verloren zu haben. Wie Hadi. Ihm war das nicht unrecht.

Als sich die Sonne langsam hinter den Bergen versteckte, kehrte ihr Anführer Khalid zurück. Hadi bedeutete dem Jungen mitzukommen. Ihnen blieb nicht mehr viel Zeit bis zum Gebet. Nach Hadis Ansicht war es Khalid, der entscheiden musste, was mit dem Jungen passieren sollte. Er beobachtete, wie der Offizier aus seinem Wagen stieg und seinen Statthalter begrüßte. Sie gingen zu dem Haus, in dem der Kommandostand untergebracht war. Dort standen ein Tisch mit Karten der Gegend und ein Computer, von dem aus sie E-Mails verschicken und die Blogs ihrer Gruppe mit neuen Bildern versorgen konnten. Laut Khalid war das ebenso wichtig wie ein Kampfeinsatz, denn es sicherte ihnen einen konstanten Geldfluss aus den westlichen Ländern, in denen reiche Unterstützer wohnten.

Hadi blieb in der Tür stehen, während sich Khalid mit seinem Stellvertreter über die Karten beugte. Er erklärte, welche Gebiete sie hinzugewonnen und verloren hatten, als er Hadi bemerkte und aufsah. Über sein Gesicht huschte ein Anflug von Überraschung, als er den Jungen bemerkte.

»Kommt rein«, sagte Khalid und winkte sie zu sich heran.

»Ein neues Gesicht«, stellte er fest.

Hadi schob den Jungen nach vorne.

»Lass mich raten«, sagte Khalid. »Er spricht nicht.«

Hadi zuckte mit den Schultern. Er hatte einmal die Regel gebrochen, ein zweites Mal würde er nicht zulassen.

Khalid seufzte: »Hadi, hör zu. Ich kann einen von euch vertragen, aber zwei gehen einfach nicht. Was, wenn alle aufhören zu reden? Einer von euch muss jetzt den Mund aufmachen.«

Der Junge drehte sich zu Hadi um. Er warf ihm einen bedauernden Blick zu und öffnete die Lippen. Hadi erschrak: Wo seine Zunge hätte sein sollen, war nur noch ein Fetzen. Er war verstümmelt worden. Er konnte nicht reden. *Ich würde ja gerne,* war das, was er Hadi sagen wollte. Es war ein furchtbarer Anblick.

»Er kann nicht reden«, sagte Hadi.

»Schön, dass einer Einsicht zeigt«, sagte Khalid.

»Kann er bleiben?«, fragte Hadi, der sich aus Gründen, die sich ihm nicht restlos erschlossen, verantwortlich für den Jungen fühlte.

»Kann er mit einer Waffe umgehen?«, fragte Khalid.

Hadi zuckte mit den Schultern. Woher sollte er das wissen? Aber der Junge brauchte Hadi nicht, um ihm Khalids Worte zu übersetzen. Er lief zu dem Tisch und nahm einen Stift. Er zeichnete etwas auf eine der Karten. Ein Gewirr aus Zeichen und Linien, die Hadi nichts sagten.

Nur Khalid schien zu begreifen, was der Junge ohne Zunge sagen wollte. Er klopfte ihm auf die Schulter.

»Er kann bleiben«, sagte Khalid und zündete sich eine Zigarette an. »Er ist ein Bombenkind.«

KAPITEL 15

Caracas, Venezuela
24.03.2014, 15.28 Uhr (am nächsten Tag)

Catalina Schwarz bemerkte die schwarzen Schatten, die am Rande ihres Gesichtsfelds tanzten, ausgerechnet in dem Moment, als sie auf der obersten Sprosse einer Leiter stand. Instinktiv griff sie in die Innentasche ihres Jacketts nach den Tabletten und atmete auf, als sie den Film spürte.

»Catalina, Sie sehen blendend aus!«, sagte Ramon Aguilar von unten.

Die Vorboten ihres Kopfschmerzes hatten sie abgelenkt. Sie hatte ihn nicht hereinkommen hören. Er stand direkt unter ihr. Sie zog die Hand aus der Tasche und versteckte die Tabletten in ihrer Faust.

»Danke, Señor Aguilar«, antwortete sie und bemühte sich um ein Lächeln, was ihr angesichts des hämmernden Schmerzes, der sich binnen Minuten in ihrem Kopf ausbreiten würde, äußerst schwerfiel.

Er griff nach ihrer Fußfessel und sagte: »Sie sollten aufpassen, dass Sie nicht runterfallen.«

Zu der Angst vor den Kopfschmerzen kam der Ekel. Seine unmissverständliche Berührung, die minimale Bewegung seines Daumens, die sie durch die Strumpfhose auf ihrem Knöchel spürte. Sie drückte mit dem Daumen eine der Filmtabletten heraus und stieg eine Stufe hinunter, sodass ihr Unterschenkel seinen Arm streifte. Als sie spürte, wie er die Situation ausnützte und näher an sie herantrat, führte sie die Faust zum Mund und griff mit den Lippen nach der rettenden Tablette. Er streichelte ihr Knie. Erst als sie den leeren Film wieder in ihre Jacketttasche gleiten ließ, stieg sie die letzten Stufen hinab und stand auf einmal vor ihm. Sie konnte seinen Atem riechen, die unangenehme Mischung aus Tabak, Koffein und sauer eingelegtem Rettich. Er hielt die Leiter mit beiden Händen fest umklammert, als wolle er sie abstützen. Gleichzeitig hatte Catalina keine Fluchtmöglichkeit.

»Darf ich Sie um etwas bitten, Señor Aguilar?«, fragte Catalina. Sie wusste, dass er ihren Lippenstift betrachtete und ihre für ein Büro etwas zu dunkel geschminkten Augen.

»Natürlich, Catalina«, sagte Ramon Aguilar, ohne den Griff um die Leiter zu lockern.

»Würde es Ihnen etwas ausmachen, wenn ich meinen Computer für etwas Privates verwende?«, fragte sie.

Ramon Aguilar kniff die Augen zusammen. Sie lenkte von einem Thema ab, das ihn viel mehr interessierte. Es war das Einzige, was ihr einfiel. Und obwohl sie es nicht darauf angelegt hatte, gab es keine bessere Gelegenheit als diese, um ihn zu fragen, was sie sonst mithilfe ihrer körperlichen Attribute hätte erledigen müssen. Catalina hoffte, dass sie keinen allzu hohen Preis dafür würde bezahlen müssen.

»Natürlich nur in meiner Freizeit nach der Arbeit. Eine Freundin feiert ihre Hochzeit und hat mich gebeten, ein Fotobuch für die Gäste anzulegen.«

Ramon Aguilar zögerte einen Moment und stieß sich

schließlich von der Leiter weg. »Natürlich können Sie Ihren Computer dafür benutzen, Catalina. Kein Problem.«

»Danke, Señor Aguilar«, sagte Catalina und atmete innerlich auf, dass sie die brenzlige Situation überstanden hatte. Zumindest vorerst schien er das Interesse an ihr verloren zu haben.

»Vielleicht haben Sie bald Gelegenheit, sich zu revanchieren, Catalina«, sagte er, als sie den Rückzug zu ihrem Vorzimmer antrat. Bei der Vorstellung von seinem säuerlichen Atem an ihren Brüsten wurde ihr übel.

Um fünf Uhr begann Catalina auf der Internet-Seite einer Drogeriekette ein Fotobuch anzulegen. Sie lud Bilder von einer Frau hoch, die sie noch niemals gesehen hatte, und von Kindern, die sie nicht kannte. Als Ramon Aguilar um Viertel nach sechs das Büro verließ, legte sie gerade ein kitschiges Deckblatt an, auf dem in rosafarbenen Lettern »Carmen und Javiers großer Tag« prangte. Die Schatten der Cluster-Kopfschmerzen hatten sich nach einer zweiten und dritten Verapamil verzogen, sodass ihr Lächeln sogar einigermaßen echt ausgesehen haben dürfte, als er sie noch einmal an ihr Versprechen erinnert hatte.

Nun war es also ausgesprochen, dachte sie, als sie den Inhalt ihrer Handtasche auf den Schreibtisch kippte. Auf der Unterseite öffnete sie einen versteckten Reißverschluss und zog vier Kabel aus dem von außen unsichtbaren Fach. Die ganze Aktion war darauf hinausgelaufen, dachte sie, als sie die Tür zum Flur öffnete und lauschte. Irgendwo auf der anderen Seite des Gebäudes hörte sie das Klappern eines Putzwagens. Nichts, was sie beunruhigen sollte.

Was hast du erwartet? Sie öffnete die Tür zu Aguilars Büro. Der beißend-ledrige Geruch einer eben erst gerauchten Zigarre lag in der Luft. Schon in seinem psychologischen Profil hatte gestanden, dass er Untergebene nicht wertschätzte. Dass er sie als das betrachtete, was sie waren: *Underlings*. Ihm zu Diensten. An seinem Schreibtisch räumte sie den stinkenden Aschenbecher zur Seite, nicht ohne sich seine genaue Position zu merken, und machte sich an seinem Computer zu schaffen. Er mochte dunkelhaarige, grell geschminkte Frauen mit großer Oberweite. Bis auf Letzteres – was sie selbst mit den Pushups, die sie hier trug, nicht ausgleichen konnte – versuchte sie, ihm jeden Wunsch zu erfüllen. Es war ein zentraler Bestandteil ihres Plans, dass er das Unterhaltungsprogramm vorgeführt bekam, das ihn interessierte. Ihre Lippen waren brombeerrot, sie trug betont weibliche Kleidung. Röcke, High Heels, solche Sachen. Die schwarzen Hosenanzüge, die sie normalerweise bevorzugte, wären Ramon deutlich zu professionell.

Als sie das Kabel seiner Tastatur endlich aus dem verknoteten Wirrwarr hinter seinem Rechner befreit hatte, lief sie noch einmal zurück zur Tür des Vorzimmers und warf ein zweites Mal einen Blick in den Flur. Als sie sich davon überzeugt hatte, dass der Reinigungstrupp noch immer mit weit entfernten Büros beschäftigt war, kehrte sie zu Aguilars Schreibtisch zurück.

Catalina war anders als sie. Catalina war devot, zurückhaltend, mädchenhaft. Keines dieser Attribute hätten Menschen, die sie wirklich kannten, mit ihr in Verbindung gebracht. Und Catalina war hübscher als sie. Die Make-up-

Spezialistin, die sie für den Einsatz geschult hatten, war eine Zauberin. Sie fand, dass Catalina zehn Jahre jünger aussah als sie, auch wenn sie sich bei dem gefälschten Lebenslauf nur vier Jahre zugetraut hatte.

Als sie eines der neuen USB-Kabel aus ihrer Tasche wieder mit den anderen verknotet hatte, betrachtete sie das Ergebnis ihrer Arbeit: Bis auf die Tatsache, dass es etwas weniger Staub angesetzt hatte, war das neue nicht vom alten zu unterscheiden. Die Spezialisten in Den Haag hatten gute Arbeit dabei geleistet, es künstlich alt aussehen zu lassen, schwarze Schrammen inklusive. Trotzdem nahm sie einen Brief von Aguilars Schreibtisch und fächerte vor dem Kabelsalat herum, um den Staub ein wenig gleichmäßiger zu verteilen.

Als sie mit dem Ergebnis zufrieden war, rückte sie den Aschenbecher an die richtige Stelle zurück und machte sich auf den Weg in das Büro von Robert Müller, dem Sicherheitschef.

Aguilar war unangenehm, Müller hingegen war ein anderes Kaliber. Catalina spürte instinktiv, dass von ihm Gefahr ausging. Es war eine der wichtigsten Voraussetzungen für ihren Job, Bedrohliches zu erkennen und darauf entsprechend zu reagieren. Ihre Ausbilder hatten sie auch diesbezüglich gut geschult, und sie wusste, dass sie Robert Müller nicht mit ihrem naiven Auftreten und ihrem Aussehen beeindrucken konnte. Dass sie bei diesem Einsatz keine Pistole tragen durfte, war einer der Gründe dafür, warum sie sich zum Installieren der Kabel einen Tag ausgesucht hatte, an dem der Sicherheitschef eine Dienstreise zur deutschen Zentrale in Hamburg angetreten hatte. Sie wusste, dass sie Robert Müller nicht unterschätzen durfte. Denn sie war sicher, dass dieser Mann getötet hatte. Menschen, die töten konnten, erkannte man sofort, es umgab sie stets eine Aura, die kaum zu beschreiben war. Am ehesten konnte man sie mit der Art vergleichen, mit der Raubfische ein Riff umkreisen. Ihre Bewegungen standen im krassen Gegensatz zu den kleineren Planktonfressern, die sich im Schwarm versteckten und auf ihr individuelles Glück setzten. Catalina hatte nicht vor, sich auf ihr Glück zu verlassen. Deshalb hatte sie die Kabel installiert, die viel mehr waren als einfache Kupferverbindungen.

KAPITEL 16

München, Deutschland
25. 03. 2014, 02.21 Uhr (in der darauffolgenden Nacht)

Klaus Wochinger stand am Kopfende eines sehr langen Konferenztisches und referierte. Paul Regen konzentrierte sich auf eine Fliege, die über die Mettberge auf einem durchweichten Brötchen kletterte. Die Stimme des Kriminaldirektors drang viel zu klar an sein Ohr. Er führte die Anwesenden durch eine Powerpoint-Präsentation. Alle waren gekommen: die Kollegen, der Turner Franz und alle wichtigen Leute aus der Chefetage. Erstaunlicherweise saß neben ihm nicht – wie sonst üblich – Adelheid Auch, sondern Lisa Wochinger, geborene Falter. Die Frau des Kriminaldirektors.

Als Klaus auf die Vernehmung der beiden irakischen Studenten zu sprechen kam, wurde ein Name in großen Lettern an die Wand geworfen: *Paul Regen,* stand dort. Und der Zusatz: *Zweifler*. Die ganze Präsentation hatte nichts als sein Versagen zum Thema, erkannte Paul Regen. Die Wochinger-Show war nichts anderes als eine Abrechnung mit ihm persönlich. Und das vor dem versammelten LKA. Paul beobachtete, wie die Fliege vom Mett auf eine Leberkäsesemmel kletterte, und warf dann einen Blick auf Lisa. Sie lächelte wissend, undurchsichtig, geheimnisvoll, verständnisvoll, überlegen. Mona, die Lisa.

Paul Regen spürte, wie ihn die Kollegen anschauten, wie sich ihre Blicke in seinen Rücken bohrten. Sie würden lachen, wenn er nicht vor ihnen säße. Je höher der Zenit, desto tiefer der Fall. Nichts war einfacher geworden, seit Adelheid und er den einen großen Fall aufgeklärt hatten. Alles war komplizierter geworden. Lisa Wochinger war immer noch wunderschön. Und ihr Geburtsname passte immer noch viel besser zu ihr: Falter. Paul stellte sich vor, wie der Falter und die Fliege gemeinsam wegflogen. Noch ein Stück Leberkäs für den Weg und dann hoch hinauf über den Tisch, weg von der Powerpoint, weg von Klaus Wochinger. Sie trafen sich am Fenster, das gekippt worden war, weil zwanzig Beamte in einem Raum zu viel waren. Und dann flogen sie über den Spielplatz hinter der Maillingerstraße bis auf einen Baum.

Paul Regen tastete nach dem Wecker, drückte die Schlummertaste und warf einen Blick auf das zum Leben erwachte blaue Display. Es war Viertel vor drei. Er nahm den Wecker und warf ihn gegen den alten Kachelofen. Die wöchentlich neue Welt war auch nicht mehr das, was sie einmal gewesen war. Seufzend stand er auf und erinnerte sich an die Powerpoint-Präsentation. Seit wann träumte er? Möglicherweise, seit er gestern vor dem Einschlafen kein Bier getrunken hatte.

Auf dem Weg ins Bad dachte er an Lisa und den Falter. Das mit dem Träumen musste aufhören. Als er vor dem Kühlschrank stand und eine kalte Flasche Augustiner aus der Tür zog, dachte er, dass es Zeit wurde, mal wieder mit Lisa auszugehen. In den letzten Monaten hatten sie es schleifen lassen. Natürlich wusste der Wochinger nicht, dass er, Paul, sich mit seiner Frau traf. Er würde ausrasten. Paul Regen wollte glauben, dass er zu Recht ausrasten würde, was nicht zutraf. Zwar war ihre Beziehung vermutlich mehr als freundschaftlich, aber sie schliefen nicht mehr miteinander. Paul Regen wusste nicht, welches Band ihn und Lisa seit sechzehn Jahren verband, und er wollte es auch gar nicht ergründen, um es nicht versehentlich zu zerschneiden.

Als er mit seinem traumverhindernden Getränk auf der Bettkante saß, stellte er fest, dass es nicht nur Zeit war, Lisa Wochinger wiederzusehen, sondern auch, ihrem Mann etwas in die Hauspost zu packen. Bei ihrer letzten größeren Auseinandersetzung hatte er einen toten Fisch in Zeitungspapier eingewickelt und während Wochingers Griechenlandurlaubs ausliefern lassen. Diesmal würde er einen drauflegen müssen, weil der Wochinger mit seiner Antwort auf den Fisch in ihrem kleinen Bürokrieg den sprichwörtlichen Vogel abgeschossen hatte.

Das letzte Jahr war ungewöhnlich ruhig zwischen ihnen verlaufen. Das würde sich jetzt ändern. Paul Regen war bewusst, dass er den Kriminaldirektor für einen Traum bestrafte, aber er war überzeugt, dass in jedem Traum ein Fünkchen Wahrheit steckte. Auch wenn es wehtat.

KAPITEL 17

In der Nähe von Arran, Syrien
27.03.2014, 14.21 Uhr (zwei Tage später)

Hadi folgte dem Jungen ohne Namen in das Haus, das bis heute Khalids Kommandostand gewesen war. Ihre neuen Befehle lauteten, sich nach Osten durchzuschlagen. Sie würden das Dorf aufgeben. Offenbar war es strategisch nicht wichtig genug, um sechzig Mann dafür zu binden. So oder so ähnlich hatte es Khalid formuliert. Der Offizier war es auch gewesen, der Hadi aufgetragen hatte, sich um den Jungen ohne Namen zu kümmern.

Hadi freute sich darüber, etwas Abstand zu den beiden Deutschen zu bekommen, denn seit dem Vorfall mit dem Vater des Jungen traute er Saif nicht mehr über den Weg. Vor einer Woche hätte er noch Angst davor gehabt, dass Saif durchdrehte, heute hielt er ihn für einen Psychopathen. Wobei man das von mindestens einem Drittel der Männer behaupten konnte, die sich auf diesen Irrsinn eingelassen hatten. Sie sagten, sie wollten Kehlen aufschlitzen, Menschen die Köpfe abreißen, wenn sie sich gegen die Qumari-

Ideologie auflehnten oder sich gar gegen die neuen alten Gesetze wehrten. Gestern hatte Saif dem Ehemann einer jungen Frau gesagt, sie solle ihre Burka nicht anheben, wenn sie eine Treppe hochstieg, denn man könnte sehen, was sie darunter trug. Hadi fragte sich, wie lange es dauerte, bis er sie dafür zusammenschlug. Er hatte gehört, dass es in den größeren Städten eine Sittenpolizei gab, die aus den allerfanatischsten weiblichen Mitgliedern der Qumari-Bewegung bestand. Sie setzten durch, dass die Frauen keine zu eng anliegenden Gewänder trugen, und wer sich widersetzte, wurde öffentlich ausgepeitscht. Hadi ahnte, dass ihre Gruppe innerhalb des Wahnsinns noch zu den gemäßigteren gehörte, was vermutlich einzig ihrem Anführer zu verdanken war. All das hätte er noch vor einem halben Jahr für unmöglich gehalten.

Der Junge ohne Name war anders. Hadi spürte eine Verbindung zwischen ihnen – entweder weil sie beide nicht sprachen, oder sie sprachen nicht mehr, weil sie das Gleiche empfanden. Es war nicht wichtig, was davon stimmte. Sie verstanden sich. Der Junge ohne Name war der Einzige, mit dem Hadi hätte sprechen wollen. Und der Einzige, mit dem er nicht sprechen konnte.

Im Haus legte der Junge ein Etui mit Werkzeug auf den Boden und klappte es auf. Dann begann er, Kabel von einer Rolle zu wickeln und mit einem Messer abzuschneiden. Er schnitt vier gleich lange Kabel und legte sie auf dem Boden zu einem Quadrat. Hadi stand mit seiner Kalaschnikow auf der Schulter an der Eingangstür und fühlte sich überflüssig. Der Junge füllte Flüssigkeiten aus Kanistern in Flaschen. »Er ist ein Bombenkind«, hatte Khalid gesagt. Er hatte gelernt, wie man Sprengfallen konstruierte. Diese sollten möglichst viele Kämpfer der Regierung töten, wenn sie das Dorf nach ihnen durchsuchten. Die Sprengfallen waren ihre Hubschrauber, ihre Methode, den Gegner zu demoralisieren.

Die Truppen, die Jagd auf sie machten, würden in das Dorf laufen. Drei Männer würden sich vor der Tür postieren, mit vorgehaltenem Gewehr. Sie wären darauf vorbereitet, auf Widerstand zu treffen. Und wenn der erste von ihnen die Tür eintrat, würde die Bombe explodieren. Drei weniger. Unvorbereitet. Die Truppen würden zehnmal so lang brauchen, das Dorf zu durchsuchen, weil sie auf Spezialisten warten mussten. Was bedeutete, dass sie ihnen in der Zeit nicht folgen konnten. Deshalb hatte Khalid den Jungen akzeptiert, ohne dass der ein Wort gesprochen hatte. Seine Fähigkeit, Bomben zu konstruieren, hatte ihm vielleicht das Leben gerettet.

»Wir brauchen einen Namen für dich«, sagte Hadi.

Der Junge unterbrach seine Arbeit nur für wenige Sekunden und drehte danach weiter eine winzige Schraube in einem kleinen Zylinder fest.

»Ist es dir gleichgültig, wie wir dich nennen?«

Der Junge nickte.

Hadi überlegte. Vermutlich war sein alter Name mit zu vielen schlechten Erinnerungen belegt. Oder mit zu vielen guten. Zum Beispiel an den Mann, den Saif erschossen hatte.

»Dann nenne ich dich Anis«, schlug Hadi vor. Anis bedeutete einfach Freund und Begleiter. »Einverstanden?«

Der Junge legte den Zylinder mit der Schraube beiseite und blickte nach oben. Er nickte erneut.

»Wer hat dir das beigebracht, Anis?«, fragte Hadi und deutete auf die Kabel und die Flaschen. Anis formte mit den Fingern eine Pistole und hielt sie sich an den Kopf. Er meinte den Mann, den Saif erschossen hatte.

Mit Anis zu sprechen fiel ihm nicht schwer. Anis war nicht wie die anderen. Wie er selbst.

»War er dein Vater?«

Anis nickte.

»Wieso bringen Väter ihren Söhnen so etwas bei?«, fragte Hadi und beobachtete, wie Anis eine graue Knetmasse um den Zylinder formte. Er versenkte ihn, an einem der Kabel hängend, in der Flasche.

Anis zuckte mit den Schultern und wickelte Klebeband um vier Batterien.

»Glaubst du an das, wofür wir kämpfen?«, fragte Hadi. Er war sich bewusst, dass er sich Anis damit auslieferte. Wenn er zu Khalid oder Saif auch nur eine einzige Andeutung machte, würde Hadi das gleiche Schicksal erwarten wie Anis' Vater.

Wieder zuckte der Junge mit den Schultern. Vermutlich spielte auch das keine Rolle. Vermutlich hatte er recht mit seiner Gleichgültigkeit. Dies war eben das, was sie taten. Schon morgen konnten sie sterben, die Chancen dafür standen nicht einmal schlecht.

Anis erhob sich und bedeutete ihm, sich in eine andere Ecke des Raums zu verziehen. Hadi gehorchte. Anis schraubte Metallplatten an die Innenseite der Tür und begann schließlich, alles miteinander zu verkabeln. Als Letztes hielt er das Batteriepack in der Hand und scheuchte Hadi mit einer schnellen Handbewegung aus dem Raum.

Hadi verließ das Haus durch die Hintertür und wartete jede Sekunde auf eine Explosion.

Keine fünf Minuten später hörte er die vorsichtigen Schritte von Anis und freute sich ehrlich, ihn wohlbehalten zu sehen.

Fünf weitere Häuser hatte ihnen Khalid aufgetragen. Sie mussten sich beeilen, wenn sie alles bis zu ihrer Abfahrt schaffen wollten.

Am späten Nachmittag dieses Tages erreichte ihr Konvoi den Euphrat. Der Fluss lag wie ein dunkler Teppich in der hellen Landschaft, als sie über die erstaunlicherweise intakte, flache Autobahnbrücke fuhren. Links von ihnen erhob sich das Grab des Suleiman Shah, des Gründers der Türkei, eine türkische Enklave, geschützt von türkischen Soldaten. Hadi hatte mitbekommen, dass ihre Führung darüber nachgedacht hatte, es anzugreifen. Es war das bestimmende Tagesthema unter ihnen, denn ausgerechnet heute war auf Youtube ein geheimer Mitschnitt von türkischen Regierungsbeamten veröffentlicht worden. Er legte nahe, dass auf der anderen Seite darüber nachgedacht wurde, einen Angriff auf die Enklave als Grund für eine Einmischung in ihren Krieg in Syrien zu nutzen. Es hatte die Männer weiter angestachelt, und natürlich spuckten Saif und Jafar große Töne auf der Ladefläche, als das nationale Denkmal ihrer Feinde in greifbare Nähe rückte.

Hadi beäugte die Stellungen der Türken, die keine fünfzig Meter von der Autobahn entfernt auf einer winzigen Halbinsel lagen, mit Sorge. Aber ihr Konvoi passierte das Grabmal ohne Zwischenfälle.

Ihr Ziel war die Stadt Ar-Raqqah, etwa acht Kilometer von Suleimans Grab entfernt. Die Achttausend-Einwohner-Gemeinde war mit den Qumari-Kämpfern auf fast achttausendfünfhundert Bewohner angewachsen. Auf jeden Soldaten kamen also etwa sechzehn Einwohner, und doch bestimmten die Bewaffneten das Straßenbild. Einige Händler jubelten, als sie mit ihren Trucks an ihren Ständen vorbeifuhren, doch die meisten schauten zu Boden, versuchten, nicht zu provozieren.

Hadi und Anis stiegen kurz vor dem Ischā-Gebet von der Ladefläche und folgten der Prozession in eine nahegelegene Moschee. Nur den zum Wachdienst eingeteilten und daher unverzichtbaren Soldaten wurde es zugestanden, später zu beten. Alle anderen würden sich beträchtlichen Ärger einhandeln, wenn sie nicht pünktlich zum Gebet erschienen. Das galt nicht nur für die Qumari-Kämpfer, sondern auch für die Bevölkerung.

Nach dem Abendgebet wurden sie von ein paar Ortskundigen zu einer ehemaligen Schule geleitet, die zur Kantine umfunktioniert worden war. Es gab Suppe und Fladenbrot wie fast jeden Tag. Und wie fast jeden Tag aß Hadi mit Saif, Jafar und Anis. Saif schlang die heiße Brühe hinunter, während Anis sie kaum anrührte. Hadi warf ihm einen Blick zu, der sagen sollte: *Iss. Du weißt, dass wir die Kraft brauchen.* Aber Anis reagierte kaum, er saß mit rundem Rücken auf der Bank und starrte auf die Fettaugen, die zwischen den Kichererbsen schwammen.

Als Hadi das letzte Stück Fladenbrot in die Suppe tunkte, hörte er die Stimme von Khalid, der mit einem seiner Stellvertreter sprach. Es ging um die Route des nächsten Tages und um die Frage, ob es gegnerische Truppenbewegungen gab, ob Kampfhandlungen zu erwarten waren. Kriegsroutine. Hadi blickte sich um und sah, wie Khalid mit einem Tablett vor seinem Patronengürtel auf sie zukam. Hadi konzentrierte sich auf seinen leeren Teller. Er wollte nicht, dass Khalid dachte, er interessiere sich für Dinge, die ihn nichts angingen.

Keine dreißig Sekunden später stand Khalid neben ihrem Tisch und bedeutete Saif aufzurutschen.

»Wir müssen etwas besprechen«, kündigte er an, während der erste Löffel Suppe in seinem Mund verschwand.

Hadi und die anderen horchten auf. Außer ihnen saß niemand am Tisch, und es war noch niemals vorgekommen, dass Khalid sein Abendessen an einem Mannschaftstisch einnahm. Es gab wichtigere Gesprächspartner. Und auch wenn sie eine unorganisierte Rebellentruppe waren, hatte er stets darauf bestanden, die Kommandokette zumindest einigermaßen intakt zu halten.

Saif und Jafar legten ihre Löffel beiseite.

»Ihr werdet morgen nicht mit den anderen weiterfahren«, verkündete Khalid.

Hadi schluckte. Auch wenn ihm alles hier falsch vorkam und surreal, so war es die Veränderung, die er noch mehr fürchtete. So schrecklich die Erlebnisse der letzten Wochen gewesen waren, sosehr er die nächsten Toten fürchtete, den nächsten Hubschrauberangriff, den nächsten Hinterhalt – es erschien ihm noch schlimmer, dies alles ohne Khalid durchstehen zu müssen. Auf einmal wurde ihm klar, dass er seinem Anführer vertraute. Dass er fest daran glaubte, dass er ihn nach Hause bringen würde. Was würde aus ihnen ohne Khalid? Und was würde ohne ihn aus Saif und Jafar?

Der Anführer musterte sie über den Löffel seiner Suppe hinweg.

»Und was sollen wir stattdessen tun?«, fragte Jafar. »Ich dachte, wir fahren wieder an die Front.«

»Der Plan hat sich geändert«, sagte Khalid. Und nach einem weiteren Stück Fladenbrot: »Die Bewegung hat eine wichtigere Aufgabe für euch.«

Hadi wusste nicht, was er denken sollte. Er schaute nach Anis, aber der regte sich nicht.

»Ihr werdet nach Deutschland zurückkehren«, sagte Khalid.

Hadi konnte es nicht glauben. Wenn das sein Ernst war, waren all seine Gebete erhört worden, all seine Wünsche für Golshan und die Trauer, die er ihr ersparen wollte. Er würde nicht sterben in einem fremden Land.

»Wieso denn das?«, fragte Saif aufgebracht. »Wir werden doch hier gebraucht! Wir wollen kämpfen! Gerade jetzt, wo wir uns dem Kalifat anschließen. Das ist doch der Grund, warum wir nach Osten fahren, oder nicht?«

Das Kalifat war eine Organisation mit ähnlichen Zielen wie die Qumari, allerdings ungleich größer und mächtiger. Sie hatten die Ressourcen und die Unterstützung reicher Gönner aus dem Ausland. Das Kalifat hatte sich zum Ziel gesetzt, auf den bisher eroberten Gebieten einen Staat zu gründen. Einen Staat, der nicht nur Krieg führte, sondern der auch Steuern einnahm. Es war die einzige Strategie, die langfristig Erfolg versprach, und offenbar hatte sich die Qumari-Führung entschlossen, sich ihnen anzuschließen. Das war der Grund gewesen, warum Khalid die letzten Tage unterwegs gewesen war. Er hatte an Treffen teilgenommen, die das Zusammenführen ihrer Bewegungen vorbereitet hatten. Alles ergab plötzlich einen Sinn.

»Wir wollen kämpfen, Khalid!«, sagte Saif eindringlich.

»Wir wollen uns unseren Platz im Paradies verdienen!«, plapperte Jafar eine der gängigen Parolen nach.

»Glaubt mir, das werdet ihr«, versuchte Khalid die beiden mit sanfter Stimme zu beruhigen. »Ihr werdet etwas ungleich Wichtigeres erledigen, und ihr seid die Einzigen, die dazu in der Lage sind.«

Hadi fragte sich, was das sein könnte. Ihn beschlich das dumpfe Gefühl, dass es nichts Gutes sein würde. Und dass es etwas damit zu tun hatte, dass Saif Anis' Vater umgebracht hatte. Vermutlich hatte Khalid erkannt, dass Saif nicht zu kontrollieren war, dass er zunehmend selbst die Kontrolle verlor.

»Noch etwas«, sagte Khalid, »und das ist keine Bitte.«

Er suchte Hadis Blick. Hadi schluckte, während Khalid sprach.

»Hadi wird befördert«, sagte er. »Er ist jetzt euer Anführer. Und ihr werdet ihm folgen, denn so will es das Gesetz.«

Hadi spürte, wie die Wut in Saif aufstieg. Jafar wäre es egal, Jafar wollte nur tun, was die Schrift von ihm verlangte. Jafar würde von einer Brücke springen, wenn Khalid ihn dazu auffordern würde. *Sie haben unsere Leute getötet, jetzt müssen wir ihre Leute töten*. So einfach war das. Wie sollte er einen Psychopathen unter Kontrolle bringen? Wie sollte er, der größte Zweifler eine Gruppe führen? Und vor allem: wohin? Hadi wollte Nein sagen, wollte ablehnen, aber seine Kehle war wie zugeschnürt.

Was, wenn sie starben? Sie würden sagen, dass Allah es vor 50 000 Jahren so festgelegt hatte. Dass sie genau in diesem Moment der Geschichte sterben sollten. Und dass alles seinen Sinn ergab. Den Sinn des Herrn. Dieser sein Weg war ihr Weg. Und es gab kein Zurück.

KAPITEL 18

Caracas, Venezuela
27. 03. 2014, 16.44 Uhr (acht Stunden später)

Sie warf sich neben ihre Handtasche auf das rote Sofa in der Wohnung ihres angeblichen Vaters und stöhnte.

»Was ist los, Slang?«

»Firmenfeier«, sagte die Frau, die sich Catalina Schwarz nannte, obwohl sie in Wirklichkeit Solveigh Lang hieß und von allen nur Slang genannt wurde.

»Wie schön«, sagte Sir William, ein Ritter der englischen Krone, obwohl er nicht darauf bestand und sich trotzdem stets anhörte wie der blasierte Brite, den sein mittelalterlicher Titel vermuten ließ.

»Hör auf!«, sagte Solveigh und streifte die High Heels ab. »Sag mir lieber, was wir haben.«

Die Kabel, die sie an den Computern der *Belaluna Shipping Co.* installiert hatte, zeichneten seit drei Tagen Daten auf. Trotz ihres schlichten Äußeren handelte es sich dabei um eines der modernsten Stücke Spionagetechnik, die westliche Geheimdienste aufzubieten hatten. Entwickelt von der Tailored Access Operations der NSA, verbarg sich darin auch ein Chipsatz, der Daten sammeln und über ein modifiziertes Mobiltelefon, das Catalina Schwarz in ihrer Handtasche trug, an die Zentrale übertragen konnte. Kurz gesagt erlaubte es das Mitschreiben der Passwörter von Computern und damit den Zugriff von außen. Eddy Rames, ihr Computerspezialist in der Zentrale, konnte seit über zwei Tagen alle Daten lesen. Was ausreichen sollte, damit Solveigh den Einsatz abbrechen konnte – was wiederum bedeutete, dass sie nicht mit Aguilar schlafen musste. Sie konnte sich wenig Ekelhafteres vorstellen.

»Wir haben nichts, Slang«, sagte Will Thater und setzte sich auf die Schreibtischplatte.

»Wie meinst du das: nichts?«, fragte Solveigh.

»Was heißt, ›wie meine ich das‹? Nichts ist nichts«, sagte Will und fasste sich an die Nase.

»Unmöglich«, sagte Solveigh und spürte, wie sich ihre Nackenhaare aufstellten bei dem Gedanken, noch mehr als ein paar Tage den Kaffee für Aguilar zu holen, zu lächeln und gut auszusehen.

»Unwahrscheinlich«, bekannte Will, »aber nicht unmöglich.«

»Sie speichern nichts auf den Desktop-Computern«, murmelte Solveigh. »Was bedeutet …«

»… dass einer der beiden noch einen anderen Computer haben muss«, beendete Will Thater ihren Satz.

»Möchtest du einen Tee?«, fragte er und schwang sich von der Tischplatte.

»Willst du mich verarschen?«, fragte Solveigh und begann sich auszuziehen.

»Wir vermuten, dass es ein Rechner bei Aguilar zu Hause ist. Die Passwörter für Müllers Laptop haben wir, weil er ihn in seinem Büro angeschlossen hat.«

»Scheiße«, sagte Solveigh und knöpfte ihre Bluse auf.

»Du musst irgendwie da rankommen«, sagte Will und verzog die Mundwinkel zu einem Grinsen. »Sonst werden wir ihnen niemals etwas nachweisen«, sagte Will.

»Was ist aus der britischen Höflichkeit geworden?«, fragte Solveigh und machte eine wegscheuchende Handbewegung.

Will Thater hob entschuldigend die Hände und drehte sich um. »Wir haben alle Ladungen überprüft und konnten nichts finden.«

Was für sich genommen schon beinahe unmöglich war. Die European Council Special Branch, kurz ECSB, war seit Monaten hinter der *Belaluna Shipping Co.* her. Hauptsitz in Hamburg, Außenstellen in Caracas, Port Said, Le Havre und Rotterdam. Und wenn ihre Vermutungen stimmten, eine der größten Schmuggelorganisationen der letzten Jahrzehnte. Irgendwie schien es ihnen gelungen zu sein, unter dem Deckmantel einer altehrwürdigen Reederei ein schwarzes Geschäft aufzuziehen. Denn alle Ermittlungen deuteten in Richtung der Belaluna mit ihrer blitzsauber anmutenden Weste.

Eskaliert war die Situation, als vor zwei Monaten ein lang geplantes Treffen mit einem Informanten geplatzt war: Ein Logistiker der Firma hatte brisante Daten versprochen und war dann ermordet an dem Pier gefunden worden, an dem Solveigh mit ihm verabredet gewesen war. Ihr Zorn und die Erfolglosigkeit ihrer weiteren Ermittlungen hatte schließlich zu dem Entschluss geführt, sich auf die riskante verdeckte Ermittlung in Caracas einzulassen. In Südamerika wurden die Drogen produziert, und eine der Schlüsselfiguren von Belaluna unterhielt hier ein Büro: der Sicherheitschef Robert Müller, der zweitmächtigste Mann bei der Belaluna hinter dem CEO.

»Wir haben so viel Zeit und Budget darauf verwendet, wir können uns jetzt keinen Misserfolg mehr leisten«, erinnerte William Thater sie.

»Ach was«, ätzte Solveigh. Als ob sie das nicht wüsste.

»Mir ist schon klar, dass es langsam an die Substanz geht, aber du musst noch ein wenig durchhalten«, sagte Will Thater. »Nur noch ein paar Tage. Und uns diese Festplatte besorgen. Dann holen wir dich raus.«

Solveigh schlüpfte in ein rotes Kleid und zupfte die Träger zurecht. Sie hatte nicht vor, ihm zu antworten. Es gab nichts dazu zu sagen. Weil er recht hatte. Und weil sie ihm vertraute.

»Ich verspreche es«, sagte Will, immer noch zum Fenster gewandt.

Solveigh seufzte. »Du kannst dich wieder umdrehen«, sagte sie und griff nach dem Schminkbeutel.

KAPITEL 19

München, Deutschland
28. 03. 2014, 09.04 Uhr (am nächsten Morgen)

Die Szene, die sich an diesem Morgen im Landeskriminalamt abspielte, war beinah deckungsgleich zu seinem Traum. Der große Konferenzraum in der Chefetage, den Paul Regen eher als Saal bezeichnet hätte, fast das gesamte Dezernat 622 drum herum und natürlich die Honoratioren. Der Präsident, die Kriminaldirektoren, unter ihnen der unvermeidliche Klaus Wochinger. Zwanzig schwarze, graue oder blaue Anzüge und Paul Regen, der zur Feier des Tages seinen Parka auf dem Kleiderständer in seinem Vorzimmer zurückgelassen hatte. Immerhin trug er ein weißes Hemd, was allerdings nicht verwunderlich war, denn er pflegte stets ein weißes Hemd zu tragen. Auch in seinem Traum. Nur die Powerpoint-Präsentation, auf der in seinem Traum Folie für Folie sein Versagen an die Wand geworfen worden war, fehlte. Und Mettbrötchen gab es natürlich ebenso wenig wie die Fliege oder Lisa Wochinger. Dies war schließlich ein Arbeitsmeeting. Eine dienstliche Ankündigung. Wenn so ein Trara gemacht wurde, musste es eine besondere dienstliche Ankündigung sein.

Paul Regen war gespannt und ein wenig erleichtert, als es nach ein paar einführenden Worten des Präsidenten doch noch eine Powerpoint gab.

»PHAIDON«, stand auf der Titelfolie. Der Titel eines Werks von Plato. Paul Regen fragte sich, warum seit Neuestem alle Projekte, auf die sie etwas hielten, nach griechischen Göttern oder lateinischen Stürmen heißen mussten. Nicht alles, was in der freien Wirtschaft gut ankam, war eine gute Idee. Früher hießen Projekte im LKA Biber (Binäre Bereichssteuerung, ein anderes Wort für »abteilungsübergreifende Computersysteme«) oder Fuchs (Forensikgruppe Untersuchung chemische Spuren). Früher waren die Projekte putzigen Waldtieren nachempfunden, heute musste es mindestens ein Phönix sein. Früher war alles besser gewesen, wusste Paul Regen. Er fragte sich, ob die Sitzung früh genug zu Ende sein würde, dass er auf dem Markt essen konnte.

»PHAIDON«, setzte Klaus Wochinger an, der offenbar die Projektleitung an sich gerissen hatte, weil er vermutete, dass sich mit Griechenland Karriere machen ließ, »wird die größte und realistischste Simulation eines Terrorangriffs, die jemals in Deutschland durchgeführt wurde.«

Vollmundige Ankündigungen waren noch niemals eine Schwäche des Kriminaldirektors Wochinger gewesen.

»PHAIDON wird uns auf eine Art und Weise herausfordern, wie wir es noch niemals erlebt haben«, sagte Klaus Wochinger und hatte seinem ersten Satz noch kein Jota Inhalt hinzugefügt.

»Wenn Sie glauben, dass LÜKEX ein Spaziergang war, dann stellen Sie sich auf einen Marathon ein«, fuhr er fort. Paul Regen fand seinen Vortrag auf der peinlichen Seite.

»Wenn Sie glauben, dass LÜKEX ein Marathon war, dann stellen Sie sich auf die Besteigung des Mount Everest ein.«

Klaus Wochinger war nicht zu bremsen, was Paul Regen zu der Vorstellung veranlasste, sich Lisa Wochinger auf dem Platz neben ihm vorzustellen. Sie hatten ein Date. Morgen Abend. Weil der Klaus da zum Schafkopfen ist, hatte Lisa gesagt. Paul Regen war zwar in München aufgewachsen, aber er kannte nicht einmal die Regeln zum Schafkopf. Er hasste Spiele jedweder Natur.

»Das BKA prüft die Leistungsfähigkeit aller Landeskriminalämter anhand einer leistungsfähigen neuen Simulationssoftware aus den USA.«

Natürlich, dachte Paul Regen. Die Vereinigten Staaten. Alles, was in den letzten Jahren vom BKA in sie hineingekippt worden war, war *technology made in USA*. Land of the Brave, Home of the Free. Von wegen!

»Sie werden über einen Zeitraum von drei Wochen jeweils Aufgabenmodule gestellt bekommen, die gezielt Aspekte von Entscheidungskompetenz, individueller Leistungsfähigkeit und analytischem Vorgehen abfragen.«

Ein Haufen Bullshit-Bingo, dachte Paul Regen. Aufgabenmodule? Nichts anderes als eine verdammte Prüfung! Sie wollten herausfinden, wie das LKA auf eine terroristische Bedrohung vorbereitet war – und auf wen man sich verlassen konnte. Aber es blieb ein Spiel, dachte er. Eine verdammte Simulation. Was bedeutete es schon, im Virtuellen die richtigen Entscheidungen zu treffen? Kam es darauf an? Was sagte es über einen Menschen aus, dass er im Simulator einen Jet im Hudson River gelandet hatte? Im Gegensatz zu dem, dem das mit einer vollen Passagiermaschine bei ausgefallenen Triebwerken gelungen war. Paul Regen hielt nichts von Spielen. Paul Regen hielt nichts von

Simulationen. Paul Regen hielt nichts von Tests. Paul Regen hielt etwas vom richtigen Leben.

»Und, liebe Kolleginnen und Kollegen«, sagte Klaus Wochinger unbeeindruckt von Pauls Gedanken, »das Ganze in Echtzeit! Jedes Modul stellt einen entscheidenden Moment im Krisenmanagement dar und läuft dann bis zu vierundzwanzig Stunden in Echtzeit. Alle Entscheidungen, die Sie treffen, werden vom Computer verarbeitet und wirken sich auf das folgende Modul aus.«

Was nichts anderes bedeutet, als dass wir bei der Übung so richtig schön gemeinsam baden gehen können, dachte Paul und wünschte sich ein Käsebrötchen.

»Meine lieben Kolleginnen und Kollegen …«, skandierte Klaus Wochinger zum zweiten Mal innerhalb von dreißig Sekunden, wobei sich Paul Regen fragte, welche Kolleginnen er meinte, denn im Führungskreis saß keine einzige Frau. Vermutlich gehörte es mittlerweile zum guten Ton, die Quote zu beachten, auch wenn sie gar nicht erst erfüllt worden war.

»Diese Computersimulation ist die Zukunft und wir freuen uns besonders, dass das BKA das Landeskriminalamt Bayern als ersten Partner für die Übung ausgewählt hat.«

Versuchskaninchen trifft es wohl eher, kommentierte Paul in Gedanken und warf einen Blick auf die Uhr. Es würde ihm zusetzen, zum zweiten Mal in dieser Woche auf die Kantine ausweichen zu müssen. Das Mittagessen auf dem Viktualienmarkt war sein kleines Heiligtum. Es ließ sich nirgendwo besser nachdenken als bei einem Fischbrötchen und ein wenig Obst an einem wohlvertrauten Ort.

»Wer könnte besser die Leistungsfähigkeit unserer Landeskriminalämter unter Beweis stellen als unser wunderschöner Freistaat?«, schloss Klaus Wochinger und nickte wohlgefällig in Richtung des Präsidenten.

Paul Regen dachte an den Brief, den er in der Schreibtischschublade seines Büros eingeschlossen hatte und der nur noch auf die Zustellung an den Kriminaldirektor wartete. Er mochte gut in der Lage sein, dem Kriminaldirektor die weiß-blaue Freistaatlaune zu verderben. Paul Regen grinste bei dem Gedanken an das, was passieren könnte, wenn alles nach Plan lief.

»Zu guter Letzt möchte ich Ihnen noch die verantwortlichen Gruppenleiter für PHAIDON vorstellen«, kündigte Klaus Wochinger an, und hinter seinem kahlen Schädel erschien ein Organigramm für die Großübung.

Paul Regen gefror das Grinsen im Gesicht, als er seinen Namen in einem der Kästchen in der obersten Reihe erkannte. Er stand direkt unter dem Kriminaldirektor. Neben seinem Chef Xaver Turner. Der würde wieder an Klaus berichten, was diese Übung anging. Und Paul konnte sich in etwa vorstellen, was das bedeuten würde. Es bedeutete, dass Kriminaldirektor Wochinger geplant hatte, dass der Kriminalhauptkommissar Paul Regen baden gehen würde. Weil der Kriminaldirektor keine Gelegenheit versäumen würde, ihm die schwierigsten Aufgaben zu übertragen. Um dann genüsslich dabei zuzuschauen, wie der Regen in der Isar unterging.

KAPITEL 20

Ar-Raqqah, Syrien
29.03.2014, 05.36 Uhr (am nächsten Morgen)

»Wach auf, Hadi.«

Hadi schreckte hoch. Was war passiert? Er griff nach seiner Waffe, die wie immer rechts neben seinem Schlafsack lag, als ihn eine Hand am Unterarm packte.

»Es ist alles in Ordnung, Hadi«, sagte die Stimme. Langsam kehrte er in die Wirklichkeit zurück. Es war Khalids sanfte Stimme, die ihn geweckt hatte. Er sah seine weißen Augäpfel in der Dunkelheit des Schlafsaals.

»Komm mit«, sagte Khalid und verschwand in der Nacht. Hadi beeilte sich, ihm zu folgen.

Vor der Tür zündete sich Khalid eine Zigarette an und reichte Hadi die Packung. Khalid gab ihm Feuer.

»Ich muss dir etwas zeigen«, sagte Khalid und lief über die langgezogene Terrasse bis zur Treppe.

Unten wartete sein Wagen, ein alter Mercedes, mit laufendem Motor. Hadi glitt in den Fond, und kaum hatte der Offizier auf dem Beifahrersitz Platz genommen, gab der Fahrer Gas. Hadi starrte aus dem Fenster, als der Wagen die Stadt verließ. Es war erstaunlich, wie dunkel es nachts in der Wüste wurde. Bevor er nach Syrien gekommen war, hatte er geglaubt, dass sich das Mondlicht im Sand spiegeln würde, aber das war nicht der Fall. Vor den Scheiben begann stockfinstere Nacht, man hätte kaum die Hand vor Augen erkennen können.

Zwanzig Minuten später erreichten sie einen kleinen Hügel, auf dem in einem Halbkreis weitere Wagen standen. Ihr Fahrer bremste, und der Mercedes schlitterte auf dem staubigen Untergrund ein paar Meter, bevor er hinter einem Lastwagen zum Stillstand kam. Khalid und Hadi stiegen aus dem Wagen. Der Gestank war überwältigend, und Khalid hielt ihm ein weiteres Mal seine Zigarettenschachtel hin. Dankbar griff Hadi zu und blies den Rauch in Richtung seiner Nasenlöcher aus dem Mund. Gemeinsam liefen sie zu dem Lastwagen, und Hadi sah, worauf die Scheinwerfer der Autos gerichtet waren.

Hinter dem Hügel lag ein Grab. In den Lichtkegeln tanzten Hunderttausende Fliegen auf den Leibern der Toten, sie krochen aus ihren Augen, flogen in ihre Münder und krabbelten in die Wunden. Auf der anderen Seite des Kraters standen etwa zwanzig Männer, jeder auf eine Schaufel gestützt. Erst durch den direkten Vergleich erkannte Hadi, dass in dem Grab Hunderte Menschen liegen mussten. Es waren Kinder darunter, Männer und Frauen.

Hadi warf die Zigarette auf den Boden und blickte zu Khalid. Khalid bot ihm eine neue an und gab ihm Feuer. Dann zeichnete er einen Kreis in die Luft und die Männer hoben ihre Schaufeln. Jede Sekunde flog eine winzige Menge Erde und Sand in das Grab, gemischt mit kleinen Steinen.

»Gehen wir ein Stück«, sagte Khalid und lud Hadi ein, ihm zu folgen.

Sie liefen an der Schotterstraße entlang, weg von dem Gestank, weg von den Toten. Auf jede ausgetretene Zigarette folgte die nächste. Erst ein paar Minuten später stellte Khalid seine erste Frage: »Sprichst du wieder?«

Hadi nickte. Er hatte beschlossen, seine Sprache wiederzufinden. Weil er immerhin noch eine Zunge besaß.

»Der Junge?«

»Ich nenne ihn Anis«, antwortete Hadi.

»Ist das sein Name?«, fragte Khalid.

»Vermutlich nicht«, sagte Hadi. »Wer waren die Toten? Haben wir …«

Er musste die Frage nicht zu Ende formulieren.

Khalid schüttelte den Kopf: »Es waren Leute aus Al-Tabqa.«

Er blieb stehen.

»Sie kamen zu zweit. Zwei Jets. Sie donnerten einmal über die Stadt und flogen dann eine Kurve über den Euphrat. Fünf Minuten später waren sie wieder da. Vier Bomben, gezündet fünfzig Meter über den Dächern. Und dann regnete es in Al-Tabqa.«

Khalid zündete sich eine weitere Zigarette an und blies den Rauch in die tiefschwarze Nacht, bevor er fortfuhr: »Die Menschen liefen aus den Häusern. Kinder, Frauen, Männer. Sie brachen auf der Straße zusammen, ihre Leiber zuckten, weil sie erstickten, ihnen lief weißer Schaum aus den Mündern.«

Hadi blickte zurück zu den Lastwagen, dachte an die Hunderte unschuldiger Menschen, die gestern dort aus dem Leben gerissen worden waren. Auch wenn er sich eingestehen musste, dass sie eine Mitschuld traf, überwog der Zorn. Er ahnte, warum Khalid ihm das Grab gezeigt hatte.

»Unsere Leute wussten, was es war, aber auch sie konnten sich nicht dagegen wehren. Keine zehn Minuten später war ein Sechstel der Stadt gestorben. Einfach so.«

In weiter Ferne hörte Hadi das Feuern von schwerer Artillerie. Khalid schien es nicht einmal zu bemerken.

»Es waren Fabriken aus Deutschland, mit denen die Armee das Gas hergestellt hat, Hadi. Sie haben es ihnen geliefert. Wie die Russen ihre Flugzeuge und die Franzosen die Hubschrauber. Und jetzt stellen sie sich hin und verurteilen uns, Hadi. Uns! Obwohl wir nichts weiter tun, als für die Freiheit der Menschen zu kämpfen und für unseren Glauben. Die Regierung ist nicht unser einziger Feind, Hadi. Diejenigen, die sie stark machen, sitzen in Washington, in Berlin und in London. Deswegen wollte ich dir zeigen, was mit den Menschen passiert ist.«

Hadi nickte. Er hatte verstanden, worum es Khalid ging.

»Ich habe dich zum Anführer gemacht, weil du der klügste Kopf unter den Deutschen bist, Hadi. Die anderen sind gute Soldaten, aber sie wären niemals stabil genug, um ohne einen guten Anführer den Plan umzusetzen, den wir für euch entworfen haben.«

Hadi blickte zu Boden.

»Ich muss wissen, ob du bereit bist zu tun, was getan werden muss, Hadi. Ich muss wissen, ob du in der Lage dazu bist. Wirst du diese Männer für uns führen, Hadi?«

Hadi griff nach einer weiteren Zigarette und betrachtete die Glut an ihrer Spitze. Er wusste nicht, ob er bereit dazu war. Aber er wusste auch, dass es sein sicheres Todesurteil wäre, Khalid das in diesem Moment zu sagen. Er vertraute ihm, aber er wusste auch, dass Khalid nicht zögern würde, ihn umzubringen, wenn er ihm nicht mehr von Nutzen war.

Hadi nickte. »Ich bin bereit«, sagte er.

»Das ist gut«, sagte Khalid. »Das ist sehr gut.«

Er legte ihm einen Arm um die Schulter, als sie zurück zu Khalids Mercedes gingen. Als sie in das Auto stiegen, konnte Hadi die Verwesung wieder riechen und er hörte das Klappern der Spaten in der Nacht. Das Artilleriefeuer hatte aufgehört. Vermutlich gab es morgen an einem anderen Ort ein neues Grab auszuheben.

Zwei Stunden nach ihrem Ausflug, dem Fadschr-Gebet und einem Frühstück, das Hadi bis auf den Tee nicht angerührt hatte, saßen sie in einem Klassenzimmer der Schule von Ar-Raqqah. Neben Saif, Jafar, Anis und Hadi drückten noch etwa zehn weitere Männer die Schulbank. Keiner von ihnen wusste genau, was sie erwartete.

Khalid ließ sie eine Viertelstunde warten und erschien dann mit vier weiteren Offizieren. Die Anführer stellten sich vor die Tafel und begannen, ihnen zu erklären, was in den nächsten Wochen auf sie zukam. Khalid machte den Anfang. Jeder der Männer sprach zu seinen Leuten in der jeweiligen Landessprache. Hadi erkannte an den Sprachmelodien, dass sie aus Frankreich, England und Spanien kommen mussten. Das, was sie einte, war das, was sie hier zu Außenseitern machte: Sie waren Europäer.

»Der Heilige Krieg«, begann Khalid, »muss nicht nur hier geführt werden. Er muss auch dort geführt werden, wo die Feinde unserer Bewegung Stimmung gegen uns machen. Ihr seid diejenigen, die ausgewählt wurden. Ihr seid diejenigen, die das erreichen werden, was nur außergewöhnliche Kämpfer erreichen können: Ihr werdet unseren Krieg in eure Heimatländer tragen. Denn wir müssen beweisen, dass wir es ernst meinen. Und dass wir uns nicht aufhalten lassen.«

Khalid erntete Schlachtrufe von Saif und Jafar, die sofort von den anderen aufgegriffen wurden.

»Allah ist groß«, sagten sie im Chor, obwohl die anderen noch gar nicht verstanden hatten, was Khalid gesagt hatte.

»Ihr werdet nicht mehr in Syrien kämpfen, sondern in Europa. Ihr werdet diejenigen sein, deren Namen man noch in zwanzig Jahren ehrfürchtig aussprechen wird. Ihr werdet diejenigen sein, die etwas wahrlich Großes vollbringen, etwas Unvergessliches. Ihr werdet sein, was Mohammed Atta für uns gewesen wäre, wenn es nicht die Amerikaner selbst inszeniert hätten. Diesmal werdet ihr wirklich unsere Flugzeuge sein, die ihre gottlosen Türme zerstören.

Bei den Namen der Attentäter vom 11. September ging ein Raunen durch die Reihen auf den Bänken und Hadi sah in Saifs und Jafars Augen, dass Khalids Ansprache ihre Wirkung nicht verfehlte. Unter den Qumari glaubten die meisten, dass die Attentate vom 11. September tatsächlich nicht von Terroristen verübt worden waren. Was sich auf den ersten Blick absurd anhörte, schien auf den zweiten überaus logisch: Indem den USA die Legitimation für ihren Kampf gegen den Terror genommen wurde, wuchs der Hass und das Unverständnis ins Unermessliche. Die USA hatten keinen Grund für Rache, also konstruierten sie einen. Alles war eine Glaubensfrage.

»Ihr sprecht ihre Sprache, ihr wisst, wie ihr Alltag aussieht. Ihr seid von Einheimischen nicht zu unterscheiden. In den nächsten Wochen werdet ihr lernen, wie man abtaucht, wie es euch gelingt, keine Spuren zu hinterlassen. Ihr werdet keine Telefone mehr benutzen können, kein Geld am Automaten abheben, nicht einmal in die Nähe eines Computers kommen. Weil sie all das überwachen. Selbst hier wissen die Amerikaner, was wir bei Facebook posten und wo wir uns aufhalten. Aber weil wir das wissen, wird das für uns zum Vorteil. Die Amerikaner werden nicht mehr wissen, wo ihr seid, weil ihr wisst, was sie wissen. Ihr werdet unsichtbare Krieger sein, die sich verstecken, um dann aus der Dunkelheit zuzuschlagen. Unsichtbar, lautlos. Ihr werdet ein Phantom sein. Und niemand wird euch finden, bis es zu spät ist.«

KAPITEL 21

Caracas, Venezuela
30. 03. 2014, 20.41 Uhr (am nächsten Tag)

Solveigh betrat das noble Condominium durch die gläserne Drehtür. Die Absätze ihrer High Heels klapperten auf dem marmornen Boden, als sie zum Empfangstresen lief. Ein etwa fünfzigjähriger Mann saß hinter dem schwarz furnierten Halbrund und konzentrierte sich auf einen Fernseher, dessen Ton abgeschaltet war. Es lief ein Fußballspiel zwischen dem AC Mineros und dem FC Caracas. Die Mineros führten eins zu null, was den Wachmann offenbar kaltließ.

Er pulte mit einem Zahnstocher in seinen Zähnen, als sich Solveigh vor ihm aufbaute.

»Guten Abend«, sagte sie und spürte die dicke Mascara auf ihren Wimpern, als wäre es eine tonnenschwere Last.

Der Mann nahm den Zahnstocher aus dem Mund und legte ihn auf die Tastatur des Telefons. Nachdem sie ihm ihren Namen und den des Bewohners genannt hatte, den sie besuchen wollte, steckte er den Zahnstocher wieder in den Mund und griff zum Hörer.

Die Fahrt im Fahrstuhl nutzte Solveigh, um in ihrer Handtasche nach der Kampferpaste zu suchen. Kurz bevor sie den siebzehnten Stock erreichte, strich sie sich eine dünne Schicht auf die Oberlippe. Es war das Einzige, was ihr gegen schlechte Gerüche half, die ätherischen Öle wirkten bis zu einem gewissen Grad. Solveigh wusste, dass sie heute nicht reichen würden. Sie war gekommen, um das Unvermeidliche zu tun. Das Undenkbare. Das, wofür sie ihren Job hassen konnte. Es war bisher nicht oft vorgekommen, dass sie so weit hatte gehen müssen. Zweimal, um genau zu sein.

Auf dem Flur überprüfte sie in einem Spiegel ihr Erscheinungsbild. Sie hatte sich für ein kurzes beigefarbenes Kleid entschieden mit einem tiefen Ausschnitt, der von einer silbernen Brosche zusammengehalten wurde. Sie drehte sich um und betrachtete ihren freien Rücken. Sie hätte genauso gut in einem Porno auftreten können, fand sie. Vermutlich war das Kleid in Ramon Aguilars Augen immer noch zu konservativ.

Trotz aller Vorbereitungen schluckte sie, als sie die Klingel an der Tür zu seinem Apartment drückte.

Sie hörte den sanften Gong im Inneren und dann die ihr bekannten Schritte auf dem Holzboden. Ihr geschultes Ohr hätte ihn daran zweifelsfrei erkannt, selbst wenn es nicht seine Wohnung gewesen wäre. Der Gang war nicht unbedingt ein Fingerabdruck, aber dennoch ein sehr individuelles Merkmal. Heute wünschte sie sich, dass er langsamer gehen würde. Er öffnete die Tür und tat überrascht.

»Catalina«, sagte er. »Ist etwas passiert?«

Du Heuchler, dachte Solveigh und schlug die Augen nieder. Sie fasste sich ins Haar und drehte eine Locke.

»Nein, Señor Aguilar«, sagte sie.

»Was ist denn los?«, fragte er.

Er wollte, dass sie es aussprach. Wollte, dass sie sich vor ihm erniedrigte. Er wusste, dass er das Spiel gewonnen hatte, das sie ihm in den letzten zwei Wochen vorgespielt hatte.

»Ich dachte, Sie würden sich freuen, mich zu sehen«, sagte Catalina.

»Natürlich freue ich mich, dich zu sehen«, sagte er. Indem er sie duzte, legte er seine Absichten auf ein Silbertablett. Wäre Catalina nicht Solveigh, würde sie morgen nach einer Gehaltserhöhung fragen und sie auch bekommen.

»Kann ich reinkommen?«, fragte sie.

»Natürlich, Catalina«, beeilte er sich zu antworten und gab den Weg frei.

Der Ausblick aus dem sicherlich sündhaft teuren Apartment war phänomenal. Caracas lag ihr zu Füßen, die Lichter der Stadt funkelten in der Nacht. Er öffnete eine Flasche Wein, während sie vor der bodenlangen Fensterfront auf ihn wartete. Sie stand dort regungslos wie ein schlafendes Klippspringerweibchen in der Savanne. Sie wusste, dass sie ihm den Schuss überlassen musste.

Als er mit den beiden Gläsern hinter sie trat, spürte sie, wie sich ihr Rücken versteifte. Ihr Körper wehrte sich gegen das, was sie ihm zumutete. Er reichte ihr das Glas von hinten, platzierte sich so nah, dass seine Brust beinah ihren Rücken berührte. Sie roch sein Aftershave und Alkohol. Er hatte schon vorher getrunken. Was ein gutes Zeichen war. Solveigh nahm ihm das Glas aus der Hand und drehte sich um. Sie konzentrierte sich auf den Geruch von Kampfer und Melisse, als sie spürte, wie ihre Brüste sein Hemd streiften. Nichts ist, wie es sein sollte, dachte sie.

»Señor Aguilar«, sagte sie.

»Hier kannst du Ramon zu mir sagen«, forderte er sie auf und zog sie zu sich heran. Er fasste ihr an den Nacken und hielt sie für einen Moment von sich weg. Seine Augen suchten Widerstand.

Catalina lächelte und schloss die Augen. Dann spürte sie, wie sich seine Lippen näherten und seine Zunge begann, nach ihren Zähnen zu tasten. Atme ganz ruhig, sagte sie sich. Stell dir vor, du fährst mit dem Rennrad über einen geschwungenen Feldweg an einer grünen Wiese vorbei und riechst den Frühling, die Blumen, das nasse Gras. Sie spürte seine Hand durch das Kleid auf ihrem Slip. Sie dachte an die Kabel in ihrer Handtasche und das Ziel.

Wenn du schläfst, dachte sie. Wenn du schläfst.

Lass es schnell vorbei sein, betete sie, als sie ihm ihre

Hüfte entgegenreckte und den Tabak und den Wein schmeckte. Das Glas der Fensterfront war kalt an ihrem freien Rücken.

KAPITEL 22

München, Deutschland
03.04.2014, 17.21 Uhr (vier Tage später)

»Einen schönen Feierabend für Sie, Frau Auch«, sagte Paul Regen und nahm seine Jacke vom Kleiderständer im Auswärtigen Amt, wie er sein Vorzimmer insgeheim nannte. Es war doppelt so groß wie sein Büro und hätte neben Adelheid Auch locker zwei weiteren Beamten Platz geboten. Nur Paul Regens Vorstellung von Teamwork bot keinen Platz für weitere Mitarbeiter.

»Was haben Sie vor?«, fragte Adelheid Auch und schob sich die Lesebrille auf die faltige Stirn.

»Sie sehen bezaubernd aus«, versuchte Paul Regen abzulenken und zog den Parka über die Schultern. Und er hatte nicht gelogen. Das tat sie tatsächlich. Wie jeden Tag trug Adelheid farblich abgestimmte Kleidung, die jeden Betrachter in die Goldenen Fünfziger zurückversetzte. Heute war ihre Wahl auf einen Bleistiftrock mit gepunkteter Bluse gefallen.

»Ich weiß, wenn Sie etwas ausbrüten«, behauptete die Kriminalhauptmeisterin. Ihre manikürten Finger lauerten angriffslustig über der Tastatur.

»Ich weiß nicht, was Sie meinen«, sagte Paul Regen und versuchte, dabei so beiläufig wie möglich zu klingen. Er tastete nach der kleinen Flasche in seiner Jackentasche, die er heute Morgen in Hellabrunn abgeholt hatte. Es hatte Vorteile, früher einmal mit einer Veterinärin ausgegangen zu sein. Es hatte überhaupt Vorteile, mit jemandem auszugehen, dachte Paul Regen und freute sich auf seinen freien Abend umso mehr.

»Ich meine ja nur«, sagte Adelheid Auch, »weil es schien, dass Sie beide den Kinderkram ganz gut im Griff hätten.«

Paul Regen kratzte sich am Kopf. Natürlich hatte sie recht. Adelheid Auch hatte immer recht, weshalb sie auch ganz zu Recht sein Auswärtiges Amt betrieb, das für sämtliche Anfragen von außen an ihr Büro zuständig war, denn Paul Regen hielt Telefonieren für die größte Verschwendung von Lebenszeit nach der Erfindung des Automobils. Der Erfinder der E-Mail hätte einen Friedensnobelpreis weit eher verdient als dieser amerikanische Präsident mit seinen Lauschangriffen auf den Rest der Welt.

»Irgendwann, liebe Frau Auch, geht auch die schönste Zeit vorbei«, sagte er beim Hinausgehen. Er hoffte, dass sie das Grinsen auf seinem Gesicht nicht gesehen hatte.

Paul Regen verließ die Grüne Villa, den ältesten und baufälligsten Bau des LKA-Areals an der Maillingerstraße, durch das knarzende Treppenhaus. Die ehemalige Infanteriekaserne stand zwischen scheußlichen Neubauten aus den Sechziger- und Siebzigerjahren. Es galt unter Kollegen als das unbeliebteste Gebäude, weil sich die Heizung im Winter nicht regulieren ließ und weil die dünnglasigen

Doppelfenster zogen, als hätten sie das Wort Isolierung erst im 20. Jahrhundert erfunden. Paul Regen hatte sich erfolgreich dagegen gewehrt, mit Adelheid Auch ein anderes Büro beziehen zu müssen, als sie ihre neuen Jobs angetreten hatten, was hauptsächlich daran lag, dass die Abteilung Islamistischer Terror aus allen Nähten platzte. Seit in den Nachrichten Bilder von Berliner Rappern zu sehen waren, die in Syrien Journalisten enthaupteten, wurde aufgestockt. Nicht nur mit Adelheid und Paul – fast alle Studienabgänger der Hochschule der Polizei fingen zurzeit hier an. Paul Regen mochte die Grüne Villa, weil sie eine Geschichte hatte. Häuser, die nach 1915 gebaut worden waren, machten Paul Regen nervös. Die niedrigen Decken, die effizienten, dünnen Wände. Paul Regen mochte dicke Wände, hohe Räume, massives Mauerwerk, Münchener Bier und das Internet. Andererseits leistete er sich kindische Streiche mit seinem Vorgesetzten und, zugegeben, ehemaligen besten Freund. Paul Regen war nicht immer leicht zu verstehen, das galt sogar für ihn selbst.

Er nahm die U1 bis zum Sendlinger Tor und ging den Rest des Wegs zu Fuß. Spaziergänge waren für Paul Regen nicht nur Muße, sondern ein essenzieller Teil seiner Arbeit. Er bezeichnete diese Art der Ermittlung als assoziative Investigation, und er hatte damit mehr als einmal bewiesen, wie effektiv es war, einen neuen Blickwinkel einzunehmen. Er hatte sich den kompliziert klingenden Titel ausgedacht, weil Adelheid Auch ja schlechterdings sagen konnte, »Der Herr Regen ist spazieren«, wenn jemand nach ihm fragte. »Der Herr Regen betreibt eine assoziative Investigation«

klang da schon viel besser und war geeignet, die deutsche Beamtenseele zu umschmeicheln und jeden Verdacht eines Müßiggangs während der Dienstzeit zu zerstreuen.

Er ließ sich durch die neu geschaffene Fußgängerzone am östlichen Teil der Sendlinger Straße treiben und beobachtete die Menschen. Kleine Menschen, dicke Menschen, Asiaten, Schwarze. München war ein buntes Pflaster, und Paul Regen empfand das als Bereicherung. Ja, er hatte möglicherweise einen Fehler gemacht, was die beiden Studenten anging. Aber es war besser, diesen Fehler zu begehen, als sich einmal zu oft einem Vorurteil hinzugeben. Es war ihre Aufgabe, die Gesellschaft zu beschützen, und das fing nun einmal bei jedem Individuum an.

Einzig auf den neuen Klamottenladen, der dunkel und unbeschriftet in den ehemaligen Räumen der *Süddeutschen Zeitung* lag, hätte Paul Regen gut verzichten können. Der Gründer dieser Modekette bestand darauf, dass sein Parfum in großen Mengen über die Belüftungsanlage des Gebäudes versprüht wurde. Sie mussten Tonnen davon reinkippen, wenn man es aus über 100 Metern Entfernung bereits riechen konnte. Paul Regen wusste, dass die Unternehmensberatung, die in die Stockwerke über dem Laden eingezogen war, darauf bestanden hatte, eine getrennte Lüftungsanlage zu bekommen. Paul Regen hielt das für eine gute Idee. Die Schlange vor den zwei halb nackerten Türstehern war lang wie üblich. Beim Vorbeigehen beschloss Paul Regen, sich ein Twitter-Profil zuzulegen, um nicht den Anschluss zu verlieren.

Er erreichte den Markt um Viertel vor sechs und erwischte gerade noch den Kräuter- und Gewürzstand beim Abbauen. Elisabeth verkaufte ihm eine Schale mit Hommos, etwas Schafskäse, ein paar Oliven und ein Fladenbrot. Beim Obsthändler seines Vertrauens wanderten zwei Orangen und zwei Mangos in die Tüte. Dazu eine Flasche Weißwein vom Gardasee, die er sich gleich öffnen ließ. Da der Händler ein Freund von ihm war, lieh er ihm auch zwei Gläser. Mit dem perfekten Picknickkorb bezog Paul auf einem wegen Renovierungsarbeiten geschlossenen Stand Position und wartete auf sein Date.

Lisa Wochinger kam zehn Minuten zu spät wie üblich. Die Journalistin war stets auf dem Sprung, böswillige Zungen hätten sie flatterhaft nennen können. Sie trug ein langes weißes Kleid und sah so sommerlich aus, wie man sich den April nur wünschen konnte. Paul begrüßte sie mit einer Umarmung, die etwas inniger ausfiel, als es Klaus Wochinger gefallen hätte. Auf der metallenen Auslage breitete er seine Kostbarkeiten aus, und Lisa stürzte sich auf den Käse und die Oliven.

Die ersten fünf Minuten sprachen sie kaum ein Wort. Sie hatten es nicht nötig – sie waren über die Zeit, in der man sich gegenseitig begierig das Neueste berichten musste, hinaus. Wie immer, wenn er mit Lisa Wochinger zusammen war, spürte Paul Regen eine Vertrautheit, wie er sie mit keinem anderen Menschen teilte. Es schien, als könne Lisa spüren, was in ihm vorging, und umgekehrt. Er genoss die milde Aprilsonne auf seiner Haut, bis er bemerkte, dass Lisa ihn ansah. Er blinzelte.

»Was denkst du, Paul?«, fragte sie.

»Ich frage mich, ob sie recht haben«, sagte Paul. »Und ob ich mich blamiert habe«, fügte er hinzu und erzählte Lisa von den beiden Irakern.

»Ich finde, dass euch ganz schön die Sicherungen durchgegangen sind«, stellte Lisa fest, als er geendet hatte.

»Aber sie waren wirklich Terroristen, Lisa«, sagte Paul und griff nach einer Olive.

»Nein, das sind sie nicht«, sagte Lisa und hielt ihr Weinglas in die Sonne.

»Ihr führt euch auf wie im schlimmsten Science-Fiction-Film und merkt es nicht einmal«, sagte sie und trank einen Schluck.

»Es ist kein Film, Lisa. Das ist die Realität.«

»Du meinst, wenn die Polizei auf meinem Computer einen Plan findet, den ich aber noch nicht ausgeführt habe. Wohlgemerkt, weil die Amerikaner ihn illegal überwacht haben. Und dann konstruiert ihr euch eine Zukunft, basierend auf diesen Daten, und dafür werden dann zwei junge Menschen verurteilt? Seid ihr noch zu retten?«

So hatte Paul es noch gar nicht betrachtet. Die Frage nach der Schuld hatte er sich nicht mehr gestellt, seit klar war, dass es tatsächlich einen Plan für einen Anschlag gegeben hatte. Aber Lisa hatte natürlich recht. Der Plan war Zukunftsmusik.

»Wer weiß, ob die beiden tatsächlich das Flugzeug gestartet hätten? Und wer weiß, ob sie es tatsächlich in ein Wiesnzelt geflogen hätten? Vielleicht hätten sie kalte Füße gekriegt? Vielleicht hätte sie die Vernunft eingeholt? In jedem Fall schreibt ihr euch die Zukunft, wie sie euch in den Kram passt.«

Paul Regen schaufelte den letzten Rest Hommos auf ein Stück Fladenbrot, um Zeit zu gewinnen.

»Und dann soll ich glauben, dass ausgerechnet du dich blamiert hast? Weil du der Einzige warst, der sich geweigert hat, zumindest an eine alternative Zukunftsentscheidung der beiden jungen Männer zu glauben?«

Paul Regen schälte eine der Mangos, während er darüber nachdachte. Lisa vertrat die Meinung der Bürgerrechtler. Es war eine gute Meinung, die nah an Pauls eigener lag, aber es gab auch eine andere Haltung. Die Haltung des Landeskriminalamts und der Regierung.

»Es ist nicht nur Schlechtes an der Überwachung, Lisa. Seit die Amerikaner wirklich alles mitschneiden, ist es für Terroristen fast unmöglich geworden, einen größeren Plot in die Tat umzusetzen, ohne dass wir davon erfahren. Irgendwann muss jeder Mensch heutzutage telefonieren oder das Internet benutzen. Es ist nicht mehr wegzudenken. Weder aus unserem Alltag noch aus dem von Terroristen.«

Lisa nahm ein Stück Mango, das er ihr hinhielt.

»Ich weiß nicht, ob das ausreicht«, sagte sie und biss in die süße Frucht.

»Ich auch nicht. Aber das Maximale, was sie heute hinkriegen, ist, dass einer am Flughafen um sich schießt. Ein Einzeltäter. Mit einer Waffe. Das ist das Restrisiko. Und wenn ich ehrlich bin, glaube ich tatsächlich, dass ohne die Überwachung in den letzten Jahren einige weit schlimmere Sachen passiert wären …«

Ihr Telefon klingelte mitten in ihre Unterhaltung. Lisa griff nach ihrer Handtasche und warf einen Blick auf das Display. Paul Regen wusste, wer anrief.

»Mach dir keine Sorgen«, sagte er, »er kommt heute später nach Hause.« Er konnte sich ein Grinsen nicht verkneifen.

»Paul Regen, du bist unverbesserlich«, sagte Lisa Wochinger und legte das Gespräch auf die Mailbox.

»Waschbärpisse auf dem Turbolader stinkt schlimmer als alles andere«, sagte Paul Regen. »Ich denke, die Tankstelle wird mindestens noch eine Stunde brauchen, bis sie das sauber haben.«

»Willst du mir damit sagen, dass du das hier für eine Win-win-Situation hältst?«, fragte Lisa und sah zauberhaft aus, während sie den Nagel auf den Kopf traf.

KAPITEL 23

Kairo, Ägypten
06. 04. 2014, 15.52 Uhr (drei Tage später)

Als sie vor drei Tagen die Grenze nach Ägypten überquert hatten, hatte Hadi aufgeatmet. Er hatte den syrischen Bürgerkrieg überlebt, er hatte es geschafft, nicht in einem der Gräber zu enden. Und er war auf dem Weg nach Hause. Nicht aus den Gründen, die er sich gewünscht hätte. Nicht wegen Golshan. Aber er musste sich eingestehen, dass ihn der Krieg verändert hatte. Nachts, wenn er nicht schlafen konnte, sah er die Kinder in dem Grab in Ar-Raqqah, die Fliegen und die Bomben. Während der letzten Woche hatten ihre Ausbilder alles darangesetzt, dass sich die Bilder in ihren Köpfen festsetzten. Jeden Morgen zeigten sie einen Zusammenschnitt der neuesten Nachrichten. Sie zeigten ihnen, was die amerikanischen Bomben anrichteten und das deutsche Gas. Zwei Stunden Ideologie vor dem eigentlichen Unterricht. Jeden Tag.

Hadi musste zugeben, dass sein Hass gewachsen war. Vielleicht stimmte es, dass seinem Heimatland die Profite ihrer Industrie wichtiger war als das Leben der Muslime. Der Westen unternahm nichts, um die Bevölkerung vor den Angriffen der syrischen Armee zu schützen. Im Gegenteil, sie schickten Waffen und Ausrüstung an ihre Gegner, um den Vormarsch des Kalifats aufzuhalten. Es würde nicht lange dauern, bis die Amerikaner ihre Bomber schickten und ihre Drohnen. Sie waren zu erfolgreich – dem Kalifat war es sogar gelungen, mehrere Ölraffinerien zu erobern. Das Geld, das aus diesen Quellen sprudelte, ermöglichte es ihnen, mehr Munition und Waffen zu kaufen. Sie hatten angefangen, Steuern einzutreiben. Hadi hatte erkannt, dass die Gründung eines wahren Islamischen Staates, der die Gesetze Allahs achtete, in greifbare Nähe gerückt war. Vielleicht war es tatsächlich Zeit, durch ihre Aktion in Deutschland zu unterstreichen, dass es ihnen ernst war. Und dass sie vor nichts haltmachen würden, um ihr Recht auf einen eigenen Staat zu unterstreichen. Warum sollten sie sich mit weniger zufriedengeben als Israel? Mit welchem Recht?

»Also, Hadi, wie sollen wir es anstellen?«, fragte Saif mit beißendem Sarkasmus, als Jafar den alten Renault, den sie zur Verfügung gestellt bekommen hatten, gegenüber dem Bahnhof parkte. Saif saß auf dem Beifahrersitz, Hadi und Anis im Fond. Nach einer Woche Theorie sollten sie ihre neu erworbenen Fähigkeiten in der Praxis testen. In einer fremden Stadt. Ohne Hilfe von Khalid, der ihnen in einem zweiten Wagen folgte. »Kauft ein Zugticket nach Sallum«, hatte er ihnen aufgetragen. Selbstredend durften sie sich weder von Kameras aufnehmen lassen noch Kreditkarten verwenden.

Hadi stellte es sich nicht so schwierig vor. Er beobachtete den Eingang, suchte nach den Überwachungskameras. Vielleicht hätten sie sich nicht gerade den Hauptbahnhof aussuchen sollen, dachte er, als er eine Patrouille von zwei Polizisten bemerkte. Er blickte aus dem Heckfenster und suchte nach dem Wagen ihres Ausbilders. Er schien verschwunden zu sein.

»Ich weiß nicht«, sagte Hadi und kratzte sich den Bart, der immer länger wurde. Sie würden sich vor ihrer Reise nach Europa rasieren müssen.

»Er weiß es nicht«, sagte Saif und schlug mit der Faust auf das Armaturenbrett.

»Wo kann man sonst noch Tickets kaufen?«, fragte Hadi. »Gibt es Reisebüros?«

»Woher soll ich das wissen?«, antwortete Saif.

Hadi blickte zu Anis, der wie immer mit halb geschlossenen Augen zu träumen schien. Er würde sich bald von ihm verabschieden müssen, wusste Hadi. Der Plan, den die Strategen der Organisation für sie ausgeheckt hatten, stand. Sie würden Chaos heraufbeschwören und Tod. In einem

Ausmaß, das niemand im Westen erwartete. Anis brachte ihnen bei, wie sie den Tunnel mit Sprengstoff zum Einsturz bringen konnten, deshalb hatte Khalid zugestimmt, ihn mit nach Kairo zu nehmen. Aber die Reise nach Deutschland würden sie nur zu dritt antreten. Ein fünfzehnjähriger Muslim mit herausgeschnittener Zunge wäre ein viel zu großes Risiko für ihre Operation, das hatte selbst Hadi zugeben müssen. Obwohl es ihm schwerfiel, denn ihm war der Junge ans Herz gewachsen. Und er wusste, dass Anis in ihm einen großen Bruder gefunden hatte. Er wusste, dass er sich verloren vorkommen würde, wenn er wieder nach Syrien zurückgeschickt wurde. Hadi konnte nur hoffen, dass er durch sein Wissen über Sprengstoff zu wichtig war, als dass sie sein Leben leichtfertig riskierten. Er würde den stillen Jungen vermissen.

Anis griff nach seinem Arm und deutete dann auf die Sonnenbrille in Saifs Haar.

»Gib ihm deine Brille, Saif«, verlangte Hadi.

Saif wollte protestieren, gab aber schließlich auf.

Anis rieb Daumen und Zeigefinger aneinander, und Hadi reichte ihm das Geld für eine Fahrkarte. Dann riss Anis ein Stück Karton von einem Sixpack Coladosen und schrieb etwas darauf. Ohne ein weiteres Wort öffnete er die Wagentür und lief in Richtung Bahnhof. Hadi hatte keine Ahnung, was er vorhatte, aber er vertraute ihm. Und es wäre sicher kontraproduktiv, auf dem Ramses-Platz einen Streit anzuzetteln.

Anis platzierte sich vor einem Tabakwarenladen etwa fünfzig Meter vom Bahnhof entfernt.

»Glaubst du, sie werden unsere Namen im Fernsehen nennen?«, fragte Jafar vom Fahrersitz. Er hatte die Gabe, in den unmöglichsten Situationen die unsinnigsten Fragen zu stellen.

»Ist es dir wichtig, berühmt zu werden?«, fragte Hadi und ärgerte sich in der nächsten Sekunde, dass er sich überhaupt auf die Diskussion einließ. Je länger er mit Jafar und Saif zusammenarbeitete, desto klarer wurde ihm, warum Khalid ihn ausgesucht hatte. Jafar war einfach zu dumm und Saif zu cholerisch.

Anis stellte sich an die Ecke des Geschäfts, direkt vor den Stand mit den Postkarten von den Pyramiden und den Fähnchen und zeigte Passanten das Schild. Niemand schien sich für ihn zu interessieren.

»Ich denke schon, dass das wichtig ist«, sagte Jafar und meinte, dass er ein Held werden wollte. Er glaubte wirklich an die Jungfrauen und das Paradies.

»Wir werden größer werden als alle Attentäter vor uns«, sagte Saif, »weil wir dabei helfen, das Kalifat zu errichten, das tausend Jahre überdauern wird.«

Hadi seufzte und beobachtete Anis, dem klar geworden war, dass er seine Strategie ändern musste. Jetzt öffnete er seinen Mund, wenn ihn jemand ansah, und zeigte ihnen seinen Zungenstummel.

»Das Kalifat wird ewig währen und alle Muslime vereinen«, sagte Jafar. »Aber was, wenn wir sterben?«

»Du hast gehört, was sie gesagt haben«, mahnte Saif. »Wir sollen so lange durchhalten, wie es möglich ist. Vielleicht sterben wir gar nicht. Vielleicht sprengen wir danach einen Bahnhof, bringen das zu Ende, was die Brüder aus dem Sauerland angefangen haben. Und dann jagen wir einen Flughafen in die Luft. Machen immer weiter, bis in alle Ewigkeit.«

Hadi seufzte.

Es dauerte nicht lange, bis einer der Passanten vor Anis stehen blieb. Anis gestikulierte, woraufhin der Mann sein Geld nahm und in der Bahnhofshalle verschwand. Hadi konnte Anis für seinen Einfallsreichtum nur bewundern. Er hatte seine Schwäche in eine Stärke verwandelt.

»Hört auf«, sagte Hadi und deutete auf Anis. »Er hat es geschafft!«

Tatsächlich kam in diesem Moment ein grinsender Anis auf ihren Renault zugelaufen. Keine dreißig Sekunden später öffnete er die Autotür und glitt auf den Rücksitz. Hadi nahm das Zugticket aus seiner Hand und küsste es. Dann griff er nach Anis' Hand und drückte sie.

»Gut gemacht, Bruder«, sagte er.

Anis lachte. Und Hadi dachte daran, dass sie bald Abschied nehmen mussten. Er ahnte, dass es ohne Anis' Einfallsreichtum schwieriger werden würde. Vielleicht wäre es das letzte Mal, dass sie sich lebend sahen. Vielleicht wäre es das letzte Mal, dass sich ihm eine Chance bot. Es könnte jeden Tag losgehen, hatte ihr Ausbilder gesagt. Alles hing davon ab, wann sie eine Passage organisieren konnten. Er musste es wagen, auch wenn es riskant war. Noch einmal warf er einen Blick durch die Heckscheibe und suchte den Wagen ihres Ausbilders. Ob er zurückgefahren war, sobald er gesehen hatte, dass sie die Fahrkarte gekauft hatten?

»Wartet mal kurz«, sagte Hadi. »Ich hab Durst.«

Er öffnete die Wagentür und bemerkte Anis' skeptischen Blick zu den Coladosen auf dem Rücksitz. Hadi legte einen Finger über die Lippen und lief über die Straße zu dem Tabakwarenladen, vor dem Anis gestanden hatte. Im Vorbeigehen schnappte er sich eine Postkarte und eine Flasche Wasser aus einem Trog mit Eiswürfeln. Beim Bezahlen ließ er die Postkarte mitsamt einer passenden Marke in der Jackentasche verschwinden und hoffte, dass ihn niemand beobachtet hatte.

Er konnte nicht aufbrechen, ohne ihr Bescheid zu geben. Wenigstens ein letztes Mal darum bitten, dass sie weiter für ihn betete.

KAPITEL 24

Kassel, Deutschland
06. 04. 2014, 16.04 Uhr (zur gleichen Zeit)

Lars Aigner stand vor dem Snackautomaten und hielt seine Familie im Arm. Der Wind pfiff durch den Durchgangsbahnhof Kassel-Wilhelmshöhe und ließ ihn frösteln. Er fragte sich, ob Liam warm genug angezogen war. Erst als er sich vergewissert hatte, dass sein Nacken noch warm war, zog er seine eigene Jacke zu. Seit er Vater geworden war, wusste er, was Angst war. Der Gedanke, dass Liam etwas zustoßen könnte, war ihm unerträglich. Selbst wenn es etwas so Harmloses war wie eine Erkältung. Es war vermutlich die Krankheit vieler Eltern, zu glauben, dass sie ihre Kinder vor allem beschützen müssten.

»Jetzt beginnt der Ernst des Lebens«, sagte er zu seinem Sohn, der ihn aus dem Buggy anstrahlte. Es war der erste Tag ihres neuen alten Lebens. Der erste Tag, an dem Sandra wieder fuhr. Wie früher. Nur dass jetzt alles anders war. Mit der Geburt von Liam hatten die sonntäglichen Abschiede am Bahnhof ein Ende gefunden. Volle zwölf Monate hatten sie die gemeinsame Zeit genießen können, aber ab Montag würde Sandra wieder arbeiten. Lars wusste nicht, ob es ein Fluch oder ein Segen war, dass seine Eltern in München lebten und sich um Liam kümmern konnten, während sie beide arbeiteten. Möglicherweise wäre sonst alles anders gekommen. Vielleicht hätte er seine Stelle aufgegeben und wäre nach München gezogen. Oder Sandra und sie hätten sich eine gemeinsame Wohnung in Kassel gesucht. Sie hatten das alles fünfhundertmal durchgekaut. Es gab keine ideale Lösung. Es war, wie es war. Ein modernes Familienleben der ersten Generation, die nicht mehr auf eine Rente vertrauen konnte.

»Wie geht's dir?«, fragte Lars und warf einen bangen Blick auf die Uhr.

»Nicht gut«, sagte seine Frau. »Aber wenn ich Liam anschaue, geht es schon.«

Sein Blick wanderte zur Anzeigetafel über dem Gleis. Er suchte nach einer Verspätung. Heute hätte er sie ausnahmsweise einmal dankend in Kauf genommen.

»Geht mir auch so«, sagte er und fragte sich, ob Liam ihn vermissen würde. Er hoffte es und hoffte zugleich, dass es nicht so kommen würde. Weil es für Liam einfacher wäre, auch wenn es ihm, Lars, wehtat. Liam betrachtete einen Güterzug, der in der Mitte des Bahnhofs vorbeirollte, voller Neugier. Er wusste nicht, was dieser Tag bedeutete. Er wusste nicht, dass dieser Zug etwas anderes war als die Regio-Tram, die Sandra und ihn in die Stadt zum Einkaufen brachte. Als der Güterzug den Bahnhof verlassen hatte, sah der Junge ihn erwartungsvoll an. Lars küsste ihn auf die Stirn und dann seine Frau.

»*Auf Gleis drei Einfahrt ICE 881 nach München Hauptbahnhof, bitte Vorsicht am Bahnsteig.*«

»Es geht also los«, sagte Lars und warf Sandra einen aufmunternden Blick zu.

»Es geht los«, sagte sie, und er bemerkte, dass sie eine Träne verdrückte, als der weiß-rote Triebwagen an ihnen vorbeiraste. Die Bremsen quietschten an allen Wagen. Wilhelmshöhe war ein schneller Halt. Sie hatten keine drei Minuten, um Sandra mit ihrem großen Koffer, der Wickeltasche und dem Kinderwagen die steilen Stufen hinaufzuhieven. Sandra hatte schon die letzten drei Jahre vor Liams Geburt gependelt. Sie kannte sich aus, wusste genau, wo das Kinderabteil lag. Hinter dem Bordbistro, letzte Tür rechts. Die Tür kam fast metergenau vor ihnen zum Stehen.

»Lass uns schnell machen, ja?«, fragte Sandra und schulterte die Wickeltasche.

Lars nickte. Die Tür des ICE zischte und öffnete sich.

»Besser wird es eh nicht«, fügte sie hinzu und zog den Kinderwagen zurück.

»Short and sweet«, sagte Lars und fasste an der Unterseite mit an. Gemeinsam hoben sie das schwarze Ungetüm auf den Teppichboden, auf dem Liam gleich herumkrabbeln und seinen unbändigen Bewegungsdrang ausleben konnte. Wenigstens das habe ich miterlebt, sagte sich Lars und verbot sich in der Sekunde darauf jeden weiteren negativen Gedanken. Er gab seiner Frau einen Kuss und beugte sich dann zu Liam herunter. Er flüsterte ihm etwas ins Ohr und stieg dann wieder hinunter auf den Bahnsteig. Als sich die Tür mit einem lauten Piepsen schloss, nahm Sandra Liam auf den Arm. Das Letzte, was er durch die verschmierte Scheibe des Zugs sah, war sein Sohn, der ihn anlachte und ihm zuwinkte. Er wartete, bis die Lichter des Zugs hinter der Kurve verschwunden waren, und wischte sich dann eine Träne aus dem Augenwinkel. Sie taten das Richtige für sie alle, das wussten sie. Das hatten sie fünfhundert Mal besprochen.

KAPITEL 25

Caracas, Venezuela
07.04.2014, 13.14 Uhr (am nächsten Tag)

Solveigh Lang hielt den Atem an und versuchte, so langsam wie möglich zu laufen. Auf dem Gang vor ihrem Büro lief sie an einer Kollegin vorbei, die sie freundlich begrüßte. Solveigh hielt den Kopf gesenkt. Die Absätze klangen wie Schüsse auf den Fliesen. Sie riss die Tür zu den Toiletten auf und stolperte hinein. Vor dem Spiegel stand niemand. Drei Kabinen. Nacheinander. Erste Tür: nichts. Zweite Tür: niemand. Sie warf die dritte hinter sich zu und kniete sich vor die Kloschüssel. Dann übergab sie sich in das Becken. Drei, vier spastische Kontraktionen ihres Zwerchfells. Bis nichts mehr kam. Sie hatte nicht zu Mittag gegessen. Ihre Mittagspausen verbrachte sie nicht mehr in dem kleinen Café an der Straßenecke, sondern in Aguilars Büro.

Vor dem Spiegel drückte sie Seife aus dem Spender und verrieb sie mit dem Zeigefinger auf ihren Zähnen. Dann spülte sie nach. Sie hielt die Hände zur Schale geformt unter den Hahn und ließ das Wasser über ihr Gesicht laufen. Saugte den Rest auf und bewegte das Wasser im Mund hin und her, bis hinter die abgelegensten Backenzähne. Nichts half. Nur eins: Sie musste hier raus.

Bitte, Will, hol mich hier raus. Ich schaffe es nicht mehr. Wenn ich seinen Schwanz noch einmal in den Mund nehmen muss, werde ich ihn eigenhändig umbringen.

Warum benutzte er seinen Computer nicht? Ohne dass Ramon zumindest einmal sein Passwort eintippte, konnte Eddy nicht auf den Rechner zugreifen. Sie fragte sich, ob es nicht doch irgendeinen Weg gab, Ramon dazu zu verleiten.

Als sie in den Spiegel sah, bemerkte sie ein feines rotes Netz auf ihrem Augapfel. Der Druck hatte die dünnen Äderchen platzen lassen. Ramon hatte es während der letzten Tage nicht bemerkt, es würde ihm auch heute nicht auffallen. Sie riss Papiertücher aus dem Spender neben dem Waschbecken und tupfte sich das Gesicht trocken. Dann griff sie nach dem Schminkbeutel und begann mit der Wiederherstellung.

Fünfzehn Minuten später saß sie wieder an ihrem Schreibtisch und scrollte durch die Frachtpläne der kommenden Wochen. Im Programm der Belaluna konnte man die Schiffe der Reederei auf einer Weltkarte aufrufen. Sie sah, dass die *MS Belaluna Horizon* auf dem Weg von Singapur zum Suez-Kanal war, die *MS Belaluna Freedom* wurde gerade im Hafen von Rotterdam gelöscht. Die *Stellar* und die *Sunset* waren auf der Atlantikroute unterwegs und würden in vier respektive acht Tagen einen europäischen Hafen anlaufen.

Genau diese beiden Schiffe könnten die Fracht geladen haben, hinter denen sie her waren. Aber ohne weitere Daten waren ihnen die Hände gebunden. Sie hatten zwanzig Durchsuchungen seitens vier unterschiedlicher Zollbehörden der EU veranlasst, und niemand hatte auch nur den kleinsten Hinweis auf Schmuggel gefunden. Irgendetwas war faul bei Belaluna. Und sie würde es Aguilar doppelt und dreifach heimzahlen. Solveigh betrachtete die kleinen Symbole auf dem Monitor so lange, bis Aguilar sie in sein Büro rief. Sie hoffte, dass ihm diesmal nur der Sinn nach einer Tasse Kaffee stand. Die Schiffe schienen sich kaum bewegt zu haben.

KAPITEL 26

München, Deutschland
08. 04. 2014, 08.04 Uhr (am nächsten Tag)

»Fast wie im Kino«, bemerkte Paul Regen zu Adelheid Auch, die einen Stift und einen Block aus ihrer Handtasche kramte, als das Licht ausging. Der große Schulungssaal des Landeskriminalamts hatte zwanzig Sitzreihen, die wie in einem Amphitheater angeordnet waren.

»Eher wie in der Uni«, sagte Adelheid Auch.

»Sie sind einfach nicht in der Lage, einen guten Witz für sich stehen zu lassen, Frau Auch«, seufzte Paul und lehnte sich zurück. Sie saßen in der letzten Reihe, den beinah bis auf den letzten Platz gefüllten Saal vor sich. Vor der Leinwand warteten fünf Männer darauf, dass die Mikrofone eingeschaltet wurden. Die große Bundeskriminalamt-Show konnte beginnen, dachte Paul Regen.

»Guten Morgen, Kollegen«, sagte Klaus Sperber, der Direktor der Abteilung Polizeilicher Staatsschutz. »Mein Name ist Klaus Sperber, und das hier sind die Kollegen Peischel, Witzold, Meyer-Recher und Zink.«

Zink fummelte an dem Laptop herum, und auf der Leinwand erschien das Logo des Bundeskriminalamts: der Bundesadler neben einem schwarz-rot-gelben Stäbchen und in fast unleserlich kleiner Typografie das Wörtchen »Bundeskriminalamt« rechts daneben. Es war die moderne Variante, für die ein Pressestab in Berlin sicherlich Hunderttausende von Euro an Steuergeldern an eine Designagentur überwiesen hatte. Paul Regen fand sein Steuergeld klug investiert. Es sah modern aus und nicht mehr so altbacken wie die dreidimensionalen Polizeisterne, die sie früher gehabt hatten.

»In den nächsten Wochen möchten wir mit Ihnen ein Experiment wagen«, sagte Sperber und deutete mit einem kleinen Laserpointer auf die Leinwand. Er umkreiste mit einem winzigen roten Licht zwei Wörter: »PHAIDON-SIMULATION«. Paul Regen fand es albern, mit einem kleinen Lichtlein die einzigen Wörter auf einer Powerpoint-Folie zu umkreisen, weil er sich fragte, worauf er sich sonst hätte konzentrieren sollen, da auf der Folie ja nur ebendiese zwei Wörter standen.

»Die Bedrohung von Deutschland durch Terrorakte ist keine Fiktion, meine Damen und Herren. Die Bedrohung von Deutschland durch Terror ist präsenter denn je. Rechte Gruppierungen haben seit der Zuspitzung der Finanzkrise Oberwasser, und die dschihadistische Ideologie hat mehr Zulauf als je zuvor.«

Eine neue Folie zeigte Balkendiagramme mit einem Jahresvergleich von Mitgliederzahlen als terroristisch eingestufte Gruppierungen. Der rote Punkt wanderte zum linken Balken, der die größte Steigerung verzeichnete.

»Eine Entwicklung muss uns besonders zu denken geben«, sagte Sperber. »Während die Dschihadisten früher hauptsächlich im Ausland Kämpfer rekrutieren konnten, beobachten wir zunehmend auch Deutsche, die sich den Salafisten anschließen.«

Sperber kann nicht ernsthaft annehmen, dass er irgendjemandem in diesem Raum etwas Neues beibringt, dachte Paul Regen und hoffte, dass er schnell zum Punkt kam.

»Es sind deutsche Jugendliche, die in den Fußgängerzonen in Frankfurt und Essen und Stuttgart rekrutiert werden. Es sind Jugendliche auf Sinnsuche, ohne Perspektive und ohne Zukunft, die nach Syrien gehen, um zu kämpfen. Sie werden zu Terrorkämpfern ausgebildet und, meine Damen und Herren«, er machte eine Kunstpause, um dem Kollegen am Rechner Gelegenheit zu geben, die neue Folie aufzurufen, »… und sie kommen zurück.«

Die Balken wurden durch eine Karte ersetzt, über die große rote Pfeile gelegt waren, in denen Zahlen standen. Der rote Punkt flog nach Syrien.

»Allein fünfundfünfzig aus Syrien in den vergangenen zwei Monaten«, behauptete Sperber. »Fünfundfünfzig ideologisierte Kämpfer, die aussehen wie deutsche Teenager, die sich benehmen wie deutsche Teenager«, fuhr er fort, »weil sie deutsche Teenager sind.«

Als Nächstes erschienen vier Schlagwörter, was Sperber diesmal wenigstens dazu veranlasste, den Laserpointer in der Hosentasche zu lassen.

»Und wir können nicht ausschließen, dass sie an chemischen Waffen, biologischen Waffen, mit atomaren Abfällen versehenen Sprengsätzen und konventionellen Sprengsätzen ausgebildet wurden.«

Ein Raunen ging durch die Reihen, als Sperber sämtliche Horrorszenarien des deutschen Staatsschutzes aufzählte.

»Wir müssen vorbereitet sein«, sagte er. »Und mit PHAIDON stellen wir uns unseren eigenen Albtraumszenarien.« Er nickte Zink am Laptop zu: »Zunächst einige Statistiken.«

Paul Regen seufzte innerlich und betrachtete Adelheid

Auchs Notizen. Sie hatte tatsächlich die fünfundfünfzig deutschen Dschihadisten aufgeschrieben. Offenbar glaubte sie, die Zahl könnte demnächst in einer Art Vokabeltest abgefragt werden. Morgen würden es drei mehr sein, wenn die Statistik stimmte.

Ein weiteres Balkendiagramm zeigte die projizierten Opferzahlen verschiedener Anschlagsszenarien. Chemische Waffen: 4000. Eine schmutzige Bombe: 300. Biowaffen: 12 000. Ein konventioneller Sprengsatz: 200. Sperber trug die Daten vor wie die Höchstwerte eines Auto-Quartetts. *Biowaffen 12 000. Sticht.* Paul Regen wartete darauf, dass ihnen endlich jemand erklärte, was sie bei PHAIDON erwartete.

Es dauerte eine halbe Stunde, bis Sperber auf den Punkt kam. Offenbar handelte es sich bei PHAIDON um ein Übungsszenario, bei dem einem ausgewählten Kreis von Mitarbeitern des LKA eine höchst realistisch anmutende Simulation eines Terrorangriffs präsentiert wurde. Schauspieler, die beteiligte Behörden nachstellten, inklusive. Laut Sperber werden nach jedem Tag Simulationen am Rechner kalkuliert, die die Auswirkungen ihrer Entscheidungen nachvollzogen und in den nächsten Übungstag einflossen.

»Und, meine Damen und Herren«, schloss Sperber, während der rote Punkt schon die Floskel »Danke für Ihre Aufmerksamkeit« umkreiste, »wundern Sie sich nicht, wenn wir Stressauslöser in die Übung einbauen. Während dieser drei Wochen werden Sie PHAIDON leben müssen. Sie werden PHAIDON atmen, wenn Sie morgens aufstehen, Sie werden PHAIDON zum Mittag essen, und Sie werden

PHAIDON mit ins Bett nehmen.« Er war so stolz auf sein PHAIDON, dass es fast schon wehtat, dabei zuzuschauen.

Na prima, dachte Paul Regen, als das Licht wieder anging. Und der Kriminalhauptkommissar Regen mittendrin. Er konnte sich nicht vorstellen, dass PHAIDON ein ordentliches Sandwich vom Markt ersetzen konnte. Als sich der Saal leerte, beobachtete er, wie ihm der Kriminaldirektor Wochinger von unten einen scharfen Blick zuwarf. Er stand neben den Leuten vom BKA und sah ganz so aus, als könne er es nicht erwarten, dem Sperber zu seiner wunderbaren Übung zu gratulieren.

Das Mikrofon verursachte eine Rückkopplung, als der BKA-Mann Sperber es noch einmal einschaltete.

»Bevor ich es vergesse, liebe Kolleginnen und Kollegen: Wir bitten alle PHAIDON-Verantwortlichen Ihrer Abteilungen, noch einen Moment hierzubleiben.«

Dieser Tag wird immer besser, dachte Paul Regen, als er die steilen Stufen hinunterstieg, während die meisten anderen das Weite suchen durften. Wobei er sich langsam an den Gedanken gewöhnte, diesem PHAIDON einmal zu zeigen, was eine Harke war. Übersteigertes Selbstbewusstsein hatte er noch nie leiden können. Und das hatten der BKA-Sperber und der Wochinger gemeinsam.

KAPITEL 27

Kairo, Ägypten
14.04.2014, 22.52 Uhr (sechs Tage später)

Das kleine Lotsenboot schwankte im Wasser und Hadi, Saif und Jafar hielten sich an der Reling fest. In der Dunkelheit sahen sie den Konvoi, von dem die ersten Schiffe bereits Port Said verlassen hatten. Ihre Nussschale steuerte auf einen riesigen Containerfrachter zu, der an vorletzter Stelle fuhr. Seine Positionslichter waren vor dem klaren Himmel gut zu erkennen.

Hadi hatte Angst vor dem, was auf sie zukam. Vor dem Schiff. Vor der Passage. Vor Deutschland. Vor der Zukunft. Und nicht zuletzt vor sich selbst. Ab jetzt waren sie auf sich allein gestellt. Niemand mehr konnte ihnen jetzt helfen. Sie hatten gelernt, wie sie Kontakt zu ihren Führungsoffizieren aufnehmen konnten, aber das sollte nur bei wichtigen Entscheidungen oder im Notfall erfolgen. Sein Schicksal war jetzt unweigerlich mit dem von Saif und Jafar verknüpft. Ihr schrecklicher Plan stand. Es gab kein Zurück. Hadi griff nach dem Amulett unter seinem T-Shirt und hielt es fest umklammert.

Je näher sie dem riesigen Schiff kamen, desto größer schien es zu werden. Wie ein fünfzehnstöckiges Hochhaus ragte der Stahlkoloss aus dem Wasser, über ihren Köpfen, verdeckte den Himmel. *MS Belaluna Stargazer,* stand in riesigen Lettern auf dem Heck. In einem kleinen Boot neben dieser riesigen Mauer herzufahren, die aussah, als könnte sie jeden Moment kippen und alles Leben unter sich begraben, war Furcht einflößend. Als das Boot ungefähr die Hälfte der Schiffslänge zurückgelegt hatte, wurde von oben eine Strickleiter nach unten geworfen. Hadi schluckte. Der Lotse, der sie im Hafen von Said an Bord genommen hatte, scheuchte sie voran. Hadi griff nach der untersten Sprosse, bekam sie aber nicht zu fassen. Der Lotse fluchte und schrie ihn an, er solle sich nicht so dämlich anstellen. Beim zweiten Mal klappte es besser. Hadi stieg und stieg und befand sich bald in schwindelnder Höhe. Er warf einen Blick zurück auf das schwankende Boot. Es sah klein aus von hier oben. Die Häuserwand war glatt und nass. Ihm wurde schlecht.

Hadi kletterte weiter. Er musste es schaffen. Umkehren war keine Option. Jetzt nicht mehr. Es war zu spät.

KAPITEL 28

Caracas, Venezuela
17. 04. 2014, 20.44 Uhr (drei Tage später)

Solveigh Lang wusste, dass es keine gute Idee war zu trinken. Als sie den dritten Gin Tonic bestellte, spürte sie das Kratzen in der Kehle nicht mehr, und die Erinnerung an Ramon Aguilar verschwand mit ihm. Die Bar, die sie sich zum Trinken ausgesucht hatte, lag keine zwei Straßen von ihrer kleinen Wohnung entfernt in einem der weniger profilierten Teile der Stadt. Die Tische der Bar waren leer, und neben ihr am Tresen saßen zwei weitere Männer, die um die siebzig Jahre alt sein dürften. Es war eine Bar nach ihrem heutigen Geschmack, denn sie hatte nicht vor, sich anbaggern zu lassen. Davon hatte sie in letzter Zeit wahrlich genug erlebt.

Ein Abend in dem winzigen Apartment schien ihr allerdings noch weniger erstrebenswert, obwohl es seinen Zweck für Catalina erfüllte. Es war eine Wohnung, die sie sich von ihrem Gehalt als Sekretärin leisten konnte. Es war wichtig, dass ihre Covergeschichte von vorne bis hinten stimmte. Und überprüfbar war. Solveigh war überzeugt, dass der Sicherheitschef jemand vorbeigeschickt hatte, bevor sie ihren Anstellungsvertrag erhalten hatte. Robert Müller war paranoid, was Firmengeheimnisse anging, und Catalina arbeitete direkt im Vorzimmer des Geschäftsführers. Der seinen privaten Computer allerdings niemals einzuschalten schien. Wenn es etwas bei der Belaluna zu entdecken gab, hatte sie es noch nicht gefunden. Sie vermisste ihre eigene Zwei-Zimmer-Wohnung in Amsterdam, die Grachten, die Fahrradklingeln, die Poffertjes. Sie malte Kringel mit Nasen und Augen auf die Serviette unter ihrem Glas. Der Barkeeper fragte, ob sie noch einen gebrauchen könnte, und Solveigh nickte.

Als er ihren vierten Drink vor sie stellte, suchte Solveigh nach den Kopfschmerztabletten in ihrer Handtasche. Sie drückte vier Aspirin aus dem Film und spülte sie mit einem Schluck Tonic Water aus der Flasche herunter. Sie nahm nicht das gute Zeug, das auch gegen die Cluster-Kopfschmerzen half, sondern beschränkte sich auf die frei erhältliche Version. Sie wusste, dass sie es morgen früh bereuen würde, überhaupt getrunken zu haben. Die Aspirin würden ihr helfen, funktionsfähig im Büro zu erscheinen. Bei dem Gedanken daran, was das konkret bedeutete, sog sie etwas stärker an den zwei kleinen Strohhalmen.

Als sie sich wenig später auf den Weg zu den Toiletten machte, stellte sie fest, dass sie schwankte. Den Alkohol bemerkte man erst, wenn es zu spät war. Während man auf dem Barhocker saß, fühlte sich die Welt noch an, als wäre alles in Ordnung, und kaum stand man auf, wurde einem bewusst, wie weit man gegangen war. Solveigh hielt sich an einem Kleiderhaken fest, als sie sich an einem der Männer vorbeidrückte, der es nicht einsah, ihr mit seinem Barhocker Platz zu machen. Er starrte in sein Glas, als gäbe es keine Frau, die dreißig Jahre jünger war als er und die sich alle Mühe gegeben hatte, attraktiv auszusehen. Und obwohl es Solveigh nicht wollte, störte es sie ein wenig, dass er sie ignorierte.

Man konnte es ihr nicht recht machen, stellte sie fest, als sie wieder auf ihren Barhocker glitt. Nahmen sie zu viel Notiz, war man genervt, weil es die falschen Männer waren, nahmen sie einen gar nicht wahr, stellte man sich infrage. Solveigh gestikulierte dem Barmann, noch einmal aufzufüllen, als ihr Telefon klingelte. Vermutlich hatte Ramon Aguilar Sehnsucht nach ihr.

»Unbekannt« stand auf dem Display.

»Hola?«, meldete sie sich, doch am anderen Ende der Leitung herrschte Schweigen.

»Hier spricht Catalina Schwarz«, sagte Solveigh.

»Please enter your passcode and press the hashkey«,

sagte eine blecherne Stimme vom Band. Solveigh gab ihren Pesonalcode der ECSB ein. Er sollte sicherstellen, dass niemand außer ihr das Telefonat, das nun folgen sollte, mithören konnte. Wenn sie nicht alleine wäre, würde sie den Code nicht eingeben, und für den Fall, dass sie unter Druck gesetzt wurde, gab es eine zweite Zahlenfolge, hinter der eine Nachricht ihres angeblichen Vaters gespeichert war. Solveigh drückte die Rautetaste. Dann stand sie auf und verließ das Lokal, den Hörer ans Ohr gepresst. Die kleine Bar war nicht geeignet für das, was folgen sollte.

»Please wait while your call is being connected«, sagte die weibliche Computerstimme.

Solveigh räusperte sich mehrmals, um sicherzustellen, dass ihre Stimmbänder nicht vom Alkohol belegt waren. Ob es reichen würde, dass sie nicht so betrunken klang, wie sie war? Sie hoffte es.

»Slang«, sagte eine Stimme, die sie fast so sehr vermisst hatte wie ihre Wohnung. Eddy Rames, ihr engster Kollege. Und Freund. »Wie geht es dir?«, fragte er.

Sie hatten lange nichts voneinander gehört. Zu riskant erschien jeder Kontakt zwischen der Zentrale und der Undercover-Ermittlerin, egal, für wie sicher sie ihre elektronischen Systeme hielten. Wer konnte das besser wissen als sie selbst, die so ziemlich jeden anzapften, der ihnen von Nutzen sein könnte. Auch wenn es in Wahrheit die Amerikaner waren, die ihnen ihre Computersysteme zur Verfügung stellten. Aber spielte das eine Rolle?

»Liest du die Berichte nicht?«, fragte Solveigh und hörte, wie hinter ihr die Tür der Bar geöffnet wurde. Sie drückte sich gegen die Häuserwand und wartete darauf, dass die Person an ihr vorbeilief. Sie hörte, wie sich jemand eine Zigarette anzündete.

»Doch«, gab Eddy zu. »Ich meinte das auch mehr zur Aufmunterung. Hast du getrunken?«

Der Mann, der vor den Toiletten gesessen hatte, ging langsamen Schrittes an ihr vorbei die Straße hoch. Auch diesmal schien er ihr keine Beachtung zu schenken.

»Mach dir um mich keine Sorgen«, sagte Solveigh, als er außer Hörweite war, und fand, dass sie dabei klang wie immer.

»Wir holen dich raus«, sagte Eddy. »So schnell wie möglich.«

Solveigh konnte es kaum glauben. Sie wischte mit der Sohle ihrer Schuhe über ein paar kleine Steine, die sich vom Asphalt gelöst hatten.

»Das wurde aber auch Zeit«, sagte Solveigh.

»Ich weiß«, seufzte Eddy. »Aber wir haben jetzt alles. Seinen Rechner, sein Handy, wir sind überall drin. Ich denke, es reicht, auch wenn wir noch nicht alle Daten ausgewertet haben. Wenn wir jetzt nichts finden, werden wir auch in zwei Monaten nichts gegen sie in der Hand haben.«

»Okay«, sagte Solveigh und legte auf. Mehr Worte waren nicht notwendig. Sie wusste, was auf sie zukam. Sie hatten nicht nur die Aktion minutiös geplant, sondern auch ihre Exfiltration. Sie konnte schlecht von einem auf den anderen Tag verschwinden, ohne dass der paranoide Müller Verdacht schöpfte.

Als Solveigh zu ihrem Platz am Tresen zurückkehrte, fasste sie einen Entschluss. Jetzt kam es auch nicht mehr darauf an, dachte sie. Und sie würde bald nach Hause gehen! Wenn das nicht ein Grund zum Feiern war, dachte sie und deutete noch einmal auf ihr Glas.

TEIL 2

Der Reeder, das Phantom und eine Übung für den Ernstfall

KAPITEL 29

München, Deutschland
18.04.2014, 03.33 Uhr (zur gleichen Zeit)

Paul Regen konnte nichts weniger ausstehen als Klingeln. Klingeln bedeutete stets etwas Schlechtes. Ein Wecker, der einen daran erinnerte aufzustehen, oder ein Fahrrad, das einen auf dem Radlweg der Lindwurmstraße von hinten mit Ansage vom Bordstein zu fegen beabsichtigte. Im besten Fall bedeutete Klingeln etwas Überflüssiges. Wie ein Gasinspektor auf Schlafentzug, der nur mal in den Keller wollte, oder ein Postbote mit einem Paket, dem das direkt gegenüber seinem Haus gelegene Café zu naheliegend schien. Klingeln bedeutete in keinem Fall etwas Gutes, weshalb Paul Regen schon vor Jahren die Klingel seiner Haustür von einem findigen Techniker auf die leiseste Stufe hatte stellen lassen.

Umso mehr irritierte ihn, dass es in diesem Moment in seinem Traum klingelte. Und zwar nicht nur die Haustür, sondern auch sein Mobiltelefon und das Festnetz, das er seit Jahren nicht mehr verwendet hatte und dessen Nummer nur noch eine Tante aus Hamburg kannte. Er setzte sich in der Dunkelheit auf und stellte fest, dass es nicht nur in seinem Traum geklingelt hatte, sondern dass tatsächlich alle Geräte verrücktspielten. Er griff nach dem Mobiltelefon und machte sich auf das Schlimmste gefasst. War seinen Eltern etwas passiert? Vor Jahren waren Vater und Mutter eines Freundes zusammen mit zwei Bekannten in einen nächtlichen Autounfall auf dem Petuelring verwickelt worden. Alle vier waren gestorben.

Er rieb sich die Augen, um scharf sehen zu können. Eine unbekannte Mobilfunknummer. Würde ein Notarzt von einem Handy anrufen? Würde überhaupt der Notarzt anrufen? Oder erst die Notaufnahme im Krankenhaus? Vermutlich eher Letzteres. Es war drei Uhr fünfunddreißig.

Während er auf dem Display nach rechts wischte, um den Anruf anzunehmen, wunderte er sich noch darüber, dass es möglich war, direkt nach dem Aufwachen so viele Gedanken in so wenige Sekunden packen zu können. Mit dem Handy am Ohr lief er in den Flur. Und er hatte sich tatsächlich nicht getäuscht: Auch die Türklingel verkündete Unheilvolles.

»Paul Regen«, sagte er mit belegter Stimme.

»Herr Regen, wir versuchen schon seit zehn Minuten, Sie zu erreichen.«

»Wer spricht dort?«, fragte Paul Regen und hörte, dass zu allem Überfluss auch noch jemand gegen seine hölzerne Eingangstür klopfte. Was in aller Welt ging hier vor? Und wem aus aller Welt fiel so etwas ein?

»Polizeimeister Eberdinger, Herr Regen. Würden Sie bitte die Tür öffnen?«

Polizei? Vor seiner Haustür? Erst jetzt bemerkte er das zuckende Blaulicht auf dem Stuck des Wohnzimmers. Also nicht die Eltern.

»Sind Sie noch bei Trost, Kollege Eberdinger?«, fragte Paul Regen und drückte den Startknopf der Kaffeemaschine, die er gestern Abend noch befüllt hatte. Erst dann lief er, noch immer im Schlafanzug, zur Tür.

»Ich muss Sie bitten, mit uns zu kommen«, sagte der Kollege. »Bitte machen Sie auf.«

Anstatt einer Antwort öffnete Paul Regen die Tür. Polizeimeister Eberdinger hielt das Telefon noch am Ohr.

»Wollen Sie einen Kaffee?«, fragte Paul Regen und ging voran. Polizeimeister Eberdinger trat sich die Schuhe über Regens Fußmatte ab, bevor er die Wohnung betrat.

»Und vielleicht erklären Sie mir dann endlich mal, was eigentlich los ist«, forderte Paul Regen auf halbem Weg zur Küche.

»Herr Regen, dafür haben wir leider keine Zeit!«, sagte Eberdinger. Seine Stimme klang eindringlich.

»Solange Sie mir nicht sagen, was los ist, ist gar nichts dringlich«, stellte Paul Regen fest und goss dem Polizeimeister eine Tasse Kaffee ein. »Milch? Zucker?«, fragte er und öffnete den Kühlschrank.

»Nein danke«, sagte der Polizeimeister, der keine achtundzwanzig sein durfte. »Ich habe Anweisung, Sie zum Krisenstab zu bringen«, sagte er.

»Krisenstab?«, fragte Paul Regen, um Zeit zu gewinnen und wenigstens das erste Drittel seines Kaffees noch in Ruhe zu trinken. Jetzt wusste er, was der BKA-Sperber mit psychologischem Druck gemeint hatte. Müdigkeit. Sie meinten es tatsächlich ernst mit dem Realismus bei dieser Übung. Paul Regen fand das für eine deutsche Beamtenseele nicht nur mutig, sondern überaus sinnvoll. Es war gut möglich, dass PHAIDON trotz des lächerlichen Namens durchaus spannend werden könnte. Ob sie den Wochinger auch rausgeklingelt hatten?

»Ich verstehe«, sagte Paul Regen. »Ich ziehe mich an.«

Fünf Minuten später saß Paul Regen in einem Streifenwagen, der mit eingeschaltetem Blaulicht über die Sonnenstraße in Richtung Norden raste. Paul Regen schnallte sich auf dem Beifahrersitz an und trank einen Schluck Kaffee aus dem Porzellanbecher, den er nicht hatte zurücklassen wollen. Wenn das hier ein Spaß werden sollte, würde er das Koffein brauchen. Wer wusste, was die Kollegen vom BKA sich noch alles ausgedacht hatten?

»Wo fahren wir eigentlich hin?«, fragte er, als sie die rote Ampel am Stachus mit gefühlten neunzig Sachen überfuhren.

»In die Fröttmaninger Arena«, sagte Polizeimeister Eberdinger. »Offenbar gibt es einen Fall von Ebola.«

»In München?«, fragte Paul entgeistert. »Im Fernsehen behaupten sie, das wäre unmöglich.«

»Ich weiß nur, was man mir gesagt hat«, sagte der Polizeimeister und wirkte sehr konzentriert dabei.

KAPITEL 30

Caracas, Venezuela
17.04.2014, 21.33 Uhr Ortszeit (zur gleichen Zeit)

Als Solveigh die Bar verließ, war sie froh, nur einen Block laufen zu müssen, um ihre Wohnung zu erreichen. Es war nicht mehr wichtig, ob Aguilar sie morgen feuern würde. In vielerlei Hinsicht würde das die ganze Sache viel einfacher machen – aber sie wusste, dass es nicht dazu kommen würde – und in vielerlei Hinsicht auch wiederum komplizierter. Vielleicht war alles viel komplizierter, dachte sie und stützte sich auf einen parkenden BMW. Herrgott, war sie betrunken. Das wiederum war in vielerlei Hinsicht äußerst unprofessionell. Solveigh kicherte, was sie selbst erschreckte. Sie, die sich immer unter Kontrolle hatte.

Und warum fand sie es auf einmal gar nicht schlimm, unprofessionell zu sein? Einmal im Jahr wird man doch wohl etwas tun dürfen, was nicht den Regeln entspricht, oder nicht? Sie fragte sich, was Thater dazu sagen würde.

Mit beiden Händen auf der Motorhaube des BMW atmete sie ein. Vier. Fünf. Sechs. Okay.

Die Handtasche rutschte ihr von der Schulter, als sie die schmale Gasse hinauflief. Sie folgte einem flachen Hügel, dann einmal nach rechts. Sie hörte Schritte auf der anderen Straßenseite. Wenigstens meine Instinkte funktionieren noch tadellos, dachte Solveigh, als ihr Blick den Verursacher suchte. Es war nur der Mann, der sie zuvor nicht beachtet hatte. Sie fühlte sich schon besser. Meistens war der Moment, in dem der Sauerstoff der klaren Nachtluft die Blutbahn erreichte, der schlimmste. Alkohol war ein seltsames Geschöpf, dachte sie, als sie bemerkte, dass die Schritte die Straßenseite gewechselt hatten. Sollte sie sich umdrehen? Nein, das wäre das Dümmste. Sagte auch das Lehrbuch. Sie war im Nahkampf ausgebildet. Jeder, der ihr zu nahe kam, würde das nicht unversehrt überleben. Der Mann aus der Bar? Was, wenn er sie doch beobachtet hatte, und sie hatte es nicht gemerkt? Weil sie getrunken hatte? Unsinn, sagte sich Solveigh. Lauf einfach ganz normal weiter, als wäre dir nichts aufgefallen.

Trotzdem bereitete sie sich auf einen Angriff vor. Selbst mit zwei Promille schien das zu funktionieren. Es sei denn, der Gin verleitete sie dazu, sich grandios zu überschätzen. Sie hörte, wie sich die Schritte näherten. Hörte das Klappern ihrer Absätze auf dem Asphalt. Passte er sich ihrem Schritttempo an? Ein Profi hätte das getan. Der alte Mann ein Profi? Im Leben nicht, dachte Solveigh und spürte den Luftzug nicht, spürte die Nähe eines fremden Körpers nicht, als sich eine Hand über ihren Mund legte.

Sie biss zu. Instinktiv. Dachte viel zu langsam. Sie hätte ihm in die Eier treten müssen, als sie es noch konnte. Jetzt presste sich ein massiger Körper gegen ihren Rücken. Ein muskulöser Körper, der wusste, was er tat. Sie keuchte und spürte den Schwindel. Sie trat nach hinten. Viel zu spät. Viel zu zaghaft. Sie fragte sich, warum es nicht funktionierte. Die Masse schob sie von hinten gegen ein Garagentor. Was konnte sie tun? Was blieb ihr übrig? War ihr Robert Müller auf die Schliche gekommen? Hatte sie den Mann vor heute Abend schon jemals irgendwo gesehen? Sie wusste es nicht.

Sie spürte die Hand auf ihrem Mund, über ihren Nasenlöchern. Sie roch das Geld, das die Hand angefasst hatte. Kupfer, Nickel, Messing. Ihr Körper reagierte nicht darauf, was sie ihm sagen wollte. Alle Befehle kamen zu spät an. Tritt ihn, jag ihm deinen Ellenbogen ins Gesicht. Sie taumelte, versuchte, kämpfte.

Aber es nützte nichts. Er schob sie vorwärts, sie spürte Kies unter ihren Schuhen, roch vergammelte Tomaten, Fisch, Fleisch. Verwesung. Tod.

KAPITEL 31

München, Deutschland
18. 04. 2014, 04.09 Uhr (zur gleichen Zeit)

Das VIP-Parkdeck der Fußball-Arena war von Einsatzfahrzeugen der Polizei zugestellt, die Betonsäulen warfen Hunderte blaue Lichtreflexe an die grauen Wände. Polizeimeister Eberdinger bremste genau vor dem zentralen Aufgang, an dem weitere Beamte der Münchener Polizei Wache standen. Irritierend war jedoch, dass es sich nicht um Streifenpolizisten handelte wie Polizeimeister Eberdinger, sondern um Mitglieder des Unterstützungskommandos. Große, klobige Männer mit Sturmgewehren und Schutzwesten, die normalerweise zur Auflösung von Demonstrationen eingesetzt wurden. Paul Regen stieg aus dem Wagen und nickte den Kollegen zu. Offenbar folgte alles einer genauen Choreographie, denn Paul Regen wurde von einem der Beamten mit Namen begrüßt. Er hakte etwas auf einem Klemmbrett ab und reichte Paul einen Plastikausweis. Dann wurde er von einer Kollegin, die nicht weniger furchteinflößend aussah als ihre männlichen Pendants vor der Tür, in einen abgetrennten Raum geführt. Zu Paul Regens Erleichterung war es eine reguläre Streifenpolizistin, die ihm ein Paket aushändigte.

»Bitte legen Sie den Schutzanzug an, Herr Regen. Sie finden die Umkleiden dort drüben.«

Paul Regen sah wenig Erfolgsaussichten darin, mit ihr zu diskutieren, und er musste zugeben, dass er neugierig war.

Die letzte Übung, an der er teilgenommen hatte, wirkte im Vergleich zu dem hier wie ein Brettspiel gegenüber einem Action-Shooter auf der neuesten Konsolengeneration.

Als Paul den dünnen Plastikanzug übergestreift hatte und wieder vor der Beamtin stand, reichte sie ihm ein Paar gelbe Handschuhe, nicht unähnlich jenen, die man zum Spülen verwendete, wenn man immer noch an Tiffy glaubte. Paul Regen verkniff sich einen Witz bezüglich der Spülmittelwerbung und ließ sich von der Kollegin den Übergang zwischen Anzug und Handschuh mit Gaffer-Tape verkleben. Er wunderte sich, dass sie nicht dasselbe mit seinen Schuhen veranstaltete, und verkniff sich zum zweiten Mal innerhalb weniger Minuten einen naheliegenden Kommentar. Zum Schluss hängte sie ihm den Ausweis über die Schultern und teilte ihm mit, nun stehe alles zum Besten.

»Ich wusste nicht, dass es so schwierig ist, bei den Bayern an VIP-Tickets zu kommen«, sagte Paul Regen zum Abschied und musste feststellen, dass er sich nicht getäuscht hatte, was die Rezeptionsfähigkeit der Kollegin für seinen Humor anging.

Der Raum, in den Paul Regen von einem weiteren Polizisten – diesmal ebenfalls in Schutzkleidung – geleitet wurde, gehörte zum Bizarrsten, was er jemals gesehen hatte. Vor allem, weil er sich niemals hätte vorstellen können, dass so etwas tatsächlich existierte. Wenn man davon ausging, dass sie die Arena nicht wegen einer Übung umgebaut hatten, dann gab es hier tatsächlich ein Lagezentrum. Für den Fall, dass … Ja, für welchen Fall eigentlich? Die luftdicht verschließbaren Doppeltüren, die vierzig Computermonitore und der Blick über die Arena sprachen nicht unbedingt dafür, dass es um eine marodierende Ultra-Gruppierung ging. Jemand hatte schon beim Bau der neuen Arena des erfolgreichsten aller erfolgreichen Fußballclubs des Landes vorausgeahnt, dass fünfzigtausend Menschen an einem Ort ein lohnendes Ziel für Terroristen sein könnten. Natürlich hatte man das den Fans nicht mitgeteilt, nichts sollte den glücklichen Fußballtaumel stören – oder den Bier- und Würstchenverkauf. Sperber vom BKA und Kriminaldirektor Wochinger standen vor der Fensterfront, hinter ihnen die leeren Stuhlreihen des Stadions, in dem trotz oder wegen der frühen Stunde alle Flutlichter eingeschaltet worden waren. Wenigstens hatten sie darauf verzichtet, das Stadion mit Statisten besetzen zu lassen. Für den Bayerischen Finanzminister, den Paul Regen nicht mochte, wäre das wohl das größere Albtraumszenario gewesen.

»Paul«, begrüßte ihn Klaus Wochinger und schüttelte ihm die Hand. »Dann können wir, glaube ich, anfangen«, sagte er an Klaus Sperber gewandt.

Klaus und Klaus, dachte Paul Regen. Was für eine wunderbare Fügung. Dann lasst uns mal anfangen.

Zu der obligatorischen Powerpoint-Präsentation, die diesmal auf einem der Monitore gezeigt wurde, vermerkte Klaus Sperber: »Um 18 Uhr 34 wurde vom ärztlichen Dienst der Allianz-Arena ein möglicher Ebola-Fall gemeldet. Der Innenminister wurde um 18 Uhr 44 informiert, der Polizeipräsident München um 18 Uhr 46 und der Präsident des LKA um 19 Uhr 12 Uhr. Sie, die verantwortlichen Abteilungsleiter für einen Katastropheneinsatz, wurden einbestellt und haben sich umgehend am Krisenherd eingefunden.«

Paul Regen fragte sich, ob er in Klaus Wochingers Gesicht bei dem Wort umgehend ein sanftes Lächeln bemerkt hatte. Er musste zugeben, dass es im Moment ziemlich irrelevant war.

»Ein Schnelltest hat mittlerweile ergeben, dass es sich bei dem in der ärztlichen Bereitschaft behandelten Patienten tatsächlich um das Virus handelt. Es geht ihm schlecht, die Krankheit ist weit fortgeschritten. Er hustet Blut, hat hohes Fieber. Er ist seit Tagen hochansteckend.«

Neben Paul Regen standen die drei anderen Verantwortlichen: Xaver Turner, üblicherweise sein Vorgesetzter, der Kollege Mitterstahl und der Kollege Förster. Auf einem Monitor hinter Sperber war der Patient zu sehen. Die behandelnden Ärzte trugen Masken statt ihres Mundschutzes. Gerade legte einer bei dem mutmaßlichen Patienten eine Infusion.

»Die Situation ist folgende«, fuhr Sperber fort, »die Einsatzleitung der Polizei vor Ort hat die richtige Entscheidung getroffen und das Stadion abgeriegelt. Der Zugang wird seit 19 Uhr 31 streng reglementiert. Zudem wurde ein Notfallteam vom Klinikum Schwabing angefordert, das den Patienten auf die Isolierstation transportieren wird. Ich darf Sie jetzt bitten, dass Sie alle Ihre Uhren auf 20 Uhr stellen. Das ist der Beginn von PHAIDON.«

Er wartete, bis Regen, Turner, Mitterstahl und Förster ihre Uhren umgestellt hatten. Bei Paul Regen, der sich das Tragen einer Uhr seit der Erfindung des Smartphones nicht mehr erklären konnte, musste die Umstellung des Handys reichen. Auch die weiteren etwa fünfunddreißig Personen in dem Lagezentrum drehten an ihren Uhren. Erst jetzt entdeckte Paul Regen Adelheid Auch am anderen Ende des Raums. Wie alle steckte sie unter der unförmigen Haube und trug einen Mundschutz, aber ihre knallblaue Lesebrille, die an einem Band um ihren Hals hing, war nicht zu übersehen.

»Gibt es Erkenntnisse über die Nationalität des Erkrankten?«, fragte Xaver Turner.

Paul Regen hatte den Eindruck, dass Sperber anerkennend nickte, als er sagte: »Ja, es handelt sich um einen gewissen Marc Maurer, deutscher Staatsangehöriger, gemeldet in Mettmann bei Düsseldorf. Keine Vorstrafen.«

»Mit wem war er im Stadion?«, bohrte Xaver Turner weiter. »Sind seine direkten Kontaktpersonen ebenfalls isoliert worden?«

»Nach Rücksprache mit den Ärzten wurden zehn Personen, die in unmittelbarer Nähe von Maurer saßen, ebenfalls auf die Krankenstation des Stadions gebracht. Offenbar war aber keiner von ihnen näher mit Herrn Maurer bekannt.«

»Das ist seltsam«, murmelten Turner und Förster unisono. »Dass einer alleine ins Stadion geht«, fügte Turner hinzu.

»Gibt es Informationen über Reisetätigkeiten seitens des Herrn Maurer? Sein Umfeld in Mettmann?«

Sperber warf einen fragenden Blick zu seinem Kollegen, der am Computer saß. Paul Regen vermutete, dass dort die Simulation lief, die ihre Entscheidungen in die weitere Entwicklung einfließen ließ, wie es Sperber angekündigt hatte. Der Kollege schüttelte den Kopf.

»Nein«, sagte Sperber, »bisher nicht.«

»Dann schlage ich vor, dass wir uns darum kümmern«, sagte Turner. Offenbar wollte er von Anfang an Einsatz zeigen, und Paul Regen musste zugeben, dass das natürlich erledigt werden musste. Er fragte sich allerdings, ob das im Moment zu ihren größten Problemen gehörte.

»Es ist Ihre Entscheidung«, sagte Sperber. »Wer von Ihnen übernimmt das?«

Förster meldete sich als Erster.

»Wie viele Leute brauchen Sie?«, fragte Sperber.

»Vier, würde ich vorschlagen. Einen Computerspezialisten und drei zum Telefonieren.«

»Gut«, sagte Sperber und ließ Förster ein Team zusammenstellen. Während die fünf Beamten ihre Schreibtische bezogen, entstand ein unangenehmes Schweigen. Jeder wusste, dass Sperber darauf wartete, dass sie die Initiative übernahmen.

»Sonst noch Ideen?«, fragte er schließlich, als im Hintergrund das Tippen ihrer ersten Arbeitsgruppe begann. Förster telefonierte mit der Polizeidirektion Mettmann, um dafür zu sorgen, dass sie alle Unterlagen bekamen, die möglicherweise zu Marc Maurer vorlagen. Paul Regen dachte an die reale Uhrzeit und fragte sich, wie das möglich war. Vermutlich wurden alle ihre fiktiven Telefonate an das BKA weitergeleitet, wo weitere Mitarbeiter mit Zugang zu der Computersimulation die vorgefertigten Antworten lieferten. Der Aufwand musste unglaublich sein. Aber Paul Regen ahnte, dass es sich lohnen könnte. Er spürte langsam, wie ihm die Situation immer bedrohlicher vorkam, obwohl er wusste, dass sie Fiktion war. Es lag nicht zuletzt daran, dass man in dem Anzug seinen eigenen Atem hörte. Und dass man schwitzte.

»Gibt es irgendwelche weiteren Vorschläge?«, fragte Sperber zum zweiten Mal.

Sie übersahen etwas, dachte Paul Regen. Etwas Entscheidendes.

»Wie ist er eigentlich hierhergekommen?«, meldete sich schließlich Mitterstahl zu Wort.

Sperber schien aufzuatmen.

»Ich danke Ihnen, Herr Mitterstahl. Dann müssen wir hier doch noch nicht abbrechen.«

Paul Regen ertappte sich dabei, dass er innerlich aufatmete.

»Und Ihre Entscheidung dazu?«, fragte Sperber.

»Befragung durch die Ärzte, um eine Exposition des Krisenteams zu vermeiden. Falls er mit der U-Bahn gekommen ist, Außerdienststellung der infrage kommenden Zugteile. Klärung der Dekontaminationsvorschriften.«

Es klang, als hätte Mitterstahl das Handbuch für biologische Kampfführung auswendig gelernt, inklusive der dazugehörigen Beamtensprache.

»Sehr gut«, sagte Klaus Sperber und betraute Mitterstahl damit, sich darum zu kümmern.

»Ich möchte den verbleibenden Leitungsstab und die Mitarbeiter ohne Aufgabe nun bitten, mir zu folgen.«

Sperber führte die verbliebenen Beamten durch die Katakomben des Stadions und schließlich in eine der VIP-Lounges direkt über der Tribüne. Und entgegen seinem ersten Eindruck hatte das BKA doch nicht auf Statisten verzichtet. Ein Block, den man vom Lagezentrum aus nicht hatte einsehen können, war voll besetzt. Die Schauspieler, einige davon sogar mit Vereinsschals und Trikots, jubelten und klatschten. Offenbar hatte Bayern gewonnen und das Spiel war vor wenigen Sekunden abgepfiffen worden. Paul Regen schaute auf sein Handy: 20 Uhr 15. Das könnte hinkommen, wenn es ein Samstagsspiel war.

»Meine Damen und Herren«, klang eine Stimme über den Stadionlautsprecher. »Aufgrund einer Bombendrohung in der U-Bahn-Station Fröttmaning ist ein Verlassen des Stadions derzeit leider nicht möglich. Wir bitten um Ihr Verständnis. Bitte bleiben Sie auf Ihren Plätzen, während die Polizei die Station absucht.«

Ihre Gruppe stand hinter der Glasscheibe und beobachtete, dass sich einige der Fans nicht daran hielten. Vier junge Männer liefen die steile Treppe hinauf. Ein Ordner, der weder Uniform noch Schutzkleidung trug, schickte sie zurück. Paul Regen warf einen Blick auf den Ausgang und konnte hinter den Scheiben der Türen Beamte des USK erkennen, die ebenfalls mit einem Mundschutz ausgestattet worden waren. Sie hielten ihre Sturmgewehre im Arm, und Paul Regen fragte sich, ob von ihnen verlangt werden würde, den Befehl zu geben, notfalls Waffengewalt anzuwenden, um die Leute zum Bleiben zu zwingen. Nicht auszudenken, was so etwas in einem voll besetzten Fußballstadion mit 70 000 Zuschauern anrichten würde. Es war wesentlich wahrscheinlicher, dass zehntausend Leute totgetrampelt wurden, als dass sie alle an Ebola starben.

Der Mann hatte hohes Fieber und spuckte Blut. Wer

würde eigentlich mit derart starken Symptomen einen Stadionbesuch in Erwägung ziehen?, fragte sich Paul Regen. Kein normaler Mensch zumindest.

»Bitte bleiben Sie ruhig, es besteht kein Grund zur Sorge. Die Bombendrohung bezieht sich explizit auf den Bahnhof und nicht auf das Stadion. Ich wiederhole, nicht auf das Stadion.«

Der Sprecher, eine bekannte Radiostimme, gab sich alle Mühe, überzeugend zu klingen. Wenn einer der Besucher die USK-Beamten mit ihren Sturmgewehren sah, würde das nichts nützen. Paul Regen fragte sich, was aus den Leuten werden würde.

»Irgendwelche Vorschläge?«, fragte Klaus Sperber und wandte sich dabei direkt an Xaver Turner und Paul Regen.

»Es geht jetzt vor allem darum, eine Panik zu vermeiden«, bemühte Turner einen Gemeinplatz. »Wir können keinesfalls zulassen, dass die Leute ohne Kontrolle das Stadion verlassen. Falls es ein Anschlag sein sollte, könnte es noch mehr von ihnen geben. Wir sollten die Ordner anweisen, nach Symptomen Ausschau zu halten. Ich würde zunächst mit den Ordnern weitermachen, solange es möglich ist, und das USK nur im Notfall hinzuziehen.«

Es waren blitzsaubere Vorschläge, die sein Chef hier unterbreitete, musste Paul zugeben. Und auch Sperber schien zufrieden. Er nickte und ließ den Kollegen am PC Notizen in das Simulationsprogramm pflegen.

Paul Regen räusperte sich. Sperber sah ihn an.

»Ich würde Brezen und alkoholfreies Bier verteilen«, sagte Paul Regen.

Kriminaldirektor Wochinger starrte entsetzt zu ihm herüber. »Und dann vielleicht noch etwas Musik dazu spielen?«, fragte er.

Paul Regen sah nicht ein, aufzugeben. »Gute Idee!«

Sperber blickte zu dem Beamten am Computer und dann wieder zu ihm. Er kam aus Wiesbaden, vermutlich wäre es angezeigt, ihm seinen Vorschlag etwas näher zu erläutern.

»Ich meine ja nur, weil Bier und Brezen für den Bayern ein Stück Normalität ist. Es gibt was zu essen, es gibt was zu trinken. Morgen leben wir noch, weil morgen gibt's dann a Weißwurscht.«

»Und Sie meinen, dass die Leute uns das abkaufen?«, fragte Klaus Sperber.

»Keine Ahnung«, gab Paul Regen zu. »Aber was ist die Alternative? Je weniger Programm wir ihnen bieten, umso länger wird ihnen die Zeit vorkommen. Und ich gehe ja mal davon aus, dass wir sie hier noch eine ganze Weile festhalten müssen, oder nicht? Zumindest, bis wir draußen alles vorbereitet haben.«

Polizeidirektor Wochinger lachte, aber Klaus Sperber kratzte sich durch den Mundschutz am Kinn.

»Wir könnten die Toilettengänge der Leute nutzen, um sie auf Krankheitssymptome zu überprüfen. Wenn wir das USK weiter ins Gebäude zurückziehen und die Gänge frei machen, können wir über die Kameras gezielt mögliche Kandidaten entdecken und abfangen. Und wenn sie mehr Bier trinken, gehen sie öfter aufs Klo.«

Sperbers Augen verengten sich zwischen Mundschutz und der lächerlichen Haube zu zwei engen Schlitzen.

Paul Regen trat an das Fenster und beobachtete, dass die vermeintlichen Fußballfans irritiert zur Leinwand starrten oder versuchten, zu erkennen, was hinter den verschlossenen Fenstern vor sich ging.

»Zeigen wir auf der großen Leinwand noch einmal die Highlights des Spiels«, fügte Paul Regen hinzu.

Er beobachtete eine junge Frau, die verzweifelt auf ihrem Mobiltelefon herumdrückte. Offenbar schien sie niemanden zu erreichen. Ob es schlau wäre, das Funknetz abschalten zu lassen?, fragte sich Paul Regen. Vermutlich nicht, die Leute würden sich nur noch eingeschlossener fühlen.

»Ich finde das eine gute Idee«, sagte Xaver Turner, den Paul bisher stets dem Wochinger-Lager zugerechnet hatte.

»Ich auch«, pflichtete ihm Klaus Sperber bei. »Sehr unkonventionell, aber sehr erfolgversprechend. Ich bin gespannt, wie die Software darauf reagiert«, fügte er hinzu.

Als sie die Lounge verließen, hatte Paul Regen das Gefühl, dass ihn der BKA-Mann genau beobachtete. Genauer als zuvor. Dass es ihm an unkonventionellen Ermittlungsmethoden mangelte, hatte ihm auch noch niemand vorgeworfen.

KAPITEL 32

München, Deutschland
19.04.2014, 10.21 Uhr (sechs Stunden später)

»Wir blasen alles ab!«, sagte der CEO des zweitgrößten deutschen Verlagshauses.

»Heinrich!«, protestierte sein Finanzchef. »Das geht nicht.«

»Wer braucht denn diese Messe noch?«, fragte Heinrich Beck. »Wer muss da hin? Sag mal ehrlich?«

Die Sonne schien in den lichtdurchfluteten Konferenzraum im sechsten Stock. Es war warm hinter der Fensterfront, die Stimmung jedoch frostig. Taschenbuch minus dreiundzwanzig Prozent gegenüber dem Vorjahr, Hardcover plus ein Prozent. Insgesamt dreiunddreißig Prozent hinter Plan. Ein katastrophales Ergebnis. Es hatte ihnen auch nicht geholfen, sich mit dem größten Versandhändler für Bücher angelegt zu haben. Zwar wurde ihnen von allen Seiten dafür auf die Schulter geklopft, aber weder sie noch ihre Autoren konnten sich davon etwas kaufen. Die Besprechungskekse hatten schon vor sechs Monaten dran glauben müssen, die gab es nur noch für die Bestsellerautoren. Weil sie die Einzigen waren, für die sich die Kekse noch lohnten, alle anderen spielten nicht einmal den Kaffee wieder ein.

»Wir sind machtlos«, sagte die Vertriebschefin. Sie war eine, die es wissen musste, denn sie machte den Job seit über zwanzig Jahren. »Sie kaufen einfach nur noch die absoluten Umsatzgaranten. Was dazu führt, dass sie weniger

Beratungsgespräche führen müssen, was wiederum dazu führt, dass sie günstigeres Personal einstellen können. Das wiederum führt dazu, dass sie weniger qualifizierte Beratungsgespräche führen können, was wiederum dazu führt, dass sie weniger Bücher pro Mitarbeiter verkaufen. Was aber günstiger ist als mehr Mitarbeiter.«

Heinrich Beck nickte. Er verstand das. Aber er wusste nicht, was er dagegen tun sollte. Das alles lag doch außerhalb ihres Einflussbereichs. Sie konnten nur gute Bücher machen und dafür sorgen, dass die Händler davon erfuhren. Wenn sie es nicht hören wollten: War das sein Problem?

»Jedenfalls fahren nicht wieder alle zur Messe wie jedes Jahr«, sagte er.

»Und der Rest fährt zweiter Klasse Bahn«, fügte der Finanzchef hinzu. »Flugtickets sind privat zu zahlen.«

»Was ist mit der Party?«, fragte die Vertriebsleiterin.

»Die Party ist gestrichen!«, sagte der Geschäftsführer und schnäuzte in ein Taschentuch. Er hatte sich eine Sommergrippe eingefangen. »Das wäre ja noch schöner, wenn wir uns mit einem Fest für die schlechten Zahlen belohnen würden!«

»Es gibt nur ein Mittel gegen die schlechten Zahlen«, entgegnete die Vertriebsleiterin. Heinrich Beck wusste genau, welches Mittel das war: Sie brauchten einen Bestseller. Nur einen mehr im Jahr. Das war die Aufgabe eines Verlegers.

»Wir alle gemeinsam müssen Bücher teurer machen«, sagte sie. »Für den Händler ist jeder, der mit einem Taschenbuch aus dem Laden läuft, ein Verlustgeschäft. Er hätte ja auch eines der schönen Paperbacks kaufen können. Deshalb räumt er die Taschenbücher nach hinten. Und ich kann sie verstehen. Langfristig müssen einfach auch die Taschenbuch-Erstausgaben über zwölf Euro kosten.«

Der Finanzchef schlug schnappatmend auf den Tisch. »Das Taschenbuch ist seit vierzig Jahren unser Umsatzgarant«, protestierte er. »Und daran hat sich nichts geändert. Wenn ich Ihnen einmal die Zahlen vom letzten Jahr vor Augen halten dürfte …«

Die Vertriebschefin rümpfte die Nase. Heinrich Beck vertraute ihr, aber er wusste, dass nur ein weiterer Bestseller das Jahresergebnis retten konnte. So war es immer gewesen, so würde es immer sein. Keine Technologie und erst recht kein E-Book konnten daran etwas ändern.

»Zahlen vom letzten Jahr sagen nichts über die Zukunft aus«, sagte sie, und der Verleger wusste, dass sie verärgert war. Es würde sich legen. Wie immer.

»Taschenbuch nur noch für Stoffe, die mindestens zwei Jahre alt sind, alle Erstausgaben als Broschur, und die zwanzig Prozent der literarisch hochwertigsten Titel ins Hardcover. Das wäre zumindest eine Strategie.«

»Und das E-Book?«, fragte die Leiterin des digitalen Geschäfts. »Ich melde gleich mal dreißig Prozent Umsatz ab, wenn das hier jemand ernsthaft in Erwägung zieht.«

Sie sprach einen validen Punkt an, wusste Heinrich Beck, auch wenn es ihn – ganz ehrlich gesagt – nicht sonderlich interessierte.

»Das E-Book bleibt bei den Taschenbuch-Preisen«, sagte die Vertriebschefin. »Damit senden wir auch das Signal, dass wir die Vielleser nicht belasten wollen. Wir senken bei den Paperbacks die Digitalausgaben sogar im Preis. Das mindert auch die Motivation für Raubkopierer.«

»Tatsächlich?«, fragte Heinrich Beck und kratzte sich am Kinn.

»Natürlich«, sagte die Vertriebsleiterin und blickte in die Runde. Niemand sah sie an.

»Wir schauen uns das an«, sagte der Verleger, »aber die Party ist zu Ende! Und zwar ein für alle Mal!«

Dann stürmte er aus dem Raum. »Und denken Sie daran: Bahn, zweiter Klasse!«, rief er aus dem Gang.

KAPITEL 33

Hafen von Le Havre, Frankreich
22. 04. 2014, 07.11 Uhr (drei Tage später)

Seit Stunden hörten sie das Krachen von Metall auf Metall, und es näherte sich ihnen unaufhaltsam. Die Hitze in ihrem Gefängnis wurde immer unerträglicher, und die Wasservorräte neigten sich dem Ende zu. Sie hatten sich die sechs Kisten, die ihnen der erste Offizier des Schiffs mitgegeben hatte, nicht gut genug eingeteilt. Hadi schaltete die Taschenlampe ein und kletterte von den Kisten mit den chinesischen Schriftzeichen herab. Er nickte Saif zu. »Du bist dran«, flüsterte er.

Saif nahm ihm den Strohhalm aus der Hand und sah ihn dankbar an. Seit drei Tagen schien die Luft knapp zu werden. Zwar war der Container, in dem sie die gesamte Überfahrt verbracht hatten, nicht luftdicht verschlossen, aber offenbar verbrauchten sie zu dritt mehr Sauerstoff, als durch die kleinen Bohrlöcher an der Decke eintreten konnte. Der erste Offizier, ein Asiate, hatte angekündigt, dass es dazu kommen könnte, vermutlich, damit sie nicht in Panik ausbrachen. Er hatte ihnen auch die Strohhalme mitgegeben. Seitdem wechselten sie sich ab. Hadi hatte einen Schichtplan aufgestellt, der dafür sorgte, dass möglichst nur einer von ihnen wach war. Im Schlaf, so sein Kalkül, würden sie weniger Sauerstoff verbrauchen.

Obwohl er darauf vorbereitet gewesen war, zuckte Hadi vor Schreck zusammen, als der Kranführer die Laschkatze auf das Containerdach knallen ließ. Schon wenige Sekunden später spürten sie, wie ihr Container langsam in die Luft gezogen wurde, hörten das Surren der Elektromotoren. Erst langsam, dann schneller. Sie spürten, wie er sich zur Seite neigte. Nach einem kurzen Stopp am höchsten Punkt ging es wieder abwärts. Mit einem zweiten Krachen und einer heftigen Erschütterung, bei der Hadi fast aufgeschrien hätte, landete der Container wieder auf Metall. Langsam setzten sie sich in Bewegung. Hadi wusste, dass sie jetzt von einem der vollautomatisch gesteuerten Hafenfahrzeuge zu ihrem Bestimmungsort gefahren wurden. Ihre Ausbilder in Kairo hatten ihnen erklärt, womit sie zu rechnen hatten. Sie hatten ihnen auch versichert, dass man sich um alles gekümmert hatte und dass es keine Schwierigkeiten geben würde.

Die Transponder im Boden führten ihr Fahrzeug zu einem weiteren Verladekran. Das Spiel begann von Neuem.

Der Kran griff nach ihrem Container und setzte sie wieder ab.

Als sich der fahrerlose Lastwagen entfernte, wurde es still um sie herum. Hadi ließ sich von Saif den Strohhalm und die Taschenlampe geben und kletterte auf die Kisten bis zu den fünf kleinen Löchern in der Decke. Er lugte hinaus, konnte aber nichts als die Morgendämmerung am Himmel erkennen. In der Ferne hörte er die Kräne und die Lastwagen. Menschliche Stimmen hörte er keine, nur das Gekreische der Möwen am Himmel. Hadi steckte den Strohhalm hinaus und sog den Sauerstoff in seine Lunge. Sie hatten vielleicht noch Wasser für einen halben Tag. Dann würde es noch enger in ihrem Gefängnis. Und es schien ein heißer Tag zu werden. Er griff nach dem Amulett, das ihn bis hierher gebracht hatte. Würde er sie noch einmal wiedersehen? Würde er es bis nach Hause schaffen? Er wusste, dass sie ihn nicht sehen durfte. Nicht bei dem, was sie im Begriff waren zu tun. Aber vielleicht gelang es ihm, sie noch einmal aus der Ferne zu berühren, noch einmal ihr Lachen zu sehen, bevor es losging. Dafür hatte er den Weg auf sich genommen. Dafür lebte Hadi, seit sie in Kairo ihre ungewisse Reise angetreten hatten. Ob sie seine Postkarte bekommen hatte? Er war nicht sicher, ob die Air-Mail-Marke, die er gekauft hatte, tatsächlich etwas nützte. Er wollte glauben, dass Golshan die Karte in diesem Moment in den Händen hielt. Und wusste, von wem sie kam.

Heimlich küsste er das Amulett hinter dem Ärmel seiner Jacke. Er wollte nicht, dass ihn die anderen dabei sahen. Dieser Teil seines Plans ging sie nichts an.

KAPITEL 34

Caracas, Venezuela
22. 04. 2014, 09.01 Uhr Ortszeit (acht Stunden später)

Die beiden Beamten der Kriminalpolizei zeigten ihre Ausweise am Empfang und bestanden darauf, mit Ramon Aguilar persönlich zu sprechen. So hatte es ihm zumindest die neue Sekretärin ausgerichtet, die er als Ersatz für Catalina eingestellt hatte.

Ramon Aguilar bedauerte es tatsächlich ein wenig, dass sie nicht mehr da war. Sie war von einem auf den anderen Tag nicht mehr zur Arbeit erschienen. Scheinbar vom Erdboden verschwunden. Robert Müller war außer sich gewesen und hatte Nachforschungen anstellen lassen. Er hatte ihre Wohnung selbst durchsucht, hatte einen Privatdetektiv ihren Vater ausfindig machen lassen. Seine Wut hatte erst nachgelassen, als er festgestellt hatte, dass der Vater offenbar tatsächlich der Trunkenbold war, der er zu sein vorgab, und dass in ihrer Wohnung nichts Auffälliges zu finden gewesen war.

Ramon Aguilar wusste längst, dass Catalina etwas zugestoßen sein musste. Der Privatdetektiv hatte Blutspuren hinter der Bar gefunden, in der Catalina zuletzt gesehen worden war. Laut Augenzeugen musste sie ziemlich betrunken gewesen sein. Dennoch gab es Anlass zur Sorge, wenn ein Mitarbeiter spurlos verschwand. Man konnte nie wissen – obwohl Catalina so naiv gewesen war, dass sich Ramon nicht vorstellen konnte, dass mehr dahintersteckte als ein weiterer Mann, der mit dem Schwanz dachte. Er konnte es ihm bei Catalinas körperlichen Vorzügen nicht einmal verdenken.

»Señor Aguilar, es tut mir leid, Ihnen mitteilen zu müssen, dass Catalina Schwarz tot aufgefunden wurde«, sagte der Kripobeamte.

Ramon Aguilar hielt sich die Brust. »Das ist doch nicht möglich«, rief er. »Wo?«

Und wusste: irgendwo in der Nähe der Bar, in irgendeinem Gebüsch.

»Bevor wir dazu kommen, Señor Aguilar – da bitte ich um Ihr Verständnis –, muss ich Sie fragen, wo Sie sich am Abend des 17. April aufgehalten haben.«

Er sprach umständlicher, als es erlaubt sein sollte, selbst für einen Beamten.

»Ich war zu Hause«, log Ramon Aguilar.

»Tatsächlich?«, fragte der zweite Kriminalbeamte und zückte einen Stift. Es gefiel Ramon nicht, dass er alles mitschrieb, und er fragte sich, was er dagegen machen konnte. Vermutlich nichts, dachte er. Aber er würde ihnen auch kaum auf die Nase binden, dass er den Abend in einem Bordell am Stadtrand verbracht hatte, um mit Robert Müller die letzte erfolgreiche Lieferung zu feiern. Müller würde schon etwas einfallen, falls es notwendig werden sollte. Er schaltete auf Angriff.

»Und da kommen Sie erst jetzt? Fast eine Woche nach ihrem Tod?« Er versuchte, so aufgebracht wie möglich zu wirken. Ramon Aguilar wusste, dass er nicht der geborene Schauspieler war, und beobachtete die Reaktion der Polizisten genau. Die Beamten zuckten mit den Schultern und murmelten etwas von der Zunahme an Gewaltverbrechen in diesem Jahr. Es klang plausibel.

»Gibt es Zeugen für Ihren Aufenthalt zu Hause, Señor Aguilar?«, fragte der Erste.

»Der Portier führt eine Liste von allen, die kommen und gehen«, antwortete er. Nichts, was zweihundert Bolívares nicht beheben konnten.

»Das ist gut«, sagte der Zweite, und Aguilar wollte ihm glauben. Die beiden nahmen doch nicht ernsthaft an, dass er etwas mit Catalinas Tod zu tun hatte, oder doch? Was, wenn sie herausfanden, dass er mit ihr geschlafen hatte? Dass er sich in der Mittagspause einen von ihr blasen ließ? Ramon Aguilars Zuversicht schwand mit jeder weiteren Frage der Beamten. Möglicherweise war es doch schlauer, sich mit Robert Müller abzusprechen. Er suchte nach Gründen, die beiden aus seinem Büro zu werfen, ohne unhöflich zu wirken. An die Folgen von Catalinas Tod für die Firma dachte er nicht mehr.

KAPITEL 35

München, Deutschland
22.04.2014, 15.31 Uhr (zur gleichen Zeit)

Paul Regen stand in der Schlange vor dem Fenster mit den Fischbrötchen direkt hinter dem Papierkorb in Form eines riesigen Hummers und wartete. Ein Mann in Lederhose mit einem riesigen nackten Bauch und breiten Bart schob ein Fahrrad über das Kopfsteinpflaster des Viktualienmarkts und grüßte die Händler mit Vornamen.

»Eine Räucherlachssemmel, bitte. Mit Kren, ohne Zwiebeln«, bat Paul Regen, als er an der Reihe war. Die Fischverkäuferin nahm ihm drei Euro fünfzig ab, die Paul stets passend gab, weil er befürchtete, dass das Restgeld seinen Fischgeruch an seine Hosentasche abgeben könnte. Was natürlich Unsinn war, aber eine ordentliche Paranoia hatte noch niemandem geschadet, fand er. Und es gab sogar solche, die richtig nützlich waren, wie beispielsweise die, zu wenig Omega-3-Fettsäuren zu sich zu nehmen. Er wusste nicht, warum diese Dinger besonders gesund waren, aber dass sie halfen, stand außer Frage. Die Omega-3-Versorgung war einer der beiden Gründe für seinen nachmittäglichen Ausflug auf den Markt gewesen.

Der zweite war die Tatsache, dass er nachdenken musste. In der ersten Nacht ihrer PHAIDON-Übung war es ihnen gelungen, das Stadion zu evakuieren und den Patienten sicher auf die Isolierstation zu bringen. Seitdem versuchten sie, in Arbeitsgruppen der Seuche Herr zu werden, aber alles, was sie taten, schien hoffnungslos. Und Paul Regen vermutete, dass es nicht bei den bisher bestätigten drei Ebolainfizierten bleiben würde, die sich bei dem Mann im Stadion angesteckt hatten. Sollte die Übung tatsächlich einen Terroranschlag nachstellen, würde es im Ernstfall sicherlich noch weitere Täter geben, die versuchten, während ihrer hochansteckenden Phase so viele Deutsche wie möglich zu infizieren. Offenbar hatten die Terroristen den Ausbruch der Seuche in Afrika genutzt, um sich dort absichtlich dem Virus auszusetzen und dann ohne Symptome in Deutschland einzureisen. Eine einfache und deshalb umso perfidere Idee, die laut Adelheid Auchs Recherchen gar nicht mal so weit hergeholt war. Paul Regen ließ der Gedanke nicht mehr los, was das mit seiner Stadt anstellen würde. Wenn das wirklich passierte.

Er lief mit dem Fischbrötchen in der einen und einer Cola light in der anderen Hand Richtung Marienplatz. Alle Stände wären geschlossen, verrammelt, wie am Sonntag. Wo sich heute die Menschen bei Brathendl mit Weißbier zuprosteten, wären die Bänke hochgestellt. Niemand würde sich bei einem größeren Ebolaausbruch noch vor die Tür trauen, wenn es nicht unbedingt sein müsste. Und die Vereinzelten würden Mundschutz tragen, ohne zu wissen, ob das überhaupt etwas nützte. Er lief durch den Torbogen unter dem Spielzeugmuseum und betrachtete eine Gruppe japanischer Touristen, die fasziniert das simple Glockenspiel betrachteten. Auch sie würden wegbleiben. Die Touren würden umgeleitet nach Wien oder nach Salzburg. Die Busse würden fahren, damit die Bürger nicht den Eindruck hatten, es wäre etwas nicht in Ordnung. Aber die Boulevardblätter würden jeden neuen Verdachtsfall auf der Titelseite melden.

Und wenn es sich weiter ausbreitete? Wenn die Krankenhäuser überfüllt wären, weil die Täter die U-Bahnen benutzt hatten? Irgendwann würde jemand im Innenministerium nervös werden und die Bundeswehr zu Hilfe rufen. Dann stünden vermutlich die Mannschaftswagen vor dem Rathaus, und Soldaten würden den Eingang bewachen. Dann wäre der Krieg schon fast bis zu ihnen vorgedrungen. Der Kaufhof am Marienplatz und die Geschäfte auf der Kaufingerstraße müssten Umsatzeinbrüche von neunzig Prozent und mehr verkraften – falls überhaupt Verkäufer zur Arbeit erschienen. Wahrscheinlicher war noch, dass alle geschlossen blieben.

Auf halbem Weg zum Stachus warf Paul Regen die Serviette in einen Abfalleimer. Er betrachtete die Türme der Frauenkirche, an denen seit gefühlten zehn Jahren die Fassade erneuert wurde, und fragte sich, wie die Kirche wohl darauf regieren würde. Würde sie in Krisenzeiten eine einende Kraft werden? Würde sie die Leute erreichen, die nur zu Weihnachten beteten, weil es alle taten? Paul Regen hatte seine Zweifel. Die Stadt würde nur noch ein Gefühl kennen: Angst.

Am Stachus stellte er die Colaflasche auf den Rand eines Abfalleimers, damit die Pfandsammler nicht hineingreifen mussten. Paul Regen war überzeugt davon, dass es gut fürs Karma war, etwas Gutes zu tun, was niemand von einem erwartete, aber was einem auch nur eine gewisse Achtsamkeit abverlangte. Warum sollte er sie hineinwerfen, wenn er wusste, dass es keine zehn Minuten dauern würde, bis einer danach suchte? Es gab keinen Grund. Und das war der Punkt.

Am Hauptbahnhof nahm er die frisch renovierte Treppe ins Sperrengeschoss. Was würde man tun, wenn die Krankenhäuser wirklich aus allen Nähten platzten? Die Isolierstation am Schwabinger Krankenhaus fasste nur sieben Betten. Vermutlich würde man zunächst versuchen, behelfsmäßige Isolationsmaßnahmen in anderen Bereichen der Universitätskliniken einzurichten. Und danach? Paul Regen lief an den Parkhäusern vorbei und an dem neuen Shopping-Areal, in dem die Hofpfisterei einen Laden eröffnet hatte, der so groß war, dass man darin einen halben Supermarkt hätte unterbringen können. Als er auf der Rolltreppe stand, fasste er aus Gewohnheit an den Handlauf. Er ertappte sich bei dem Gedanken, ob die Terroristen aus der PHAIDON-Simulation in den Tagen vor dem Fußballspiel auch am Hauptbahnhof gewesen waren. Hatte einer von ihnen den Handlauf genau an der Stelle berührt, die Paul jetzt anfasste? Hatte er zuvor Viren in die Handfläche gehustet und verteilte sie so überall in der Stadt? Vor seinem geistigen Auge sah Paul einen Mann, schwitzend vom Fieber, die Treppe herunterhasten. Er berührte nicht nur die Einrichtung, sondern auch Taschen und Jacken und Einkaufstüten. Die Vorstellung war beklemmend. Angsteinflößend.

Und doch musste Paul Regen zugeben, dass er gespannt war, was die Computer ausgerechnet hatten. Laut allem, was er bisher gelesen hatte, war in der westlichen Welt mit den gut ausgestatteten Krankenhäusern und den bestens ausgebildeten Ärzten und Pflegern nicht damit zu rechnen, dass eine Seuche wie Ebola außer Kontrolle geriet. Aber Paul Regen wusste auch, dass alle Simulationen darauf basierten, dass sich Erkrankte logisch verhielten. Dass sie zu Hause blieben, wenn sie Symptome entwickelten. Dass sie einen Arzt aufsuchten, wenn sie Durchfall bekamen, nachdem sie Kontakt zu Ebola-Patienten gehabt hatten.

Es lag in der Natur von Terrorismus, dass er nicht der Logik folgte. Diese Menschen wollten so viele wie möglich anstecken. Und dagegen half keine noch so gute Isolierstation.

KAPITEL 36

Frankfurt, Deutschland
22.04.2014, 15.36 Uhr (zur gleichen Zeit)

Golshan Richter, die sich mittlerweile nur noch dunkel daran erinnern konnte, dass sie früher sogar ohne Kopftuch aus dem Haus gegangen war, zog die Schuhe aus, schloss die Haustür auf und stellte ihre Schultasche auf den Boden im Flur. Auf leisen Schritten ging sie in die Küche, um sich einen Kaffee zu machen, aber ihrer Schwester reichte das leise Klicken des Schlosses, um zu wissen, dass sie nach Hause gekommen war. Golshan hatte keine Lust, mit ihrer Schwester zu reden. Die Kleine war nerviger als ein Sack Flöhe und so laut, dass es wehtun konnte. Sie hörte ihre kurzen Schritte im Flur und seufzte.

Als Djamila in der Küchentür stand, hielt sie eine Postkarte in der Hand. Golshan füllte Wasser in den Tank der Kaffeemaschine, löffelte Pulver in den Filter und drückte den Startknopf. »Was ist das?«, fragte sie.

»Eine Postkarte«, sagte ihre kleine Schwester.

»Das sehe ich selbst«, sagte Golshan und wusste, dass sie so genervt klang, wie sie war. Sie wollte Musik hören, sonst nichts. Musik hören und dann vielleicht einen Film runterladen.

»Sie ist aus Kairo«, behauptete Djamila und hielt sie in die Luft.

»Ich kenne niemanden in Kairo«, sagte Golshan und beobachtete die braune Flüssigkeit, die in die Kanne tropfte. Viel zu langsam. Sie holte die Zuckerdose von einem Regal und stellte einen Becher auf die Arbeitsplatte.

»Sie ist nicht unterschrieben«, sagte Djamila. Ein kurzer Moment der Erinnerung, der Hoffnung flackerte in Golshans Hinterkopf auf. Jeden Morgen erwachte sie mit der Angst, dass heute der Tag sein würde. Dass ihr Vater heute nach Hause käme und ihr eröffnete, dass Hadi gestorben war. Sie wusste, dass es für ihren Vater eine Erleichterung wäre. Hadi war ihm immer nur ein Dorn im Auge gewesen. Er versprach sich von ihrer Heirat mit einem anderen Imam mehr Einfluss in der Salafistenszene.

Golshan wusste nicht, was sie tun sollte. Aber sie wusste, dass sie für ein Leben mit einem konservativen Islamisten nicht geschaffen war. Sie liebte ihren Vater, aber sie liebte diesen Mann nicht, würde ihn niemals lieben. Was, wenn die Postkarte von Hadi war? Durfte sie auf so etwas hoffen?

»Gib mal her«, sagte sie und griff nach der Karte. Aber Djamila war schneller. Sie rannte lachend über den langen Flur in ihr Zimmer.

Golshan fluchte und lief hinter ihr her. Djamilas Zimmertür knallte ins Schloss.

»Ich geb sie nicht wieder her!«, sagte sie. »Sie ist ja nicht einmal unterschrieben!«

Ein weiterer Stich ins Herz. Hoffnung. Glaube. Kairo? Hatte es Hadi geschafft, den Bürgerkrieg zu überleben? Ging es ihm gut? Sie brauchte diese Postkarte!

»Mach schon auf!«, rief sie und rüttelte an der Tür.

»Nein!«, protestierte ihre Schwester.

Golshan seufzte.

»Was hältst du von einem Geschäft?«, fragte sie.

»Was für ein Geschäft?«, fragte Djamila zurück.

Ihre kleine Schwester war bestechlich wie ein türkischer Zollbeamter, wusste Golshan. Das war ihre große Schwäche. Und ihre große Stärke. Wer bestechlich ist, hat es leichter im Leben, fand Golshan.

KAPITEL 37

Den Haag, Niederlande
23.04.2014, 09.44 Uhr (am nächsten Morgen)

Solveigh Lang schloss ihr Rennrad an einen der Fahrradständer vor dem unscheinbaren Bürogebäude, das aussah wie zwei ineinandergeschobene Tetrapaks. Die Form von zwei Milchtüten war kein Zufall, sondern dem Vormieter geschuldet, der auch heute noch auf dem glänzenden Firmenschild neben dem Eingang stand: *nederlandse zuivel organisatie*, die Vereinigung der holländischen Milchbauern. Seit die ECSB das Innere des Gebäudes komplett umgebaut hatte und hier eingezogen war, weil ihre ehemalige Zentrale in Amsterdam einem Bombenanschlag zum Opfer gefallen war, residierten die Milchbauern am anderen Ende der Stadt, und hier unterhielten sie offiziell eine Außenstelle für ihre Buchhaltung. Für die ECSB war die Tarnung eine willkommene Mimikry, ein Deckmantel, ein Schutzschild. Niemals wieder sollte es ihren Gegnern gelingen, eine Bombe bis in ihre Büros zu schmuggeln und dort tatsächlich zu zünden.

In der Empfangshalle nickte Solveigh dem Wachmann zu und lief an dem Brunnen vorbei, der klares Wasser durch grüne Pflanzen und über braune Steine plätschern ließ. Im Aufzug holte sie ihr Handy aus der Hosentasche ihres Anzugs und rief eine spezielle App auf, die zu den zahlreichen Sicherheitsvorkehrungen gehörte, auf die William Thater bestanden hatte. Der Aufzug besaß keine Knöpfe zur Wahl des Stockwerks, die Wände waren mit glänzendem Lack überzogen. Ohne die App konnte ihn niemand in Bewegung setzen.

»Willkommen, Agent Lang«, sagte eine weibliche Computerstimme über den Lautsprecher ihres Telefons. Die App wusste vorher, ob sie in ihr Büro wollte oder in einen der Konferenzräume. Sie entschied, wo Solveigh ausstieg und welchen Weg sie dorthin nahm. Das Display bestätigte ihr, dass sie sich in der Kabine befand, aber nicht, in welchem Stockwerk.

Als der Aufzug stoppte, öffneten sich alle vier Seiten gleichzeitig. In allen vier Himmelsrichtungen lagen identische, achteckige Räume mit grauem Teppichboden, weißen Wänden und jeweils acht Türen.

»Bitte folgen Sie dem Pfeil«, sagte die App und der Bildschirm zeigte einen roten Pfeil, der grün wurde, sobald sie sich in die richtige Richtung drehte. Solveigh öffnete die angegebene Tür und betrat einen kurzen Gang, zu dessen anderer Seite wiederum ein achteckiger Raum lag. Sie bog in einem 45-Grad-Winkel nach links ab. Das Gebäude war aufgebaut wie ein Irrgarten. Ein identischer Oktaeder folgte auf den nächsten. Keine Wand war von der anderen zu unterscheiden, eine Beschriftung war nicht zu entdecken. Ein Labyrinth, in dem Solveigh ohne die App Schwierigkeiten hätte, ihr eigenes Büro zu finden. Und das wollte etwas heißen.

Solveigh folgte dem grünen Pfeil bis zu einem der Konferenzräume. Die App hatte vor ihr gewusst, dass Will Thater sie heute Morgen sehen wollte. Als sie den Raum mit dem ebenfalls achteckigen Tisch betrat, warf sie ihre Messengertasche auf einen Stuhl.

»Tu so etwas nie wieder«, sagte sie ärgerlich und meinte es auch so.

Will hob abwehrend die Hände. Neben ihm saß Eddy in seinem Rollstuhl und grinste.

»Und du verkneif dir das Grinsen«, sagte Solveigh und setzte sich auf einen der Stühle.

An den vier Wänden ohne Türen zeigten Computeranimationen die Fortschritte bei ihren Ermittlungen gegenüber der *Belaluna Shipping Corporation.* Offenbar war es Eddy gelungen, eine ganze Menge Daten von Ramon Aguilars Rechner zu ziehen. Sie zapften sein Handy an, lasen seine E-Mails. Daten waren das Gold aller polizeilichen Ermittlungen im 21. Jahrhundert. Es gab nichts, was man nicht erfahren konnte. Die Briten sammelten seit Jahren hemmungslos und waren immer bereit, mit den Amerikanern zu verhandeln. In der Welt der Geheimdienste lief seit Jahren ein riesiges Tauschgeschäft wie früher mit den Anstecknadeln von Automobilmarken. *Du hast etwas über unseren Staatsbürger X, wie wäre es mit etwas Pikantem zu eurem Staatsbürger Y*. Das, was man sich selbst nicht besorgen konnte, weil es fast allen Diensten verboten war, die eigenen Leute auszuspionieren, tauschte man halt gegen etwas anderes. Sie hatten alles über Ramon Aguilar gewusst, noch bevor Solveigh als Catalina Schwarz seine Sekretärin geworden war. Nur in Einzelfällen war es noch notwendig, mit einer Undercover-Aktion weitere Daten zu beschaffen. Aber Belaluna war vorsichtig. Sehr vorsichtig.

»Ist doch prima gelaufen, finde ich«, sagte Sir William mit seinem britischen Akzent, der immer ein wenig blasiert klang. Will Thater redete wie einer, dem sein Rasen wichtiger war als seine Frau, obwohl Solveigh wusste, dass das nicht stimmte. Zu allem Überfluss kleidete er sich auch noch so. Der Trunkenbold von einem Vater war wieder dem britischen Landadligen im Savile-Row-Zwirn gewichen, Einstecktuch inklusive.

Eddy grinste immer noch. »Aguilar macht sich in die Hosen«, sagte er. »Er denkt, dass ihn die Polizei auf dem Kieker hat.«

»Unsere Leute?«, fragte Solveigh.

Thater nickte. »Tito und Diego haben sich als Polizisten ausgegeben und etwas vorgefühlt.«

»Na, dann ist ja alles in Ordnung«, ätzte Solveigh und fasste sich an den Nacken, der immer noch wehtat, nachdem sie nach den 65 Kilometern von ihrer Wohnung bis hierher vom Rennrad gestiegen war.

»Es musste realistisch aussehen, Slang«, verteidigte sich Sir William, »die Firma spendiert eine Massage.«

Will räusperte sich.

»Und es ist ja nicht so, dass dieser Abend insgesamt nach dem Lehrbuch verlaufen wäre, wenn ich das hinzufügen darf.«

Er spielte auf ihren Ausrutscher an. Und er hatte recht: Das hätte ihr nicht passieren dürfen. Aber was passiert war, war eben passiert. Es ließ sich nicht mehr rückgängig machen. Und das galt für beide Seiten. Vermutlich musste sie sich mit einem Eins-zu-eins zufriedengeben. Zumindest für den Moment.

Solveigh seufzte. »Also, was haben wir?«, fragte sie.

»Eine gute Frage«, sagte Eddy, ihr engster Vertrauter. Er war derjenige, der sie aus der Zentrale unterstützte, wenn sie im Außeneinsatz war. Und sie hätte sich keinen Besseren wünschen können. Er kannte sich mit Computern ungefähr so gut aus wie Solveigh mit Menschen. Sie waren ein eingespieltes Team. Der Autist im Rollstuhl und die Spinne im Netz.

»Auf den ersten Blick«, setzte Eddy an und begann, auf seinem Laptop herumzuhacken, »sieht alles blitzsauber aus bei der ehrenwehrten *Belaluna Shipping Corporation.*«

Solveigh blickte auf die Daten an der Wand. Sie zeigten die Reparaturen, die an Schiffen der Belaluna in den vergangenen zehn Jahren durchgeführt worden waren. Eddy drückte ein paar Tasten, und ein weiteres Diagramm erschien.

»Aber dann fiel mir etwas Merkwürdiges auf: Hier rechts seht ihr die Trockendockzeiten der Belaluna-Flotte und links einen Vergleich zum Industriestandard.«

»Du willst sagen, dass sie schlechte Schiffe haben?«

»Das wäre eine Möglichkeit«, sagte Eddy. »Aber ich vermute, dass mehr dahintersteckt.«

Ein paar Anschläge später erschien eine Weltkarte, auf der sowohl die Flottenbewegungen der Belaluna als auch die Reparaturen eingezeichnet waren. Solveigh pfiff durch die Zähne.

»Ich habe keine Ahnung, wie sie das anstellen, aber ihre Schiffe scheinen auf wundersame Weise immer nur auf dem Rückweg der Südamerikaroute den Geist aufzugeben«, sagte Eddy.

Das, dachte Solveigh, war allerdings wirklich ein merkwürdiger Zufall. Und Zufälle waren in ihrem Geschäft ein äußerst seltener Zaungast.

KAPITEL 38

München, Deutschland
23. 04. 2014, 09.55 Uhr (zur gleichen Zeit)

Das BKA hatte einen Zeitraffer in die PHAIDON-Simulation eingebaut. Als die Arbeitsgruppen zum zweiten Mal alle gemeinsam in den Schulungssaal in der Maillingerstraße gerufen wurden, waren vierzehn Tage seit dem bestätigten Ebola-Fall im Fröttmaninger Stadion vergangen. Und obwohl sich die Arbeitsgruppen alle Mühe gegeben hatten, waren ihre schlimmsten Befürchtungen noch übertroffen worden: Es gab neununddreißig bestätigte Fälle von Ebola in der Stadt, dazu einhundertachtundneunzig Quarantäne-Fälle, die direkten Kontakt mit Infizierten gehabt hatten. Die gute Nachricht war, dass es der Arbeitsgruppe TÄTER gelungen war, die Terroristen zu fassen. Es hatte sich herausgestellt, dass die größte Gefahr ihres Plans gleichzeitig die größte Schwäche bedeutete. Indem sie darauf angewiesen waren, die Krankheit an öffentlichen Plätzen zu verbreiten, war es der Polizei gelungen, die fünf schwerkranken Männer zu identifizieren und zu verhaften. Zwei von ihnen waren mittlerweile verstorben, drei lagen auf der Schwabinger Isolierstation unter strengsten Sicherheitsauflagen und kämpften um ihr Überleben.

»Die Situation ist folgende«, begann Klaus Sperber, nachdem sein Kollege durch die Zahlen geführt hatte, »die Krankenhäuser haben ihre Kapazitätsgrenzen schon jetzt überschritten, und wir erwarten, dass sich die Zahl der infizierten und quarantänebedürftigen Kontaktpersonen in den nächsten Tagen mehr als verdoppeln wird.«

Paul Regen dachte an seinen Ausflug mit der U-Bahn, sah die Hände auf den Handläufen der Rolltreppen, an den Haltestangen in den U-Bahnen und Bussen. Er konnte es nur ahnen, aber er vermutete, dass die Simulation der Kollegen aus Wiesbaden durchaus realistisch war.

»Das Leben in der Stadt ist durch die Panik in der Bevölkerung zum Erliegen gekommen. Die Menschen versorgen sich in Apotheken mit Schutzanzügen und Mundschutz, beides ist seit Tagen ausverkauft. Dies wiederum führt dazu, dass Familien ihre tatsächlich erkrankten Angehörigen nicht mehr zu Hause pflegen können.«

»Gibt es keine Notfallkontingente bei der Bundeswehr?«, warf Förster ein.

»Die Bundeswehr hat Hilfe zugesichert, allerdings den Zugriff auf die medizinischen Schutzanzugskontingente abschlägig beschieden«, antwortete Sperbers Kollege am PC.

»Sie brauchen es selbst«, sagte Paul Regen. »Und sie werden den Teufel tun, zu riskieren, dass sich ihre eigenen Leute anstecken, sollte es uns nicht gelingen, Ebola in München einzudämmen.«

Klaus Sperber nickte.

Paul Regen dachte daran, wie ein übertriebenes Angstgefühl dazu beitrug, die Situation für alle zu verschlimmern.

»Können wir Patienten in andere Städte verlegen?«, fragte der Kollege Förster, und Klaus Sperber nickte erneut.

»Eine Möglichkeit«, sagte der BKA-Mann. »Allerdings muss ich zu bedenken geben, dass es nur vier weitere Stufe-4-Isolationsstationen deutschlandweit gibt und alle anderen Krankenhäuser mit denselben Provisorien arbeiten müssten wie die Münchner. Es gibt keine Garantie, dass das Virus nicht auf das Pflegepersonal überspringt, und das wäre das potenziell desaströseste Szenario von allen.«

Paul Regen blickte ins Licht des Beamers und dachte an den Hauptbahnhof. Irgendetwas hatte er bei seinem Ausflug gesehen, das ein Teil der Lösung des Problems sein könnte. Allein er erinnerte sich nicht mehr daran, was das gewesen war. Dies war das größte Problem seiner investigativen Assoziationsketten: zu erkennen, was das Wesentliche war.

In dem Schulungssaal entbrannte eine Diskussion zwischen den Kollegen, wie man Herr der Lage werden könnte. Die Mathematik hinter den Opferzahlen folgte einer brutalen Logik: Die Anzahl der Neuansteckungen musste unter die Zahl der aktuell Infizierten sinken. Und dies konnte nur mit einer strikten Isolation der Patienten geschehen. Bei allen Szenarien, die sie diskutierten, lief es letztlich darauf hinaus, Areale der Stadt zu kontrollierten Seuchengebieten zu erklären. Ein mit besonderer Kreativität gesegneter Kollege schlug sogar vor, einen gesamten Stadtteil abzuschotten, um der Seuche Herr zu werden.

»Was, wenn wir einfach Schwabing einkesseln?«, sagte Mitterstahl und griff nach einem Filzstift. Er hatte tatsächlich die Chuzpe, entlang der Leopoldstraße eine Grenze einzuzeichnen. Er schraffierte das Gebiet rund um die Amalienstraße.

»Mitterstahl hat den Verstand verloren«, flüsterte Paul Regen Adelheid Auch zu. Sein Vorzimmer nickte. Glücklicherweise schien auch das BKA und die Computersimulation nicht besonders angetan von Mitterstahls genialer Idee.

Schließlich war es Xaver Turner, der den entscheidenden Vorschlag machte. Er sprach das aus, was Paul Regen am Hauptbahnhof aus dem Augenwinkel wahrgenommen hatte, aber nicht hatte formulieren können: Überall in der Stadt gab es die Überreste von Atombunkern aus dem Kalten Krieg. Die meisten wurden mittlerweile anderweitig genutzt, aber häufig waren die luftdichten Türen noch vorhanden oder ließen sich mit ein paar Handgriffen wieder zu solchen umwandeln. Der größte war das Parkhaus unter dem Münchner Hauptbahnhof. Wenn dort eine Quarantänezone für Verdachtsfälle installiert wurde, konnte die Epidemie laut den Berechnungen von Klaus Sperbers Supercomputer eingedämmt werden.

Die Erleichterung unter den Kollegen war spürbar, obwohl es nur eine Übung gewesen war. Die Anspannung der vergangenen Tage hatte Spuren hinterlassen. Sie hatten PHAIDON überstanden. Es gab sogar verhaltenen Applaus, als Klaus Sperber ihnen gratulierte. Nicht alles war perfekt gelaufen, aber er bescheinigte ihnen, sich gut geschlagen zu haben. Trotz ihrer Leistung gab es keinen unter ihnen, den die Übung kaltgelassen hatte. Jeder einzelne von ihnen hatte sich gefragt, wie er mit einem Ebola-Fall in seiner Familie umgegangen wäre. Hätte man sich sofort gemeldet, wenn der Verdacht bestand – auch wenn das bedeutete, dass man sein Kind möglicherweise niemals wiedersah, weil es hinter einer Glaswand verschwand, um ums Überleben zu kämpfen? Auch Paul Regen musste sich eingestehen, dass er sein Verhalten nicht hätte voraussagen können.

Am Nachmittag desselben Tages war die Routine in Adelheid Auchs und Paul Regens Vorzimmer zurückgekehrt. Sein Parka hing an der Garderobe, und Adelheids Lesebrille saß auf ihrer Stirn, während Paul Regen einen Apfel aufschnitt. Er lief mit dem Teller ins Auswärtige Amt, wo Adelheid Auch soeben den Hörer auf die Gabel legte.

»Der Xaver Turner verlangt nach Ihnen«, sagte sie. Paul Regen setzte sich auf einen der freien Schreibtische und hielt Adelheid Auch den Teller hin.

»Die Nachbesprechung eilt nicht«, sagte er.

Bevor Adelheid Auch zum Obst greifen konnte, klopfte es an der Tür. Paul Regen zog eine Augenbraue hoch und sah Adelheid Auch fragend an, die mit den Schultern zuckte.

In der Tür stand Klaus Sperber mit seiner Laptop-Tasche unter dem Arm. Paul Regen bat ihn herein und fragte sich, womit sie die Ehre verdient hatten. Gleichzeitig hoffte er, dass niemand der Kollegen den BKA-Beamten auf dem Gang gesehen hatte.

»Ich wollte mich verabschieden«, sagte Klaus Sperber.

»Das ist eine Überraschung«, antwortete Paul Regen und stellte den Teller mit den Apfelspalten beiseite.

»Nicht wirklich«, fuhr Klaus Sperber fort. »Immerhin war es Ihre Idee, die dazu geführt hat, dass die Simulation nur halb so lang gedauert hat, wie wir ursprünglich veranschlagt hatten.«

»Tatsächlich?«, fragte Adelheid Auch, und Paul Regen hatte keine Ahnung, welche Idee das gewesen sein sollte.

»Ursprünglich war von dem Computer eine zweite Welle von Terroristen vorgesehen«, erklärte Klaus Sperber. Diesmal verstand Paul Regen, was er meinte. Allerdings war die Idee nicht allein auf seinem Mist gewachsen. Auch Adelheid hatte einen Anteil daran gehabt.

»Es war brillant, die zweite Welle durch eine Handy-Ortung ausfindig zu machen. Tatsächlich hat der Computer ausgerechnet, dass nur fünfzehn Personen sowohl in Syrien als auch in Afrika gewesen waren, und somit konnte die gesamte zweite Welle bei der Einreise isoliert werden. Wie gesagt: gute Arbeit.«

»Die Idee mit der Handy-Ortung kam von Frau Auch«, gab Paul Regen zu.

Klaus Sperber verzog den Mund und sagte: »Ein gutes Team, was? Umso besser.«

»Was täten wir nur ohne die Handyüberwachung?«, fragte Paul Regen nicht ohne eine Spur Ironie, aber Klaus Sperber nickte nur zustimmend.

»Jedenfalls wollte ich Ihnen das nicht vorenthalten, und natürlich wird sich das auch in unserer Bewertung niederschlagen«, versprach der BKA-Mann zum Abschied.

Bewertung für was?, fragte sich Paul Regen, als Sperber

gegangen war. Er hatte festgestellt, dass gute Bewertungen bei Weitem nicht in allen Fällen zu etwas Positivem führten. Zumindest nicht, seit Klaus Wochinger zum Kriminaldirektor befördert worden war. Meistens führte es zu Ärger bei Wochinger und damit zu einer noch größeren Motivation, es Paul heimzuzahlen. Aber das galt es zu beweisen. Und zumindest Adelheid Auch schien ein Quäntchen fröhlicher zu tippen, als er sich auf den Weg zu Xaver Turner machte.

KAPITEL 39

Hafen von Le Havre, Frankreich
23.04.2014, 20.02 Uhr (zehn Stunden später)

Als sich der Tag dem Ende zuneigte, verlor Hadi die Hoffnung. Den letzten Schluck Wasser hatten sie sich in der Hitze der Mittagsstunden aufgeteilt, und obwohl es draußen vielleicht fünfundzwanzig Grad warm sein durfte, hatte die Sonne das Metall bis zur Unerträglichkeit aufgeheizt. Möglicherweise spielte ihnen auch ihr Körper einen Streich, und der Wassermangel ließ alles wärmer erscheinen, als es war. Wassermangel kann zu Halluzinationen führen, hatte ihr Ausbilder in Kairo gesagt. Kein Luftzug wehte durch ihr Gefängnis, und das Atmen durch die Strohhalme wurde schwieriger, je mehr ihre Kräfte schwanden.

Jetzt, als Hadi zum zehnten Mal herunterkletterte, um den Platz für Jafar frei zu machen, wollte er nur noch liegen.

Schlafen. Als er sich auf die Decke legte, fragte er sich, ob er noch einmal aufwachen würde. Seine Kehle fühlte sich trockener an als jemals zuvor, und er hätte alles für einen winzigen Schluck Wasser gegeben. Doch Saif rüttelte ihn an der Schulter.

»Hadi, wir müssen beten«, sagte er. »Wach auf, Hadi!«

Hadi spürte, wie er die Decke unter ihm wegzog und sie in die Mitte des Containers schleppte.

»Wir sind in Allahs Händen«, sagte Saif und griff unter seine Arme. Hadi spürte, wie Saif ihn aufsetzte. Und dann begann er mit dem Ritual, was vielleicht das Einzige war, das ihnen jetzt noch helfen konnte.

Mitten in der Nacht riss sie das vertraute Krachen von Metall auf dem Container aus dem Schlaf. Hadi öffnete die Augen und schaltete die Taschenlampe an. Saif und Jafar waren ebenfalls aufgewacht. Sie spürten, wie sich der Container in die Lüfte hob und dann zur Seite neigte. Er schwankte, kurz bevor er mit einem zweiten Krachen aufschlug. Hadi hörte den großen Dieselmotor eines Lastwagens. Jemand lief um den Container herum und sicherte die Ladung auf dem Auflieger. Sie hörten ein Fluchen in einer fremden Sprache und dann das Zuschlagen einer Tür. Kurz darauf rollte der Lkw unter lautem Aufheulen des Motors an.

Hadi spürte, dass seine Hände zitterten, als der Wagen wenige Minuten später stoppte. Wieder hörte er die fremde Melodie. Die Worte aber klangen knapper, autoritärer. Hadi wusste instinktiv, dass sie an der Zollabfertigung stehen mussten. Ihre Ausbilder hatten ihnen versichert, dass für alles gesorgt worden war. Und doch erwartete Hadi in jeder Sekunde, dass Beamte die Luke öffnen würden. Dass sie hineinleuchten würden mit ihren Taschenlampen und die menschliche Fracht entdecken würden. Ein Teil von ihm wünschte sich, dass es so kommen würde.

Und dieser Teil war fast ein wenig enttäuscht, als der Motor zum zweiten Mal aufheulte und sich der Container Zentimeter für Zentimeter in Bewegung setzte.

Nach etwa einer Dreiviertelstunde hörten sie, wie ein Gatter aufgeschoben wurde. Maschendraht klapperte, und eine Kette rasselte über Metall. Dann wurde der Container durchgeschüttelt. Hadi, Saif und Jafar hielten sich aneinander fest, um nicht umzufallen, während der Auflieger offenbar über eine unbefestigte Piste rollte. Sie hörten das Zischen der Bremsen, kurz bevor der Motor erstarb. Der Fahrer lief um das Fahrzeug herum und tatsächlich – zum ersten Mal seit neun Tagen, hörten sie, wie jemand die Verriegelung des Containers betätigte. Hadi, Saif und Jafar blickten ungläubig nach draußen. Die kühle Abendluft war das Beste, was Hadi jemals gerochen hatte. Ihr Fahrer zog sich an der Außenwand des Containers nach oben und begrüßte sie auf Arabisch. Er reichte ihnen eine Wasserflasche, und einer nach dem anderen tranken sie gierig.

»Ihr habt es fast geschafft«, sagte er, als die Flasche leer war. »Ihr könnt heute Nacht hierbleiben und euch ausruhen. Morgen oder übermorgen geht es weiter.«

Dann führte er Hadi, Saif und Jafar in ein Lagerhaus, wo drei Feldbetten vor einer riesigen Mauer aus Regalen standen. In der Ecke des Raums sah Hadi zwei alte Gabelstapler. Ihr Fahrer gab ihnen Brot und noch mehr Wasser und wärmte später eine dünne Suppe auf einem Campingkocher auf. Hadi wusste nicht, wann er zuletzt etwas so Gutes gegessen hatte.

KAPITEL 40

Essen, Deutschland
24. 04. 2014, 13.44 Uhr (am nächsten Tag)

Brigitte Gwodz schob den Einkaufswagen durch den Gang des EDEKA-Marktes in der Kettwiger Straße und steuerte das Regal mit den Fischkonserven an. Morgen war Freitag, und freitags aßen sie Fisch. Das war schon seit über fünfunddreißig Jahren so und würde sich, wenn es nach ihr ging, auch nicht mehr ändern.

Sie bückte sich, um an die Dosen mit dem günstigen Eigenmarkenprodukt zu kommen, und das Bücken fiel ihr schwer. Aber Brigitte wusste, dass sie nicht darauf bauen konnte, dass ihr jemand half. Heutzutage liefen die Menschen an einem vorbei, als gälte es, eine Zeitvorgabe einzuhalten bei der Mittagspause. Viele lasen in ihren Telefonen, während sie versuchten, nirgendwo anzuecken. Brigitte Gwodz verstand diese Menschen nicht, aber sie hegte auch keinen Groll gegen sie. Nach ihrer Erfahrung erfand sich die Welt etwa alle zwanzig Jahre grundlegend neu. Und auch wenn sie mittlerweile zu alt war, um sich an dem

Neuen zu erfreuen, hatte sie Verständnis dafür. Wäre sie zwanzig Jahre jünger, würde sie sich auch so ein Gerät kaufen, und wer weiß, vielleicht würde sie demselben Zauber erliegen? Brigitte war zweiundsiebzig Jahre alt und fühlte sich wie fünfundsechzig. Sie würde nichts ändern an ihrem Leben, selbst wenn ihr so ein Lebensveränderer angeboten würde. Auch nicht den Dosenfisch am Freitag und die Tatsache, dass sie aufs Geld schauen musste. Sie hatte drei wunderbare Enkelkinder, drei nicht vollkommen missratene Söhne und einen Mann, der sie liebte.

Als sie den Wagen in ihrem Tempo zur Kasse schob, versuchte eine Frau mit einem Kinderwagen, sie zu überholen. Sie schien verärgert zu sein, als sie erkennen musste, dass es nicht reichen würde. Brigitte Gwodz nahm die acht eingeschweißten, vorgeschnittenen Scheiben Bauernbrot mit Korn vom Band und setzte ihren Wagen zurück.

»Gehen Sie ruhig vor«, sagte sie. »Ich hab es nicht eilig.«

Die junge Mutter schien irritiert, zögerte aber nur den Bruchteil einer Sekunde, bevor sie den schwarzen Kinderwagen mit einem genuschelten »Danke« an ihr vorbeimanövrierte. Brigitte Gwodz zuckte mit den Schultern und lauschte auf das gleichmäßige Piepsen der Kasse. Es war ein vertrautes Geräusch. Sie hatte fünfundvierzig Jahre in einem kleinen Lebensmittelgeschäft an der Kasse gearbeitet. Ihre Kasse damals war etwa ein Fünftel so groß gewesen wie diese hier, und das Sortiment hatte nicht einmal ein Zwanzigstel der Produkte umfasst. Die neuen Konsumtempel waren viel heller, viel aufgeräumter und die Waren viel frischer als damals. Es war nicht alles schlechter, nur war

Brigitte Gwodz keine Frau, die mit einer großen Auswahl viel anfangen konnte. Es bedrückte sie eher, sich ständig entscheiden zu müssen. Das Band ihrer damaligen Kasse war kurz und stummelig gewesen im Vergleich zu den heutigen. Und ihr kleiner Laden hatte nur angeboten, was man brauchte. Nicht mehr, aber auch nicht weniger.

Als die Mutter mit ihrem Kind das Nadelöhr passiert hatte, lächelte Brigitte dem jungen Mann an der Kasse zu.

»Hallo, Frau Gwodz«, sagte der Junge, der hier seine Ausbildung machte. Sie hatte ihn einmal danach gefragt. Seitdem grüßte er sie mit Namen, obwohl sie nicht einmal wusste, wie er hieß. Das Namensschild auf seiner Brust konnte sie auf die Entfernung nicht lesen, und das wollte sie nicht zugeben. Es war eine dieser Situationen, die entstand, wenn man den richtigen Moment verpasst hatte, nach dem Namen zu fragen. Brigitte Gwodz erstaunte es noch heute, dass er sich ihren gemerkt hatte. Offenbar wurde der Junge sehr selten nach seiner Ausbildung gefragt. Das fand Brigitte Gwodz viel merkwürdiger als die Telefone.

KAPITEL 41

Bremerhaven, Deutschland
25. 04. 2014, 00.21 Uhr (in der darauffolgenden Nacht)

Solveigh Lang klinkte den Karabinerhaken auf dem Ausleger eines Krans der Lambert-Werft ein, vom dem sie die am südlichen Pier liegende *Belaluna Archer* fast gänzlich im Blick hatte. Der Wind pfiff durch das dünne Stahlrohrgeflecht, und sie war froh, eine doppelte Schicht Funktionswäsche unter ihrem schwarzen Einsatzanzug angezogen zu haben. Dann hob sie ein Carl-Zeiss-Victory-Nachtsichtgerät vor ihr rechtes Auge.

»Slang auf Position«, flüsterte sie, und das Hochleistungsmikrofon ihres Handys übertrug die Bestätigung bis zu Eddys Computer, der in der Zentrale in Den Haag alle ihre Schritte mitverfolgte. Von ihm stammte auch die Theorie, dass Belaluna die Drogen innerhalb der Maschinen schmuggelte. In einer Zylinderkopfdichtung, in einem redundanten System zur Öldruckregulierung – irgendwo im tiefen Inneren des Schiffes, wo er nicht kontrolliert werden konnte, ohne das halbe Schiff zu demontieren. Vermutlich, so Eddys Annahme, platzierten sie sogar kleine Drogenpakete in der Nähe, damit die Spürhunde etwas finden konnten. Ein oder zwei Kilo schlecht verstecktes Heroin würden immer der Mannschaft angelastet. Die Drogenfahnder hätten einen großen Erfolg zu vermelden, aber der dicke Fisch würde ihnen durch die Lappen gehen.

Es war der dicke Fisch, den zu angeln Solveigh auf den

Kran geklettert war. Sie mussten Belaluna auf frischer Tat ertappen, um ihre Theorie zu beweisen, oder der gesamte Einsatz in Südamerika wäre umsonst gewesen. Solveigh alias Catalina war nicht nur aus professioneller Sicht daran gelegen, das Management von Belaluna zu überführen. Dies war seit zwei Wochen etwas Persönliches. Und sie würde es sich nicht nehmen lassen, Aguilar selbst die Handschellen anzulegen, wenn es so weit war. Bisher allerdings konnte sie keinerlei Anzeichen von illegalen Aktivitäten erkennen. Eddy vermutete, dass sie die Drogen so schnell wie möglich vom Schiff schaffen würden. Es lag jetzt seit fünf Stunden bei der Werft vor Anker. Drei Tage waren für die Reparaturen angesetzt worden.

Heute Nacht würde es passieren, dachte Solveigh. Und wenn Eddy recht behielt, wäre dies der größte Coup gegen die südamerikanischen Drogenkartelle der letzten zwanzig Jahre. Es wäre der Heilige Gral im Kampf gegen die illegalen Substanzen, die die Europäische Union jedes Jahr mehr als 20 Milliarden Euro kosteten.

Durch ihr Fernrohr beobachtete sie das keineswegs hektische, aber trotz der nachtschlafenen Zeit durchaus geschäftige Treiben auf und um das Schiff. Arbeiter mit gelben oder roten Helmen liefen über die Gangways und verschwanden in den Eingeweiden des riesigen Frachters. Die Werft war auf Umbauten spezialisiert und hatte weltweit einen exzellenten Ruf. Es war kaum denkbar, dass die Lambert-Werft in kriminelle Machenschaften diesen Ausmaßes involviert war, aber Solveigh wusste es besser, als einer weißen Weste und wirtschaftlichem Erfolg allzu große Bedeutung beizumessen. Schon einmal, in den Siebzigerjahren, war die Werft fast pleitegegangen. Der Schiffsbau war in Zeiten niedriger Wachstumsraten in der Weltwirtschaft nicht unbedingt der sicherste Hafen.

Nach einer Stunde in dreißig Metern Höhe kroch Solveigh die Kälte unter den Kragen ihrer Jacke. Sie spürte, wie ihre Hände steif wurden, und verfluchte sich dafür, dass sie ihre Handschuhe im Auto gelassen hatte. Es war Ende April, und tagsüber hatte das Thermometer fast zwanzig Grad angezeigt. Sie hatte die Bewegungslosigkeit und den Wind in dreißig Metern Höhe unterschätzt. Abwechselnd steckte sie die linke und die rechte Hand in die Jackentasche und hoffte, dass endlich etwas passierte.

Erst eine Dreiviertelstunde später wurden ihre Gebete erhört. Um kurz vor zwei aktivierte sie zum zweiten Mal ihren Sprechfunk.

»Slang bestätigt Sichtung der Zielperson Müller, Robert«, sagte sie. Nur die wichtigsten Informationen. Kein Wort zu viel. Dabei hätte sie so viel über diesen Mann zu sagen gehabt. Den Sicherheitschef der Belaluna. Er war aus einem großen Geländewagen gestiegen und setzte sich einen weißen Helm auf die Glatze, bevor er die Gangway hinaufstieg.

»Fahrzeug Marke Range Rover, Kennzeichen HH-BS 5334, dunkelblau«, gab Solveigh durch. Eddy wusste, was zu tun war.

»Pollux bestätigt Sichtkontakt«, meldete ihr Kollege unten an den Docks. Er stand mit einem Auto auf dem Parkplatz, der an das Gelände der Lambert-Werft angrenzte.

»Es geht los«, flüsterte Solveigh, ohne den Sprechfunk zu aktivieren. Mit dem Okular folgte sie Robert Müller die Gangway hinauf, bis er in einer Luke zum Niedergang verschwand. Das war das große Problem ihrer Überwachung: Sie hatten kein Team auf dem Schiff. Zu groß war die Gefahr, entdeckt zu werden, und sie hatten einfach keine Zeit gehabt, jemanden als Arbeiter einzuschleusen. Aktionen wie mit Catalina in Venezuela brauchten Monate der Vorbereitung und verschlangen derart riesige Budgets, dass Will Thater ihnen nur in Ausnahmefällen zustimmte.

Dann spürte sie den ersten Regentropfen auf ihrem Handrücken. Solveigh fluchte. Das hatte ihr gerade noch gefehlt, dass sich zur Kälte die Nässe gesellte.

Als sie fünfzehn Minuten später die steten Tropfen im Nacken spürte, sah sie, dass sich auf dem Schiff die Luke öffnete, durch die Müller verschwunden war. Sie konnte seinen Spitzbart im grünen Schein des Restlichtverstärkers eindeutig erkennen. Direkt hinter ihm kamen vier weitere Männer an Deck. Solveigh erkannte keinen von ihnen.

»Eddy, schau mal, ob du herausfinden kannst, wer seine Mitstreiter sind«, sagte Solveigh. Auf Knopfdruck schoss ihr Handy ein paar Bilder aus der Optik des Zeiss-Victory. Die Firma hatte die Technik ursprünglich für den BND entwickelt, und wie immer hatte sich Will Thater zur Ausstattung der ECSB schamlos bei den EU-Mitgliedsstaaten bedient.

»Keine Mitarbeiter der Belaluna«, murmelte Eddy.

Sie hatten Zugang zu den Personalakten, seit sie das Passwort von Aguilar kannten, und für den Programmierer in

Eddy war es ein Leichtes gewesen, eine Software zu schreiben, die die Bilder verglich.

»Vielleicht welche von der Werft?«, schlug Solveigh vor.

»Hm«, sagte Eddy. »Welche Farbe haben die Helme?«

Solveigh schaltete den Restlichtverstärker aus. Die Scheinwerfer am Dock würden vermutlich ausreichen, um die Farbe zu erkennen.

»Weiß«, sagte sie.

»Das sehe ich«, sagte Eddy.

»Warum fragst du dann?«, ätzte Solveigh.

Eddy seufzte: »Die Vorarbeiter haben rote Helme, die anderen Werftmitarbeiter gelbe. Ich schätze …«

»Ich verwette meinen Hintern drauf, dass das unsere Kuriere sind«, vollendete Solveigh seinen Satz.

»So verlockend die Vorstellung auch sein mag, Slang, doch ich muss dir ausnahmsweise recht geben.«

Während die Männer die Gangway hinunterliefen, hievte ein Kran ein etwa zwei mal drei Meter großes, zylindrisches Objekt aus dem Inneren des Schiffs. Der Maschinenraum lag laut der Risszeichnung, die Eddy besorgt hatte, direkt unterhalb der Aufbauten und war nun, da keine Container mehr geladen waren, von oben zugänglich. Solveigh beobachtete, dass sich vier Lieferwagen näherten. Sie trugen das Logo der Lambert-Werft auf der Seite.

»Vier Lieferwagen«, sagte Solveigh.

»Bestätigt«, meldete sich Pollux.

»Clever«, sagte Eddy. »Wenn Werftmitarbeiter Ersatzteile abtransportieren, dürfte das die Zöllner recht wenig interessieren.«

Solveigh löste den Karabiner. Es wurde Zeit.

»Nur fürs Protokoll«, sagte sie. »Wir setzen auf diese Karte, oder?«

»Natürlich«, kam zum ersten Mal die Stimme von Will Thater aus ihrem Kopfhörer. »Ich besorge jemanden, der dich oben ablöst, falls wir uns täuschen.«

»Okay«, bestätigte Solveigh und schob sich langsam über die glitschigen Streben rückwärts. Ihre Hände waren so klamm, dass sie nicht wusste, ob sie ihr Gewicht halten würden, wenn sie abstürzte. Sie atmete erst wieder, als sie den Turm erreicht hatte. Dann begann sie mit dem Abstieg.

Als sie noch etwa fünf Meter über dem Boden war, hielt sie plötzlich inne. Dort unten stand jemand. Hinter einem Container, der wohl als Aufenthaltsraum für Dockarbeiter diente, denn er hatte ein Fenster auf der ihr zugewandten Seite. Sie konnte ihn nicht sehen, aber sie roch den Duft verbrannten Tabaks. Entfernt, kaum wahrnehmbar. Sie lauschte, aber das Einzige, was sie hörte, waren die sanften Wellen, die gegen das Hafenbecken schlugen, und das Schlagen von Metall von der Werft und dem weiter entfernten Containerterminal.

»Sie verladen die Zylinder in die Lieferwagen«, hörte sie Pollux über den Sprechfunk sagen. Sie stellte ihn ab. Für den Moment konnte sie die Kollegen im Ohr nicht gebrauchen. Solveigh zog ihre Waffe und entsicherte sie. Dann lud sie vorsichtig eine Kugel in den Lauf. Sehr langsam, darauf bedacht, so wenig Geräusche wie möglich zu verursachen.

Dann hörte sie Schritte. Langsame Schritte auf Kies. Er trug Turnschuhe und gab sich keine Mühe, leise zu gehen. Vermutlich hatte er Solveigh nicht bemerkt. Trotzdem hielt sie den Atem an und zielte mit der Jericho auf die rechte Ecke des Containers. Dort würde er auftauchen, vermutete sie.

Er trug eine Jacke der Reederei und einen gelben Helm. Der dunklen Hautfarbe nach zu urteilen musste er Afrikaner sein. Solveigh atmete auf. Sie würde nur warten müssen, bis der Mann seine Raucherpause beendet hatte und wieder seinen Geschäften nachging.

Aber der Werftarbeiter machte keine Anstalten, wieder in Richtung des Hauptgebäudes zu verschwinden. Stattdessen stellte er sich direkt neben den mit tonnenschweren Betonblöcken gesicherten Fuß des Krans und starrte zu ihr nach oben. Es war unwahrscheinlich, dass er sie entdeckt hatte. Sie hatte sich nicht bewegt.

»Me thought, you never came down an' I need gettin up 'ere get you maself«, sagte eine tiefe Stimme mit noch tieferem Südstaatenslang.

Solveigh traf eine Entscheidung. Sie griff nach den äußeren Streben und ließ sich zwei Meter nach unten gleiten. Dann ließ sie los und landete in einem Sandhaufen keine drei Meter von dem Schwarzen entfernt. Direkt nach der Landung ging sie in die Hocke und zielte zwischen seine Augen.

Er hob die Hände und zeigte eine Reihe glänzender Zähne.

»Easy, Pal«, sagte er.

»Wer sind Sie?«, fragte Solveigh.

»Ich bin Floyd«, antwortete er.

»Sagt mir nichts«, behauptete sie.

Floyd lachte.

»Alle haben gesagt, dass Sie witzig sind«, sagte er.

Solveigh wusste nicht, was sie von ihm halten sollte. Aber für den Moment schien keine Bedrohung von ihm auszugehen. Allerdings hatte sie sich vorgenommen, Robert Müller nicht zu unterschätzen. Noch sah sie keine Veranlassung, ihre Waffe wegzustecken.

Der Amerikaner seufzte. »Alle haben gesagt, dass Sie zickig sind«, sagte er. »Dabei sind Sie viel schlimmer als Ihr Ruf.« Er hielt Daumen und Ringfinger der linken Hand aneinander, um ihr zu zeigen, dass er nicht vorhatte, eine Dummheit zu begehen, und griff in die Seitentasche seiner Lambert-Werft-Jacke. Er zog ein Portemonnaie heraus und warf es neben Solveigh in den Sand.

»Schauen Sie rein«, forderte er sie auf.

Solveigh schlug das Ledermäppchen mit der linken Hand auf und griff in das Dokumentenfach. Ein Führerschein aus Alabama auf dem Namen Floyd Kane. Und ein Ausweis des State Department. Es war eine Akkreditierung als wirtschaftlicher Attaché bei der amerikanischen Botschaft in Paris. Natürlich war er kein Diplomat.

»Ihr Akzent verrät Sie«, sagte Solveigh.

Floyd Kane grinste.

»Tatsächlich nur mein Akzent?«, fragte er.

Solveigh ließ die Waffe sinken. Er wusste mehr über sie als sie selbst, er trug ein offizielles Dokument des State Department bei sich, und er trieb sich nachts um Viertel vor drei auf einem Werftgelände in Le Havre herum, während einige Tonnen Heroin verschoben wurden.

»Was glauben Sie?«, fragte Solveigh.

Es gab nur eine Organisation, die dafür infrage kam. Der Mann war ein Spion. Solveigh sicherte ihre Jericho und steckte sie zurück in das Schulterholster. Dann strich sie den Sand von seinem Portemonnaie und reichte es ihm. Sie stellte den Sprechfunk wieder ein.

»Es ist gerade ein wenig unpassend«, sagte Solveigh und lauschte.

»Der erste Lieferwagen fährt los«, sagte Pollux in diesem Moment. »Ich hänge mich dran.«

»Ich weiß«, sagte Floyd Kane.

»Ames in Position«, meldete der nächste Verfolger und bestätigte damit, dass er den zweiten übernehmen würde. Es ging los. Und Solveigh würde das nicht verpassen.

»Wo ist Müller?«, fragte sie in den Äther.

»Ich hatte gehofft, ich könnte mitkommen«, sagte Floyd.

»Müller wird bestätigt im ersten Lieferwagen«, sagte Eddy.

»Pollux, ich reihe mich hinter dir ein«, sagte Solveigh und wandte sich an Floyd.

»CIA hin oder her, aber wir haben hier eine Operation durchzuführen«, sagte Solveigh und lief zu ihrem Wagen, der etwa fünfzig Meter entfernt vor einem Kiosk parkte, der nachts geschlossen hatte.

»Das weiß ich doch«, sagte Kane. »Oder warum glauben Sie, stehe ich mir bei dem Mistwetter die Beine in den Bauch, um auf Sie zu warten?«

Solveigh musterte ihn. Der CIA konnte man immer nur so weit trauen, wie man ihre wahren Absichten kannte.

»Ich verspreche Ihnen, dass es sich für Sie lohnen könnte«, sagte Floyd, um Solveigh umzustimmen. »Wir haben dasselbe Ziel.«

»Belaluna«, murmelte Solveigh, und der CIA-Agent

nickte. Natürlich sah er nicht aus wie ein CIA-Agent, das taten sie niemals. Es wäre in ihrem Berufszweig ja auch denkbar lächerlich.

»Okay«, entschied Solveigh, als sie ihren Wagen erreichten. »Steigen Sie ein.«

KAPITEL 42

City Night Line 40 451 Cassiopeia
Bei Thionville, Frankreich
25.04.2014, 02.49 Uhr (zur gleichen Zeit)

Hadi erwachte, als der Zug langsamer wurde, und lauschte dem monotonen Rattern der Räder über die Dehnungsfugen der Schienen. Er hörte das gleichmäßige Atmen von Jafar und Saif. Er war froh, dass sie schliefen. Er wusste nicht, wie spät es war oder wie nah sie ihrem Ziel schon gekommen waren. München. Er war zweimal dort gewesen, einmal als Kind und einmal vor drei Jahren mit seinem Onkel. Sie hatten ein Herz geschossen auf dem Oktoberfest, und er hatte ein Bier trinken dürfen. Sein Onkel war Moslem wie er, aber er hielt es mit den Regeln nicht so genau. Er aß auch Schweinefleisch, und Hadi konnte sich an den Geschmack der Würste erinnern, die er manchmal in einem Topf in der Küche erhitzt hatte, wenn seine Frau nicht da war.

Hadi dachte an Golshan und an die Dehnungsfugen der Schienen. Er wusste das, weil einmal jemand in der Schule diese Frage gestellt hatte und der Lehrer so begeistert gewesen war, dass sich überhaupt mal jemand seiner Schüler für irgendetwas interessierte. Auch Hadi hatte sich nicht für viel interessiert. Er dachte darüber nach. Warum hatte er die Schule geschmissen?, fragte er sich. Was wäre aus ihm geworden, wenn er ordentlich gelernt hätte? Bevor er aufgehört hatte, sich für irgendetwas zu interessieren, war er kein schlechter Schüler gewesen. Vielleicht wäre er gut genug für Golshans Vater gewesen, wenn er einen Realschulabschluss in der Tasche gehabt hätte?

Du vergisst, dass er sie verheiratet, um ein besserer Moslem zu werden, Hadi. Du wärst niemals gut genug gewesen. Weil du selbst mit einem Abschluss nicht genug Geld oder Einfluss gehabt hättest.

Es lag nicht an seiner Schulbildung, dachte Hadi. Sondern es war einfach so.

Er hörte die Bremsen des Waggons, deren Backen langsam nach den Laufflächen griffen. Wieso hielten sie an? Er öffnete die Augen, um einen Blick auf die Uhr zu werfen. Kurz vor drei. Noch über anderthalb Stunden bis Stuttgart. Er fasste sich ins Gesicht, weil er den Bart vermisste. Seit er ihn abrasiert hatte in dem Lagerhaus in Le Havre, spürte er eine Art Phantomjuckreiz. Er strich über die raspelkurzen Stoppeln, die mittlerweile nachgewachsen waren. Es war ein Zeichen ihrer Mission. Es war eine Notwendigkeit. Er sah zu Saif und Jafar. Selbst die beiden Krieger sahen friedlich aus im Schlaf. Sie alle trugen jetzt neue Sweatshirts mit modischen Aufdrucken. Auf Jafars stand »The Active 1999«. Es war eine sinnlose Beschriftung, aber sie war von einer großen Modekette, die Filialen in jeder großen Stadt unterhielt. So hatten sie in Le Havre Klamotten besorgen können, die ebenso gut aus München stammen konnten. Und dann fiel sein Blick auf den Koffer.

Der Mann war in Paris eingestiegen und hatte nach einem freien Platz in ihrem Abteil gefragt. Obwohl es Hadi nicht recht war, hatten sie schlecht zu dritt alle sechs für sich beanspruchen können, und so hatte er genickt. Dass Saif und Jafar einigermaßen feindselig dreingeblickt hatten, schien den Mann nicht weiter irritiert zu haben. Er hatte eine Zeitung aufgeschlagen und kurz darauf gefragt, ob sie auf seinen Koffer aufpassen könnten. Es hatte sich angehört, als wolle er nur kurz aufs Klo oder ins Bistro, um ein verpasstes Abendessen nachzuholen. Jetzt wurde Hadi klar, dass er nicht wiederkommen würde.

Haltet immer Ausschau, hatten sie ihnen in der kurzen Ausbildung eingeschärft. Benutzt euren Verstand! Auf genau so etwas hatte man sie vorbereitet. Hadi stand auf und öffnete die Schiebetür. Er warf einen Blick nach links und nach rechts. Der ganze Waggon schien tief und fest zu schlafen.

Er zog die Vorhänge zu und betrachtete den Koffer. Er konnte nichts Verdächtiges daran erkennen. Es war ein dunkelgrüner Schalenkoffer mit einem regenbogenfarbenen Gurt um das Hauptfach. Er hatte zwei Zahlenschlösser. Hadi zog sich an dem Rahmen des Gepäckfachs nach oben und stellte sich mit den Füßen auf einen der Sitze, um besser sehen zu können. Beide Schlösser waren auf die gleiche Zahlenkombination eingestellt. Das kam Hadi seltsam vor. Vor allem, da es sich nicht um drei gleiche Zahlen handelte. Er wusste, dass fast alle Menschen bei Zahlenschlössern

000, 111 oder 222 verwendeten. Obwohl das für ein Schloss widersinnig erschien, war offenbar für die meisten die Merkbarkeit wichtiger als die Funktion. Hadi wusste das, weil die Patienten in dem Krankenhaus, in dem er bis zu seiner Abreise nach Syrien gearbeitet hatte, das bei den Schränken in ihren Zimmern genauso gemacht hatten.

624. Was konnte das bedeuten? Benutzt euren Verstand, hatten sie ihnen gesagt. Kein normaler Mensch würde seinen Koffer in einem Zug zurücklassen, der erst in sechshundert Kilometern Entfernung wieder anhalten würde. Es sei denn …, dachte Hadi. Und dann fiel es ihm ein. 624. Die Schlacht von Badr. Der erste große Sieg des Propheten.

Sein Herz begann zu rasen. Der Mann in Paris war ein Kurier gewesen. Hadi sprang vom Sitz und öffnete noch einmal die Tür zum Gang. Es war immer noch niemand zu sehen. Diesmal achtete er peinlich genau darauf, dass die Vorhänge keinen Spalt freiließen, und hob den Koffer herunter. Er war leicht. Fast zu leicht. Und dann versuchte er, die Schlösser zu öffnen. Beide Verschlüsse schnappten beim ersten Versuch auf, und er konnte die Bügel aufschieben. Vorsichtig löste er den Gurt und legte ihn zur Seite.

Saif räkelte sich auf seinem Sitz. Er schlug die Augen auf und gähnte. »Was ist los?«, fragte er mit belegter Stimme.

»Nichts«, sagte Hadi.

»*Das* ist nichts?«, fragte Saif.

»Ich glaube, der Mann war ein Kurier für uns«, sagte Hadi und öffnete den Koffer. Darin lagen ordentlich zusammengefaltete Pullover und Hosen. Er räumte sie auf den Sitz, und als er sah, was sich darunter verbarg, stockte ihm der Atem. In dem Koffer lagen drei Pistolen. Und

Pässe. Er schlug die Klappe des Koffers wieder zu und beeilte sich, ihn wieder im Gepäckfach zu verstauen. Das war nichts, was sie nicht auch in München erledigen konnten.

»Was war drin?«, fragte Saif und gähnte.

»Halt die Klappe«, fuhr Hadi ihn an. Er bemerkte, dass seine Hand zitterte.

Ihre Mission hatte begonnen. Dies war das echte Ding. Keine Übung mehr. Echte Waffen, echte gefälschte Pässe. Hadi war schlecht.

»Wir reden später darüber«, sagte er, als er sich wieder gefangen hatte und es ihm leidtat, dass er Saif angefahren hatte.

KAPITEL 43

Bremerhaven, Deutschland
25.04.2014, 03.18 Uhr (zur gleichen Zeit)

Solveigh stieg kurz vor der Kreuzung in die Eisen und brachte den über zehn Jahre alten BMW nur Zentimeter vor der Linie zum Stehen. Ein Lastwagen mit Anhänger rauschte vor ihnen vorbei.

»Wollen Sie mich umbringen?«, fragte Floyd Kane vom Beifahrersitz.

»Sie sind doch schuld daran, dass wir sie überhaupt einholen müssen, schon vergessen?«, fragte Solveigh und tippte ungeduldig mit den Fingern auf den Lederkranz des Lenkrads. Dann trat sie aufs Gas. Zwar hatte der unauffällige BMW über 100 000 Kilometer auf dem Buckel, aber die 290 PS seines Achtzylinders schien das nicht zu beeinträchtigen. Der Wagen schoss nach vorne und presste sie in die Sitze.

»Sie nähern sich der Zollkontrolle«, hörte Solveigh über den Knopf im Ohr.

»Wir sind fünf Minuten hinter euch«, sagte Solveigh und legte den Wagen in eine Linkskurve.

»Es ist nicht nötig, dass Sie so rasen«, sagte der Mann von der CIA.

»Warten Sie mal, bis wir auf der Autobahn sind«, sagte Solveigh.

»Er hält jetzt vor der Schranke«, sagte Pollux. »Ich bin direkt hinter ihm. Es wäre sicher nicht verkehrt, wenn ihr möglichst bald übernehmen könntet.«

»Bestätigt«, sagte Solveigh. Noch einmal musste sie bremsen, um einem Lkw die Vorfahrt zu lassen. Ein Hafen schlief niemals, dachte sie. Verderbliche Ware musste so schnell wie möglich an die Supermärkte geliefert werden. Die Industrie hatte sich längst auf Just-in-time-Prozesse umgestellt, die keine Verzögerungen zuließen. Für die Wirtschaft war die Logistik längst zu einer ebenso essenziellen Lebensader geworden wie Strom und Gas.

»Eddy, ich brauche mögliche Ziele, sobald wir draußen sind«, sagte Solveigh.

»Bestätigt«, sagte Eddy. Firmenadressen der Belaluna, Privatadressen, Zulieferer. Eddy würde alles durchforsten.

»Ich bitte Sie inständig, Solveigh, fahren Sie langsamer!«

Langsam ging ihr der CIA-Mann auf die Nerven. Am Ende der langen Geraden konnte sie jetzt den Zollterminal erkennen. Auf der rechten Seite lagen zwei Hallen, in denen Lkws geröntgt werden konnten, auf der linken das Verwaltungsgebäude. Dazwischen befanden sich die vier ausgehenden Fahrspuren, von denen jedoch nur eine geöffnet war. Ein Ampelsystem mit grünen Pfeilen und roten Kreuzen lenkte alle Fahrzeuge in die richtige Spur.

»Er ist durch«, sagte Pollux. »Ich bleibe dran, bis ihr mich ablöst.«

An dem einzigen Wachhäuschen hatte sich eine kleine Schlange gebildet. Fünf Fahrzeuge warteten vor Solveigh. Eines davon war der Opel von Pollux, der ganz vorne in der Schlange stand. Solveigh sah den Lieferwagen der Werft hinter einer Kurve verschwinden.

»Vier vor mir«, sagte Solveigh, als sie sich in die Schlange einreihte.

»Ich weiß nicht, warum Sie so einen Aufstand veranstalten«, sagte Kane und rutschte unruhig auf seinem Sitz herum.

»Tatsächlich nicht?«, fragte Solveigh. Es kam selten vor, dass die CIA etwas nicht vor einem wusste. Seit einigen Jahren wussten die Amerikaner praktisch alles. Auch, welche Pornos Eddy herunterlud, wenn ihn die Einsamkeit packte und der Frust, im Rollstuhl zu sitzen. Oder dass Solveigh ihr Verapamil von einem Arzt in Belgien bezog, damit ihre Kollegen nichts von ihrer Krankheit erfuhren. Es war eine Vorstellung, die ihr nicht behagte, aber an deren Realität nichts zu ändern war. Die NSA hatte die größte Überwachungsmaschinerie der Welt geschaffen. Sie würde sie nicht mehr hergeben.

»Nein«, sagte Floyd Kane, und Solveigh gab sich Mühe,

nicht mit dem Gaspedal zu spielen. Es dauerte ewig, in dem Glaskasten musste eine besonders penible deutsche Beamtenseele sitzen. Und doch hatte der Zöllner gerade vermutlich eine der größten Drogenlieferungen der letzten fünf Jahre passieren lassen.

Noch ein Auto vor ihr. Solveigh warf einen nervösen Blick auf die Uhr im Armaturenbrett. Endlich, nach einer gefühlten Ewigkeit, fuhr der Wagen vor ihr an. Sie rollte zum Fenster des Wachhäuschens und versuchte zu lächeln.

»Guten Morgen, Kollege«, sagte sie und reichte ihm ein Schreiben des deutschen Zolls, der sie ermächtigte, im Überseehafen zu ermitteln. Ihre Aktion war genau genommen keine Kooperation mit dem Zoll, aber sie hatten die Deutschen über ihren Verdacht informiert und um freies Geleit für die illegale Fracht ersucht. Es hatte dem Zoll nicht geschmeckt, aber schließlich hatten sie zugestimmt. Die Wahrheit war, dass niemand eine europäische Behörde haben wollte. Niemand konnte es leiden, wenn sich Brüssel in seine Angelegenheiten einmischte. Aber es herrschte eine professionelle Toleranz. Der Zöllner nickte und reichte ihr die Urkunde und den Ausweis zurück in das Wagenfenster.

Es blieb zu klären, ob er auf der Gehaltsliste von Belaluna stand oder ob es Zufall gewesen war, dass er den Wagen nicht kontrolliert hatte. Die Schranke öffnete sich in Zeitlupe und Solveigh gab Gas. Beinah hätte sie mit dem Dach den sich öffnenden Schlagbaum gestreift, aber sie hatte sich nicht verschätzt.

»An der nächsten Kreuzung rechts abbiegen, Slang«, sagte Eddy, der auf seinem Monitor ein GPS-Signal von

Pollux und ihrem Wagen verfolgen konnte. Er würde sie lotsen, bis der Lieferwagen in Sicht kam.

Solveigh entdeckte Pollux' Wagen an einer Ampel im Rotlichtbezirk der Stadt. Er hatte zwei andere Autos Abstand zwischen sich und dem Lieferwagen gelassen, eine Verfolgung nach Vorschrift. Trotzdem war es höchste Zeit, dass ein frischer Wagen übernahm, bevor Robert Müller misstrauisch wurde.

»Slang übernimmt«, meldete sie sich einsatzbereit.

»Vielleicht sollten wir etwas Sinnvolleres verfolgen als ausgerechnet Ihren Herrn Müller«, sagte Floyd Kane und betrachtete die Damen hinter den Fenstern mit einem Grinsen im Gesicht.

»Hat bei Ihnen versehentlich jemand den Knopf für die Endlosschleife gedrückt oder beziehen Sie sich auf die Damen?«, fragte Solveigh und deutete auf die rot beleuchteten Fenster mit den bodenlangen Vorhängen. »Halten Sie das nicht für einen ehrenwerten Beruf?«

»Doch, natürlich«, sagte Floyd. »Ehrlich gesagt, bewundere ich euch Europäer dafür, dass ihr so etwas zulasst.«

Nachdem Pollux' Opel rechts abgebogen war, setzte sich Solveigh hinter den Lieferwagen. Sie fuhren die Stresemannstraße in Richtung Norden, vorbei an Autohäusern, gigantischen Schuhdiscountern und Tankstellen. Kurz nach der Landesgrenze zu Niedersachsen wurde der Lieferwagen langsamer und bog an einem griechischen Restaurant nach links ab in ein Wohngebiet. Ab jetzt musste Solveigh vorsichtig sein.

Sie bremste noch auf der Hauptstraße, bis sie den Sprinter kurz hinter einem Bahnübergang ein weiteres Mal links abbiegen sah. Dann schaltete sie die Scheinwerfer des BMW aus und folgte ihm. Die Häuser rechts und links der hufeisenförmigen Straße sahen gepflegt aus. Deutscher Mittelstand: gestutzte Hecken, Apfelbäume, Mercedes, BMW und Ford vor den Garagen. Der Sprinter stand mit laufendem Motor vor einem Einfamilienhaus. Dies sollte der Drogenumschlagplatz der weltweit agierenden Belaluna-Gruppe sein? Es war nicht die schlechteste Tarnung, musste Solveigh zugeben. Sie zog den Zündschlüssel ab und rutschte tiefer in ihren Sitz.

Robert Müller dirigierte zwei Männer zum Laderaum des Lieferwagens. Dann öffnete er mit einem Schlüssel das Garagentor. Solveigh griff zum Rücksitz und zog eine Digitalkamera aus einer Fototasche. Sie schoss ein paar Bilder. Robert Müller am Garagentor. *Klick*. Die beiden Männer, die den Zylinderkopf zum Rand der Ladefläche schoben. *Klick*. Sie mussten die Hintermänner erwischen. Sie würde Robert Müller bis nach Hamburg folgen, bis sie auch den CEO der Belaluna erwischt hatten. Der ehrenwerte Hamburger Bürger, der in Wahrheit nichts weiter als ein Schmugglbaron war. Manchmal waren die saubersten Westen auf der Rückseite am dreckigsten.

Solveigh ließ die Kamera sinken. »Und? Glauben Sie jetzt, dass sich der Aufwand gelohnt hat?«, fragte sie. Sie konnte nicht verbergen, dass es ihr gefiel, recht zu behalten.

Floyd Kane grinste und zog einen Zettel aus der Tasche. Er reichte ihr das zerknitterte Stück Papier mit einem Grinsen.

»Hufeisenweg 4«, stand darauf. »Langen, Niedersachsen.«

Solveigh hätte ihn Floyd am liebsten zwischen die weißer als weißen Zähne gestopft. Wenn er längst von der Drogenoperation der Belaluna wusste, warum hatte er ihr nicht vorher davon erzählt? Was spielte er für ein Spiel?

»Wir wissen alles über Belaluna«, sagte Floyd Kane.

Solveigh ballte im Stillen die Fäuste. »Ach ja? Dann können Sie mir ja einfach die Beweise liefern, die ich brauche.«

Sie hoffte, dass der Amerikaner Sarkasmus verstand. Mit Ironie und Sarkasmus taten sich die Amerikaner bekanntermaßen schwer.

»Das kann ich«, sagte der CIA-Agent, und Solveigh suchte in seinem Gesicht nach Anzeichen für einen Scherz. Sie konnte keine entdecken.

»Welche Art von Beweisen?«, fragte Solveigh.

Floyd Kane seufzte: »Sie wissen doch, wie das mittlerweile bei uns läuft: Handydaten, Gesprächsprotokolle, E-Mails, alles, was Sie wollen. Kein Problem. Unter einer Bedingung.«

Er stellte Forderungen? Das konnte kaum sein Ernst sein.

»Die Drogen sind nämlich das kleinste Problem, das wir mit Belaluna haben ...«, sagte der CIA-Agent und räusperte sich. Tatsächlich hatte er jetzt Solveighs Interesse geweckt. Sie zog fragend eine Augenbraue hoch und wartete darauf, dass er sich erklärte. Sie hatte keine Lust, ihm alles aus der Nase ziehen zu müssen.

»Wir haben Hinweise, dass sie Qumari-Kämpfer aus Syrien nach Europa und in die USA geschmuggelt haben.«

»Und?«, fragte Solveigh. »Darf ich Sie daran erinnern: Handydaten, E-Mails, Kreditkarten, einfach alles?«

»Nicht in diesem Fall«, sagte Floyd Kane und klang ernsthaft besorgt. »Sie sind abgetaucht. Spurlos verschwunden. Es gibt keinerlei SigInt mehr über sie.«

SigInt war der Codename für alles, was mit Signal Intelligence zu tun hatte. Mit elektronischer Aufklärung. Heutzutage kamen weit über neunzig Prozent aller Hinweise aus elektronischen Quellen. Die Geheimdienste hatten *HumInt*, das Sammeln von Informationen durch Menschen, dadurch fast verlernt. Auf der Qualifikationsliste von NSA und Co. standen heutzutage Programmierkenntnisse ganz oben.

»Sie haben sie verloren?«, fragte Solveigh, die sich so etwas kaum vorstellen konnte. In Zeiten von Smartphones, Banküberweisungen und Kreditkarten hinterließ jeder eine Spur. Es war unmöglich, den Computern zu entkommen. Und damit auch den Spähprogrammen der Amerikaner. Es sei denn …

Floyd Kane nickte: »Sie haben allem Elektronischen abgeschworen. Jemand hat ihnen beigebracht, wie sie zum Phantom werden. Wir brauchen Ihren Zugang zu Aguilars privatem Computer.«

Solveigh starrte aus dem Fenster und fragte sich, was die CIA über ihre Operation in Caracas wusste. In diesem Moment ging Robert Müller in das Haus, und die beiden Männer stiegen in den Lieferwagen. Sie legten den Rückwärtsgang ein.

»Sind Sie in Panik?«, fragte Solveigh.

»Sie etwa nicht?«, fragte der CIA-Agent.

KAPITEL 44

München, Deutschland
25.04.2014, 16.21 Uhr (am nächsten Tag)

Paul Regen hörte den schrillen Aufschrei aus seinem Vorzimmer, während er die neuesten Bulletins des Robert-Koch-Instituts zum Umgang mit Ebola-Patienten las. Er stürmte ins Auswärtige Amt, um Adelheid Auch vor einem halb geöffneten Umschlag vorzufinden, beide Hände in die Luft gestreckt, den Rücken steif durchgedrückt.

»Herr Regen, wir haben ein Problem«, sagte sie und wirkte dabei viel ruhiger, als er nach dem Aufschrei erwartet hätte.

»Sie sehen aus, als hätte Sie der Heilige Geist höchstselbst durchfahren, liebe Frau Auch«, sagte Paul Regen.

»Kein guter Moment für einen Witz«, sagte Adelheid Auch. »Ich denke, es wäre vielmehr angebracht, wenn Sie sofort wieder in Ihrem Büro verschwinden und die Tür hinter sich zuziehen würden.«

Paul Regen lief auf ihren Schreibtisch zu: »Es heißt ›verschwänden‹ und ›zuzögen‹, Frau Auch. Der Konjunktiv ist nicht zu verachten.«

»Bleiben Sie stehen!«, rief Adelheid Auch, jetzt wieder eine Tonlage höher.

»Was ist denn eigentlich passiert?«, fragte Paul Regen, der mittlerweile ihren Schreibtisch erreicht hatte. Er hörte Adelheid Auch flach atmen. Und dann bemerkte er das weiße Pulver, das aus dem Umschlag auf ihren Schreibtisch gestaubt war.

Jeder, der in einer Sicherheitseinrichtung arbeitete, wie es auch das Bayerische Landeskriminalamt war, wusste, was weißbraunes Pulver bedeuten konnte: Anthrax. Milzbrand. Ein kleines, heimtückisches Bakterium, das einen umbringen konnte. Anfang der Nullerjahre waren in den USA Briefe an Politiker verschickt worden, an denen fünf Menschen gestorben waren. Seitdem stand Anthrax bei jeder Schulung ganz oben auf den Tagesordnungen.

Paul Regen seufzte: »Rufen Sie unten an.«

»Sie sind nicht besorgt?«, fragte Adelheid Auch.

»Nein«, sagte Paul Regen und zog ein weißes DIN-A4-Blatt aus Adelheids Drucker. Er faltete es in der Mitte und schob das Pulver in einer langen Linie an den äußersten rechten Rand der Schreibtischplatte.

Nachdem Adelheid Auch ihren Anruf erledigt hatte, zog sich Paul Regen einen der leeren Stühle heran und setzte sich neben sie. »Sie sollten sich auch keine Sorgen machen«, sagte er.

Seine Assistentin schüttelte den Kopf. »Ich bin nicht besorgt, ich stehe kurz vor einem Herzinfarkt.«

»Glauben Sie mir, Frau Auch: Das ist kein Anthrax. Warten wir auf die Ballonfraktion und den Labortest.«

Die Ballonfraktion tauchte etwa zehn Minuten nach Adelheids Anruf bei den Zentralen Diensten, Abteilung 4, Sicherheit und Gebäudemanagement, in der Tür zum Auswärtigen Amt auf. Zwei Kollegen in blauen Papieranzügen mit Atemschutzmasken vor dem Gesicht. Sie sahen den Ebola-Erstbekämpfern gar nicht einmal so unähnlich. Dem Wochinger fällt einfach nichts Kreatives mehr ein, dachte

Paul Regen, als die Kollegen ihre Litanei herunterbeteten: Versiegelung ihres Büros, keinerlei Kontakt, bis die Provinienz des Pulvers geklärt war.

Paul Regen nickte, obwohl er wusste, dass sich all der Aufwand als überflüssig herausstellen würde.

»Was macht Sie so sicher, dass wir nicht draufgehen?«, fragte Adelheid Auch, nachdem die Michelinmännchen ihr Büro verlassen hatten – nicht ohne es zu versiegeln und eine Wache vor der Tür zurückzulassen.

Paul Regen lehnte sich zurück. »Haben Sie den Absender gesehen?«, fragte er.

»Es war keiner drauf«, sagte Adelheid Auch.

»Auf den ersten Blick«, bestätigte Paul Regen. »Aber haben Sie die Briefmarke bemerkt?«

Adelheid Auch setzte ihre Lesebrille von der Stirn auf die Nase, obwohl es natürlich nichts mehr zum Anschauen gab. Den Umschlag hatte die Ballonfraktion in einem versiegelten Beweismittelbeutel abtransportiert. Vermutlich half ihr die Brille beim Erinnern.

»Der kleine Prinz«, murmelte Adelheid Auch.

Paul Regen nickte.

»Und?«, fragte sie.

»Was habe ich Ihnen beigebracht?«, seufzte Paul Regen so theatralisch, dass Adelheid Auch der ironische Unterton nicht entgehen dürfte.

Ihre Brille wanderte wieder auf die Stirn.

»Weiterdenken, assoziieren, das große Ganze betrachten«, sagte sie.

Paul Regen nickte. Er beobachtete, wie Adelheid Auchs

Verstand hinter ihrer faltigen Stirn zu arbeiten begann. Und er wusste, dass er zu recht erstaunlichen Leistungen fähig war. Ihr Widerstand, ihren Kopf zu benutzen, kam von einer gewissen angeborenen Bequemlichkeit – eine Charaktereigenschaft, die Paul Regen außerhalb des Dienstzimmers durchaus zu schätzen wusste. Er wartete. Zeit war etwas, dass sie beide im Moment im Überfluss besaßen. Der Labortest würde mindestens vier Stunden in Anspruch nehmen. Vorher würden weder er noch Adelheid den wohlverdienten Feierabend antreten können.

Nach etwa zehnminütigem Nachdenken griff Adelheid Auch zur Tastatur. Sie schien etwas auf der Spur zu sein.

»Wussten Sie übrigens«, platzte Paul Regen in ihre Gedanken, »dass PHAIDON die unrealistischste Übung war, die wir jemals abgehalten haben?«

Adelheid Auch unterbrach ihr Stakkato und drehte sich zu ihm um, ohne die Hände von der Tastatur zu nehmen.

»Ich glaube, es liegt an Saint-Exupéry«, sagte sie.

»Dass PHAIDON unrealistisch war, liegt an einem französischen Piloten?«, grinste Paul Regen.

Adelheid Auch zog die Augenbrauen hoch und widmete sich wieder ihrem Computer. »Aha«, sagte sie. »Dann bin ich gespannt, wie der Herr Kriminalhauptkommissar das herausgefunden hat. Wo das BKA doch angeblich vierzig Spezialisten von einer Unternehmensberatung damit beauftragt hatte, die ganze Übung so realitätsnah wie möglich zu gestalten.«

Paul Regen lief zum Fenster und blickte auf den Innenhof. Es waren keine Anzeichen großflächiger Absperrungen zu erkennen. Auf dem Hof lief alles seinen gewohnten Gang. Nur bei ihnen nicht. »Eine Unternehmensberatung? Als ob das jemals funktioniert hätte.«

»Der 29. Juni«, sagte Adelheid Auch. Auf ihrem Monitor konnte Paul Regen ein Online-Lexikon erkennen.

»Der Typ in dem Stadion hätte nicht einmal selber laufen können, geschweige denn es in ein Stadion geschafft«, behauptete Paul Regen. »Das sagt zumindest das Robert-Koch-Institut.«

Er warf einen Blick in seine leere Teetasse und stellte fest, dass er seit über vier Stunden keine Mahlzeit zu sich genommen hatte, was er für gesundheitsgefährdend hielt. Sein Abendessen vom Markt war ernsthaft in Gefahr.

»Der Geburtstag von de Saint-Exupéry!«, sagte Adelheid Auch. »Ihr Jubiläum mit Klaus Wochinger.«

Sie bezog sich auf den Tag, an dem sie sich endgültig zerstritten hatten. Jenen Tag vor sechzehn Jahren, an dem alles schiefgelaufen war, was bei einem Führungsoffizier und einem verdeckten Ermittler schieflaufen konnte. Inklusive Leiche.

»Sie haben es erfasst, liebe Frau Auch«, sagte Paul Regen.

»Das Anthrax kommt vom Wochinger«, behauptete Adelheid Auch triumphierend.

»Weswegen wir beide nun endlich aufatmen können, denn natürlich hat der Wochinger kein Anthrax, sondern gefärbtes Mehl verschickt«, bestätigte Paul Regen.

»Wann werden Sie beide endlich erwachsen?«, stöhnte Adelheid Auch. »Und wann hören Sie endlich mit diesem Schwachsinn auf?«

»Es wäre wesentlich zielführender, wenn Sie das Lisa fragen würden, Frau Auch«, sagte Paul Regen und verwünschte die Tatsache, dass die Kaffeeküche außerhalb ihrer Quarantänezone lag.

KAPITEL 45

Unterschleißheim, Deutschland
25. 04. 2014, 18.01 Uhr (zur gleichen Zeit)

Sandra Aigner hob den schreienden Liam aus dem Kindersitz und streichelte ihm den Rücken. Immerhin hatte sie es heute bis vor ihre Wohnung geschafft – an den meisten anderen Tagen musste sie auf dem Weg anhalten. Offenbar fuhr der kleine Mann nicht gerne Auto. Und da fingen ihre Probleme erst an.

Als sich Liam einigermaßen beruhigt hatte, hob sie den Kinderwagen aus dem Kofferraum ihres Autos und versuchte, ihn einhändig zusammenzusetzen. Weil sie wusste, dass Liam es lieber mochte, verzichtete sie darauf, ihn hineinzusetzen, und stellte stattdessen ihre Einkäufe in die Sitzschale. Sandra fand es noch immer unglaublich, welche Mengen man aus dem Drogeriemarkt schleppte, seit sie ein Kind bekommen hatten. Den Jumbopack Windeln mit einer Hand balancierend, schob sie den Wagen über die Straße vor ihrem Haus. Und natürlich klingelte ihr Handy, als sie etwa auf der Höhe des Mittelstreifens war.

»Papa?«, fragte Liam.

Sandra versuchte zu lächeln und nickte: »Ja, das ist Papa.

Wir rufen ihn gleich zurück, mein Schatz. Aber erst müssen wir hoch in die Wohnung.«

Und für eine frische Windel sorgen, den Abendbrei ansetzen, einen Apfel und eine Karotte reiben, mindestens eine Trommel Wäsche ansetzen und bei allem darauf achten, dass Liam nicht aus purer Lebensfreude den Computer zerstörte oder die Lampe vom Schreibtisch riss. Und wenn sie dies alles geschafft hatte, hatte sie noch nicht zu Abend gegessen, Sport gemacht oder auch nur eine Seite der Tageszeitung gelesen, die sie immer noch nicht gekündigt hatte, obwohl sie jeden Tag aufs Neue ungelesen ins Altpapier wanderte. Wie so oft fragte sie sich, wie alleinerziehende Mütter ihr Leben meisterten. Sie wusste, dass sie sich nicht beklagen durfte: Sie hatte einen Mann und eine Schwiegermutter, die ihr mehr half, als überhaupt möglich schien. Nur dass Lars unter der Woche in Kassel arbeitete und sie in München. Sie musste zugeben, dass sie es sich einfacher vorgestellt hatte. Romantischer. Natürlich genoss sie die Abende mit Liam, aber die Menge an Hausarbeit hatte sich nicht linear von zwei auf drei Personen erhöht, sondern sie war durch das Kleinkind im Haus geradezu explodiert. Sie wünschte sich nichts sehnlicher herbei als den Tag, an dem ihr Kind das aß, was sie aßen, und ab dem es laufen konnte. Manche Eltern behaupteten, dass es danach noch schwieriger wurde, aber Sandra war ihre Unschuld in diesem Punkt gerade recht.

Um Viertel nach sieben hatte sie das Nötigste erledigt und fand endlich die Zeit, Lars zurückzurufen.

»Wie geht es Liam?«, fragte Lars, noch bevor er sie begrüßte. Sie nahm es ihm nicht übel. Sie verstand, dass ihm sein Sohn fehlte, dass es ihm wehtat, ihn nicht täglich aufwachsen zu sehen. Aber sie hätte sich auch über ein wenig Aufmerksamkeit gefreut, eine kleine Geste von ihm. Sie trug so viel Last in ihrer kleinen Familie.

»Liam geht es prächtig«, antwortete Sandra. »Deine Mutter sagt, er liebt Blumen.« Und wunderte sich im nächsten Moment über die Stille. Immer wenn man nichts von dem Kleinen hörte, wurde es gefährlich. Meist hatte er etwas gefunden, von dem er wusste, dass es zu den verbotenen Früchten in der kleinen Wohnung gehörte, und das er genau aus diesem Grund natürlich unwiderstehlich fand. Sandra machte sich auf die Suche nach ihrem Sohn.

»Warte mal kurz«, sagte sie, als sie ihn im Schlafzimmer fand. Er saß vor der Nachttischlampe und schaltete sie mit einem zufriedenen Grinsen an und wieder aus. Leider hatte er sich auch das Kabel um den Hals gewickelt. Sandra versuchte, ihm so schonend wie möglich zu erklären, dass es keine besonders gute Idee für einen Einjährigen war, sich ein Kabel um den Hals zu wickeln. Natürlich bedeutete das Kabel für Liam das, was für andere das prachtvollste Diamantcollier war. Er weinte, als sie die kleinen speckigen Finger von dem Schalter löste.

»Ich wollte noch einmal fragen wegen des Wochenendes im Mai«, sagte Lars, als es Sandra gelungen war, die Situation mittels ihres Portemonnaies zu deeskalieren. Liam saß selig auf dem Boden und versuchte, den Reißverschluss aufzuziehen.

»Du meinst das Kassel-Wochenende am 17. Mai?«

»Bleibt es dabei?«, fragte Lars. Sie hatten geplant, endlich einmal wieder alle nach Kassel zu fahren. Sandra würde sich freinehmen, und wenn ihr komplizierter Familienterminkalender aufging, würden sie alle zusammen von München nach Kassel fahren, um dort gemeinsam das Wochenende zu verbringen.

»Ich würde nämlich dann das Kinderabteil reservieren«, sagte Lars.

Sandra Aigner lief zu ihrem Terminkalender, der an der Rückseite ihres Geschirrschranks in der Küche hing.

»Bis jetzt spricht nichts dagegen«, sagte sie. »Vielleicht kann ich sogar die ganze Woche freinehm …«

Ein Klingeln an der Haustür unterbrach sie.

»Warte noch mal kurz«, sagte sie und drückte den Summer. Dann klopfte es. Der Paketbote war schon oben. Sandra öffnete die Tür. Und sah Lars. Er stand mit seinem Weekender im Flur und grinste.

»Ich dachte, du musst arbeiten an diesem Wochenende«, stammelte Sandra.

»Ich bin früher fertig geworden«, sagte er und schloss sie in die Arme.

Sandra roch sein Aftershave und fühlte sich auf einmal viel besser. Stärker. Sie konnte sich nicht erinnern, sich jemals so gefreut zu haben, ihn zu sehen, jetzt, da ihr alles über den Kopf zu wachsen drohte.

KAPITEL 46

München, Deutschland
25.04.2014, 19.44 Uhr (zur gleichen Zeit)

Hadi stand am Schwarzen Brett des Instituts für Kulturwissenschaften der LMU München und studierte die Annoncen für freie Zimmer. Es war eine ihrer kritischsten Aufgaben, und sie hatten nicht viel Zeit, sich eine Unterkunft zu besorgen. Ein, zwei Tage konnte man sich in einer Großstadt behelfen, indem man tagsüber in einer S-Bahn schlief für eine Stunde und eine weitere auf dem Rückweg und indem man in eines der öffentlichen Schwimmbäder ging, um zu duschen, aber danach lief man Gefahr aufzufallen. Hotels kamen nicht infrage, im Notfall vielleicht eine Pension oder ein Hostel, aber offiziell waren alle verpflichtet, ihre Übernachtungsgäste an die Behörden zu melden. Ihre gefälschten Pässe, das hatten ihnen die Ausbilder mehr als deutlich gemacht, waren nur ein Notnagel. Sie dienten eher zur Flucht, als dass sie sie während der Vorbereitung ihres Plans gebraucht hätten. Sie sollten abtauchen. Vollständig und ohne Spuren zu hinterlassen. Auch keine noch so winzigen.

Dies war auch einer der Gründe dafür, dass sich Hadi lieber auf die Zettel am Schwarzen Brett im Institut verließ, anstatt im Internet nach einer Wohnung zu suchen. Es wäre nur eine winzige Spur zu einem Internet-Café, aber es wäre eine Spur. Papier war das einzige, was heutzutage keine Spuren hinterließ.

»Nette WG in Schwabing hat ein Zimmer frei. Bewerbungen bei Anna unter 0177-8866 424 654 oder bei Pia unter 0176-874 564 800.«

Kam nicht infrage, dachte Hadi. »Bewerbung« klang nach Kaffeetrinken in der WG-Küche und vielen Fragen nach seiner Herkunft.

»1 WG-Zimmer, 12 qm, Schwabing, 320 EUR/Monat.«

Hadi riss einen der Zettel mit der Telefonnummer ab, die quer unter der Anzeige klebten. Das klang eher nach Anonymität, eher nach dem, was sie suchten. Saif und Jafar durchstöberten gerade die verbliebenen Kleinanzeigen in den Tageszeitungen. Sie hatten sich dafür entschieden, sich aufzuteilen. Jeder von ihnen würde versuchen, ein Zimmer zu ergattern.

»Privater Pilates-Kreis trifft sich immer mittwochs, 17.00 Uhr. Bei Interesse frag Moni unter 0171.23.87.66.112«, las Hadi, als er spürte, dass jemand hinter ihm stand.

»Suchst du ein Zimmer?«, fragte eine sehr hohe, eindeutig zu weibliche Stimme. Sie kreischte beinah, obwohl sie keineswegs laut fragte.

Hadi drehte sich um. Er stand vor einer kleinen blonden Frau mit dunkler Sonnenbrille im Haar. Sie trug einen langen Rock mit einem bunten Blumenmuster und einen Rucksack über der Schulter. Sie konnte zwischen zwanzig und fünfundzwanzig sein. Hadi nickte.

»Ich bin Mona«, sagte die Frau mit der anstrengenden

Stimme und streckte ihm eine Hand entgegen. Sie war nicht gerade das, was man eine Schönheit nannte. Nicht wie Golshan. Hadi spürte einen Stich im Herz.

»Ich bin Cem«, sagte er. Er hatte sich … den Namen ausgesucht, weil ein bekannter Politiker so hieß. Er würde den Deutschen vertrauter vorkommen als ein anderer arabischer Name. Er schüttelte ihr die Hand. Vertrauen, Normalität war sehr wichtig.

»Wir haben ein Zimmer frei«, sagte Mona. »Das Haus ist nicht besonders schön, aber der Raum liegt nach hinten raus und mitten in Schwabing. Tolle Cafés in der Nähe. Weißt du ja.« Sie lächelte unsicher.

Hadi überlegte. Sie sah aus, wie er sich die Studenten der Kulturwissenschaften vorgestellt hatte. Aufgeschlossen, nicht besonders partywütig, anspruchslos. Er war sicher, sie würde sich freuen, einen anderen Kulturkreis kennenzulernen. Sie würde fasziniert sein davon, dass seine Familie aus dem Irak geflohen war, falls er ihr die Geschichte jemals erzählen würde, was nur im Notfall passieren würde. Er wog ab zwischen dem Risiko eines Anrufs von einer Telefonzelle bei einer der Nummern vom Schwarzen Brett und seiner Zufallsbekanntschaft. Was war zufälliger als eine Zufallsbekanntschaft? Was hinterließ weniger Spuren als ein persönliches Gespräch? Und Mona schien ihn zu mögen. Vermutlich fand sie ihn gut aussehend. Es gab einige Frauen, die ihn gut aussehend fanden. Das war eine Komplikation, die sich jedoch auch als Vorteil erweisen konnte.

Hadi traf eine Entscheidung. »Habt ihr WLAN?«, fragte er. Es war das Letzte, was er jemals verwenden würde, aber er wusste, dass es vermutlich das war, das den meisten Interessenten wichtig gewesen wäre.

»VDSL. Superschnell. Und ist im Preis mit drin.«

Hadi lächelte, weil er wusste, dass sie sich darüber freuen würde.

»Klingt super«, sagte er. »Kann ich mir das Zimmer mal anschauen?«

KAPITEL 47

Hamburg, Deutschland
27.04.2014, 21.38 Uhr (zwei Tage später)

Solveigh Lang wollte es sich nicht nehmen lassen, die Nachricht selbst zu überbringen. Sie steuerte den BMW auf den Bordstein und warf einen Blick zu Sir William, der auf dem Beifahrersitz saß. Sie hatten es gemeinsam in Venezuela begonnen, sie würden es gemeinsam zu Ende bringen. Will Thater nickte ihr aufmunternd zu.

»Eddy?«, fragte Solveigh.

»Genau hier, Slang«, antwortete Eddy aus Den Haag.

»Ist er noch drin?«

»Ja«, sagte Eddy. »Zumindest ihre Telefone.«

»Das dürfte uns ausreichen«, sagte Solveigh und räusperte sich. »Sind alle bereit?«

»So bereit man sein kann«, sagte Eddy, und Solveigh glaubte, sein Grinsen durchs Telefon sehen zu können. Er hatte keine Ahnung, wie sie sich fühlte.

»Okay«, sagte Solveigh. »Los geht's.«

»Team Bremerhaven bestätigt.«

»Team Hamburg bestätigt.«

»Team Nienstedten bestätigt.«

»Team Lambert bestätigt.«

»Team Bank bestätigt«, sagte Solveigh als Letzte. Damit war es entschieden.

»Lass uns gehen«, sagt Will Thater und stieg aus dem Wagen.

Solveigh sog die kalte Hamburger Abendluft in die Lunge. Das Restaurant, *Die Bank*, war eines der exklusivsten der Stadt und lag in unmittelbarer Nähe zum Jungfernstieg. Das große, kunstvoll verzierte schmiedeeiserne Tor zeugte von der Geschichte des Gebäudes, von vergangenen Zeiten, als hier eine der großen Kaufmannsbanken der Hansestadt residiert hatte, die heute längst von einem der großen Konzerne geschluckt worden war. Von weit entfernt konnte Solveigh die Sirenen der Streifenwagen hören, die ebenso zu ihrem Plan gehörten wie ihr zeitlicher Vorsprung. Rechtlich gesehen, bewegte sie sich mit dem, was sie zu tun im Begriff war, auf dünnem Eis. Deshalb kamen die Vertreter der hiesigen Staatsgewalt in einer zweiten Welle.

Solveigh nickte Will zu und trat durch das Tor ins Gebäude. Sie lief die steinerne Treppe ohne Eile hinauf. Es blieb mehr als genug Zeit. Es ging nur um einen Moment. Diesen einen Moment der Genugtuung.

Dr. Philipp Reetwang, der Vorstandsvorsitzende der *Belaluna Shipping Co. AG*, speiste mit einem seiner Geschäftspartner. Solveigh erblickte die beiden an einem

Tisch im hinteren Bereich des Restaurants direkt vor einem der überlangen Samtvorhänge. Der beste Tisch des Hauses für den Herrn Reeder. Natürlich. Solveigh ließ eine Kellnerin passieren, die zwei Teller mit Steaks auf dem Unterarm balancierte.

Reetwang und sein Geschäftspartner tranken Rotwein, vor ihnen standen zwei leere Teller. Sie hatten gerade zu Ende gespeist. Eine Henkersmahlzeit. Eddy und sein Team in Den Haag hatten Tag und Nacht gearbeitet, um die Anklage im Eilverfahren durch die Instanzen zu peitschen. Die offensichtliche Fluchtgefahr des Geschäftspartners, mit dem Reetwang in diesem Moment speiste, hatte nicht gerade geschadet, den Richter zu überzeugen, einen eiligen Haftbefehl auszustellen. Sein Rückflug war für morgen Mittag geplant. Hamburg – Frankfurt – Caracas.

Als Solveigh an den Tisch trat, sah Reetwang sie überrascht an und senkte sein Glas. Sein Geschäftspartner, der mit dem Rücken zu ihr saß, konnte nicht sehen, dass sie nicht die Kellnerin war, die kam, um die leeren Teller abzuräumen. Aber sie konnte sein Parfüm riechen und den abgestandenen Zigarrenrauch, der wie immer in seinen Kleidern hing.

»¡Hola! Señor Aguilar«, sagte Solveigh.

Jetzt war ihr seine Aufmerksamkeit sicher. Will Thater stand etwa einen Meter hinter Solveigh, und sie war sicher, dass er sich königlich amüsierte. Ramon Aguilar sah aus, als hätte er einen Geist gesehen.

»Sie kennen sich?«, fragte Reetwang erstaunt.

»Sind Sie das, Catalina?«, fragte Aguilar und wischte sich mit der Serviette über die Mundwinkel.

»O ja, wir kennen uns, Herr Reetwang«, antwortete Solveigh. »Leider ein wenig zu gut.«

»Ich dachte, Sie wären tot«, sagte Aguilar ohne allzu großes Misstrauen. Caracas war nicht Hamburg. Leute verschwanden, Menschen wurden für tot erklärt, und man stellte keine Fragen. An seinen Vorstandsvorsitzenden gewandt, fügte Aguilar hinzu: »Sie hat für mich gearbeitet.«

Er sprach es so aus, dass jeder verstand, was er damit meinte. Er ging tatsächlich davon aus, dass Catalina zu Besuch in Deutschland war und dass dies alles nichts weiter war als eine Zufallsbegegnung.

»Señor Aguilar, Herr Reetwang, ich muss Sie bitten, mit mir zu kommen. Wenn Ihnen daran gelegen ist, einen Skandal zu verhindern, können wir das leise erledigen.«

Philipp Reetwang starrte sie ungläubig an. »Was hat das zu bedeuten, Ramon? Wer ist diese Frau?«

Vor dem Fenster hielten jetzt die ersten Streifenwagen, ohne Sirene, aber mit eingeschaltetem Blaulicht. Solveighs kurzer Blick zum Fenster musste gereicht haben, um den beiden die Ernsthaftigkeit ihres Anliegens klargemacht zu haben.

»Ihr Name ist Catalina Schwarz, Philipp. Sie war meine Sekretärin bis vor zwei Wochen. Und ich habe keine Ahnung, was hier für ein Spiel gespielt wird. Sie wurde für tot erklärt, aufgeschlitzt in einer Gasse in Caracas.«

Solveigh fragte sich, wie viel Wein Aguilar intus haben musste, um nicht zu erkennen, was hier geschah.

»Wie Ihnen langsam klar sein dürfte, ist mein Name nicht Catalina Schwarz. Ich heiße Solveigh Lang und arbeite für die European Commission Special Branch, Herr Reetwang. Ihnen wird die rechtswidrige Verbringung von Waren in die Europäische Union sowie unerlaubter Drogenhandel vorgeworfen.«

Dr. Philipp Reetwang räusperte sich und schob sein Weinglas in die Mitte des Tisches. »Ich sehe überhaupt nicht ein, warum ich mir von Ihnen haltlose Unterstellungen anhören soll«, bellte er.

Solveigh zog eine Augenbraue hoch und nickte mit dem Kopf in Richtung Fenster. Dann ließ sie ihren Blick durch den voll besetzten Saal streifen. Hier saß Hamburgs Elite beim Abendessen. Reetwangs Geschäftspartner, Reetwangs Freunde, viele davon große Bewunderer des Unternehmers des Jahres 2012. *Wollen Sie wirklich in Handschellen abgeführt werden?*, fragten ihre Blicke. *Wollen Sie wirklich, dass alle mitbekommen, wie Sie untergehen? Sie wissen, dass ich weiß, dass Sie schuldig sind*, sagte Solveigh, ohne es auszusprechen. Worte waren nicht notwendig, der stille Triumph war der größere für sie.

Philipp Reetwang erhob sich. »Das wird sich alles aufklären«, sagte er.

Solveigh griff nach seinem Arm.

»Ich werde sofort mit unserem Anwalt telefonieren. Und Robert Müller einschalten«, protestierte Aguilar, der immer noch saß.

»Ach«, sagte Solveigh. »Sie dachten, wir lassen Sie zurückfliegen, Señor Aguilar?« Will Thater übernahm Reetwangs Arm, damit sich Solveigh um den Venezuelaner kümmern konnte.

»Sie auch, Herr Aguilar. Und Robert Müller werden Sie telefonisch heute auch nicht mehr erreichen.«

Aguilar war alle Farbe aus dem Gesicht gewichen, als sie ihn durch die engen Gänge zwischen den Stühlen in Richtung Ausgang schob. Zwischen zusammengebissenen Zähnen murmelte er etwas von einer Nutte und davon, was er mit ihr anstellen würde.

Solveigh lächelte, als sie ihn auf den Rücksitz eines Streifenwagens drückte.

KAPITEL 48

München, Deutschland
28.04.2014, 11.23 Uhr (am nächsten Tag)

Die erste E-Mail kam um elf Uhr achtzehn, die zweite um elf Uhr dreiundzwanzig. Beide waren mit VERSCHLUSSSACHE – VERTRAULICH gekennzeichnet, der dritthöchsten Geheimhaltungsstufe, die die Bundesrepublik Deutschland zu bieten hatte. Schon nach der ersten E-Mail hatte Adelheid Auch an seine wie immer geöffnete Bürotür geklopft, aber er hatte abgewunken. Die dritte E-Mail kam vom Chef Xaver Turner persönlich. Sie nahm direkten Bezug auf die beiden vorangegangenen Nachrichten und lud zu einer Abteilungsversammlung für den heutigen Nachmittag. Drei E-Mails direkt hintereinander bedeutete für das Bayerische Landeskriminalamt so etwas wie Panik.

Paul Regen und Adelheid Auch waren die Ersten im Besprechungsraum. Weil der feierliche Anlass fehlte, gab es weder Brötchen noch Kaffee noch Softgetränke. Paul Regen hatte das geahnt und bot Adelheid Auch einen Topaz vom Markt an. Er biss in seinen Apfel und las noch einmal den Ausdruck der ersten E-Mail von heute Morgen. Sie war an den großen Verteiler gegangen, die gesamte Abteilung 4: Polizeilicher Staatsschutz und Terrorismusbekämpfung.

FROM: Dr.Fritz.Kranghofer@bmi.bund.de
TO: Ruprecht.Richter@polizei.bayern.de
CC: blka.abteilungIV@polizei.bayern.de; ST@bka.de; Gesine.Orschowski@bmi.bund.de
SUBJECT: VS-VERTRAULICH Gefährdungslage Syrien-Rückkehrer

Sehr geehrter Herr Polizeipräsident,

aufgrund aktueller Informationslagen seitens der IAAT weist der Minister ausdrücklich auf Schriftsatz 252/ST/34. AGRED hin und bittet nachdrücklich um Einräumung oberster Priorität in der Angelegenheit Syrienrückkehrer. IAAT weist darauf hin, dass der Verbleib von mindestens vierzehn Qumari-Rebellen, davon mindestens drei Bürger der Bundesrepublik Deutschland, derzeit nicht aufgeklärt werden kann. HUMINT seitens IAAT weist darauf hin, dass möglicherweise eine Gruppierung gezielt auf die Verwendung von Informationstechnik verzichtet und sich auf dem Weg in Länder der Europäischen Union befindet. Bis auf Weiteres erhöht der Minister die INTERNE Bedrohungslage auf die Stufe 2. Der Minister weist noch einmal ausdrücklich auf die Federführung des Gemeinsamen Terrorismus-Abwehrzentrums hin und bittet um sofortige verzöge-

rungsfreie Weiterleitung aller neuen Erkenntnisse an die zentral zuständigen Organe in Berlin.

Mit freundlichen Grüßen
Dr. Fritz Kranghofer
Ministerialdirigent
Abteilung ÖS/Öffentliche Sicherheit

Im Klartext hieß die E-Mail, dass die Amerikaner über einen Agenten bei den Qumari-Kämpfern erfahren hatten, dass eine Gruppe Europäer abgetaucht war. An sich war das nichts Neues. Neu war jedoch, dass sie sich in Berlin darüber aufregten. Was bedeutete, dass hinter dem diffusen Hinweis, der in der E-Mail zitiert wurde, weit mehr stecken musste als nur eine banale Vermutung seitens der Internationalen Allianz gegen den Terrorismus.

Paul Regen schätzte, dass das Bundesinnenministerium einen direkten Tipp von der NSA bekommen hatte. Wie bei den beiden Studenten. Er legte den Strunk seines Apfels auf den Konferenztisch, als Xaver Turner den mittlerweile gut gefüllten Raum betrat.

Er sieht angespannter aus als sonst, dachte Paul Regen und tauschte einen vielsagenden Blick mit Adelheid Auch. Normalerweise war er immun gegen allzu große bürokratische Panikmache, aber in diesem Fall schienen selbst ihm die Vorzeichen ungünstig zu stehen. Die Rückkehr von Kämpfern für Gruppen wie die Qumari in Syrien waren seit Wochen heiß diskutiertes Thema in ihrer Abteilung.

Paul Regen sah das größte Problem jedoch nicht in der Tatsache, dass ein paar Jugendliche die falschen Entscheidungen trafen, sondern dass niemand wusste, was man mit ihnen anfangen sollte – selbst wenn man sie nicht verlor, wie es in diesem Fall offenbar geschehen war. Durfte man junge Leute einsperren, weil man sie für Radikale hielt? Durfte man ihnen unterstellen, dass sie Anschläge begehen würden, weil man wusste, dass sie im Dschihad gekämpft hatten? Oder musste man ihnen nicht Angebote machen, ihnen alternative Lebenskonzepte anbieten, die tatsächlich lebenswert waren?

Paul Regen seufzte, als Xaver Turner mit seiner Ansprache begann. Es war schon jetzt klar, worauf sie hinauslief: Er würde sie einschwören auf die Forderungen des Ministers und des Herrn Ministerialdirigenten. Und das alles, ohne dass sie wussten, was eigentlich passiert war. Oder was passieren würde. Leider würde man die perfekte Glaskugel erst in zehn Jahren erfinden, dachte Paul Regen.

TEIL 3

Die Geliebte, die Vergangenheit und der Anschlag

KAPITEL 49

Den Haag, Niederlande
28.04.2014, 12.19 Uhr (zur gleichen Zeit)

Solveigh Lang saß an ihrem Schreibtisch in ihrem achteckigen fensterlosen Büro in Den Haag und las die Nachrichtenseiten aus Deutschland. Selbst das größte Boulevardblatt des Landes hatte die Verhaftung von Reetwang auf der Titelseite gebracht. RIESEN-REEDER GEHT UNTER!, hatte die Überschrift gelautet. Der Bericht über seine Verhaftung war kurz und weitgehend inhaltsleer. Dafür zeigte die Zeitung Bilder seiner Ehefrau, die vor seiner Villa in Hamburg in ein Mercedes-Cabrio stieg.

Gerade als sie zu einer seriöseren Seite wechseln wollte, unterbrach Eddy, dessen Schreibtisch genau gegenüber von ihrem stand, sein Tippen. Solveigh blickte auf und sah Will Thater in der Tür stehen. Er deutete auf ihren Monitor.

»Immer noch in Feierlaune?«, fragte er.

Solveigh hob beide Hände. Eddy grinste.

»Leider haben wir keine Zeit, zu feiern«, sagte Will Thater. »Oder, wie wir in England sagen: *We got bigger fish to fry.*«

Solveigh und Eddy warfen sich einen vielsagenden Blick zu.

»Im Konferenzraum wartet jemand auf uns«, sagte Will Thater. »Und es hat sich nicht angehört, als hätte er gute Nachrichten für uns.«

Floyd Kane saß am Konferenztisch wie ein Cowboy am Lagerfeuer. Breitbeinig, die Lehne des Drehstuhls bis zum Anschlag in Rückenlage, beide Arme über dem massigen Körper verschränkt. Doch der erste Eindruck täuschte, denn trotz seiner vordergründig entspannten Haltung bemerkte Solveigh, dass seine Füße unter dem Tisch wippten und seine Finger ohne Unterlass am Saum seines Jacketts nestelten. Der CIA-Mann war nervös. Die große Frage war jedoch: Was hatte er in der Zentrale der ECSB zu suchen?

Als Letzter schob Eddy seinen Rollstuhl an den Konferenztisch. Alle blickten auf den Amerikaner.

»Floyd, würden Sie der Runde noch einmal erklären, was Sie mir vorhin unter vier Augen mitgeteilt haben?«, bat Sir William und drückte einige Tasten auf dem Computer.

Auf dem Bildschirm an der Wand erschienen Satellitenbilder in unglaublicher Auflösung. Es gab nur eine Organisation auf der Welt, die optische Aufklärungstechnik in dieser Qualität besaß. Und normalerweise teilten sie diese Bilder mit niemandem.

»Ich möchte vorausschicken«, sagte Floyd Kane, »dass der amerikanischen Regierung sehr daran gelegen ist, unsere Partnerschaft mit unseren europäischen Freunden im Kampf gegen den Terror aufrechtzuerhalten.«

Er bezog sich auf den wachsenden Unmut unter den Europäern über die Überwachung durch die NSA, wusste Solveigh. Dass sie ihre Satellitendaten teilten, hatte also seinen Preis. Sie wollten, dass das Gerede über die bösen Amerikaner endlich aufhörte. Und dass alle wieder an einem Strang zogen. Bürgerrechte gegen den Schutz vor Terroristen. Solveigh wusste, dass es so lief. Aber deswegen musste sie es noch lange nicht gutheißen.

»Am 14. April passierte die *MS Belaluna Stargazer* den Suezkanal.«

Die Aufnahmen zeigten jetzt ein Schiff in der Bucht vor Port Said.

»Auf den folgenden Bildern sehen Sie das Rendezvous mit dem letzten Lotsenschiff der Passage.«

Der Satellit zoomte zu einem wesentlich kleineren Schiff, das seitlich zu dem Frachter lag. Man konnte sogar die Leiter erkennen, über die die Lotsen an Bord kletterten.

»Wow«, sagte Eddy.

Der Amerikaner nickte. »Tatsächlich hätte das Schiff den Lotsen von Bord holen sollen, in Wahrheit jedoch führte es eine eigene Fracht mit sich.«

An der Wand erschienen Aufnahmen von drei Personen, die über die Leiter auf das Schiff zu klettern schienen.

»Drei Personen gelangten in dieser Nacht an Bord der *MS Belaluna Stargazer*, die dort nichts zu suchen hatten.«

»Die geschmuggelten Terroristen«, schloss Solveigh. »Von denen Sie mir schon in Bremerhaven erzählt haben.«

Wieder nickte der Amerikaner. »Mittlerweile ist es uns gelungen, ihre Identität festzustellen«, fuhr er fort. »Es handelt sich um drei deutsche Staatsbürger.«

Solveigh pfiff durch die Zähne. »Warum geben Sie das nicht den Deutschen?«, fragte sie.

»Ich wollte in einer Sekunde darauf zu sprechen kommen.«

Solveigh hob entschuldigend die Hände.

»Bisher haben wir ihnen nur das Notwendigste übermittelt. Der Hauptgrund ist der Schutz unserer Quelle. Wir hatten ehrlicherweise gehofft, Sie würden einen Weg finden, die Herkunft der Information über ihre Identitäten zu verschleiern.«

Will Thater nickte. »Ich denke, das wäre machbar«, sagte er.

Auf der Wand erschienen die Bilder von drei Männern. Jung, alle offenbar Anfang zwanzig. Alle drei trugen die langen Bärte, die bei Islamisten zum guten Ton gehörten. Die Aufnahmen waren offenbar von einem Menschen gemacht worden, der mit den drei Männern vertraut war. Es waren keine heimlich geschossenen Fotos.

Floyd Kane stand auf und deutete auf den ersten der drei Köpfe. Es war ein gut aussehender, junger Mann mit dunkler Haut, vermutlich mit einem familiären Hintergrund im Nahen Osten.

»Das ist Hadi Farhan«, sagte der CIA-Agent. »Geboren im Irak, aufgewachsen bei einem Onkel in Frankfurt am Main.«

»Wo wurden die Aufnahmen gemacht?«, fragte Solveigh.

»In ar-Raqqah«, sagte Kane.

»Sie haben einen Mann bei den Qumari-Kämpfern?«, fragte Will Thater sichtlich überrascht.

»Das ist der Grund, warum ich mit diesen Aufnahmen nicht halb Berlin versorgen will«, antwortete der Amerikaner. »Er ist einer von zwei Leuten, die sich in dem neuen Kalifat frei bewegen können.«

Er deutete auf das zweite Foto. »Frank Proschinski alias Saif al-Almani und Wolfgang Tisch alias Jafar al-Almani.

Alle drei sind vermutlich Ende Februar von Frankfurt aus über die Türkei nach Syrien gereist.«

»Der Erste hat keinen Kampfnamen gewählt?«, fragte Solveigh.

»Nicht, dass wir davon wüssten«, antwortete der Amerikaner.

Das war ungewöhnlich, dachte Solveigh. Normalerweise gehörte es für die Kämpfer zum guten Ton wie die Bärte, die sie trugen. Sie fragte sich, was das über Hadi Farhan sagte. War er aus freien Stücken nach Syrien gereist?

»Wo sind die drei von Bord gegangen?«, fragte Eddy und tippte auf seinem Computer herum. »In Le Havre?« Vermutlich hatte er sich längst die Route der *MS Belaluna Stargazer* heruntergeladen, weil er immer noch Zugang zu den Datenbanken der Reederei hatte.

Kane nickte. »Das vermuten wir«, sagte er.

Solveigh rutschte unruhig auf ihrem Stuhl herum. »Sie hatten angedeutet, dass die drei abtauchen würden, dass sie sich möglicherweise elektronischer Überwachung entziehen würden.«

Erneut nickte der Amerikaner.

»Darf ich fragen, wie Sie zu dieser Erkenntnis gelangt sind?«, fragte Solveigh weiter. »Auf den ersten Blick erscheint das recht weit hergeholt.«

»Unsere Quelle hat von einem speziellen Training für eine Gruppe Europäer innerhalb der Qumari berichtet. Und er nannte die drei Deutschen als die ersten Absolventen.«

»Ihre Quelle war so nah dran, dass sie wusste, wann die drei ihr Training absolviert hatten?«, fragte Will Thater. Es war ihm anzusehen, dass er kaum glauben konnte, was der Amerikaner behauptete.

Der CIA-Agent räusperte sich: »Er konnte uns sogar verraten, wann sie aufgebrochen sind. So haben wir ihr Schiff gefunden.«

Will schüttelte den Kopf. Thater hatte selbst Agenten geführt beim Konflikt mit der IRA im Nordirland der Achtzigerjahre. »Was Sie sagen, würde bedeuten, dass Sie einen der Anführer umgedreht haben«, sagte Will Thater.

»Oder dass er dabei war«, widersprach der CIA-Agent leise.

Als der Amerikaner gegangen war, blieben sie ratlos vor den Satellitenbildern und den Fotos der mutmaßlichen Terroristen sitzen. Die ECSB war eine hyperaktive Organisation, die von der Geschwindigkeit lebte, mit der sie operierten. Schnelligkeit lag in ihrer DNA. Sie war der Grund, warum die EU sie einst gegründet hatte. Interpol, die Gremien der nationalen Polizeibehörden – sie waren alle schlicht zu langsam gewesen, um mit den Bedrohungen des 21. Jahrhunderts fertigzuwerden. Stille, wie sie jetzt im Konferenzraum herrschte, war ein überaus seltenes Phänomen bei der ECSB.

»Wie findet man jemanden, der keine Handys benutzt, keine E-Mails schreibt, nichts?«, brach Solveigh nach ein paar Minuten das Schweigen.

»Ganz einfach«, sagte Will Thater. »Wie früher.«

Eddy seufzte: »Wir haben seit Jahren keine Ermittlung mehr ohne Computerunterstützung erfolgreich abgewickelt.«

»Natürlich nicht«, sagte Will. »Weil es so viel bequemer war. Aber das heißt nicht, dass es unmöglich ist.«

»Erleuchte uns, Will«, bat Solveigh und erntete einen amüsiert-irritierten Blick ihres Chefs. Nicht übertreiben, ermahnte sie sich.

»Es dreht sich alles um den Menschen, nicht um die Technik«, sagte Will Thater. »Wir werden uns im Leben dieser drei jungen Männer umschauen müssen, um sie zu finden.«

KAPITEL 50

München, Deutschland
28.04.2014, 13.17 Uhr (zur gleichen Zeit)

Hadi lief zehn Meter hinter Saif und Jafar die Schillerstraße hinunter. »Zieht einen Kreis von einem Kilometer um den Hauptbahnhof einer großen Stadt«, hatte Khalid ihnen aufgetragen. »Dort findet ihr, was ihr sucht.«

Seit Tagen streiften sie durch die Straßen mit den türkischen Gemüsehändlern, den Computergeschäften und den Striptease-Schuppen auf der Suche nach dem Zeichen. Und langsam wuchs in ihrer Gruppe der Frust. Das größte Problem war, dass ihnen das Geld ausging. In Frankreich hatten sie fünfhundert Euro bekommen, und allen, auch der Qumari-Führung, musste klar sein, dass das nicht reichen würde. Es gab ein geheimes Signal. Ein Zeichen. Wie früher die Gaunerzinken. Sie mussten es finden.

Hadi hatte am Nachmittag einen Termin mit Mona ausgemacht, um das Zimmer anzuschauen. Es würde schwer genug sein, sie davon zu überzeugen, dass er bar bezahlen würde, ohne dass sie misstrauisch wurde. Ohne Geld wurde das Vorhaben unmöglich. Im Idealfall musste er ihr die erste Monatsmiete direkt in die Hand drücken. Er hatte sich eine Geschichte für sie ausgedacht. Von einem reichen Onkel, der ihm das Geld zusteckte. Sie würde es ihm glauben, weil sie es glauben wollte.

Er beobachtete, wie Saif ein sehr junges Mädchen anstarrte. Er hatte die fixe Idee entwickelt, dass ihm die Jungfrauen schon im Diesseits zustanden, bevor er ins Paradies kam. Und Hadi wusste, dass ihm Saif nur Probleme bereiten würde. Er sprintete nach vorne.

»Reiß dich zusammen, Mann«, sagte er und zog ihn am Ärmel um die Häuserecke. Er packte ihn am Revers. Jafar stand betreten daneben.

»Ich habe doch gar nichts gemacht«, sagte Saif und riss sich los.

»Ich weiß genau, was du gedacht hast. Und wir können uns das nicht leisten, Mann! Wir müssen das Zeichen finden, sonst sind wir am Ende, bevor wir überhaupt angefangen haben.«

Saif starrte auf den Boden.

»Hast du das verstanden?«, fragte Hadi.

Saif antwortete nicht.

»Ob du mich verstanden hast?«, fragte Hadi noch einmal.

Schließlich nickte Saif.

Hadi klopfte ihm auf die Schulter und deutete eine Umarmung an. »Gut so, Bruder«, sagte er. »Und jetzt lasst uns weitermachen.«

Hadi entdeckte das verabredete Zeichen im Schaufenster eines Handyladens ganz am Rand ihrer Ein-Kilometer-Zone. Die Schillerstraße war hier nicht mehr so belebt wie direkt am Hauptbahnhof. Gegenüber standen die Auslagen eines Gemüsehändlers mit Auberginen, Bohnen und Tomaten in der Sonne. Hadi ließ sich nichts anmerken, und Saif und Jafar schien das Telefon nicht aufgefallen zu sein. Nach etwa fünfzig Metern zog er die beiden in die Einfahrt zu einer Firma, die medizinische Geräte vertrieb.

»Ich glaube, wir haben es gefunden«, sagte Hadi.

»Was gefunden?«, fragte Jafar.

»Ihr wartet hier«, verlangte Hadi und schickte sich an, zu gehen.

»Ist es nicht besser, wenn wir mitkommen?«, fragte Saif.

»Was, wenn es eine Falle ist?«, fragte Hadi. Er glaubte das nicht, aber es war die einfachste Methode, die beiden loszuwerden.

»Stimmt«, sagte Saif. »Und du bist sicher, dass du die Flagge gesehen hast?

Hadi nickte. Das Zeichen, nach dem sie Ausschau hielten, war eine fiktive Flagge, zusammengesetzt aus einem grünen, einem roten und einem schwarzen Balken mit drei goldenen Sternen in der Mitte. Sie wussten nicht, wo sie die Flagge finden würden, sie wussten nur, wonach sie suchen mussten. Alles Weitere würde sich von selbst ergeben, hatten die Ausbilder versprochen.

Bevor Hadi das Geschäft betrat, warf er noch einmal

einen Blick in das Schaufenster. Kein Zweifel. Auf dem Display eines der im Schaufenster ausgestellten Handys war die Fahne zu sehen. Das Handy stand auf einem kleinen Fuß aus Plexiglas und war sogar eingeschaltet. Jemand hatte sicherstellen wollen, dass es auffiel. Jemand hatte sicherstellen wollen, dass es *ihnen* auffiel. Ein Unterstützer der Qumari, und sie wurden immer mehr. Auch hier in Deutschland.

Hadi öffnete die Tür und hörte einen elektronischen Gong im Hinterzimmer. Er sah sich um. Der Laden sah aus wie viele der kleinen Elektronikgeschäfte rund um den Bahnhof. Er war vollgestopft mit Kisten bis unter die Decke, an einem Ständer hingen Hüllen für die neuesten Modelle von Apple und Samsung. Ein junger Mann erschien in dem dunklen Durchgang zum Lagerraum.

»*Salam alaikum*«, sagte Hadi.

»*Alaikum el Salam*«, antwortete der Fremde, ohne zu zögern.

Hadi räusperte sich. Er wusste nicht, wie er anfangen sollte. Einfach fragen?

»Ich interessiere mich für das Handy im Schaufenster«, sagte Hadi.

»Das Galaxy III?«, fragte der Mann.

»Das mit der Flagge auf dem Display«, sagte Hadi.

Der junge Araber zögerte. Und zog dann eine Box aus dem Regal hinter sich.

»Das hätten wir hier«, sagte er und stellte den Karton auf den Tresen. Unter der Glasplatte lagen Uhren mit Preisschildern zwischen zwanzig und vierhundert Euro. Hadi nahm den Karton in die Hand.

»Ist es ein gutes Handy?«, fragte Hadi.

»Wenn man mit Android 4.1 zufrieden ist, schon«, antwortete der Verkäufer.

»Hm«, sagte Hadi und trat von einem Fuß auf den anderen. Es war komplizierter, als er gedacht hatte. Er musste dem Mann irgendwie vermitteln, dass er der spezielle Kunde war, auf den er gewartet hatte. Oder war der Junge nur ein Angestellter, der zufällig aushalf und gar nichts davon wusste?

»Ich hätte aber gerne das mit der Flagge«, sagte Hadi. »Das aus dem Schaufenster.«

Der Verkäufer trat einen Schritt zurück und musterte ihn misstrauisch. Er kratzte sich an dem kleinen Ziegenbart.

»Aber dieses hier ist dasselbe Modell, nur neu«, sagte er schließlich und deutete auf die Box.

Hadi schüttelte den Kopf. »Ich brauche wirklich exakt das Modell mit der Flagge«, sagte er. Wenn der Mann ihn jetzt nicht verstand, wusste er sich nicht mehr zu helfen. Dann würden sie es morgen noch einmal probieren müssen.

Der Verkäufer musterte ihn wie einen runzeligen Apfel. »Also, wenn Sie meinen, dass daran irgendetwas Spezielles ist, soll es mir recht sein«, sagte er scheinbar gleichgültig und lief zum Schaufenster. Er trat hinter die Wand mit dem Plakat, das für einen Mobilfunkanbieter mit besonders günstigen Konditionen für die Türkei warb, und fummelte an dem Kabel herum. Als er es endlich abgezogen hatte, verschwand er im hinteren Teil des Ladens. Hadi hatte bemerkt, dass er schwitzte.

Als er endlich zurückkam, trug er eine Box unter dem Arm, die von der auf dem Tresen nicht zu unterscheiden war. Er stellte sie wie eine kostbare Reliquie auf den Tresen neben die andere Box.

»Wieso ist es Ihnen so wichtig, gerade dieses Handy zu bekommen?«, fragte er, als er den Barcode an der Kasse scannte.

»Ein Freund hat mir gesagt, dass sie Glück bringen soll«, sagte Hadi.

»Genau diese Flagge?«, fragte der Mann.

»Genau diese Flagge. Grün, rot, schwarz mit drei goldenen Sternen.«

Der Verkäufer schien fast erleichtert.

»Ich glaube, Ihr Freund könnte recht behalten«, sagte er, nachdem er von Hadi einen Euro kassiert hatte.

»Nur einen Euro?«, hatte Hadi gefragt.

»Zahlt alles Ihr Anbieter«, hatte der Mann geantwortet.

Zwanzig Minuten später saßen Hadi, Saif und Jafar auf einer Parkbank im Hofgarten. Sie hatten hier schon öfter beratschlagt, weil die Bänke weit genug auseinander standen, sodass die Nachbarn nicht hören konnten, worüber man sprach. Hadi stellte die Tüte mit dem Handy zwischen sie.

»Das ist es also?«, fragte Saif.

Hadi nickte.

»Mach es auf!«, verlangte Jafar.

Hadi griff nach dem Karton und betrachtete ihn von außen. Er sah aus wie eine reguläre Verpackung. Äußerlich war nichts Ungewöhnliches daran zu erkennen.

»Wann bist du mit der Tante verabredet?«, fragte Saif.

»Um drei«, sagte Hadi. »Es wird höchste Zeit, dass wir eine ordentliche Unterkunft bekommen. Wir brauchen eine Operationsbasis.«

Saif und Jafar nickten zustimmend.

»Ich habe morgen einen Termin bei einer alten Frau, die ein Zimmer vermietet. Allerdings nur wochenweise«, kündigte Jafar an.

Hadi wog die Box in der Hand und versuchte, ihr Gewicht zu schätzen.

»Kein Problem«, murmelte er. »Du musst nur sicher sein, dass sie keine Meldung an die Behörden abgibt.«

Hadi versuchte den Aufkleber abzuziehen, mit der die Lasche zugeklebt worden war.

»Sicher nicht«, sagte Jafar. »Dann müsste sie das Geld ja versteuern.«

Hadi grinste. Da hatte der sonst so einfaltspinselige Wolfgang gar nicht einmal so unrecht. Er merkte sich das als Argument für Mona. Studentinnen hatten sicher auch keine Lust, Steuern zu bezahlen.

»Ich ziehe bei Jafar ein, wenn das mit dem Zimmer klappt«, sagte Saif. »Erstens sollte ihn jemand im Auge behalten und zweitens wird die alte Dame kaum etwas dagegen haben, wenn ihr zwei Leute bei den Einkäufen helfen.«

Hadi dachte darüber nach und befand die Strategie der beiden für durchaus tragfähig. Besser vielleicht sogar als seine eigene. Manchmal wunderte er sich darüber, was den beiden einfiel. Und er hoffte, dass ihm das nicht zum Verhängnis werden würde. Er dachte an Anis, den Bombenjungen, und an das, was er Hadi in den Nächten beigebracht hatte, wenn alle anderen schliefen. Es war ein wichtiger Teil seines Plans, vielleicht der wichtigste von allen.

»Okay«, sagte Hadi und hatte endlich mit den Fingernägeln genug von dem Plastikaufkleber abgezogen, um die Schachtel öffnen zu können. Saif und Jafar rutschten näher heran, als er die Lasche aufzog. Hadi spürte, dass seine Hände zitterten, und ärgerte sich darüber. Er war nervös. Hatte der Verkäufer verstanden, was Hadi von ihm wollte? Hatten die Instruktionen ihren Weg von Syrien bis nach München gefunden? Oder war etwas schiefgelaufen?

Hadi blickte in die Box. Und er sah nicht das glänzende, polierte Display eines Handys, sondern die stumpfe Oberfläche von baumwollenem Papier. Um Geld brauchten sie sich in der nächsten Zeit keine Sorgen zu machen.

Saif und Jafar freuten sich ein wenig zu überschwänglich.

»Nicht hier«, sagte Hadi und ließ die Box mit dem Geld wieder in der Tüte verschwinden.

KAPITEL 51

München, Deutschland
28.04.2014, 13.49 Uhr (zur gleichen Zeit)

»Kann man sich das vorstellen?«, fragte Paul Regen und biss in das Krabbenbrötchen, das er zur Feier des Tages auf dem Viktualienmarkt besorgt hatte. Es war das erste Mal seit Wochen, dass Adelheid Auch und er es schafften, die Mittagspause gemeinsam zu verbringen. Und der Hofgarten war ihr bevorzugtes Ziel. Wegen der Ruhe und wegen des schönen Pavillons in der Mitte.

»Ich meine, dass junge Leute freiwillig in den Krieg ziehen?«, stellte er seine Frage zu Ende und leckte Cocktailsauce von den Fingern. Die Krabbenbrötchen von Witte waren einfach nicht unfallfrei zu essen, aber dafür umso leckerer.

»Es könnte sich auch niemand erklären, wieso ein Kriminaldirektor und ein Kriminalhauptkommissar sich gegenseitig Päckchen mit stinkenden Fischen und gefälschtem Anthrax schicken«, behauptete Adelheid Auch, die Lachs bevorzugte, weil sie es für gesünder hielt. Womit sie grundsätzlich recht hatte, aber heute gönnte sich Paul Regen eine ungesündere Ausnahme. Immerhin noch Fisch, hatte er bei der Bestellung gedacht.

»Das zu vergleichen zeugt wieder einmal von Ihrer hervorragenden Assoziationsgabe, liebe Frau Auch«, sagte Paul Regen.

Adelheid Auch widmete sich ihrem Brötchen, während

Paul Regen über seine eigene Frage nachdachte. Was motivierte junge Menschen, in den Krieg zu ziehen? Möglicherweise von einer Kugel getroffen zu werden? Konnte es im 21. Jahrhundert tatsächlich sein, dass sie an die Jungfrauen im Paradies glaubten? Er hatte einmal eine Studie gelesen, in der Psychologen befürchteten, dass die Gewalt in ihrer Generation mangels Kriegen in die Höhe schnellen könnte. Mehr Morde, weil es keine Kriege gab, in die die Leute ziehen konnten? Brauchte die Menschheit am Ende den Krieg zum Leben? Paul Regen wollte das nicht glauben.

»Das sind ganz normale junge Leute, Frau Auch«, sagte Paul Regen. Er deutete auf eine Gruppe von drei jungen Männern, die auf einer Parkbank gegenüber saßen. Einer von ihnen hatte die dunkle Hautfarbe eines Südländers. »Leute wie die da.«

Adelheid Auch blickte zu den drei Jungs, die einen Einkauf von dem Dunkelhäutigen bestaunten.

»Das sind Terroristen?«, fragte Adelheid Auch.

»Natürlich nicht«, sagte Paul Regen und ärgerte sich, dass er überhaupt damit angefangen hatte. Es war Zeit, das Thema zu wechseln. »Das sind einfach nur drei junge Leute. Aber sie könnten es sein. Jetzt. Hier. Mitten unter uns. Das könnten die drei Leute sein, die gekommen sind, um sich am Hauptbahnhof in die Luft zu jagen und möglichst viele Kinder und Frauen mit in den Tod zu nehmen.«

Adelheid Auch knüllte die leere Brötchentüte zusammen und formte einen Ball: »Was würden Sie tun? Um möglichst viele mit in den Tod zu nehmen?«

Paul Regen kratzte sich am Kinn. »Sicher nicht diese zum Scheitern verurteilte Ebola-Geschichte«, sagte er.

»Ich denke, wir sollten die Leute vom BKA nicht unterschätzen«, sagte Adelheid Auch.

Paul Regen seufzte: »Alles, was funktioniert, muss einfach sein. Ein komplizierter Plan hat noch niemals funktioniert.«

»Sie meinen, wie der 11. September?«

Paul Regen wusste, dass sie das ironisch meinte. Weil es zum Plan der Attentäter gehört hatte, einen Pilotenschein zu machen.

»Nicht die Durchführung muss einfach sein, Frau Auch. Nur der Plan. Flugzeug fliegt in einen Turm, alle Leute an Bord sterben. Schreckliche Bilder von brennenden Türmen fürs Fernsehen. Angst und Schrecken. Das Unvorstellbare. Darum geht es im Terrorgeschäft.«

»Es geht immer auch um die Bilder, nicht wahr?«, fragte Adelheid.

Paul Regen nickte. »Wussten Sie übrigens, dass die Idee ›Flugzeug fliegt in ein wichtiges Bauwerk‹ aus einem Buch stammt?«

»Das wusste ich nicht«, gab Adelheid Auch zu.

Die drei jungen Männer gegenüber erhoben sich und gingen über den Kiesweg in Richtung Odeonsplatz.

»Wie wäre es, wenn sie einen Zug entgleisen lassen würden?«, fragte Adelheid.

Paul Regen dachte darüber nach und fragte sich, warum in Deutschland keine Zäune um die Hochgeschwindigkeitsstrecken gebaut wurden wie in Frankreich. Aber es konnte doch unmöglich sein, dass man so etwas tatsächlich anstellen könnte, oder nicht? Sicherlich gab es irgendeine andere Form der Sicherung. Trotzdem hatte Adelheid intuitiv die richtige Frage gestellt. Es ging darum, herauszufinden, welches Ziel sich die Terroristen vornehmen würden.

Wenn man sie nicht aufspüren konnte, musste man eben das Pferd von hinten aufzäumen. Er hatte noch den ganzen Rückweg in die Maillingerstraße Zeit nachzudenken. Und er hatte vor, die Zeit sinnvoll zu nutzen.

KAPITEL 52

München, Deutschland
28. 04. 2014, 20.49 Uhr (sieben Stunden später)

Heinrich Beck ärgerte sich mal wieder über die Zahlen. In diesem Fall war es die unverschämte Summe, die ihm der amerikanische Agent auf einem Zettel über den Tisch geschoben hatte.

»No way am I paying this«, sagte Heinrich Beck und schnitt eine dünne Scheibe von dem sehr köstlichen, sehr teuren Rinderfilet. Auf keinen Fall bezahle ich das. Das konnte er sich abschminken, der werte Agent.

Der Mann auf der anderen Seite des Tisches hatte noch grauere Haare als er selbst. Er war ein Titan der Branche. Er vertrat alle Autoren, die man als Verlag wirklich haben wollte. Hinter vorgehaltener Hand nannte man ihn »die Hyäne«, und das lag nicht daran, dass er den Nachlass von

Charles Bukowski vertrat. Der Agent lächelte. Und Heinrich Beck wollte dieses Buch. Es würde ein Bestseller werden. Er wusste das. Der Agent wusste das auch. Und hier lag das Problem.

»Warum?«, fragte der Agent und nahm eine weitere Auster von seinem Teller. Er aß überhaupt nur Austern. Vorspeise: Austern. Hauptgang: Austern. Wahrscheinlich würde er auch als Nachtisch noch einmal Austern bestellen. Heinrich Beck wusste schon jetzt, dass ihn dieses Abendessen mehr als vierhundert Euro kosten würde, denn der Agent trank ausschließlich Champagner. Und davon viel. Er hatte bereits die dritte Flasche bestellt. Heinrich Beck trank wenig. Er fürchtete, sonst zu viel zu bezahlen.

»Weil es unmöglich ist, das Geld wieder reinzuholen«, sagte Heinrich Beck. »Sie wissen doch, was im Moment im Markt los ist. Die Leute kaufen weniger Bücher, die großen Buchhandelsketten schließen eine Filiale nach der anderen.«

»Habt ihr kein E-Book in Deutschland?«, fragte der Agent. Und traf damit einen gewissen Nerv bei Heinrich Beck. Schon wieder konnte er sich über eine Zahl aufregen, denn seinem Verlag schien es einfach nicht zu gelingen, genügend E-Books zu verkaufen, um die Verluste aus dem Taschenbuch auszugleichen.

»Doch«, seufzte Beck und nippte an dem Champagner. Der Agent griff zu einer weiteren Auster. »Aber das ist alles in den Händen unserer Freunde aus Seattle.«

Der Agent schlürfte die Auster und legte die leere Schale zurück auf das Eis.

»Mein lieber Heinrich«, sagte der Agent, »ich verstehe

das alles, aber ich kann einfach nicht erkennen, was das mit meinem Autoren zu tun haben soll.«

Heinrich Beck griff noch einmal zu dem Zettel. Er öffnete ihn langsam und las noch einmal die mit Kugelschreiber notierte Zahl: 300 000 Dollar. 250 000 Euro. Vorschuss. Für ein einzelnes Buch, das bisher nur im Kopf des Autors existierte.

Aber er war ein großer Name. Ein Umsatzgarant. Heinrich Beck brauchte dringend Umsatz. Und noch viel dringender einen Bestseller. Die Konferenz mit der Muttergesellschaft war in zwei Wochen. Und wenn er nicht zumindest am Horizont einen Erfolg verzeichnen konnte, würde er vermutlich nicht mehr lange der Geschäftsführer sein. Die Eigentümer verlangten Rendite. Fünfzehn Prozent mindestens. Es klang verrückt, weil so etwas vielleicht im Ölgeschäft zu erzielen war, aber nicht in der Verlagsbranche. Zumindest nicht mehr. Eigentlich waren die Zeiten von Austern und Champagner seit zwanzig Jahren vorbei. Und trotzdem saßen sie hier. Weil es sich gehörte, den wichtigsten Agenten der Welt so zu behandeln, wie er das gewohnt war. Weil es ihm sonst möglicherweise einfiel, seine Aufmerksamkeit einem anderen Verleger zuzuwenden. Das konnte sich Heinrich Beck noch weniger leisten als die Austern und den Champagner. Er faltete den Zettel zusammen und schob ihn in die Tischmitte. Dann signalisierte er dem Ober, noch eine weitere Flasche Champagner zu öffnen. Hundertvierzig Euro mehr oder weniger spielten jetzt auch keine Rolle mehr.

KAPITEL 53

Frankfurt, Deutschland
29.04.2014, 16.21 Uhr (am nächsten Tag)

Während des Sinkflugs starrte Solveigh Lang weiter auf den Bildschirm ihres Laptops und versuchte, die spärlichen Informationen über Frank Proschinski, Wolfgang Tisch und Hadi Farhan zu verarbeiten. Ihr Sitznachbar auf 2A war damit beschäftigt, es ihr so schwer wie möglich zu machen.

»Sind Sie öfter in Frankfurt?«, fragte er über seinen warmen Orangensaft hinweg.

Solveigh blickte kurz auf und lächelte so dünn wie möglich. »Nein«, sagte sie und konzentrierte sich wieder auf ihren Monitor.

»Eine tolle Stadt«, sagte der Mann, von dem sie bereits wusste, dass er ein Investmentbanker war, der unglaubliche Summen bewegte. Er war der uninteressanteste Mann, den Solveigh im letzten Jahr kennengelernt hatte. Leider schien ihn das nicht sonderlich zu interessieren.

»So weltoffen, bei uns leben Leute aus über hundert Ländern«, dozierte der Banker.

Sie lächelte noch einmal, ohne den Bildschirm aus den Augen zu lassen. Irgendwann musste er es aufgeben, oder nicht? Vermutlich entsprach sie genau seinem Beuteschema. Mittleres Management einer Immobilienfirma. Erfolgreich, aber nicht zu erfolgreich; gebildet, aber nicht besserwisserisch. Solveigh ärgerte sich, dass sie ein Kostüm mit einem Rock gewählt hatte. Selbst unmittelbar nach ihren Erfahrungen mit Ramon Aguilar schien sie nicht dazuzulernen.

»Mainhattan eben«, schloss ihr unfreiwilliger Sitznachbar und grinste dazu. Er trank von seinem Orangensaft.

Solveigh seufzte und klappte den Laptop zu. Der Pilot hatte das Fahrwerk ausgefahren. Unter ihnen konnte man den ersten Sonnenanbetern des Jahres auf ihren Sachsenhäuser Dachterrassen beim Bräunen zuschauen.

»Ihr Mainhattan hat eine etwa so beeindruckende Skyline wie Minneapolis und so wenig Einwohner wie Nashville, Tennessee«, sagte Solveigh.

Sie spürte eine kurze Bö unter den Tragflächen, bevor die Boeing mit dem Fahrwerk auf die Landebahn knallte.

»Aber wir haben Goethe«, sagte der Banker, als die Triebwerke der 737 abgeschaltet wurden und hinter ihnen die ersten Gepäckfächer geöffnet wurden.

Solveigh stopfte ihren Laptop in den kleinen Koffer und ließ sich von der Stewardess ihr Jackett reichen.

»Tennessee hat Elvis«, sagte sie zum Abschied und verließ als eine der Ersten das Flugzeug.

Okan Gider, ihr Kontaktmann bei der Millî İstihbarat Teşkilâtı, dem türkischen Nachrichtendienst, erwartete sie am Ausgang tief in den Katakomben des Flughafens. Wie fast immer widersprach ein Treffen zwischen zwei Geheimdiensten jedem Klischee. Sie waren weder geheim, noch bemühte sich eine der beiden Seiten darum, besonders unauffällig zu sein. Natürlich stand Okan nicht mit einem Schild in der Ankunftshalle, sondern erkannte sie anhand der Bilder, die ihm gemailt worden waren.

Andersherum lief es nicht anders, und deshalb hatte Solveigh schon vorher gewusst, dass er ein gut aussehender Mann war. Er trug einen dunklen Anzug, ein offenes weißes Hemd und Turnschuhe. Er sah aus wie jeder andere Geschäftsmann, nur etwas besser. Die grauen Strähnen in seinen schellackfarbenen Haaren machten es schwer, sein Alter zu schätzen. Solveigh wusste aus seiner Akte, dass er achtundvierzig Jahre alt war, aufgewachsen in der Türkei, Studium in Deutschland, danach Militär, seit zwanzig Jahren beim MIT. Er begrüßte sie mit Handschlag und bot ihr an, ihren Koffer zu ziehen, was sie ablehnen musste. Keine zwei Minuten später sah Solveigh den Banker an sich vorbeilaufen, als sie sich auf den Weg zum Parkhaus machten.

»Haben Sie eine Hose da drin?«, fragte Okan Gider, als sie vor dem Haus von Hadi Farhans Onkel standen, und deutete auf den Kofferraum des nagelneuen Mercedes.

Solveigh nickte.

»Ziehen Sie sie an«, sagte Okan und wandte sich demonstrativ zur Seite.

Solveigh zuckte mit den Schultern und öffnete die Heckklappe. Sie suchte eine Hose aus dem Rollkoffer und verschwand auf dem Rücksitz der Limousine. Ich hätte auch selbst daran denken können, schalt sie sich innerlich, während sie den Rock abstreifte.

Keine Minute später war ihr Fehler behoben, und Solveigh stand neben ihrem Führer in die Welt des Islam in Deutschland.

»Besser?«, fragte sie.

»Noch nicht ganz«, sagte der und hielt ihr ein großes

schwarzes Tuch vor die Nase. »Wir wollen doch niemanden beleidigen, oder?«

Sie wusste schon jetzt, dass sie die richtige Entscheidung getroffen hatte, als sie sich gegen jemanden vom deutschen Verfassungsschutz gewehrt hatte. Solveigh schlang das Tuch über die Haare und versteckte auch noch die letzte Strähne, nachdem sie es unter dem Kinn zusammengebunden hatte.

»Nicht unbedingt die eleganteste Art, einen Hidschab zu binden, aber es wird reichen«, kommentierte Okan und lief ein Stück die Straße hinunter, bis er vor einem schmucklosen Fünfzigerjahrebau stand. Nummer 28. Das Haus, in dem Hadi Farhan aufgewachsen war. Irgendwo mussten sie anfangen. Sie würden bis zum Abend alle drei Elternhäuser abgeklappert haben.

Okan klingelte. Er sprach schnell und eindringlich in die Gegensprechanlage und wurde schließlich mit einem Summen des Türschlosses belohnt.

Hadi Farhans Tante saß auf einem zerbrechlich wirkenden Campingstuhl in der Küche ihrer Drei-Zimmer-Wohnung. Sie bot ihnen Tee an und entschuldigte sich, dass sie kein Gebäck im Haus hatte. Solveigh und Okan versicherten ihr, dass sie ohnehin keines gewollt hätten. Sie erzählte ihnen von Hadis Kindheit, davon, dass ihn seine Eltern vor einem Leben im Irak hatten bewahren wollen. Und dass sie sich selbstverständlich bereit erklärt hatten, der Familie zu helfen.

»Sie müssen wissen, dass er ein guter Junge war«, sagte sie. »Bis zur neunten Klasse war alles in Ordnung mit ihm«, fuhr sie fort und hatte Tränen in den Augen. »Dann fingen die Probleme an. Er wurde schlechter in der Schule, interessierte sich für gar nichts mehr. Er sagte, er wolle sich so schnell wie möglich einen Job suchen, weil er auf eigenen Füßen stehen wollte. Er schmiss die Schule. Und ich glaube, das war in etwa die Zeit, als er anfing, in die Moschee in der Niddastraße zu gehen.« Sie trank einen Schluck Tee. »Ich meine, wie hätten wir das ahnen sollen?«, fragte sie. Solveigh nickte. »Es gibt keine äußeren Anzeichen«, log sie. Natürlich gab es sie, aber Solveigh sah keinen Sinn darin, der Frau das Herz schwerzumachen. Es änderte nichts. Vielleicht hatten sie es nicht wahrhaben wollen, oder sie hatten tatsächlich nichts davon mitbekommen. Vermutlich hatten sie angenommen, dass er wie alle Jugendlichen Computerspiele zockte, während er sich in Wahrheit auf islamistischen Foren herumgetrieben hatte. Solveigh kannte die Auswertung seines Providers: Hadi hatte viel über die Kriege im Nahen Osten gelesen. Und die Videos angeschaut von den überlegenen Waffen aus Russland und dem Westen, die ganze Dörfer dem Erdboden gleichmachten.

»Dürfen wir uns sein Zimmer ansehen?«, fragte Solveigh.

»Natürlich«, sagte seine Tante und rutschte auf ihrem Plastikstuhl nach hinten. »Was immer Sie brauchen.«

Sie wollte aufstehen, aber Solveigh bedeutete ihr, dass es nicht notwendig war.

Hadi Farhans Zimmer war keine zehn Quadratmeter groß und sehr aufgeräumt. In einem Wandschrank fanden sie Klamotten, wie sie durchschnittlicher nicht hätten sein können: Kapuzenpullover mit Drucken, Turnschuhe, bunte Unterwäsche. Okan begann, den Schreibtisch auszuräumen, während Solveigh sich um den PC kümmerte.

»Hier sind seine Zeugnisse«, sagte Okan, während der Computer hochfuhr. Solveigh nahm ihm die Plastikhülle aus der Hand und blätterte durch die wenigen Seiten. Der Abfall von Hadis schulischen Leistungen war in der Tat beträchtlich. Hatte er noch in der siebten Klasse in den meisten Fächern ein *Gut* oder zumindest ein *Befriedigend* erhalten, waren es in der achten Klasse schon drei Vieren.

Solveigh fragte sich, ob das tatsächlich mit den Salafisten zu tun hatte oder ob etwas ganz anderes dahintersteckte. Zumal seine Tante behauptet hatte, dass die Moscheebesuche erst später angefangen hatten. Als sie einen USB-Stick in den Computer steckte, um den Passwortschutz zu knacken, zog Okan eine Box unter dem Bett hervor. Er öffnete die Pappschachtel, während das kleine Programm auf dem Stick sein Wunder vollbrachte. Okan reichte ihr mit hochgezogenen Augenbrauen ein Flugblatt. Auf dem Titel war eine Wagenkolonne mit aufgeblendeten Scheinwerfern zu sehen, die durch eine abendliche Wüstenlandschaft raste. Auf den Ladeflächen der Wagen standen Männer mit Maschinengewehren.

»Was steht da?«, fragte Solveigh. Die Schriftzeichen waren arabisch.

»Kämpfe, wenn du ein Bruder bist«, sagte Okan.

»Das Bild sieht aus wie aus einem Videospiel«, sagte Solveigh.

»Das machen sie absichtlich«, sagte Okan. »Sie haben sogar Leute in einer Art Presseabteilung abgestellt, die sich nur darum kümmern, dass es genügend solcher Bilder gibt.«

Solveigh legte den Flyer beiseite und griff zur Maus. Sie mussten herausfinden, was in diesem achten Schuljahr passiert war.

Bevor sie sich an seinen E-Mails zu schaffen machte, ließ sie noch einmal den Blick durch Hadis Zimmer schweifen. Etwas fehlte. Etwas Entscheidendes. Und dann fiel es ihr wie Schuppen von den Augen: Es gab nichts Persönliches in diesem Raum. Nichts. Keine Poster von Bands, keine Medaillen von Sportwettkämpfen, keine Fotos. Das Zimmer war so ordentlich und minimalistisch möbliert – es gab fast keine Möglichkeit, wo er seine privaten Schätze hätte verstecken können.

Was brachte einen Jugendlichen dazu, alles Persönliche, alle Erinnerungen aus seinem Leben zu streichen? Und auf einmal wusste Solveigh, dass es mit einer Frau zu tun haben musste. Hadi hatte sich verliebt. Und offenbar in jemanden, den er nicht lieben durfte. Vielleicht hatte Hadi erkannt, dass er sich zu Männern hingezogen fühlte – vielleicht hatte er sich in die Freundin eines guten Freundes verliebt. Das könnte ein Schlüssel sein, ihn zu finden.

Dann öffnete Solveigh Hadis Mailprogramm. Vielleicht fand sich dort ein Hinweis, um wen es sich handeln könne.

KAPITEL 54

München, Deutschland
30.04.2014, 16.12 Uhr (am nächsten Tag)

Hadi saß auf der Campingmatratze, die er in einem Kaufhaus in der Fußgängerzone zusammen mit dem Bettzeug und vier Handtüchern gekauft hatte, und studierte den Automarkt einer großen Tageszeitung. Es bereitete ihm ein gewisses Unbehagen, dass Saif und Jafar auf sich allein gestellt waren, aber es war nun einmal nicht zu ändern. Sie mussten unbedingt dafür sorgen, dass sie so selten wie möglich zu dritt in der Öffentlichkeit gesehen wurden. Falls doch etwas von ihrer Rückkehr aus Syrien durchgesickert war, würde die Polizei nach drei jungen Männern suchen. Hadi war überzeugt, dass sie ihr Äußeres ausreichend verändert hatten, um einer oberflächlichen Inspektion standzuhalten. Aber wenn sie befragt wurden und ihnen ein Polizist direkt gegenüberstand, sah die Sache schon anders aus.

Er war gestern bei Mona und ihrem Freund Holger eingezogen. Holger studierte Geologie, was Hadi sehr recht war. Er selbst hatte behauptet, Bauingenieurwesen an der TU zu studieren. Wichtig war nur, dass keiner der beiden Ahnung von seinem Fach hatte. Holger war ein blonder, stiller Mann mit Bart. Hadi war davon überzeugt, dass er und Mona perfekt zusammenpassten.

Als er die Annoncen halb durchgearbeitet hatte, ohne zu finden, wonach er gesucht hatte, hörte er den Schlüssel in der Wohnungstür.

»Hallo, ich bin's«, rief Monas sehr hohe Stimme durch den schmalen Flur.

Hadi beeilte sich, die Zeitung zusammenzufalten. Er stand auf und ging in die Küche, wo Mona gerade eine Einkaufstüte auf die Arbeitsfläche stellte.

»Möchtest du einen Kaffee?«, fragte Hadi und lächelte. Sie durfte auf keinen Fall Verdacht schöpfen.

KAPITEL 55

München, Deutschland
30.04.2014, 16.22 Uhr (zur gleichen Zeit)

Während die Kollegen des LKA abgeschottet in ihren Autos saßen und den nahkampferprobten USK-lern die Arbeit überließen, hatte Paul Regen beschlossen, sich die Veranstaltung einmal aus der Nähe anzusehen. Es war ein Großeinsatz der *Arbeitsgemeinschaft Prinzregent*, einer hastig zusammengestellten Gemeinschaftstruppe von LKA und dem Münchner Polizeipräsidium. Jeder wollte jetzt zeigen, dass er etwas gegen die namenlose Bedrohung tat, die seit heute Morgen gar nicht mehr namenlos war. Über mysteriöse Kanäle, deren Provinienz sich Paul Regen nicht vollständig erschloss, waren drei Namen durchgesickert. Drei Namen für ihr Phantom, das damit jedoch wenig von seiner Phantomhaftigkeit einbüßte. Jeder im Polizeidienst wusste, wie schnell man seine äußerliche Erscheinung verändern konnte. Ein abrasierter Bart, gefärbte Haare, eine neue Frisur, ein

Hut. Es war beinahe unmöglich, einen Gesuchten aus der Entfernung zu identifizieren. Nicht umsonst hatten sich die Gesichter auf den Fahndungsplakaten der RAF-Terroristen, die damals in jedem Postamt und in jeder Bank gehangen hatten, in zwanzig Jahren kaum verändert.

Die Gemengelage am Stachus war undurchsichtig. Mitten auf der Kaufingerstraße, kurz vor dem Karlstor, standen einige Jugendliche vor einer Tischreihe mit Büchern. Sie verteilten Korane. *Lies!*, stand auf den Stofftüchern, die von ihren Tischen hingen. *Lies!*, stand auch auf den Plakaten, die einige von ihnen herumtrugen. Die Tücher waren rot, ebenso die T-Shirts. Die jungen Leute waren, soweit das Paul Regen beurteilen konnte, freundlich. Dennoch hatte sich um sie herum eine Traube Gegendemonstranten gebildet. Sie trugen ihre alten Schilder auf, die gegen eine Moschee am Stachus, gegen den Islam im Allgemeinen und gegen alles Andersartige gerichtet waren.

Paul Regen hatte diese Leute noch nie leiden können, vor allem nicht ihren Rädelsführer, einen fünfunddreißigjährigen Rechten, der bei den Anti-Moschee-Demos stets auf einer Bierkiste stand und per Megafon aufwiegelnde Plattitüden von sich gab. Aber er wusste natürlich auch, dass es möglich war, dass die Islamisten in den Koranverteilern die nächste Generation ihrer Syrienkämpfer rekrutierte. Es war die erste Stufe des langen Wegs der Bewährung auf dem Weg in den Heiligen Krieg. Zumindest für ein paar von ihnen. Bloß, dass die glühendsten Dschihadisten Deutsche und keine Ausländer waren, schien sich den Demonstranten nicht zu erschließen. Paul Regen seufzte. Es war schwierig geworden, zu irgendjemanden zu halten in dieser Situation. Einzig zu dem Mann mit dem Megafon und seinen irrlaufenden Rentnern und Studienräten konnte man tatsächlich nicht halten, denn sie erreichten mit ihren ausgrenzenden Plakaten natürlich das Gegenteil von Inklusion.

Wie üblich hatten die bestens organisierten bayerischen Versammlungskontrollorgane vorgesorgt und eine derart stattliche Anzahl schlagstock- und carbonbewehrter Polizeitruppen bereitgestellt, dass sich jedwede Eskalation für beide Seiten von vornherein verbot. Paul Regen drängte sich vor der McDonald's-Filiale an zwei Kolleginnen vorbei, die überaus zugriffsbereit wirkten, und lief geradewegs auf den Büchertisch zu. Er wusste, dass er in diesem Moment von mehr als einer Kamera der diversen an diesen Versammlungen interessierten Staatsorgane aufgenommen wurde. Denn dies war der hauptsächliche Zweck der *AG Prinzregent*: mögliche Unterstützergruppen für die Syrien-Rückkehrer zu identifizieren. Nach der Demo würden sie sich die Moscheen vornehmen. Eine nach der anderen. Sie wollten Präsenz zeigen. Paul Regen war nicht sicher, ob das die beste aller Ideen war, aber er schien der einzige Zweifler zu sein. Alle anderen hatten keine Schwierigkeiten damit, das Leben von Jugendlichen auseinanderzunehmen, die in der Einkaufsstraße Bücher verteilten. Wohlgemerkt mit amtlicher Genehmigung. Er hatte das Gefühl, dass sie sich wenig anders verhielten als die Männer mit den unsachlichen Parolen. Sie trieben die Jugendlichen durch Konfrontation noch enger zusammen. Sie stärkten ihren Bund, statt ihn aufzuweichen.

Paul Regen nahm einen der Korane vom Tisch und blätterte darin.

Der Junge hinter dem Tisch rieb sich die linke Hand und lächelte. »Nehmen Sie gerne eins mit«, sagte er.

Paul Regen musterte ihn. Das T-Shirt war mindestens zwei Nummern zu groß. Er trug eine Brille und hatte Angst vor dem Mann mit dem Megafon.

»Danke«, sagte Paul Regen.

Waren das die Unterstützer? Es war möglich. Er hatte sich schon einmal vom netten Äußeren, von der Normalität täuschen lassen. Bei den beiden Studenten in Würzburg.

»Warum glaubt ihr, dass die Leute gegen euch sind?«, fragte Paul Regen.

Der Junge zuckte mit den Schultern. »Wir wollen nur Korane verteilen«, sagte er.

»Wollt ihr, dass in Deutschland die Scharia eingeführt wird?«, hakte Paul Regen nach und blätterte beiläufig in den Suren.

Der Junge zögerte. Dann nickte er und sagte: »Irgendwann sollte überall die Scharia gelten. Sie ist das einzige Gesetz von Gott.«

Es klang nach einer auswendig gelernten Antwort. Aber sie war die, die Paul hatte provozieren wollen. Es waren diese Aussagen, die die Salafisten hinter verschlossenen Türen predigten. Von dort war es nur noch ein kleiner Schritt zu einem Kalifat im Nahen Osten, von dem aus sie die ganze Welt erobern wollten. Er wusste, dass es verrückt klang, aber es war tatsächlich das Ziel der Extremisten. Er wusste nicht, ob sie selbst daran glaubten. Aber es bewies, dass es auch in München einen Nährboden für radikales

Gedankengut gab. Wie in allen deutschen Großstädten. Was im Übrigen für alle radikalen Gruppen galt, für die Rechten möglicherweise sogar im Besonderen. Die Münchner wie er dachten gerne, dass so etwas in Bottrop möglich war oder in Frankfurt, aber doch nicht in der heilen Welt ihrer schönen Landeshauptstadt.

Paul Regen hätte beinahe eine Diskussion über die Scharia angezettelt. Doch stattdessen nickte er, klappte den Koran zu und bedankte sich. Er hatte sich schon umgedreht, als plötzlich einer der Moscheegegner einem der Jugendlichen das *Lies!*-Plakat aus der Hand riss und mit den Füßen darauf herumtrampelte. Doch bevor er sich auf den Rentner stürzen konnte, lösten sich zwei der Zuschauer und hielten ihn fest. Sie trugen keine roten T-Shirts wie die anderen.

Der Junge mit dem Koran rief: »Wir wollen nur Bücher verteilen!«

»Ihr könnt euch euren Koran in den Arsch stecken!«, schrie der Mann. Paul beobachtete, wie sich vier Kollegen hinter den Streithähnen in Stellung brachten. Und die Polizisten waren nicht die einzige Unterstützung, die scheinbar aus dem Nichts aufgetaucht war. Die beiden Männer, die den Jungen festgehalten hatten, hatten vorher als unbeteiligte Zuschauer in der Menschenmenge gestanden. Wenn sich Paul Regen richtig erinnerte, hatte einer von ihnen die Demonstranten mit seiner Handykamera gefilmt. Sie würden die Aufnahmen auf ihre Internetseiten stellen und noch mehr junge Leute dafür gewinnen, Korane zu verteilen. Ihre Ehre zu verteidigen. Und sie waren gut organisiert. Sie hatten ein System, das eine Eskalation von ihrer Seite verhinderte, die sie schlecht aussehen lassen würde. Das war Propaganda.

Und wenn Paul Regen daran dachte, welche Ideologie dahintersteckte, und wenn er die Wut der Rentner und ihre hohlen Sprüche betrachtete, dann konnte einem doch angst und bange werden angesichts der Konflikte, die beide Seiten mitten in München austrugen. Und wohin das noch führen könnte, wenn sie nicht aufpassten. Geschweige denn, worin dies alles eskalieren konnte, wenn Terroristen tatsächlich ein Anschlag in Deutschland gelang.

Als er zurück zu dem Überwachungswagen lief, in dem Adelheid Auch vor den Monitoren saß, stellte er fest, dass er das nicht erleben wollte.

Umso dringender mussten sie die drei jungen Männer finden. Bevor eine Katastrophe eine noch größere auslöste.

KAPITEL 56

Frankfurt, Deutschland
30.04.2014, 19.14 Uhr (vier Stunden später)

»Nein, besonders fleißig war er tatsächlich nicht«, sagte der Schichtleiter der Reinigungsfirma und kontrollierte unbeirrt die Putzwagen. Solveigh Lang stellte sich ihm in den Weg. Sein Schnauzbart zuckte angesichts der ungeheuerlichen Einmischung in seine Betriebsabläufe. Er musste zu ihr aufsehen und steckte den Stift an sein Klemmbrett.

»Er hat gebetet während der Schichten«, sagte der Mann,

und Solveigh spürte, dass er das als Zumutung empfand. »Aber ich habe es ihm durchgehen lassen«, sagte der Chef von vierzig Reinigungskräften, die zwei Abteilungen der Uniklinik vor sich hatten. »Vorgabe der Firma«, fügte er hinzu.

Natürlich, dachte Solveigh.

»War er zuverlässig?«, fragte Okan.

Der Schichtleiter nickte. »Schon. Sonst hätte er sich ja auch auf etwas gefasst machen können.«

Das Gespräch mit Hadi Farhans ehemaligem Vorgesetzten war vergebliche Liebesmüh, wusste Solveigh. Er hatte Hadi nicht gekannt, vermutlich hatte er keine zehn privaten Sätze mit ihm geredet. Sie signalisierte Okan, dass sie genug gehört hatte. Natürlich würden sie noch nach einem Spind fragen und nach persönlichen Sachen, wobei Solveigh vermutete, dass die Putzwagen mit den in einem leeren Eimer hängenden Kitteln und den zwischen die Reinigungsmittel gesteckten Plastikschuhen das Einzige waren, was die Angestellten benötigten.

Zwanzig Minuten später standen sie auf dem Parkplatz vor dem vor einigen Jahren neu gebauten Uniklinikum. Der Abend war mild, und der Wind wehte warme Luft über den Fluss und durch die Wipfel der Bäume.

»Gehen wir ein Stück?«, schlug Solveigh vor.

Okan hatte nichts dagegen. Sie stiegen eine Treppe zum Mainufer hinunter. Auf der anderen Seite des Flusses lag die Frankfurter Skyline im roten Schein der untergehenden Sonne. In den Moscheen beteten bald die Muslime das Maghrib. Solveigh ließ eine Gruppe Jogger passieren, dann stellte sie die Frage, die sie am meisten beschäftigte: »Was glauben Sie, wer von den dreien die Zügel in der Hand hält?«

Okan kickte einen kleinen Stein von dem asphaltierten Gehweg in den Rasen. »Wolfgang Tisch ist der Mitläufer«, sagte er.

Solveigh nickte. »Er ist der Schwächste der Gruppe«, bestätigte sie.

»Ich tippe auf Frank Proschinski«, sagte Okan schließlich.

»Saif?«, fragte Solveigh skeptisch.

»Der Name bedeutet Schwert«, erklärte Okan einen Gemeinplatz, der schon in der ersten Kurzzusammenfassung gestanden hatte, die Eddy ihr gemailt hatte, bevor sie nach Frankfurt geflogen war.

»Und er ist ein aggressiver Charakter«, fügte Okan hinzu. »Nach dem, was seine Schwester uns über ihn erzählt hat, würde es mich nicht wundern, wenn er sich selbst zum Anführer gemacht hätte.«

Solveigh überlegte, während die Sonne hinter dem Bergrücken des Taunus verschwand. Möglicherweise wäre es klug, einen Psychologen von der ECSB hinzuzuziehen. Sie hatten ein gutes Netzwerk für solche Fragestellungen. Sie war nicht überzeugt von Okans Theorie.

»Ich bin sicher, er hat als Erstes eine Waffe abgefeuert«, sagte Solveigh. »Aber würden Sie einen zum Anführer machen, der sich möglicherweise nicht im Griff hat? Wenn es darauf ankommt? Der im entscheidenden Moment den Verstand verliert?«

»Sie glauben, dass Hadi die Gruppe führt?«, fragte Okan.

Solveigh wog den Kopf hin und her. Hadi war der Intelligenteste der drei. Er war der Einzige, dem sie es zutrauen würde.

»Ich glaube, dass ich ihn ausgesucht hätte«, sagte Solveigh.

Okan blieb stehen und betrachtete ein Ruderboot, das an einem Steg festmachte.

»Vielleicht wäre es besser für uns, wenn ich recht behielte«, sagte Okan schließlich. Und da hatte er nicht einmal so unrecht.

KAPITEL 57

München, Deutschland
01.05.2014, 09.09 Uhr (am nächsten Morgen)

Saif und Jafar klingelten um zehn nach neun, kurz nachdem Mona und ihr Freund die Wohnung verlassen hatten. Sie hatten den Hauseingang von einem Stehcafé der Bäckerei auf der anderen Straßenseite im Auge behalten. Sie begrüßten sich mit einer Umarmung, zogen die Schuhe aus, und Jafar drückte Hadi eine Tüte mit süßem Gebäck in die Hand.

Jafar lehnte an der Küchenzeile, und Saif betrachtete Monas Fotowand, die hauptsächlich aus Selfies bestand. Selfie in Thailand, Selfie mit Freund, Selfie-Kussmund. Hadi leerte die Tüte auf einen Teller und bedeutete den beiden, ihm in sein Zimmer zu folgen.

Sie saßen auf dem Boden und bissen in die mit Pudding gefüllten Blätterteigtaschen.

»Ich habe ein Flipchart besorgt«, sagte Hadi und zog eine Papierrolle auseinander. Er drückte Jafar einen Bund bunter Filzstifte in die Hand. Dann begann er, die Wände zuzukleben.

»Und was sollen wir aufschreiben?«, fragte Jafar.

»Na, wo wir zuschlagen können, du Idiot!«, bellte Saif. Sie hatten drei Szenarien für einen Anschlag mit auf den Weg bekommen. Jedes bot Vor- und Nachteile. Nur vor Ort konnten sie entscheiden, welche Strategie die erfolgversprechendste war. Vieles hing davon ab, welche Ausrüstung sie beschaffen konnten.

»Und wo sollen wir anfangen?«, fragte Jafar.

Saif rollte die Augen. »Na, das ist doch der Punkt! Deshalb sind die Zettel doch leer.«

»Kriegt euch mal wieder ein«, versuchte Hadi die Situation zu deeskalieren. »Es reicht schon, dass uns die Polizei auf den Fersen ist, da müssen wir uns nicht auch noch gegenseitig an die Gurgel gehen.«

»Was meinst du mit ›auf den Fersen ist‹?«, fragte Saif. Seine Stimme klang nicht mehr ganz so selbstsicher.

»Ich meine, dass wir nicht wissen können, ob unsere Abreise aus Syrien unbemerkt geblieben ist«, sagte Hadi.

»Ach so«, sagte Jafar.

»Wir müssen vorsichtig sein«, sagte Hadi und bedeutete Jafar, ihm einen der Stifte zu geben. »Also: Bahnübergänge, Tunnel, Bahnhöfe. Wir haben nur bis um drei Zeit, dann kommt Mona von der Uni. Und ich habe keine Lust, ihr die Plakate zu erklären.«

»Okay«, sagte Saif. »Was ist mit einem Lastwagen, den wir auf die Schienen fahren?«

Jafar schlug zurück: »Hast du auf der Herfahrt vielleicht irgendwo einen Bahnübergang gesehen?«

Saif schürzte die Lippen. »Nein«, gab er kleinlaut zu.

»Na also«, sagte Jafar.

Hadi seufzte. »Fangen wir mit den Brücken und Tunneln an, okay?«

Saifs Finger glitt über die Landkarte.

Hadi schrieb trotzdem das Stichwort »Lastwagen« auf eine der Tafeln. »Sonst noch jemand?«, fragte er.

»Wir müssen das machen wie die Amerikaner mit Mohammed Atta«, sagte Jafar. »Ganz einfach.«

»Klar«, sagte Saif. »Ganz einfach.«

»Er hat nicht unrecht«, murmelte Hadi und schrieb es auf ein zweites Plakat, versehen mit einem Fragezeichen.

»Es muss etwas Großes auf die Gleise«, sagte Saif. So hatte es ihnen Khalid erklärt. Die deutschen Hochgeschwindigkeitszüge waren enorm verwundbar, weil es keine Sicherungsmechanismen gab. 2008 war ein ICE bei Fulda in einem Tunnel entgleist, weil eine Schafherde hineingelaufen war. Wenn Schafe einen ICE zum Entgleisen kriegen konnten, so Khalid, dann würde etwas wirklich Schweres eine Katastrophe auslösen. Manchmal waren die einfachsten Pläne die besten.

»Es gibt über zehn Brücken über die ICE-Strecke zwischen München und Nürnberg«, murmelte Hadi, fast mehr zu sich selbst.

»Wir müssen so viele von ihnen mitnehmen, wie wir können«, sagte Jafar. Hadi wusste, dass er von Menschen sprach. Und dass »mitnehmen« ein Synonym für »umbringen« war.

»Wie viele Menschen passen in einen ICE?«, fragte Saif.

»Hunderte!«, rief Jafar.

»Wie wäre es, wenn wir etwas von einer Brücke auf die Schienen werfen würden?«, fragte Hadi.

Saif und Jafar starrten ihn an.

»Und was soll das sein?«, fragte Jafar.

Saif schlug ihm mit der flachen Hand auf den Hinterkopf. »Egal, Mann, alles aufschreiben.«

Hadi notierte es an der Wand und blickte fragend in die Runde. Saif griff nach einem weiteren Stück Gebäck, und Jafar starrte an die Decke. Hadi spielte mit dem Stift in der Hand, während die Sekunden vergingen. Er fragte sich, ob eine Sprengung nicht doch die einfachere Methode war. Auch dieses Szenario war Bestandteil ihrer Schulung gewesen. Hadi musste nur darauf achten, dass die Idee nicht von ihm kam.

»Können wir nicht einfach einen Baumstamm auf die Schienen ziehen?«, fragte Saif schließlich. Hadi erinnerte sich daran, dass sie auf den Karten entlang der Hochgeschwindigkeitsstrecke etliche Wälder gesehen hatten, teilweise sogar sehr nah an den Gleisen. Das wäre möglicherweise zumindest einfacher als das mit dem Lastwagen, dachte er. Er schrieb auch das in großen Lettern an die Wand. Sie kamen voran, dachte er. Langsam, aber sie kamen voran.

Ihr größtes Problem war jedoch noch ungelöst. Und dafür brauchten sie die Hilfe eines Kontaktmannes. Dies war der Grund, warum Hadi fast täglich die Gebrauchtwagenanzeigen in den Zeitungen studierte. Sie brauchten ein Auto. Sie mussten die Bahnstrecke vor Ort inspizieren, wenn ihr Plan auch nur den Hauch einer Aussicht auf Erfolg haben sollte.

»Wo waren wir stehen geblieben?«, fragte Hadi.

Heute Nachmittag würde er wieder die Annoncen durchsehen. Irgendwann musste es einfach klappen.

KAPITEL 58

Essen, Deutschland
01. 05. 2014, 12.41 Uhr (zwei Stunden später)

Brigitte Gwodz schob das Ticket auf der Anrichte im Flur unter die Kristallglasschale. Die Dame am Schalter hatte es ihr in ein schickes Etui gesteckt, auf dem ein schnell fahrender ICE abgebildet war. Übermorgen ging es los. Zum ersten Mal seit über drei Jahren würde sie ihren Sohn in Garmisch-Partenkirchen besuchen. Er arbeitete dort als Restaurantleiter in einem Hotel. Sie hatten kein besonders inniges Verhältnis, was Brigitte Gwodz sehr bedauerte. Aber jetzt, da er endlich eine feste Anstellung gefunden hatte, wollte er, dass sie ihn besuchte. Er hatte keine Ahnung, wie sehr sie sein Anruf gefreut hatte. Sie hatten noch zwei weitere Kinder, die aber beide in der Nähe wohnten. Karl sagte, Marco wäre schon immer eigensinnig gewesen, und sie sollte sich nicht grämen. Brigitte Gwodz grämte sich nicht, aber das bedeutete nicht, dass sie sich nicht freuen konnte, dass sie ihren Jüngsten endlich einmal wiedersah.

»Karl?«, fragte sie. »Karl, bist du da?«

Sie wiederholte es zweimal, weil er nicht mehr so gut hörte. Sie hörten beide nicht mehr so gut wie früher, aber es machte ihnen nichts aus. Sie sprachen einfach lauter und wiederholten sich.

Karl erschien im Türrahmen der Küche, seine Armbanduhr zur Mahnung im Anschlag.

»Ich weiß«, sagte Brigitte und stellte ihre Handtasche auf einen Stuhl neben die Anrichte. Karl half ihr aus dem Mantel.

»Ich habe dir Abendessen gemacht«, sagte er.

Ihre rechte Hand griff nach seiner Wange und ruhte eine Sekunde auf seiner faltigen Haut. Karl lächelte.

»Danke«, sagte sie.

»Steht schon im Wohnzimmer«, antwortete der Mann, mit dem sie seit achtundvierzig Jahren verheiratet war und den sie immer noch liebte. Was man von vielen anderen Paaren in ihrem Alter nicht behaupten konnte. Die meisten existierten nebeneinander her, standen auf einem Fundament aus Bequemlichkeit und betrachteten den anderen wie ein Kissen auf der Eckbank, das schon immer da gewesen war. Eingesessen und zu gut zum Wegwerfen. Wer konnte schon sagen, ob ein neues Kissen so bequem war wie das alte? Im Alter bekam Vertrautes eine vierte Dimension. Karl hingegen überraschte sie immer noch.

Im Fernseher lief schon der Vorspann zur Verbotenen Liebe, Brigittes täglichem Ritual um 18 Uhr. Normalerweise aßen sie zusammen um halb sechs, aber die Schlange am Bahnschalter war zu lang gewesen. Karl hatte ein Käsebrot geschmiert und eine Gurke aufgeschnitten. Brigitte Gwodz setzte sich auf die Couch und lauschte der Synthesizermusik. Jessica hatte sich neu verliebt, und niemand wusste, ob der Graf etwas von ihr wissen wollte. Außerdem stand ihr ein Geheimnis aus ihrer Vergangenheit im Weg, das mit einem Desaster enden könnte. Brigitte ließ keine Folge aus.

Sie hörte, wie Karl in der Küche die Butter in den Kühlschrank räumte. Dann biss sie in ihr Käsebrot und lächelte. Weil sie so glücklich war.

KAPITEL 59

München, Deutschland
02. 05. 2014, 11.51 Uhr (am nächsten Tag)

Paul Regen griff nach seinem Parka, der wie immer im Auswärtigen Amt an der Garderobe hing. Er wollte die Mittagspause dazu nutzen, beim letzten verbliebenen Eisenwarenladen in der Stadtmitte einer deutschen Großstadt einige lebenswichtige Utensilien zu erstehen. Paul Regen war auf exzellente Beratung angewiesen, denn er war kein guter Heimwerker. Was sich an diesem Wochenende ändern würde. Er war dem Kriminaldirektor noch eine Antwort auf den Anthrax-Fehlalarm schuldig, und er hatte nicht vor, es bei dem Treffen mit Wochingers Frau, das für nächste Woche geplant war, bewenden zu lassen.

»Ich bin über Mittag kurz weg«, kündigte Paul Regen an.

»Was einer Sensation gleichkommt«, bestätigte Adelheid Auch.

»Ich halte nicht viel von Sensationspresse«, sagte Paul Regen und schlängelte seinen rechten Arm durch den linken Ärmel der Jacke.

»Apropos Presse«, setzte Adelheid Auch zu etwas an, das sich für Paul Regen verdächtig nach einer längeren Konversation anhörte.

»Ich muss etwas besorgen«, sagte Paul Regen.

»Ich habe nachgedacht«, sagte Adelheid Auch und setzte ihre Lesebrille auf die Stirn.

Paul Regen fand den richtigen Ärmel und suchte den Reißverschluss. Er hatte nicht vor, sich auf eine Diskussion mit seiner Kriminalhauptmeisterin einzulassen. Sie wäre auch nach der Mittagspause noch an ihrem Platz. Alles andere wäre zumindest die Sensation, die sie zu erwarten schien.

»Tatsächlich?«, fragte er. Es klang viel despektierlicher, als er es meinte.

»Ich habe einen Film gesehen«, sagte Adelheid Auch und strapazierte die Lehne ihres Bürostuhls bis zum Anschlag. Sie reckte die Arme nach oben wie der Tatortkommissar aus Ludwigshafen, bevor er die zündende Idee verkündete. Adelheid Auch sah eindeutig zu viel fern.

»Ach was«, sagte Paul Regen.

»Im Ernst«, sagte Adelheid Auch. »Es ging um die Schläfer des Sowjets in den USA in den Achtzigerjahren.«

»Das muss warten, Special Agent Auch«, sagte Paul Regen und wandte sich zum Gehen.

»Warten Sie mal!«, protestierte die Kriminalhauptmeisterin. »Sind diese Leute nicht in etwa dasselbe wie die Schläfer von damals?«

Paul Regen hielt inne. Möglicherweise hatte Adelheid Auch damit sogar recht, aber er sah trotzdem keine Veranlassung, seine Mittagsplanung aufzugeben.

»Natürlich ist das etwas Ähnliches«, sagte Paul Regen. »Wenn Sie mir dann bei Gelegenheit noch verraten würden, worauf Sie eigentlich hinauswollen?«

»Gerne«, sagte Adelheid Auch.

Paul Regen zog die Jacke wieder aus und setzte sich auf einen der freien Schreibtische. Adelheid Auch schien zufrieden.

»Damals haben sie häufig mittels Annoncen kommuniziert«, sagte Adelheid. Ihre Lesebrille saß triumphierend auf ihrer Stirn.

»Annoncen«, stellte Paul Regen fest.

»Zeitungsannoncen«, bekräftigte Adelheid Auch.

»Im Mietmarkt?«, fragte Paul Regen.

»Zum Beispiel«, antwortete Adelheid Auch.

»Viel Spaß bei der Suche«, war das Einzige, was Paul Regen dazu einfiel, nachdem er etwa zehn Sekunden dafür gebraucht hatte, zu überschlagen, wie viele Annoncen das wären.

»Sie würden sich wundern, wie wenige Anzeigen heute noch in der Printausgabe erscheinen«, sagte Adelheid Auch.

»Durch die *Süddeutsche* können Sie bald durchgucken, so dünn ist die geworden«, sagte Paul Regen. »Da wundert es mich gar nicht mehr, wenn die Anzeigenkunden wegbleiben.«

»Die meisten Anzeigen erscheinen im Internet, Herr Regen.«

»Potzblitz!«, antwortete er und zog den Parka wieder an.

»Wenn die Salafisten aber doch kein Internet verwenden dürfen, dann könnte sich das doch lohnen, mal in die gute alte Zeitung zu schauen, oder nicht?«

Paul Regen stand in der Tür. Der Kustermann würde zwar auf ihn warten, aber sein Ein-Uhr-Termin hätte sicherlich weniger Geduld als der Eisenwarenladen. Und etwas zu essen musste er schließlich auch noch besorgen.

»Und was wollen Sie machen? Wollen Sie die alle eigenohrig abtelefonieren?«

Adelheid Auch nickte. Manchmal, dachte Paul Regen, war sie einfach unwiderstehlich in ihrer Unerschütterlichkeit.

»Ich bin der Letzte, der Sie aufhält, Frau Auch!«, rief er im Hinausgehen.

Vor allem, weil ich überhaupt keine bessere Idee habe, dachte er, als er das Treppenhaus der Grünen Villa hinunterlief.

KAPITEL 60

Frankfurt, Deutschland
02. 05. 2014, 11.59 Uhr (zur gleichen Zeit)

Als die Glocke schrillte, war es noch still. Für zwei, drei, vier Sekunden. Dann flogen die Türen in dem langen Flur kurz nacheinander auf wie zeitversetzte Explosionen bei der Sprengung eines Hochhauses. Sie krachten gegen die Wände, und Horden von Kindern stoben hinaus, als hätten sie nicht eine Stunde, sondern einen ganzen Tag stillsitzen müssen.

Solveigh stand mittendrin und betrachtete die Kinder mit einer kleinen Prise Wehmut. Hätte sie das Kind nicht vor einem Jahr verloren …. Hätte, hätte. Wie immer ging die Arbeit vor. Sie fragte sich, was wohl aus ihm oder ihr geworden wäre. Ein wildes Kind, eines, das als Erstes aus dem Klassenzimmer stürmte? Oder ein stilles, das abwartete und lieber alleine spielte? Zum ersten Mal seit langer Zeit dachte sie wieder an Marcel, den Fotografen. Den Vater. Der Wäre-Vater-gewesen. Sie gönnte sich nur ein paar Sekunden inmitten der Kinderschar. Nur ein paar Sekunden.

»Ein echter Wirbelsturm«, sagte sie schließlich zu Okan und fragte sich, ob jemand mit seinem Namen das nach vierzig Jahren noch witzig finden konnte. Er grinste trotzdem, als sie das Büro der Direktorin betraten.

Die Schulvorsteherin saß abgeschottet vom Schulsekretariat hinter einer dünnen, holzfurnierten Tür.

»Solveigh Lang und Okan Gider. Wir haben einen Termin«, sagte Solveigh zu der Frau mit der schwarz-roten Frisur und den blau gesprenkelten Fingernägeln.

»Gehen Sie nur rein«, sagte der Stolz eines jeden Nagelstudios, ohne von den Schülerausweisen aufzublicken, die sie sortierte.

Solveigh klopfte gegen das billige Holzimitat, obwohl die Tür einen Spalt offen stand.

»Ja, bitte«, sagte eine Stimme, deren Trägerin offenbar nichts Gutes von draußen erwartete. Okan ließ Solveigh den Vortritt, doch bevor sie den Raum überhaupt betreten hatte, schnellte eine Hand auf sie zu wie der Schnabel eines Vogels.

»Müller-Greben, freut mich«, sagte eine tiefe Stimme, die überhaupt nicht zu der kleinen Frau mit der Nickelbrille passen wollte. Sie trug einen schlammfarbenen, etwas zu engen Anzug und eine blaue Bluse, deren Falten sich durch den glänzenden Hosenstoff drückten.

»Solveigh Lang«, antwortete Solveigh. »Und Okan Gider«, fügte sie hinzu.

Sie schüttelte beiden ausgiebig die Hände.

»Was kann ich für Sie tun?«, fragte die Direktorin der Haupt- und Realschule am Steinweg, nachdem sie ihnen Sitzplätze angeboten hatte.

»Es geht um drei Ihrer ehemaligen Schüler«, sagte Solveigh.

Die Direktorin goss Kaffee aus einer alten Thermoskanne in schlichte weiße Tassen.

»Hadi Farhan, Frank Proschinski und Wolfgang Tisch.«

»Das Trio Infernale«, stellte die Studiendirektorin fest.

»So nannten Sie sie?«, fragte Solveigh.

»Nein«, sagte Dr. Müller-Greben. Sie kratzte sich in den Haaren. »Aber das hätten wir wohl tun sollen.«

»Kannten Sie sie gut?« Solveigh irritierte das Kratzen. Ein Zeichen von Nervosität, das sie nicht einordnen konnte. Sie waren schließlich nicht gekommen, um sie zu verhaften. Abgesehen davon, dass eine Mitarbeiterin der ECSB und ein Geheimdienstler aus der Türkei das natürlich auch gar nicht gedurft hätten.

»Natürlich«, sagte die Direktorin.

»Darf ich fragen, wieso?«, fragte Okan.

»Ja, glauben denn alle, wir sind vollkommen weltfremde Pädagogen, die eine Erstausgabe von Schröders Weltatlas auf dem Nachttisch liegen haben?« Die Direktorin wirkte verärgert. »Natürlich wissen wir um die Gefahr der Salafisten für die Jugendlichen, die uns anvertraut sind. Und natürlich haben wir die Verhaltensänderungen von Wolfgang, Frank und Hadi bemerkt.« Sie atmete tief ein, bevor sie fortfuhr: »Und die Kollegen und ich haben versucht, ihnen zu helfen. Wir haben das Gespräch gesucht. Auch mit den Eltern. Aber irgendwann kommen Sie nicht mehr an sie ran. Irgendwann ist die Ideologie stärker als wir Lehrer. Vielleicht insbesondere als wir Lehrer.«

Solveigh beobachtete, wie Dr. Müller-Greben ihren kleinen Finger von der Tasse wegstreckte, und nickte. Sie verstand ihr Dilemma. Vermutlich standen zweimal die Woche Mitarbeiter der Jugendämter in ihrem Büro. Und vielleicht sogar vom Staatsschutz.

»Ab einem gewissen Zeitpunkt gibt es nur noch die Gruppe.«

»Die drei steckten immer zusammen?«, fragte Okan.

»Hadi vielleicht am wenigsten. Er war immer ein Einzelgänger. Aber Freunde hatten sie nicht mehr, seit sie zu den Salafisten gingen.«

»Eine Freundin vielleicht?«, mischte sich Solveigh ein.

»Hadi?«, fragte die Direktorin erstaunt.

»Hadi«, sagte Solveigh.

»Nicht an der Schule«, sagte die Direktorin. »Aber es würde dazu passen, dass seine schulischen Leistungen schlechter wurden, bevor er anfing, zu den Treffen in der Moschee zu gehen.«

Solveigh warf Okan einen vielsagenden Blick zu. Es bestätigte ihre Theorie. Zumindest widerlegte es sie nicht.

Sie mussten sie finden. Und sie mussten mit dem Imam der Moschee reden. Besser gesagt musste Okan mit ihm reden. Sie würde versuchen, die ominöse Freundin zu finden, wenn es sie überhaupt gab. Eddy würde die Amerikaner bitten, ihre Telefonarchive zu öffnen. Sie taten das in letzter Zeit nicht besonders gerne und verwiesen stattdessen auf die öffentliche Kritik aus Deutschland.

Vielleicht wäre es besser, wenn sie direkt bei Floyd nachfragte. Es war eine kleine Chance. Aber eine Chance. Und davon schienen sie in letzter Zeit nicht allzu viele zu bekommen.

KAPITEL 61

München, Deutschland
03. 05. 2014, 14.38 Uhr (am nächsten Tag)

Hadi Farhan nahm die Rolltreppe der U-Bahn-Station Münchner Freiheit bis zum Zwischengeschoss. Er wusste, dass der kleine Kiosk neben dem Bäcker Zeitungen verkaufte und heute war Samstag – der Tag, an dem in der *Süddeutschen* der Automarkt erschien. Er wollte gerade ein Exemplar aus dem Ständer ziehen, als er zusammenzuckte. Er blickte sich um. Ängstlich. Verunsichert. Sein Herz raste, während sein Körper für Sekunden in Schockstarre verharrte.

Er blickte sich selbst in die Augen. Auf dem Ständer neben der *Süddeutschen* war ein Foto abgebildet. Ein Foto von ihm. Auf der Titelseite des meistgelesenen Boulevardblatts.

»DIESE DEUTSCHEN KÄMPFEN DEN DSCHIHAD«, stand unter den drei Fotos. Neben ihm waren auch Jafar und Saif abgebildet. Es waren Bilder aus Frankfurter Tagen. Den Tagen, an denen sie Korane verteilt hatten. Sie dürften etwa ein Jahr alt sein. Und sie waren nicht besonders scharf, so als hätte man sie aus einem Video herauskopiert und vergrößert.

Hadi steckte die *Süddeutsche* zurück. Er musste sich zusammenreißen. Er konnte es nicht riskieren, die Zeitungen am Kiosk zu kaufen. Nicht jetzt. Es wäre zwar der ultimative Test. Aber was, wenn er schiefging? Hadi sah nicht mehr aus wie auf den Bildern – und doch glaubte er, jeden Moment müsse ihn jemand erkennen. Es war nicht zu übersehen, dass er immer noch der Mann auf dem Foto war, oder nicht? Die Augenpartie, die Nase, seine Stirn waren immer noch die gleichen geblieben.

Noch einmal blickte er über die Schulter. Verstohlen. Panisch. Hatte ihn jemand erkannt? Er musste die anderen warnen. So schnell wie möglich. Aber er musste auch herausfinden, wie ähnlich er dem Bild wirklich sah. Er brauchte diese Zeitung.

Sein Gehirn suchte fieberhaft nach einer Lösung. Er löste sich von dem Zeitungsständer und widerstand der Versuchung, die Kapuze seines Pullis über den Kopf zu ziehen.

»Am besten verhaltet ihr euch so normal wie möglich«, hatte Khalid gesagt. »Kein übertriebenes Versteckspiel, keine Tricks aus den Agentenfilmen.« Das erfolgversprechendste Versteckspiel war immer noch die Normalität. Ted Bundy hatte in Supermärkten einkaufen können, obwohl er landesweit zur Fahndung ausgeschrieben gewesen war. Weil er charmant gewesen war, hatte Khalid erklärt. Niemand glaubt, dass jemand, den man sympathisch findet, ein Terrorist ist.

Hadi brauchte die Zeitungen. Noch schneller als er Saif und Jafar warnen musste.

Er lief am linken Rand der Treppe hinauf zur Bushaltestelle, die unter einem hypermodernen, grün beleuchteten Dach lag. Mit gesenktem Blick lief er die Leopoldstraße hinunter. Er warf verstohlene Blicke in die Cafés und Pizzerien am

Straßenrand. Dort saßen sie, die ignoranten Deutschen, die nicht einmal ahnten, was in Syrien vor sich ging. Sie tranken ihren Latte macchiato und lasen die Berichte, die klangen, als wären sie alle Psychopathen. Khalid war sicher kein Psychopath. Saif vielleicht. Khalid hatte genau erklärt, was ihr Anschlag bewirken würde. Er würde den bequemen Deutschen zeigen, was ihre Waffenlieferungen anrichteten. Es würde den Krieg von Syrien vor ihre Haustür tragen. Und es würde ihre Unterstützer mobilisieren.

Das alles waren gute Ziele, fand Hadi. Die einzige Frage, die er sich stellte, seit er zum Anführer ihrer Mission erklärt worden war, lautete: Mussten dafür wirklich Hunderte von Menschen sterben? Oder reichte es nicht, dass überhaupt ein Anschlag stattfand? Er wusste, was Saif und Jafar dazu sagen würden: *Wenn keiner stirbt, ist es kein Anschlag. Wir müssen so viele wie möglich umbringen. Nur das bringt sie zum Nachdenken.*

An der Ecke zur Hohenzollernstraße fand Hadi endlich, was er gesucht hatte. Dort standen drei dieser abgenutzten roten Metallkästen neben einer Straßenlaterne. Er starrte sich selbst entgegen von der Titelseite unter dem Plexiglas. Hadi griff in die Jackentasche und zählte den Betrag für eine *Süddeutsche* und eine *Bild*-Zeitung ab. Er blickte sich um, ob ihm jemand gefolgt war.

Eine alte Frau führte ihren Hund am Rand des Fahrradwegs entlang. Sie zog ihn an der Leine an den Büschen vorbei. Als Hadi das Geld in den Schlitz warf, hob der Hund das Bein. Die alte Frau beachtete Hadi nicht. Er öffnete die Klappe und griff nach einer Zeitung. So schnell wie möglich rollte er sie zusammen und stellte sich vor sein Porträt. Die alte Frau zog den Hund an ihm vorbei. Seine weißen Pfoten waren braun. Hadi beeilte sich. Mit der zweiten Zeitung unter dem Arm lief er über die Straße. Er wollte so schnell wie möglich weg von sich selbst, so schnell wie möglich in die Wohnung, die er jetzt sein Zuhause nennen musste.

Als er den Schlüssel ins Schloss der Wohnungstür steckte, fiel es ihm ein: Was, wenn Mona ihn erkannt hatte? Oder ihr Freund? Wie realistisch war es, dass sie durch die Stadt bummeln konnten, ohne an einem Kiosk oder einem der Kästen vorbeizulaufen? Sie standen an jeder dritten Straßenecke.

»Mona?«, fragte er vorsichtig in den Flur.

»Ich bin in der Küche!«, kam es fröhlich zurück. Sie war zu Hause.

Hadi schluckte. Er schob die Schuhe unter die Holzbank und schlich zur Küche, die Zeitungen hielt er fest umklammert.

»Hallo, Mona«, sagte er. So normal wie möglich. So selbstverständlich wie immer.

»Wie siehst du denn aus, Cem?«, fragte sie.

Hadi erschrak. Was meinte sie? Er versuchte, sich an heute Morgen zu erinnern.

»Du siehst aus, als hättest du ein Gespenst gesehen«, sagte Mona. »Ist alles in Ordnung?«

»Alles bestens«, murmelte Hadi und fragte sich, warum sich seine Stimme anhörte, als wäre er gerade erst aufgestanden. Er spürte ein Kratzen im Hals.

»Willst du einen Tee?«, fragte Mona.

Hadi atmete auf. Sie hatte die Zeitung nicht gesehen, dachte er. Oder ihn nicht erkannt.

»Nein danke«, sagte Hadi und hängte seine Jacke auf einen Haken. Dann verschwand er im Badezimmer.

Er stellte sich vor den Spiegel und hielt sich die Zeitung neben das Gesicht. Er hatte seine Haare gefärbt und den Bart abrasiert. Die hellen Strähnen auf dem Kopf ließen ihn jünger aussehen. Er drehte den Kopf zur Seite, bis er dasselbe Profil zeigte wie auf dem Foto.

Er würde sich selbst kaum erkennen. Zu grobkörnig war die Aufnahme und ein wenig zu unscharf. Natürlich würde Golshan ihn erkennen, aber ein Fremder? Jemand, der nicht wusste, dass der Mann im Spiegel in Syrien gewesen war? Jemand, der dachte, dass er auf Ingenieur studierte? Jemand, der mit ihm zusammenwohnte?

Manchmal war Nähe die beste Tarnung. Er musste dafür sorgen, dass Mona ihn mochte. Vielleicht wäre es hilfreich, wenn sie sich in ihn verliebte? Hadi fragte sich, ob ihm das gefallen könnte, bis er an ihre hohe Stimme dachte. Wenn sie schrie, würden Gläser zerspringen, dachte Hadi. Und das wäre schwer zu ertragen. Er würde trotzdem einen Kuchen kaufen auf dem Rückweg. Wenn er Saif und Jafar gewarnt hatte.

Er setzte sich auf die Toilette und sortierte die Rubriken der *Süddeutschen* auf einen Stapel. Er interessierte sich nur für den Autoteil. Als er die Hälfte der Anzeigen durchgesehen hatte, stockte er. Dann drückte er die Spülung. Jetzt gab es noch einen zweiten Grund, zu Saif und Jafar zu fahren. Endlich! Er riss eine der Seiten heraus und faltete sie sorgfältig zusammen. Sie wanderte in seine Hosentasche. Als er zum zweiten Mal vor dem Spiegel stand, fasste er einen Entschluss. Er entriegelte die Tür und ging in die Küche.

»Hey, Cem«, sagte Mona. Sie schien ihn gerne zu begrüßen, jedes Mal, wenn er in die Küche kam. Hadi kam das seltsam vor.

»Ich muss noch mal los«, sagte Hadi. »Hast du nachher Lust auf ein Stück Kuchen?«

Mona lächelte. »Gerne«, sagte sie.

»Kommt Holger auch?«, fragte Hadi.

»Nein, heute nicht. Er ist in der StaBi und heute Abend mit Freunden verabredet.«

Hadi lächelte zurück. Es war ein Glücksfall, dass ihr Freund in der Staatsbibliothek lernen musste.

»Okay, dann«, sagte er.

»Okay«, antwortete sie.

»Ach ja, falls du Interesse hast«, sagte Hadi und warf die *Bild*-Zeitung auf den Küchentisch. Sein Gesicht landete neben ihrem Becher Tee.

»Klar«, sagte Mona, »warum nicht?«

KAPITEL 62

München, Deutschland
05. 05. 2014, 17.55 Uhr (zwei Tage später)

»Nichts«, sagte Adelheid Auch. Sie stand in der offenen Tür zu seinem Büro und wirkte überaus frustriert, was durchaus nicht ihrem Naturell entsprach. Paul Regen legte die Akte zur Seite.

»Nichts im Sinne von ›nichts zu essen‹ oder im Sinne von ›nichts zu tun‹?«, fragte Paul Regen.

»Ich habe sie alle angerufen«, sagte Adelheid Auch.

»Alle wen?«, fragte Paul Regen.

»Alle Telefonnummern in allen Anzeigen aller Münchner Zeitungen in der letzten Woche.«

»Alle?«, fragte Paul Regen und grinste.

»Sie sollten keine Witze darüber machen«, entgegnete Adelheid Auch. »Das Lachen vergeht Ihnen spätestens, wenn Sie meine Überstunden unterschreiben dürfen.«

»Ist das die Liste?«, fragte Paul Regen und deutete auf den dicken Stapel Kopien unter ihrem Arm.

Adelheid Auch nickte.

»Geben Sie mir das mal mit, ich sehe es mir heute Abend noch einmal an.«

»Sie gehen schon?«, fragte Adelheid Auch.

Paul Regen winkte ab.

»Mir schwant, dass Sie im Begriff sind, einen großen Fehler zu begehen«, murmelte Adelheid Auch, als sie sich umdrehte und den Weg zurück ins Auswärtige Amt antrat.

Paul Regen musste zugeben, dass sie damit vermutlich nicht ganz unrecht hatte. Leider ließen sich manche Fehler im Leben nicht vermeiden, vor allem nicht die ganz großen.

Vier Stunden später saß Paul Regen mit einem eiskalten Augustiner am Schreibtisch seiner Wohnung. Er stellte fest, dass man selbst Anfang Mai kalte Füße bekommen konnte. Was zum einen daran lag, dass unter seinem Arbeitszimmer der zugige Eingang des alten Hauses lag, und zum anderen, dass er nur einen Bademantel trug.

»Was machst du da?«, fragte Lisa Wochinger.

Paul Regen drehte sich um. Sie sah umwerfend aus mit ihren nassen, langen braunen Haaren, in die sich vereinzelt ein graues mischte. Sie hatte ein Handtuch um ihren Oberkörper geschlungen, ihre Füße hatten feuchte Abdrücke auf dem alten Fischgrät-Parkett hinterlassen. Sie schien keine kalten Füße zu haben, was Paul erstaunte.

»Ich versuche, Adelheids Schrift zu entziffern«, sagte Paul Regen.

»Hast du nichts Besseres zu tun?«, fragte Lisa Wochinger, geborene Falter.

»In dieser Sekunde nicht«, sagte Paul Regen und fragte sich, wie er es auffassen würde, wenn Lisa direkt danach einen Artikel für ihre Zeitung redigiert hätte. Nicht besonders schlau, Paul, schalt er sich.

»Aha«, sagte Lisa Wochinger und setzte sich neben seinen Schreibtisch auf die beige Chaiselongue. Sie griff nach einem der Stapel, in die Paul Regen Adelheids Kopien geordnet hatte.

»Zeitungsannoncen?«, fragte Lisa. »Liest die denn noch jemand?«

»Jemand, der auf Biegen und Brechen keine Spuren im Internet hinterlassen will, möglicherweise«, sagte Paul Regen.

»Apropos Spuren«, sagte Lisa. »Klaus sagt, er würde sich darüber wundern, dass du immer noch die Füße still hältst nach der Sache mit dem Anthrax.«

»Ich arbeite noch an einer angemessenen Antwort«, sagte Paul Regen.

»Und ich dachte schon, du wärst endlich zur Vernunft gekommen«, seufzte Lisa.

»Vernünftig würde ich das nicht gerade nennen.« Er ließ seinen Blick über die Bücherregale wandern, die bis zur Decke reichten, und wie zufällig blieb er an Lisa hängen.

»Außerdem finde ich, dass dies hier«, er deutete auf das Handtuch über ihrer Brust, »doch Revanche genug ist, oder nicht?«

Lisa Wochinger legte die Kopien zurück auf den Schreibtisch. »Du willst damit sagen, dass du mit mir geschlafen hast, um Klaus eins auszuwischen?« Die Falte zwischen ihren Augenbrauen deutete auf ein bevorstehendes Donnerwetter. Er hatte sich verrudert und musste dringend zurück.

»Nein, natürlich nicht!«, protestierte Paul. »Im Gegenteil.«

»Was soll das heißen, im Gegenteil?« Trotz ihres verärgerten Tonfalls erkannte Paul an der Ärgerfalte, dass sie ihm glaubte.

»Steh auf«, sagte er.

»Wieso?«, fragte Lisa.

»Steh auf«, wiederholte er.

Lisa Wochinger stand auf.

»Du weißt, dass dies unvermeidlich war, oder nicht?«, fragte Paul.

Lisa Wochinger zögerte. Schließlich nickte sie. »Ich weiß.«

»Und warum?«

»Weil wir Teenager sind?«, fragte Lisa.

»Nein, du Dummkopf«, sagte Paul Regen und nahm ihren Kopf zwischen seine Hände. Er küsste sie zärtlich und vergaß die Akten. Und die Vorsicht. Und Klaus Wochinger. Und den ganzen Rest der Welt.

KAPITEL 63

Frankfurt, Deutschland
06. 05. 2014, 15.38 Uhr (am nächsten Tag)

Der Imam, der bis um vierzehn Uhr einem Teilzeitjob als Dachdeckermeister nachging, schenkte ihnen Tee aus einer großen Metallkanne in kleine Gläser mit Minzblättern ein. Theo Richter sah dabei kaum so arabisch aus, wie er sich selbst vorkam, stellte Solveigh fest. Er hatte die Arbeitsklamotten gegen das traditionelle muslimische Gewand getauscht, aber er konnte seine Herkunft nicht verbergen. Er war ein deutscher Handwerker mit einem langen Bart und einem alten Hemd, der seinen Gästen theatralisch Tee servierte.

Es war ein Risiko, ihn zu treffen. Solveigh und Okan hatten lange darüber diskutiert, ob es die Gefahr wert war. Schließlich aber hatten sie beschlossen, dass ihnen keine Wahl blieb. Die Amerikaner hatten immer noch keine Handydaten zu den Telefonen der drei verschwundenen Dschihadisten geliefert, auch wenn Floyd versprochen hatte, sich für sie einzusetzen. Der Imam und die Gemeinde waren ihre letzte konkrete Spur.

»Ich habe keine Ahnung, wo sich die drei aufhalten«, sagte der Imam, nachdem er sich wieder gesetzt hatte. Er hielt die Tasse in der schwieligen Hand, als wäre er ein Universitätsprofessor für Frühgeschichte und kein Dachdecker aus Offenbach. »Es ist uns leider nicht möglich, alle unsere Gemeindemitglieder auf Schritt und Tritt zu überwachen«, fügte er hinzu. Er trank einen Schluck Tee und lächelte.

»Natürlich nicht«, sagte Solveigh.

»Haben Sie Hinweise darauf, dass sich die drei Jugendlichen radikalisiert haben?«, fragte Okan.

Der Imam stellte das Glas mit der Untertasse auf den Tisch. Immer noch umspielte ein Lächeln seine Mundwinkel, und Solveigh hatte der Eindruck, dass sich das für den Rest ihres Besuchs nicht ändern würde.

»Nein, das kann ich nicht sagen«, behauptete der Imam.

Natürlich nicht, dachte Solveigh.

»Gibt es in Ihrer Gemeinde salafistische Gruppierungen?«, fragte Okan. Sie kannten die Antwort auf diese Frage nur zu gut.

»Der Salafismus wird missverstanden«, sagte Theo Richter. »Wir selbst sehen uns eher als konservative Muslime.«

»Konservative Muslime, die dafür eintreten, dass Frauen fragen müssen, wenn sie aus dem Haus gehen wollen«, stellte Solveigh fest. Es gelang ihr nicht, ihren Abscheu zu verbergen.

»Natürlich finden Sie das befremdlich«, sagte der Imam und klang immer noch so milde wie ein New Yorker Psychiater, der 450 Dollar die Stunde verlangte. »Aber für uns und unsere Frauen ist es ein Teil unserer Identität«, sagte Theo Richter. »Und ich glaube nicht, dass es dagegen ein Gesetz in diesem Land gibt …«

Solveigh stellte ihren Tee mit einem lauten Klimpern des Löffels auf den Tisch. Etwas von der heißen Flüssigkeit schwappte auf den Untersetzer.

»Gegen Unterdrückung schon!«, fauchte sie.

»… Sofern beide Partner das im gegenseitigen Einvernehmen verabreden«, beendete der Imam seinen Satz und faltete die Hände im Schoß.

Solveigh fand ihn zum Kotzen. Und sie war überzeugt, dass er genau wusste, wohin Hadi Farhan, Wolfgang Tisch und Frank Proschinski gegangen waren. Weil er sie dorthin geschickt hatte. Das Dossier über Richter war sechsundachtzig Seiten lang, gefüttert vom Bundesamt für Verfassungsschutz, vom LKA Hessen und Bayern, von der Polizei Frankfurt und vom BKA. Er war ein Aufwiegler. Mindestens.

Der Aufwiegler gab ihnen zum Abschied die Hand. Er hatte sie professionell abgewickelt. Eine überaus verfassungskonforme Haltung bewahrt. Nichts von sich preisgegeben.

»Machen Sie sich nichts draus«, sagte Okan Gider, als sie die Moschee durch den Innenhof verließen.

»Ich mache mir eine Menge daraus«, sagte Solveigh Lang und wäre beinah mit einer jungen Türkin zusammengestoßen, die mit zwei schweren Einkaufstüten an ihr vorbeieilte. Sie murmelte eine Entschuldigung, aber sie sah nur noch das Kopftuch im Hausflur verschwinden.

»War das nicht …?«, fragte Solveigh verdutzt. Sie blieb im Torbogen stehen und schaute auf das Hinterhaus.

»Wer?«, fragte Okan.

»Warten Sie mal kurz«, sagte Solveigh und griff nach ihrem Handy. Sie zog Okan hinter einen Türstock.

»Ich brauche ein Bild von seiner Tochter auf mein Handy«, sagte Solveigh, ohne Eddy zu begrüßen, wie es zwischen ihnen üblich war. Sie hielt das Handy in der Hand, während sie auf die Übertragung wartete, und ließ das Haus neben der Moschee nicht aus den Augen. Hatte sie da eine leichte Bewegung eines Vorhangs im dritten Stock bemerkt?, fragte sie sich, als das Handy endlich den Eingang einer Nachricht anzeigte. Sie klickte auf das Briefsymbol, und auf dem Display erschien ein Passfoto. Die typische Frontalsicht, die seit der Einführung des biometrischen Reisepasses gefordert wurde. Sie hielt Okan das Handy hin.

»Das war das Mädchen mit den Einkaufstüten?«, fragte Okan.

Solveigh nickte.

»Und?«

Sie hob die Hand.

»Finde raus, ob sie ein Handy hat, Eddy. Und ob es über den Vater läuft.«

»Sie vermuten, dass die Deutschen das Telefon abhören«, stellte Okan fest, nachdem sie aufgelegt hatte.

»Wenn es über ihn läuft ...«, sagte Solveigh, als sie vor der Moschee in Okans Mercedes stiegen.

»Sie halten ihn für einen Kontrollfreak, was?«, fragte Okan, als er sich mit dem Wagen hinter einer Straßenbahn in den Verkehr einreihte.

»Das wäre die schmeichelhafteste Beschreibung, die mir jemals dazu einfallen könnte, wofür ich diesen Typen halte«, murmelte Solveigh.

»Und was wollen Sie damit beweisen?«, fragte Okan.

»Warten wir es ab«, sagte Solveigh. »Die Moschee war das soziale Umfeld der drei Jungs, als sie noch nicht glaubten, dass sie ihre Meinung mit Kalaschnikows vertreten müssten.«

»Sie meinen, dass einer von ihnen was mit der Tochter des Imams gehabt hat?«, fragte Okan skeptisch.

»Sie sieht gut aus. Ich hätte was mit ihr angefangen, wenn ich Hadi wäre.«

Okan schwieg und bog vor der Oper in Richtung Sachsenhausen ab. Seine Finger trommelten auf dem Lenkrad, als sie an der nächsten roten Ampel standen.

»Wenn Sie eine bessere Idee haben, nur raus damit«, sagte Solveigh.

»Ein ganzes Kalifat für eine gute Idee«, sagte Okan Gider.

KAPITEL 64

München, Deutschland
06. 05. 2014, 17.40 Uhr (zur gleichen Zeit)

Hadi Farhan las die Anzeige zum fünfundfünfzigsten Mal. Täglich ab 18 Uhr sei der Wagen zu besichtigen, stand dort. Und eine Adresse in Giesing. Er hatte sie auf dem Stadtplan mit einem Kugelschreiber markiert. Er stand genau an der Ecke, die in der Anzeige angegeben war. Er zog die Kapuze ins Gesicht, obwohl er seit dem Test mit Mona wusste, dass es nicht notwendig war, und lief an dem Parkplatz vorbei.

Etwa zwanzig Autos standen auf einem kleinen Parkplatz, der teilweise vom Säulenbau einer ehemaligen Tankstelle überdacht war. Es gab ein kleines Büro und eine Garage mit einem Rolltor, die vermutlich für Reparaturen genutzt wurde. Er hielt Ausschau nach dem Signal für einen Abbruch der Mission. So wie es Anzeichen für Anlaufstellen gab, gab es auch solche, die ihm bedeuten würden, abzuhauen. Er suchte nach einem Symbol, das aus zwei Linien und einem Punkt bestand. Er wusste nicht, wo er danach suchen musste. Er konnte nur darauf hoffen, dass sein Kontaktmann es auffällig genug anbringen würde, wenn es notwendig war. Hadi war nervös.

Nachdem er den kleinen Autohandel zum dritten Mal abgelaufen hatte, fühlte er sich sicher. Es gab kein Zeichen. Alles war in Ordnung.

War es das wirklich?, dachte er, als er das winzige Büro betrat. Hinter dem Schreibtisch saß ein korpulenter Mann im Blaumann mit einer Schirmmütze auf dem Kopf. Er schwitzte, obwohl es in dem Zimmer nicht einmal besonders warm war. Hinter seinem Stuhl führte eine angeschrammte Tür in die Werkstatt. Der Händler sah nicht aus, als hätte er Kundschaft erwartet oder als legte er besonderen Wert darauf, seine Autos zu verkaufen. Er starrte weiter auf seinen Bildschirm, auf dem ein Video lief. Eine junge Frau ereiferte sich derart offensichtlich, dass man es sogar ohne Ton verstand. Ein Kopfhörer lag neben der Tastatur auf seinem Schreibtisch. Hadi fragte sich, warum man eine Fernsehserie weiterschaute, deren Inhalt man nicht verstand.

»Ich komme wegen dem Fiesta«, sagte Hadi.

Der Mann grunzte und warf einen Blick zur Werkstatttür.

»In der Zeitung stand 18 Uhr«, sagte Hadi.

»Ja«, sagte der Autoverkäufer mit bayerischem Akzent, ohne die Soap Opera aus den Augen zu lassen. »Wieso interessieren Sie sich für die Schrottlaube?«

»Mir hat die Kombination aus Laufleistung und Preis gefallen«, sagte Hadi. Der Preis war das Merkmal gewesen, an dem er die Anzeige hatte identifizieren können. »Und der Kilometerstand«, fügte Hadi hinzu.

Der Mechaniker warf einen zweiten Blick zur Decke. Diesmal folgte Hadi seinen Augen und sah in die schwarze Linse einer Überwachungskamera. Was hatte das zu bedeuten?, fragte er sich. In der nächsten Sekunde summte ein elektrischer Türöffner.

»Gehen Sie«, sagte der Mann und griff zu den Kopfhörern. Hadi bemerkte, dass sein Blaumann viel zu sauber war.

Die Tür zur Werkstatt quietschte in den Angeln. Dahinter lag ein dunkler Raum. Kein Licht. Hadi schloss die Tür, behielt aber den Griff in der Hand. Er spürte, wie jemand nach seinen Beinen tastete. Dieser Jemand suchte nach Waffen. Er roch nach Kardamom und Pfefferminz. In seiner Erinnerung war das der Geruch von Syrien. Sie hatten die Kapseln gekaut und die Blätter. Sie halfen gegen die Langeweile. Für Hadi war es der Geruch von Krieg. Die Hände tasteten an seiner Brust, unter seinen Achseln.

»Er ist sauber«, sagte eine Stimme, die er nicht kannte, auf Arabisch.

»Hätte ich nicht anders vermutet«, sagte eine zweite, weniger raue Stimme. Sie klang sanft in der Dunkelheit, melodisch. Beinah weiblich. Der syrische Akzent war unüberhörbar.

Hadi spürte einen Luftzug und sah einen Lichtstrahl an der gegenüberliegenden Wand. Schemenhaft erkannte er die Metallstreben einer Hebebühne. Als sich die Tür zum Büro wieder geschlossen hatte, flackerten Neonröhren an der Decke auf. Die leere Hebebühne war direkt vor ihm in der Mitte des Raums, auf dem Boden war alles voller Ölflecken. Am anderen Ende der Werkstatt saß ein Mann in einem dunklen Anzug neben einem beachtlichen Arsenal von Werkzeug. Der Stuhl war schlicht, im Gegensatz zu dem teuren Jackett und dem weißen Hemd. Der Syrer strich Fussel von seinem Ärmel und schlug die Beine übereinander. Trotz seiner sanften Stimme strahlte er eine natürliche Autorität aus.

Hadi wusste instinktiv, dass er einer der Anführer der

Bewegung in Deutschland war. Es stand ihm im Gesicht geschrieben.

»*Salam alaikum, Bruder*«, sagte der Mann.

»*Wa alaikum assalam*«, grüßte Hadi zurück.

»Ich soll dich von Khalid grüßen«, sagte der Mann und lächelte.

Khalid, dachte Hadi. Ihn hatte dieselbe Aura umgeben. Die Aura eines Anführers. Wenn sie auch ganz anders ausgeprägt gewesen war. Hadi nickte dankbar.

»Komm ein Stück näher«, sagte der teure Anzug. »Und lass dich umarmen, Bruder.«

Als Hadi zu ihm gegangen war, spürte er seinen festen Griff auf seinem Rücken und die drei Küsse, mit denen man einen guten Freund begrüßte. Hadi fühlte sich besser. Sie waren nicht mehr allein.

»Ihr werdet ein Auto brauchen«, sagte der Mann, als sie sich auf die zwei Stühle neben der Werkbank gesetzt hatten.

Hadi nickte.

»Erzähl mir alles von euren Plänen«, bat der Mann in dem teuren Anzug, der mit keinem Wort seinen Namen erwähnt hatte. Khalid musste als Identifizierungsmerkmal reichen. Und die Tatsache, dass sie sich hier gefunden hatten. Natürlich hatte er ein Foto von Hadi. Und seiner Erscheinung nach hatte der Mann seit Jahren keine Werkstatt von innen gesehen.

Hadi erzählte ihm alles. Von dem Plan mit den Zügen. Und von dem, was sie brauchen würden, um ihn in die Tat umzusetzen.

KAPITEL 65

Unterschleißheim, Deutschland
06. 05. 2014, 19.01 Uhr (zur gleichen Zeit)

»Baba«, brabbelte Liam und deutete auf das iPad auf Sandra Aigners Schoß. Sie lächelte, als sie sah, wie sich Lars' Miene aufhellte. Liam krabbelte in die Küche, vermutlich, um den Mülleimer auseinanderzunehmen.

»Hat er das wirklich gesagt?«, staunte ihr Mann. Sandra konnte immer noch kaum glauben, wie erstaunlich ihr Mann jeden einzelnen Entwicklungsschritt ihres Sohnes fand.

»Er ist toll, oder?«, fragte Sandra und streichelte gedankenverloren über einen von Liams Teddys.

»Du bist toll«, sagte Lars. Das spontane Wochenende vor zwei Wochen hatte ihnen so gutgetan. Sie fühlte sich so viel stärker, seit er einfach vor ihrer Tür gestanden hatte. Einmal ohne wochenlange Planung. Einfach so. Als würden sie in derselben Stadt arbeiten, und er würde von der Arbeit nach Hause kommen.

»Ich liebe dich, mein Schatz«, sagte Sandra Aigner und meinte es so. Er legte eine Hand auf sein Herz. Sie sah es auf dem Tablet, fast als säße er neben ihr.

»Gib Liam einen Kuss von mir«, sagte er zum Abschied.

»Wie immer«, versprach Sandra und legte auf.

Es war verdächtig still in der Küche. Kein gutes Zeichen.

»Liam«, rief sie gespielt vorwurfsvoll. Schon von Weitem hörte sie sein Glucksen und wusste, dass sie die Hinterlassenschaften eines ausgewachsenen Tsunamis würde beseitigen müssen. Seltsamerweise machte ihr das bei Liam nichts aus.

KAPITEL 66

München, Deutschland
06.05.2014, 17.51 Uhr (zur gleichen Zeit)

Paul Regen war froh, dem Chaos an der Maillingerstraße entkommen zu sein. Seit ein paar Tagen herrschte kopflose Hektik im Landeskriminalamt, die täuschend echt an Panik erinnerte. Alle stürmten gegen die Islamisten, sie überschlugen sich mit immer neuen Zielobjekten, vermeintlichen Spuren zu den drei abgetauchten Terroristen und wilden Verschwörungstheorien. Die ungeschminkte Wahrheit jedoch war, dass sie keine Ahnung hatten, was sie taten. Alle warteten auf den großen Knall, worauf sich die Kopflosigkeit gründete. Niemand wollte verantwortlich sein für einen Terroranschlag auf bayerischem Boden, keine Abteilung wollte am Ende der Reise nach Jerusalem ohne Sitzplatz dastehen.

Xaver Turner beispielsweise sicherte sich ab, indem er seine Leute, zu denen bekanntermaßen auch Paul Regen gehörte, quer durch die Provinz fahren ließ, um Polizeiinspektionen zu schulen. Ihr Chef hielt das tatsächlich für eine erfolgversprechende Idee. Vor allem jedoch gefiel dem Karriereduo Wochinger/Turner die Tatsache, dass man bei diesem Vorgehen den Inspektionen den Schwarzen Peter in die Schuhe schieben konnte, wenn tatsächlich etwas passierte.

Und dass etwas passieren würde, stand beinah außer Frage. Wenn nicht ein kleines Wunder geschah, würde niemand die drei finden – das war allen, die eine Statistik lesen konnten, klarer als die Hühnerbrühe der »Suppenküche« am Viktualienmarkt, vor deren Eingang Paul Regen in diesem Moment stand.

Um diese Uhrzeit, zehn Minuten vor offiziellem Marktschluss, stand keine meterlange Schlange mehr vor den beiden Ausgabefenstern. Die »Suppenküche« war eine Institution am Markt, seit mehr als dreißig Jahren war sie ein Treffpunkt für Einheimische und Touristen zugleich. Paul bestellte eine Hühnerbrühe mit Maultaschen und eine Johannisbeerschorle und setzte sich an einen Tisch mit Blick auf einen der zwei namenlosen Brunnen. Ein alter Hund, der zum Teestand gehörte, schlürfte sein Äquivalent eines Fünf-Uhr-Tees, und der Gemüsehändler begann, seine Kisten zu packen.

Paul Regen starrte auf die Liste neben der dampfenden Suppenschüssel, während er aß. Er hatte gegenüber Adelheid Auch behauptet, dass er ihre Recherche für Zeitverschwendung hielt, aber in Wahrheit hielt er ihre Idee für ziemlich clever. Doch er wollte sie durch seinen Enthusiasmus nicht in Versuchung führen, ihre offiziellen Aufgaben zu vernachlässigen. Es reichte vollkommen, wenn Xaver Turner und Klaus Wochinger ihn auf der schwarzen Liste führten. Und bei ihm machte eine weitere Insubordination nun wirklich keinen großen Unterschied mehr. Außerdem würden sie zugeben müssen, dass er sich ausschließlich in seiner Freizeit um ihre gemeinsame Spur gekümmert hatte, falls sie ihm jemals auf die Schliche kamen.

Zum gefühlt hundertsten Mal las er die Auflistung der Anzeigen, die Adelheid Auch angelegt hatte. Etwas störte ihn. Etwas stimmte nicht. Aber er kam beim besten Willen nicht darauf, was das sein könnte.

Gedankenverloren stippte er Brot in die Suppe und stellte fest, dass sein Blick immer wieder an einer der Anzeigen hängen blieb.

Ford Fiesta Courier, BJ'99, 143,5TKM, 632 EUR,
Tägl. 18 Uhr: Autohof Giesing, Untersberg – Ecke Landlstr.

Was stört dich daran?, fragte sich Paul Regen. Er betrachtete den Hund, der gemächlich zu seinem Stand zurücktrottete, und ließ seine Gedanken schweifen. Zum einen der Preis, dachte Paul Regen. Warum sollte jemand 632 Euro in eine Anzeige schreiben? Also genau 632? Nicht 630 oder 635? Natürlich konnte das auch eine Laune des Händlers sein, um sich von anderen Anzeigen zu unterscheiden. Er betrachtete die Fettaugen auf der Hühnersuppe. Sie kostete 3,70 inklusive Maultaschen. Hätte der Händler nur 630 Euro aufgerufen, er könnte sich für die zwei Euro mehr nicht einmal eine Brühe leisten. Und noch etwas störte Paul Regen. Er griff nach seinem Smartphone und rief die Seite der *Süddeutschen Zeitung* auf, in der die Anzeige erschienen war. Noch kostete es Geld, eine solche Annonce aufzugeben, noch dazu, wenn sie auch in der gedruckten Ausgabe erscheinen sollte.

Er aß einen weiteren Löffel der köstlichen Suppe, während er darauf wartete, dass die Seite lud. Und tatsächlich kostete das Schalten der Anzeige für Händler stolze zweiundzwanzig Euro und fünfundneunzig Cent. Paul Regen fragte sich, ob es sich lohnen konnte, eine Anzeige für zweiundzwanzigfünfundneunzig aufzugeben, wenn das Fahrzeug gerade einmal 600 Euro wert war. Vermutlich wusste es der Händler besser. Dennoch kam es Paul Regen seltsam vor.

Er blätterte zu den Anmerkungen, die Adelheid Auch während ihrer Recherche zu den Anzeigen notiert hatte:

Autohof Giesing, Inhaber Maximilian Stetter, Rechtsform GbR, Jahresumsatz unbekannt, Tel.: 089/5449379 Telefonat freundlich, man könne sich den Wagen gerne ansehen, allerdings nur täglich ab 18 Uhr, da die Werkstatt ansonsten nicht besetzt sei.

»Insgesamt unauffällig«, hatte Adelheid am Rand notiert und mit blauem Kugelschreiber umkringelt. Paul Regen war sich da nicht so sicher. Sie hatte die Telefonnummer extra recherchieren müssen. War das nicht furchtbar uneffektiv für eine Anzeige? Gab man nicht alle Kontaktmöglichkeiten an? Am meisten jedoch störte ihn nach wie vor der Preis. Er betrachtete den blauen Himmel über den Dächern der Stände und den alten Peter, der sich hoch über die Stadt erhob.

Er wechselte zu einem Online-Lexikon und suchte, einer spontanen Eingebung folgend, nach dem Preis: 632. Was konnte es schaden? Er landete auf einem Artikel über das Jahr 632.

Stück für Stück scrollte er sich durch die Ereignisse der Weltgeschichte. In Asien wurde Seondeok als Königin von Korea gekrönt, Dagobert der Erste vereint das Königreich von Frankreich. Und nach dem Tod Mohammeds wird Abu Bakr als erster Kalif gekrönt. Paul Regen hätte sich beinah an einer Maultasche verschluckt. Er hustete in eine Serviette und legte den Löffel beiseite. Er nahm das Telefon, das bisher auf dem Tisch gelegen hatte, in die Hand. Hinter ihm begann jemand, die Holzstühle auf die Tische zu hieven. Er hörte es kaum. Paul Regen klickte auf den Artikel über Abu Bakr. Konnte das ein Zufall sein?

KAPITEL 67

München, Deutschland
07.05.2014, 05.22 Uhr (am nächsten Morgen)

Hadi zog die Haustür so leise wie möglich zu und schlich durch das Treppenhaus. Als er auf die Straße trat, spürte er noch die Feuchtigkeit der Nacht. Die Stadt schlief, nur in der Bäckerei auf der anderen Straßenseite brannte ein einsames Licht im rückwärtigen Teil der Stube.

Zwei Straßenecken weiter schloss er den weißen Fiesta Courier auf und setzte sich hinter das Steuer. Er startete den Motor, der sich trotz des heruntergekommenen Innenraums tadellos anfühlte. Er musste dreimal vor- und zurücksetzen, bis er den Wagen ohne Servolenkung aus der engen Parklücke manövriert hatte. Doch dann war er auf dem Weg.

Um Viertel vor sechs stand er vor dem Wohnblock, in dem Jafar und Saif bei der alten Dame wohnten. Er war kasernengroß und schien sich bis ans Ende der vierspurigen Straße zu erstrecken. Am Horizont ging die Sonne auf und tauchte die Stadt ins Münchner Frühgrau. Jafar und Saif kamen fünf Minuten zu spät. Saif griff nach der Beifahrertür, sodass Jafar nichts anderes übrig blieb, als in den Laderaum zu klettern. Der Mann in dem teuren Anzug hatte noch gefragt, ob es ihnen etwas ausmachte. Hadi hatte geantwortet, dass es besser sei, nicht zu dritt in der Öffentlichkeit aufzutauchen, und dass es ihm recht sei. Schließlich gab es tausend wahrscheinlichere Gründe, warum ihre Mission scheitern könnte, als ausgerechnet einen Autounfall. Jafar fluchte durch das dünne Blech, als Hadi vom Bordstein rumpelte.

Anderthalb Stunden und ein Frühstück bei einer Fastfood-Kette später erreichten sie über die A9 das Städtchen Denkendorf. Es lag am Anfang der Hochgeschwindigkeitsstrecke zwischen Ingolstadt und Nürnberg. Hier rasten die zweihundert Meter langen ICEs der Deutschen Bahn mit über 280 Stundenkilometern über die Gleise direkt neben der Autobahn. Laut ihrer Recherche gab es unzählige Brücken und Tunnel, dazu kamen Böschungen mit Straßen, Feld- und Zufahrtswegen für die Instandhaltung. Es war diese Strecke, die sie sich als Ziel ausgesucht hatten. Ein ICE brauchte über 2,5 Kilometer, bis er zum Stehen kam. Dies entsprach dem Fall, dass er nicht entgleist war.

»Ab hier gilt es«, sagte Hadi, und Saif nickte begeistert.

»Wir müssen eine Stelle finden, von der wir die Baumstämme auf die Gleise rollen können«, sagte Saif und starrte hinaus. Sie hatten sich darauf geeinigt, die Baumstamm-Strategie mit oberster Priorität zu verfolgen. Der Tunnel war die Ausweichoption. Hadi musste das Kunststück gelingen, die Vorzeichen umzukehren, ohne dass es Wolfgang und Frank auffiel.

Vor dem Fenster lag die A9 in der Morgensonne. Sanft schwang sie sich durch die bayerische Landschaft. Links und rechts. Nach oben und unten. Die Eisenbahnstrecke war oft zu sehen, aber sie war weit weg. Als sie sie in der Nähe von Stammham zum ersten Mal kreuzten und kurz darauf für eine halbe Minute neben ihr herfuhren, hatte Saif aus dem Fenster gestarrt. Und obwohl sich Hadi aufs Fahren konzentrieren musste, hatte er es auch bemerkt: Sie waren nicht die Ersten, die sich das überlegt hatten. Was sich in der Theorie so praktikabel anhörte, schien jetzt unmöglich.

»Die Hochgeschwindigkeitsstrecken in Deutschland sind nicht gesichert«, hatte Khalid versprochen. Was zutreffen mochte. Aber das hieß nicht, dass die Ingenieure Lackaffen waren, die Terroristen zum Teetrinken einladen wollten. Jedes Mal, wenn sich die Autobahn der Bahnstrecke näherte, wuchs die Leitplanke in unglaubliche Höhen. Zwei, drei Meter ragte sie neben dem Asphalt in die Höhe. Selbst wenn eine Ladung Baumstämme sie zerstören könnte, würden sie es niemals bis zu den Gleisen schaffen.

»Scheiße«, sagte Saif nach ein paar Minuten des Schweigens.

»Wir müssen runter von der Autobahn«, sagte Hadi. »Vielleicht war das bei den Landstraßen zu teuer.«

»Scheiße«, sagte Saif noch einmal. Es klopfte aus dem Laderaum.

»Was ist los?«, rief Jafar. Seine Stimme klang dumpf durch das dünne Metall.

»Nichts«, schrie Saif zurück. »Schlaf weiter, du Pfeife.«

Hadi nahm die nächste Ausfahrt und drückte Saif die Karte in die Hand.

»Führ uns möglichst nah an der Bahnstrecke entlang«, verlangte Hadi. Es nützte nichts. Nach zehn Minuten auf einer Landstraße, von der aus sie die Gleise nicht einmal auch nur zu Gesicht bekamen, tauschten sie die Plätze.

Und tatsächlich schien Hadis Strategie dann doch aufzugehen. Er hatte sich vorher die Strecken ausgeguckt, die nah an die Gleise führten, statt einfach der Himmelsrichtung zu folgen. Er führte sie bis nach Kinding, einer kleinen Ortschaft mit einer pittoresken geweißelten Kirche. Ein Turm mit spitzem Dach, ein kleinerer mit Zwiebelhaube. Das Dorf lag friedlich zwischen den Hügeln.

Hadi dirigierte Saif über die Staatsstraße 2228 bis zum Bahnhof. Laut seiner Karte führte die Straße links zum Bahnhof und rechts mit einem kurzen Schwung direkt über die Bahnstrecke. Genau konnte man das aufgrund des Maßstabs allerdings vorher nicht wissen. Hadi folgte seinem Bauchgefühl und bedeutete Saif, den Wagen am Bahnhof auf dem Parkplatz abzustellen. Sie mussten sich ohnehin die Beine vertreten, und Jafar saß seit fast zwei Stunden auf der Ladefläche.

Saif parkte am Rand, keine zehn Meter von ihrem Ziel entfernt. Allerdings lagen die Gleise gut drei Meter über ihnen. Auch hier war es unmöglich, etwas Schweres die Böschung hinaufzuhieven. Alles, was leichter war als eine Kuh, würde der ICE mit seiner Bewegungsenergie einfach hinwegfegen.

»Super!«, sagte Saif und öffnete die Heckklappe. Jafar saß neben einem der Radkästen und sah nicht besonders glücklich aus.

»Das wurde auch Zeit«, sagte er, als ihm Saif aus dem Wagen half.

»Abwarten, Saif«, sagte Hadi. »Kommt mal mit!«

Er warf die Heckklappe zu und schloss sie ab. Dann setzte er sich in Bewegung. Außer ihnen standen vielleicht zwanzig Fahrzeuge auf dem Parkplatz. Der Provinzbahnhof war offenbar nicht gerade das, was man als Verkehrsknotenpunkt bezeichnen konnte. Ihnen konnte es nur recht sein. Mit Hadi vorneweg liefen sie die Treppe zum Bahnsteig hinauf. Von dort hatten sie die Einfahrt zum Schellenbergtunnel im Blick, sie lag direkt hinter dem Ende der Plattform.

»Wow«, sagte Jafar.

»Du hast nicht gesehen, was wir gesehen haben«, bemerkte Saif. Hadi ging zum Wartebereich, einem Dach aus Plexiglas über vier unbequemen Metallstühlen auf einer Stange. Laut Fahrplan würde hier in der nächsten halben Stunde kein Zug halten, es war also kein Wunder, dass der Bahnhof verwaist war.

Saif deutete auf die Straße oberhalb der Tunneleinfahrt. »Das ist der Hammer«, sagte er.

»Hab ich es euch nicht gesagt?«, fragte Hadi. Sie hörten den Zug, bevor sie ihn sehen konnten. Erst ein leises Vibrieren in den Schienen, nur wenige Sekunden später konnten sie die Elektromotoren hören. Hadi deutete nach Süden.

»Da kommt einer«, sagte er.

Saif und Jafar schauten auf.

Der ICE raste mit einer unglaublichen Geschwindigkeit auf sie zu. Drei, vier, fünf Sekunden, dann spürten sie schon den Sog. Der weiße Zug verminderte seine Geschwindigkeit am Bahnhof nicht, seine Gleise lagen nicht direkt an der Plattform. Sechs, sieben Sekunden. Dann war er auch schon wieder vorbei. Die roten Rücklichter an dem schlanken Heck verschwanden im Tunnel. Hadi sah die Straße, die jenseits der Schienen erst neben den Gleisen entlang und dann kurz hinter der Tunneleinfahrt über den Berg führte. Hier waren keine hohen Leitplanken verbaut, nur der Standard. Die Straße lag auf einer etwa sechs Meter hohen Böschung.

»Wir müssen da rauf!«, sagte Hadi und mahnte die beiden zur Eile.

Aber der Zugang zum Tunnel war mit Beton verkleidet und hatte eine Form wie eine Kinderschaufel, vermutlich, um die Aerodynamik der Züge bei über dreihundert Stundenkilometern nicht zu stören. Leider wiesen sie an der Oberseite eine Art Schutz auf, der sich wie eine Lippe in Richtung Straße zurückwölbte. Vermutlich sollte er genau das verhindern, was sie vorhatten. Die Idee mit dem Baumstamm fiel aus. Saif fluchte. Es war genau das, worauf Hadi gehofft hatte. Jetzt würden sie doch noch dazu kommen, Anis Künste einzusetzen. Denn die Stelle war nahezu perfekt, um den Tunnel zu sprengen. Jetzt musste es ihm nur noch gelingen, Saif und Jafar davon zu überzeugen, dass die

Idee von ihnen gekommen war. Und er hatte eine Idee, wie ihm das gelingen könnte.

»Es geht nicht«, sagte Hadi frustriert und trat scheinbar vor Wut gegen einen Baum.

KAPITEL 68

München, Deutschland
07.05.2014, 09.04 Uhr (drei Stunden später)

»Sie sind ein Teufelskerl, Frau Auch«, sagte Paul Regen, als er an diesem Morgen das Auswärtige Amt betrat und seinen Parka an den Kleiderständer hängte.

»Ein Kerl?«, fragte Adelheid Auch und setzte ihre Lesebrille auf die Stirn. Heute trug sie eine mintfarbene Bluse zu einem weißen Bleistiftrock.

»Wussten Sie, dass Sie aussehen wie eine der Sekretärinnen aus *Mad Men*?«, fragte Paul Regen.

»Verrückte Männer?«, fragte Adelheid Auch.

»Auch«, sagte Paul Regen. »Aber eigentlich bezieht sich das Mad auf Madison Avenue. Es ist eine Serie über die Sechzigerjahre in der Werbebranche in den USA.«

»Sehr schmeichelhaft«, bemerkte Adelheid Auch und wandte sich wieder ihrem Bildschirm zu.

»Sehr«, bestätigte Paul Regen. »Auch dort sind die Sekretärinnen meist fähiger als ihre Chefs.«

Adelheid Auchs Finger verharrten knapp über der Tastatur. »Wollen Sie damit sagen, dass ich schlauer bin als Sie?«

»Nein«, sagte Paul Regen.

»Aha«, sagte Adelheid Auch und begann zu tippen.

Paul Regen trat hinter sie und legte den Stapel kopierter Anzeigen auf ihre Tastatur. »Allerdings muss ich Ihnen zugestehen, dass Sie in diesem Fall den richtigen Riecher hatten.«

Adelheid Auch setzte sich die Lesebrille auf die Nase.

»Diese hier?«, fragte sie.

Paul Regen nickte.

»Ich könnte nicht erkennen, was daran ungewöhnlich sein soll«, sagte sie.

»Schauen Sie genauer hin«, sagte Paul Regen.

»Ich habe da angerufen«, bemerkte Adelheid. »Und den Autohof Giesing gibt es tatsächlich.«

»Das bezweifle ich nicht«, sagte Paul Regen. »Aber ich möchte Ihnen etwas zeigen.«

Er griff nach Adelheids Maus und rief die Seiten auf, die ihn gestern Abend in der Suppenküche auf die Idee gebracht hatten. Aus jedem Lexikonartikel kopierte er eine Zeile in ein Schreibprogramm. Schließlich war auf Adelheids Bildschirm zu lesen:

Muslime verwenden die 99 Namen Gottes als Synonym für Allah.

Im Jahr 632 wird Abdallah Abu Bakr nach dem Tod Mohammeds erster Kalif der Muslime.

Für die Sunniten ist Abu Bakr der rechtmäßige erste Kalif und Nachfolger Mohammeds, während die Schiiten einem Schwiegersohn des Propheten den Vorrang gegeben hätten.

Das Jahr 2014 des gregorianischen Kalenders entspricht im islamischen Kalender dem Jahr 1435.

Paul Regen schaute triumphierend auf und sah das Unverständnis in Adelheids Augen. Er deutete auf die Annonce, die zuoberst auf dem Stapel vor ihren Augen lag.

»Vergleichen Sie selbst«, sagte Paul Regen.

Ford Fiesta Courier, BJ99, 143,5TKM, 632 EUR, Tägl. 18 Uhr: Autohof Giesing, Untersberg – Ecke Landlstr.

»Heiliger Strohsack«, sagte Adelheid und rutschte unruhig auf ihrem Sechzigerjahre-Rock über die Sitzfläche des Drehstuhls.

Paul Regen grinste: »Das nenne ich Teamwork.«

»Sie sind ein Teufelskerl«, sagte Adelheid Auch.

»Packen Sie Ihre Sachen«, sagte Paul Regen. »Wir machen einen Ausflug.«

»Ich sehe gar nichts«, sagte Adelheid Auch, die hinter dem Lenkrad saß und in ein Fernglas starrte.

»Ich sehe selbst ohne Fernglas eine Autowerkstatt«, sagte Paul Regen.

Adelheid Auch senkte das Okular. »Sie wissen, wie ich das meine.«

Paul Regen reichte ihr eine Birne aus der Tüte zu seinen Füßen. Er deutete auf den Autohof: »Er kommt raus.«

Adelheid Auch nahm das Fernglas wieder vor die Augen: »Ein Mann, Mitte fünfzig, graues Haar, untersetzt. Vermutlich unser Herr Stettner.«

Paul Regen schlug die Akte auf, die Adelheid Auch im Büro auf die Schnelle angelegt hatte. Maximilian Stettner war kein unbeschriebenes Blatt. Er hatte eine Vorstrafe wegen gefährlicher Körperverletzung, die allerdings fünf Jahre alt war. Offenbar war es bei einer Reklamation in seinem Betrieb zu einer handgreiflichen Auseinandersetzung gekommen, bei der Stettner als vermeintlicher Sieger vom Platz gegangen war. Laut Gerichtsakten gab es häufiger Ärger wegen des Verdachts auf Tachomanipulation. In finanzieller Hinsicht war sein Betrieb hingegen blitzsauber. Er zahlte seine Steuern pünktlich und machte seit dem Jahr seiner Gründung einen – wenn auch überschaubaren – Gewinn von einigen Tausend Euro im Jahr. Paul Regen klappte die Akte zu.

»Es gibt absolut keine Anzeichen für salafistische Aktivitäten«, sagte Adelheid Auch.

Paul Regen seufzte. Als ob es so etwas wie Anzeichen für salafistische Aktivitäten überhaupt geben könnte, dachte er. »Denken Sie, wir sollten reingehen?«, fragte er.

»Ich weiß nicht«, sagte Adelheid Auch. »Glauben Sie, dass Sie vermeiden können, wie ein Polizist auszusehen?«

»Ich denke eher darüber nach, ob ich gut genug schauspielern kann, um so zu tun, als interessierte ich mich für Autos«, sagte Paul Regen.

»Er starrt zu uns herüber«, sagte Adelheid Auch.

Paul Regen legte den Birnenstrunk in den Aschenbecher des BMW und schaute zum Autohaus. Der Blaumann stand am Zaun neben einem silbernen Mercedes. Er starrte tatsächlich zu ihnen herüber. Paul konnte nicht einschätzen, ob er von dort das Fernglas erkennen konnte. Er selbst konnte das Preisschild des Autos, das hinter der Windschutzscheibe klebte, nicht lesen.

Stettner stand still wie eine Statue. Er hatte die Arme über dem Bauch verschränkt.

»Glauben Sie, er hat uns gesehen?«, fragte Adelheid Auch.

»Fahren Sie«, sagte Paul Regen. »Aber langsam.«

Adelheid Auch startete den Wagen und rollte langsam vom Bordstein auf die Straße. Erst dann setzte sie den Blinker und beschleunigte.

»Wir müssen Verstärkung besorgen«, murmelte Paul Regen und wählte die Nummer von Xaver Turner.

Dies war nichts mehr für ein Zwei-Mann-Team. Dies war etwas für die große Runde.

KAPITEL 69

Frankfurt, Deutschland
07.05.2014, 15.24 Uhr (fünf Stunden später)

Solveigh Lang zupfte den Hidschab im Spiegel der Sonnenblende zurecht und stieg aus dem Wagen. Die Kaiserstraße – einst als Reminiszenz an den Champs-Élysées angelegt, was einem wie ein schlechter Witz vorkommen musste – widerspiegelte die bewegte Geschichte des Viertels wie keine andere. Einst bürgerlicher Stolz, Wiederaufbau nach dem Krieg, das deutsche Las Vegas der GIs, in den Achtzigern der Abstieg in den Drogensumpf und heute die

Hipster-Bars, die »Maxie Eisen« oder »Plank« hießen und deren Betreiber Werbeleute waren, für die »eine Gastro« zum Image gehörte wie das Tattoo und das teure Fahrrad. Überall dazwischen die Leute, die schon immer da gewesen waren: die Einwanderer, die Call-Shops, die asiatischen Imbisse und die Moschee.

Solveigh Lang schlenderte an den Gründerzeitfassaden vorbei und warf alle zehn Sekunden ein Blick auf ihr Handy. Eine Karte zeigte ihre Position und mit einem zweiten Punkt das Handy von Golshan Richter, der Tochter des Imam.

Sie hatte ihr Glück nicht fassen können, als Eddy ihr gestern Abend die SMS-Protokolle geschickt hatte. Ihr Riecher hatte sie auch diesmal nicht im Stich gelassen. Offenbar hatten Hadi und Golshan eine zarte, wenn auch unerfüllte Liebesbeziehung gehabt. Dem Willen ihres Vaters nach sollte Golshan allerdings mit einem Iraner verheiratet werden, der in der Salafisten-Szene bestens vernetzt war – und zwanzig Jahre älter als Golshan. Sie hatte mehrfach ihre Angst davor ausgedrückt. *Ich kenne ihn nicht einmal*, hatte sie einer Freundin geschrieben. *Wie soll ich ihn dann heiraten oder mich in ihn verlieben?*

Solveigh betrachtete den Punkt auf der Karte, der immer näher kam. Golshan lief auf einer Parallelstraße in Richtung der Moschee. Solveigh nahm die nächste Abzweigung und wandte sich nach rechts. Sie würde kurz nach Golshan auf die Niddastraße treffen. Kurz bevor sie die Straßenecke erreichte, sah sie, wie die junge Frau einen Supermarkt auf der anderen Straßenseite betrat.

Vor dem Geschäft lagen Stiegen mit losem Obst und Gemüse: dicke Bohnenstangen, Auberginen und Tomaten, Äpfel, Persimon und Melonen. Ein Lieferwagen brachte gerade frische Ware, als Solveigh vor dem Fahrer durch die Tür schlüpfte. Der Geruch nach Lammfleisch hätte sie beinah zurückgetrieben, aber Solveigh gelang es, sich schnell genug etwas von der Kampferpaste auf die Oberlippe zu schmieren. Sie versuchte, sich an den Schildern über den Gängen zu orientieren, aber sie waren ausschließlich mit arabischen Schriftzeichen versehen. Der Supermarkt mochte vierhundert Quadratmeter haben, was für die kleine Auslage vor den Fenstern erstaunlich schien.

Solveigh schnappte sich einen Korb und begann, die Gänge abzusuchen. Hier und da griff sie etwas aus dem Regal, eine Paprika, eine Dose Kichererbsen, eine Dose Thunfisch. Sie entdeckte Golshan schließlich vor den Süßigkeiten und stellte sich neben sie. Solveigh langte nach einer Packung Basbussa und legte sie in ihren Korb.

»Entschuldigung«, sagte sie zu Golshan und deutete auf eine Packung Sesamkekse, an die sie nur herankam, wenn Golshan zur Seite träte.

»Kein Problem«, sagte Golshan und ging aus dem Weg.

Solveigh zog die Sesamkekse aus dem Regal und tat überrascht. »Sie sind Golshan Richter, nicht wahr?«

Golshan reagierte, als hätte jemand sie einer Straftat überführt. Sie schlug die Augen nieder, als schämte sie sich für sich selbst. Ihre Schultern fielen um wenige Millimeter, was niemandem aufgefallen wäre außer Solveigh, die in Verhörtechniken geschult war. Ein Zeichen von mangelhaftem Selbstbewusstsein. Sie würde vorsichtig sein müssen.

»Wieso interessiert Sie das?«, fragte Golshan.

Solveigh musste behutsam vorgehen, aber sie wusste auch, dass sie ein Risiko eingehen musste, wenn sie Golshan überhaupt dazu kriegen wollte, sich ihr anzuvertrauen. Sie überlegte vier lange Momente, die keine Sekunde dauerten, wog Pro und Contra gegeneinander ab. Blickte Golshan in die Augen und sah Trauer hinter ihrer Unsicherheit. Ihr eigener Name hatte genügt, sie an etwas zu erinnern, das sie lieber vergessen würde. Noch einen Moment zuvor war sie einfach eine junge Frau gewesen, die ihr höflich den Vortritt gelassen hatte. Solveigh zog einen Ausdruck von dem Bild aus der Tasche, das ihr der CIA-Agent gegeben hatte. Sie reichte es Golshan mit einem Lächeln. Sie wollte, dass Golshan dachte, dass sie eine Botschaft von Hadi für sie hatte. Was nur sehr mittelbar zutraf. Genauer gesagt entsprach es ungefähr dem Gegenteil dessen, was sie vorhatte.

Golshan schien die Luft anzuhalten. Erst huschte ein Lächeln des Erkennens über ihr Gesicht. Der Erinnerung, der Freude, einer zarten Liebe. Dann wurde sie bleich und streckte das Foto von sich. Es musste sehr schwer sein, in zwei Welten zu leben. In der einen, die die eigene war. Und in der anderen, in der alle um sie herum lebten. Alle bis auf Hadi. Solveigh musste warten, bis die zweite Gefühlswelle abgeebbt war. Als sich die Spannung in Golshans Armen löste, sagte Solveigh: »Hadi geht es gut.«

»Wo haben Sie das her?«, fragte die junge Konvertitin.

Solveigh fragte sich, ob sie sich jemals dem Islam zugewandt hätte, wenn ihr Vater nicht so ein glühender Salafist geworden wäre. Sie vermutete, dass sie heute eine junge

Frau wäre, die mit sich und ihrer Umwelt im Reinen wäre. Das wäre immerhin etwas.

»Das darf ich Ihnen nicht sagen, Golshan«, antwortete sie wahrheitsgemäß.

»Woher wissen Sie dann, dass es ihm gut geht?«

Golshan gab ihr das Foto zurück.

»Ich weiß es«, sagte Solveigh.

»Sie müssen gehen«, sagte Golshan und wandte sich wieder dem Regal mit den Süßigkeiten zu.

Solveigh blickte sich um und griff dann nach einer weiteren Packung Basbussa. Es war wichtig, dass ihr Gespräch niemandem auffiel. Der Supermarkt lag in direkter Nachbarschaft zur Moschee. Es gab viel zu verlieren. Für sie beide.

»Ich brauche Ihre Hilfe, Golshan«, sagte Solveigh.

»Ich kann Ihnen nicht helfen«, antwortete die junge Frau. Aber sie ging nicht. Das war ein gutes Zeichen.

»Kann ich *Ihnen* helfen?«, flüsterte Solveigh. Und beobachtete in diesem Moment, wie sich eine neue Emotion in Golshans Mimik mischte: Angst. Irgendetwas musste passiert sein.

»Nein«, log Golshan.

Es fiel Solveigh nicht schwer, die Lüge zu erkennen. Es wäre nicht einmal einem blutigen Anfänger schwergefallen. »Was ist passiert?«, fragte sie.

»Ich kenne Sie nicht einmal«, sagte Golshan.

»Schauen Sie mich an, Golshan«, bat Solveigh.

Die junge Frau hielt den Blick starr auf die Süßigkeiten im Regal gerichtet. Sie würde sich ihr heute nicht anvertrauen.

Solveigh musste herausfinden, wovor sie Angst hatte. Sie

zog einen Kugelschreiber aus der Jacketttasche, griff nach der Dose mit Kichererbsen in ihrem Korb und notierte die Nummer unterhalb der Zutatenliste.

»Rufen Sie mich an, wenn Sie es sich anders überlegen«, sagte Solveigh und stellte die Dose in Golshans Korb. Sie legte der jungen Frau eine Hand auf den Arm. »Ich kann Ihnen helfen, Hadi wiederzufinden«, sagte sie zum Abschied. Dann trug sie ihre Einkäufe zur Kasse, ohne sich noch einmal nach Golshan umzudrehen.

KAPITEL 70

München, Deutschland
07. 05. 2014, 22.49 Uhr (sieben Stunden später)

Müde schloss Hadi Farhan die Tür zu seiner WG auf. Er balancierte einen Pizzakarton mit der heutigen Ausgabe der *Süddeutschen Zeitung* auf dem linken Arm, während er die Schuhe auszog.

»Sag mal, an was arbeitest du eigentlich da in deinem Zimmer?«

Holger, Monas Freund, stand im Flur. Er trug wie üblich eine Jogginghose und ein T-Shirt. War das Misstrauen in seinen Augen? Hatte er Verdacht geschöpft? Hadi spürte, wie sich die Wärme der Pizza von seiner Handfläche über seinen ganzen Körper ausdehnte.

»Was meinst du?«, fragte er und kickte seinen zweiten Schuh gegen die Wand.

»Die ganzen Bilder und die Zeichnungen«, sagte Holger. Er hatte in seinen Sachen herumgeschnüffelt. Hadi hätte ihn am liebsten dafür zur Rede gestellt.

Bleib ruhig, Hadi. Atmest du noch? Es gibt für alles eine Erklärung.

»Welche Bilder meinst du?«, fragte Hadi und trug die Pizza mit der Zeitung in die Küche. Holger folgte ihm und lehnte sich an den Herd.

»Na, die Satellitenfotos. Von der Bahnstrecke.«

Du mieser Spion, dachte Hadi und zuckte mit den Schultern. Er seufzte. »Unser Prof will, dass wir anhand der ICE-Neubaustrecke eine Kosteneffizienzanalyse anstellen.«

Holger knibbelte an seinen Fingernägeln.

»Ein Wahnsinnsprojekt«, sagte Hadi.

»Klingt doch spannend«, sagte Holger.

»Ehrlich gesagt, ist es stinklangweilig«, sagte Hadi und holte eine Cola aus dem Kühlschrank. Mona oder Holger hatte sie halb ausgetrunken. Hadi deutete auf seine Pizza. »Willst du ein Stück?«, fragte er und hoffte inständig, dass Holger ablehnte, wie es jeder halbwegs höfliche Mensch in dieser Situation getan hätte.

»Gern«, sagte Holger und setzte sich auf einen der Klappstühle.

Hadi stöhnte innerlich. Er war hundemüde und musste noch die gesamte Automarkt-Beilage der *Süddeutschen* durcharbeiten. Sie brauchten Sprengstoff. Er brauchte den Mann im Anzug. Aber ihr Plan stand. Das Letzte, was er heute Abend gebrauchen konnte, war ein WG-Mitbewohner, der sich für seine Pläne interessierte. Aber zumindest fürs Erste schien die Katastrophe abgewendet.

KAPITEL 71

München, Deutschland
08.05.2014, 09.11 Uhr (am nächsten Morgen)

Elisabeth Ritter saß im Büro ihres Verlegers an dem runden Besprechungstisch und wartete auf die Ankunft des Propheten. Laut seiner Assistentin konnte es sich nur um Minuten handeln, angeblich war er schon im Haus. Vermutlich brachte er just in diesem Moment seine Kinder in die Schule, dachte Elisabeth Ritter und strich über das Deckblatt der wohl wichtigsten Präsentation ihres Lebens. Sie hatte zwei Monate daran gearbeitet. »Strategische Preiserhöhung zur Rettung der Buchbranche«, lautete der Titel. Sie umfasste die Entwicklung des Buchhandels von 1980 bis heute, einschließlich der aktuellen desolaten Zahlen ihres eigenen Verlags. Und obwohl sie die Vertriebsleiterin und nicht die Finanzchefin des Unternehmens war, lag die Antwort auf all ihre Zukunftsfragen ausgerechnet in einer Preiserhöhung, die ihr das Leben zunächst schwerer machen würde.

Elisabeth Ritter war eine Überzeugungstäterin. Jetzt galt es, ihren Chef davon zu überzeugen, auf der Konzernkonferenz nächste Woche ebendiese Strategie zu präsentieren. Es würde kein einfaches Gespräch werden, aber es war ein notwendiges.

Als Heinrich Beck eine halbe Stunde später gut gelaunt sein Büro betrat, hatte Elisabeth Ritter ihren Kaffee längst ausgetrunken. Er warf seine Aktentasche gegen die Seitenwand seines riesigen Schreibtischs.

»Tut mir leid, dass Sie warten mussten, Frau Ritter«, sagte der Verleger und schenkte sich selbst einen frischen Kaffee ein. Elisabeth erschien es peinlich, sich selbst nachzugießen, also ließ sie es bleiben.

»Was haben wir hier denn Schönes?«, fragte er, als er sich setzte. Er streckte den Rücken durch und schlug die erste Seite auf. Elisabeth Ritter hielt es für schlau, ihn selbst lesen zu lassen. Sprengstoff zündete man besser unangekündigt.

Während der ersten zwanzig Seiten erntete Elisabeth Ritter dann und wann ein knappes Nicken. Die »Joker«, die der Buchbranche ohne eigenes Zutun gigantische Gewinnsprünge beschert hatten wie die fünfzehn Millionen neuen Kunden nach dem Niedergang der DDR, die Flächenexpansion des Buchhandels in den Neunzigerjahren, die Entwicklung eines »Long Tails«, also der Verkauf auch älterer Titel durch die neu entstandenen Online-Händler in den Nullerjahren. Das alles waren Themen, zu denen Verleger gerne nickten. Elisabeth Ritter hatte bei der Erstellung der Präsentation peinlich genau darauf geachtet, zunächst ein wunderschönes Haus zu errichten, das sie im zweiten Teil ihrer Ausarbeitung umso dramatischer sprengen konnte.

Als Heinrich Beck die Stelle erreichte, an der die Probleme begannen, verfinsterte sich seine Miene: Die Umstellung auf den Euro, die Kunden glauben ließ, dass alles teurer geworden war, obwohl das gar nicht stimmte. Die Tatsache, dass Bücher im Gegensatz zur landläufigen Meinung nicht teurer, sondern sogar billiger geworden waren. Seit fünfzehn Jahren hatten die Verlage ihre Preise konstant gehalten, was von keiner anderen Branche behauptet werden konnte. Es bedeutete, so rechnete Elisabeth Ritter vor, dass die Verlage jedes Jahr etwa zwei Prozent ihrer Gewinne abschmolzen. Es verhielt sich wie mit der Arktis und der Erderwärmung: Erst war noch so viel Eis da, dass es niemand merkte, und dann war es auf einmal zu spät. Die Verlage hatten zwischen dreißig und vierzig Prozent ihrer Gewinne eingebüßt. Und weil es seit zehn Jahren keinen Joker mehr gegeben hatte, der das würde kompensieren können, begannen die Verlage jetzt ihre Fehlentscheidungen von damals zu spüren. Die Einführung von E-Books fraß am Kuchen der Taschenbücher und konnte daher bestenfalls als Jokerchen gelten.

Elisabeth Ritter rechnete schonungslos. Und würde sich nicht missverstanden fühlen, wenn das als Abrechnung betrachtet würde. Ihre Schlussfolgerungen allerdings waren der wahre Sprengstoff: Keine Erstausgaben mehr als Taschenbuch, Zweitverwertung frühestens nach anderthalb Jahren, E-Book-Preise nur noch an die Printausgabe koppeln, wenn ein Autorenname dahinterstand, der einen Bestseller garantierte.

Als Heinrich Beck zu Ende gelesen hatte, saß er einen Moment still auf seinem Stuhl und schaute aus dem Fenster auf den Garten mit einem Jugendstil-Brunnen und den Säulen.

»Das widerspricht allem, woran diese Branche jemals geglaubt hat«, sagte er schließlich. Er flüsterte fast. Elisabeth hatte Mühe, ihn zu verstehen.

»Deswegen könnte es ja gerade funktionieren«, sagte sie. »Die Händler brauchen die höheren Preise, sonst überleben keine vierzig Prozent der jetzigen Flächen. Und was es bedeutet, wenn Bücher aus den Innenstädten verschwinden, brauche ich Ihnen ja nicht weiter zu erläutern.«

Heinrich Beck rutschte auf seinem Stuhl herum. »Das müssen Sie tatsächlich nicht«, sagte er und stand auf. Er lief um seinen Schreibtisch herum und stellte sich vor die Bücherwand. »Wollen Sie ernsthaft behaupten, dass ein gutes Hardcover damals vierzig Mark gekostet hat?«, fragte er und zog eine Erstausgabe von *Sofies Welt* aus dem Regal.

»39 Mark 90«, sagte er erstaunt.

»*Chinas Weg in die Moderne* hat beispielsweise sogar 128 Mark gekostet«, sagte Elisabeth Ritter.

»Tatsächlich?«, fragte der Verleger.

»Tatsächlich«, sagte Elisabeth.

»Also, ich kann das natürlich auf keinen Fall nächste Woche vorschlagen«, sagte Heinrich Beck.

Elisabeth seufzte. Zwei Monate Arbeit für nichts.

»Aber wenn Sie Ihre Karriere daran hängen wollen, würde ich Ihnen die Bühne vor dem Vorstand überlassen«, schlug Heinrich Beck vor. »Mir scheint, Sie taugen bestens zum Propheten.«

»Ich?«, fragte Elisabeth Ritter. Sie hatte den Schwarzen Peter zugeschoben bekommen. Nun würde sie beweisen müssen, wie sehr sie daran glaubte. Vermutlich würde man sie hochkant rausschmeißen. Aber sie würde mit erhobenem Kopf gehen. Und die Branche zumindest sehenden Auges dem Untergang entgegenreiten lassen.

»Ich mache es«, sagte sie.

Heinrich Beck hob eine Augenbraue.

KAPITEL 72

München, Deutschland
08. 05. 2014, 10.14 Uhr (zur gleichen Zeit)

»Wenn das keine Spur ist, will ich Sonnenschein heißen«, sagte Paul Regen. Dritter Stock, das bedeutete Chefetage. Anwesend waren an diesem Morgen neben Paul Regen selbst und Adelheid Auch der Polizeidirektor Klaus Wochinger und der Erste Kriminalhauptkommissar Xaver Turner. Seine Doppelchefs. Ein Termin, der normalerweise unter weniger guten Vorzeichen gestanden hätte als heute. Heute nämlich hatte Paul Regen selbst darum ersucht. Und er hatte eine so wunderbare Beweiskette in petto, dass selbst die Chefs keine Lücke darin finden würden. Fehlerlos. Wunderbar lückenlos.

»Es könnte passieren, dass dir bald die Sonne aus dem Arsch scheint, Paul«, entgegnete Klaus Wochinger deutlich aggressiver, als es Paul erwartet hätte.

Er kam nicht umhin, sich zu fragen, ob er von ihm und Lisa Wind bekommen haben könnte. Keiner konnte behaupten, dass der Kriminaldirektor auf der Brennsupp'n dahergeschwommen war. Was im Bayerischen in etwa bedeutete: Er war nun wirklich kein Idiot. Möglich war alles.

»Außerdem erscheint mir das alles bei Weitem nicht so glasklar, wie du das hinstellst, Paul«, fügte er hinzu.

»In meinen ganzen neunzehn Dienstjahren habe ich keine so glasklare Spur gesehen«, behauptete Paul Regen und beobachtete eine Fliege, die auf der Maus des Kriminaldirektors einen Charleston hinlegte. Er fragte sich, warum er ausgerechnet in seinem Büro immer Fliegen sah. Er hoffte, sie hatte sich vorher an einem stattlichen Hundehaufen von mindestens der Provenienz eines darmkranken Dobermanns gütlich getan.

»Nur damals war alles genauso glasklar, nicht wahr, Paul?« Wochinger kniff seine Augen zusammen. Er spielte auf jenen Abend vor fünfzehn Jahren an. Jenen Abend, an dem aus Partnern erbitterte Feinde geworden waren.

Klaus zog alle Register. Er wusste es.

»Glasklar wäre für mich, wenn du jemanden aufgetrieben hättest, der die drei auf der Straße erkannt hat«, setzte Klaus Wochinger seinen persönlichen Rachefeldzug fort. Es ging nicht mehr um die Sache. Es ging nur noch um ihn und Paul Regen. Und Lisa.

Ja, Klaus, ich habe mit ihr geschlafen. Und weißt du was? Es war schöner, als ich es jemals für möglich gehalten hätte.

»Wenn ich auch einmal etwas sagen darf?«, mischte sich Xaver Turner ein. »Ich finde das, was Adelheid Auch und Paul hier vorgelegt haben, sehr beachtlich.«

»Tatsächlich, Xaver?«, fragte Klaus Wochinger. *Er* hatte hier zu bellen. Und nur er. Verstanden, Xaver?

»Ich meine ja nur«, ruderte Turner zurück. Er würde nicht für sie kämpfen, wusste Paul.

Adelheid Auch saß trotzig auf dem Lederstuhl und wirkte so fremd in diesem Büro wie ein Chamäleon auf strahlend weißer Lacktapete.

»Kriegen wir wenigstens sechs Leute?«, fragte Paul

Regen, der es nicht einsah, die Hoffnung aufzugeben, wenn er wusste, dass er im Recht war.

Klaus Wochinger lachte.

»Für die Überwachung eines Autohändlers aus Giesing? Rund um die Uhr? Weil er islamistische Botschaften in seinen Anzeigen verbreitet?« Er deutete mit dem nackten Finger auf Paul. »Da hast du schon wirklich einleuchtendere Ideen gehabt, Paul.«

Paul Regens Blick wanderte von Klaus Wochinger zur verlorenen Adelheid Auch, von dort zu Xaver Turner und wieder zurück. Vor dem Fenster zog der Ausleger eines Krans seine Zirkel durch den Himmel der Bayern. Es hatte keinen Zweck. Nur Adelheid Auch hätte er dieses sinnlose Meeting gerne erspart. Sie hatte es nicht verdient, miterleben zu müssen, wie es auf der Chefetage des LKA zuging, wenn man sich unter seinesgleichen wähnte.

»Wenn Sie das nächste Mal dem Kriminaldirektor einen toten Fisch schicken, zahle ich das Porto«, sagte Adelheid Auch, als sie auf dem Rückweg in die Grüne Villa waren.

»Man könnte fast den Eindruck gewinnen, dass Sie mich verstehen, Frau Auch«, antwortete Paul Regen, als er hörte, wie von hinten jemand seinen Namen rief. Xaver Turner hatte den Laufschritt eingelegt und holte sie kurz vor dem Ende des Parkplatzes ein.

»Wartet mal kurz«, sagte er und klang außer Atem, was für einen Mann seines Fitnessstands und angesichts der kurzen Distanz einigermaßen erstaunlich schien.

Adelheid und Paul blieben stehen.

»Was war das denn?«, fragte Xaver Turner.

Paul zuckte mit den Achseln und machte eine wegwerfende Handbewegung. »Schwamm drüber«, sagte er deutlich gleichgültiger, als ihm zumute war.

»Meinst du das ernst?«, fragte sein Chef.

Paul Regen seufzte.

»Ich glaube ja, dass an eurer Theorie etwas dran ist«, gab Xaver Turner zu. »Falls dir das etwas bedeutet …«

»Danke«, sagte Adelheid Auch.

»Aber ich kann euch maximal Mitterstahl und Förster geben. Wenn ihr versprecht, das unter der Hand abzuwickeln.«

»Ich hatte nicht vor, dem Wochinger meinen Dienstplan zur Verfügung zu stellen«, murmelte Paul Regen und befand das als gütliches Ende eines Tages, der so katastrophal begonnen hatte.

Vielleicht war der Xaver Turner doch kein so schlechter Kerl. Auch wenn er manchmal übers Ziel hinausschoss.

KAPITEL 73

München, Deutschland
08. 05. 2014, 14.41 Uhr (fünf Stunden später)

Hadi kurbelte das Fenster herunter, um ein wenig Luft in das stickige Innere des Wagens zu lassen. Der Ford stank, als hätte jemand die Überreste eines Chemieunfalls im Laderaum gelagert. Vermutlich hatte er jedoch nur einem Malerbetrieb gehört, und die Lösungsmittel, die Farbe und das Terpentin ließen sich nicht mehr aus den Polstern waschen. Der Autohändler war vermutlich nicht ganz unglücklich darüber gewesen, ihnen ausgerechnet diesen Wagen für ihre Mission zur Verfügung zu stellen.

»Fünfzehn Uhr« hatte diesmal in der Anzeige gestanden. Er warf einen Blick auf die kleine Uhr neben dem Tacho. Noch zwölf Minuten. Er war schneller gewesen, als er vermutet hatte. Und obwohl er schon einmal da gewesen war, wollte er sich minutiös an das vorgegebene Protokoll halten. In der Chiemgaustraße fand er einen großen Discounter, wo er eine Palette Coladosen kaufte, die sie ohnehin brauchen würden.

Erst um fünf vor drei saß er wieder im Wagen und näherte sich kurz darauf dem Giesinger Autohof.

Schon von Weitem konnte er das Zeichen an einem der Autos erkennen. Eilig zog er die Kapuze seines Pullis über den Kopf. Ein schrottreifer Renault, der direkt am Rand des Parkplatzes stand und von der Straße aus gut zu sehen war. Jemand hatte es mit Klebeband quer über die Seitentür geklebt. Zwei Linien und ein Punkt. Für jeden, der nicht gezielt danach suchte, war es nichts als ein eilig überklebter Lackschaden. Für Hadi jedoch bedeutete das Zeichen: Abbruch!

Er widerstand dem Reflex, Gas zu geben, und fuhr mit fünfzig an der Autowerkstatt vorbei. Dabei tat er so, als würde er einen Sender am Autoradio einstellen, nur für den Fall, dass jemand vorbeifahrende Autos fotografierte. An der nächsten Kreuzung reihte er sich in die Linksabbiegerspur ein und wartete an der roten Ampel. Der schwarze

Audi, der kurz nach seinem Vorbeifahren aus einer Parklücke ausgeschert war, entging ihm nicht. Hadi erfasste Panik. Was, wenn die Polizei ihm auf die Schliche gekommen war? War das möglich? Die Anzeigen waren verschlüsselt. Der KGB hatte das in den Achtzigerjahren genauso gemacht, hatte Khalid behauptet.

Als ob die Deutschen das nicht auch rauskriegen könnten, dachte Hadi. In diesem Moment kam ihm ihr ganzer Plan dilettantisch vor.

Einen Kilometer weiter nahm er die Ständlerstraße in Richtung A8. Er beobachtete den Rückspiegel: Der schwarze Audi folgte ihm immer noch. Er hielt sich konstant zwei bis drei Wagen hinter ihm. Und doch wirkte die markante Schnauze des Wagens mit den zwei gierigen LED-Tagfahrlichtern wie ein Bluthund, der seine Fährte aufgenommen hatte. Hadi spürte, wie das Lenkrad unter dem Schweißfilm seiner Hand zu rutschen begann. An der Auffahrt zur A8 schaltete er bis in den zweiten Gang herunter, so schwerfällig beschleunigte der alte Ford. Hadi beobachtete abwechselnd den Rückspiegel und den Tacho. Er kam kaum vom Fleck. Gegen den Motor des Audi hatte er mit Sicherheit keine Chance. Und er sah, wie er sich näher an ihn heranpirschte. Jetzt war nur noch ein Lastwagen zwischen ihnen. Hadi beschleunigte bis auf die erlaubten 80 Kilometer pro Stunde und blieb auf der rechten Spur. Welche andere Wahl hatte er schon?

Jetzt fuhr der Audi direkt hinter ihm. Er sah einen Mann mit Sonnenbrille am Steuer. Jede Sekunde wartete Hadi darauf, dass er ein Blaulicht auf das Dach setzte. Noch zwei

Kilometer bis zur Ausfahrt Taufkirchen. Was würde er tun, wenn sie ihn anhielten? Hadi hatte keine Antwort darauf.

In diesem Moment setzte der Audi den Blinker.

Hadi klammerte sich ans Lenkrad, während der Audi an ihm vorbeisprintete. Kurz nachdem er ihn überholt hatte, scherte er wieder auf die rechte Spur ein. Gleich würde die Anzeige im Heckfenster erscheinen. Eine rote Leuchtschrift. *Bitte folgen*. Hadi atmete ein. Und zählte die Sekunden. Einundzwanzig. Zweiundzwanzig. Dreiundzwanzig. Aber keine Leuchtschrift erschien. Der Audi fuhr einfach vor ihm her.

Und dann bemerkte er die Flagge neben dem Nummernschild.

Ein grüner, ein roter und ein schwarzer Balken mit drei goldenen Sternen in der Mitte. Klein und unscheinbar klebte sie auf dem Kofferraum der Limousine. Und doch wusste Hadi, was es bedeutete. In dem Auto saßen keine Polizisten, sondern Freunde der Bewegung. Es war dieselbe Flagge, die ihn zu dem Handyladen am Bahnhof geführt hatte. Es war das Zeichen, dass er ihnen vertrauen konnte.

Kurz vor der Ausfahrt setzte der Fahrer des Audi erneut den Blinker. Hadi überlegte eine Sekunde. Hatte er eine Wahl?

Die schwarze Limousine führte ihn immer knapp über der erlaubten Höchstgeschwindigkeit bis zur Filiale eines Möbelhauses. Hadis Courier schraubte sich bis auf die vierte Ebene des Parkhauses hinauf. An einem Donnerstagnachmittag waren viele Parkplätze belegt, aber die meisten Besucher bevorzugten die unteren Parkdecks. Oben auf dem Dach parkte der Audi am hintersten Ende, kurz vor der Mauer. Hadi rollte in eine Lücke daneben, schaltete die Zündung aus und atmete ein. Dann stieg er aus.

Er erkannte den Mann an seinem Geruch, dieser Mischung aus Kardamom und Minze. Es war derselbe Mann, der ihn bei seinem ersten Besuch in der dunklen Autowerkstatt abgetastet hatte. Diesmal begnügte er sich mit einem sanften Abklopfen seines Pullovers. Vermutlich, weil er Hadi erkannte oder weil es ihm zu auffällig erschien, wenn er auf einem öffentlichen Parkdeck nach Waffen suchte. Er bedeutete Hadi einzusteigen.

Hadi öffnete die Tür im Fond und glitt auf den freien Rücksitz. Der Wagen roch nach edlem Leder und fabrikneu.

»*Salam alaikum*, Hadi«, sagte der Mann mit dem Anzug, der für Hadi immer noch keinen Namen hatte.

»*Wa alaikum assalam«,* sagte Hadi.

»Die Polizei überwacht den Händler«, sagte der Mann und betrachtete versonnen seine Fingernägel. Er sagte das ruhig, ohne auch nur den Anflug von Besorgnis in der Stimme.

»Wie haben sie uns gefunden?«, fragte Hadi.

»Sie haben uns nicht gefunden«, sagte der Mann. »Sie haben vermutlich nur die Anzeigen decodiert.«

Hadi schwieg. Er fand, dass das durchaus besorgniserregend war.

»Natürlich ist das ein Rückschlag«, sagte der Mann und legte seine perfekt manikürten Fingernägel auf die Bügelfalten seiner Hose. »Aber es bedeutet zunächst nur, dass wir uns beeilen müssen.«

»Es hat sich einiges geändert«, sagte Hadi.

Der Mann im Anzug blickte auf.

»Das mit dem Lastwagen klappt nicht. Wir brauchen Sprengstoff«, sagte er.

»Okay«, sagte sein Gegenüber.

»Okay? Und wenn es eine Menge ist?«, fragte Hadi und reichte ihm einen Zettel mit den Ausrüstungsgegenständen.

»Nichts, was wir nicht besorgen könnten«, sagte der Mann. »Auch kurzfristig.«

»Das ist gut«, sagte Hadi und wusste, dass er nicht so aussah, als ob er das ernst meinte. »Dann schlagen wir am Montag zu. An den Wochenenden sind die Züge zu leer.«

Der Mann mit dem Anzug schaute nachdenklich auf seine Fingernägel und nickte schließlich. »Ich besorge alles bis morgen Abend.«

»Vor allem der Generator ist wichtig«, sagte Hadi. »Er muss so leise wie möglich sein.«

Wieder nickte sein Gegenüber.

»Und wir brauchen ein zweites Auto«, verlangte Hadi. Vielleicht wollte er, dass ihm ein Wunsch verweigert wurde.

»Mach dir keine Sorgen, mein Freund«, sagte der Mann. »Alles kommt in Ordnung. Die Polizei hat zwei Teams vor dem Autohaus sitzen, die alles beobachten, das war es aber auch. Und sie machen nicht unbedingt den alarmiertesten Eindruck. Wahrscheinlich reine Routine.«

Hadi war nicht überzeugt, aber er nickte.

»Dir ist niemand gefolgt, Hadi«, beruhigte ihn der Mann noch einmal, als Hadi die Hand an den Türgriff legte.

»Wie bleiben wir in Kontakt?«, fragte Hadi.

Der Mann im Anzug lächelte dünn. »Ich habe dich heute auch gefunden, oder nicht?«

KAPITEL 74

München, Deutschland
09.05.2014, 15.29 Uhr (am nächsten Tag)

Golshan Richter wusste, dass etwas nicht stimmte, als sie den Opel ihres Vaters vor dem Schultor stehen sah. Er stand neben der Fahrertür und rauchte eine Zigarette. Sein Gemütszustand war nicht in bester Verfassung, und Golshan wusste, was das bedeutete. Es war besser, ihm nicht zu widersprechen, welchen Grund auch immer er haben mochte, sie von dem Tag der offenen Tür an ihrem Gymnasium abzuholen. Bisher war der Morgen mit erwartungsfrohen Sextanern begleitet von Kaffee und Kuchen ein erfreulicher gewesen. Die Freude würde jetzt ein jähes Ende finden.

Sie setzte sich wortlos ins Auto, er warf die halbe Kippe auf die Straße und glitt hinters Steuer. Er sah sie nicht an, als er den Wagen startete.

»Wo fahren wir hin?«, fragte Golshan, als er nicht die übliche Route zu ihrer Wohnung nahm.

»Du fährst weg«, sagte Theo Richter ohne eine weitere Erklärung.

»Was meinst du damit, ich fahre weg?«, fragte Golshan

und drückte sich in ihren Sitz, möglichst weit weg von ihm.

Er machte ihr Angst. Nicht erst seit heute. Seit Monaten, vielleicht seit Jahren. Er hatte sich verändert, seit er die salafistische Gemeinde übernommen hatte. Ganz früher war er nur ein Deutscher gewesen, der eine Türkin geheiratet hatte. Dann ein deutscher Moslem. Und dann … Ja, was dann?, fragte sich Golshan. Dieser Mann war nicht mehr ihr Vater. Er war eine Marionette. Sie wusste nicht, wer seine Strippen zog. Ob es Allah war, wie er sich einbildete, oder einer seiner Glaubensbrüder. Aber er traf Entscheidungen, die nicht einmal seine Familie verstand.

Am Anfang hatte sie nur um Erlaubnis fragen müssen, wenn sie mit einer Freundin ausgehen wollte. Dann durfte sie nach Einbruch der Dunkelheit nicht mehr aus dem Haus. Mit der Zeit hatte sie jedes Mal fragen müssen, wenn sie die Wohnung verlassen wollte, selbst wenn sie in die Schule musste. Wäre sie in der achten Klasse nicht einmal sitzen geblieben, hätte sie seit einem Jahr Abitur. Dann hätte sie abhauen können. Wenn sie sich getraut hätte. Golshan war nicht sicher, wie mutig sie gewesen wäre. Sie starrte aus dem Fenster.

Sie fuhren am Messeturm vorbei in Richtung Westen. Und plötzlich wusste sie, was ihr Vater vorhatte. Es war keine plötzliche Entscheidung. In diesem Moment fügten sich alle kleinen Anzeichen der letzten Wochen zusammen. Sie ergaben ein Bild vom Plan ihres Vaters. Er musste die Kontrolle behalten. Und sie erkannte, dass sie die Anzeichen ignoriert hatte. Die bangen Blicke ihrer Mutter, zum Schweigen verdammt. Das Telefonat mit dem Reisebüro, von dem sie einen kleinen Teil mitgehört hatte, bevor ihr Vater die Tür zu seinem Arbeitszimmer zugezogen hatte.

»Ich kann nicht zu ihm fliegen«, sagte Golshan, als sie auf die Autobahn abbogen.

»Wir werden zu ihm fliegen«, sagte der Mann, der früher einmal ihr Vater gewesen war. »Weil ich es dir sage.«

Wir, dachte Golshan. Er würde sie nicht aus den Augen lassen, bis er sie in den Händen des Mannes hatte, den er für sie vorgesehen hatte. Der ihm die höheren Kreise erschließen sollte.

»Ich kann nicht«, sagte Golshan. »Zumindest nicht, ohne vorher noch einzukaufen.«

»Ich habe deine Tasche gepackt.«

»Hat Mutter die Tasche gepackt oder du?«, fragte Golshan, so beiläufig es möglich war. Er durfte nichts merken. Er durfte einfach nichts merken.

»Ich«, antwortete er und nahm die Auffahrt zur A648 in Richtung Flughafen.

»Hast du an das gedacht, was Frauen manchmal brauchen?«, fragte Golshan. Es war ihre einzige Chance. *Bitte, lass ihn nicht daran gedacht haben. Nur dieses einzige Mal im Leben brauche ich ein wenig Glück.* Sie war der Überzeugung, bisher in ihrem Leben noch nicht allzu viel von ihrem Glückskonto abgebucht zu haben.

»Du meinst …«, fragte ihr Vater ärgerlich.

»Ja. Es ging in der Schule los. Ich dachte, ich bin gleich zu Hause.«

Er hieb mit der Faust auf das Lenkrad.

»Wann geht unser Flug?«, fragte Golshan. Es konnte nicht schaden, ab hier etwas gut Wetter zu machen.

»In anderthalb Stunden«, sagte ihr Vater.

»Dann können wir am Flughafen einkaufen«, sagte Golshan.

Zwanzig Minuten später zog Golshan ihren Rollkoffer hinter sich her durch die Abflughalle des Frankfurter Flughafens. Sie brauchte einen Drogeriemarkt. Und sie musste dafür sorgen, dass ihr Vater sie für einen Moment aus den Augen ließ. Am Ende der *Shopping Boulevard* genannten Einkaufspassage entdeckte sie eine Apotheke. Sie steuerte darauf zu und blieb dann vor dem Schaufenster der benachbarten Boutique stehen.

»Wartest du hier?«, fragte sie.

»Ich komme mit«, antwortete er.

Golshan ließ ihren Blick über das einsehbare Halbrund der Apotheke streifen.

»Wo könnte ich schon hin?«, fragte sie.

Er starrte sie an.

»Ich würde das gerne alleine erledigen«, fügte sie hinzu.

Er gab ihr zu verstehen, dass er sie im Auge behalten würde, aber schließlich nickte er.

Golshan ließ sich die Erleichterung nicht anmerken, als sie hinter dem Regal mit den Hygieneartikeln verschwand. Sie bückte sich und griff nach der ersten Packung Tampons, die ihr ins Auge fiel. Parallel holte sie ihr Portemonnaie aus der Handtasche und suchte nach dem Zettel. Sie hatte ihn hinter ihre EC-Karte gesteckt. Aber ihre zitternden Finger bekamen das Papier nicht zu greifen. Golshan stand auf. Für ihren Vater wären ihre Hände nicht zu sehen. Bleib ruhig, Golshan, sagte sie sich. Der Zettel wanderte neben ihr Handy in ihre Hosentasche. Sie tat so, als suche sie im Regal nach dem passenden Produkt. Ihr Vater stand mit mahnendem Blick neben ihren Koffern.

Golshan bückte sich noch einmal. Was, wenn er ihr das Telefon abnahm, wenn sie auf die Toilette ging? Weil er Angst hatte, sie könnte eine Freundin darüber informieren, was hier ablief? Es erschien ihr nicht einmal unwahrscheinlich. Ihr Vater war ein paranoider Mann geworden. Es war besser, es jetzt zu riskieren.

Sie zog den Zettel und das Handy aus der Tasche. Dann tippte sie eine Nachricht. Sie traf nicht immer die richtigen Buchstaben, aber der Empfänger würde es verstehen. Und hoffentlich die richtigen Schlüsse daraus ziehen.

Während sie aufstand, tippte sie auf »senden«. Und lief dann zur Kasse, um die Tampons zu bezahlen.

KAPITEL 75

München, Deutschland
09.05.2014, 15.51 Uhr (zur gleichen Zeit)

Paul Regen musste sich die Beine vertreten. Auch an diesem Tag war die Uhrzeit, die in der zweiten Anzeige angegeben war, verstrichen. Langsam begann sogar Adelheid Auch an seiner Theorie zu zweifeln. Andererseits war durch die zweite Anzeige, die wiederum Bezüge zur Geschichte des Islam enthielt, der Zufall zu einer Monstrosität angewachsen. Er glaubte nicht an den Zufall, an einen monströsen schon gar nicht. Paul Regen wusste nicht mehr, was er glauben sollte. Er lief durch das Giesinger Wohngebiet, um den Kopf frei zu bekommen. Adelheid Auch konnte auch alleine nichts beobachten, auch wenn er wusste, dass es nicht besonders fair war, sie die ganze nicht vorhandene Arbeit machen zu lassen. Er brauchte eine neue Idee, einen neuen Anhaltspunkt. Er war sicher, dass er mit dem Autohändler nicht danebengelegen hatte. Die Frage war nicht, ob er mit drinsteckte, sondern, was sie übersehen hatten.

Paul Regen wechselte auf die Sonnenseite der Straße und genoss die warmen Strahlen auf seinem Gesicht. Er lief auf der Weißenseestraße durch den Park am St.-Quirin-Platz, dann in Richtung Grünwalder Stadion. Die Sechziger hätten niemals hier weggehen sollen, dachte er. Ein ehemaliger Vorsitzender, der dem Größenwahn verfallen war, inklusive Akquisition eines Scheichinvestors. Es war überall dasselbe – ob nun eine Provinzzeitung aus Stuttgart den um ein Vielfaches größeren Süddeutschen Verlag schluckte oder beim Fußball. Überall drehte sich alles nur noch um Investoren und das ganz große Geld.

Am Stadion bog er wieder in eines der Wohngebiete ab. Das schlechte Gewissen der Kollegin gegenüber näherte sich dem Punkt, ab dem das Nagen wehtat. Wenn sie etwas übersahen, dann musste es direkt vor ihren Augen liegen, oder nicht? Paul Regen horchte auf seine Schritte. Die Absätze schlugen gleichmäßig auf den Asphalt wie ein Metronom. Ein Metronom sorgte dafür, dass ein Musiker, der nicht besonders geübt war, im Takt blieb. Bei einem Klavierspieler verhinderte es, dass er eine Taste zu früh oder zu spät anschlug. Paul Regen überlegte, was das Metronom mit ihrem Fall zu tun haben könnte. Das war das eigentliche Ziel seiner Spaziergänge: Den Kopf kreisen zu lassen zu etwas, das auf den ersten Blick nicht besonders viel Sinn ergab, und es dann zu seinem Fall zurückzuführen. Wie das Metronom.

Es gab zwei Anzeigen. Zwei Ereignisse.

Zweimal hätten die Terroristen einen Ort und eine Zeit übermittelt bekommen. Wenn wir einmal annehmen, dass das erste Treffen stattgefunden hatte, bevor sie die Anzeigen entdeckt hatten. Warum hatten sie das zweite Treffen ausfallen lassen?

Kurz bevor Paul Regen ihren Überwachungswagen erreichte, wusste er plötzlich, was ihr Fall mit einem Metronom zu tun haben könnte: Was, wenn es einen Taktgeber gab? Es wäre nur logisch, wenn es ein Signal zum Abbruch gab für den Fall, dass sich nach Erscheinen der Anzeige etwas Auffälliges ergab. Wie zum Beispiel zwei Leute in einem tatortkommissarigen 5er-Kombi mit einer Kamera und einem Fernglas in der Hand.

Paul Regen fluchte, als er die Autotür öffnete.

»Was ist los?«, fragte Adelheid Auch.

»Wir müssen uns alle Fotos noch einmal ansehen«, sagte Paul Regen.

»Alle?«, fragte Adelheid Auch erschrocken.

»Rufen Sie den Mitterstahl und den Förster an, die sollen uns ablösen. Wir fahren ins Büro«, sagte Paul und wedelte mit den Armen.

»Ist ja schon gut«, sagte Adelheid Auch, die das Telefon längst in der Hand hielt.

Paul Regen hob beide Hände, um sich zu ergeben.

KAPITEL 76

Frankfurt, Deutschland
09.05.2014, 16.11 Uhr (zur gleichen Zeit)

Die Schlange an den Röntgengeräten zum Sicherheitsbereich bewegte sich nur gähnend langsam. Ihr Vater las ein Nachrichtenmagazin, das er an einem Kiosk gekauft hatte, während er seinen Bordkoffer mit dem Fuß vorwärts schob. Die Titelstory war ein Bericht über Kämpfe in Syrien und im Irak und was es für Deutschland bedeutete, dass immer mehr junge Leute von hier in den Krieg zogen. Es war eine Geschichte über Hadi. Wohl eher über Frank und Wolfgang. Hadi war anders. Das wusste Golshan.

Das Magazin behauptete in der Bildunterschrift, dass das BKA vor den Rückkehrern warnte. Golshan hatte noch keinen Rückkehrer gesehen, obwohl einige aus ihrer Moschee nach Syrien gereist waren. Sie glaubte mittlerweile, dass keiner zurückkam. Dass sie alle starben auf einem Schlachtfeld, von dem Leute wie ihr Vater behaupteten, dass es ihres war. Dabei ging es ihm nur darum, den fernen Krieg für seine Propaganda zu missbrauchen. Das ging einfach besser, wenn ein bekannter muslimischer Rapper ein paar Köpfe abschnitt. Selbst Golshan kannte Freundinnen, die das bewunderten. Sie schauderte es.

Sie wollte Hadi wiedersehen. Nicht im Paradies, sondern hier. In Frankfurt.

Mit jedem Zentimeter, die sie näher an die Sicherheitsschleuse rückten, schwanden Golshans Chancen, dass ihre SMS angekommen war. Was hatte sie erwartet? Sie hatte ihre Nachricht gerade einmal anderthalb Stunden vor Abflug geschickt. Dennoch war sie enttäuscht, als sie ihre Tasche auf das Band stellte. Nichts würde jetzt ihre Heirat verhindern können. Mit diesem Mann, den sie nur von den Fotos kannte. Und der ihr uralt vorkam.

Sie schluckte, als sie die Frau mit dem Handsensor abtastete. Sie betrachtete ihren Vater, der die Durchsuchung mürrisch über sich ergehen ließ.

An der Ausreisekontrolle reichte ihr Vater beide Reisepässe durch die schmale Auslassung im Fenster. Angesichts des Beamten, der ohne jede erkennbare Regung ihre Ausweise durch einen Scanner zog, gelang sogar ihm ein gefälschtes Lächeln.

Die Miene des Zöllners zeigte noch immer keine Regung, als er Golshans Pass zurückschob.

»Herr Richter, ich muss Sie bitten, einen kleinen Moment zu warten«, sagte der Beamte.

»Worauf soll ich warten?«, fragte ihr Vater ungehalten.

»Bitte gehen Sie schon durch, Frau Richter. Es handelt sich vermutlich nur um eine Formalität. Offenbar wurde ein Vermerk eingerichtet.«

»Ich muss schon sehr bitten«, sagte Theo Richter und trat gegen seinen Koffer.

»Wir sehen uns am Gate«, sagte er zu Golshan. »Und

komm ja nicht auf dumme Gedanken, sonst stehen wir morgen einfach wieder hier.«

Golshan nickte.

Er griff nach ihrem Handgelenk und schüttelte sie. »Hast du mich verstanden?«, fragte er, und sie spürte seinen Speichel auf ihrem Gesicht.

Wieder nickte sie.

»Was ist das für ein Vermerk?«, bellte Theo Richter, als Golshan nach ihrer Tasche griff.

Sie ging die drei Schritte bis hinter die Metallpflöcke, die den Zollbereich markierten. Sie blickte zurück und beobachtete, wie sich in einer der Seitenwände eine zuvor kaum sichtbare Tür öffnete. Zwei Beamte der Bundespolizei erschienen, die Hände in die Hüften gestemmt. Die rechte lag dabei direkt auf ihrer Dienstwaffe. Ihr Vater wurde bleich und drohte ihr mit erhobenem Zeigefinger.

Golshan drehte sich um und lief auf dem blank polierten Steinboden in Richtung Gate.

»Sie müssten bitte einmal bis zur Kabinentür des Flugzeugs gehen, dann haben Sie es geschafft«, sagte eine Stimme links neben ihr.

Golshan saß auf einer der Bänke vor dem Gate, die Frau stand direkt neben ihr. Sie trug kein Kopftuch, aber Golshan erkannte die Frau aus dem Supermarkt auf den ersten Blick. Es war der Anblick, auf den sie nicht mehr zu hoffen gewagt hatte.

»Sie schauen erstaunt, Golshan«, sagte die Frau und hielt ihr einen dampfenden Becher mit Tee vor die Nase. »Ich hatte doch versprochen, Ihnen zu helfen, oder nicht?«

Golshan nickte.

»Er wollte Sie gegen Ihren Willen verheiraten?«, fragte die Frau, und Golshan beschlich das Gefühl, dass sie es nicht hätte zu fragen brauchen. Wie war sie überhaupt in den Sicherheitsbereich gekommen? Und wieso konnte sie dafür sorgen, dass bei den Behörden auf den Reisepass ihres Vaters ein Vermerk angelegt wurde?

»Ich bin Solveigh«, sagte die Frau. »Und ich beantworte alle Ihre Fragen, sobald Sie zurück sind. Es sei denn, Sie haben es sich anders überlegt und wollen doch nach Antalya.«

Golshan schüttelte den Kopf. Antalya wäre nicht das finale Ziel dieser Reise gewesen, sondern ein ungleich schlimmerer Ort. Zumindest dieser Tage.

»Wir wollen doch, dass Ihr Vater glaubt, dass Sie abgeflogen sind, oder nicht?«

Golshan nickte.

»Dann gehen Sie. Sie brauchen den Stewardessen nichts zu erklären, sie wissen Bescheid. Ihr Koffer wurde gar nicht erst verladen«, sagte die Frau und deutete auf die gegenüberliegende Sitzreihe, wo ihr Reisegepäck stand.

Golshan stand auf und ging mit weichen Knien zum Schalter. Sie wusste nicht, worauf sie sich einließ, aber es konnte kaum schlechter werden, dachte sie sich, als sie die Gangway hinunterlief, damit die Flughafenkameras sie erfassten.

KAPITEL 77

München, Deutschland
09. 05. 2014, 19.48 Uhr (drei Stunden später)

»Das ist Frank«, sagte Hadi, als er die Küche der WG betrat, wo Mona und ihr Freund eine Packung Fertignudeln verspeisten.

»Hallo, Frank«, sagte Mona mit ihrer hohen Stimme und winkte linkisch.

Holger nickte. Er hatte den Mund voll.

»Ihr habt doch nichts dagegen, wenn er zwei Tage bei uns pennt, oder? Er ist zu Besuch übers Wochenende und er wusste nicht, wo er …«

»Nein, nein«, unterbrach ihn Mona. »Natürlich nicht.«

»Es ist dein Zimmer«, sagte Holger und trank einen Schluck Rotwein. Er griff nach der Flasche.

»Möchtet ihr vielleicht auch?«, fragte er.

Hadi winkte ab und hielt die Tüte eines stadtbekannten Spielwarenladens vom Stachus in die Höhe.

»Ich habe ein neues Spielzeug«, sagte Hadi. »Aber leider müssen wir das erst noch zusammenbauen.«

Holger reckte neugierig den Kopf. »Zeig mal«, sagte er.

Hadi zog den großen Karton aus der Tüte. Es war ein Modellbausatz für ein ferngesteuertes Auto mit Benzinmotor. Mit triumphierender Miene stellte er es auf den Esstisch.

»Wow«, sagte Holger.

»Nicht wahr?«, fragte Hadi.

»Männer«, winkte Mona ab und widmete sich wieder ihren Nudeln.

Hadi räumte den Karton vom Tisch und klemmte ihn sich unter den Arm.

»Komm, Frank. Wir haben noch einiges vor«, sagte er und ging voraus in sein Zimmer.

Frank folgte ihm. Er hatte immer noch kein Wort gesagt.

»Streng dich wenigstens an, nett zu sein«, flüsterte Hadi ärgerlich, als er die Zimmertür schloss.

»Warum?«, fragte Frank. »Es sind noch drei Tage. Was glaubst du, was passiert?«

Hadi schüttelte den Kopf und begann, die Verpackung des Wagens aufzureißen. Er drückte sie Frank in die Hand.

»Fang an, das aufzubauen«, sagte er.

»Wozu?«, fragte Frank, der lautstark protestiert hatte, als Hadi darauf bestanden hatte, ihn wieder bei seinem deutschen Namen zu rufen. »Saif« würde Holger und Mona vielleicht misstrauisch machen.

Hadi seufzte. »Hör zu, Frank«, sagte er. »Wir haben das gekauft, damit sich die beiden nicht wundern, woran wir basteln. Also bauen wir es auch auf, okay?«

Frank alias Saif griff missmutig nach dem Karton und begann, die Einzelteile auf dem Boden zu verteilen. Hadi kramte eine zweite Tüte aus der Tasche seines Kapuzenpullis und setzte sich auf den Boden. Obwohl es noch nicht dunkel wurde, rückte er eine Lampe neben seine Matratze und reihte die Kabel, die Akkupacks und die Zünder nebeneinander auf. Sie hatten beides in dem neuen Auto gefunden, das vor ihrer Haustür gestanden hatte. Inklusive der

Flagge auf der Heckklappe und einem Schlüssel auf dem rechten Vorderreifen. Der Sprengstoff lagerte noch im Kofferraum zusammen mit den Schaufeln und den Bohrern.

Frank schraubte den Motor auf das Chassis, als Hadi begann, die Kabel zu kappen. Sie waren fast am Ziel. Heute war Freitag. Noch drei Tage.

»Hol mal eine Cola aus dem Kühlschrank«, sagte Hadi zwei Stunden später.

»Hol sie dir selber«, sagte Frank, dessen Laune sich nicht gebessert hatte. Er schraubte immer noch an dem Modellauto, während Hadi den Zünder beinah fertig hatte. Er schwitzte, obwohl ihm Anis beigebracht hatte, dass mit dem Zünder alleine nichts passieren konnte. Selbst wenn er einen Fehler machte, würden ihm nicht gleich die Hände weggesprengt. Außerdem hatte der Mann im Anzug alles dreifach geliefert, falls ihnen bei der Konstruktion ein Fehler unterlief. Hadi schätzte seine Vorsicht, aber Anis war ein guter Lehrmeister gewesen. In jeder Hinsicht.

Hadi hatte Durst. Und er brauchte einen Moment alleine, ohne dass Saif ihm ständig über die Schulter schaute.

»Bitte«, sagte er und deutete auf den Zünder, wie um zu sagen, dass seine Arbeit zu wichtig war, um sie zu unterbrechen.

Saif erhob sich ächzend. Er war sauer, weil Hadi darauf bestanden hatte, den Zünder zusammenzusetzen. Stattdessen durfte er das Modellauto zusammensetzen, das sie für ihren Plan nicht benötigten. Und Cola für ihn holen.

Als Frank den Raum verlassen hatte, lächelte Hadi und widmete sich wieder dem Zünder.

KAPITEL 78

Schmitten, Deutschland
09. 05. 2014, 20.29 Uhr (zur gleichen Zeit)

Solveigh Lang steuerte den Wagen schweigend durch die kurvige Passstraße am Feldberg. Sie wusste, dass sie Golshan Zeit geben musste, auch wenn es das knappste aller ihrer Güter war. Die junge Muslimin starrte aus dem Fenster auf eine fremde Welt. Nicht weit von ihrer Heimat Frankfurt entfernt, aber doch weit genug, dass es ausgeschlossen war, dass ihr Vater sie hier fand. Vermutlich fochten ihr Herz und ihr Verstand in diesem Moment eine unerbittliche Schlacht aus. Fragen nach der Zukunft, Fragen nach der abgelegenen Gegend zwischen den Bergen des Hochtaunus. Was sollte sie hier, wo sie niemanden kannte? Was würde aus ihrem Leben werden, da sie sich von ihrer Familie abgewandt hatte? Solveigh konnte sie gut verstehen. Golshan brauchte Zeit. Leider konnte ihr Solveigh nicht genug davon geben.

Als sie die Ortschaft Niederreifenberg erreichten, klingelte ihr Telefon. Solveigh steckte den Kopfhörer ins Ohr.

»Er ist wieder zu Hause«, sagte Okan Gider, der Golshans Vater überwachte.

»Hat er uns abgekauft, dass sie geflogen ist?«, fragte Solveigh.

»Was bleibt ihm anderes übrig?«, fragte Okan. »Zumindest, bis ihr Anschlussflug in Teheran landet, dürfte er sich die Fingernägel abkauen.«

Solveigh hatte die kleine Ortschaft fast durchquert. Es gab hier keine Bürgersteige, nur einen schmalen Streifen am Rand der dicht befahrenen Landstraße. Die Rollläden der meisten Häuser waren heruntergelassen. Es war ein abweisender Ort mit frisch gestrichenen Neubauten der erwachsen gewordenen Kinder zwischen den in die Jahre gekommenen Häusern ihrer Eltern. Gartenzwerge standen in den Vorgärten und mehr Baumaschinen, als es Bauherren geben konnte.

»Okay«, sagte Solveigh. »Mehr konnten wir nicht verlangen.«

»Er ist wütend, aber ich bleibe an ihm dran«, versprach Okan und legte auf, bevor Solveigh Danke sagen konnte.

Nach fünfminütiger Fahrt durch das malerische Weiltal erreichten sie ihr Ziel. Von der Hauptstraße bog Solveigh links in eine schmale, steile Zufahrt ab und parkte so dicht wie möglich an der Hauswand.

»Wir sind da«, sagte sie und stellte den Motor ab.

Golshan blickte misstrauisch auf das Haus hinter dem Zaun. Dabei lag es malerisch direkt am Bach, der sich durch den kleinen Ort schlängelte. Auch waren hier die Fensterläden nicht verrammelt. Die alten Holzlamellen des Fachwerkhauses standen offen, hinter einigen Fenstern brannte Licht. Solveigh hatte das Frauenhaus ausgesucht, weil es abgelegen war und einen exzellenten Ruf genoss. Hier waren sie spezialisiert auf Fälle wie Golshan.

Solveigh öffnete die Heckklappe und hob Golshans Koffer heraus. Sie stand verloren vor dem Tor, als eine grau gelockte Frau aus der Haustür trat und winkte. Sie lief den kurzen Weg über das Kopfsteinpflaster zum Tor.

»Herzlich willkommen bei uns! Du musst Golshan sein«, sagte die Leiterin der Einrichtung und bat sie hinein.

KAPITEL 79

Garmisch-Partenkirchen, Deutschland
10. 05. 2014, 13.01 Uhr (am nächsten Tag)

Brigitte Gwodz saß auf der Terrasse des Werdenfelser Hofs und betrachtete das Zugspitzmassiv. Es war schon sehr idyllisch hier, musste sie zugeben. Ihre Heimat Essen war eine andere Welt, mindestens ein anderes Land, fand Brigitte. Sie hatte einen Spaziergang unternommen durch den Ort heute Morgen. Nicht besonders weit, geschweige denn auf einen Berg, so gut war sie nicht mehr zu Fuß. Aber das Städtchen hatte ihr auch gefallen, obwohl es voller Touristen war. Brigitte Gwodz betrachtete sich nicht unbedingt als Touristin, schließlich war sie von einem Einheimischen eingeladen, der hier wohnte. Sie genoss gewissermaßen eine Art Diplomatenstatus für Ruhrgebietler. Nur Karl, ihr Mann, der fehlte ihr. Aber alle hatten es so für besser gehalten: Marco, ihr Mann und sie selbst. Sie selbst vielleicht am allerwenigsten, aber sie wusste, dass es Streit gegeben hätte zwischen Vater und Sohn. Nach so vielen Jahren. Für eine

Mutter war das etwas anderes, dachte Brigitte, als Marco zu ihr an den Tisch trat.

Er trug eine schmucke Trachtenweste und eine Lederhose. Er sah aus wie ein echter Bayer. Und er reichte ihr die Speisekarte wie in einem Sternerestaurant. Sie war so stolz auf ihn.

»Darf ich dir schon etwas zu trinken bringen, Mama?«, fragte Marco.

»Lass uns einen Sekt trinken«, schlug Brigitte vor, »zur Feier des Tages.«

Marco deutete auf die riesige Terrasse des Restaurants. »Leider, Mama, du weißt doch. Später vielleicht. Aber ich bringe dir gerne eins.«

»Nein, lass nur«, sagte Brigitte. »Dann vielleicht später.«

»Such dir aus, was du möchtest«, sagte Marco und verschwand mit einer Hand hinter dem Rücken. Sie fand, dass er sich gut anstellte. Kein Vergleich zu dem Flegel von früher. Vielleicht wurde ja doch noch etwas aus dem Jungen. Er hatte eine schöne Wohnung, und er hatte ihr die Couch hergerichtet mit einer Mozartkugel auf dem Kopfkissen. Bevor sie am Montag in den Zug zurück nach Essen stieg, wollte er ihr morgen noch seine Freundin vorstellen. Brigitte freute sich sehr darauf. Und auf den Sekt.

Die Zugspitze lag vor dem wunderbar blauen Himmel in der Sonne. Dieser Platz musste der friedlichste auf Erden sein, dachte Brigitte und griff nach ihrer Lesebrille, um die Speisekarte zu studieren. Der Spaziergang hatte sie hungrig gemacht.

KAPITEL 80

München, Deutschland
10. 05. 2014, 19.45 Uhr (sechs Stunden später)

Paul Regen hatte die unguten Vorzeichen einer aufziehenden Sommergrippe verspürt und sich zu ihrer Bekämpfung auf dem Markt das Beste besorgt, was es gegen eine aufziehende Sommergrippe zu erwerben gab: ein Suppenhuhn. Es köchelte in seinem größten Topf neben einer dicken Karotte, einer Viertel Sellerieknolle und einem Stück Petersilienwurzel vor sich hin, während er nebenan mit der Einbrennsuppe beschäftigt war. Natürlich klingelte sein Telefon genau in dem Moment, als er das Mehl zur Butter gegeben hatte und ständiges Rühren gefragt war. Er klemmte das Handy zwischen Ohr und Schulter, was meist dazu führte, dass er nicht verstanden wurde.

»Paul Regen«, meldete er sich.

Die gelbe Masse schäumte in dem kleinen Topf, sodass er noch etwas Mehl aus der Packung nachschüttete.

»Hallo?«, fragte eine ihm unbekannte Stimme am andern Ende der Leitung.

»Ja, hier ist Paul Regen«, wiederholte Paul und rührte mit der linken Hand, während er mit der rechten den Kühlschrank aufzog.

»Herr Regen?«, fragte die Stimme.

Paul Regen schüttete Milch auf die Einbrenn und rührte mit dem Schneebesen, bis sich die Mehlpampe aufgelöst hatte. Dann griff er nach dem Hörer.

»Sagte ich doch schon.«

»Guten Abend, Herr Kollege, hier spricht der Polizeimeister Eberdinger vom Polizeipräsidium Mün…«

»Kruzifix!«, rief Paul Regen und zog den Topf von der Herdplatte.

»Bitte?«, fragte der Eberdinger.

»Sie doch nicht«, sagte Paul Regen. »Mir ist die Einbrenn angebrannt.«

»Die Einbrenn soll nicht anbrennen?«, fragte der Polizeimeister.

»Deswegen heißt sie ja Ein- und nicht Anbrenn«, sagte Paul Regen und stellte den Topf in die Spüle.

»Schwamm drüber«, sagte Paul Regen.

»Jedenfalls rufe ich Sie an, weil …«

»Eberdinger, sagten Sie?«, unterbrach ihn Paul Regen. »Waren Sie nicht der Kollege, der mich schon mal nachts geweckt und zum Stadion gefahren hat?«

Der Polizeimeister räusperte sich: »Schon.«

»Schwamm drüber«, sagte Paul Regen zum zweiten Mal und fragte sich, warum ihm nichts Besseres einfiel. »Was gibt's, Kollege Eberdinger?«

»Ich habe den Nachtdienst«, sagte der Polizeimeister. »Und hier in der Liste steht, dass wir Sie anrufen sollen, wenn wir das Fahrzeug gefunden haben.«

Paul Regen drehte auch die große Platte ab. Sie hatten das Fahrzeug gefunden. Den Ford Courier, der an dem Autohof um eine Minute nach drei vorbeigefahren war und dessen Fahrer einen Kapuzenpulli getragen hatte. Er hatte das Foto genau vor Augen. Adelheid Auch war darauf aufmerksam geworden, weil der Wagen auf den Autohof Giesing zugelassen war und trotzdem einfach vorbeigefahren war. Das Metronom. Ein Anschlag im Takt.

»Wo?«, fragte Paul Regen und hielt seine Hände abwechselnd unter den Wasserhahn.

»Im Westend«, sagte der Polizeimeister und nannte eine Straßenecke, die Paul Regen im Stadtplan würde nachschauen müssen. »Die Kollegen fragen, wie sie sich verhalten sollen.«

Paul Regen griff nach einem Küchentuch. »Die sollen gar nichts machen. Die sollen um die Ecke fahren und den Wagen beobachten. Aber die sollen auf keinen Fall eingreifen!«

Er lief den Flur hinunter bis zur Haustür und zog seine Schuhe an.

»Schärfen Sie denen das ein, Eberdinger«, sagte er. »Nichts unternehmen.«

Paul Regen lief noch einmal zurück in die Küche, um zu überprüfen, ob er den Herd tatsächlich ausgeschaltet hatte. Ein Tick, das wusste er. Aber leider ein zwanghafter.

»Wir sind auf dem Weg«, sagte Paul Regen und legte auf. Noch im Hausflur wählte er die Handynummer von Adelheid Auch. Das Wichtigste war jetzt, so schnell wie möglich die Streife von der Straße zu bekommen. Es hatte nur einer von ihnen im Auto gesessen, als der Ford an der Autowerkstatt vorbeigefahren war. Sie würden den Wagen verfolgen, bis er sie zu den anderen führte. Wenn sie der Hydra jetzt nur einen Kopf abschlugen, blieben immer noch zwei lebendige übrig. Und das konnten sie nicht riskieren.

KAPITEL 81

Schmitten, Deutschland
10.05.2014, 19.11 Uhr (fünf Stunden später)

Golshan saß auf dem Bett, das jetzt ihr Zuhause war. Die Matratze war fest, die Kissen weich. Die nette Frau mit den grauen Locken hatte ihre Sachen in den Schrank geräumt, weil sie dazu nicht in der Lage war. Sie wusste einfach nicht, ob sie bereit dazu war. Die Frau mit den Locken hatte gesagt, es sei wichtig, von Anfang an nicht aus dem Koffer zu leben. Golshan hatte es geschehen lassen. Die meiste Zeit starrte sie aus dem Fenster und wartete darauf, dass etwas geschah. Es war warm in dem alten Haus, und ein Zimmer weiter wohnte ein anderes Mädchen. Sie war noch jünger als Golshan und hatte ebenso wenig Lust zu sprechen.

»Möchten Sie einen Tee?«, fragte Solveigh, von der sie mittlerweile wusste, dass sie für die Polizei arbeitete. Oder so etwas Ähnliches.

Golshan war ihr dankbar, aber sie machte ihr auch Vorwürfe. Sie wusste, dass es ungerecht war, aber sie konnte nichts gegen diese Gefühle unternehmen, sie waren einfach da. Sie schüttelte den Kopf.

»Hören Sie«, sagte die Solveigh-Frau, die darauf bestand, dass Golshan sie beim Vornamen nannte. »Ich weiß, es gibt dafür keinen richtigen Zeitpunkt. Aber wie ich Ihnen damals schon in dem Supermarkt gesagt habe, brauche ich Ihre Hilfe.«

Golshan griff nach der kleinen Teetasse und trank einen Schluck. Er war heiß und schmeckte wie der arabische Tee, den sie kannte. Mit Minze und viel Zucker. Vermutlich sollte er ihr ein Zuhausegefühl vorgaukeln wie alles hier. Es war nichts anderes als ein Schauspiel. Von der Frau mit den Locken bis zu diesem Zimmer. Selbst sie kam sich vor wie eine Schauspielerin in ihrem eigenen Leben.

»Ist das der Preis?«, fragte Golshan. »Dafür, dass Sie mich da rausgeholt haben?«

»Darf ich?«, fragte Solveigh und deutete auf den Stuhl, der neben ihrem Bett stand.

Golshan nickte, und die Polizistin setzte sich. Sie beugte sich zu ihr nach vorne und sah ihr direkt in die Augen. Golshan wollte nicht hinschauen.

»Nein«, sagte die Polizistin.

»Nein?«, fragte Golshan.

»Sie können machen, was immer Sie wollen, Golshan. Es gibt keine Bedingungen. Sie können hierbleiben, Sie können morgen gehen, Sie können das Abitur an der Schule hier machen oder auch nicht. Ab jetzt ist alles Ihre Entscheidung.«

Das war es, warum sie ihr dankbar war. Und gleichzeitig ihr großer Vorwurf. Golshan wusste nicht, ob sie bereit war, die Entscheidungen für ihr Leben zu treffen. Alles war so schnell gegangen, die Ereignisse hatten sich so plötzlich überschlagen. Ihre Entscheidung. Es klang wie Verheißung und Bürde zugleich.

»Darf ich Ihnen einen Vorschlag machen?«, fragte Solveigh.

Golshan nickte.

»Gehen wir ein Stück spazieren«, schlug die Polizistin vor.

Der kleine Bach, der sich am Haus entlangschlängelte, verschwand neben der Brücke mit der Zufahrt in einem dicken Rohr. Solveigh und Golshan gingen den asphaltierten Weg ohne Eile. Er führte durch ein Tal mit saftigen Wiesen, am Hang zur Linken lagen frei stehende Häuser mit ordentlichen Gärten und dicklattigen braunen Zäunen. Die Abendsonne schien auf den geschwungenen Weg, und Golshan hörte die Grillen am Bach, der nach wenigen Metern wieder auftauchte.

»Ich würde Ihnen gerne erzählen, was ich von Hadi weiß«, begann Solveigh. »Und dann ist es an Ihnen, zu entscheiden, ob Sie uns helfen wollen oder nicht.«

Golshan blieb stehen. Das Ganze fühlte sich immer noch wie ein Tauschgeschäft an. Hadi! Sie hatte ihn so lange nicht gesehen. Natürlich wollte sie erfahren, was mit ihm geschehen war. Sie musste es erfahren. Wollte die Polizistin sie manipulieren? Sie machte einen ehrlichen Eindruck. Und bisher hatte sie alles eingehalten, was sie versprochen hatte.

»Okay«, sagte Golshan.

Solveigh setzte sich wieder in Bewegung. »Hadi hat sich in Syrien zunächst der Freien Qumarischen Armee angeschlossen, die gegen Assad gekämpft hat. Soweit wir wissen, waren er und die beiden anderen Deutschen aus Frankfurt in Kämpfe rund um die Stadt Aleppo verwickelt«, begann die Polizistin.

»Frank und Wolfgang«, sagte Golshan.

»Sie nannten sich zu diesem Zeitpunkt Saif al-Almani und Jafar al-Almani. Sie haben sich Kampfnamen gegeben wie die meisten.«

»Hadi nicht?«, fragte Golshan.

»Soweit wir wissen, nein«, sagte Solveigh. »In dem Bergdorf Arran kam es schließlich zu einem Feuergefecht mit einem Hubschrauber der syrischen Luftstreitkräfte, bei denen ein Teil ihrer Gruppe getötet wurde.«

»Aber Hadi hat überlebt, oder nicht?«, fragte Golshan mit trockener Kehle. Solveigh hatte ihr in dem Supermarkt gesagt, dass es Hadi gut ginge. Und sie hatte die Postkarte aus Kairo. Trotzdem sah sie in diesem Moment seine Leiche auf dem Wüstenboden liegen.

Solveigh legte eine Hand auf ihren Arm: »Keine Sorge, Golshan. Er hat überlebt. Und auch Frank Proschinski und Wolfgang Tisch«, fügte sie hinzu.

Golshan atmete auf. Sie kamen an einem Garten vorbei, in dem Adlerfiguren und Bären aus Stein standen. Neben dem Haus wehte eine übergroße Deutschlandflagge.

»Zu viel Patriotismus war noch nirgendwo jemals eine gute Idee«, murmelte Solveigh und zog ein Tablet aus ihrer Umhängetasche. Sie wischte auf dem Bildschirm herum und hielt es Golshan hin. »Die Bilder sind wenige Tage nach dem Hubschrauberangriff aufgenommen worden.«

Golshan nahm ihr den Computer aus der Hand und scrollte durch die Bilder. Hadi sah traurig aus. Aber lebendig. Sie bemerkte die schmale Kette um seinen Hals. Er trug ihr Amulett immer noch. Sie hatte nicht verstanden, warum er nach Syrien gegangen war. Er hatte mit den anderen gebetet und auch die Flugblätter verteilt. Aber er war niemals einer von ihnen gewesen. Und die Fotos waren der Beweis: Er gehörte nicht dazu. Er lachte nicht wie die anderen, er posierte nicht für die Bilder. Meist saß er im Abseits, ein paar Meter von den anderen entfernt, und schaute geradeaus, weg von der Kamera.

»Hat er …«, fragte Golshan, »… Ich meine, man sieht ja die Bilder im Fernsehen. Hat er auch …«

Ihr verschlug es die Sprache. Es war eine unaussprechliche Vorstellung. Undenkbar.

»Soweit wir wissen, war Hadi niemals an einer Exekution beteiligt, wenn Sie das meinen«, sagte Solveigh.

Golshan nickte. Es war wichtig. Es war wichtig für den Fall, dass er zurückkam. Wer weiß? Vielleicht gab es eine Chance für sie – jetzt, wo die Heirat vom Tisch war. Aber sie spürte, dass die Polizistin etwas zurückhielt.

Eine Weile liefen sie schweigend nebeneinander her. Dann blieb Golshan stehen.

»Sagen Sie mir die ganze Wahrheit«, bat sie.

»Es ist die Wahrheit, Golshan«, antwortete Solveigh. »Wir haben keine Hinweise darauf, dass Hadi an einer Exekution beteiligt war, wir wissen nicht einmal, ob er überhaupt jemals eine Kugel auf einen Menschen abgefeuert hat.«

Golshan blickte ihr in die Augen. »Aber da ist noch mehr, nicht wahr?«, fragte sie.

Die Polizistin schwieg. Sie schien nachzudenken. Schließlich nickte sie.

»Ja, da ist noch mehr«, sagte sie. »Er war nicht an Exekutionen beteiligt, aber Wolfgang und Frank haben Menschen umgebracht. Und mindestens einen exekutiert.«

Golshan schlug sich die Hand vor den Mund. Sie redete von zwei Jungs, die Golshan gekannt hatte, mit denen sie zur Schule gegangen war. Die neben ihr gesessen hatten noch vor ein paar Jahren. Es war nicht vorstellbar. Das war schon alleine dieser Krieg nicht, den die Islamisten angeblich wegen ihrem Koran führten, der auch Golshans Koran war.

»Was ist dann passiert?«, fragte Golshan.

»Die drei wurden einem Spezialkommando zugeteilt«, sagte Solveigh und rief eine zweite Bilderserie auf. Darauf war auch ein vielleicht fünfzehnjähriger Junge zu sehen, den Golshan nicht kannte.

»Spezialkommando?«, fragte Golshan.

»Jetzt kommen wir zu unserem Problem«, sagte die Polizistin. »Ende März brachen Hadi, Wolfgang und Frank nach Kairo auf. Wir vermuten, dass sie in dieser Zeit speziell auf das Verüben von Anschlägen trainiert wurden.«

»Anschläge? Wie Selbstmordattentäter?«

Solveigh nickte. »Wobei das nicht unbedingt heißt, dass sie sich bei dem Anschlag selbst umbringen. Nur wenn es sich nicht vermeiden lässt.«

Golshan schluckte. Es war kaum vorstellbar, dass sich Hadi mit einem Sprengstoffgürtel in ein Offizierskasino in Bagdad schlich und sich mit ein paar Militärs in die Luft sprengte. Er hatte doch immer so am Leben gehangen. Früher, sagte sie sich und schluckte erneut.

»Er hat mir aus Kairo eine Karte geschrieben«, gab Golshan zu.

Die Polizistin blieb stehen. »Haben Sie die Karte von zu Hause mitgenommen?«

Golshan nickte. »Aber sie wird Ihnen nicht dabei helfen, ihn zu finden.«

»Da wäre ich mir nicht so sicher«, sagte Solveigh.

»Er hat unser Codewort benutzt: Ich wünschte, die Sterne hätten besser gestanden. Aber das war alles.« Sie spürte, wie ihr Tränen in die Augen stiegen. Der Satz bedeutete doch so viel mehr für sie. Was hätte sein können. Ein Traum. Ich liebe dich.

»Okay«, sagte die Polizistin. »Wollen Sie wissen, wie es nach Kairo weiterging?«

Golshan nickte.

»Am sechzehnten April begannen unsere wirklichen Probleme«, sagte Solveigh und rief eine weitere Datei auf.

Golshan starrte auf die stark vereinfachte Animation einer Schiffsroute übers Mittelmeer. Das kleine gelbe Schiff auf der Karte startete in Kairo und wandte sich erst nach Norden, um dann nach Westen abzudrehen. Schließlich kam es im Hafen von Le Havre zum Stehen.

»Sie sind in Frankreich?«, fragte Golshan.

»Nein«, sagte Solveigh. »In Deutschland. Leider haben wir keine Ahnung, wo. Und wir haben keine Idee, wie wir sie finden sollen.«

Golshan traf die Erkenntnis wie ein Schlag in die Magengrube. Natürlich würde man die drei nach Deutschland schicken. Es war das, was ihr Vater die Lügen nannte, die von den Medien verbreitet wurden. Sie kamen zurück. Um Anschläge zu verüben. Das Bild von Hadi, Frank und Wolfgang auf der Titelseite war keine Propaganda gewesen, wie ihr Vater behauptet hatte, bevor er die Zeitung zerrissen hatte. Golshan hielt das Tablet in der Hand und starrte die Polizistin an.

Solveigh nahm ihr den Computer aus der Hand und steckte ihn zurück in die Tasche. Gemeinsam machten sie sich schweigend auf den Rückweg.

Kurz vor dem Gartentor blieb Golshan noch einmal stehen. Sie musste die Frage einfach stellen. Die Informationsquellen der Polizistin schienen unerschöpflich. Es war unwahrscheinlich, aber nicht unmöglich.

»Wissen Sie, warum Hadi nach Syrien gegangen ist?«, fragte Golshan.

Solveigh zögerte. Also wusste sie es.

Bitte, flehte Golshans Blick. Sie musste es wissen.

»Ihr Vater hat ihn unter Druck gesetzt«, sagte die Polizistin. »Zumindest hat er das am Telefon dem Mann erzählt, den Sie heiraten sollten.«

»Und womit?«, fragte Golshan. »Was könnte Hadi so unter Druck setzen, dass er sein Leben riskiert?«

Der Blick der Polizistin trübte sich für den Bruchteil einer Sekunde. Sie schien mit sich zu hadern. Als wüsste sie, was die Antwort auf diese Frage bei Golshan auslösen würde. Und als wolle ein Teil von ihr sie davor beschützen. Aber sie sah auch einen Triumph in ihren Augen. Aus dem gleichen Grund: Weil sie wusste, was die Antwort für Golshan bedeutete.

»Sie, Golshan«, sprach die Polizistin aus, was Golshan geahnt hatte. »Er hat ihm gesagt, dass er Sie für immer entehrt und Ihre Familie auch, wenn er in Deutschland bleibt und nicht für seine Sünde büßt, sich in Sie verliebt zu haben.«

KAPITEL 82

Den Haag, Niederlande
11.05.2014, 01.43 Uhr (sechs Stunden später)

Eddy Rames hielt den Becher mit dem siebten doppelten Espresso dieser Nacht zwischen den Zähnen und schob seinen Rollstuhl durch den menschenleeren Flur der ECSB-Zentrale. Nachts konnte einem die achteckige Raumaufteilung ziemlich auf die Nerven gehen, vor allem, wenn man nur eingeschränkt mobil war. Zwar hatte Will Thater bei dem Umzug in ihre neuen Räume darauf geachtet, ihnen ein Büro in der Nähe der Toiletten zuzuteilen, dabei aber übersehen, dass dafür die Kaffeeküche umso weiter entfernt lag. Tagsüber fand Eddy genug Kollegen, die ihm eine Tasse mitbrachten, aber um diese Uhrzeit war das ein hoffnungsloses Unterfangen.

Als er endlich seinen Schreibtisch erreicht hatte, stellte er den beinahe kalten Kaffee neben die Tastatur und scrollte durch die neuen E-Mails, die in der letzten Viertelstunde eingegangen waren. Wer annahm, dass die diesbezügliche Flut zu fortgeschrittener Stunde abnahm, kannte weder Eddy Rames noch seine Arbeitszeiten. Das meiste jedoch waren Meldungen von Nachrichtenagenturen, die er ebenso abonniert hatte wie die von Taylor Swift und Lady Gaga.

Eine E-Mail jedoch sprang ihm ins Auge. Sie war mit einer roten Flagge markiert und stammte von einem Suchprogramm, das er geschrieben hatte und das die Datenbanken der Europäischen Polizeibehörden nach Stichwörtern zu ihrem aktuellen Fall durchsuchte. Die E-Mail selbst hatte keinen Inhalt, allein die Betreffzeile verriet ihm, wo er suchen musste. In diesem Fall hatte das Programm in einer Fahndungsdatenbank des BKA einen Treffer gelandet.

Eddy trank den Espresso in einem Zug aus und loggte sich beim BKA ein. Er scrollte die aktuellen Einträge, bis er auf die Eingabe des Bayerischen LKA stieß. Offenbar hatten die Beamten einen Hinweis auf den Aufenthaltsort zumindest eines der Terrorverdächtigen in ihrem Fall. Eddy ließ die Headlines links liegen und wechselte stattdessen direkt auf den Server des Landeskriminalamts. Und was er dort las, ließ ihn staunen.

Die Ermittlungsgeschichte klang einigermaßen verworren und dadurch in seinen Augen umso plausibler. Die Wahrheit war stets einfach oder hochkompliziert. Wie in der Physik. Entweder konnte man die Schwerkraft mit einem Apfel erklären, der vom Baum fiel – oder man brauchte einen Teilchenbeschleuniger, um überhaupt zu beweisen, dass es so etwas wie einen Apfel gab.

Eddy überlegte nur eine Sekunde, dann wählte er Solveighs Nummer.

»Es gibt eine Spur«, sagte Eddy, als er hörte, dass Solveigh abgehoben hatte.

Zwei Sekunden Pause. Solveigh war nicht mit einem leichten Schlaf gesegnet. »Glaubwürdig?«, fragte sie schließlich mit einer Stimme, der man anhörte, dass sie noch nicht ganz wach war.

»Hätte ich sonst angerufen?«, fragte Eddy.

»Okay«, sagte Solveigh. »Warte mal einen Moment.«

Eddy hörte, wie ein Wasserhahn aufgedreht wurde. Dann hörte er das Platschen im Waschbecken und das Auffüllen eines Glases. Zweimal. Dreimal. Sie hatte getrunken, wusste Eddy. Vermutlich mit Okan Gider vom MIT, dem türkischen Geheimdienst. Eddy rief seine Akte auf, während er auf Solveigh wartete.

»Okay«, hörte er schließlich.

»Okay«, sagte Eddy. »Aber mach dich auf etwas gefasst, die Geschichte ist etwas ungewöhnlich.«

»Okay«, sagte Solveigh.

»Macht die Tochter mit?«, fragte Eddy.

»Ich denke schon«, sagte Solveigh, die offenbar immer noch nicht ganz wach war. Zwei Sekunden später fiel ihr ein, wofür sie sonst nicht einmal eine halbe gebraucht hätte.

»Das heißt, wir wissen, in welcher Stadt sie sind«, stellte Solveigh fest.

»Glaubst du, es lohnt sich, Golshan nach München zu bringen?«, fragte Eddy.

»Ich habe eine bessere Idee«, sagte Solveigh. »Wir müssen die Attentäter unter Druck setzen.«

»Du willst sie zu einem Fehler provozieren?«, fragte Eddy.

»Genau. Und parallel mit Golshan an einem Profil arbeiten. Haben wir einen guten Psychologen in Frankfurt?«

Eddy gab einige Befehle in die Suchmaske ihrer Datenbank für externe Experten ein. Die ECSB war eine kleine Einheit und griff deshalb immer wieder auf Experten von Universitäten oder dem Militär zurück.

»Was schwebt dir vor?«, fragte Eddy.

»Golshan ist die Einzige, die alle drei sowohl vor als auch

nach ihrer Radikalisierung kannte. Zumindest die Einzige, die mit uns redet. Ich hätte gerne ein Profil der Gruppe hinsichtlich möglicher terroristischer Ziele.«

»Hm«, sagte Eddy. »In Frankfurt nicht, aber ich habe jemanden aus Hamburg, den ich morgen Mittag bei euch haben kann.«

»Denk bitte daran: Sie ist extrem eingeschüchtert und verschlossen. Das Mädchen hat Angst, Eddy. Es ist wichtiger, dass sie überhaupt mit dem Psychologen redet, als dass er wer weiß welche Analysen daraus ziehen kann. Das können wir zur Not auch hinterher«, sagte Solveigh.

»Ich denk mir was aus«, versprach Eddy.

»Okay«, sagte Solveigh. »Bleibt die Frage, wie wir bei Hadi ein wenig die Daumenschrauben anziehen können. Ich befürchte, für meine Idee kannst du schon mal eine Nachtschicht einplanen.«

Eddy warf einen Blick auf die Isomatte, die zusammengerollt neben seinem Schreibtisch stand. Es wäre nicht das erste Mal, dass sie zum Einsatz kam.

»Eins noch, bevor du loslegst, Slang«, warf Eddy ein. »Du darfst dreimal raten, wer überhaupt auf die Spur von dem Auto in München gekommen ist …«

KAPITEL 83

München, Deutschland
11.05.2014, 05.55 Uhr (eine Stunde später)

Mitterstahl und Förster saßen im Auto wie zwei schlafende Tauben. Beide hielten eine Tüte vom Discountbäcker in der Hand, ihre Blicke schienen starr nach vorne gerichtet. Nur an einer leichten Bewegung der beiden Tüten konnte man erahnen, dass ab und an einer ein Stück Zimtschnecke abbiss. Paul Regen öffnete die hintere rechte Tür und fiel auf den Rücksitz. Die Tüten raschelten erschrocken.

»Wieder wach?«, fragte Paul Regen.

Mitterstahl und Förster drehten sich simultan um wie Schulz und Schultze, die beiden belgischen Agenten aus *Tim und Struppi*.

»Nicht geschlafen«, sagte Förster und gähnte.

»Ich würde sogar sagen, gar nicht geschlafen«, sagte Paul Regen und grinste. Er zog zwei Flaschen Cola light aus dem Parka und reichte sie nach vorne. Allein das verheißungsvolle Zischen musste die Lebensgeister wecken.

»Irgendwas Neues?«, fragte Paul Regen.

»Nichts«, sagte Mitterstahl.

»Ich würde sogar sagen: gar nichts«, fügte Förster hinzu. Paul Regen hatte keine Ahnung gehabt, dass der Kollege Humor hatte.

»Die ganze Nacht ruhig«, sagte Paul Regen, als er wieder auf dem Beifahrersitz neben Adelheid Auch saß. »Unsere beiden belgischen Detektive haben drei Leute fotografiert, die rausgekommen sind, aber auf keinen passt auch nur im Ansatz die Beschreibung eines der Jungs aus Frankfurt.«

»Belgische Detektive?«, fragte Adelheid Auch.

»Sie kennen Tim und Struppi nicht?«, fragte Paul Regen grinsend. »Sie hätten sie sehen sollen.«

Adelheid Auch schüttelte irritiert den Kopf und prüfte, ob auf dem Speicherchip der Kamera noch genügend Platz war. Falls überhaupt einmal etwas passierte. Seit zwei Tagen teilten sie sich die Schichten. Zwar hatte Xaver Turner zugestimmt, auf vier Teams aufzustocken, aber das bedeutete immer noch, dass jedes von ihnen sechs Stunden am Tag in einem Auto hocken musste. Das Schlimmste war, dass man ständig ungesundes Zeug in sich hineinstopfte, aber dagegen hatte Paul Regen heute vorgesorgt. Er zog zwei Tupperdosen aus einer Papiertüte und reichte eine davon der Kriminalhauptmeisterin.

Adelheid Auch betrachtete den blassen Inhalt der Box mit einiger Skepsis. »Was ist das?«, fragte sie. »Vogelnestsuppe?«

Paul Regen grinste und reichte ihr eine Gabel. »Hühnerfrikassee«, sagte er.

»Sie bringen Hühnerfrikassee mit zu einer Observierung?«, fragte Adelheid Auch.

»Haben Sie eine bessere Idee?«, fragte Paul Regen. »Wenn schon nichts passiert, können wir wenigstens etwas Anständiges essen.«

»Sie glauben, dass wirklich nichts passiert?«, fragte die Polizeimeisterin und öffnete die Dose. Sie stocherte in dem Eintopf herum und versuchte, die einzelnen Bestandteile auf der Gabel zu isolieren, um sie besser identifizieren zu können.

»Keine Ahnung«, sagte Paul Regen. »Aber ich bin mir sicher, dass nichts passiert, solange sie diesen Wagen nicht bewegen. Und deshalb gibt es nichts Sinnvolleres, als ihm beim Nichtstun zuzuschauen.«

Adelheid Auch hielt ihm ihre Gabel vor die Nase.

»Ich will Sie nicht vergiften, Frau Auch«, sagte Paul Regen.

»Was ist das?«, fragte sie.

»Eine Kaper«, sagte Paul Regen.

»Habe ich ewig nicht gegessen«, sagte Adelheid Auch und probierte mit spitzer Zunge. »Schmeckt wie Zitrone«, stellte sie fest.

»Ganz und gar nicht. Und genau genommen ist es eine Blüte«, belehrte sie Paul Regen. Mit einem ordentlichen Frikassee gehen einem wenigstens nicht die Gesprächsthemen aus, dachte er und schaute seiner Stadt beim Erwachen zu, während er darauf wartete, dass etwas passierte.

Als tatsächlich etwas passierte, war Paul Regen in zweifacher Hinsicht erstaunt. Zum einen, dass es geschah, und zum anderen über das Vorkommnis selber. Er zog das Handy aus der Tasche und warf einen Blick auf das Display. Unbekannte Nummer. Es kam niemals vor, dass sein Diensthandy an einem Sonntagmorgen um sechs Uhr klingelte, es sei denn, der Eberdinger war dran.

»Was gibt's denn jetzt schon wieder, Eberdinger?«, bellte er ins Telefon und klang genauso unfreundlich, wie er es beabsichtigt hatte. Eberdinger würde das verstehen, mittlerweile waren sie ja fast so etwas wie gute Freunde, die nächtliche Telefonate führten, um sich die Einsamkeit zu versüßen.

»Paul?«, fragte eine Frauenstimme.

»Pardon«, sagte Paul.

»Paul, hier spricht Solveigh Lang.«

Das war eine echte Überraschung! Er kannte sie von ihrem Fall im letzten Jahr. Sie war so etwas wie ein Europol, ohne Europol zu sein. Jedenfalls hatte sie damals in null Komma nix eine Ermittlereinheit in Spanien organisiert und dann eine zweite in Portugal. Sie war so etwas wie ein Übersetzungsbüro für europäische Polizeiarbeit. Na gut, dachte Paul. Vielleicht ein wenig mehr als das, musste er zugeben, als er sich daran erinnerte, welchen Anteil ihre Organisation an der Aufklärung des Falls gehabt hatte.

»Das ist eine Überraschung«, sagte Paul.

»Warten Sie ab, bis Sie die Morgenzeitung sehen«, versprach Solveigh. »Am besten besorgen Sie sich gleich alle Münchner Lokalausgaben«, sagte sie und legte auf. Sie war noch nie eine Frau vieler Worte gewesen.

Seufzend stellte Paul Regen die Dose mit dem wunderbaren Frikassee auf das Armaturenbrett und öffnete die Tür.

»Bin gleich wieder da«, sagte er zu Adelheid Auch und machte sich auf den Weg zum nächsten Kiosk, wo sie ihn mittlerweile kannten, weil er viel Kaffee benötigte und außerdem stets ein gutes Trinkgeld gab.

Schon von Weitem sah er, dass auf allen Titelseiten das Foto einer jungen Frau abgebildet war. Sie trug ein Kopftuch und schaute lächelnd in die Kamera.

Paul suchte nach Solveighs Handynummer im Speicher seines Telefons.

»Wer soll das sein?«, fragte er.

»Das ist die Freundin von einem der Leute, vor dessen Auto Sie sich gerade den Ischias in die Hüfte sitzen«, sagte Solveigh.

»Im Ernst?«, fragte Paul Regen.

»Im Ernst«, sagte Solveigh Lang. Sie fackelte nicht lange. Das hatte sie noch nie.

»Und Sie glauben, das funktioniert?«, fragte Paul.

»Ich weiß es nicht«, gab Solveigh zu. »Aber einen Versuch ist es wert, oder nicht?«

KAPITEL 84

München, Deutschland
11.05.2014, 06.04 Uhr (zur gleichen Zeit)

Hadi drehte den Kopf nach rechts und murmelte »*Assalum alaikum*«. Dann wandte er sich nach links und wiederholte den Gruß. Er blieb noch ein paar Sekunden sitzen, erhob sich dann langsam und schaute sich um. Zu dieser Zeit war der nördliche Teil des Englischen Gartens menschenleer. Deshalb hatten er und Saif ihn ausgesucht. Sie waren etwas zu spät dran für das Fadschr-Gebet, aber der Imam, der sie in Kairo betreut hatte, hatte erklärt, dass das für einen Kämpfer ganz normal und im Sinne des Propheten sei. Sie konnten schlecht in ihren eigenen vier Wänden einen Gebetsteppich ausrollen, noch war es ihnen vergönnt, eine Moschee aufzusuchen, um mit Gleichgesinnten zu beten. Es war davon auszugehen, dass alle islamischen Gotteshäuser überwacht wurden, hatten sie ihnen erklärt. Weil die Ungläubigen Angst vor ihrer Stärke hatten, so sah es Jafar. Hadi rollte das vom Raureif feuchte Tuch zusammen, während Saif seines faltete. Hadi hatte keine Ahnung, ob es eine Regel gab, wie dick ein Gebetsteppich sein musste. Natürlich war ein Tuch alles andere als optimal, aber auch hier galt die Ausnahmeregelung, und es war allemal besser als direkt auf dem Boden. Sie steckten es in die Taschen ihrer Jeans und liefen nebeneinander den Kiesweg entlang.

»Gibt es noch irgendetwas zu tun?«, fragte Saif, nachdem sie endlich einen Mülleimer für die Tücher gefunden hatten. Die ersten Jogger waren jetzt auf den Wegen unterwegs. Noch später durften sie nicht mehr herkommen. Es war nie auszuschließen, dass sich ein Islamgegner über sie mokierte, auch wenn sie mit ihren Gebeten niemanden störten.

Hadi schüttelte den Kopf. »Jafar weiß, was er morgen zu tun hat und wo wir uns treffen. Wir haben alles, was wir brauchen. Lass uns uns heute Abend noch einmal hier zum Beten treffen. Ansonsten kannst du meinetwegen machen, was du willst.«

Saif zuckte mit den Schultern. Er schien tatsächlich nicht zu wissen, was er mit sich anfangen sollte.

»Was hat der Prophet am Abend vor der Schlacht gemacht, außer zu beten?«, fragte Saif nach einer Weile.

»Keine Ahnung«, sagte Hadi. Er wusste nur, was er selbst tun musste.

Zwanzig Minuten später saß er im Hofgarten auf genau der Bank, auf der alles begonnen hatte. Hier hatten sie das Handy mit dem Geld ausgepackt. Hier hatten sie einen Teil ihrer Pläne geschmiedet. Es erschien Hadi passend, dass er es hier zum Abschluss bringen würde. Er griff nach einem Zettel und einem Stift.

»Meine liebe Golshan«, begann er zu schreiben. Er hielt inne. Was sollte er ihr sagen? Wie könnte er sich ihr erklären? Es gab nichts zu erklären. Er legte den Stift auf die Parkbank und betrachtete den kleinen Pavillon in der Mitte des Gartens. Er tastete nach dem Anhänger unter seinem T-Shirt und fühlte sich allein gelassen.

Er hörte einige wenige Schritte auf dem Kies und spürte, wie sich jemand neben ihn setzte. Er war aus dem Nichts aufgetaucht. Hadi schaute auf.

»Du solltest vorsichtiger sein«, sagte der Mann mit dem Anzug.

»Ihr folgt mir?«, fragte Hadi.

»Hast du das nicht gewusst?«, fragte der Mann.

Das hatte Hadi tatsächlich nicht. Natürlich hatte er sich von Zeit zu Zeit verfolgt gefühlt, es aber immer auf seine eigene Paranoia geschoben.

»Was machst du?«, fragte der Mann.

»Ich schreibe meinen Brief«, antwortete Hadi.

»Das ist gut«, sagte er.

Hadi nickte und faltete das Papier zusammen. Es ging niemanden etwas an, wem er schrieb.

Der Mann reichte ihm eine eingerollte Zeitung. Hadi schaute ihn fragend an und warf dann einen Blick auf die Titelseite.

Sein Herz stockte. Es war unmöglich. »HIER SPRICHT DIE FREUNDIN DES TERRORISTEN«, stand dort. Unter einem Bild von Golshan. Sie sah traurig aus, obwohl sie lächelte.

Hadis Finger verkrampften sich. Wut wechselte sich mit Trauer und dem Wunsch, dass alles ein Ende hätte.

»Was hat das zu bedeuten?«, fragte Hadi.

»Nichts«, sagte der Mann. Wieder lagen seine Hände ruhig auf den Bügelfalten seiner Chino. Ihn schien nichts zu betreffen, nichts konnte seine Überlegenheit erschüttern.

»Du weißt, wer sie ist?«, fragte Hadi.

»Natürlich«, sagte der Mann. »Ihr Vater ist einer von uns.«

Hadi zitterte bei dem Gedanken an den Imam. Er sah sich wieder in dessen Zimmer in der Moschee sitzen. Er schmeckte den süßen Tee und die bitteren Worte.

»Hadi«, sagte der Mann und griff nach seinem Arm. »Du darfst dich den Psychotricks der Polizei jetzt nicht mehr beugen. Das ist alles nur Show, um uns in die Knie zu zwingen. Das durchschaust du doch, oder?«

Hadi wusste nicht, was es daran zu durchschauen gab. Sie würden Golshan wohl kaum gezwungen haben, bei ihrem Spiel mitzumachen, oder etwa doch? Der Araber musste seine Zweifel bemerkt haben, aber er ließ ihn nachdenken. War es möglich, dass sie das Foto ohne ihr Wissen missbraucht hatten?

»FATIMA R.* SAGT: ER TRÄGT IMMER NOCH MEINEN ANHÄNGER UM DEN HALS. HADI F. KÄMPFTE IN SYRIEN, JETZT IST ER ZURÜCK! DROHT UNS EIN ANSCHLAG MITTEN IN DEUTSCHLAND?«

Hadi schluckte. Niemand wusste von dem Anhänger. Das Interview war keine Fälschung! Sie hatten ihren Namen geändert, aber es gab keinen Zweifel. Golshan schickte ihm eine Botschaft. Sie wollte ihm sagen, dass sie noch immer an ihn glaubte.

»Hadi«, sagte der Syrer. Seine Hand ruhte immer noch auf seinem Arm. »Hadi, hör mir zu.«

Hadi ließ die Zeitung sinken. Er traute sich nicht, ihn anzuschauen.

»Du weißt, was passiert, wenn du jetzt davonläufst, oder?«

Hadi starrte auf das Rathaus hinter dem Pavillon. Er hatte noch niemals eine Chance gehabt. Und auch jetzt zerstob das winzige Körnchen Hoffnung in Millionen kleine Atome. Er wusste, dass sie alles tun würden, damit sie ihre Mission fortsetzten. Vielleicht würden sie Golshan sogar dafür umbringen.

Es gab jetzt kein Zurück mehr. Vielleicht hatte es das nie gegeben.

KAPITEL 85

Frankfurt, Deutschland
11.05.2014, 13.18 Uhr (zur gleichen Zeit)

Solveigh hatte ein Hotelzimmer angemietet, um Golshan in einer neutralen Umgebung befragen zu können. Das Frauenhaus sollte ihre Chance für die Zukunft sein, heute jedoch ging es ausschließlich um ihre Vergangenheit. Die Suite im Radisson hatte bodenlange Fenster und bot einen atemberaubenden Blick über die Stadt. Allerdings nur denen, die schon im Gebäude waren, denn die übergroße, runde Glasmünze, die ein geschmacksverirrter Architekt in der Nähe der Messe hatte errichten lassen, war das hässlichste Gebäude der Stadt. Was in Solveighs Augen in Frankfurt eine echte Herausforderung war.

Golshan Richter saß gedankenverloren auf einem Sessel, die Aussicht schien sie nicht sonderlich zu beeindrucken.

»Nehmen Sie sich gerne etwas zu trinken«, sagte Solveigh und deutete auf den kleinen Glastisch.

Golshan Richter schüttelte den Kopf.

»Ist das in Ordnung für Sie?«, fragte Solveigh. »Dass wir dieses Gespräch führen? Ich verspreche Ihnen, dass der Psychologe nichts fragen wird, was mit Ihnen zu tun hat. Es geht uns lediglich darum, herauszufinden, was die drei vorhaben könnten.«

»Mir ist zwar immer noch nicht ganz klar, wie das funktionieren soll, aber ja. Ich bin einverstanden«, sagte die junge Deutsch-Türkin.

Sie ist stärker, als sie aussieht, dachte Solveigh. Sie mochte Golshan.

Solveigh stellte sich vor das Fenster und blickte auf die Skyline von Frankfurt. Unter ihr fuhren die kleinen Autos in Schüben in Richtung Autobahn. Vom fünfzehnten Stockwerk sah es aus wie ein Miniatur-Wunderland. Und doch war Frankfurt nicht für alle seine Einwohner ein Wunder. Aus zehn Kilometern Flughöhe sieht auch Bagdad friedlich aus, dachte Solveigh.

»Es ist im Grunde ganz einfach«, versuchte sich Solveigh an einer Erklärung. »Eine Gruppe aus drei Individuen, die einen Anschlag verüben, wird das Ziel im Konsens festlegen. Dabei spielt es eine Rolle, wer der Wortführer ist, wer eher schüchtern, wer eher ein Mitläufer. Es ist zum Beispiel etwas vollkommen anderes, ob Sie mit einer Sprengstoffweste auf das Oktoberfest laufen und sich in einem Zelt in die Luft jagen oder ob Sie Leute im Biergarten von einem Fenster gegenüber erschießen.«

Solveigh spürte, dass sich Golshan bei der Vorstellung verkrampfte.

»Das ist natürlich nur ein etwas drastisches Beispiel«, sagte sie. »Wobei Sie uns helfen können, ist, die Gruppendynamik zwischen den dreien zu verstehen. Sie kennen Wolfgang, Frank und Hadi. Und Sie kannten sie auch vor ihrer Radikalisierung. Das ist ein enormer Vorteil.«

»Ich wüsste nicht, was ich dazu sagen sollte«, meinte Golshan und klang nicht überzeugt.

»Warten Sie es ab«, sagte Solveigh. »Er ist sehr gut im Fragenstellen.« Sie grinste und war froh, dass Golshan es von ihrem Platz aus nicht sehen konnte.

Der Psychologe, den Eddy organisiert hatte, war nicht einmal studierter Psychologe. Eddy hatte Golshans Internet-Protokolle durchforstet, die beim BKA gespeichert wurden, weil sie über das WLAN ihres Vaters liefen. Sie kannte den Mann, der gleich durch die Tür kommen würde. Sie kannte ihn wie Millionen andere Deutsche auch. Und wie so viele in seiner Radiosendung, die Golshan so oft anhörte, würde auch sie ihm intimste Geheimnisse anvertrauen wie einem guten Freund. Er war einer der besten Zuhörer des Landes.

Es klopfte. Solveigh lief zur Tür, ihre Absätze klackerten auf dem Holzboden. Sie öffnete.

»Hallo, Damian«, begrüßte Solveigh ihren Gast. »Schön, dass Sie es einrichten konnten.«

KAPITEL 86

München, Deutschland
11.05.2014, 23.53 Uhr (neun Stunden später)

Um kurz vor zwölf verließen Hadi und Saif das Haus der Wohngemeinschaft und liefen schweigend zu ihrem Auto. Der nachtblaue Passat stand noch an derselben Stelle. Hadi drückte auf die Fernbedienung am Schlüssel. Der Wagen erwachte mit dem Einschalten der Scheinwerfer zum Leben und öffnete die Türschlösser. Saif setzte sich auf den Beifahrersitz, aber Hadi wollte noch einen Blick in den Kofferraum werfen: Der Sprengstoff und der Rest ihrer Ausrüstung war unangetastet. Er legte den Rucksack mit der Verpflegung auf die Bohrmaschinen und zog die Abdeckung wieder zu, bevor er den Deckel schloss.

Anderthalb Stunden später näherten sie sich dem Bahnhof von Kinding. Es war jetzt kurz nach halb zwei. Der letzte Regionalexpress für heute Nacht hatte vor etwas über einer Stunde hier gehalten, der nächste kam erst morgen früh. Dies waren die Stunden, die Hadi und Saif hatten, um ihren Plan in die Tat umzusetzen. Hadi steuerte den Passat am Bahnhof vorbei durch die Unterführung. Über ihnen lagen für wenige Sekunden die Bahngleise, die morgen den Lauf der Welt verändern würden. Nicht nur in Deutschland, der ganzen Welt würde morgen der Name Kinding ein Begriff sein. Ein Begriff für die Stärke des Islam und für die Schwäche des Westens.

Hadi fuhr die Straße auf der anderen Seite der Bahngleise entlang, bis er erneut die Gleise querte, diesmal direkt über der Tunneleinfahrt. Er schlug das Lenkrad nach links ein und stellte den Wagen ab. Sie hatten besprochen, was zu tun war. Hadi stellte den Motor ab, und beide stiegen aus.

Wortlos begannen sie, den Kofferraum zu entladen. Sie schleppten alles etwa zwanzig Meter in den Wald hinein und stapelten es in einer Senke, die sie sich ausgesucht hatten, als sie die Gegend ausgekundschaftet hatten. Sie arbeiteten schweigend, ohne große Hast. Nur die abgeworfenen Zweige knackten unter ihren Füßen. Als Letztes schnappten sie sich das Notstromaggregat, jeder an einer Seite. Hadi hörte Saifs schnellen Atem in der Nacht. Als sie das Gerät neben den Sprengstoff stellten, drückte Hadi Saif den Schlüssel in die Hand. Er würde den Wagen auf dem Parkplatz am Bahnhof abstellen und dann den Rückweg zu Fuß antreten.

Als der Motor ansprang, tauchten die Scheinwerfer des Wagens den Wald in gleißendes Licht. Die Bäume wirkten wie Soldaten, die den Tunnel unter ihnen bewachten. Hadi sah dem Passat beim Wenden zu. Langsam wurden die Rücklichter kleiner, und das Motorengeräusch verschwand in der Nacht. Dann war es wieder still.

Der Mond, der in drei Tagen seine volle Größe erreichen würde, spendete selbst durch die dichten Nadeln genug Licht. Vorsichtig schlich Hadi zum Waldrand. Er wusste von den Karten, dass der Schellenbergtunnel auf den ersten vierhundert Metern gerade verlief. Um eine Stelle zum Graben zu finden, mussten sie nur die Strecke der Bahnschienen vor dem Tunneleingang verlängern. Er betrachtete die verlassenen Gleise unter sich und sah, wie Saif den Passat auf dem gepflasterten Parkplatz des Bahnhofs abstellte. Dann ging Hadi zurück und markierte die Stelle, wo sie graben würden, mit einem der Spaten. Sie hatten vier Stunden, um das Loch auszuheben, und dann noch einmal eine weitere, um die Bohrlöcher zu bohren. Das war die heikelste Phase ihres Plans, aber Hadi war überzeugt, dass niemand das leise Tuckern des Notstromaggregats hören würde. Es gab keine Anwohner und der Bahnhof bestand nur aus einem Gleis mit einem gläsernen Wartehäuschen. Wenn nicht ausgerechnet ein Jäger vorbeikam, dürften sie ungestört arbeiten können. Und für diesen Fall hatten Hadi und Saif die Pistolen aus dem Koffer im Zug mitgebracht. Ihre falschen Pässe steckten neben den Waffen in den

Innentaschen ihrer Jacken. Im Fall der Fälle würde Saif schießen lassen. Wer überlebte, hing nicht davon ab, wer besser zielen konnte, sondern wer weniger Skrupel hatte. Diesbezüglich, da war sich Hadi sicher, würde niemand gegen einen glühenden Salafisten wie Saif gewinnen.

Dann setzte er sich auf den feuchten Waldboden und griff nach dem Anhänger. Es war ein schrecklich guter Plan, den sie ersonnen hatten, dachte er und tastete nach dem Zünder in seiner anderen Jackentasche.

KAPITEL 87

München, Deutschland
12. 05. 2014, 07.42 Uhr (fünfeinhalb Stunden später)

Jemand schlug ihn. Es gab keinen Zweifel. Jemand zerrte an seinem Hemd. Paul Regen schlug die Augen auf und blickte in Adelheid Auchs wache Augen.

»Es geht los«, sagte sie aufgeregt und drehte den Zündschlüssel. Der Diesel sprang an, und Paul Regen stellte die Lehne des Beifahrersitzes waagerecht. Adelheid Auch hielt ihm die Digitalkamera vor die Nase, während sie den Blinker setzte.

Fünfzig Meter vor ihnen wuchtete jemand den Ford aus der engen Parklücke. Offenbar hatten es die Terroristen verabsäumt, beim Autohof Giesing auf einer Servolenkung zu bestehen. Paul Regen schaltete die Kamera ein und wählte die Diashow-Funktion. Er scrollte sich durch die letzten Aufnahmen. Sie zeigten einen jungen Mann vor der Haustür der 81. Er erinnerte nur entfernt an Wolfgang Tisch, der sich in Syrien Jafar al-Almani genannt hatte – »der Fluss aus Deutschland« –, was Paul Regen reichlich albern fand. Aber wenn man in Betracht zog, dass er seinen Bart abrasiert und sich die Haare dunkel gefärbt und geschnitten hatte, war es durchaus möglich. Wenn er ganz genau hinsah, war es sogar ziemlich eindeutig, dass es sich um Wolfgang Tisch handeln musste. Sein Instinkt hatte ihn nicht getäuscht. Jetzt mussten sie ihm nur noch folgen, bis er sie zu den anderen führte. Und das war nur eine Frage der Zeit.

Tisch machte an der nächsten Möglichkeit einen U-Turn, um auf die stadtauswärts führende Spur zu kommen. An der Donnersbergerbrücke bog er rechts ab.

Paul Regen griff zum Telefon, um Unterstützung anzufordern. Solveigh Lang hatte ihm zwar am Telefon versichert, dass ihre Ermittlungen ergeben hatten, dass der junge Tisch nicht gerade der hellste Kopf der Truppe war, aber man konnte nie vorsichtig genug sein. Vor allem nicht so kurz vor dem Ziel.

Nach einer zwanzigminütigen Fahrt durch die Rushhour erreichten sie schließlich die A9. Offenbar hatte die Zelle entschieden, sich auf verschiedene Standorte zu verteilen, was Paul Regen durchaus clever erschien. Nach Solveighs Vermutung war es Hadi Farhan, der die Gruppe anführte, und Paul musste zugeben, dass er seine Sache nicht schlecht machte.

Kurz nach der Autobahnauffahrt klingelte sein Telefon.

»Die Ablösung ist da, Frau Auch«, sagte Paul Regen, nachdem er aufgelegt hatte. »Lassen Sie sich mal zurückfallen.«

Adelheid Auch nahm den Fuß vom Gas. Der hinter ihnen fahrende, verbeulte VW-Bus überholte sie und scherte vor ihnen wieder auf die rechte Spur ein. Insgesamt übernahmen drei Autos die Verfolgung des meistgesuchten Terroristen in Deutschland, das von Paul Regen und Adelheid Auch eingerechnet.

KAPITEL 88

München, Deutschland
12. 05. 2014, 08.01 Uhr (zur gleichen Zeit)

Elisabeth Ritter stand vor dem Spiegel und zupfte ihre Bluse zurecht. Sie hatte die lilafarbene gewählt, weil dieser Farbton in keinem Verlagslogo des Konzerns vorkam. Sie wollte nicht wie eine dastehen, die sich bei den Konzernoberen anbiederte. Als ob sie das nötig hätte. Und doch würde der heutige Tag einer der wichtigsten ihres bisherigen Berufslebens werden. Ihr Verlag stand am Scheideweg, niemand wusste das besser als die Vertriebsleiterin. Und die hieß nun einmal seit fünfzehn Jahren Elisabeth Ritter. Die Spitzen des Konzerns hatten nach Frankfurt geladen. »Strategietagung« nannten sie die Veranstaltung, bei der es in Wahrheit darum ging, einen Schuldigen für die Misere zu identifizieren, den man entlassen konnte, um genauso weiterzumachen wie bisher. Elisabeth Ritter hatte sich fest vorgenommen, die Dramaturgie des Meetings entscheidend zu verändern. Ihre Tasche stand seit gestern Abend gepackt im Flur. Trotzdem warf sie noch einmal einen prüfenden Blick in das Fach mit der Präsentation, man konnte nie wissen.

Ihr Mann saß am Frühstückstisch über die Tageszeitung gebeugt, auf seine Krawatte war Eigelb getropft. Ein Blick von Elisabeth Ritter genügte, und er legte sie fluchend ab. Sie gab ihm einen Kuss.

»Du siehst toll aus«, sagte er und goss sich ein Glas Orangensaft ein.

»Ich fühle mich miserabel«, antwortete sie.

»Kauf sie dir«, sagte ihr Mann, der seit dreißig Jahren an der Uni arbeitete. Er war ein schlauer Kopf, aber die Realität in der Wirtschaft floss an ihm vorbei wie die Elbe an Brunsbüttel.

»Morgen Abend bin ich wieder da«, sagte sie, als es an der Haustür klingelte. Das Taxi wartete unten.

»Ich muss los«, sagte sie und griff nach dem Glas Orangensaft. Sie nahm zwei schnelle Schlucke.

»Viel Spaß in Frankfurt«, sagte er und widmete sich wieder seiner Zeitung.

Elisabeth Ritter griff nach ihrer Tasche und machte sich auf den Weg zum Bahnhof.

KAPITEL 89

Kinding, Deutschland
12. 05. 2014, 08.59 Uhr (zur gleichen Zeit)

»Ich muss mal pissen«, sagte Hadi zu Saif. Sie lagen seit dreieinhalb Stunden auf dem feuchten Waldboden, ohne sich zu rühren. Alle zehn Minuten streckte Hadi seine Beine unter der Decke, die sie über sich gebreitet hatten. Obwohl die Temperaturen angenehm waren, wurde es schnell kalt, wenn man sich nicht bewegte, und die Nässe besorgte den Rest. Sie lagen etwa fünfzig Meter von der Stelle entfernt, an der sie das Loch ausgehoben hatten. Die Sprengladungen waren im Beton versenkt und mit dem Zünder verbunden. Sie hatten ihr Gerät in das Loch geworfen und es notdürftig zugeschüttet. Es spielte keine Rolle mehr. Hadi warf einen Blick auf das Handy in seiner Hand. Ihnen blieb noch etwa eine halbe Stunde.

»Gib mir den Zünder«, verlangte Saif.

Hadi zögerte. Dann drückte er ihm den Kasten in die Hand. Die Kabel liefen auf dem Waldboden entlang bis zu dem Erdhügel.

»Und das Handy«, sagte Saif.

»Vergiss es«, sagte Hadi und stand langsam auf. Seine steifen Glieder fühlten sich taub an. Er schwankte hinter einen Baum. Dann zog er den Reißverschluss seiner Hose auf und zog das Handy heraus. Mit der rechten Hand schrieb er eine kurze Nachricht. Es spielte keine Rolle mehr, dachte er. Er zog die Hose hoch und warf einen Blick auf den Bahnhof. Etwa zwanzig Leute standen auf dem Gleis und warteten auf einen Zug.

Ihr habt keine Ahnung, wie viel Glück ihr habt, dachte Hadi, der wusste, dass der Regionalzug sie in fünf Minuten abholen würde. Nur einen Zug später, und euer Leben wäre vorbei, dachte Hadi.

Noch einmal warf er einen Blick auf die SMS. Dann drückte er auf »senden«.

KAPITEL 90

Kinding, Deutschland
12. 05. 2014, 09.01 Uhr (zur gleichen Zeit)

Brigitte Gwodz schwitzte, obwohl sie immer weniger schwitzte, je älter sie wurde. Der Zug aus Garmisch hatte zwanzig Minuten Verspätung angesammelt, und so hatte sie schon am Münchner Hauptbahnhof rennen müssen, um den ICE zu erwischen. Es hätte sie sehr gestört, wenn sie ihre Verbindung verpasst hätte, denn Brigitte mochte es nicht, wenn sich Pläne änderten. Sie hatte einen Ausdruck von dem freundlichen Herrn aus dem Reisezentrum am Essener Hauptbahnhof, und sie hatte vor, genau diese Zugfolge zu benutzen, weil es das war, was er für sie herausgesucht hatte. Und da sie den ICE gerade so erreicht hatte, waren die letzten fünfzehn Minuten dafür verschwendet worden, sich zu ihrem Platz durchzukämpfen. Der Zug war zum Bersten gefüllt, überall hatten die Geschäftsleute ihre

Koffer in die Gänge gestellt und klemmten jetzt mit den Kopfhörern ihrer Telefone im Ohr hinter ihren Computern. Niemand hörte es, wenn eine achtzigjährige Frau mit ihrem Rollkoffer vorbei wollte. Nur ganz selten stand jemand auf und räumte seine Sachen aus dem Weg. Brigitte ließ sich dennoch die Laune nicht verderben und quittierte in diesem Moment auch die vierzigste Tasche im Gang mit einem Lächeln.

»Entschuldigen Sie«, sagte sie zu der jungen Studentin, die im Durchgang zum nächsten Wagen lehnte und missmutig in einer Zeitschrift blätterte. Für ihr Make-up wäre man zu Brigittes Jugendzeit in eine Anstalt eingewiesen worden.

Die Studentin schob ihren Kaugummi zwischen die Vorderzähne und zog den Bauch ein. Brigitte zog ihren Rollkoffer vorbei.

Wagen 25. Hier irgendwo war ihr Platz. Sie lief an den Toiletten vorbei und am Kinderabteil. Als sie ihren Platz erreichte, stellte sie fest, dass schon jemand darauf saß. Der Mann mit dem karierten Hemd schaute genervt, als sie ihm ihre Platzreservierung hinstreckte. Sein Gesicht war rot und aufgedunsen. Brigitte Gwodz wusste, dass er ein Trinker war.

»Ich glaube«, sagte Brigitte Gwodz, »das wäre mein Platz.«

Er nahm ihr die Karte aus der Hand und las.

»Das glaube ich nicht«, sagte er und reichte ihr die Reservierung. Er deutete mit dem Zeigefinger darauf.

»Das ist für Wagen 35«, sagte er. »Der fährt heute nicht.«

Brigitte schluckte. Sollte sie etwa bis Köln stehen bleiben? Sie las noch einmal die Angaben auf dem Ticket. Und er hatte tatsächlich recht.

Brigitte schaute sich um. Es war weit und breit kein freier Platz zu sehen. Sie steckte die Reservierung wieder in die Tasche und machte sich auf den Rückweg zum Bordbistro. Dort hatten die Schaffner ein kleines Abteil. Sie würde einfach fragen. Als sie am Mutter-Kind-Abteil vorbeikam, klopfte ein kleiner Junge an die Scheibe. Brigitte winkte ihm zu. Offenbar war die Familie alleine. Und sie waren nur zu dritt, obwohl es sechs Plätze gab.

Brigitte fasste sich ein Herz und klopfte an die Scheibe.

KAPITEL 91

Frankfurt, Deutschland
12. 05. 2014, 09.04 Uhr (zur gleichen Zeit)

Solveigh Lang stand vor dem Fenster ihres Hotelzimmers und trank einen Kaffee, während auf dem Laptop eine Konferenz mit den Kollegen in Den Haag lief. Der Psychologe referierte gerade über seine erweiterte Auswertung des Gesprächs, das der Radiomoderator mit Golshan Richter geführt hatte. Er behauptete, dass die Gruppendynamik für eine sorgfältig geplante Tat sprach, die alle Beteiligten überleben würden. Allenfalls Frank Proschinski wäre zu einem Selbstmordanschlag fähig. Hadi würde es aus seiner Sicht nicht einmal in Betracht ziehen, und Wolfgang Tisch würde zwar große Töne spucken, aber vor der eigentlichen Durchführung einen Rückzieher machen.

Solveigh betrachtete die Flugzeuge, die auf dem Frankfurter Flughafen landeten. Wie eine Perlenschnur zog sich ihr Band durch den Himmel. Es waren die Transatlantikmaschinen, die über Nacht geflogen waren und jetzt am Morgen hier landeten. Solveigh hielt ihr Handy zum Horizont. Sie hatte eine App, mit der sie die einzelnen Flugzeuge bestimmen konnte. Der Jumbo, der sich gerade in der finalen Landephase über Sachsenhausen befand, kam aus Chicago.

Sie fand, dass sie zwar Fortschritte machten, aber bei Weitem nicht schnell genug. Eddy schien es ähnlich zu gehen. Er hatte seit zehn Minuten nichts mehr gesagt, ein untrügliches Zeichen dafür, dass ihn der Vortrag des Professors langweilte.

»Ich finde, wir sollten das konkretisieren«, sagte sie in einer der seltenen Gesprächspausen. »Und vor allem mal langsam sagen, was wir glauben, was sie vorhaben, statt uns immer nur damit aufzuhalten, was sie nicht tun werden.«

Am anderen Ende der Leitung herrschte Schweigen.

»Slang hat recht«, sagte Will Thater. »Wir kommen so nicht weiter. Und ich denke …«

Solveigh stellte den Ton des Laptops ab, weil ihr Handy klingelte. Es war Golshan, die in einem Zimmer nebenan wohnte. Solveigh hatte sie hier einquartiert, bis sie ihren Freund gefunden haben würden. So lange musste ihr neues Leben noch warten.

»Warum kommen Sie nicht rüber?«, fragte Solveigh.

»Ich …«, stammelte Golshan. »Ich muss Ihnen etwas zeigen.«

Sie klang verwirrt. Verstört. Solveigh legte ihren Zeigefinger auf das Trackpad und stellte ihre Teilnahme an der Konferenz auf *abwesend*. Sie lief zur Tür.

»Was ist passiert, Golshan?«, fragte sie, noch während sie an ihrer Zimmertür klopfte.

Die junge Türkin öffnete, ohne nachzufragen, wer draußen stand. Das würden sie noch besprechen müssen. Sie hielt Solveigh ihr Handy vor die Nase. Sie hatte eine SMS bekommen.

Solveigh las. Und bedeutete Golshan, mit in ihr Zimmer zu kommen.

Kaum hatte sie ihren Laptop erreicht, unterbrach sie die Diskussion und ließ direkt die Bombe platzen.

»Hadi hat Golshan eine SMS geschickt«, sagte sie.

»Ich weiß«, sagte Eddy. Natürlich überwachte er ihr Handy. »Ich arbeite daran«, versprach er, und Solveigh sah ihn auf dem Bildschirm frenetisch in seine Tastatur hämmern.

»Das Handy, von dem aus die Nachricht geschickt wurde, ist ein Prepaid der Telekom«, sagte Eddy. »Ich lasse gerade die Zellenabfrage laufen.«

»Kann mal jemand auf den Inhalt eingehen?«, fragte Will Thater und deutete an die Wand des Konferenzraums in Den Haag. »Sind wir uns einig, dass es bedeutet, dass sie bald zuschlagen werden?«

»Keine Frage«, sagte Solveigh. Was sollte »*Es tut mir leid,*

Golshan. Denk mal an mich. H.« sonst bedeuten? Es war eine Art Abschiedsbrief.

»Das Handy ist immer noch eingebucht. Und zwar in eine Zelle im Altmühltal in Bayern«, sagte Eddy.

»In der Provinz?«, fragte Solveigh. »Was um alles in der Welt wollen die auf dem Land?«

»Keine Ahnung«, sagte Eddy, dessen Finger jetzt keine Ruhe mehr fanden. »Aber wir sollten es schleunigst herausfinden.«

Solveigh musste ihm zustimmen. Die SMS war ein schlechtes Zeichen, das konnten sie drehen und wenden, wie sie wollten.

»Das Audi-Werk ist ganz in der Nähe«, sagte Eddy.

»Wir brauchen etwas Besseres«, forderte Will Thater.

KAPITEL 92

Rohrbach, Deutschland
12. 05. 2014, 09.06 Uhr (zur gleichen Zeit)

Sandra Aigner beobachtete das Lächeln der alten Frau, die sich zu ihnen ins Abteil gesetzt hatte, wenn sie Liam ansah. Und sie wusste, dass es schöne Momente waren, an die sie ihr Sohn erinnerte. Liam zog sich an der Lehne des Stuhls nach oben und reichte ihr einen grünen Plastikwürfel. Wenn Kinder jemandem etwas gaben, dann schenkten sie immer auch ein Stück von sich selbst. Die freundliche alte Dame nahm ihm den Würfel aus der Hand.

»Vielen Dank, Liam«, sagte sie. »So ein freundlicher kleiner Mann«, fügte sie, an Lars gewandt, hinzu.

Lars lächelte. »Ich kann mir keinen besseren vorstellen«, sagte er.

»Das geht einem immer so«, sagte Brigitte Gwodz, die erzählt hatte, dass sie gerade zu Besuch bei ihrem Sohn in Garmisch-Partenkirchen gewesen war.

»Bei Marco – das ist mein jüngster Sohn – war das auch so. Er war so ein freundliches Kind, dass wir ihm irgendwann sogar beibringen mussten, dass nicht alle Menschen nett zu ihm sein würden«, erzählte sie. Man sah, wie stolz sie auf ihren Sohn war. »Und heute leitet er ein Hotel«, sagte die alte Dame. »Kann man sich das vorstellen?«

Lars grinste zu Sandra herüber, und Liam juchzte, weil er seine Lieblingsrassel entdeckt hatte.

»Soll ich uns mal einen Kaffee holen?«, fragte Lars und stand auf.

»Super Idee«, sagte Sandra Aigner. »Möchten Sie vielleicht auch einen, Frau Gwodz?«

»Ich möchte Sie wirklich nicht über Gebühr beanspruchen«, sagte die Rentnerin und gab Liam seinen Würfel zurück. »Wo Sie mich schon so nett in Ihrem Abteil sitzen lassen.«

»Es gehört uns ja nicht«, sagte Lars. »Und es macht wirklich keine Umstände.«

»Einen Tee vielleicht«, sagte Brigitte Gwodz und zog ihren Geldbeutel aus der Tasche.

»Lassen Sie mal«, sagte Lars. »Der Tee geht auf Liam.«

Ihr Sohn grinste, als hätte er alles verstanden.

KAPITEL 93

Ingolstadt, Deutschland
12. 05. 2014, 09.07 Uhr (zur gleichen Zeit)

An der Ausfahrt 62, Ingolstadt Süd, verließ Wolfgang Tisch die Autobahn. Nach der langgezogenen Rechtskurve bog er auf die Manchinger Straße in Richtung Innenstadt ein, und Adelheid Auch übernahm wieder die Verfolgung. Sie hielt etwa drei Wagen Abstand zu dem Ford.

Paul Regen betrachtete die Tankstellen und die Autohäuser auf beiden Seiten der Straße. Wohin war er unterwegs? Fuhr er wirklich zu einem der anderen Mitverschwörer? Oder hatte sein Ausflug einen ganz anderen Sinn?

Nach etwa einem Kilometer ordnete sich Wolfgang Tisch vor einer Ampel auf der Linksabbiegerspur ein. Alle anderen Wagen vor ihnen wollten nach rechts, sodass Adelheid Auch keine Wahl blieb. Sie kamen direkt hinter dem Terroristen zum Stehen. Der Kastenaufbau verhinderte, dass er sie durch den Rückspiegel beobachten konnte. Wolfgang Tisch blieben immerhin die Seitenspiegel. Als die Ampel auf Grün schaltete, gab er Gas, und Paul fragte sich, ob ihm aufgefallen war, dass derselbe BMW ihm schon in München gefolgt war.

Als Wolfgang Tisch auf dem Parkplatz des Hauptbahnhofs hielt, glaubte Paul Regen, dass Solveigh recht hatte: Wolfgang Tisch war nicht der Alleraufmerksamste. Am Automaten zog er ein Ticket, was Adelheid ebenso mit der

Kamera festhielt wie das anschließende Zusperren des Autos. Wolfgang Tisch war etwa einen Kopf größer als Paul, seine Bewegungen wirkten schlaksig und ungelenk, als hätte ihm die Natur ein wenig zu lange Arme und Beine geschenkt.

Paul Regen stieg aus dem Auto, als Wolfgang Tisch auf das Hauptgebäude zulief. Bei einem Bäcker kaufte er einen Becher Kaffee mit Milch und ein Brötchen mit Käse. Paul Regen erwarb im Buchladen gegenüber ein Buch, das er wahllos vom Stapel gegriffen hatte. Während er an der Kasse stand, beobachtete er Wolfgang Tisch, der das Brötchen an einem der Stehtische herunterschlang. Er wirkte nicht wie jemand, der sein Essen genoss, eher wie ein Soldat, der aß, wenn es eine Feuerpause zuließ. Nachdem die junge Verkäuferin sein Buch gescannt hatte, reichte Paul ihr einen Zwanziger über den Tresen.

Wolfgang Tisch warf einen Blick auf die Uhr. Er knüllte die Papierserviette zusammen und wischte sich über die Mundwinkel. Dann verschwand er in der Unterführung zu den Gleisen.

Paul Regen griff nach der Tüte mit seinem Buch und folgte ihm. Tisch lief jetzt schneller. Es war fast Viertel nach neun.

Paul Regen wartete fünf Minuten, ehe er die Treppe zum Bahnsteig hinauflief. Der nächste Zug fuhr erst um halb zehn von Gleis vier, und es gab keinen anderen Ausgang. Er musste sich dazu zwingen, aber es verschaffte Paul etwas Luft, falls ihn Tisch doch bemerkt haben sollte. Nachdem er zum zwanzigsten Mal auf die Uhr geschaut hatte und sich der Zeiger langsam auf zwanzig nach neun zubewegte, fand Paul, dass die Zeit gekommen war. Langsam, geradezu gelangweilt ging er die Treppe hinauf.

Oben lehnte er sich an eine der Metallsäulen, die das schmale Dach trugen, und sah sich um. Wie erwartet, stand der *agilis* nach Regensburg noch nicht auf dem Gleis. Etwa dreißig Fahrgäste warteten mit Wolfgang Tisch auf ihre Verbindung. Er stand am anderen Ende des Bahnsteigs, sicher hundert Meter von Paul Regen entfernt. Zu weit entfernt, dachte Paul und schlenderte in seine Richtung. Er hielt etwas in der Hand, das er unablässig um seine eigene Achse drehte, aber Paul konnte nicht erkennen, um was es sich handelte. Erst als er sich auf eine freie Bank setzte, sah er, dass es ein Handy war. Für sich genommen, war das nichts Ungewöhnliches, geschätzte sechzig Prozent der Wartenden starrten auf ihre Telefone. Und doch änderte es alles.

Bisher hatten die Terroristen sich strikt daran gehalten, keine modernen Kommunikationsmittel zu verwenden. Das BKA überwachte per Stimmmuster sämtliche Telefonate, speziell, seit sie wussten, dass Tisch, Proschinski und Farhan wieder in Deutschland waren. Ein schwarzes Loch.

Wieso dieses Handy? Wieso heute?, fragte sich Paul. Und wieso spielte er damit herum, statt zu telefonieren? Wieso hielt er es überhaupt in der Hand? Paul Regen zog das Buch aus der Tüte und sah zum ersten Mal bewusst den Titel: *Die globale Überwachung*. Er hatte das Buch gekauft, das dieser englische Enthüllungsjournalist über den NSA-Whistleblower geschrieben hatte. Welch ein ironischer

Wink des Schicksals, dachte Paul Regen und schlug die erste Seite auf.

Wieso brecht ihr heute mit eurer Gewohnheit?, fragte sich Paul, während er so tat, als läse er das erste Kapitel. Die Buchstaben verschwammen vor seinen Augen.

Wolfgang Tisch warf den leeren Kaffeebecher in einen Mülleimer und sah erneut auf die Uhr.

Wieso? Und wieso der Zug nach Regensburg? Paul lehnte sich zurück, als der gelb-graue *agilis* einfuhr. Ein privates Zugunternehmen hatte die Strecke von der Bahn übernommen.

Warum Regensburg?

Als sich die Türen öffneten, strömten Fahrgäste heraus, und an den Türen bildeten sich Trauben von Reisenden, die einsteigen wollten. Wolfgang Tisch gehörte nicht dazu. Er stand weiterhin auf dem Bahnsteig und spielte mit seinem Telefon.

Er will nicht nach Regensburg, sinnierte Paul Regen. Er wartet auf etwas anderes.

Waren die anderen Terroristen in dem Zug? Doch Wolfgang Tisch schien nicht nach jemandem Ausschau zu halten. Sein Blick sprang zwischen seiner Uhr, dem Handy in seiner Hand und dem Gleis nach Süden hin und her.

Was habt ihr vor?, fragte sich Paul Regen. Er starrte durch die Buchstaben hindurch, und als es ihm endlich klar wurde, spürte er einen Knoten in der Magengegend. Es gab nur einen Grund dafür, die Funkstille zu brechen, dachte Paul Regen: Wenn der Anschlag unmittelbar bevorstand. Wenn ihnen nicht mehr genug Zeit bleiben würde, zu verhindern, was längst in Gang gesetzt worden war.

Um Paul herum lief jetzt alles in Zeitlupe ab – das Adrenalin, das die Erkenntnis freigesetzt hatte, veränderte die Wahrnehmung seiner Umwelt. Er beobachtete Wolfgang Tisch, die Fahrgäste, die in den Zug stiegen. Er zog sein eigenes Handy aus der Tasche. Wolfgang Tisch hatte aufgehört, mit dem Telefon zu spielen. Es lag jetzt ruhig in seiner Hand.

Mehr Adrenalin. Paul Regen folgte seinem Blick. Er wählte die Nummer der Einsatzleitung in München, wo Xaver Turner versuchte, die Fäden in der Hand zu behalten. In der Ferne sah Paul einen ICE, der mit hoher Geschwindigkeit heranrauschte. Er kam näher und näher. Er sah, dass Wolfgang Tisch lächelte. Seine Finger drückten Tasten auf dem Telefon.

Noch mehr Adrenalin. Paul sprang auf und rannte los. Der Zug!, dachte er. Sie mussten ihn aufhalten. Als er außer Hörweite von Wolfgang Tisch war, hörte er das Tuten am anderen Ende der Leitung. Dreimal, viermal. Er drehte sich um. Wolfgang Tisch hatte das Handy in die Tasche gesteckt. Der ICE raste auf einem Mittelgleis durch den Bahnhof, die Druckwelle war selbst hier, in zehn Metern Entfernung, noch zu spüren. Das fünfte Klingeln. Wolfgang Tisch lief in Richtung Treppe.

»Turner«, meldete sich die Einsatzleitung.

»Ihr müsst die ICE-Strecke sperren!«, rief Paul.

»Wie meinst du das?«, fragte Turner.

»Sofort!«, rief Paul.

»Ganz ruhig, Paul. Was ist passiert?«, fragte Xaver Turner, und Paul Regen folgte Wolfgang Tisch. Jede Minute, die er erklärte, was passiert war, raste der Zug mit dreihundert Stundenkilometern einem unvorstellbaren Unglück entgegen. Paul Regen versuchte, des Adrenalins mit Durchatmen Herr zu werden. Sie würden die Strecke niemals sperren, wenn er ihnen nicht ruhig erklärte, warum, erkannte er.

Wolfgang Tisch lief an dem Buchladen vorbei Richtung Parkplatz. Und Paul Regen versuchte sich an dem Spagat, ihm unauffällig zu folgen und gleichzeitig zu erklären, was hier gerade passiert war.

KAPITEL 94

Frankfurt, Deutschland
12. 05. 2014, 09.32 Uhr (zur gleichen Zeit)

»Der ICE«, murmelte Solveigh.

»Das Handy bewegt sich nicht vom Fleck«, sagte Eddy. »Das Ziel MUSS direkt in Kinding sein.«

»Kinding ist eine Kleinstadt«, wandte eine Analystin zum zehnten Mal ein. »Vielleicht ist es nur ein Rendezvouspunkt?«

»Der ICE!«, sagte Solveigh noch einmal. »Der Tunnel!«

Sie beobachtete auf dem Bildschirm, wie die Runde um den Konferenztisch still wurde. Eddy warf einen Verlauf der ICE-Strecke von München nach Nürnberg an die Wand. Er führte direkt an dem Ort vorbei.

»Slang hat recht«, sagte Will Thater und griff nach einem Telefon, das vor ihm stand. »Wir müssen die Deutschen warnen!«

Solveigh betrachtete die Fotos vom Kindinger Bahnhof.

Keine hundert Meter dahinter begann der Schellenbergtunnel. Es war die einzige Möglichkeit. Aber was, um alles in der Welt, hatten sie vor? Wollten sie ein Auto auf die Schienen fahren? Oder etwas anderes? Ein Auto würde der Zug einfach wegreißen. Für eine Katastrophe würde es etwas Schwereres brauchen. Einen Bagger beispielsweise. Soweit sie wusste, gab es an den Hochgeschwindigkeitsstrecken keine Bahnübergänge mehr. Allerdings verlief laut Karte direkt oberhalb der Tunneleinfahrt eine kleine Straße, die öffentlich zugänglich war.

Sie musste so schnell wie möglich nach Bayern, dachte Solveigh. Wenn sie den Zugverkehr erst gestoppt hatten, würden die Terroristen wissen, dass sie ihnen auf den Fersen waren. Und wieder abtauchen.

Sie brauchte einen Hubschrauber. Sofort.

KAPITEL 95

Kinding, Deutschland
12.05.2014, 09.39 Uhr (zur gleichen Zeit)

Hadi und Saif starrten auf die Gleise. Jeden Moment würde der Zug aus dem Irlahüll-Tunnel auftauchen. Dann blieben ihnen exakt zwölf Sekunden. Hadi hielt den Zünder in der Hand. Er hoffte, dass er keinen Fehler gemacht hatte.

»Da!«, rief Saif. »Der Zug!«

Und tatsächlich sah Hadi weit entfernt die Lichter des Zugs im dunklen Schlund des Tunnels.

»Drück!«, schrie Saif. »Drück jetzt!«

Hadi dachte an Golshan, drückte auf den Zünder und betete. Doch die Ladung zündete nicht. Keine Explosion riss das Tunneldach in Stücke, es stürzten keine Betonblöcke auf die Gleise, keine Tonnen von Erde und Bäume.

»Du Schwein!«, rief Saif. »Ich wusste es!«

Der Sprengstoff war nicht explodiert. Was für Hadi kein Wunder war, denn er hatte den Zünder manipuliert. Die Batterie hatte keinen Kontakt. Er hatte niemals vorgehabt, dreihundert Menschen zu töten.

Hadi sah den Zug, der sich rasend schnell dem Bahnhof näherte.

»Du bist zu schwach, ich hab es immer gewusst«, rief Saif und rannte in Richtung Tunnel.

Was hatte er vor? Der Zug war jetzt beinahe auf Höhe des Bahnsteigs. Noch sieben Sekunden. Hadi sah, wie Saif durch den Wald stolperte. Er war jetzt ganz in der Nähe des Lochs, das sie in der letzten Nacht gegraben hatten.

Er musste einen zweiten Zünder installiert haben, fuhr es Hadi durch den Kopf. Es war unmöglich! Saif hatte ihm nicht vertraut. Er hatte geahnt, dass Hadi es niemals durchziehen würde.

Er konnte den ICE jetzt hören. Dreihundert Stundenkilometer. Über vierhundert Tonnen. Noch vier Sekunden. Saif ging zu Boden und riss an den Kabeln. Hadi sah ihm in die Augen.

»Nein, Saif!«, schrie er.

Er sah, dass Saif lachte. Er hielt einen Schalter in der Hand.

»*Allahu akbar!*«, schrie er in den Himmel. Gott ist groß! Noch zwei Sekunden.

Dann hörte Hadi, wie die Ladungen in der Tunneldecke in die Luft flogen. Der Triebkopf des ICE war vielleicht noch fünfzig Meter von der Einfahrt entfernt. Ein atemraubender Knall.

Und mit einer Viertelsekunde Verzögerung brach der Waldboden ein und riss Saif mit in die Tiefe.

KAPITEL 96

Kinding, Deutschland
12. 05. 2014, 09.39 Uhr (eine Minute vorher)

Elisabeth Ritter saß ganz vorne in der ersten Klasse, Panoramawagen, Blick durch das Führerhaus auf die Strecke inklusive. Heinrich Beck, ihr Verleger, saß telefonierend neben ihr. Sie war froh, dass sein Telefon geklingelt hatte, so gewann sie wenigstens fünf Minuten Ruhe in der nicht enden wollenden Diskussion der schlechten Zahlen.

Elisabeth starrte in die Dunkelheit eines Tunnels, der ebenfalls nicht enden wollte. Alle fünfhundert Meter war die Röhre beleuchtet. Sie schätzte, dass dort die Notausgänge lagen. Sie spürte, dass die Motoren unter ihren Füßen mit voller Kraft liefen. Die LCD-Anzeige über der Tür zeigte eine Geschwindigkeit von 283 Stundenkilometern. Es war erstaunlich, dass die ganze Antriebstechnik unter den Zug passte, dachte Elisabeth. Dann sah sie den Ausgang des Tunnels als kleines helles Licht in der Ferne. Es raste auf sie zu. Und schon waren sie wieder im Freien. Sie sah Leute, die zu ihrer Rechten auf einem Bahnsteig warteten. Die nächste Tunneleinfahrt war schon zu sehen: ein kleiner dunkler Mund im Berg.

Beck redete gerade über einen sicheren Bestseller im nächsten Herbstprogramm, als etwas ganz und gar Unglaubliches geschah: Die Bäume in dem kleinen Waldstück über der Tunneleinfahrt schienen alle gleichzeitig umzuknicken. Als sei ihnen der Boden unter den Füßen weggezogen worden. Der Zugführer betätigte ein Horn, und der Tunnel umfing sie.

Dann spürte sie, wie sich ihr der Boden unter ihr entgegenstreckte. Der Zug bäumte sich auf. Sie spürte das seltsamerweise, bevor sie etwas hörte. Dann folgte das Krachen von Metall auf Beton, und die Scheiben des Führerhauses zersplitterten. Glas flog ihr entgegen, dann wurde das Metall zusammengepresst. Sie flog durch die Luft und wurde nach vorn geschleudert, gegen die Glastür zum Führerhaus. Das Knirschen von Metall, das zusammengepresst wurde. Enger und enger.

Ihr Herz schlug noch, als das Radlager ihren Körper zerquetschte. Als Letztes roch sie verbranntes Plastik.

KAPITEL 97

Kinding, Deutschland
12. 05. 2014, 09.39 Uhr (eine Minute vorher)

Pit Brücher stand auf dem Bahnhof von Kinding und wartete auf den Regionalzug nach Nürnberg. Er las die aktuellen Nachrichten auf seinem Handy: Jemand hatte im Dschungelcamp einen getrockneten Springbockpenis verspeisen müssen, das deutsche Bundeskriminalamt warnte vor den Qumari-Kämpfern aus Syrien, und der bayerische Ministerpräsident hatte mal wieder Ärger wegen der Maut, die er versprochen hatte und die niemand wollte außer ihm selbst.

Als er einen lauten Knall vernahm, zuckte er zusammen, eher aus Erstaunen denn vor Angst. Wie die anderen Reisenden blickte er zum Schellenbergtunnel, der etwa hundert Meter nach dem Ende des Bahnsteigs begann. Jemand deutete auf den Berg mit den Resten einer mittelalterlichen Befestigungsanlage. Dann spürte Pit das Luftpolster, das ein heranbrausender ICE vor sich herschob.

In diesem Moment stürzte der Tunnel ein. Dicke Brocken von Beton und Erde stürzten kurz hinter der Einfahrt auf die Gleise. Das Warnhorn des ICE ertönte, schrie, während der Zug ungebremst auf die unausweichliche Katastrophe zuraste. Ungläubig schaute Pit dem Triebkopf nach, der im Berg verschwand. Wie eine Ziehharmonika schoben sich die darauffolgenden Wagen zusammen. Die Hunderte Tonnen Masse schoben den Zug weiter in den Berg. Dann verdrehten sich die Waggons. Wie Spielzeug aus Plastik sprang zuerst eines der Fahrgestelle aus dem Gleis, der nächste Wagen schob es quer gegen die Tunnelwand.

Diesmal spürte Pit keinen Luftzug, bevor ihn einer der nachfolgenden Waggons am Rücken traf und von dem Bahnsteig ins Gleisbett riss.

KAPITEL 98

Kinding, Deutschland
12. 05. 2014, 09.39 Uhr (eine Minute zuvor)

Brigitte Gwodz freute sich, dass sich der junge Liam mit ihr angefreundet hatte. Seine Mutter hatte kurz die Toilette aufsuchen wollen und ihr Mann war wieder einmal ins Bordbistro aufgebrochen, um einen weiteren Kaffee für Sandra und einen Tee für Brigitte zu holen. Eine nette Familie hatte sich Liam da ausgesucht, fand Brigitte.

»Nächste Seite, Liam?«, fragte sie.

Der Junge nickte, und sie blätterte um.

»Das ist ein Bagger, Liam«, erklärte Brigitte. »Ein roter Bagger mit einer riesigen Schaufel. Der kann ein Loch buddeln und die Erde aus dem Loch in einen Lastwagen schaufeln.«

Liam lachte und deutete auf einen Mann mit einem gelben Helm auf dem Kopf.

»Das ist der Bauarbeiter«, sagte Brigitte. »Er sagt dem Baggerfahrer, wo er graben soll.«

Dann horchte sie auf.

»Hör mal, Liam, der Zugfahrer hupt«, sagte sie.

Dann bremste der Zug. Er bremste, wie sie es noch niemals erlebt hatte. Sie hielt sich an der Lehne des Sitzes fest und umklammerte Liam. Sie hielt ihn fest und beugte sich über ihn, als sie spürte, dass etwas nicht stimmte. Metall kreischte, der Wagen kippte zur Seite.

Sie hielt Liam so fest sie konnte, als die Fenster barsten. Dann wurde ihr schwarz vor Augen.

TEIL 4

Fünf Minuten, die Liebe und der Informant

KAPITEL 99

Kinding, Deutschland
12.05.2014, 09.40 Uhr (eine Minute später)

Hadi blickte ungläubig auf das Chaos, das sie angerichtet hatten.

Es war fast exakt so gelaufen, wie sie es ursprünglich geplant hatten. Der vordere Zugteil war im Tunnel entgleist, und die vierhundert Tonnen, die ihm folgen wollten, hatten die Wagen gegen den Berg gepresst. Auch der zweite Zugteil war aus den Schienen gesprungen, und die Waggons hatten sich wie ein Zollstock miteinander verschränkt. Es brannte an mehreren Stellen. Der letzte Waggon hatte sogar einige der besonders dicht am Rand stehenden Reisenden vom Bahnsteig gefegt.

Es war surreal still.

Jetzt, da die Masse ihre Energie abgebaut hatte, krachten keine Waggons mehr ineinander, keine Bremsen quietschten, keine Sirenen signalisierten nahende Hilfe. Aus den Waggons hörte man vereinzelte Schreie, dumpf und weit entfernt. Besonders Mutige kletterten vom Bahnsteig ins Gleisbett, die meisten aber standen im Schock auf einem Fleck und rührten sich nicht.

Auch Hadi gab sich keine Mühe, sich zu verstecken. Er stand einfach ein Stück oberhalb des Tunnels am Waldrand. Immer noch dort, wo Saif und er gelegen hatten. Wie in Trance lief er zu der Stelle, wo die Tunneldecke eingestürzt war. Er stellte sich an den Rand und blickte hinunter.

Der ICE lag auf der Seite und war nicht mehr wiederzuerkennen. Es stank nach brennendem Plastik und verbranntem Fleisch.

Hadi übergab sich neben einem Baum. Dann ging er den Berg hinauf.

Es war alles so gekommen, wie sie es geplant hatten. Nur dass dies nicht sein Plan gewesen war. Es war ihm nicht gelungen, Saif zu täuschen. Saif hatte ihn durchschaut, weil er ein echter Fanatiker war. Vermutlich hatte Khalid ihm aufgetragen, ihn, Hadi, im Auge zu behalten.

Es spielte keine Rolle mehr.

Hadi setzte einen Fuß vor den anderen und begann, ein Lied zu pfeifen. Vielleicht verlor er den Verstand, dachte er. Aber auch das spielte jetzt keine Rolle mehr.

KAPITEL 100

A9 bei Irlahüll, Deutschland
12. 05. 2014, 09.45 Uhr (fünf Minuten später)

Paul Regen hielt mit seinem Handy eine Leitung zum Einsatzzentrum in München offen, während Adelheid Auch die nicht eben anspruchsvolle Aufgabe übernommen hatte, dem Ford Courier von Wolfgang Tisch zu folgen. Er hörte, wie Xaver Turner im Hintergrund mit der Notfallleitstelle telefonierte. Seit fünf Minuten versuchte er, eine Streckensperrung zu erreichen, was theoretisch im Bereich des Möglichen liegen sollte. Die deutsche Bahn behauptete, innerhalb von fünfzehn Minuten jede notwendige Notfallmaßnahme einleiten zu können. Einleiten. Theoretisch.

»Das heißt, die Strecke ist jetzt gesperrt und alle Züge haben angehalten, ja?«, fragte Xaver Turner.

Paul Regen atmete auf. Sie hatten es geschafft! Er lächelte und hielt eine Hand über das Mikrofon.

»Wir haben es geschafft, Frau Auch«, sagte er erleichtert. »Die Bahn hat alle Züge auf der Strecke gestoppt.«

Adelheid Auch grinste.

»Was soll das bedeuten, Sie haben einen ICE verloren?«, hörte Paul Regen Xaver Turner fragen. Er spürte, wie die Hoffnung der Ernüchterung wich.

»Was soll das bedeuten, das LZB sendet keine Daten mehr?«, hörte Paul. Er hatte keine Ahnung, was das zu bedeuten hatte, aber es konnte nichts Gutes sein. Er blickte zu Adelheid Auch. Das Adrenalin meldete sich zurück.

»Jetzt haben sie einen Zug verloren«, sagte er. Sein Mund fühlte sich trocken an. »Ich befürchte, es hat ein schreckliches Unglück gegeben, Frau Auch.«

Er war zu spät darauf gekommen, was die drei Terroristen vorhatten. Nicht sie beide, er allein war dafür verantwortlich. Er hätte ihren Plan früher durchschauen müssen. Als Wolfgang Tisch ein Brötchen gegessen hatte, weil noch Zeit dafür war, zum Beispiel. Oder während der langen Autofahrt von München nach Ingolstadt. Er hätte darüber nachdenken können, ob Wolfgang Tisch tatsächlich zu den anderen fuhr. Er hatte aber nicht darüber nachgedacht. Stattdessen hatte er einfach angenommen, dass genau das passierte, was am bequemsten für ihn war.

»Wissen wir, was passiert ist?«, fragte die Pragmatikerin auf dem Fahrersitz.

Paul Regen schüttelte den Kopf und hörte Sirenen, die sich von hinten näherten.

»Was glauben Sie? Wie viele Menschen passen in einen Zug?«, fragte Adelheid Auch flüsternd.

Er spürte, dass die Katastrophe eingetreten war. Es konnte kein Zufall sein, dass die Leitstelle ausgerechnet jetzt Kontakt zu einem ICE verlor.

»Keine Ahnung«, gab Paul Regen zu und sah im Rückspiegel eine Kolonne von vier Streifenwagen, die mit atemberaubender Geschwindigkeit auf sie zurasten.

»Paul?«, fragte Xaver Turner, und Paul stellte fest, dass er das Handy noch immer an sein Ohr gepresst hielt.

»Hier«, sagte er.

»Offenbar ist in der Nähe von Kinding ein ICE entgleist«, sagte Xaver Turner. »Jemand hat den Notruf angerufen. Es gibt wohl Tote.«

Paul Regens Miene gefror. »Wie viele?«, fragte er.

»Niemand weiß etwas Genaues«, sagte Xaver Turner. »Wir müssen abwarten, bis Rettungskräfte und Kollegen vor Ort sind.«

»Okay«, sagte Paul Regen und legte auf.

»Ein ICE ist entgleist«, wiederholte Paul Regen für die Polizeiobermeisterin. Er sah auf die Landkarte und stellte fest, dass sie genau auf Kinding zufuhren. Sie würden in zehn Minuten an der Unglücksstelle vorbeikommen.

»Ganz in der Nähe«, fügte er leise hinzu.

Adelheid Auch hielt stumm die Spur. Was gab es zu sagen zu ihrem Versagen?

Immerhin hatten sie noch Wolfgang Tisch. Und der war auf dem Weg, die anderen Terroristen einzusammeln, dämmerte es Paul Regen. Er hatte ihnen telefonisch das Signal übermittelt, dass der Zug in Ingolstadt durchgefahren war, und würde sie jetzt an einem vorher vereinbarten Ort treffen.

»Wir dürfen ihn nicht verlieren, Frau Auch«, sagte er, was ihm einen giftigen Blick seiner Assistentin einbrachte.

KAPITEL 101

Frankfurt, Deutschland
12. 05. 2014, 09.51 Uhr (sechs Minuten später)

Solveigh Lang wartete mit Golshan Richter auf einer Wiese gegenüber dem Hotel. Eddy gab ihr die neuesten Entwicklungen per Telefon durch: In der Nähe von Ingolstadt war ein Zug entgleist, Augenzeugen berichteten von vielen Toten. Offenbar war ein Teil eines Tunnels eingestürzt und der Zug ungebremst in die Trümmer gerast. Jetzt brannte das Wrack, und als Ersthelfer war die Freiwillige Feuerwehr heillos überfordert. Mittlerweile waren Züge der Ingolstädter Berufsfeuerwehr auf dem Weg zum Unglücksort, selbst die Flughafenfeuerwehr vom Fliegerhorst Manching war angefordert worden. Das alles sprach dafür, dass weit mehr passiert war, als die offizielle Formulierung vermuten ließ. Solveigh zog Golshan unter einen Baum. als sie hörte, dass sich der Hubschrauber näherte. Zu ihrer Überraschung setzte etwa fünfzig Meter neben ihnen eine Maschine der Bundeswehr zur Landung an.

»Du schickst uns die Kavallerie?«, schrie Solveigh, während sie gebückt auf den Hubschrauber zulief.

»Es war auf die Schnelle nichts anderes verfügbar«, sagte Eddy.

»Er hat Raketen montiert, Eddy«, schrie Solveigh, um den Motor und die Rotoren zu übertönen, als sie die Tür aufriss und Golshan in den hinteren Teil der Maschine schob. Dann zog sie sich selbst hinauf in die Zelle und rutschte auf eine der harten Bänke. Sie hatten kaum die Gurte festgezurrt, da hob sich die kleine Maschine schon wieder in die Luft. Es war ein altes Modell aus den Siebzigern, das vermutlich heute eher zu Schulungszwecken eingesetzt wurde.

Solveigh griff nach einem der überdimensionalen Kopfhörer, die nicht nur der Verständigung dienten, sondern vor allem dem Dämpfen des Lärms, den die Turbine und der Rotor verursachten. Als der Pilot die Nase senkte und die Leistung erhöhte, zitterte die Maschine, als würde sie jeden Moment auseinanderbrechen.

»Danke, dass Sie uns mitnehmen«, sagte Solveigh.

»Kein Problem«, sagte der Pilot. »Für die EU-Kommission im Notfall immer gerne.«

Eddy hatte also die Europakarte gespielt. Was meistens funktionierte.

»Sie wissen, wo es hingeht?«, fragte Solveigh.

»Kinding, Bayern«, antwortete der Flieger. »Landung auf Sicht so nah am Unfallort wie möglich nach eigenem Ermessen.«

Wenigstens kennt er seine Befehle, dachte Solveigh und griff nach ihrem Laptop. Sie musste mit der Zentrale in Kontakt bleiben, auch wenn ihr Flug keine Stunde dauern würde.

KAPITEL 102

Frankfurt, Deutschland
12.05.2014, 10.02 Uhr (zur gleichen Zeit)

Als Lars Aigner das Bewusstsein wiedererlangte, lag er mit dem Rücken auf den Schränken der Bordküche. Er hatte keine Ahnung, was eigentlich passiert war. Erst hatte der Zug abgebremst, und dann war alles ganz schnell gegangen. Er war mit dem Kopf gegen eine Tischplatte geschlagen, und ihm war schwarz vor Augen geworden.

Er tastete nach seinen Armen und dann nach seinen Beinen. Als er festgestellt hatte, dass offenbar alles Lebensnotwendige vorhanden war, stand er auf und stieg über die Spüle.

Der Waggon musste zur Seite gekippt sein. Auf dem Boden, der früher die Seitenwand des Zugs gewesen war, lagen Glassplitter, Flaschen und Lebensmittel, die aus den Schränken gefallen waren. Hinter der Bar sah er eine junge Frau mit grotesk verdrehtem Oberkörper in einer Lache aus rotem Blut. Es floss auf eine laminierte Menükarte und mischte sich dort mit einer ausgelaufenen Flasche Apfelsaft. Lars würgte und hielt sich den Magen. Irgendwo schwelte ein Brand.

Er musste zu Liam und Sandra. Er musste zurück zum Abteil. Was war seiner Familie zugestoßen? Was war ihnen allen zugestoßen?

Im Abteil des Zugchefs entdeckte er den Schaffner, der sie vorhin kontrolliert hatte. Er hatte Liam einen kleinen Plastik-ICE und eine Kinderfahrkarte geschenkt. Jetzt hing er kopfüber aus dem kleinen Verschlag, sein Schädel war aufgeplatzt, und der Knochen war weißer als alles, was Lars jemals gesehen hatte.

Er kletterte weiter, obwohl er nicht genau wusste, ob es die richtige Richtung war.

KAPITEL 103

A9 bei Kinding, Deutschland
12.05.2014, 10.03 Uhr (zur gleichen Zeit)

»Wir sind gleich da«, sagte Paul Regen, kurz bevor sie die Abfahrt Kinding erreichten.

»Das ist nicht zu übersehen«, sagte Adelheid Auch. Die Anzahl an Einsatzfahrzeugen hatte im Laufe der letzten Minuten ständig zugenommen. Gerade raste ein Krankenwagen auf dem Standstreifen an ihnen vorbei. An der Ausfahrt stieg er in die Eisen, sodass Paul und Adelheid ihn wieder überholten.

Paul blickte nach links. Die Unfallstelle lag unterhalb der Autobahn. Was er sah, ließ seinen Atem stocken. Fast der gesamte Zug war entgleist und hatte sich wie eine Ziehharmonika aufgefaltet. Vereinzelt stiegen dichte Rauchfahnen aus den Waggons. Er merkte, dass Wolfgang Tisch langsamer fuhr.

Er will sich sein Werk ansehen, dachte Paul Regen verächtlich. Paul beobachtete Menschen, die versuchten, aus den zerborstenen Fenstern zu klettern. Die Feuerwehr bemühte sich, die Brände zu löschen und die Verletzten zu versorgen. Es waren immer noch erstaunlich wenig Rettungskräfte vor Ort.

Kaum zehn Sekunden später war die Unglücksstelle schon nicht mehr zu sehen. Paul Regen und Adelheid Auch schwiegen. Der Schock saß tief, beide starrten durch die Frontscheibe und versuchten, in Worte zu fassen, was nicht zu erklären war.

»Wir sollten auch abfahren«, sagte Paul Regen schließlich. »Und helfen!«

Adelheid Auch machte keine Anstalten, ihm zu gehorchen. Sie hielt stur die Geschwindigkeit von Wolfgang Tisch.

»Machen Sie sich nicht lächerlich, Herr Regen«, sagte Adelheid Auch. »Als ob wir irgendetwas ausrichten könnten.«

Paul Regen seufzte. Natürlich hatte sie recht. Er schlug so laut mit der flachen Hand auf das Armaturenbrett, dass Adelheid Auch zusammenzuckte.

»Fünf Minuten!«, rief Paul Regen. »Fünf beschissene Minuten!«

Er starrte auf den Wagen von Wolfgang Tisch und schwor sich, dass er die drei in den Knast bringen würde. Er schwor, dass er niemals wieder mit Lisa Falter schlafen würde, wenn ihm das nicht gelang. Paul Regen war wütend, und das war für ihn ein sehr seltener Zustand.

Wolfgang Tisch war der Fahrer. Er würde die beiden anderen abholen, nachdem sie ihren Terroranschlag in die Tat umgesetzt hatten. Und wenn das geschah, würden sie die drei verhaften, bevor sie die Chance hätten, ihren grausamen Erfolg zu feiern.

KAPITEL 104

A9 bei Kinding, Deutschland
12. 05. 2014, 10.05 Uhr (zur gleichen Zeit)

Lars Aigner stieg über Leichen und Menschen, die um Hilfe riefen. Er merkte es kaum. Es roch nach Blut und Tod in dem Gang. Koffer waren aus den Abteilen gefallen und aufgesprungen, an einer Glastür hing ein Superman-T-Shirt. Lars stolperte weiter über die Streben zwischen den Fenstern bis zum Kleinkinderbereich.

Ihr Kinderwagen hatte sich in der Öffnung verkeilt. Lars zog an den Rädern. Das Abteil lag über ihm, weil der Waggon umgestürzt war.

»Liam!«, rief er. »Sandra!«

Er zerrte an dem Metallgestänge des Kinderwagens, aber er wollte sich einfach nicht lösen.

»Liam«, rief er noch einmal.

Er bekam einen der Schnappverschlüsse für die Reifen zu packen und zog das Rad aus der Halterung. Dann hängte er sich mit seinem ganzen Gewicht an die Schale. Er sprang hoch und zog. Wieder und wieder, bis er endlich mit dem Kinderwagen auf den Rücken flog. Er stürzte mit der Wirbelsäule auf die Wandverkleidung, die Schmerzen spürte er kaum.

»Liam«, rief er noch einmal und zog sich am Türrahmen nach oben. Dann kletterte er auf die Seitenwand des Abteils.

Brigitte Gwodz lag quer über der Bank unter seinem Koffer. Ihr Kopf war zerschmettert.

»Liam«, schrie Lars und zerrte an seinem Gepäck, das für die alte Dame zur tödlichen Waffe geworden war. Dann zog er an Brigittes Gürtel. Hatte er ein leises Wimmern gehört? Er riss an ihrer Hose, bis er sie von der Bank auf die Glasscheibe gezogen hatte. Und dann sah er zwei verängstigte Augen.

Sein Sohn schrie nicht. Er hatte sich unter die Sitzfläche verkrochen. Liam streckte die Arme nach ihm aus wie immer, wenn er Nähe brauchte. Es war fast alles wie immer.

»Mama«, sagte Liam und deutete zum Gang. In diesem Moment kamen Lars Aigner die Tränen und er umklammerte seinen Sohn, so fest er konnte.

KAPITEL 105

A9 bei Greding, Deutschland
12. 05. 2014, 10.11 Uhr (sechs Minuten später)

Adelheid Auch hatte dem VW-Bus wieder die Verfolgung überlassen, als Wolfgang Tisch an der Ausfahrt Greding die Autobahn verließ. Er querte die Autobahn an einer Unterführung, ließ das Gredinger Gewerbegebiet rechts liegen und folgte danach einer kleineren Landstraße in westlicher Richtung. Auf der kurvigen Straße verlor Paul Regen den vor ihnen fahrenden VW-Bus immer wieder aus den Augen, und er befürchtete, dass es den Kollegen mit Wolfgang Tisch ebenso ging.

»Wenn der lange auf so abgelegenen Straßen unterwegs ist, brauchen wir mehr Fahrzeuge«, kommentierte Paul Regen, als der VW-Bus wieder einmal in eine Kurve hinter den Bäumen verschwand. Adelheid Auch gab Gas und versuchte aufzuschließen.

»Er biegt links ab auf einen Forstweg«, kam die Stimme von Mitterstahl aus dem Sprechfunk.

Paul Regen griff zum Mikrofon. »Dranbleiben, Kollegen«, sagte er. »Aber achtet auf euren Abstand.«

Er hängte das Mikrofon zurück und spürte ein Kribbeln in den Fingern wie immer, wenn er der Lösung eines Falls sehr nahe war. Es konnte allerdings auch etwas anderes bedeuten.

»Mir gefällt das nicht«, sagte Paul Regen.

»Es war doch klar, dass die sich irgendwo in der Pampa treffen«, sagte Adelheid Auch.

»Hier stimmt etwas nicht«, beharrte Paul. Wenn er nur wüsste, wo das Kribbeln herkam. Sie waren sicherlich zehn Kilometer Luftlinie von dem Unfallort entfernt.

Adelheid Auch blinkte und nahm die Abzweigung in den Wald. Ganz am Ende der Straße konnten sie gerade noch sehen, wie Mitterstahl und Förster hinter einer Rechtskurve verschwanden.

Viel zu weit, um zu laufen, dachte Paul Regen. Und falls die beiden anderen doch einen fahrbaren Untersatz zur Verfügung hätten, wäre die Frage, warum sie nicht mehr Abstand zwischen sich und den Explosionsort brachten. Adelheid Auch jagte den BMW gnadenlos über die unebene Piste. Sie schoss um die Kurve, als plötzlich das Heck des VW-Busses vor ihnen auftauchte. Adelheid Auch bremste. Der Kies knirschte unter den blockierenden Reifen.

Dann hörte Paul Regen das Stakkato einer automatischen Waffe. Er sah, wie Förster den Rückwärtsgang einlegte. Was hatte das zu bedeuten?

Dann entdeckte er den Ford. Auf einem Parkplatz. Wolfgang Tisch hockte mit einer Kalaschnikow hinter der Motorhaube und feuerte auf den Bus, der rückwärts auf sie zuraste. Adelheid blickte zurück und stellte die Automatik auf »R«. Die Reifen des BMW drehten durch, bis die Elektronik eingriff. Paul Regen beobachtete, wie der VW-Bus ins Schlingern geriet und stehen blieb.

»Stopp!«, rief er. »Sehen Sie!« Er deutete nach vorne. Wolfgang Tisch war wieder eingestiegen, und der Fiesta raste davon. Adelheid Auch hupte. Auf dem engen Waldweg kam sie nicht an dem VW-Bus vorbei. Paul Regen sprang aus dem Wagen und rannte auf den Bus zu.

»Förster!«, rief er. Er riss die Wagentür auf.

Förster versuchte, den Wagen zu starten. Er schwitzte stark. Paul Regen drückte ihn in den Sitz. An seiner Schulter war das Hemd zerfetzt, und Blut sickerte durch den Stoff.

»Rufen Sie einen Krankenwagen!«, schrie er Adelheid Auch zu. »Kollege verletzt!«

Er drückte seine Hand auf die Wunde.

»Was ist mit Ihnen, Mitterstahl?«, fragte er und schaute, als er keine Antwort bekam, zum Beifahrersitz. Mitterstahl war kreidebleich, seine rechte Hand umklammerte den Türgriff.

»Alles in Ordnung«, stammelte er.

Alles in Ordnung, dachte Paul Regen. Bis auf einen angeschossenen Kollegen und die Tatsache, dass wir die einzige Spur zu unserem Terroristen verloren haben.

KAPITEL 106

Kinding, Deutschland
12.05.2014, 10.35 Uhr (zur gleichen Zeit)

Hadi lief durch den Wald, die Vögel zwitscherten unverdrossen in den Wipfeln, aber die Bilder begleiteten ihn auf seinem Weg. Immer wieder sah er den lachenden Saif, der in das Loch stürzte, immer wieder sah er den Zug, der ins Unglück raste. Er hörte das Zusammenpressen des Metalls wie eine gigantische Coladose, die man zerdrückte. Er hörte die entgleisten Waggons vor dem Tunnel, sah sich selbst aus der Vogelperspektive am Rand stehen. Unbeteiligt, machtlos. Aber nicht schuldlos.

Er stolperte einen Abhang hinunter. Er hatte eine Karte und einen Kompass in der Jackentasche, aber er benutzte sie nicht. Er wollte nur weg von dort, weg von dem, was er getan hatte. Wohin wollte er? Er warf einen Blick in den Himmel, sah die Kondensstreifen eines Flugzeugs am Himmel. Was war jetzt sein Ziel? Er musste zu seinem Treffpunkt mit Jafar. Er wusste, wo das war, oder nicht? Die Karte in seiner Jacke wusste es.

Was würde Golshan sagen, wenn er sie wiedersah? Was würde sie denken, wenn sie die Bilder von dem Unglück im Fernsehen sah? Wer würde ihm glauben, dass er versucht hatte, das Unglück zu verhindern? Er hatte keinen Beweis für den manipulierten Zünder. Er hatte ihn auf dem Waldboden liegen lassen. Würde Golshan ihm glauben? Er wusste es nicht. Er glaubte, er würde sich selbst nicht glauben. Zu surreal erschienen ihm die Bilder der entgleisten Waggons.

Er überquerte eine Straße und fragte sich, ob er einfach hinter der Kurve stehen bleiben sollte. Einfach warten, bis ihn ein Lastwagen überfuhr. Dann wäre alles ganz schnell vorbei. Und er müsste keine Fragen mehr beantworten. Keine Fragen von Golshan, keine Fragen von ihrem Vater. Theo Richter würde ihn feiern nach dem erfolgreichen Anschlag. Nach seiner Logik war er ein Held. Hadi war sicher, dass sich Theo Richter nichts sehnlicher wünschte, als dass er zum Märtyrer wurde, der bei seiner heldenhaften Tat den Tod fand.

Hadi lief über eine grüne Wiese. Es war kaum auszuhalten. Aber der einzige Mensch, der heute stolz auf ihn wäre, war der, den er am meisten verachtete. Er dachte an Khalid in Syrien. Wäre er stolz auf ihn? Er hatte die Mission erfüllt, die er für Hadi vorgesehen hatte, oder nicht? Wäre er für die Qumari ein Held? Sie würden ihm das Paradies versprechen.

Hadi lief weiter. Am anderen Ende der Wiese wartete wieder der dunkle Wald. Er lief und sah Saif, wie ihn das Loch verschlang. Und er hörte sein Lachen bis hierher auf die Wiese.

KAPITEL 107

Kinding, Deutschland
12.05.2014, 10.41 Uhr (zur gleichen Zeit)

Adelheid Auch hatte das Blaulicht aufs Autodach gesetzt, um überhaupt bis zum Bahnhof in Kinding vordringen zu können. Sie hatten sich entschlossen, dass es sinnvoller war, ihre Suche nach den zwei verbleibenden Terroristen von diesem Ende der Beweiskette aus fortzusetzen. Verfolgungsjagden mit um sich schießenden Wahnsinnigen gehörten nicht eben zur Kernkompetenz ihres Teams. Das übernahm jetzt die Bereitschaftspolizei, und zwar mit Luftunterstützung durch die Polizeihubschrauberstaffel Bayern. Die PHuStBy mit ihren Infrarotsensoren und ihren hochauflösenden Kameras würden Wolfgang Tisch finden, das war nur eine Frage der Zeit. Jetzt, da sie wussten, wo sie suchen mussten, gab es kein Entkommen für ihn. Was möglicherweise nicht für Hadi Farhan und Frank Proschinski galt.

Adelheid parkte ihren BMW ganz am Rand des Parkplatzes, damit er keine Rettungskräfte behinderte. Paul Regen sprang aus dem Auto. Überall standen Lastwagen der Feuerwehr und Streifenwagen. Was wie ein heilloses Durcheinander aussah, entpuppte sich auf den zweiten Blick als durchaus koordinierte Aktion. Der Einsatzleiter stand neben dem mobilen Kommandostand, einem umgebauten Reisebus, und gab Anweisungen. Der Unfall hatte sich vor gerade einmal einer Stunde ereignet. Paul Regen fand, dass das in Anbetracht des Ausmaßes der Katastrophe durchaus in Ordnung ging. Die Polizei hatte einen Teil der Straße für die Rettungshelikopter gesperrt und kontrollierte die Zufahrt.

Paul Regen und Adelheid Auch liefen zu der Treppe, die hinauf auf den Bahnsteig führte. Ein Kollege der Polizeidirektion Ingolstadt hielt sie auf. Paul Regen zückte seinen Ausweis vom Landeskriminalamt, woraufhin der Kollege den Weg frei machte. Paul Regen atmete tief ein, als er die letzten zwei Stufen zur Plattform nahm.

Zwei Feuerwehrleute rollten gerade einen Schlauch zusammen, als Paul und Adelheid über ihre Pumpe stiegen. Die Blicke der Retter sagten, dass sie sich die Kriminalisten zurück an ihre Schreibtische wünschten, wo sie hingehörten. Je schneller, desto besser. Doch Paul Regen wusste, dass sein Job hier noch nicht erledigt war.

Der Anblick des entgleisten ICE war erschütternd. Dutzende Sanitäter banden den Opfern kleine Fähnchen um die Handgelenke. Die Farbe der Bändchen bestimmte ihr weiteres Schicksal: Rote Bänder hatten die höchste Priorität. Die Patienten waren schwerstverletzt und würden die Ersten sein, die mit den Hubschraubern abtransportiert würden. Gerade trugen zwei Sanitäter eine Trage mit einer Person unter einer goldenen Wärmedecke die kleine Notfalltreppe zum Bahnsteig hinauf. Kaum oben angekommen, fielen die Männer in Laufschritt. Einer hielt einen Tropf in die Luft, der andere redete auf den Patienten ein. Er würde es vermutlich nicht schaffen, wusste Paul Regen.

Die mit den orangefarbenen oder gelben Bändchen hatten etwas mehr Glück, und die grünen durften ihrem Schöpfer auf Knien danken. Die schwarzen Bänder hingegen … Nun ja.

Paul Regen zählte sehr wenige grüne Bändchen im Gleisbett. Er setzte sich auf den Rand des Bahnsteigs und sprang auf den Kies. Unter seinem Gewicht gerieten einige der kleinen Steine ins Rutschen, und Paul hatte Mühe, das Gleichgewicht zu halten. Er lief in Richtung Schellenbergtunnel. Erst stieg der prozentuale Anteil schwarzer Bändchen mit jedem Meter, den er dem Epizentrum der Katastrophe näher kam. Doch kurz vor dem Tunnel lagen auf einmal kaum noch Opfer im Gleisbett, die darauf warteten, abtransportiert zu werden. Paul Regen ahnte, woran das lag. Jeder, der den zusammengefalteten Zug sah, wusste, woran es lag: Die meisten Insassen im vorderen Zugteil waren darin eingeschlossen. Er hätte nicht für möglich gehalten, dass ein so schwerer Zug derart zusammengedrückt werden konnte. Aber natürlich lag genau hierin das Problem: Je mehr Masse, desto zerstörerischer wirkten ihre Kräfte. Egal, wie groß etwas erscheinen mochte. Die enge Tunneleinfahrt hatte den Effekt noch verstärkt, weil es keinen Platz zum Ausweichen gab. Hunderte Tonnen hatten mit der Energie von dreihundert Stundenkilometern gegen den Berg gedrückt.

Paul Regen roch den Tod, als er an zwei Feuerwehrleuten vorbeilief, die mit einer riesigen hydraulischen Kneifzange eine Tür bearbeiteten. Er schauderte beim Gedanken daran, was die Retter im Inneren des Waggons erwartete.

KAPITEL 108

Kinding, Deutschland
12.05.2014, 10.41 Uhr (zur gleichen Zeit)

»Sie haben uns einen freien Slot gegeben«, sagte der Pilot des BO-105 P. »Der nächste Rettungshubschrauber ist gerade erst am Klinikum Nürnberg abgeflogen.«

Solveigh atmete auf. Seit zehn Minuten kreisten sie über der Unglücksstelle. Eddy hatte herausgefunden, dass Paul Regen und sein Team einen der Terroristen verloren hatten und dass er irgendwo da unten sein musste. Sie würde ihn suchen. Golshan war immer noch ihr Ass im Ärmel.

Der Kampfhubschrauber schwebte über der Straße und ging dann in den Sinkflug. Meter um Meter senkte sich der Rumpf dem Boden entgegen. Solveigh berührte Golshan am Arm und bedeutete ihr mit einem Daumen-Hoch, dass alles in Ordnung war und sie sich keine Sorgen machen musste.

Als die Kufen des BO-105 die Erde berührten, stieß Solveigh die Tür auf und sprang hinaus. Sie half Golshan heraus, und gemeinsam liefen sie geduckt zum Straßenrand. Vermutlich hätte man auch aufrecht gehen können, aber der Instinkt ließ einen unter den schnell kreisenden Rotorblättern den Kopf einziehen.

Ein Polizist wies ihnen den Weg zum Bahnhof.

»Sind die Leute vom Landeskriminalamt schon da?«, fragte Solveigh den Beamten.

Er zuckte mit den Schultern und deutete auf die tieferliegenden Gleise.

KAPITEL 109

Kinding, Deutschland
12. 05. 2014, 10.43 Uhr (zur gleichen Zeit)

Lars Aigner hielt seinen Sohn immer noch auf dem Arm, als ihm ein Feuerwehrmann aus dem Waggon half.

»Haben Sie meine Frau gefunden?«, fragte Lars Aigner. »Sandra Aigner?«

Liam weinte, als er den Mann mit dem Helm sah. Der Feuerwehrmann zuckte mit den Schultern und deutete auf einen Kollegen, der mit einem Klemmbrett weiter hinten stand.

»Fehlt Ihnen etwas? Oder Ihrem Sohn?«, fragte sein Retter.

Lars schüttelte den Kopf. »Ich glaube nicht«, sagte er und schaute sich um. Überall neben dem Zug lagen Menschen, viele unter einer wärmenden Metalldecke. Einige saßen, Helfer verteilten Wasserflaschen. Lars stolperte über den rutschigen Kies. Sein Blick suchte ängstlich und hoffnungsvoll zugleich die Gesichter der Überlebenden ab. Jedes Gesicht konnte Sandras sein. Bei manchen waren die glitzernden Wärmedecken bis über die Köpfe gezogen. Warum?, fragte sich Lars. Das sind die Leichen, erkannte er. Unter jeder dieser Decken liegt ein toter Mensch.

Über die gesamte Zuglänge mussten es Dutzende sein. Sie lagen mit einem Abstand von einem Meter nebeneinander, fein säuberlich aufgereiht wie Waren in einem Supermarktregal. Drei Tote lagen neben ihrem Waggon. Es waren die Toten aus ihrem Wagen. War Sandra darunter? Der Gestank war kaum zu ertragen. Der Tod roch nach verbranntem Fleisch, dachte Lars. Was würde er ohne sie machen? Was würde ohne Sandra aus Liam werden? Und aus ihm? Sein Herz raste und die Panik griff nach dem Rest seines Verstands.

Lars konnte nicht anders. Er lief zu einer der Decken, ging in die Hocke und setzte Liam auf seinen Oberschenkel. Mit der linken Hand hielt er ihm die Augen zu, als er die Plane anhob. Aus dem Mund einer jungen Frau mit einem paillettenbesetzten Top krochen Fliegen. Er zog die Decke wieder über ihr Gesicht. Der Mann mit dem Klemmbrett kam gestikulierend in seine Richtung gelaufen.

Lars musste es wissen. Er musste wissen, ob Sandra unter

einer der Decken lag. Die zweite Folie. Diesmal ein Mann, schwarzer Anzug, rote Krawatte. Seine Augen starrten ins Nichts. Nur noch eine Decke lag in unmittelbarer Nähe ihres Waggons. Nur noch eine. Eine Chance von wie vielen? Der Mann mit dem Klemmbrett war fast in Rufweite. Er würde versuchen, Lars aufzuhalten.

Er hatte keine Ahnung, was er seinem Sohn damit antat, aber er brauchte Gewissheit. Um ihrer aller willen. Neben der letzten Leiche ging er in die Knie. Er hörte Liams Heulen unter seiner Hand, die seine Kinderaugen vor dem Bösen schützen sollten. Mit zitternden Fingern griff er nach der Folie und zog sie zurück.

Tränen stiegen in seine Augen. Er schnappte nach Luft, seine Finger rutschten vom Gesicht seines Sohnes.

»Mama!«, sagte Liam.

KAPITEL 110

Kinding, Deutschland
12. 05. 2014, 10.50 Uhr (zur gleichen Zeit)

Paul Regen stand auf dem Parkplatz und starrte auf das Telefon in Adelheid Auchs Hand, die sich von der Einsatzzentrale in der Maillingerstraße die neuesten Meldungen durchgeben ließ. Die Hubschrauberstaffel hatte den Ford immer noch nicht gefunden. Dafür hatte die Polizeidirektion Ingolstadt erste Erkenntnisse zur Bombe geliefert. Offenbar hatte man einen zweiten Auslöser gefunden, der nicht funktionstüchtig gewesen war. Bei der Konstruktion war den Terroristen ein kleiner, aber entscheidender Fehler unterlaufen. Warum und wie die Bombe dennoch gezündet werden konnte, war bislang unklar.

So viel also zu unserem Glück, dachte Paul Regen und bedeutete Adelheid Auch, dass sie seinetwegen den Lautsprecher ihres Handys ausschalten konnte. Er hatte genug gehört. Er ließ sie die Telefonschalte alleine zu Ende bringen und lief über den Parkplatz. Er musste den Kopf frei bekommen. Seit Tagen waren sie immer einen entscheidenden Moment zu spät dran, seit Tagen fehlte ihnen dieses eine Quäntchen Glück, das eben auch zu einer erfolgreichen Ermittlung gehörte, auch wenn das kein Polizist gerne zugab. Weil es dem Gefühl von der Durchsetzbarkeit des Rechts widersprach, jenem Sicherheitsgefühl, mit dem sich insbesondere Bayern so gerne schmückte.

Die unvermeidlichen Schaulustigen hatten sich schon eingefunden, sie standen mit ihren Kameras und Smartphones vor dem rot-weißen Flatterband, das die Polizei am Straßenrand zwischen die Leitpfosten gespannt hatte. Die Schaulustigen interessierten Paul Regen nicht. Stattdessen lief er die Reihen der Zivilfahrzeuge ab, die hier geparkt hatten, bevor die Horden von Feuerwehr, THW und Polizei angerückt waren. Einige der Menschen, denen diese Autos gehörten, lebten vermutlich nicht mehr, weil sie der ICE vom Bahnsteig in den Tod gerissen hatte. Bei einigen ihrer Verwandten saßen in diesem Moment Seelsorger auf der Couch und versuchten, das Unerträgliche zu erklären.

Paul Regens Blick blieb an einem Passat aus München hängen. Zunächst wusste er nicht, warum. Dann dämmerte ihm, dass die beiden eine Menge Material hierhergeschafft haben mussten. So ein Tunnel ließ sich nicht mit Silvesterknallern sprengen. Sie hatten den Beton anbohren müssen, um die Decke zum Einsturz zu bringen. Eine Menge Material.

Er warf einen Blick auf den Tunneleingang. Dann wanderten seine Augen zurück zum Heck des Kombi. Die Flagge! Natürlich! Dieselbe Flagge! Er hatte stundenlang darauf gestarrt und im Internet recherchiert, welches Land sie symbolisierte.

Es gab keines. Es war ein Erkennungszeichen.

Paul Regen rannte zurück zu Adelheid Auch und bedeutete ihr aufgeregt, ihm das Telefon zu geben. Doch bevor er zum Hörer greifen konnte, hörte er, wie vom anderen Ende des Parkplatzes jemand seinen Namen rief. Er kannte diese Stimme. Es war eine Stimme aus der Vergangenheit.

Solveigh war hier? So schnell? Er notierte für Adelheid Auch auf einem Zettel, was er von den Münchener Kollegen brauchte. Dann drehte er sich um.

KAPITEL 111

Bei Pfahldorf, Deutschland
12. 05. 2014, 11.36 Uhr (vierzig Minuten später)

Hadis Beine wurden müde. Er lief immer langsamer und das war ihm bewusst. In seinem Kopf tobte eine Schlacht um die richtige Strategie: Aufgeben oder wegrennen? Resignation oder kämpfen? Weil keine Seite gewann, musste Hadi wieder zu Kräften kommen.

Um Viertel vor elf erreichte er den Ort Pfahldorf. Er schleppte sich zu einer Tankstelle und kaufte zwei große Flaschen Cola und vier Brötchen. An der Wand über der Bäckertheke lief ein Fernseher mit einem Nachrichtensender. Er zeigte Bilder von dem verunglückten ICE. An einem Stehtisch standen zwei Rentner und starrten auf den Monitor.

Auf der Toilette betrachtete Hadi sein Spiegelbild. Es war ein Wunder, dass ihm der Mann die Getränke verkauft hatte, ohne die Miene zu verziehen. Hadi schüttete sich kaltes Wasser über das Gesicht und die Haare, rubbelte die dunklen Flecken von seinen Wangen.

Dann lief er die Hauptstraße des Dorfes entlang. Bei der ersten Gelegenheit bog er links ab, durchquerte eine Wohnsiedlung und schlug sich wieder in den Wald. Er hatte keine Ahnung, wo er war. Er wusste nicht, wohin er lief. Er lief einfach. Weiter und weiter. Solange er konnte, würde er gehen. Nicht rennen, aber auch nicht stehen bleiben. Und dann?

KAPITEL 112

Bei Pfahldorf, Deutschland
12. 05. 2014, 14.04 Uhr (zweieinhalb Stunden später)

Der Bloodhound und der Bayerische Gebirgsschweißhund rannten mit den Nasen dicht über dem feuchten Waldboden durchs Gehölz. Die beiden Hundeführer, eine Polizeihauptmeisterin und ein Polizeiobermeister, hielten sie an ihren Geschirren. Selbst Solveigh, die jede Woche trainierte, hatte Mühe, mit ihnen Schritt zu halten. Paul Regen, Adelheid Auch und Golshan Richter hingen schon über einen halben Kilometer zurück. Vor allem der Kriminalhauptkommissar schien an seine Grenzen zu stoßen. Solveigh wusste, dass er eher der Typ für einen gemächlichen Spaziergang war, aber sie waren schließlich angetreten, jemanden einzuholen, und das bedurfte einer gewissen Anstrengung.

Paul hatte die Idee mit der Hundestaffel gehabt, aber erst Golshan war es gelungen, die Jacke zu identifizieren, die Hadi getragen haben musste. Mittlerweile stand nämlich fest, dass Frank Proschinski mit dem Erdrutsch in den Tunnel gezogen worden war. Sie hatten seine Leiche zwar noch nicht bergen können, aber ein Rettungsteam, das von der anderen Seite in den Schellenbergtunnel vorgedrungen war, hatte bestätigt, dass sie dort lag. Sein Körper war von der Explosion zerrissen worden, aber merkwürdigerweise hatte sein Kopf den Sturz in die Tiefe nahezu unbeschadet überstanden. Wenn man der quäkenden Nachricht der Kollegen über den Sprechfunk Glauben schenken durfte, sah es aus, als ob er lächelte. Die Ereignisse überschlugen sich: Vor einer Viertelstunde hatte ein Unterstützungskommando der Polizei Wolfgang Tisch gestellt. Unterstützt von einem Hubschrauber hatten sie eine Straßensperre errichtet. Es war zu einem Feuergefecht gekommen, bei dem aber niemand verletzt worden war. Jetzt blieb nur noch Hadi Farhan.

Solveighs größte Sorge war im Moment, dass er Selbstmord beging. Sie mussten unbedingt verhindern, dass Hadi zum Märtyrer wurde. Zum Symbol. Zum Vorbild für andere Qumari-Kämpfer. Die Welt würde niemals erfahren, dass sie Frank Proschinskis Leiche gefunden hatten. Aber wenn sich Hadi auf dem Marktplatz eines bayerischen Dorfs eine Kugel in den Kopf jagte, würden sie das kaum unter Verschluss halten können. Und das psychologische Profil von Hadi legte nahe, dass ein Selbstmord im Bereich des Möglichen lag. Vor allem, wenn stimmte, was sie vermutete: Dass er es war, der den ersten Zünder manipuliert hatte. Dass er das Unglück letztlich doch noch hatte verhindern wollen. Solveigh hetzte hinter den Hunden her bis zu einer Tankstelle. Die Hunde liefen zuerst in den Verkaufsraum und dann wieder hinaus. Sie befragte den Tankwart, der bestätigte, was die Bluthunde längst wussten. Hadi war hier gewesen. Er hatte Proviant gekauft. Der Pächter sagte, er habe verwirrt gewirkt. Und erschöpft. Vor etwa zwei Stunden sei das gewesen, sagte er.

Solveigh bedankte sich und lief weiter. Die Hunde hatten die Witterung nicht verloren. Sie sah die beiden Beamten etwa zweihundert Meter die Straße runter in einem Wohngebiet verschwinden.

»Schon fertig mit dem Workout?«, fragte Solveigh einen schnaufenden Paul Regen, der sich an einer der Säulen der Tankstelle abstützte.

»Schlimmer als Sport«, sagte Paul Regen.

Adelheid Auch und Golshan schien der Marsch weniger anhaben zu können.

»Wir müssen weiter«, sagte Solveigh und scheuchte die drei vor sich her. »Ausruhen können wir uns, wenn wir Hadi gefunden haben.«

KAPITEL 113

Bei Pfahldorf, Deutschland
12. 05. 2014, 15.13 Uhr (eine Stunde später)

Hadi Farhan war am Ende seiner Kräfte. Seine Beine taten weh, er stolperte über die flachste Wurzel und den kleinsten Stein. Er hatte letzte Nacht nicht geschlafen, seine Augen brannten. Als er eine Lichtung erreichte, setzte er sich einfach hin. Er lehnte seinen Rücken gegen einen Baumstamm und tastete nach dem Amulett. Er hielt es sich an die Lippen. Dann griff er nach der Pistole, die hinten im Bund seiner Hose steckte.

Hadi wusste nicht, wie lange er auf der Lichtung gesessen hatte. Minuten? Stunden vielleicht. Er hörte ein kurzes Bellen. Dann war es wieder still. Dann hörte er Zweige knacken. Sie kamen ihn holen.

Hadi hatte keine Kraft mehr aufzustehen. Er hatte keine

Kraft mehr zu laufen. Er würde nicht mehr weglaufen. Er würde einfach hier sitzen und warten, bis sie kamen. Und dann würde er abdrücken. Dann wäre alles vorbei.

Entschuldige, Golshan, dachte er.

Noch einmal befühlte er die eingravierten Ranken auf dem Amulett, noch einmal führte er es zum Mund.

Er schloss die Augen. Er hörte die Zweige knacken. Sie waren ganz nah.

Dann schob er sich den Lauf der Waffe in den Mund, den Daumen am Abzug.

KAPITEL 114

Bei Pfahldorf, Deutschland
12. 05. 2014, 15.34 Uhr (zur gleichen Zeit)

»Hadi!«, rief Golshan. Sie rannte die letzten Meter. Sie sah nur seinen Arm hinter dem Baumstamm, aber die Hundeführerin hatte das Signal gegeben. Es musste Hadi sein.

»Hadi!«, rief sie noch einmal.

Sie sah, wie sein Arm zitterte. Dann stand sie auf der Lichtung. Etwa zehn Meter von ihm entfernt. Er hatte die Augen geschlossen und hielt sich eine Pistole in den Mund. Eine Träne lief über seine Wange. Mit der linken Hand hielt er ihren Anhänger umklammert.

Sie stürzte auf ihn zu.

»Hadi, nein! Du darfst nicht schießen, hörst du?«

Sie sah, dass er sie nicht hörte. Oder er hielt ihre Stimme

für eine Illusion, einen Streich seiner Gedanken kurz vor dem Tod.

Golshan stiegen die Tränen in die Augen. Sie durfte ihn nicht verlieren. Nicht so. Nicht heute. Sie brauchte ihn, was auch immer er getan hatte. Solveigh hatte behauptet, dass er den Anschlag vielleicht in letzter Minute verhindern wollte. Konnte das ein schlechter Mensch sein?

Sie ging neben ihm in die Knie. Sie hatte jetzt keine Angst mehr, dass er abdrückte. Sie legte ihre Hand auf den Arm, der die Waffe hielt, und strich sanft über seine Haare.

»Hadi«, flüsterte sie. »Mach die Augen auf.«

Sie spürte, dass seine Hand immer noch zitterte. Sie spürte, wie die Muskulatur seines Daumens am Abzug dagegen ankämpfte. Sie wusste auf einmal, was er dachte. Sie wusste, wer er war. Und dass er zu ihr gehörte. Sie würden alles durchstehen, wenn er sich nur dafür entschied, es mit ihr gemeinsam zu tun.

Dann schlug Hadi die Augen auf.

KAPITEL 115

Ar-Raqqah, Syrien
15.05.2014, 14.38 Uhr (drei Tage später)

Der Marktplatz von ar-Raqqah war an diesem Mittag voller Menschen. Floyd Kane saß auf dem Beifahrersitz des Wagens, der sich im Schritttempo durch die Leiber kämpfte. Er hatte ein Tuch um Hals und Kopf geschlungen, um seine Hautfarbe zu verdecken. Ihr Geländewagen trug das Zeichen der Qumari an den Seitentüren und auf der Motorhaube. Es war die Allianz, die in ar-Raqqah das Sagen hatte. Seine Begleiter waren Araber, einer von ihnen hatte früher für die Qumari gekämpft. Sie würden das Reden übernehmen, falls sie wirklich jemand aufhielt.

Der Wagen schwankte, als Männer im Freudentaumel auf die Stoßstangen sprangen. Sie hatten gestern einen wichtigen Sieg errungen. Die Allianz beherrschte mittlerweile weite Teile Nordsyriens und war sogar bis in den Irak vorgedrungen. Vor allem auf die Ölfelder hatten sie es abgesehen. Ein Staat brauchte Einnahmen. Aus Steuern und aus dem Verkauf von Waren.

Floyd Kane wusste das alles genau, er las täglich die CIA-Berichte. Er warf einen Blick auf die Uhr. Die Fahrt durch die Menschenmenge auf dem Marktplatz hatte einen Sinn. Er sollte die Gelegenheit bekommen, den Zeitpunkt selbst zu bestimmen.

Er hielt eine Fahne mit dem Zeichen der Allianz aus dem Fenster und schwenkte sie. Noch zwanzig Meter. Jemand feuerte aus einem automatischen Maschinengewehr. Floyd blickte sich um. Und atmete auf: Es waren tatsächlich nur Schüsse in die Luft. Der hiesige Jubel. Die Menschenmasse feierte ihre Helden. Noch zehn Meter, dachte Floyd, als plötzlich die hintere rechte Tür aufgerissen wurde. Jemand warf sich auf den Boden.

Floyd klopfte dem Fahrer auf die Schulter. Der Mann auf dem Fahrersitz hupte. Und gab Gas. Erst im Leerlauf. Ein zweites, längeres Hupen. Dringend! Platz da! Die Menschenmenge vor ihnen stob auseinander und gab den Weg zur Straße frei. Dann legte er einen Gang ein und der Motor des Geländewagens heulte auf.

Hinter Floyd versuchte jemand, die Tür wieder zuzuziehen. Sie schlug zweimal gegen den Wagen, bevor das Schloss einrastete. Sie rasten durch die Straßen. Ein Häuserblock, noch ein Häuserblock. Weg vom Zentrum.

Erst als sie die Stadt verlassen hatten, zog Floyd den Schal vom Kopf und traute sich, einen Blick nach hinten zu werfen. Dort lag, verängstigt und schmal, der bis heute wichtigste Agent der CIA bei der Allianz und den Qumari auf dem Boden des Geländewagens. Ein Junge, der viel für sie getan hatte, ohne jemals eine Geldforderung zu stellen. Seine einzige Bedingung war gewesen, dass sie ihn rausholten, wenn es brenzlig wurde. Sie waren dabei, ihm diesen Wunsch zu erfüllen.

»Hallo, Anis«, sagte Floyd. »Schön, dass wir uns endlich persönlich kennenlernen.«

Der Junge grinste und zeigte seinen zungenlosen Mund.

KAPITEL 116

Frankfurt, Deutschland
20. 08. 2014, 16.38 Uhr (drei Monate später)

Solveigh Lang und Okan Gider saßen im ersten Fahrzeug der Kolonne auf der Rückbank. Der Mercedes-Van stoppte vor der Moschee mit quietschenden Reifen, und die Kollegen der Frankfurter Polizei schwärmten aus. Vier weitere Mannschaftswagen mit uniformierten Kollegen besetzten den Hauseingang und stürmten in das Büro des Imam. Solveigh und Okan hielten sich im Hintergrund.

»Ich muss mich bei Ihnen bedanken, Solveigh«, sagte Okan Gider. »Mit Theo Richter geht uns einer der dicksten Fische seit Jahren ins Netz.«

Solveigh lächelte. Sie hatte fast nichts dazu beigetragen. Außer vielleicht der Tatsache, dass sie verhindert hatten, dass Hadi sich umbrachte. Die Kronzeugenregelung, die ihm die Staatsanwaltschaft angetragen hatte, war nicht ihre Idee gewesen. Und er würde auch nicht ohne eine Haftstrafe davonkommen. Aber vielleicht bekam er zehn statt zwanzig Jahre und könnte nach fünf Jahren mit Freigang rechnen – schon jetzt durfte ihn Golshan besuchen. Die rechten Parteien verdammten das aus ihrer Sicht viel zu milde Urteil für den größten Terroranschlag, der jemals auf deutschem Boden verübt worden war. Solveighs Gerechtigkeitssinn war jedoch nicht irritiert. Hadi hatte versucht, die Explosion zu verhindern. Die Haupttäter waren Frank Proschinski, der die Bombe gezündet hatte, und die Hintermänner wie Theo Richter, die junge Menschen verführten und sie für ihre schrecklichen Zwecke einspannten.

Sie beobachtete, wie zwei Uniformierte den Imam in Handschellen aus der Moschee führten und in einen Streifenwagen verfrachteten.

»Haben Sie über Hadi auch die Schleuserbande nach Syrien enttarnen können?«, fragte Solveigh.

»Die Verhaftungen in Istanbul laufen parallel«, bestätigte Okan. Er hielt die Arme vor der Brust verschränkt.

Solveigh warf einen Blick auf das Polizeiauto, in dem Theo Richter auf der Rückbank saß. Er starrte sie und Okan an. Ob er sie erkannte? Vermutlich, dachte Solveigh.

»Darf ich Sie etwas fragen, Okan?«

Der MIT-Agent nickte. »Fragen Sie nur«, sagte er. »Wenn Sie dafür heute Abend mit mir essen gehen.«

Solveigh war das Thema zu ernst, um jetzt auf seinen Vorschlag einzugehen.

»Finden Sie, dass wir unsere Sache gut gemacht haben?«, fragte Solveigh. Es war die Frage, die sie seit Monaten umtrieb: Hätten sie es besser machen können? Hätten sie sie schneller finden müssen? Waren sie nur unfähig geworden, ohne Computer und Telefondatenspeicher zu ermitteln? Sie hatte Will Thater die gleiche Frage gestellt.

»Es liegt nicht an uns, Solveigh«, sagte der türkische Agent. »Es ist irrelevant, wie viel Technik wir entwickeln, um ihnen auf die Schliche zu kommen. Wir hatten zehn Jahre unseren Vorteil, weil sie nicht wussten, wie gut wir im Ausspionieren der Welt geworden sind. Jetzt, da sie es wissen, sind wir genauso weit wie vorher, und könnten es auch gleich bleiben lassen.«

Solveigh dachte einen Moment darüber nach. »Vermutlich haben Sie recht. Nur bin ich mir nicht so sicher, ob die Kollegen in Langley das ähnlich pragmatisch sehen.«

Okan Gider grinste.

Theo Richter starrte noch immer in ihre Richtung.

»Reicht Ihnen die Antwort für ein Abendessen?«, fragte Okan Gider.

EPILOG

Münster, Deutschland
16. 09. 2014, 19.22 Uhr (einen Monat später)

»Wie geht es dir?«, fragte Golshan.

Hadi zuckte mit den Achseln. »Hier drin ist jeder Tag gleich.«

Golshan griff nach seiner Hand.

»Ich meine auch nicht, wie es dir hier drin geht, sondern wie es dir hier drin geht.« Sie drückte eine flache Hand gegen seine Brust.

Hadi lächelte. »Meinem Herzen geht es gut«, sagte er. »Viel wichtiger ist, wie es dir geht«, behauptete er und streichelte ihren Bauch, obwohl man noch gar nichts erkennen konnte.

»Der Doktor sagt, es ist alles in Ordnung«, sagte Golshan. »Manchmal ist mir schlecht, aber meistens geht es weg, wenn ich einen Tee trinke.«

»Das ist gut«, sagte Hadi.

Für einen Moment schwiegen beide und hielten sich an den Händen.

»Hadi?«, fragte Golshan schließlich.

Hadi blickte auf.

»Was glaubst du, wie es für sie sein wird, ihren Vater fünf Jahre lang nicht zu kennen?«

»Ihr kommt mich doch besuchen, oder nicht?«

»Du weißt, wie ich es meine, Hadi.«

»Ich weiß es nicht, Golshan. Wie ist es, wenn man zehn Jahre lang bei seinen Eltern aufwächst und dann zu seinem Onkel nach Deutschland geschickt wird?«

»Schlimm, oder nicht?«, fragte Golshan.

Hadi nickte. »Aber so schlimm auch wieder nicht. Hör zu, Golshan«, fuhr er fort. »Solange wir einander haben, schaffen wir es. Weil wir alles schaffen können, wenn wir das nur genug wollen.«

Golshan hoffte, dass es stimmte. Sie war einsam in ihrem neuen Leben mit ihrer neuen Identität. Aber sie war frei. Sie konnte mit den Menschen zusammen sein, mit denen sie zusammen sein wollte. Und das war doch schon einmal gar kein so schlechter Anfang, oder nicht?

DANKE

Manchmal holen einen die Ereignisse beim Schreiben ein. So ging es mir bei diesem Buch. Ich hoffe, es trägt dazu bei, die verquere Ideologie hinter den Pegida-Protesten und anderer ausländerfeindlichen Tendenzen in unserem Land zu entlarven. Mehr Einwanderung ist nicht das Problem, sondern die Lösung.

Aus hoffentlich nachvollziehbaren Gründen habe ich mich diesmal dafür entschieden, einigen Gruppierungen in PHANTOM rein fiktive Namen zu geben. So gibt es keine Qumari-Kämpfer und es gibt meines Wissens keine Moschee in der Niddastraße in Frankfurt. Es liegt mir fern, Menschen oder real existierende Institutionen mit den von mir im Buch beschriebenen Taten auch nur im Entferntesten in Verbindung zu bringen. Ich hoffe, dass es Ihren Lesegenuss nicht schmälert.

Zu danken habe ich auch diesmal wieder allen, die mir bei dieser schwierigen Recherche geholfen haben. Alle Fehler, Vereinfachungen und dramaturgisch notwendigen Veränderungen gehen wie immer auf meine Kappe. Danke auch meinem Agenten und meiner Lektorin, die wie immer vom ersten Plotentwurf bis zur Redaktion mitgestaltet haben. Und natürlich dem ganzen Team vom Piper Verlag, von A wie Auslieferung bis Z wie Zentrale.

Besonderer Dank gilt meiner Familie, die mich während der langen Schreibphasen vermissen musste (und ich euch). Dazu allen, die im Fall der Fälle selbstlos einsprangen: allen Omas und Opas, unserer wunderbaren Krippe, unseren Babysittern und anderen Engeln.

Ein großes Dankeschön allen Buchhändlerinnen und Buchhändlern, die sich so für uns Autoren einsetzen. Ohne Sie fänden unsere Bücher nicht zu unseren Lesern. Womit wir bei Ihnen wären: Liebe Leserinnen und Leser, danke für Ihr Interesse. Ich hoffe, ich konnte Ihnen unterhaltsame und möglicherweise auch nachdenkliche Stunden bescheren. Ich hoffe, Sie können auch nach der Lektüre dieses Buchs Ihre Bahnfahrt genießen.

Herzlich,
Ihr und Euer

Jenk Saborowski

»Souverän, glaubwürdig, anspruchsvoll.«

Der Stern

*Cover- und Preisänderungen vorbehalten

Arne Dahl

Bußestunde

Kriminalroman

Aus dem Schwedischen von
Wolfgang Butt

Piper Taschenbuch, 464 Seiten

€ 9,99 [D], € 10,30 [A], sFr 14,90*

ISBN 978-3-492-30564-8

Spätsommer in Stockholm, Sonntagnachmittag zwischen drei und vier: In dieser scheinbar friedvollen Zeit geschieht ein buchstäblich unsichtbares Verbrechen. Der schiere Zufall macht Lena Lindberg, ein Mitglied der A-Gruppe, zur ahnungslosen Zeugin. Während ihr Vorgesetzter Paul Hjelm den undankbaren Auftrag erhält, den verschwundenen Geheimdienstchef zu finden, stoßen die Ermittler auf eine Serie sadistischer Morde an jungen Frauen, und auch Hjelms Tochter Tora gerät ins Visier des Täters …

PIPER

Leseproben, E-Books und mehr unter **www.piper.de**

Sadie Matthews a écrit, sous pseudonyme, six romans dans lesquels elle décrit des univers décadents où la démesure règne en maître. *L'Étreinte de la nuit* est sa première tentative d'exploration d'un aspect plus intime – et plus intense – des relations et de la vie. Sadie vit à Londres avec son mari.

Ce livre est également disponible
au format numérique

www.milady.fr

Sadie Matthews

L'Étreinte de la nuit

La trilogie *Fire After Dark* – 1

Traduit de l'anglais (Grande-Bretagne) par Laurence Boischot

Milady Romantica

Milady est un label des éditions Bragelonne

Titre original : *Fire After Dark*

ISBN : 978-2-8112-1031-1

Bragelonne – Milady
60-62, rue d'Hauteville – 75010 Paris

E-mail : info@milady.fr
Site Internet : www.milady.fr

Remerciements

Je remercie chaleureusement toute l'équipe de Hodder & Stoughton, en particulier Harriet, mon éditrice, et Justine, ma correctrice. Leurs encouragements m'ont été d'une aide précieuse.

Coup de chapeau également à mon agent et à tous les collaborateurs de David Higham Associates.

Je tire mon inspiration de celles et ceux qui ont le courage et l'imagination nécessaires pour mener la vie qu'ils désirent sans empiéter sur celle d'autrui. Nous disposons tous d'un don merveilleux : à nous d'en jouir sans modération pour en tirer une extase éclairée – le plaisir en partage.

À X. T.

Première semaine

Chapitre premier

La ville que je vois défiler depuis le taxi me coupe le souffle. J'ai l'impression de parcourir un gigantesque décor de théâtre que déroulerait une main invisible. Je ne suis qu'une spectatrice, calme, silencieuse et hors d'atteinte. Mais, dans la touffeur de cet après-midi de juillet, Londres bat son plein : les voitures encombrent les rues, les trottoirs grouillent de monde et les piétons se déversent par centaines sur la chaussée à chaque feu rouge. Partout, des corps, de tous âges, de toutes tailles, de toutes formes et de toutes les couleurs. Un lieu dans lequel sont ancrées des millions de vies. Je suis subjuguée.

Qu'est-ce que j'ai fait ?

Nous longeons un immense espace vert où des gens paressent au soleil, et je me demande s'il s'agit de Hyde Park. Mon père prétend que ce parc est plus vaste que Monaco. Je ne sais pas quoi en penser. Monaco est un mouchoir de poche, mais quand même. Cette idée me fait frémir et je me rends compte que j'ai peur. Étrange, pour moi qui suis pourtant plutôt téméraire.

N'importe qui flipperait, à ta place, rien de plus normal. Et puis, après mes dernières mésaventures, pas étonnant que ma belle assurance me déserte. Un sentiment tristement familier me noue l'estomac et je respire un grand coup pour le dissiper.

Pas aujourd'hui. Tu dois garder les idées claires. Assez pleuré et cogité comme ça : rappelle-toi pourquoi tu es venue.

— On y est presque, ma belle, annonce une voix qui me fait sursauter.

C'est le chauffeur, qui me parle par l'Interphone. Il me regarde dans le rétroviseur.

— Je connais un raccourci à partir d'ici, reprend-il. On va éviter tout ce trafic, ne vous en faites pas.

— Super, merci.

À vrai dire, je n'en attendais pas moins d'un taxi londonien – ils ont la réputation de connaître les rues de la ville sur le bout des doigts, et c'est justement ce qui m'a décidée à m'en payer un plutôt que de lutter pour trouver mon chemin dans le métro. Ma valise ne pèse pas très lourd, mais la perspective de la trimballer dans les couloirs et les escalators par cette chaleur ne m'enchantait pas plus que ça. Je me demande si le chauffeur essaie de deviner ce que je fais là – une jeune fille somme toute ordinaire, en robe à fleurs et gilet rouge, avec des tongs aux pieds et des lunettes de soleil relevées sur la tête, les cheveux noués en une queue-de-cheval dont s'échappent des mèches folles, mais qui s'achemine pourtant vers une destination prestigieuse.

— C'est la première fois que vous visitez Londres ? demande-t-il avec un sourire.

— Oui.

Ce n'est pas tout à fait vrai ; mes parents m'y ont emmenée une fois pour Noël, quand j'étais petite. Je n'en ai gardé que des souvenirs confus : le bruit et la foule, d'immenses magasins aux vitrines illuminées, le léger crissement du pantalon en Nylon que portait le Père Noël quand je m'étais assise sur ses genoux, le chatouillement de sa barbe en polyester contre ma joue. Mais je préfère taire ces détails, n'ayant pas le courage d'entamer une conversation avec le chauffeur. Cette ville m'est inconnue, de toute façon. C'est la première fois que j'y viens seule.

— Vous êtes venue en solo ? insiste-t-il.

Je ressens une pointe de nervosité, même si je sais qu'il veut juste faire la conversation.

— Non, je vais rejoindre ma tante.

Nouveau mensonge. Mais il hoche la tête, satisfait. Tandis qu'on s'éloigne du parc, il zigzague à toute allure entre bus et berlines, dépasse des cyclistes, prend des virages sans ralentir et accélère quand les feux de circulation passent à l'orange. Bientôt, les grandes artères laissent place à des rues étroites et bordées de belles maisons en pierre dotées de clôtures en fer forgé noir, de portes aux couleurs vives et de hautes fenêtres ornées de jardinières aux fleurs exubérantes. La richesse ambiante est palpable, et pas seulement parce que des voitures de luxe stationnent un peu partout. Tout est immaculé, des bâtiments aux trottoirs, et j'aperçois des domestiques qui ferment des rideaux pour se protéger du soleil.

— Elle n'est pas à plaindre, votre tante, plaisante le chauffeur en prenant une rue adjacente encore plus étroite, puis une petite allée. Ce n'est pas donné, de vivre par ici.

Je ris en guise de réponse, ne sachant pas quoi dire. La ruelle est bordée, d'un côté, par des écuries converties en maisonnettes au prix sans doute exorbitant et, de l'autre, par un imposant immeuble d'au moins six étages. Je devine à son allure Art déco qu'il date des années 1930 : façade grise, porte en noyer rehaussée de panneaux de verre. Le chauffeur s'arrête devant l'entrée et annonce :

— Et voilà. Randolph Gardens.

Je n'aperçois que de la pierre et de l'asphalte.

— Mais où sont les jardins ?

La seule végétation visible consiste en deux pots de géraniums suspendus de part et d'autre de la porte.

— Oh, il devait y en avoir, avant. Vous voyez ces petites maisons, là ? C'étaient des écuries, à l'époque. J'imagine qu'elles devaient appartenir à une grande propriété ou deux. Ça a sans doute été démoli, peut-être pendant la guerre.

Ça fera 12,70 livres, ma belle, dit-il après avoir jeté un coup d'œil au compteur.

Je fouille dans mon sac et en sors 15 livres.

— Gardez la monnaie, dis-je en espérant laisser un pourboire correct.

Le chauffeur ne semble pas étonné, et j'en conclus que j'ai visé juste. À peine ai-je refermé la portière et sorti ma valise du coffre qu'il exécute un demi-tour impressionnant de précision vu l'étroitesse de la ruelle, fonçant vers de nouvelles courses.

Je lève la tête. Me voici arrivée devant ma nouvelle demeure. Pour un temps, du moins.

Un portier à la chevelure blanche me lance un regard inquisiteur lorsque je passe les portes et m'avance vers lui en traînant mon bagage. Résistant à l'envie d'essuyer la sueur qui perle sur mon front, je me présente.

— Bonjour, je viens loger dans l'appartement de Celia Reilly. Elle m'a dit qu'on me donnerait la clé à l'accueil.

— Votre nom ? demande le bonhomme, bourru.

— Beth, enfin… Elizabeth. Elizabeth Villiers.

— Voyons voir, grommelle-t-il dans sa moustache en parcourant le dossier posé sur son bureau. Ah oui, Mlle E. Villiers, qui doit occuper l'appartement 514 en l'absence de Mlle Reilly, dit-il en me considérant de son regard perçant, mais pas hostile. Vous le surveillez, c'est ça ?

— Oui, enfin, je surveille surtout le chat, dis-je dans un sourire qu'il ne me rend pas.

— Ah oui, c'est vrai qu'elle a un chat. Je ne comprends pas pourquoi on persiste à enfermer ces pauvres bêtes dans des appartements, mais ainsi va la vie… Voici les clés, indique-t-il en faisant glisser une enveloppe vers moi. Si vous voulez bien signer le registre.

J'obéis, puis le portier m'expose quelques-unes des règles de l'immeuble tout en m'accompagnant jusqu'à l'ascenseur. Puis il me propose de laisser ma valise pour la monter lui-même un peu plus tard, mais je refuse poliment. Au moins, j'aurai toutes mes affaires sous la main. Une fois dans la cabine, je m'examine dans le miroir : je suis rouge et luisante de sueur, contrastant étrangement avec le cadre immaculé de l'immeuble. Je me suis résignée au fait que je ne ressemblerai jamais aux élégantes que j'admire tant, avec leurs pommettes saillantes et leur crinière lustrée. J'ai un petit visage en forme de cœur avec des yeux bleus tout ronds et des cheveux d'un blond foncé qui m'arrivent aux épaules et qui ont une fâcheuse tendance à partir dans tous les sens si je ne les dompte pas. En général, je me contente d'une queue-de-cheval nouée à la va-vite.

— Ma pauvre, tu ne fais ni *My Fair Lady*, ni riche lady de Mayfair, dis-je à mon reflet.

Je détecte sur mon visage les indices de mes récents déboires. J'ai les joues creusées et les yeux empreints d'une tristesse qui semble ne pas vouloir me quitter. J'ai aussi l'air plus petite, comme si je m'étais voûtée sous le fardeau du chagrin.

Essayant de retrouver l'étincelle qui animait autrefois mon regard, je joue la carte de l'autosuggestion :

— Allez, sois forte !

C'est pour cela que je suis venue, après tout. Il ne s'agit pas d'une fuite – pas entièrement, du moins –, mais d'une tentative de redécouvrir l'ancienne Beth, une fille courageuse et curieuse de tout, au caractère bien trempé.

À moins que cette Beth-là n'ait été détruite à tout jamais.

J'essaie d'éviter ces réflexions morbides, mais c'est difficile.

L'appartement 514 se situe au milieu d'un couloir tapissé d'une épaisse moquette. La clé tourne sans un bruit dans la serrure et, une seconde plus tard, j'entre. Une surprise m'attend, sous la forme d'un petit hoquet suivi d'une plainte aiguë. Puis une fourrure chaude m'effleure les mollets et manque de me faire trébucher.

Je me penche et découvre une boule de poils noire, aux iris dorés et au museau écrasé comme un coussin sur lequel on viendrait de s'asseoir.

— Hé, bonjour ! Tu dois être De Havilland.

Le chat miaule de plus belle, dévoilant de petites dents pointues et un bout de langue rose.

Je jette un regard alentour tandis que la bestiole se met à ronronner comme une turbine en se frottant contre mes jambes, visiblement ravie de faire ma connaissance. À en juger par le vestibule, Celia est restée fidèle à l'esprit de l'immeuble. Le sol est un damier noir et blanc, adouci par un tapis en cachemire blanc. Sous un miroir Art déco flanqué de deux luminaires en chrome de forme géométrique, une console d'un noir luisant supporte une vasque en porcelaine blanche ornée d'un liseré argenté, elle-même entourée de deux vases. L'ensemble respire l'élégance discrète.

Je m'y attendais, cela dit. Chaque fois que mon père a évoqué l'appartement de sa marraine, dans lequel il a séjourné à plusieurs reprises, il est resté évasif mais a réussi à me donner l'impression que cet endroit était à l'image du raffinement de Celia. Adolescente, elle s'est lancée dans une carrière de mannequin qui l'a propulsée sur le devant de la scène et lui a permis d'acquérir une belle fortune, puis elle a changé de voie pour devenir journaliste de mode. Elle s'est mariée deux fois : la première s'est soldée par un divorce, la seconde par un veuvage. Elle n'a jamais eu d'enfants, ce qui explique peut-être qu'elle ait gardé une telle fraîcheur. Marraine dilettante, elle ne se mêle de la vie de mon père que quand ça lui chante, débarquant sans crier gare puis disparaissant comme elle était venue. Il m'a raconté qu'il restait parfois sans nouvelles pendant des années, jusqu'au jour où elle s'invitait chez lui, les bras chargés de cadeaux, toujours impeccablement vêtue, et tentait de se faire pardonner ses longs silences. Je me souviens de l'avoir rencontrée alors que je n'étais qu'une gamine timide en short, la tignasse ébouriffée et les genoux cagneux.

Je n'aurais jamais imaginé devenir un jour aussi sophistiquée que cette femme aux courts cheveux gris, qui portait des vêtements magnifiques et des bijoux incroyables.

Allez, avoue : même aujourd'hui, tu n'oserais pas imaginer lui arriver à la cheville. Pas une seule seconde.

Me voici pourtant dans son appartement, dont je peux disposer comme bon me semble pendant les cinq prochaines semaines.

Son coup de téléphone nous a pris au dépourvu. Je n'écoutais pas ce que disait mon père, jusqu'à ce qu'il raccroche et se tourne vers moi, l'air pensif.

— Beth, ça te dirait, un petit séjour à Londres ? Celia part en voyage ; elle a besoin que quelqu'un garde son chat et elle s'est dit que ça te plairait peut-être de vivre dans son appartement l'espace de quelques semaines.

— Quoi ? ai-je demandé en levant les yeux de mon roman. Elle me propose de vivre dans son appartement ?

— Oui. Il est situé dans un quartier plutôt chic – Mayfair ou Belgravia. Je ne sais plus très bien, ça fait des années que je n'y suis pas allé, dit-il en jetant un regard amusé à ma mère. Celia s'offre une petite retraite de cinq semaines dans les forêts du Montana. Apparemment, elle a besoin de se ressourcer spirituellement. Voyez-vous cela !

— C'est ce genre de petite folie qui lui permet de rester jeune, rétorqua ma mère en essuyant la table de la cuisine. Ça ne viendrait pas à l'idée de n'importe quelle dame de soixante-douze ans, un truc pareil, répliqua-t-elle en contemplant le bois fraîchement nettoyé d'un air mélancolique. Je trouve l'idée plutôt séduisante. Je ne serais pas contre une retraite spirituelle...

Son regard se perdit dans le vague, comme si elle pensait à l'éventail des possibles, à toutes les vies qu'elle aurait pu mener. Mon père semblait sur le point de faire un commentaire acerbe, mais se retint lorsqu'il décela l'expression sur son visage. Je lui en fus reconnaissante. Après tout, ma mère avait abandonné sa carrière pour l'épouser et nous élever, mes frères et moi. Elle avait bien le droit de rêver un peu.

— Alors, qu'est-ce que tu en dis, Beth ? me demanda-t-il. Ça t'intéresse ?

Maman me lança un regard lourd de sens. Elle voulait que j'accepte, savait que c'était la meilleure chose à faire étant donné les circonstances.

— Tu devrais y aller, ma chérie, souffla-t-elle. Ça te fera du bien de tourner la page après ce qui s'est passé.

Je frémis presque à cette simple allusion. Je ne supportais toujours pas qu'on en parle.

— Chut ! m'exclamai-je, au bord des larmes et les joues en feu.

Mes parents échangèrent un coup d'œil, puis mon père se lança.

— Ta mère a peut-être raison, tu sais, dit-il d'un ton bourru. Ça ne te ferait pas de mal de mettre un peu le nez dehors.

Cela faisait plus d'un mois que je vivais quasiment en recluse dans la maison. Je ne supportais pas l'idée de les voir ensemble. Adam et Hannah. Cette seule pensée me retournait l'estomac et me donnait le vertige.

— Peut-être, balbutiai-je. Je vais y réfléchir.

On n'en parla plus ce soir-là. Je déployais des efforts surhumains pour me lever le matin… Prendre une décision pareille était au-dessus de mes forces. Ma confiance était réduite à néant, si bien que je doutais de moi en toutes circonstances, même quand il s'agissait de choisir le menu du repas. Alors, accepter ou non la proposition de Celia… Après tout, j'avais choisi Adam, je lui avais fait confiance, et j'en subissais les conséquences. Le lendemain matin, ma mère appela Celia, et elles discutèrent des aspects pratiques du voyage. Le soir même, je lui téléphonai à mon tour. Le simple fait d'entendre sa voix débordante d'enthousiasme me mit du baume au cœur.

— Tu me rendrais service, tu sais, Beth. Mais c'est aussi l'occasion de t'amuser. Il est temps que tu sortes un peu de ton trou paumé et que tu explores le monde.

Celia était une femme indépendante, qui menait sa vie comme elle l'entendait. Si elle me croyait capable d'entreprendre cette aventure, c'est que je devais l'être.

Je décidai donc d'accepter son offre. Évidemment, alors que la date de mon départ approchait, je sentis ma volonté faillir et je me fis violence pour ne pas renoncer à ce projet. Si j'arrivais à faire mes bagages et à vivre seule dans l'une des plus grandes métropoles du monde, tout espoir n'était pas perdu pour moi. J'aimais beaucoup la petite ville du Norfolk où j'avais grandi, mais, si c'était pour rester cloîtrée à la maison à cause d'Adam, cela ne servait à rien de s'y éterniser. Autant mettre les voiles. Rien ne me retenait, après tout. Je travaillais à mi-temps dans un petit café depuis l'âge de quinze ans. J'avais arrêté pendant mes études, puis repris du service une fois mon diplôme en poche, me demandant ce que j'allais bien pouvoir faire de ma vie. Ça n'amusait pas mes parents de voir leur fille se morfondre dans sa chambre. Ils avaient d'autres ambitions pour moi.

La vérité, c'est que j'étais revenue pour Adam, tandis que mes amis de fac partaient explorer le monde avant d'entamer des carrières passionnantes, voire de s'établir à l'étranger. Je les avais écoutés raconter leurs aventures et leurs aspirations, sachant que je me contenterais pour ma part d'un retour à la case départ. Adam était le centre de mon univers, le seul homme que j'aie jamais aimé. Pour moi, la question ne se posait même pas : ma vie se déroulerait à ses côtés, c'était une évidence. Depuis la fin du lycée, Adam travaillait dans le bâtiment pour la société de son père dont il espérait hériter un jour. La perspective de passer le reste de son existence au même endroit ne semblait pas lui déplaire. Je ne pouvais pas en dire autant, mais je n'avais aucun doute quant à mon amour pour Adam. J'étais prête à mettre entre parenthèses mon désir d'explorer le monde si c'était pour vivre avec lui.

Sauf que, maintenant, je n'ai plus le choix.

De Havilland pousse un miaulement plaintif et me mordille la cheville pour attirer mon attention.

— Pardon, bonhomme, dis-je en posant mon sac par terre. Tu as faim ?

En guise de réponse, il me tourne autour tandis que je pars à la recherche de la cuisine. J'ouvre d'abord la porte d'un placard, puis celle des toilettes, avant de tomber sur la bonne. Je repère aussitôt les gamelles du chat posées sous la fenêtre située à l'extrémité. Il n'y reste pas une miette, et De Havilland semble attendre son prochain repas avec impatience. J'aperçois, sur une petite table blanche, des paquets de croquettes, quelques documents, ainsi qu'un petit mot, rédigé d'une main ferme et fleurie.

« Bonjour, ma chérie !

Je vois que tu es bien arrivée. C'est merveilleux. Voici de quoi nourrir De Havilland. Il te suffit de remplir le plus petit des deux bols deux fois par jour. N'en mets pas trop ; dose comme s'il s'agissait de biscuits apéritifs. Quel veinard, ce chat ! Assure-toi aussi qu'il ait toujours de l'eau fraîche. Tu trouveras toutes sortes d'instructions dans les papiers que je t'ai laissés sous ce petit mot, mais il ne s'agit en aucun cas de règles. Tu fais ce que tu veux, ma belle ! Amuse-toi bien.

On se voit dans cinq semaines.

Je t'embrasse,

C. »

Les pages dactylographiées contiennent des recommandations pour la litière du chat, les divers équipements de l'appartement, la chaudière, la trousse de premiers secours, et la liste des personnes à contacter en cas de problème. Le portier y figure en bonne place – à la fois gardien d'immeuble et garde-fou. Le portier qui fera tout pour m'éviter de craquer, en quelque sorte. Waouh ! Si je fais des jeux de mots, même faiblards, c'est peut-être que ce voyage commence déjà à porter ses fruits.

De Havilland me regarde en miaulant sans discontinuer, et sa petite langue rose frémit.

— Ça vient, ça vient…

Une fois le dîner de Sa Majesté servi, je visite le reste de l'appartement. La salle de bains est une merveille carrelée de noir et de blanc avec des appliques en chrome et en bakélite, mais la chambre me laisse carrément sans voix. Le lit à baldaquin argenté ; l'épais duvet et les coussins d'un blanc immaculé ; le papier peint chinois représentant des perroquets aux couleurs chatoyantes qui s'observent à travers des branches de cerisiers en fleurs ; l'immense miroir qui surmonte la cheminée ; la superbe coiffeuse près de la fenêtre, de l'autre côté de laquelle trône un fauteuil victorien en épais velours violet... l'ensemble est somptueux.

Je retrouve enfin l'usage de la parole et m'extasie tout haut.

— Comme c'est beau !

Peut-être vais-je absorber un peu de l'élégance de Celia en occupant son intérieur.

Cet appartement dépasse de loin mes rêves les plus fous. Je me représentais un lieu chic et sobre, à la mesure d'une femme prospère et indépendante, mais rien ne m'avait préparée à pareille beauté. Je longe le couloir et débouche dans le salon, décoré dans des tons apaisants de vert pâle et de gris pierre, le tout rehaussé de quelques touches de noir, de blanc et d'argent. Les lignes pures du mobilier et de la lampe en chrome rendent un hommage supplémentaire aux années 1930. Un long canapé agrémenté de coussins blancs, ainsi que des fauteuils bas aux accoudoirs incurvés, entourent une table basse minimaliste d'un noir laqué. Une bibliothèque encastrée occupe l'essentiel du mur du fond ; les étagères blanches regorgent de livres et d'objets merveilleux : sculptures chinoises et pièces de jade. Le vert tendre de la cloison face à la fenêtre est orné de panneaux argentés qui reflètent la lumière presque comme des miroirs, et sur lesquels sont gravés des saules pleureurs. Des appliques en verre brossé alternent avec ces tableaux, et une authentique peau de zèbre habille le parquet massif.

Cette exquise évocation d'un âge d'or de l'élégance m'enchante. J'admire tout ce que je vois, des vases en cristal contenant les tiges charnues d'un bouquet de lys aux pots à gingembre chinois qui flanquent la cheminée en chrome, au-dessus de laquelle Celia a exposé une gigantesque et impressionnante œuvre d'art moderne de Patrick Heron. Écarlates, mordorés, ocre et vermillon, ces hardis coups de pinceau contribuent à créer un tourbillon chaleureux dans cette oasis vert d'eau aux teintes claires.

Je tourne sur moi-même, bouche bée. Je n'aurais jamais cru que des gens décoraient vraiment ainsi des pièces à vivre, regorgeant de trésors et impeccablement entretenues. Ça ne ressemble en rien à ma maison, que je trouve douillette et rassurante, mais qui est perpétuellement en désordre et envahie par un tas d'objets inutiles.

Mon œil est attiré vers la baie vitrée qui s'étend sur toute la longueur de la pièce. À part des stores vénitiens, qui me paraissent toujours démodés mais sont tout à fait à leur place ici, rien ne vient obstruer la vue, ce qui me surprend d'autant plus que l'immeuble d'en face est tout proche. Je traverse la pièce : à quelques mètres à peine se trouve une façade identique.

Étrange... pourquoi avoir laissé aussi peu d'espace ?

Je tends le cou pour essayer de me situer. Les bâtiments forment un U autour d'un grand parc, et soudain je comprends mieux pourquoi la résidence s'appelle Randolph Gardens. Si je me penche un peu, je distingue, sur la gauche, des parterres de fleurs aux couleurs exubérantes, des arbres touffus, des sentiers de gravier qui mènent à un court de tennis et à une fontaine. Assis sur les bancs ou sur la pelouse, des résidents profitent des derniers rayons du soleil. La plupart des appartements bénéficient d'une vue sur le parc. Mais, au milieu de la branche centrale du U se trouve, de part et d'autre du porche qui mène aux jardins, une aile très étroite comportant un appartement par étage. Chacun d'entre eux a donc une vue imprenable sur son homologue d'en face, plus proche que si une rue les séparait. Je me trouve dans l'un d'entre eux, au cinquième étage alors que le bâtiment en compte sept.

Une réflexion me vient à l'esprit. *Est-ce que ces appartements-là étaient moins chers que les autres ?* Je comprends mieux pourquoi Celia a choisi des couleurs claires et des panneaux argentés pour décorer cette pièce. Avec un vis-à-vis pareil, la luminosité doit être réduite. *Mais bon, c'est le quartier qui compte, et nous sommes à Mayfair, ma chère.*

Les rayons du soleil ont déserté ce pan de l'immeuble, et la pièce est plongée dans une douce pénombre. Je me dirige vers l'une des lampes lorsque mon regard est attiré par l'appartement d'en face, soudain éclairé d'une lumière vive, de telle sorte que j'ai l'impression de voir un écran de cinéma ou la scène d'un petit théâtre. J'en distingue parfaitement l'intérieur, et ce que j'y vois me fait sursauter. Un homme arpente le salon d'un pas tranquille. Rien d'étonnant à cela, mais le fait qu'il ne porte rien d'autre qu'un pantalon noir retient mon attention, et je m'immobilise. Je me rends compte qu'il parle au téléphone et, bien que je ne discerne pas clairement ses traits, l'impression d'ensemble est celle d'une beauté classique, avec un front décidé, des sourcils fournis et d'épais cheveux bruns. Mon nouveau voisin est par ailleurs large d'épaules, doté d'une musculature harmonieuse et très bronzé, comme s'il revenait de longues vacances dans un pays chaud.

J'ai beau me sentir un peu gênée, je ne peux détacher mon regard de cet homme. Sait-il que je le vois se promener à moitié nu ? Comme je n'ai encore allumé aucune lumière, il ne peut pas savoir qu'on l'observe. Forte de cette réflexion, je me détends et profite pleinement du spectacle que m'offre à son insu ce bel inconnu. J'ai vraiment l'impression de regarder un acteur évoluer sur un écran, vision délicieusement détachée. Soudain, j'éclate de rire. Celia mène vraiment la belle vie !

Pendant encore quelques minutes, je suis des yeux le manège de mon voisin qui bavarde au téléphone en faisant les cent pas dans son salon, torse nu. Puis il tourne les talons et sort de la pièce.

Peut-être qu'il est allé s'habiller, me dis-je, vaguement déçue. Puisqu'il est parti, j'allume une des lampes, et une douce lumière orangée baigne la pièce, prêtant une aura nouvelle aux ornements argentés des murs et aux sculptures de jade. De Havilland entre en silence et saute sur le canapé, puis lève les yeux vers moi, comme pour m'inviter à le rejoindre. Je m'assieds à côté de lui et, aussitôt, il monte sur mes genoux, fait trois petits tours et s'installe confortablement avant de se mettre à ronronner. Je commence à caresser cette boule de poils dont la chaleur me réconforte.

Au bout de quelques instants, je me rends compte que je pense toujours à l'inconnu d'en face, si séduisant et si gracieux, évoluant tranquillement dans son appartement, sans se douter une seule seconde qu'il est épié. Il ne semblait pas souffrir de sa solitude. Peut-être parlait-il avec sa petite amie ? Ou alors il discutait avec quelqu'un d'autre, mais sa copine l'attendait dans sa chambre et, en ce moment, il est avec elle, en train d'achever de se déshabiller. Puis il s'allonge auprès d'elle et se penche pour l'embrasser. Elle ouvre les bras et le serre contre lui, passant les mains sur son dos lisse et musclé…

Arrête, tu n'arranges pas ton cas.

Je baisse la tête et ferme les yeux. Une image d'Adam, souriant, s'invite dans mon esprit. C'était comme ça qu'il m'avait séduite : avec ce sourire qui faisait remonter un coin de sa bouche, creusait une fossette dans chaque joue et faisait pétiller ses yeux bleus. Nous étions tombés amoureux l'été de mes seize ans, pendant ces longues et chaudes journées où il n'y a rien d'autre à faire que s'amuser. Je le retrouvais dans les ruines de l'abbaye et nous passions des heures à traîner, à papoter, puis à nous embrasser. Nous étions insatiables. Adam était encore tout dégingandé alors que je m'habituais à peine aux regards insistants des hommes sur ma poitrine. Nous avions attendu un an avant de faire l'amour, et ce fut à la fois maladroit et magnifique. Avec le temps, nous avions appris à nous connaître, à nous donner du plaisir, et l'idée d'avoir un autre partenaire un jour ne m'effleurait même pas. Comment vivre quelque chose d'aussi doux et passionné si ce n'était avec Adam ? J'adorais ces moments où il me tenait dans ses bras et me jurait qu'il m'aimait plus que tout. Je n'avais jamais regardé un autre homme que lui.

Arrête ça tout de suite, Beth ! Tu te fais du mal. Pire, tu le laisses te faire du mal.

J'essaie de refouler le souvenir, mais il refait surface malgré mes efforts, et la scène s'impose à moi avec une terrible netteté. Je faisais du baby-sitting non loin de chez moi, et il était prévu que je reste jusqu'à minuit, au moins. Finalement, la mère de l'enfant dont j'avais la garde avait eu une migraine, et le couple était rentré plus tôt que prévu. Il était à peine 22 heures, j'étais libre comme l'air et j'avais empoché l'équivalent d'une soirée complète.

Toute joyeuse, je décidai de faire une surprise à Adam. Il habitait alors chez son frère Jimmy, qui lui louait sa chambre d'amis pour une bouchée de pain. Comme Jimmy était en voyage, Adam avait prévu d'inviter quelques potes à regarder un film en buvant des bières. Il avait eu l'air déçu quand je lui avais dit que je ne pourrais pas les rejoindre et serait donc ravi de me voir débarquer à l'improviste.

J'ai l'impression de revivre l'enchaînement des faits. J'entre chez Jimmy, surprise de ne trouver personne, et me demande où sont passés les garçons. La télé est éteinte et, au lieu d'entendre des canettes qu'on ouvre et des commentaires sur le film en cours, un profond silence règne sur la pièce. Ma surprise va tomber à l'eau. Peut-être qu'Adam ne se sentait pas très bien et qu'il a décidé de se coucher tôt. J'avance dans le couloir et me dirige vers la porte de sa chambre, qui m'est aussi familière que la mienne.

Je tourne la poignée en appelant « Adam ? », mais tout doucement, au cas où il serait déjà endormi. Je vais entrer, de toute façon. Le regarder et me demander à quoi il rêve avant de l'embrasser sur la joue et de me blottir contre lui...

Je pousse le battant et remarque que la lampe de chevet est allumée – celle-là même qu'Adam recouvre d'un foulard rouge pour tamiser l'éclairage quand nous faisons l'amour. D'ailleurs, la lumière qui filtre est teintée d'écarlate. Je cille et remarque que la couette forme une bosse, qui remue. Mais qu'est-ce qu'il fabrique ?

Je l'appelle de nouveau, plus fort, cette fois.

—Adam ?

Le mouvement cesse, les formes changent, une main repousse la couverture et je vois...

La cruauté de ce souvenir m'arrache un petit cri de douleur, et mes paupières se crispent. C'est comme un vieux film que je ne peux m'empêcher de passer en boucle. Mais, cette fois, je me force à rouvrir les yeux et soulève De Havilland pour le reposer sur le canapé à côté de moi. Je refuse de me laisser aller aux larmes et à l'apitoiement. Si je suis venue ici, c'est pour tourner la page, alors autant commencer tout de suite.

Mon estomac crie famine. Je me rends dans la cuisine et ouvre le frigo, qui est presque vide. Je me promets de faire des courses dès le lendemain et déniche, dans un placard, un paquet de crackers et une boîte de sardines. Ce repas modeste est un festin pour mes papilles affamées. Tandis que je lave mon assiette, rassasiée, un énorme bâillement m'échappe. Je regarde ma montre : il n'est même pas 21 heures, pourtant je me sens épuisée. La journée a été longue, et je n'arrive pas à croire que je me suis réveillée ce matin dans ma chambre de petite fille.

Tant pis, je vais aller me coucher. De toute façon, il me tarde d'essayer le lit de Celia. Sous un baldaquin argenté, mon moral ne peut que remonter. Décidant de mettre en pratique ma petite devise de la soirée, je retourne dans le salon pour éteindre les lumières. J'ai déjà la main sur l'interrupteur quand je remarque que mon voisin est de retour. Il ne porte même plus le pantalon noir de tout à l'heure, remplacé par une serviette nouée autour de sa taille, et ses cheveux mouillés sont plaqués contre son crâne. Planté au milieu de la pièce, il regarde chez moi. À vrai dire, il m'observe, les sourcils froncés. Nous nous dévisageons un instant, tout proches mais pas assez pour pouvoir déceler l'expression de nos regards qui se croisent.

Puis, d'un geste presque involontaire, j'appuie sur l'interrupteur et la lampe s'éteint. Une fois plongée dans l'obscurité, je me rends compte qu'il ne peut plus me voir, alors que je distingue plus nettement chaque détail de son salon de là où je me tiens. L'inconnu s'avance vers la fenêtre, s'appuie sur le rebord et approche son visage, curieux. J'ose à peine respirer, et encore moins bouger. Je ne saurais dire pourquoi je préfère qu'il ne me voie pas, mais je tiens absolument à rester cachée. Il reste ainsi un petit moment, les sourcils toujours froncés, et j'admire, immobile, les lignes de son torse et de ses bras aux muscles saillants.

Puis il se redresse et quitte la pièce, et j'en profite pour regagner le couloir, refermant la porte derrière moi. En sécurité à l'abri des regards, je pousse un profond soupir.

— Non mais qu'est-ce qui m'a pris ? dis-je tout haut. (Réconfortée par le son de ma propre voix, j'éclate de rire.) Bon, ça va pour cette fois, mais que ça ne se reproduise pas : ce mec va croire que je suis folle à lier s'il me voit rôder dans le noir et jouer les statues de sel dès qu'il me regarde. Allez, au lit !

Heureusement, je repense à ce pauvre De Havilland juste à temps et vais lui ouvrir la porte du salon, au cas où il aurait envie de sortir. Sa litière se trouve dans la cuisine, et je m'assure qu'il y a bien accès. Je m'apprête à éteindre la lumière du couloir, puis me ravise.

Je sais, c'est une superstition de gamine de croire que la lumière chasse les monstres et les cambrioleurs, mais je me retrouve toute seule dans un appartement inconnu, au beau milieu d'une grande ville. Alors, juste pour cette nuit, je laisse la lumière allumée.

À vrai dire, même emmitouflée dans le lit douillet de Celia et épuisée, je ne peux me résoudre à éteindre la lampe de chevet. Je m'endors dans sa douce lueur et ne me réveille que le lendemain matin.

Chapitre 2

— EXCUSEZ-MOI, VOUS POURRIEZ ME DIRE OÙ SE trouve Laï Cester Square ?

— Pardon ?

Je me retourne, éblouie par le soleil éclatant de cette belle matinée. Aucun nuage ou presque ne vient gâcher le ciel bleu et limpide.

— Laï Cester Square, articule la dame, avec un fort accent américain.

Elle porte un chapeau et de grosses lunettes noires, ainsi que l'uniforme de la parfaite touriste : polo rouge, pantalon ample, baskets aux pieds et sac à dos de rigueur. Elle tient un guide de Londres dans une main. Derrière elle, son mari patiente, habillé quasiment à l'identique.

Interdite, je répète :

— Laï Cester ?

Je me suis baladée de Randolph Gardens à Oxford Street, l'une des rues les plus commerçantes de Londres. J'observe la foule, qui se presse déjà à cette heure matinale, et m'arrête parfois devant les vitrines. Je ne m'attendais pas à trouver une atmosphère aussi animée à seulement cinq minutes de marche de chez Celia.

— Euh… je ne suis pas sûre.

— Regardez, c'est là, m'indique l'Américaine en me tendant sa carte. On veut voir la statue de Charlie Chaplin.

— Ah ! Leicester Square, dis-je en le prononçant comme il se doit.

— Lester ? reprend-elle, ébahie, avant de se tourner vers son mari. Tu entends ça, chéri, ils appellent ça Lester. Franchement, cette ville est truffée de pièges quand on ne s'y connaît pas.

Je m'abstiens de l'informer que je suis moi-même une touriste, flattée qu'elle me prenne pour une Londonienne. Il faut croire que j'ai l'air à l'aise. Je lui prends la carte des mains et l'examine attentivement avant de reprendre la parole.

— Vous pouvez y aller à pied, ce n'est pas très loin. Regardez, vous continuez par là. Une fois à Oxford Circus, vous prenez Regent Street jusqu'à Piccadilly Circus. Vous traversez et continuez tout droit, et vous arrivez à Leicester Square.

— Merci beaucoup ! s'exclame l'Américaine avec un grand sourire. Vous êtes très gentille. On est un peu perdus… il y a tellement de monde. Mais on adore, c'est magnifique !

— Je vous en prie. Passez un bon séjour à Londres.

Je les regarde s'éloigner, en espérant qu'ils arriveront à bon port et que la statue de Charlie Chaplin ne les décevra pas. Je devrais peut-être m'y rendre, un jour. Ça peut valoir le coup d'œil.

Je sors mon propre guide de mon sac à main et le feuillette tandis que le flot de piétons poursuit son chemin autour de moi. Le quartier pullule de grandes enseignes, de magasins de téléphonie mobile, de pharmacies, d'opticiens de luxe et de bijouteries. Les larges trottoirs sont bordés de petites échoppes qui vendent des souvenirs, des bagages et toutes sortes de choses à boire où à manger : fruits, pralines, gaufres…

Je veux visiter la Wallace Collection, un musée gratuit situé non loin d'ici, qui rassemble une profusion d'œuvres d'art et de mobilier baroques. Puis je m'offrirai un déjeuner quelque part et verrai bien ce que l'après-midi me réserve. J'éprouve une délicieuse sensation de liberté : je ne dois rien à personne, j'ai tout le loisir de me faire plaisir, et la journée me tend les bras ; l'éventail des possibles est pleinement déployé. En cinq semaines, je n'arriverai pas à découvrir Londres de fond en comble, mais j'ai bien l'intention de savourer au moins les incontournables : la National Gallery, la National Portrait Gallery et le British Museum. Cette perspective suffit à faire saliver la diplômée d'histoire de l'art que je suis.

Le soleil brille dans un ciel sans nuages et je me sens d'humeur presque guillerette. La foule qui m'entoure pourrait s'avérer intimidante, mais je trouve qu'il y a dans cet anonymat quelque chose de rassurant. Chez moi, je ne peux aller nulle part sans croiser au moins un visage connu. C'est une des raisons pour lesquelles je n'osais plus mettre le nez dehors : tout le monde était au courant de mon histoire avec Adam. Notre dernière conversation, au cours de laquelle Adam m'avait avoué que Hannah et lui couchaient ensemble depuis des mois – ce qui signifiait que leur relation datait d'avant mon retour de l'université –, avait dû faire jaser dans notre petite ville. Et moi, innocente, j'étais revenue de la fac en croyant retrouver mon âme sœur, celui qui disait m'aimer plus que tout au monde. J'avais été le dindon de la farce ; tout le monde devait se demander combien de temps il me faudrait pour comprendre et quelle serait ma réaction.

Maintenant, au moins, les curieux sont fixés.

Ici, en revanche, personne ne sait rien ; personne ne se soucie de moi, de mon humiliation ou de mon cœur brisé. Je prends une grande bouffée d'air frais, le sourire aux lèvres. Un imposant bus rouge passe dans la rue et me rappelle que je suis à Londres. La capitale s'offre à moi ; je n'ai plus qu'à la découvrir.

Je me remets en marche, légère et insouciante pour la première fois depuis des semaines.

L'après-midi touche à sa fin quand je regagne Randolph Gardens. Mon sac de courses me meurtrit la main et je meurs d'envie de retirer mes chaussures avant de savourer une boisson fraîche. Je suis épuisée, mais enchantée par ma journée. J'ai trouvé la Wallace Collection et y ai passé la matinée, à me régaler de toutes les merveilles rococos dont regorge cette superbe demeure d'époque Régence. Je me suis délectée des compositions enchanteresses de Fragonard et de la délicatesse de François Boucher, m'extasiant devant son portrait de Madame de Pompadour dans une somptueuse robe rose. Puis j'ai admiré les statues, les meubles et les ornements, avant de m'attarder dans la galerie des miniatures.

J'ai déjeuné dans un café proche du musée, où ma faim de loup m'a aidée à surmonter ma timidité – je n'aime d'ordinaire pas manger seule. Une fois rassasiée, j'ai décidé d'arpenter la ville au petit bonheur la chance. Je me suis retrouvée dans Regent's Park et y ai passé deux bonnes heures à déambuler, tantôt dans des roseraies immaculées, tantôt sur des chemins bordés de vastes pelouses et d'arbres exubérants, tantôt le long de lacs ou de terrains de sport et d'aires de jeu. J'ai même eu droit à une drôle de surprise : le barrissement d'un éléphant m'a fait sursauter, puis j'ai compris, en apercevant la petite tête pommelée d'une girafe, que j'étais à deux pas du zoo. Riant de ma naïveté, j'ai repris la direction de la maison, empruntant une rue commerçante, et dégoté, entre une boutique de vêtements et une autre d'ameublement de luxe, un supermarché où je me suis arrêtée faire le plein de provisions. Je n'ai eu besoin de consulter mon plan que deux fois pendant le trajet, et je commence à me sentir londonienne. L'Américaine de ce matin ne se doutait pas que j'étais aussi paumée qu'elle, et à présent je le suis beaucoup moins. Je me réjouis déjà des visites qui m'attendent demain. Je n'ai presque pas pensé à Adam. Enfin, pas trop, et les rares fois où j'ai pensé à lui, il m'a semblé distant, étranger à cette nouvelle vie que je viens d'entamer. Son emprise sur moi s'en trouve singulièrement amoindrie, et ça fait un bien fou.

— Salut, le chat !

De Havilland m'attend derrière la porte et, sitôt que je suis entrée, me manifeste sa joie de me revoir. Il ronronne comme un fou et se frotte à mes mollets avec un plaisir non dissimulé, ondulant entre mes chevilles à chacun de mes pas.

— Tu as passé une bonne journée ? Parce que moi, oui. J'ai même fait des courses, regarde : je vais pouvoir cuisiner ! Je sais, je sais, ça paraît fou. Je parie que tu me croyais incapable de me débrouiller aux fourneaux. Eh bien, figure-toi que je ne m'en tire pas si mal. Ce soir, c'est steak de thon grillé avec une sauce asiatique, du riz et des légumes sautés. Je doute que Celia possède un wok, mais je vais trouver de quoi préparer ça, ne t'en fais pas.

Je me mets au travail tout en parlant à la boule de poils qui me surveille de ses yeux dorés et bienveillants. Ce n'est qu'un animal, mais j'apprécie sa compagnie. Sans lui, l'exercice serait autrement intimidant.

Après le dîner – excellent malgré l'absence de wok –, je passe au salon en me demandant si l'inconnu d'en face va se montrer, mais son appartement est plongé dans l'obscurité.

Je traverse la pièce et commence à inspecter la bibliothèque de Celia. Outre une belle sélection de romans, de recueils de poèmes et d'essais historiques, je découvre une impressionnante collection de volumes concernant la mode. Certains retracent l'évolution des grandes maisons et d'autres sont consacrés à la vie de couturiers célèbres, mais la plupart sont de beaux livres contenant des photos sur papier glacé. J'en sors quelques-uns et m'assieds par terre pour les parcourir, émerveillée par ces clichés d'art qui immortalisent l'élégance du siècle passé. L'un d'eux, au détour d'une page, retient mon attention. Datant visiblement des années 1960, il représente une jeune fille d'une beauté incroyable. Ses yeux immenses sont soulignés par des traits d'eye-liner qui donnent à son regard quelque chose de félin. Elle se mord la lèvre, et ce geste trahit une intense vulnérabilité qui contraste étrangement avec la noblesse de ses traits, la coiffure impeccable de ses cheveux bruns et la superbe minirobe en dentelle blanche qu'elle porte.

Tandis que je parcours du bout des doigts les contours de son visage, je me rends compte que je la connais. Un coup d'œil aux portraits encadrés sur une table d'angle confirme ce que je sais déjà : il s'agit de Celia – sans doute l'un des premiers clichés de sa carrière. Au fil des pages, je trouve trois autres photos de Celia, dont se dégage toujours une impression d'extrême délicatesse. Elle pose sur l'un de ces clichés avec les cheveux coupés très court, et ce look garçonne lui donne l'air encore plus jeune.

Ça alors, c'est vraiment bizarre. Moi qui la considérais comme une femme forte… Pourtant, sur ces images, elle semble si fragile. Comme si la vie lui avait déjà joué des tours. Comme si elle se battait seule contre un monde froid et cruel.

Elle a vaincu, après tout. Je déniche d'autres photos d'elle à divers moments de sa carrière, et il semble que sa vulnérabilité s'estompe avec les années. La Celia trentenaire qui rit sans retenue a clairement gagné en assurance et ne craint plus d'affronter le monde. Elle a la quarantaine épanouie et sophistiquée, puis la cinquantaine raffinée. Aucun chirurgien n'a retouché son image. Son âge se lit sur son visage, et cela lui va à ravir.

Peut-être qu'elle a tout simplement compris que la vie ne fait pas de cadeaux. Il n'y a qu'en en étant conscient qu'on peut continuer à avancer.

Un son strident déchire soudain le silence et je sursaute. Ce n'est pourtant que mon téléphone ; mes parents viennent aux nouvelles.

— Je vais bien, maman. Super, même. L'appartement est magnifique, j'ai passé une journée superbe… Tout va pour le mieux.

— Tu manges comme il faut ? demande ma mère, inquiète.

— Bien sûr !

— Et tu as assez d'argent ? renchérit mon père.

Je l'imagine, assis dans le salon tandis que ma mère utilise le combiné de la cuisine.

— Oui, papa, largement. Ne vous en faites pas pour moi.

Je leur décris l'appartement et mes visites du jour dans les moindres détails, expose mes projets pour le lendemain et les rassure quant à ma capacité à me débrouiller toute seule comme une grande, puis nous raccrochons et je me retrouve soudain entourée de ce silence étrange qui suit une conversation animée.

Je me lève et m'avance vers la fenêtre, luttant contre la solitude qui guette. J'étais contente d'entendre mes parents, mais, sans le vouloir, ils m'ont replongée dans ma déprime. J'ai sans cesse l'impression de me débattre pour tenter de sortir du marasme émotionnel où j'ai sombré en surprenant

Adam dans les bras d'une autre. Le moindre pas en avant me coûte un effort surhumain, et il suffit d'une pichenette pour me faire rechuter.

L'appartement d'en face est toujours plongé dans le noir. Où se trouve l'homme que j'ai aperçu hier soir ? Je me rends compte que, sans me l'avouer, j'ai attendu avec impatience le moment de revenir m'installer dans cette pièce pour le revoir. Cet inconnu a plus ou moins habité mes pensées pendant toute la journée, sans que j'en sois bien consciente. Sa silhouette à demi nue, la grâce de ses mouvements, la franchise de son regard quand il m'a surprise – tout cela est gravé dans ma mémoire. Il ne ressemble à aucun des hommes que j'ai pu voir dans ma vie. En vrai, du moins.

Adam n'est pas particulièrement grand et, si les travaux qu'il exécute pour la société de son père ont développé sa force physique, ses muscles semblent plus massifs que déliés. Au fil des ans, il est devenu de plus en plus carré et trapu, peut-être parce que le gras et la friture constituent la base de son alimentation. En plus, il adore se détendre en descendant quelques bières, avant d'aller se chercher un *fish and chips* au coin de la rue. Quand je l'ai vu, cette fameuse nuit, dressé sur un coude au-dessus de Hannah, qui avait l'air aussi horrifiée que lui, la première chose qui m'est venue à l'esprit, c'est qu'il avait l'air bouffi. Son torse était d'un blanc pâteux et son ventre pendait vers celui de Hannah, qui n'était pas en reste avec ses gros seins et ses hanches pleines.

— Beth ! s'est-il écrié. (Plusieurs émotions se succédèrent sur son visage : incompréhension, culpabilité, gêne et – incroyable mais vrai – exaspération.) Qu'est-ce que tu fous là, putain ? Tu devais pas être en train de faire du baby-sitting ?

Hannah n'a rien dit, mais son inquiétude s'est muée en une jubilation malsaine. Elle m'a couvée d'un regard empreint de défi, comme si elle cherchait la bagarre. Prise en flagrant délit, elle a voulu se défendre en passant à l'attaque. Elle refusait d'endosser le rôle de la séductrice sans vergogne et voulait faire de moi la pauvre idiote se mettant en travers de l'amour sublime de Roméo et Juliette. Elle a tenté de rendre sa nudité non plus honteuse mais honorable, comme si elle me criait : « Eh oui ! On baise ! On est fous l'un de l'autre, incapables de résister à une telle attirance. Tu n'as rien à faire ici ! »

Ne me demandez pas comment je me suis débrouillée pour comprendre tout ça en l'espace des quelques secondes qu'il m'a fallu pour appréhender la scène. Il faut croire que l'intuition féminine n'est pas une pure invention. J'ai brutalement compris que tout ce en quoi je croyais une minute auparavant était en fait mort depuis longtemps, et que la douleur insupportable qui me vrillait la poitrine était celle de mon cœur qui volait en éclats.

J'ai fini pas retrouver l'usage de la parole. Implorant Adam du regard, je n'ai pu dire que : « Pourquoi ? Mais pourquoi ? »

Je pousse un profond soupir. Même une belle journée à me perdre dans l'immensité londonienne ne semble pas suffire à me faire oublier cet épisode sordide. Comment y échapper ? Quand cela va-t-il cesser ? Le chagrin m'a épuisée, je n'en peux plus. Personne ne parle jamais de l'extrême fatigue qui va de pair avec une infinie tristesse.

Toujours aucune lumière chez mon voisin d'en face. J'imagine qu'il mène une existence placée sous le signe de la richesse et du raffinement. Il doit dîner au restaurant en compagnie de femmes aussi belles, sophistiquées et fortunées que lui.

Ma décision est prise.

— J'ai besoin de manger une bonne petite glace.

Je m'éloigne de la fenêtre et annonce à De Havilland, lové sur le canapé :

— Je reviens dans un petit moment.

Puis j'attrape mes clés et sors.

Une fois dehors, la belle confiance acquise au cours de la journée me déserte lentement, comme l'air qui s'échappe d'un pneu crevé.

Entourée de hauts bâtiments intimidants, je ne sais plus où aller. J'avais l'intention de demander au portier, mais, lorsque je suis passée dans le vestibule, il ne se trouvait pas à son bureau. Je me suis donc dirigée vers les grandes artères, mais aucun des magasins que j'aperçois sur mon chemin ne m'intéresse. Quoi qu'il en soit, tout est fermé à cette heure tardive. Derrière les grilles métalliques qui protègent les vitrines, j'aperçois des tapis persans, des vases chinois, des chandeliers et des vêtements de luxe. Aucune chance de trouver un pot de glace ici. J'erre dans la chaude soirée d'été, essayant de me rappeler par où je suis arrivée. Je passe devant des bars et des restaurants d'une élégance inouïe. De grands types en costume noir avec des oreillettes montent la garde à l'entrée. Séparés du trottoir par des haies d'arbustes en pot, des couples fument des cigarettes, attablés devant de grandes assiettes de mets appétissants, un seau à champagne à portée de main.

Je commence à me décourager. Qu'est-ce que je fais là ? Comment ai-je pu me croire capable de survivre dans un monde pareil ? J'ai dû être prise d'un accès de folie, c'est parfaitement ridicule. Je ne suis pas à ma place et ne le serai jamais. J'ai envie de pleurer.

C'est alors que j'aperçois une enseigne allumée et presse le pas, soulagée. Deux minutes plus tard, je ressors de la petite épicerie avec un sac en plastique contenant un pot de glace hors de prix, heureuse. Encore faut-il retrouver mon chemin.

Je me rends compte que je n'ai pas vu de télévision chez Celia, ni d'ordinateur, d'ailleurs. J'ai apporté mon vieux portable, mais je doute fort qu'il y ait une connexion Internet dans l'appartement. J'imagine mal manger de la glace sans regarder un film ou une série en même temps, mais tant pis, il n'y a pas mort d'homme. Après tout, ça aura le même goût, non ?

Je tourne au coin de l'allée qui mène à Randolph Gardens et – inutile de me demander comment je réussis cet exploit – je percute un homme de plein fouet. Il devait marcher devant moi et s'est arrêté sans que je le remarque. Résultat : je lui rentre dedans.

— Oh !

Je recule d'un pas, dérape du trottoir et atterris dans le caniveau. Mon sac plastique m'échappe et le pot de crème glacée roule jusqu'à une bouche d'égout encombrée de feuilles mortes et de papiers gras.

— Je suis désolé, s'excuse l'inconnu en se retournant. Vous ne vous êtes pas fait mal ?

Je reconnais le beau visage de mon voisin d'en face. Le feu aux joues, je balbutie :

— Non, non. C'était ma faute, de toute façon. Je n'avais qu'à regarder où j'allais.

De près, il est tout simplement magnifique, à tel point que j'ai du mal à le regarder et me concentre plutôt sur la coupe impeccable de son costume sombre et sur le bouquet de pivoines blanches qu'il tient. *Ça alors !* Ce sont mes fleurs préférées.

— Permettez-moi de vous aider, dit-il d'une voix au timbre grave qui respire l'intelligence et le savoir-vivre.

Il s'avance, comme s'il comptait descendre dans le caniveau pour récupérer ma glace, et je bafouille, la mine écarlate :

— Non, attendez ! Je vais le faire !

Nous nous baissons en même temps et il pose sa grande main chaude sur la mienne. Je m'écarte avec un sursaut et tombe à la renverse. Il me saisit le bras et me rattrape *in extremis*, m'évitant de m'étaler par terre.

— Tout va bien ? demande-t-il tandis que je me redresse.

Il me soutient toujours, et je suis tellement gênée que j'ai peur d'entrer en combustion spontanée.

— Oui…, dis-je en articulant à grand-peine, déroutée par la sensation de ses doigts sur ma peau. Vous pouvez me lâcher, maintenant, ça va aller.

Il me lâche et je me penche pour rattraper le sac en plastique dans lequel on distingue clairement le pot de glace. Des feuilles mortes ont adhéré au sachet. Je me passe la main sur le front après les avoir délogées. Mauvaise idée : je sens que j'y laisse une traînée noirâtre. Je dois avoir une mine effroyable.

— Vous avez raison, c'est un temps à manger de la glace, fait-il remarquer avec un sourire.

Je lève les yeux vers lui, timide. Est-ce du sarcasme que je discerne dans sa voix ? Après tout, je ne suis qu'une pauvre fille dans le caniveau, la figure barbouillée de saleté, cramponnée à son pot de glace comme une gamine à un sachet de bonbons. Lui, en revanche… Ses yeux sont si sombres qu'ils paraissent presque noirs, mais ce sont surtout ses sourcils qui attirent mon attention : ils forment deux lignes pures, deux arcs dotés d'un je-ne-sais-quoi vaguement diabolique. Son nez est parfaitement droit, à l'exception d'une petite bosse qui, paradoxalement, contribue à sa perfection. Sa bouche sensuelle esquisse un sourire révélant de belles dents blanches.

Mon esprit faiblard ne parvint qu'à formuler un « waouh » ébahi. Je hoche la tête, incapable d'émettre le moindre son.

— Je vous souhaite une bonne soirée. Vous allez pouvoir savourer cette glace bien méritée, finit-il par dire avant de s'éloigner et de gravir les marches du perron d'un pas vif.

Je le regarde disparaître, toujours debout dans mon caniveau, et je me rends compte que j'ai de la terre entre les doigts de pieds. J'inspire longuement. Il était temps : j'ai retenu mon souffle pendant toute la conversation. Je suis troublée et j'ai la tête qui bourdonne.

D'un pas lent, je regagne l'appartement de Celia et me rends aussitôt au salon. Celui d'en face est éclairé, et je distingue clairement mon beau voisin. Sans allumer la lumière, je vais chercher une cuillère à la cuisine puis installe une chaise devant la fenêtre, ni trop près ni trop loin, de façon à voir sans être vue. J'ouvre mon pot de glace et observe les allées et venues de ce presque inconnu incroyablement sexy. Il a ôté sa veste et sa cravate. Sa chemise bleue épouse la carrure de ses épaules et son pantalon sombre met en valeur le galbe de ses longues jambes. Il semble tout droit sorti d'une séance photo pour un magazine de mode. Son salon est doté d'un coin salle à manger. Logique : si les appartements sont agencés de la même façon, sa cuisine doit être tout en longueur, comme celle de Celia. Cette dernière se contente visiblement de la petite table qui s'y trouve, mais cet homme a sans nul doute des goûts plus civilisés en la matière.

Est-ce qu'il aime cuisiner? Quel genre d'homme est-il? Comment s'appelle-t-il? J'éprouve le besoin de lui donner un nom – mais lequel? J'élimine d'office les prénoms: nous n'avons pas été présentés, et c'est de toute façon beaucoup trop personnel. Et puis j'imagine mal le baptiser Sebastian ou Theodore pour découvrir ensuite qu'il s'agit en fait de Reg ou de Norm. Non, il me faut trouver quelque chose de mystérieux et de suffisamment vague pour contenir tout le champ des possibles…

M. R.

Oui, c'est ça! Je vais l'appeler M. R., pour Randolph Gardens.

M. R. revient dans le salon avec un seau à champagne et deux flûtes. Il attend donc de la visite, à moins qu'il ne compte siffler deux verres en même temps. Je ne vois plus le bouquet de fleurs. Je m'assieds en tailleur dans le fauteuil et attaque mon dessert. Je racle longuement la surface du pot, puis retourne la cuillère sur ma langue pour laisser fondre la glace et en savourer la douceur rafraîchissante. C'est de la vanille toute simple, comme j'aime.

M. R. disparaît de nouveau et, le temps qu'il revienne, j'ai englouti un quart du pot et De Havilland, blotti entre mes jambes croisées, ronronne comme un bienheureux. De toute évidence, M. R. a pris une douche avant de se changer. Il porte à présent un ample pantalon en lin et un tee-shirt bleu qui lui vont à ravir – et il n'est pas seul.

J'écarquille les yeux en la voyant, puis me colle une petite gifle mentale. *Quoi ? Il n'a pas le droit d'avoir une copine ? Il ne sait même pas qui tu es ! Tu t'imagines qu'il est à toi juste parce que tu as passé deux soirées à le mater ?*

J'ai presque envie de rire face à cet accès de folie. Pourtant, le fait de voir ce qui se passe dans son appartement me donne l'impression que nous sommes liés de façon assez intime. Je sais bien que c'est mon imagination débordante qui me joue des tours, mais le sentiment persiste quand même. Je me penche en avant pour mieux distinguer l'invitée de M. R.

Je m'en doutais : tu ne feras jamais le poids face à une fille pareille.

Le terme « fille » est d'ailleurs inapproprié. C'est une femme à part entière, à côté de laquelle j'ai l'air d'une gamine gauche et mal peignée. Elle est grande et mince, dotée d'une classe naturelle et vêtue d'un tailleur-pantalon en lin clair et d'un tee-shirt blanc. Elle a les cheveux bruns et ondulés, coupés au carré, et son rouge à lèvres carmin donne à l'ensemble une touche sensuelle dénuée de vulgarité. Elle a les traits fins et distingués, et semble tout droit sortie des pages de *Vogue*. C'est le genre de femme qui ne se montrerait jamais avec des fringues informes, des auréoles sous les bras ou une queue-de-cheval toute bête. Elle ne tomberait jamais dans le caniveau et ne s'étalerait pas de la terre sur le front, elle.

C'est le genre de femme qu'on invite dans un appartement de Mayfair et à qui on offre des pivoines blanches et du champagne. Je parie qu'elle n'a jamais passé une soirée à manger de la glace avec un chat endormi pour toute compagnie parce que son copain a décidé d'en baiser une autre.

Le seul souvenir de Hannah – allongée là, nue, les seins offerts aux regards avec leurs tétons bruns, le ventre luisant de sueur – donne à ma glace un goût amer. Je me penche par-dessus De Havilland pour reposer le pot et ce mouvement le dérange. Il me le fait savoir en plantant légèrement ses petites griffes dans mes mollets, avant de reprendre une posture détendue.

— Aïe ! Sale bête…

Je ne le gronde pas vraiment. Les fines écorchures qu'il m'a infligées ne sont pas entièrement désagréables et me ramènent à la réalité.

— Désolée, bonhomme. Je ne bouge plus, c'est promis.

Je reprends mon observation. M. R. sort la bouteille du seau à champagne et son amie lui tend les flûtes. Elle raconte quelque chose qui semble l'amuser tandis qu'il défait le papier doré du goulot et retire la capsule. Puis il éclate de rire. Cette femme est bien entendu drôle et spirituelle en plus d'être magnifique. Clairement, les fées ne se soucient guère d'équité quand elles se penchent sur nos berceaux.

C'est très étrange de voir mes voisins sans les entendre. J'ai l'image mais pas le son et, par réflexe, j'ai presque envie d'attraper la télécommande pour vérifier que je n'ai pas fait une fausse manipulation.

Le bouchon saute en silence, une mousse fine surgit du goulot, et la femme approche les verres pour la recueillir. M. R. les sert, attendant que les bulles redescendent pour remplir les flûtes. Puis il repose la bouteille dans son seau et tous deux trinquent avant de prendre une petite gorgée. Je les dévore des yeux, à tel point que je sens presque le champagne pétiller sur ma langue. À quoi trinquent-ils ? Quelle grande occasion célèbrent-ils ?

J'imagine M. R. murmurer quelque chose comme : « À toi, ma chérie. » Elle frissonne au son de cette voix grave et empreinte de *sex-appeal* qui lui chuchote des propositions indécentes. Je désire tant faire partie de ce monde que je dois me retenir de me lever et de leur faire de grands signes jusqu'à ce qu'ils ouvrent la fenêtre et m'invitent à les rejoindre. Ils évoluent dans une atmosphère de calme et de félicité. Ils bavardent en buvant tranquillement, puis vont s'asseoir dans le canapé. Au bout de quelques minutes, M. R. sort, laissant la femme seule dans le salon. Elle répond à un appel sur son téléphone portable et se cale au fond du canapé. Soudain son visage se métamorphose et adopte une expression cruelle et hautaine. Elle se met à parler à toute allure et sans doute très fort, puis, sa tirade finie, met rageusement fin à l'appel avec un mouvement de tête agacé.

M. R. refait son apparition et dépose des plats sur la table. Il l'a forcément entendue – elle criait presque –, pourtant ils se sourient comme si de rien n'était. La femme se lève et va inspecter ce qu'il vient d'apporter, tandis qu'il s'absente le temps d'aller chercher deux plats supplémentaires. Je ne vois pas ce qu'ils contiennent, mais cela me semble largement suffisant. Ils s'attablent et je ne peux m'empêcher de les envier. Je ne souhaiterais pas seulement m'inviter à leur table, je voudrais faire partie de leur monde d'élégance et de sophistication.

Au-dehors, le crépuscule laisse la place à la nuit et dessine encore plus nettement la scène qui se déroule devant moi. Puis M. R. se lève et s'approche de la fenêtre. Je retiens mon souffle. Il regarde droit vers moi, comme s'il me voyait.

Que va-t-il faire ?

Soudain, le rideau tombe, me privant de tout spectacle. Il s'agit en fait d'un store blanc, mais le résultat est le même.

Je soupire, étrangement triste. Ils sont partis, m'ont écartée de leur vie enchantée, et je ne peux rien y faire.

La solitude que je ressens alors m'étonne moi-même. Je pose la main sur la fourrure chaude de De Havilland, qui dort paisiblement, et tente d'y puiser du réconfort, mais j'ai envie de pleurer.

Chapitre 3

Le lendemain, contrairement à mes habitudes, je me réveille tard. J'ouvre les rideaux et découvre un ciel sans nuage et un soleil radieux. Je passe la matinée à l'appartement, où je prends enfin le temps de déballer mes affaires et de ranger la cuisine tout en chantonnant au son de la vieille radio de Celia. J'avais prévu de visiter la National Gallery puis de marcher jusqu'à Westminster Abbey, mais le temps passe trop vite. Vers midi, je me fais un sandwich et lave une pomme pour aller manger dans le parc de l'immeuble.

Le portier m'indique gentiment comment m'y rendre : il faut emprunter la porte située au milieu de l'aile principale. Je traverse donc le bâtiment et descends l'étroit sentier qui passe entre l'appartement de Celia et celui de M. R. Je lève les yeux vers nos fenêtres respectives, mais, bientôt, je me retrouve en plein soleil et baisse la tête. Le lieu est superbe, un vrai paradis miniature. Des parterres de fleurs entourent une fontaine et des bancs, suivis d'un carré d'herbe qu'on a évité de tondre trop soigneusement, ce qui lui donne un petit air de prairie. Au-delà se trouvent deux courts de tennis bien entretenus. Deux dames d'âge mûr se livrent tranquillement à quelques échanges sur l'un d'eux.

Je sors de mon sac la couverture que j'ai trouvée dans le placard de l'entrée et l'étends sur la pelouse près des courts. Le bruit des cordes que heurte la balle et les « pardon ! » occasionnels constituent une bande-son étrangement réconfortante. Je sors mon déjeuner et mon livre, puis m'installe tranquillement. Le soleil progresse doucement, me léchant d'abord les orteils, puis me chatouillant les mollets. Le temps qu'il atteigne mes cuisses, je suis rassasiée et somnole à moitié, parcourant mon livre d'un œil distrait. Je ne me rends pas tout de suite compte que les deux dames ont quitté le court de tennis et que leurs souples échanges ont laissé la place à des coups frappés avec plus de violence et accompagnés de grognements typiquement masculins. Un entraîneur encourage son élève.

— Bien ! Avancez sur votre coup droit et montez au filet ! Volée ! Volée ! Voilà, excellent ! Bien joué !

Sa voix ne me parvient pas clairement. Je suis surtout consciente des rayons du soleil qui me réchauffent et me caressent les paupières. Je ne prête pas attention à la fin du match et ne reviens vraiment à la réalité que quand une ombre s'arrête sur mon visage et me fait frissonner. J'ouvre les yeux et vois qu'un homme est debout devant moi, mais il me faut quelques secondes pour distinguer les traits de l'inconnu, tout de blanc vêtu, nimbé d'un halo lumineux, tel un ange. Mon illusion est due au fait qu'il porte un short et un polo de tennis blancs.

Oh, mon Dieu. C'est lui. C'est M. R.

Je n'ai pas fini de le dévisager – il a les cheveux mouillés et plaqués en arrière, et la sueur perle sur son visage – et de me dire qu'il est encore plus beau comme ça, lorsqu'il me sourit et prend la parole :

— Bonjour.

— Bonjour, dis-je d'une voix haletante, alors que c'est lui qui vient de fournir un effort physique.

— C'est bien vous que j'ai croisée hier soir ?

— Oui.

Je me redresse en m'efforçant de déployer des trésors d'élégance. Je ne peux me résoudre à lui faire la conversation alors que je suis allongée, mais, même assise, je me sens toute petite.

Il s'accroupit pour se mettre à ma hauteur, et je distingue enfin son regard ténébreux qui semble me percer à jour. Je me sens vulnérable face à ces yeux magnifiques.

— Et c'est vous qui occupez l'appartement de Celia, poursuit-il. Je viens de faire le rapprochement. Je vous ai aperçue par la fenêtre hier ou avant-hier, fait-il remarquer tandis que son sourire s'évanouit. Celia va bien, j'espère ? demande-t-il, l'air inquiet.

Je crois déceler, dans sa voix grave et mélodieuse, un léger accent étranger que je ne parviens pas à situer. Cela explique peut-être sa peau mate et ses cheveux bruns. Il se déplace un peu et je sens la chaleur qui émane de son corps, douce et salée à la fois.

— Oui, oui, elle va très bien. Elle est en voyage pour quelque temps et m'a confié la garde de son appartement.

— Ah, d'accord ! s'écrie-t-il, visiblement soulagé. J'ai eu peur qu'il ne lui soit arrivé quelque chose. Je veux dire, c'est une femme incroyable pour son âge, mais… Bref, je suis content de savoir qu'elle va bien.

— Oui, oui… tout va bien.

Quelle repartie éblouissante ! Allez, quoi, parle-lui, fais bonne impression ! Mais l'image raffinée de son invitée d'hier me revient en mémoire et me laisse sans voix. Assise sur ma couverture, à moitié endormie, je dois faire piètre figure, par comparaison.

— Super ! lance-t-il sans se départir de son sourire éblouissant. Eh bien, j'espère que vous allez passer un bon moment ici. Si vous avez besoin d'aide, n'hésitez pas à me faire signe, d'accord ?

— Euh… d'accord, dis-je, même si je doute d'avoir le courage de faire une chose pareille.

— Vraiment, j'insiste. N'hésitez pas.

— OK… merci.

— Au revoir, à une prochaine.

Il se lève et m'observe un long moment, comme s'il attendait que j'ajoute quelque chose, puis s'en va.

— Au revoir.

Bravo, Beth ! Là, au moins, tu es sûre d'avoir fait forte impression ! J'ai envie de me mettre des baffes. *Tu lui as prouvé que tu avais à peu près autant de conversation que le banc, là-bas. Même ses balles de tennis avaient plus de répondant !*

Cela dit, honnêtement, qu'est-ce qui pourrait bien arriver ? Je n'imagine pas que cet homme puisse s'intéresser à moi, la pauvre fille incapable de garder son copain. Et puis, M. R. est pris.

Je le regarde s'éloigner vers l'entrée du bâtiment lorsque, soudain, il se retourne et me jette un dernier regard. Celui-ci ne dure qu'une poignée de secondes, mais suffit à me faire frissonner de plaisir. Ai-je rêvé ou ai-je lu plus que l'amabilité d'un voisin dans ses yeux ? Décidément, sa proximité m'affecte plus que je ne l'aurais cru. Je suis bien réveillée à présent, et l'effervescence de cette belle journée d'été me donne des ailes. Je ne m'étais pas sentie aussi légère depuis bien longtemps. Je savoure la fraîcheur de l'herbe entre mes orteils, tout en observant M. R., qui regagne la porte de l'immeuble et disparaît. Puis je tourne la tête vers le court de tennis, où l'entraîneur ramasse les balles.

Heureuses petites balles, frappées par la grâce de M. R. Cette idée saugrenue me fait éclater de rire. *OK, autant l'admettre : tu en pinces pour lui. Profites-en, ça donnera un peu de piquant à tes vacances. Et puis, ça ne peut pas faire de mal, pas vrai ?*

Cette petite conversation a suffi à illuminer ma journée entière. Je sors me promener et découvre la grandeur de Piccadilly et des institutions célèbres qui bordent la place : le Ritz, *Fortnum & Mason*, la Royal Academy… Je descends St James' Street et longe des boutiques à l'ancienne : chapeliers, cavistes, maroquineries et enseignes spécialisées dans la vente d'articles pour fumeurs dotées de caves à cigares. Je marche entre des demeures aux murs crénelés, puis débouche sur l'immense avenue qu'on appelle The Mall. Je longe un parc idyllique, avec Buckingham Palace en ligne de mire. Voilà, j'ai atteint le cœur du Londres touristique, le rêve en bleu, blanc, rouge de la monarchie, qui n'est pourtant qu'un des multiples aspects de cette ville gigantesque. Je déambule dans le parc, où des enfants courent partout, lancent du pain aux canards et jouent sur des balançoires, puis je débouche sur une autre facette de Londres : le Parlement, dont les tourelles gothiques contrastent avec la pâleur majestueuse de l'abbaye de Westminster, que je comptais visiter ce matin. Mais, au lieu de me mêler à la file d'attente qui s'allonge devant l'entrée, j'observe ces touristes patients et me demande ce qu'ils pensent de l'édifice. Puis je rentre à la maison en empruntant le même chemin qu'à l'aller.

Le soir, elle est de retour.

Le store est relevé et je distingue parfaitement ce qui se passe dans l'appartement d'en face. Je décide donc de dîner près de la fenêtre, en observant le film muet que jouent M. R. et sa copine rien que pour moi. Ils s'attablent et partagent un repas qui semble délicieux, tout en bavardant gaiement. Je m'attends à voir le rideau tomber au moment où l'intrigue devient intéressante, comme la veille, mais il n'en est rien. Soudain, ils se lèvent, la femme remet sa veste et ils sortent. M. R. éteint la lumière au passage.

Où vont-ils ? Qu'est-ce qui se passe ?

Cet imprévu me déstabilise. Je bondis, réveillant De Havilland, et fonce vers le placard de l'entrée. J'ai vu que Celia y stockait toute une collection de manteaux et de chapeaux. J'enfile un trench Burberry avant de m'éclipser. L'ascenseur se trouve justement à mon étage et j'en ressors, quelques instants plus tard, juste à temps pour voir M. R. et sa copine descendre les marches du perron. Je les suis dans mon déguisement improvisé, cheveux lâchés et col remonté.

À quoi tu joues ? Tu te prends pour une détective ?

Je suis tout excitée mais je ne peux pas m'empêcher d'avoir un peu honte. Et s'ils me voyaient ? Et si M. R. me reconnaissait et me demandait pourquoi je les prends en filature ? Est-ce que j'arriverais à inventer une excuse valable ? Tant pis, maintenant que je suis lancée, je dois aller jusqu'au bout de cette folie. Je veux savoir où ils se rendent. Aussi étrange que cela puisse paraître, j'ai la sensation de faire partie de leur vie autant qu'ils font partie de la mienne. De toute façon, ils vont sans doute héler un taxi, me contraignant à rentrer bredouille à Randolph Gardens et à reprendre mes esprits.

Mais, une fois de plus, ils me surprennent.

Ils empruntent des petites rues en devisant tranquillement, trop bas pour que je les entende. L'itinéraire semble leur être familier, alors que je ne reconnais rien du tout.

Si tu les perds, tu es dans la merde. Le plan est là-haut dans ton sac.

L'obscurité ne me facilite pas la tâche, mais j'essaie de me repérer tout en gardant un œil sur les deux silhouettes qui marchent devant moi. Je me tiens à une distance respectable, mais je ne peux pas savoir si je me fonds dans le paysage ou si je risque de me faire remarquer. J'espère juste qu'ils ne vont pas brusquement faire demi-tour.

Heureusement, ils poursuivent leur chemin, les talons hauts de la jeune femme claquant bruyamment sur le trottoir. Elle porte une robe de couleur sombre tandis que M. R., lui, a gardé son costume, moins la veste. À vrai dire, je ne suis pas du tout discrète avec mon trench par cette chaleur. Autour de moi, tout le monde ou presque est en tee-shirt.

Tant pis, si on te pose des questions, tu n'auras qu'à jouer les Anglaises excentriques.

Sauf que personne ne va rien me demander : personne ne se préoccupe de moi. C'est ce qui me plaît tant, ici : je peux faire ce que je veux, être qui je veux. Et dire que, dans la ville où j'ai grandi, un simple changement de coiffure peut alimenter les potins pendant des jours entiers !

Bientôt, nous quittons les sombres ruelles et débouchons sur une artère bien éclairée où filent des voitures, des bus et des taxis. Nous la traversons et, de l'autre côté, commence un quartier piéton regorgeant de boutiques insolites, de bars et de pubs devant lesquels de jeunes gens fument des cigarettes, un verre à la main. J'ai peur de perdre la trace de M. R. et de la jeune femme dans cette foule, mais ils progressent d'un pas lent et régulier ; ils ne se doutent pas un seul instant qu'ils sont suivis. À mesure que nous nous éloignons, les bars deviennent plus exubérants, et je vois des drapeaux arc-en-ciel flotter au-dessus des boîtes gays, tandis que d'autres lieux sont dotés d'entrées plus discrètes, protégées par d'épais rideaux. Sous des porches illuminés de petites guirlandes, des femmes en minijupes et bustiers attendent des clients.

Le quartier chaud ? C'est là qu'ils se rendent ?

Après avoir dépassé quelques enseignes louches, je commence à me demander ce que je fais là. Puis l'atmosphère change de nouveau ; le quartier reste animé mais il y règne une atmosphère singulière, où business et détente se côtoient ; d'austères immeubles de bureau – où j'imagine bien les locaux d'agences de marketing ou de communication – alternent avec des bars et des restaurants dans lesquels se pressent des gens aux looks divers et variés, du plus négligé au plus raffiné. Certains dégustent de la cuisine exotique tandis que d'autres boivent du vin, de la bière ou des cocktails en terrasse. La douceur de cette soirée d'été est combinée aux âcres effluves des cigarettes et des gaz d'échappement, ainsi qu'aux senteurs mêlées de centaines de cuisines – un cocktail détonant. Le quartier vibre littéralement, et la fête battra son plein jusqu'aux premières lueurs de l'aube, bien après la fermeture des théâtres, des cinémas et des pubs.

Derrière cette double façade dédiée à la société de consommation, je perçois autre chose de plus viscéral. Je passe d'abord devant un sex-shop, du genre de ceux qui vendent essentiellement des boas de toutes les couleurs, des chocolats aux formes scabreuses et de la lingerie coquine pour les enterrements de vie de jeune fille. Ces établissements proposent une belle variété d'objets plus ou moins stimulants, mais semblent surtout considérer le sexe comme une blague pas très fine. C'est alors que j'aperçois un magasin à la vitrine plus élaborée. Les mannequins portent des bottes en vinyle brillant aux talons vertigineux, des bas résille, des culottes fendues en dentelle, des porte-jarretelles en cuir clouté et des soutiens-gorge, en cuir également mais avec autant de piques métalliques que de clous, et une ouverture de rigueur pour les tétons. Les mannequins sont tous équipés de casquettes, de masques ou de cravaches. À l'intérieur de la boutique, des costumes entiers ainsi que d'autres exemples de lingerie me donnent presque envie d'entrer et de toucher.

La vitrine suivante est celle d'une librairie qui expose des beaux livres aux couvertures en noir et blanc. Les clichés sont franchement artistiques et ouvertement consacrés au corps humain – nu, vêtu de parures exotiques et érotiques, ou en pleine étreinte avec un autre corps humain…

M. R. et son amie poursuivent leur route devant moi sur le trottoir encombré. J'essaie de ne pas les perdre de vue, tout en examinant la boutique suivante. Il s'agit d'un sex-shop, superbement décoré, avec des ailes d'ange dorées au-dessus de la porte et un écriteau avertissant les clients potentiels que la boutique est réservée aux personnes majeures.

Ah, mais oui ! Ce doit être Soho.

Je ne suis pas innocente au point d'ignorer l'existence de ce quartier chaud de Londres, mais, d'après ce que j'en vois, celui-ci n'a plus rien de malfamé depuis longtemps. Pas de relations illicites ou fugitives par ici, les rues respirent la prospérité et regorgent de gens de tous horizons, dont pas un seul ne semble gêné par la sexualité qui s'exhibe dans les vitrines autour de nous. Ici, cela ne représente qu'un des nombreux plaisirs que l'on peut s'offrir.

La décontraction générale me rappelle mes origines provinciales. Je n'avais jamais rien vu de pareil et me sens vaguement mal à l'aise de regarder des objets pareils en pleine rue. Avec Adam, on osait à peine se tenir la main en public et on ne discutait presque jamais de ce qu'on faisait une fois le foulard rouge posé sur la lampe. Je ne conçois même pas d'entrer dans l'une de ces boutiques pour examiner de plus près tel ou tel article. Autant crier sur tous les toits que j'ai une vie sexuelle débridée et que celle-ci va de pair avec ce genre d'accessoires. Je veux dire, un tube de chocolat à s'étaler sur la peau, c'est une chose ; un énorme vibromasseur, c'en est une autre. Je m'imagine à la caisse, en train de tendre mon *sex toy* à un vendeur et de le payer en essayant de ne pas mourir de honte. Je ne supporterais pas l'idée de croiser le regard de quelqu'un qui sait parfaitement ce que je vais en faire.

C'est alors que M. R. tourne à gauche, traverse une place sombre puis une autre rue avant d'obliquer dans une ruelle éclairée par un unique lampadaire orange. J'ai l'impression de remonter le temps. Autour de moi, d'imposantes demeures d'époque Régence dressent leurs grilles en fer forgé noir entre le trottoir et les escaliers menant vers le sous-sol. Je ne saurais dire si ce sont des habitations, des hôtels ou des bureaux ; toutes les fenêtres sont équipées de stores, et seuls quelques-uns sont bordés d'un rai de lumière révélant la vie à l'intérieur.

Le couple que j'épie se dirige droit vers l'un des immeubles en brique et descend l'escalier métallique, qui résonne sous leurs pas. Puis, une porte s'ouvre et se referme sur eux. Une fois sûre qu'ils sont bien entrés, je me penche par-dessus la rambarde. Les deux fenêtres du sous-sol sont dépourvues de stores, mais l'éclairage tamisé ne me permet de distinguer que des silhouettes en mouvement. S'agit-il d'un bar ou d'un appartement privé ?

Je n'en ai pas la moindre idée, mais ma timidité m'empêche de mener l'enquête.

— Pardon, dit une voix grave derrière moi.

Un homme en costume me dépasse et, l'air décidé, emprunte le même escalier et la même porte que M. R. et sa compagne. Je recule, un peu honteuse. Je ne peux raisonnablement ni les suivre ni les attendre ; il va donc falloir que je retrouve mon chemin. Il me semble qu'Oxford Street n'est pas très loin. Si j'arrive jusque-là, je suis sauvée.

Tu deviens complètement dingue.

Pourtant, je ne peux m'en empêcher. J'ai l'étrange sensation qu'un monde d'aventures existe en parallèle du mien, tout proche et terriblement attirant. Un monde dont les portes s'ouvrent devant M. R. et son amie alors qu'on me les claquerait au nez. L'existence qu'ils y mènent est mille fois plus palpitante que ma paisible petite vie de provinciale.

Je devrais les laisser tranquilles, mais c'est plus fort que moi : je suis tombée sur un fil doré qui dépassait et ne peux résister à l'envie de tirer dessus, même si je risque gros.

Je retire mon trench.

Allez, on rentre.

Je rebrousse chemin jusqu'à une rue dont je reconnais le nom pour l'avoir vu sur mon plan. Je prends la direction que je crois être celle d'Oxford Street et, quelques minutes plus tard, trouve un magasin encore ouvert parmi les bars et les restaurants. On dirait une librairie, mais avec de jolies babioles en prime et, sur un coup de tête, je décide d'entrer.

Une dame aux cheveux gris m'accueille d'un sourire, puis me laisse parcourir les rayonnages tranquillement. Très vite, je comprends la raison de sa discrétion : il s'agit d'une librairie érotique, regorgeant de romans, de recueils de poèmes et de livres de photos assez orientés. Je survole les titres mais n'ose feuilleter le moindre volume sous les yeux de la vendeuse. Je m'éloigne des étagères et lève les yeux vers les superbes croquis exposés sur les murs. Un petit cri m'échappe et je tourne la tête, rougissante, pour voir si l'on m'a entendue. Chaque dessin représente des gens en train de faire l'amour. On ne distingue aucun visage ; l'artiste s'est concentré sur les bustes de ses sujets et sur l'endroit où ils se fondent. Une femme est assise à califourchon sur un homme, le dos cambré et les mains posées sur son torse ; une autre est à genoux sur un canapé et son partenaire se tient derrière elle, la pénétrant profondément.

J'ai les joues en feu. Où que je me tourne, des images lascives s'imposent à moi : une main refermée sur une érection phénoménale, une femme approchant sa bouche d'un gland, presque dans une attitude de vénération ; un sexe féminin offert aux regards, les lèvres gonflées et ouvertes par deux doigts délicats. Une femme pénétrée par deux énormes pénis à la fois…

Oh, mon Dieu, mais où est-ce que tu es allée te fourrer ?

Je jette un coup d'œil alentour et me dirige vers une bibliothèque en noyer dotée de portes vitrées, contenant toutes sortes d'objets magnifiques en marbre, en cristal et en jade sur des présentoirs en cuir ou en velours.

Je m'approche et un nouveau cri m'échappe. Je suis décidément d'une naïveté à faire peur. Les objets que j'admire s'avèrent être des *sex toys* de luxe. Je lis les descriptifs soigneusement calligraphiés :

« Gode en jade – 545 £ »

« Rosebud en cristal – 230 £ »

« Boules de geisha en marbre – 200 £ les trois »

« Perles d'amour en onyx – 400 £ »

Une autre étagère regroupe une collection de minces cravaches en cuir, ainsi qu'une canne d'aspect ancien dont le pommeau représente en fait, si on regarde bien, un phallus en érection.

Tout en bas du meuble sont regroupés des instruments en métal dont l'usage m'échappe complètement, jusqu'à ce que je lise les cartons qui les accompagnent. Il s'agit de pinces à tétons et de vis s'appliquant à diverses parties sensibles du corps. À côté, se trouvent des menottes en cuir noir doublées de fourrure blanche, ainsi que des cordes de différentes couleurs.

— Est-ce que vous recherchez quelque chose en particulier ?

La vendeuse m'adresse un sourire bienveillant, pourtant je me mets à bredouiller.

— Oh, euh… non, merci… Je regardais, c'est tout.

Elle semble parfaitement comprendre ma gêne, et je me détends un peu.

— Nous avons d'autres articles plus abordables là-bas, m'indique-t-elle. Ceci est notre collection d'objets d'art, d'où les prix un peu élevés.

Elle m'entraîne vers des vitrines où se côtoient toutes sortes de jouets en latex. Certains ressemblent à d'énormes missiles à deux têtes ou plus, d'autres à de minces stylets longilignes aux couleurs vives.

— Vous avez sans doute entendu parler de ces modèles, reprend-elle en suivant mon regard. Les plus fins sont spécialement conçus pour la stimulation anale. Pour la pénétration vaginale, nous pouvons vous proposer des godes plus imposants. Celui-ci, par exemple, fait partie de nos meilleures ventes, dit-elle en attrapant l'un des monstres.

Je retiens mon souffle. Cet engin est énorme, tant en longueur qu'en diamètre. J'ai du mal à croire que ça puisse rentrer. Je n'ai jamais utilisé de *sex toy* et j'envisage mal d'introduire un truc pareil en moi. Je n'ai eu qu'un seul partenaire et, même s'il n'avait pas à rougir de sa virilité, cela n'avait rien à voir avec ce que j'ai sous les yeux.

La vendeuse désigne l'une des excroissances qui dépassent du gode.

— Ceci sert à la stimulation du clitoris. Vous pouvez l'utiliser comme ça, ou bien…

Elle appuie sur un interrupteur à la base du *sex toy* et la petite excroissance se met à effectuer une rotation avec un bruit discret. Le mouvement s'accompagne de petites lumières qui s'allument et s'éteignent en rythme, me faisant penser à une mini soirée disco.

— C'est merveilleusement efficace, commente la dame en souriant. Son succès n'est pas dû au hasard. Et encore, vous n'avez pas tout vu…

Elle enclenche un second interrupteur, et c'est l'ensemble du gode qui se met à vibrer tandis que, sous la surface, une espèce d'anneau monte et descend. Le bruit sourd du moteur me rappelle les ronronnements du chat de Celia, et cette chose étrange semble d'étonnamment bonne humeur. Avec toutes ces lumières, on dirait presque un organisme vivant – quelque spécimen marin rarissime et exotique. Je me retiens à grand-peine de déglutir, et la vendeuse finit par éteindre le monstre avant de le reposer à sa place.

— Nous avons beaucoup d'autres modèles. Si vous avez des questions, n'hésitez pas. Je reste à votre entière disposition.

— Merci.

Alors que je prends le temps d'examiner les vibromasseurs exposés devant moi, une excitation nouvelle me parcourt l'échine. Il y a des gens qui font ça. Des gens normaux. Ni des pervers ni des nymphomanes – tout simplement des femmes qui assument leur libido. Pour être honnête, je suis en manque de sexe depuis ma rupture. En perdant Adam, je n'ai pas seulement dû faire le deuil de mon ami et de l'homme à qui j'avais donné mon cœur, mais également de mon amant – de celui qui me caressait, m'embrassait, me câlinait. Il me désirait, aimait promener ses mains sur mes seins et mes hanches, avait appris à connaître mon intimité et à me donner du plaisir avec sa langue, ses doigts et son sexe. Maintenant qu'il est parti, mon corps réclame son dû. Toutes les fois où j'ai trempé mon oreiller de larmes en repensant à la trahison d'Adam et au fait qu'il se consacrait à présent au corps d'une autre, c'était également le lien charnel que je regrettais amèrement. La solution à mon problème résidait-elle dans ces drôles d'objets, avec leurs têtes vibrantes conçues pour stimuler le clitoris et leurs formes profilées de manière à atteindre le point G ?

Pourquoi tu n'en achètes pas un ? Il n'y a personne d'autre dans la boutique, la vendeuse est sympa et, de toute façon, tu ne la reverras jamais. Elle se fiche éperdument de savoir ce que tu en feras…

Après tout, je vis seule dans l'appartement de Celia : l'endroit idéal pour tenter de telles expériences.

Puis je me rappelle que je n'ai pas d'argent sur moi. Je renonce aussitôt à cette alléchante rêverie.

Je remercie la vendeuse avant de remettre ma veste et de sortir, les mains dans les poches.

La clochette de la porte tinte derrière moi.

Je me concentre sur mon itinéraire mais, alors même que je regagne les grands axes que je connais, je me rends compte que quelque chose a changé. Je me sens plus vivante, je vibre d'une façon nouvelle et apprécie étrangement la caresse du vent sur mes joues. Sous mon trench, je suis brûlante de désir.

Chapitre 4

Le lendemain, je suis encore tout excitée. C'est une sensation délicieusement impudique, qui me donne envie de m'étirer comme un chat pour sentir les draps sur ma peau ou de me tenir nue devant la fenêtre pour m'offrir aux caresses du vent. Allongée sur le dos, je descends une main le long de mon ventre et effleure les boucles fines entre mes jambes. Mon clitoris dépasse un peu de mes lèvres, et je passe un doigt dessus. Instantanément, ce point si sensible réagit et gonfle légèrement, comme pour réclamer davantage d'attention. Une douce chaleur se répand dans mon ventre.

L'image du gode énorme que j'ai vu la veille, avec son anneau et cette espèce de petit pouce placé juste au bon endroit, me revient en mémoire, accompagnée des croquis exposés dans la librairie. Je déglutis et inspire profondément tandis que l'excitation monte. Je revois M. R., d'abord dans sa tenue de tennis, la sueur perlant sur son visage, puis nu jusqu'à la taille, drapé dans sa serviette. Je passe mon doigt plus avant entre mes lèvres gonflées et humides, et ce geste me fait tressaillir. Mon clitoris est tout dur, et chaque terminaison nerveuse m'implore de poursuivre mon mouvement.

Pourquoi pas ?

Ce ne serait évidemment pas la première fois que je me donne du plaisir. Les longs mois passés loin d'Adam pendant mes études m'ont enseigné les mérites de cette pratique solitaire, mais, depuis cette terrible soirée, je ne supporte plus de me toucher. Je me suis sentie trop violemment rejetée et n'ose plus laisser mon imagination vagabonder assez pour me conduire à l'orgasme.

Mais peut-être que maintenant, tu pourrais… ?

Je repasse le doigt sur mon clitoris engorgé et, cette fois, des ondes de plaisir me parcourent les cuisses et le ventre. Mon corps entier me supplie de lui offrir cette délicieuse délivrance. Je me caresse un peu plus fort, et l'intensité de mes sensations m'arrache un petit soupir.

Puis ça se reproduit. Je revois cette scène atroce : Adam qui se tourne vers moi, toujours allongé sur Hannah. Je revois son ventre mou parsemé de poils bruns et drus, et les jambes écartées de Hannah qui révèlent un triangle de boucles humides. Je revois avec horreur ses lèvres rouges et gonflées qui épousent étroitement la verge d'Adam.

Je pousse un grognement de dépit. Le désir qui courait dans mes veines un instant plus tôt m'a désertée.

Pourquoi est-ce qu'il a fallu que tu penses à ça ? Pourquoi est-ce que tu n'arrives pas à oublier ? Je crains que cette image ne me hante à jamais. Le spectacle bestial de leur accouplement tue mon enthousiasme ; le souvenir du sexe d'Adam, que je croyais mien et qui nous procurait tant de plaisir, plongé dans le corps d'une autre, achève de freiner mes ardeurs.

J'effleure de nouveau mon clitoris, qui réagit avec espoir, mais il est trop tard. Peine perdue : ma chair réclame la jouissance, mais mon esprit refuse de coopérer. Je me lève et file dans la douche pour me débarrasser de mon excitation.

Étrangement, mon incapacité à atteindre l'orgasme ne suffit pas à entamer mon humeur langoureuse du réveil. J'avais prévu d'enfiler des vêtements confortables et des baskets afin de passer la journée à me cultiver dans divers musées et galeries, et d'emporter un pique-nique plutôt que de dépenser une somme folle pour déjeuner dans un attrape-touristes. Mais ce programme ne me séduit plus autant, éclipsé par le souvenir des grands magasins qui longent Oxford Street. Lorsque je suis arrivée, il y a quelques jours à peine, j'étais bien trop intimidée pour envisager d'y entrer seule, mais un changement subtil s'est produit.

Je me prépare du café et un bol de céréales tout en parlant à De Havilland, qui témoigne tout l'intérêt qu'il porte à mes bavardages en s'attaquant au griffoir fixé à la porte d'un des placards.

— Tu crois vraiment que Londres me redonne du courage ? dis-je tandis qu'il s'applique à lacérer le panneau. J'étais tout sauf trouillarde, avant, tu sais. Je suis partie étudier dans une université où je ne connaissais absolument personne et je me suis fait plein d'amis, au final.

Cette réflexion me fait penser à Laura, une camarade de classe devenue ma meilleure copine. Elle se trouve actuellement en Amérique du Sud, où elle passe ses derniers mois de liberté avant de revenir à Londres et de commencer à travailler pour un cabinet de conseil en management. Elle a promis de m'écrire chaque fois qu'elle arriverait à se connecter à Internet, mais ça fait un moment que je n'ai pas consulté mes e-mails. Je n'y pensais même plus. Étrange, d'habitude, je suis scotchée à mon ordinateur et m'amuse à grappiller toutes sortes d'infos sur l'actualité de mon entourage. Pourtant, depuis que je suis arrivée, mon portable gît dans un sac à côté du lit, abandonné.

Je décide de l'emporter avec moi aujourd'hui. Tous les cafés proposent le Wi-Fi gratuit, maintenant.

Tandis que je m'habille, je me demande ce que pensera Laura de ma rupture. Elle va se montrer compatissante, mais je sais qu'au fond elle sera contente pour moi. Elle a essayé d'apprécier Adam, mais, la seule fois où il est venu me rendre visite à la fac, ils n'ont pas accroché du tout.

Tandis qu'ils discutaient, je voyais bien dans les yeux de Laura qu'elle contenait à peine son irritation. Puis, après le départ d'Adam, elle a tenté de tenir sa langue mais a fini par craquer.

— Tu ne trouves pas qu'il est un peu… enfin, un peu chiant ? Il a passé la soirée à parler de lui et ne t'a posé quasiment aucune question sur tes études !

Évidemment, je l'ai défendu. Bien sûr, Adam était parfois un peu égoïste ; il avait tendance à raconter un peu toujours les mêmes histoires, mais il m'aimait. Je n'avais aucun doute là-dessus.

— Je me demande juste s'il t'aime assez, tu comprends, a-t-elle repris, l'air inquiet. Il semble croire qu'il n'a pas besoin de faire d'effort pour te garder. Je ne suis pas sûre qu'il te mérite, Beth. Mais bon, s'il te rend heureuse, c'est ce qui compte.

Après ça, Laura s'est bien gardée de faire part de son opinion concernant Adam, mais, lorsqu'un étudiant en troisième année de droit m'a manifesté un intérêt un peu appuyé, elle m'a encouragée à passer du temps avec lui, histoire de voir ce qui en ressortirait. Évidemment, je n'en ai rien fait, puisque j'étais prise.

À force de penser à Laura, je me rends compte que j'ai besoin de compagnie. Après tout, j'ai passé le plus clair de mon temps toute seule depuis que je suis arrivée. Aussitôt, mes plans prennent une nouvelle direction. J'aurai tout le loisir de hanter les galeries d'art un autre jour.

— Elle vous va à ravir ! Vraiment, on dirait que cette coupe est faite pour vous !

Je sais bien que la vendeuse qui s'extasie devant moi ne fait que son métier et que toutes les clientes à qui elle adresse ses conseils lui paraissent magnifiques. Pourtant, son regard semble sincère, et je m'autorise à la croire.

Et puis, à moins que le miroir ne soit truqué, cette robe me va étonnamment bien. Elle ne payait pas de mine sur le cintre – ce n'est qu'une petite robe noire somme toute ordinaire –, mais j'ai l'impression qu'elle sublime mes charmes cachés. Elle souligne ma poitrine et ma taille à la perfection avant de suivre la courbe de mes hanches et de s'évaser en plis fluides jusqu'aux genoux. Le tissu légèrement brillant et soyeux épouse mes formes tout en gardant une certaine tenue.

— Il vous la faut absolument, souffle la vendeuse derrière mon épaule. Elle tombe parfaitement, c'est incroyable ! s'exclame-t-elle dans un sourire. C'est pour une occasion particulière ?

Je mens sans vergogne.

— Oui, je suis invitée à une fête, ce soir.

— Ce soir ? répète la vendeuse en écarquillant les yeux.

Elle doit déjà imaginer l'histoire – forcément croustillante – de cette jeune cliente qui cherche une robe de soirée au dernier moment.

— Vous vous offrez une journée relooking ? reprend-elle.

Je m'examine dans le miroir. Je me sens incroyablement sexy et sophistiquée dans cette robe magnifique. En revanche, je n'ai pas pris le temps de me maquiller, j'ai les cheveux lâchés et ne possède pas de chaussures assorties à cette tenue. Une journée relooking ? Je me demande ce que ça peut bien coûter.

J'ai toujours été prudente et économe, et ne me suis jamais laissée aller à dépenser sans compter ou à acheter des choses dont je n'avais pas vraiment besoin. À vrai dire, contrairement à la majorité des autres étudiants, je n'étais pas criblée de dettes en sortant de l'université. Au contraire, je disposais toujours d'un petit pécule.

Et si tu vivais, un peu ? Lâche-toi, pour une fois ! Fais-toi plaisir !

Ma décision prise, j'articule d'une voix lente :

— Pourquoi pas...

La vendeuse applaudit avec un enthousiasme communicatif.

— Oh, merveilleux ! Je vais vous aider. Commençons par la robe : il vous la faut absolument, et je ne dis pas ça pour faire du chiffre. Elle vous va vraiment à ravir. Si vous voulez, je vous la mets de côté pendant que vous profitez de tout ce qu'on peut vous offrir ici : le spa, les soins du visage et du corps...

— Ne nous emballons pas.

—… ainsi que le salon de coiffure et de manucure, conclut-elle, les yeux brillants à la perspective de rendre mon corps imparfait digne de cette robe magnifique.

Soudain, son regard s'assombrit sous l'effet de l'inquiétude.

—Oh, mais j'y pense : il ne reste peut-être plus de créneaux disponibles. Attendez, je vais passer quelques coups de fil. Je suis sûre que je peux trouver une solution.

Avant que je n'aie pu réagir, elle passe derrière le comptoir et décroche le téléphone. J'ai beau lui faire de grands gestes pour lui signaler que je ne veux pas de soins du visage, elle me prend quand même un rendez-vous.

—Je vous promets que vous allez adorer, dit-elle en composant un autre numéro. Vous savez, vous avez une peau impeccable, mais elle me semble un peu sèche. Vous n'utilisez pas de crème de nuit ? Non ? Vous devriez. Je peux vous en recommander une, très agréable à appliquer, qui nourrit et réhydrate l'épiderme en profondeur.

Je n'ai toujours pas réussi à placer un mot, mais elle est en train de parlementer avec la coiffeuse.

—Oui, c'est ça, une coupe et un brushing dit-elle en jetant un coup d'œil critique à mes cheveux. Oh, Tessa, si tu as le temps, ajoute aussi des mèches. Ça ne peut pas faire de mal.

Lorsqu'elle raccroche pour de bon, j'ai plusieurs rendez-vous un peu partout, dont le premier est dans cinq minutes à peine.

La vendeuse, qui jubile littéralement, confie sa caisse à une de ses collègues pendant qu'elle m'accompagne à l'étage du spa. Il y règne une atmosphère si sympathique et détendue que je me laisse porter par l'enthousiasme ambiant. Lorsque ma bonne fée me confie à Rhoda, l'esthéticienne, j'ai renoncé à exercer le moindre contrôle sur le reste de ma journée. Bientôt, je suis allongée sur un lit tandis que Rhoda me masse le visage avant de l'enduire d'une sorte d'argile. Puis elle place des disques frais sur mes paupières fermées et me laisse reposer tranquillement. C'est le genre d'expérience divinement relaxante que j'ai toujours cru réservée aux autres, mais, en sentant des doigts experts retirer le masque de mon visage et appliquer une crème onctueuse sur ma peau, je me surprends à penser : *Et pourquoi pas moi, d'abord ? Pourquoi n'aurais-je pas droit à tout ça ?*

— Et voilà ! s'exclame Rhoda après un moment en me tendant divers échantillons. Vous avez une mine superbe.

Je me regarde dans le miroir en passant à la caisse – ma bonne fée a fait des miracles, mais tout travail mérite salaire – et je dois avouer que je me trouve rayonnante. Mon imagination me jouerait-elle des tours ? Toujours est-il que je me sens merveilleusement bien.

Rhoda m'informe qu'un coiffeur m'attend au dernier étage et, un court trajet en ascenseur plus tard, je suis installée dans un confortable fauteuil, avec une blouse en Nylon noir sur les épaules et une pile de magazines sur les genoux. Un jeune homme tout mince portant un tee-shirt noir et une improbable frange blonde me propose diverses coupes et couleurs. Je suis passée par plusieurs phases durant mon adolescence, mais, ces derniers mois, je ne me suis pas du tout occupée de mes cheveux. Le résultat est un subtil dégradé de teintes, de mes pointes jaune paille à mes racines brun souris. Quant à déceler la trace d'un style quelconque dans mes mèches trop longues et fourchues, cela relèverait de l'archéologie.

Cedric prend les choses en main. Avec une aisance déroutante, il applique le contenu de différents petits flacons sur mes cheveux avant de les envelopper de papier d'aluminium. Puis il m'installe sous un casque chauffant, et je prends le temps de parcourir mon magazine. Une demi-heure plus tard, Cedric me confie aux bons soins d'une jeune femme aux mains divinement douces, qui rince tous les produits colorants de mes cheveux avant de les laver avec un shampoing parfumé à la noix de coco qui les laisse soyeux.

Puis Cedric refait son apparition, équipé d'un peigne et d'une paire de ciseaux. Tout en bavardant gaiement, il sépare mes mèches et les coupe avec des gestes vifs et sûrs. Je me regarde dans le miroir en essayant de deviner à quoi je vais bien pouvoir ressembler après une telle métamorphose. Une fois qu'il a fini, Cedric me vaporise quelque chose autour de la tête avant d'attraper son sèche-cheveux et de me demander :

— Glamour ou ordinaire ?

Je dévisage mon reflet un instant puis réponds :

— Glamour.

Voici le scénario qui a mûri dans mon esprit : ce soir, je dîne avec M. R. Ce soir, il ne va pas retrouver la femme que j'ai aperçue chez lui. C'est moi qu'il veut et, en me voyant, il va s'exclamer, abasourdi : « C'est bien vous ? La jeune femme qui habite chez Celia ? La gamine de l'appartement d'en face ? Mais… mais vous êtes… »

Perdue dans ma rêverie, j'entends à peine le ronronnement du sèche-cheveux qui me chauffe agréablement les oreilles. À l'aide d'une brosse ronde, Cedric forme de grosses boucles qui dessinent un halo doré autour de ma tête. Puis il se vaporise de la laque sur les mains et travaille mes mèches, donnant du volume à l'ensemble avant de lisser un peu pour obtenir un carré long et discrètement ondulé. Il m'a en outre fait une frange effilée qui me tombe sur l'œil, me donnant un petit air gentiment aguicheur.

— Ça vous plaît ? s'enquit Cedric en reculant d'un pas et en inclinant la tête pour examiner son œuvre d'un œil critique.

— C'est… Waouh, c'est super beau !

J'en ai la gorge nouée. Je me souviens de quoi j'avais l'air encore récemment, après une crise de larmes au sujet d'Adam.

La pauvre fille dans le miroir avait les yeux bouffis, les cheveux filasse et la peau blafarde. Elle me paraît bien loin, et je ne la regrette pas du tout !

— Ma chérie, je suis enchanté ! Je savais que je pouvais faire quelque chose pour te rendre encore plus belle. Bon, apparemment, tu es attendue au rez-de-chaussée pour une petite session maquillage et manucure.

Je m'approche de la caisse et tends ma carte bleue en pensant : *Tant pis, je me moque complètement du prix.* Tout le personnel que j'ai rencontré s'est montré absolument adorable avec moi, et je trouve ça fantastique.

Quand je sors de l'ascenseur, j'ai l'impression de faire partie de la famille royale. On m'attend pour m'emmener vers le comptoir qui m'a été réservé. Alors commence un autre épisode de ma métamorphose. Une toute jeune maquilleuse, à qui l'uniforme du magasin semble ajouter quelques années, se met au travail. Elle m'hydrate la peau, puis ajoute un sérum et une solution ionisée avant d'appliquer divers anticernes, fonds de teint et poudres. Elle accompagne ses gestes de compliments sur ma peau, mes cils, mes yeux et ma bouche. Je suis presque tentée de croire que je suis devenue, comme par magie, l'une des plus belles femmes du monde. À vrai dire, même si je garde la tête sur les épaules, la sensation est grisante.

Des touches de couleurs viennent souligner mes sourcils, mes cils, mes joues et mes lèvres ; des fards irisés, des crayons mats… Quand, enfin, chaque parcelle de mon visage a été retouchée, la maquilleuse s'éloigne et m'annonce d'une voix joyeuse qu'elle a fini. Puis elle me tend un miroir.

Mon reflet me coupe le souffle. Je sais bien que cette fille est une artiste et que ça fait partie de son métier de m'inciter à acheter les produits qu'elle a utilisés.

Il n'empêche que je ne me suis jamais trouvée aussi belle. L'ovale de mes yeux est mieux défini que lorsque je les souligne de khôl, mes cils paraissent plus longs, et le bleu de mes iris semble briller de malice. Mes joues sont délicieusement rosées et mes lèvres rouge cerise me donnent un air gourmand. J'ai l'impression de m'être échappée des pages d'un magazine.

J'achète une bonne partie des produits que la maquilleuse m'a appliqués – c'est le but de la manœuvre, après tout –, puis on m'entraîne vers une table où une jeune femme me vernit les ongles en rouge vif tout en me racontant, avec un fort accent de l'East End, ses problèmes de cœur. Je dois admettre que je l'écoute à peine, perdue dans ma rêverie. Je me vois entrer dans un restaurant et me diriger vers M. R., qui se lève pour m'accueillir, bouche bée. Alors que j'approche, il cède à l'envie irrésistible de me prendre dans ses bras et de…

— Et voilà ! annonce la fille d'un ton enjoué. Laissez sécher pendant une vingtaine de minutes pour être tranquille, OK ?

Il ne me reste plus qu'une mission à accomplir : trouver une paire de chaussures assorties à ma nouvelle robe. J'ai déjà tellement fait chauffer ma carte bleue… je ne suis plus à ça près. Il faut que j'aille au bout de cette folle journée. Je déniche une paire d'escarpins noirs à bout pointu, puis retourne à la case départ : auprès de la vendeuse qui a lancé cette idée.

— Oh ! Vous êtes tout simplement magnifique ! s'exclame cette dernière en applaudissant. Vous êtes encore plus belle que ce que je pensais ! Franchement, c'est une véritable métamorphose !

Elle a raison. Une fois que j'ai enfilé ma nouvelle robe et les talons assortis, le résultat me donne des ailes. Finalement, il y a peut-être une vie après Adam. Peut-être que je rencontrerai, un jour, quelqu'un qui puisse m'aimer, me désirer… même si je sais que M. R. n'est qu'un fantasme, évidemment.

— Merci beaucoup, dis-je à ma bonne fée. Sincèrement, vous avez été géniale. Je vous remercie de tout cœur.

— Mais vous le méritez, voyons ! rétorque-t-elle avec un sourire avant de se pencher vers moi d'un air complice. Et maintenant vous allez vous rendre à cette fête et leur en mettre plein la vue !

Lorsque je sors du magasin, j'ai l'impression que les têtes se tournent sur mon passage, admirant ma jolie robe et ma nouvelle coupe. Dire qu'il y a trois jours j'ai débarqué à Londres toute suante et échevelée ! J'espère secrètement que, si Celia me voyait à présent, elle serait fière de moi.

Au détour d'une allée perpendiculaire à la rue, je débouche sur une petite place et décide de déjeuner dans l'un des restaurants qui s'y trouvent. Ma métamorphose a duré des heures et je meurs de faim, si bien que manger seule ne me fait plus peur. Tandis que je dévore une délicieuse assiette de pâtes, je m'amuse de la frayeur qu'une telle situation m'inspirait autrefois. Me voilà en train de déjeuner en solo dans un restaurant sans qu'il m'arrive quoi que ce soit de terrible. Personne n'a surgi à ma table pour me demander comment diable j'osais faire une chose pareille ; le garçon n'a pas refusé de prendre ma commande d'un air outré. Au contraire, j'ai été reçue et servie avec une discrète courtoisie, et c'est fort agréable.

L'après-midi est bien avancé lorsque je ressors du restaurant, pourtant je ne me sens pas d'humeur à rentrer à la maison. Je me dirige vers le nord et prends la direction du quartier chic où je suis passée le premier jour en faisant mes courses. Je ne vais pas vraiment retrouver M. R. – ce petit scénario n'existe que dans mon imagination –, mais j'ai envie de prolonger la magie de ce plaisant fantasme. C'est d'ailleurs cette humeur joueuse qui me pousse à agir quand j'aperçois, dans une vitrine, un billet qui m'intrigue. Je me trouve devant une galerie d'art moderne, aux murs blancs et au parquet en bois clair. Mon œil est immédiatement attiré par les immenses tableaux. J'ai consacré une partie de mes études à l'évolution de l'expressionnisme et de l'art en général pendant l'entre-deux-guerres. Les œuvres exposées ici pourraient bien être influencées directement par cette période.

Le petit mot, rédigé d'une main élégante sur un carton blanc, annonce :

« Nous recherchons un(e) assistant(e) expérimenté(e) pour une mission d'une durée déterminée. Merci d'adresser votre candidature à l'intérieur de la galerie. »

Je reste un moment à relire ces deux phrases, vaguement consciente de mon reflet dans la vitrine. Je suis venue à Londres dans l'idée de trouver un petit boulot d'été, histoire de m'occuper et, peut-être, de faire mes premiers pas dans une nouvelle voie. Je n'envisage pas de m'éterniser dans mon petit café de province, surtout quand tous mes amis s'apprêtent à entamer une carrière londonienne. J'ai peut-être encore une chance de me concocter un avenir dans cette ville. Contrairement à ce que je croyais il y a encore quelques semaines, je n'ai peut-être pas raté le coche. Laura m'a proposé de vivre en colocation avec elle à Londres quand elle sera rentrée, mais, lorsqu'elle m'a fait cette offre, je n'avais pas de perspective d'emploi et, de toute façon, je pensais emménager avec Adam.

J'aperçois du mouvement à l'intérieur de la galerie – un grand homme mince aux pommettes saillantes et au nez aquilin. Il porte un costume sombre et se déplace autour d'un bureau, situé le long du mur, vers le milieu de la pièce. M'a-t-il vue ?

Je m'apprête à partir en abandonnant cette idée saugrenue, mais quelque chose m'arrête. Je suis plus pimpante que jamais ; si je ne parviens pas à faire bonne impression à un employeur potentiel aujourd'hui, c'est que j'en suis fondamentalement incapable. Sans même élaborer de plan précis, je pousse la porte et me dirige droit vers l'homme d'un pas assuré, mes talons claquant sur le parquet. L'inconnu se tourne vers moi ; il a les cheveux d'un blond grisonnant, coupés très court et légèrement clairsemés. Ses yeux gris semblent perpétuellement voilés par ses paupières un peu lourdes et son nez proéminent domine des lèvres minces et un menton décidé. Il porte des lunettes, dont la monture dorée est si discrète qu'on la remarque à peine. Ses mains sont d'une grâce incroyable, et il respire la sophistication et la culture.

Il ne dit rien à mon approche mais hausse les sourcils d'un air interrogateur.

D'une voix sûre et posée, je me lance :

— Bonjour. J'ai vu le carton en vitrine. Si vous cherchez toujours quelqu'un, j'aimerais vous proposer ma candidature.

Il hausse un peu plus les sourcils et m'examine des pieds à la tête.

— Je cherche toujours, en effet, mais j'ai des entretiens tout à l'heure, déclare-t-il en souriant, poli mais distant. Et puis, je souhaite embaucher quelqu'un qui ait de l'expérience.

Clairement, il ne me prend pas au sérieux. Peut-être que ma toute nouvelle élégance me porte préjudice en lui donnant l'impression que je ne suis qu'une poupée superficielle qui s'intéresse plus à la nuance de son rouge à lèvres qu'à la palette d'un peintre moderne. Cette réaction m'agace : un homme cultivé devrait pourtant savoir qu'on ne juge pas une femme uniquement sur son apparence. Il faut savoir se laisser surprendre, non ?

Ma confiance endormie se réveille peu à peu.

— Si c'est de l'expérience que vous recherchez, j'ai passé plusieurs années à travailler dans la vente.

Bon, ce n'est pas tout à fait vrai : je servais surtout des cafés. Cela dit, nous proposions aussi des cartes postales et une jolie sélection de théières, de cafetières et de tasses. Je poursuis donc sur ma lancée :

— Quant à mes connaissances théoriques, je suis diplômée d'histoire de l'art et spécialisée dans les mouvements du début du XXe siècle : le fauvisme, le cubisme, ainsi que leur évolution, après la Première Guerre mondiale, jusqu'aux courants expressionniste et moderniste. Si j'en juge par l'artiste que vous exposez en ce moment, ces tendances vous intéressent également. Je distingue clairement une influence postexpressionniste, sans doute le Bloomsbury Group. J'adore la simplicité quasiment naïve du trait et ces couleurs presque passées. Ce tableau, là, le vase de fleurs avec la chaise, ça pourrait être un Duncan Grant.

Le propriétaire de la galerie me dévisage un instant, puis un sourire se dessine sur ses lèvres minces et, une seconde plus tard, il éclate de rire.

— Le moins qu'on puisse dire, c'est que vous êtes enthousiaste, et votre diplôme d'histoire de l'art m'intéresse. Venez, asseyez-vous, que l'on discute un peu. Voulez-vous un thé ou un café ?

— Un café, merci.

Je lui offre mon plus beau sourire et prends la chaise qu'il m'indique. Nous nous entendons à merveille. Cet homme est un interlocuteur tout à fait charmant, aux manières exquises, et je ne ressens pas la nervosité que j'associe d'habitude aux entretiens d'embauche. J'ai plutôt l'impression de bavarder de façon informelle avec un professeur bienveillant, à ceci près que cet homme a mille fois plus de classe que mes anciens profs. Sans jamais paraître indiscret, il m'incite à lui raconter mes études, ma vie à l'université, mes préférences artistiques. Il veut savoir pourquoi j'ai choisi cette voie alors que je suis moi-même une piètre peintre et dessinatrice.

— Le monde a autant besoin d'amateurs que de créateurs, vous savez, me fait-il remarquer. Prenez l'exemple du théâtre : en plus des acteurs et des metteurs en scène, il faut des agents, des producteurs, des imprésarios, des mécènes…, toutes sortes de gens qui font tourner la machine. C'est pareil pour les livres : les auteurs ont besoin des éditeurs et des correcteurs, sans parler des libraires, qui choisissent souvent ce métier par passion. Il en va de même pour l'art : pas besoin de savoir peindre comme Renoir pour comprendre les œuvres et la mécanique complexe qui consiste à les acheter, à les promouvoir et à les vendre.

J'entrevois la possibilité d'une carrière dans le monde de l'art et sens l'euphorie me gagner, puis le galeriste me regarde par-dessus ses lunettes cerclées d'or et poursuit :

— Mais ce sont des domaines dans lesquels il est très difficile de se faire une place. La concurrence est rude, et il faut savoir se faire remarquer. Plus d'une dizaine de personnes ont répondu à mon annonce, ayant reconnu qu'il s'agissait d'une occasion en or pour acquérir de l'expérience.

Ma déception doit se lire sur mon visage car il sourit gentiment.

— Cela dit, vous me plaisez, Beth. Il se trouve que l'un des professeurs que vous avez mentionnés est un vieil ami, ce qui me rassure complètement sur vos qualifications. Vous savez quoi ? Je vais de toute façon honorer mes rendez-vous de cet après-midi, mais je n'oublie pas notre conversation. Je vous rappelle qu'il s'agit d'un contrat à durée déterminée, reprend-il d'un ton sérieux. Mon assistant, hospitalisé en urgence, va rester en observation pendant quelques semaines mais, dès qu'il sera rétabli, il reprendra son poste.

— Bien sûr.

Je me garde bien de préciser que je ne suis moi-même londonienne que pour un peu plus d'un mois. Si je décroche ce travail – ce qui me paraît peu probable –, j'aviserai.

Le propriétaire de la galerie me tend une carte de visite blanc ivoire sur laquelle est écrit, en lettres calligraphiées bleu marine :

« James McAndrew
Riding House Gallery »

Ses coordonnées sont inscrites en dessous. Je lui donne mon numéro de téléphone et mon adresse e-mail, qu'il note sur un bloc. Son écriture lui ressemble : élégante, mesurée et un peu surannée.

— Je vous recontacte, me dit James avec un nouveau sourire plein de sagesse.

Lorsque je ressors, quelques instants plus tard, je jubile littéralement. J'ai envie de rire comme une gamine en apercevant mon reflet dans les vitrines des magasins. Je n'en reviens toujours pas de me trouver si jolie, avec mes cheveux dorés et soyeux et cette robe qui épouse mes formes. Quel que soit le résultat de cet entretien, je suis fière d'avoir osé entrer et défendre mes chances. D'ailleurs, je décide de retourner voir James de toute façon, ne serait-ce que pour lui demander des conseils sur les démarches à entreprendre pour faire carrière dans le monde de l'art.

Je regarde ma montre et sursaute presque en voyant l'heure qu'il est. *C'est fou, le temps que ça prend, de se faire pomponner*, me dis-je en reprenant le chemin de la maison.

L'appartement d'en face est plongé dans l'obscurité. Je garde les yeux rivés sur la fenêtre du salon dans l'espoir que la lumière va soudain s'allumer et révéler la présence de M. R. Je meurs d'impatience de le voir. Toute la journée, il a occupé mes pensées et accompagné le moindre de mes gestes, comme si c'était lui qui m'observait en secret. Ce soir, je me sens prête à lui faire face sans bafouiller. Avant de me rendre dans le salon, j'ai retouché mon maquillage, passé les doigts dans mes cheveux et lissé ma robe sur mes hanches. Je me sens sexy et sophistiquée, comme si j'avais fait un minuscule pas pour me rapprocher de sa superbe copine.

Et tu crois vraiment qu'il va le remarquer ?!

Le temps passe, l'appartement de M. R. reste résolument sombre, et la déception me gagne. Je dîne seule, face à sa fenêtre d'un noir opaque. Je trouve ça étrangement triste, un appartement vide qui se laisse gagner par la nuit sans personne pour l'illuminer et l'animer. Les meubles et les objets perdent tout sens si nul ne les utilise. De Havilland me fait la tête parce que je l'ai repoussé chaque fois qu'il a essayé de me grimper sur les genoux. Tant pis : je refuse d'avoir des poils de chat sur ma robe toute neuve. Vexé, il se dirige vers le canapé et s'y installe en me tournant le dos.

Soudain, le plan qui a germé dans mon esprit toute la journée sans que je m'en aperçoive prend forme.

Chapitre 5

Beth Villiers – espionne émérite.

Non… plutôt… *Beth Villiers, la Mata Hari de Mayfair.*

Je ris de ma propre bêtise. J'ai enfilé mes nouveaux talons pour ressortir. Je devrais avoir les pieds martyrisés, mais mes nouveaux escarpins sont d'un confort étonnant. Cintrée dans le trench de Celia, je répète quelques répliques en silence.

Ça alors ! Quelle coïncidence ! Je ne pensais vraiment pas vous rencontrer ici. Oui, je suis venue retrouver un ami, James. James McAndrew. Il possède une galerie d'art non loin et m'a proposé de le rejoindre ici pour boire un verre. Il est en retard, d'ailleurs ; je me demande ce qui le retient. Si vous pouvez m'offrir quelque chose ? Avec grand plaisir, merci. Ma robe vous plaît ? Oh, merci, vous êtes trop aimable…

Dans ma rêverie, M. R. et moi nous entendons à merveille. Je retrouve sans peine le chemin jusqu'aux rues animées de Soho. En fait, j'ai même mémorisé les vitrines des magasins qui ont retenu mon attention et les visages des gens que j'ai croisés la veille. Je comprends mieux pourquoi la police organise les reconstitutions de scène de crime si tôt après les faits. Ensuite, les souvenirs s'estompent.

Je tourne dans la petite rue mal éclairée aux demeures de style Régence. Je trouve l'endroit étrange pour un bar. Il faut vraiment être au courant pour s'aventurer par ici, et encore… tout le monde n'aurait pas l'idée d'emprunter l'escalier qui mène au sous-sol.

Je m'arrête près de la grille en fer forgé et prends une profonde inspiration. Je rassemble tout le courage que cette journée a fait renaître en moi.

Allez, vas-y. Carpe diem, *ma belle, n'aie pas peur.*

Je descends les marches et mes talons résonnent sur le métal avec plus d'assurance que je n'en ressens. Une fois arrivée en bas, je regarde par les fenêtres. L'éclairage est tamisé, et je distingue à peine les clients assis à des tables sur lesquelles brûlent des bougies. D'autres formes évoluent, brouillées. J'examine la porte d'entrée, noir de jais, portant l'inscription « L'Asile » en lettres blanches.

Il est trop tard pour faire demi-tour. Espérons juste qu'une bande d'aliénés ne t'attende pas à l'intérieur.

L'appréhension fait battre mon cœur et c'est d'une main tremblante que je pousse la porte. Celle-ci n'est pas verrouillée et s'ouvre lentement sur un petit vestibule qu'éclaire une lanterne en forme d'étoile suspendue à une chaîne. Un panneau encadré proclame : « Vous qui entrez ici, laissez toute espérance. »

Qu'est-ce que c'est que cet endroit ?

Je fais quelques pas dans le vestibule et ne rencontre personne, même si je vois, sur une table, un registre relié avec une couverture de cuir, ouvert à côté d'un porte-plume argenté, d'un encrier à l'ancienne et d'une boîte noire en métal sur laquelle le nom de l'établissement se détache en lettres d'or.

Le couloir qui mène au bar est vide, et j'avance prudemment en cillant pour m'habituer à l'éclairage tamisé. Les clients attablés sont tous habillés avec un goût exquis, et je perçois le murmure de plusieurs conversations mêlées. Cocktails, verres de vin et flûtes à champagne renvoient la lumière des bougies, mais mon œil est attiré vers le fond de la pièce, où plusieurs cages sont suspendues au plafond par des chaînes. Chacune d'elles abrite une personne. Je plisse les paupières.

Tu vois ce que je crois ou tu hallucines ?

Une femme en sous-vêtements noirs est menottée, les poignets liés par une lourde chaîne. Elle porte des talons aiguille, et des lanières de cuir s'entrecroisent autour de ses jambes. Un masque incrusté de pièces de métal lui dissimule la moitié du visage, et ses cheveux sont tirés en un sévère chignon. Elle s'agrippe aux barreaux de sa cage et évolue avec une sensuelle lenteur, s'étirant autant que le lui permet l'espace confiné où elle se trouve. Les autres cages contiennent des proies semblables : des femmes presque nues, au visage en partie couvert et attachées aux barreaux d'une manière ou d'une autre. Il y a aussi un homme, qui ne porte qu'un très court short en cuir et un collier à pointes, par lequel il est enchaîné au plafond de sa cage. Il se tient prostré et regarde le sol.

Tandis que j'essaie de comprendre ce que je vois, un individu en costume s'approche d'une des cages. La fille qui s'en trouve prisonnière se redresse de façon à ce qu'il puisse l'examiner. Il se penche vers elle et lui murmure quelque chose à l'oreille, après quoi elle baisse les yeux et adopte une posture de soumission. Il continue à lui parler, et elle répond par de légers hochements de tête. Il finit par ouvrir la porte de la cage et par en faire sortir la fille en la tirant par la chaîne qui lui lie les poignets. Elle le suit sans la moindre résistance entre les tables du bar.

Qu'est-ce qui se passe, ici ? C'est un bordel ou quoi ? Et… c'est dans ce genre d'endroit que M. R. et sa copine aiment traîner ? Vraiment ?

— Qu'est-ce que vous faites ici ? Qui êtes-vous ? aboie une voix agressive à côté de moi.

Je sursaute et me tourne vers celui qui m'a apostrophée ainsi. Il semble ordinaire à première vue – de taille moyenne, tout de noir vêtu –, mais il s'avère terrifiant. Il a le crâne rasé et une sorte de motif tribal tatoué sur la moitié du visage. Ses yeux luisent de colère, tellement pâles qu'ils paraissent presque blancs. Sa fureur menaçante me glace.

— Comment êtes-vous entrée ? demande-t-il.

Quelques clients tournent brièvement la tête avant de se désintéresser de la scène. Ils ont sans doute l'habitude de ce genre d'incident.

Les mains tremblantes, je bafouille :

— Euh… je… La porte était ouverte. Je pensais que…

— Ceci est un club privé. Seuls les membres sont autorisés à entrer, crache-t-il méchamment. Vous n'avez rien à faire ici, alors cessez de fouiner et repartez là d'où vous êtes venue.

Sous le feu de son regard méprisant, j'ai l'impression d'être une sale môme prise en flagrant délit et humiliée devant toute la classe. Je rentre la tête dans les épaules, comme la pauvre imbécile que je suis.

— Vous m'avez entendu ? insiste-t-il d'un ton mordant. Sortez sur-le-champ ou je me charge de vous escorter jusqu'à la porte.

Je ne sais pas d'où me vient la force de bouger, mais je tourne les talons, dépasse cet affreux individu, traverse le vestibule et sors. Je gravis les marches de l'escalier d'un pas tremblant, les yeux brûlants, horrifiée par ma mésaventure.

À quoi bon ? Comment as-tu pu croire que tu trouverais ta place dans cette ville de fous ? Qu'est-ce qui t'a pris de dépenser autant d'argent à essayer de te faire passer pour une vraie femme alors que tu n'es qu'une stupide gamine ?

C'est sans espoir. Adam a eu raison de me larguer. Je n'arriverai jamais à devenir celle que j'aspire à être. Debout sous le lampadaire qui éclaire le trottoir, je laisse libre cours à mon chagrin, contente que les alentours soient déserts ou presque. Je cherche en vain un paquet de mouchoirs dans la poche de ma veste, puis renifle et m'essuie les yeux du dos de la main. Il a suffi de quelques paroles acerbes pour me réduire à une pleureuse pathétique et esseulée.

— Ça va ?

Je lève les yeux vers celui qui m'a posé cette question mais ne distingue pas ses traits à travers mes larmes. Sa voix m'est pourtant familière.

— Vous pleurez. Est-ce que je peux vous aider ? Vous êtes perdue ?

Je cille et, cette fois, je vois son visage à la lumière du lampadaire et lis l'inquiétude dans ses yeux. Au moment où je comprends à qui j'ai affaire – et où mon estomac effectue un gracieux saut périlleux –, l'expression de M. R. change. Il sourit et fronce les sourcils en même temps, l'air interloqué.

— Eh, mais vous êtes la fille qui habite chez Celia. Qu'est-ce que vous fabriquez ici ?

— Euh… je…

Il se tient si près de moi que je me retrouve incapable de formuler la moindre pensée rationnelle, émerveillée par ces yeux au regard intense, ces sourcils si bien dessinés, ces lèvres si parfaites. Que doit-on ressentir en embrassant cette bouche sensuelle ? En caressant ce visage magnifique ? J'ai envie de suivre du doigt la courbe de sa mâchoire pour sentir sa barbe naissante.

— Vous êtes perdue ? répète-t-il.

Je hoche la tête en me retenant de renifler.

— Oui, je… j'étais sortie me promener.

Je m'interromps et prie pour ne pas être prise de hoquet. Il ne manquerait plus que ça !

— J'ai dû m'aventurer plus loin que je ne croyais, conclus-je.

— Eh, ne pleurez pas, dit M. R. gentiment tandis que ses yeux reflètent la lumière du lampadaire. Tout va bien, maintenant. Je vais vous ramener à la maison.

— Mais… (Je suis sur le point d'objecter qu'il souhaitait sûrement se rendre au club, mais évite la gaffe de justesse.) J'imagine que vous avez des projets pour la soirée. Je ne voudrais pas vous embêter.

— Ne soyez pas ridicule, rétorque-t-il d'un ton presque brusque. Je ne vais pas vous laisser toute seule ici. Je vous raccompagne.

J'ai peur de l'avoir agacé. Il sort son téléphone, tape un rapide message, puis reporte son attention sur moi, l'air étrangement sévère.

— Voilà, c'est réglé. Allez, on rentre.

Mes larmes se tarissent lorsque je me rends compte que – incroyable mais vrai – je suis en train de me promener dans Soho en compagnie de M. R. Il porte un costume impeccablement coupé et, tandis que nous marchons côte à côte, j'estime qu'il doit mesurer près de un mètre quatre-vingt-cinq. En tout cas, il me dépasse largement alors que, avec mon mètre soixante-dix, je ne suis pas exactement petite. Il cale son pas sur le mien, de sorte que je ne suis pas obligée de me presser pour le suivre. Je me sens légère et euphorique, comme un ballon gonflé à l'hélium. Si je ne fais pas attention, je risque de me mettre à planer.

Nous approchons d'un groupe d'adolescents en voyage scolaire attroupés devant un fast-food, et M. R. me met une main dans le dos pour me guider devant lui. Lorsque nous émergeons de cette joyeuse foule, je suis muette d'excitation à ce simple contact – et terriblement déçue lorsqu'il retire sa main.

— Vous vous êtes vraiment éloignée de Randolph Gardens, reprend-il. Vous n'avez pas pensé à prendre un plan ? Ou à consulter l'application GPS de votre téléphone ?

— Non. C'était stupide de ma part.

— Oui, vraiment stupide, affirme-t-il presque avec colère avant de se radoucir. Il aurait pu vous arriver quelque chose, vous savez. Enfin, j'ai comme l'impression que vous ne venez pas souvent à Londres.

— Non, en effet, c'est la première fois.

— Ah bon ? Mais alors comment connaissez-vous Celia ?

Toute trace d'agacement a disparu, et ses yeux ont retrouvé leur lueur chaleureuse.

— C'est la marraine de mon père. Elle a toujours fait partie de ma vie, mais de loin. Je ne la connais pas vraiment. Enfin, je ne la vois pas souvent, et c'est la première fois que je viens chez elle. J'osais à peine y croire quand elle m'a proposé de venir occuper son appartement.

— Je comprends que vous ayez sauté sur l'occasion.

Si ça se trouve, les gens croient que nous sommes ensemble. Est-ce que ça peut paraître crédible qu'il soit mon copain ? Il est tellement beau…

Tandis que nous marchons vers l'ouest en direction de Mayfair, je ne peux m'empêcher de dresser la liste de ses qualités. Il a de grandes mains larges, avec des doigts forts, et je me demande à quoi elles ressembleraient contre ma peau, ou ce que je ressentirais s'il les faisait glisser sur mon dos nu. Je frissonne légèrement à cette idée. Ses vêtements sont luxueux et il se déplace avec aisance, mais sans l'arrogance que l'on pourrait attendre d'un homme aussi beau et visiblement riche.

Il commence à me parler de Celia et me raconte qu'ils ont fait connaissance à cause de la proximité de leurs appartements.

Sans blague !

Je fais l'innocente ; après tout, il ne semble pas savoir que je l'ai épié par la fenêtre.

— Son appartement est incroyable, hein ? poursuit-il. Je suis passé y prendre le café à une ou deux occasions. Quelle femme ! J'adore l'écouter parler de sa carrière ; c'est une vraie mine d'anecdotes !

Il éclate de rire, et j'en fais autant. Il semble connaître Celia bien mieux que mon père, et la façon dont il parle d'elle me donne envie de découvrir qui elle est vraiment.

— J'aimerais lui ressembler plus tard, reprend M. R. Elle assume complètement son âge mais n'a rien perdu de son goût de la vie. Cela dit, je me fais quand même un peu de souci pour elle. Elle a beau afficher une énergie incroyable, elle ne rajeunit pas. Même si elle refuse de confesser la moindre vulnérabilité, je garde un œil sur elle, au cas où il lui arriverait quelque chose.

Et en plus, il est gentil ! Pitié, tuez-moi sur-le-champ !

— Mais bon, vous connaissez Celia ! lance-t-il d'un ton enjoué. C'est une jeune fille de soixante-douze ans. Je suis sûr qu'elle nous enterrera tous, puis entreprendra l'ascension de l'Everest dans la foulée.

Maintenant que j'ai séché mes larmes, la tension est retombée entre nous et sa colère à me savoir perdue semble l'avoir quitté. Nous approchons de Randolph Gardens, et je ralentis le pas pour prolonger cet instant partagé avec M. R. Dès que nous serons arrivés, chacun rentrera chez soi, et je n'en ai pas envie. J'apprécie beaucoup trop le courant délicieusement électrique qui passe entre nous.

Soudain M. R. s'arrête et me fait face.

—Vous êtes toute seule, n'est-ce pas ?

Je hoche la tête et il m'observe longuement avant de reprendre d'une voix douce :

—Vous voulez passer chez moi ? J'ai l'impression qu'un petit café ne vous ferait pas de mal et ça m'ennuierait de vous laisser dans votre coin alors que vous êtes encore bouleversée. En plus, j'ai tellement parlé que je ne vous ai pas laissée en placer une ; je ne sais rien de vous.

J'adore le son de sa voix, riche et grave, rassurante. *Il me propose de monter boire un café ?* Mon cœur s'emballe et je commence à trembler.

—Je veux bien, merci, dis-je d'une voix légèrement haut perchée. C'est très gentil à vous.

—Super ! Allons-y.

Il tourne les talons et gravit les marches du perron avant de s'arrêter pour me lancer un regard. Je suis pétrifiée à l'idée qu'il ait changé d'avis, mais il murmure :

—Je ne connais même pas votre nom.

—Beth. Je m'appelle Beth.

—Beth. C'est joli, commente-t-il avec un de ses incroyables sourires. Moi, c'est Dominic.

Puis il se dirige vers l'entrée de l'immeuble et je lui emboîte le pas.

Dans l'ascenseur, la proximité de nos deux corps me coupe le souffle. Je n'ose pas regarder M. R. en face mais je sens son bras effleurer le mien. Il suffirait d'un léger mouvement pour que l'on se retrouve serrés l'un contre l'autre.

Et si l'ascenseur s'arrêtait? Si on se retrouvait coincés? J'imagine la scène : M. R. m'attirant tout contre lui, pressant ses lèvres sur les miennes… *Oh, mon Dieu.* Ce simple fantasme réveille une vive flamme au creux de mon ventre. Je lance un regard en coin à M. R., persuadée que lui aussi perçoit cet étrange courant électrique qui crépite entre nous.

Je suis presque soulagée de sentir l'ascenseur s'arrêter. M. R. sort dans le couloir et je le suis, reprenant peu à peu mon souffle. C'est très étrange de se trouver dans la partie de l'immeuble symétrique à la mienne et, privée de l'anonymat de la rue, je me laisse gagner par la timidité. Tout est inversé par rapport à l'aile où se situe l'appartement de Celia, et j'ai l'impression déroutante d'être passée de l'autre côté du miroir, comme Alice dans le roman de Lewis Carroll. Avec un sourire, Dominic ouvre la porte de son appartement et dit :

— Entrez sans crainte. J'aurais dû vous rassurer avant : je ne suis pas un psychopathe qui tue ses victimes à coups de hache. Pas le jeudi, en tout cas.

J'éclate de rire. Il ne m'est même pas venu à l'esprit que je puisse ne pas être en sécurité avec lui. Après tout, c'est un ami de Celia et je sais exactement où il vit. Tout va bien.

J'entre, et la première chose que je vois, c'est mon reflet dans le miroir du vestibule – ainsi que l'expression d'horreur sur mon visage quand je constate ce qui est advenu de mon nouveau look. Mes cheveux ont perdu tout leur volume et pendent lamentablement, tandis que mon maquillage a disparu, me laissant toute pâle, à l'exception des ravissantes traînées de mascara qui soulignent mes yeux rougis. Génial. La grande classe.

Un « oh » m'échappe.

— Quelque chose ne va pas ? demande Dominic en retirant sa veste – geste qui me permet d'apercevoir le contour d'un bras musclé à travers le tissu de sa chemise.

— J'ai du mascara partout ! Je ne ressemble à rien.

— Attendez.

Il s'approche de moi, lève la main et, à mon plus grand étonnement, essuie doucement les traces de maquillage sous mes paupières.

Je retiens mon souffle. Sa peau est chaude et douce, et je me rends compte qu'il me regarde droit dans les yeux avec une expression intense. Il s'immobilise et laisse ses doigts au contact de ma joue. J'ai l'impression qu'il va me caresser le visage, et il n'y a rien au monde que je souhaite tant. Je cille et prends une petite inspiration. Aussitôt, Dominic semble revenir à lui. Il détourne les yeux et laisse retomber sa main.

— Je vais préparer le café, annonce-t-il avant de se diriger vers la cuisine, me laissant seule.

Je rêve ou nous venons de partager un moment crucial?

J'entends la bouilloire siffler et Dominic appeler :

— Comment est-ce que vous aimez votre café ?

— Euh... avec un peu de lait, c'est tout.

Je me tourne vers le miroir et tente d'arranger ma coiffure, mais Dominic revient et je dois abandonner.

— Je vais prendre votre veste, dit-il. Il fait un peu chaud pour un vêtement pareil, vous ne trouvez pas ?

Il saisit le trench d'un geste mesuré, et j'ai l'impression qu'il s'applique à rester poliment distant pour éviter de reproduire le petit moment de tout à l'heure.

— Je, euh... je suis très frileuse, dis-je, comme une niaise. Je suis très sensible aux changements de température.

Dominic me conduit dans le salon et désigne le canapé aux coussins carrés et aux lignes modernes.

— Asseyez-vous pendant que je finis de préparer nos tasses.

J'avance doucement vers le canapé, prenant le temps de regarder autour de moi. J'avais déjà une idée des lieux, mais l'effet est complètement différent maintenant que je me tiens au beau milieu de la pièce. L'intérieur est bien plus luxueux que ce qu'il y paraît de loin, mais cela ne devrait pas me surprendre. Un homme qui peut s'offrir un appartement dans le quartier doit également pouvoir le décorer à son goût. L'ensemble est très moderne, dans des tons beiges et gris, avec des touches de noir. Le canapé d'angle est d'un blanc cassé qui rappelle la couleur de la pierre, agrémenté de gros coussins gris et blancs. De l'autre côté de la table basse, dont le plateau en verre repose sur des blocs de granit, se trouvent deux élégants fauteuils de cuir noir. Aux extrémités du canapé, deux petites tables de bois clair identiques accueillent la même lampe en verre surmontée d'un abat-jour noir. Diverses poteries ornent la pièce – des trios de vases blancs de tailles différentes, une sorte de dôme à motifs de tourbillons noirs –, de même que des œuvres d'art tribal. Un masque de bois sombre occupe une partie du mur principal. Un cadre semble contenir une peinture abstraite en noir et blanc, qui s'avère être, lorsque je m'approche, une immense photographie. Il s'agit d'un vol d'oiseaux, les ailes brouillées par la rapidité du mouvement. Les tapisseries consistent en un épais tissu qui ressemble à du chanvre, et l'épaisse moquette en laine crème indique que ces lieux n'accueillent ni enfants ni animaux de compagnie. Un immense écran plat domine la cheminée, dont le manteau est décoré de gros cierges d'église, éteints à l'heure qu'il est. Près de la fenêtre, une petite table fait office de minibar plutôt bien fourni.

Je m'assieds, admirative.

Pas de doute, c'est le repaire d'un célibataire.

L'ensemble dégage une aura résolument masculine, mais pas oppressante. Tout est d'un goût exquis, comme je m'y attendais.

Un meuble bizarre attire mon attention. Il pourrait presque s'agir d'un tabouret ou d'un fauteuil bas, mais il y a deux espèces d'accoudoirs, assez espacés, d'un même côté tandis que, de l'autre, se déroule une pente terminée par un renflement.

Drôle d'objet. À quoi ça sert?

Une image s'impose soudain à mon esprit – un *flashback* de la scène dont j'ai été témoin au club. Je revois la fille s'étirer et se frotter contre les barreaux de sa cage, les yeux brillants derrière son masque de cuir, puis suivre l'homme qui l'a fait sortir, docile comme une chienne en laisse. Il s'agit du lieu où Dominic a emmené sa compagne la fois où je les ai suivis. Le doute qui s'empare de moi me fait frémir. Dominic m'a subjuguée par sa beauté, son aura et sa gentillesse, mais il n'est peut-être pas aussi lisse qu'il y paraît.

Le voici justement qui revient dans le salon, chargé d'un plateau où il a disposé une cafetière, deux tasses et un pot à lait. Il place le tout sur la table basse puis s'assied sur l'autre branche du canapé, proche de moi mais pas trop.

—Alors, Beth, racontez-moi, commence-t-il en versant du café puis du lait dans une tasse qu'il me tend ensuite. Qu'est-ce qui vous a amenée à Londres?

Je manque de révéler la vérité – « On m'a brisé le cœur, et je suis venue dans l'espoir de le soigner » –, puis je me ravise. C'est un brin trop personnel.

— Je suis une pauvre petite provinciale venue chercher l'aventure, dis-je.

Je savoure le café – fort et brûlant, juste comme j'aime.

— Alors vous avez bien choisi votre destination, renchérit-il en hochant la tête d'un air sage. Londres est la ville la plus géniale du monde. Évidemment, j'aime beaucoup Paris et New York – et j'adore L.A., quoi qu'en disent les grincheux –, mais Londres... c'est vraiment un endroit à part. Et vous vous trouvez en plein cœur de ce lieu merveilleux ! s'exclame-t-il en ouvrant les bras.

Je suis son geste du regard : partout autour de nous, des centaines de fenêtres brillent dans la nuit estivale.

— J'ai une chance incroyable, et je la dois à Celia, avoué-je, sincère.

— Oh, je suis sûr que vous lui rendez service également.

Le sourire dont il me gratifie réveille l'étincelle de tension que j'ai perçue tout à l'heure. Serait-il en train de flirter ?

J'adore la sensation que me procure sa proximité, le contraste déconcertant entre la blancheur de sa chemise tendue sur ses larges épaules et la chaleur de sa peau brune. Je suis des yeux les contours de sa bouche, et mon souffle s'accélère tandis qu'un petit frisson naît au creux de mon ventre et se faufile jusqu'entre mes jambes. J'espère qu'il ne se rend pas compte de l'effet qu'il a sur moi. Je reprends une gorgée de café brûlant pour me calmer un peu. Quand je relève enfin la tête, Dominic est en train de me dévisager et je dois retenir un hoquet de surprise.

— Je serais curieux de connaître vos impressions sur Londres. Vous voulez bien m'en parler ?

Je ne comprends pas ma soudaine timidité. Le magnétisme de cet homme fait resurgir la fille gauche et maladroite que j'essaie de sublimer. J'entreprends de lui raconter le début de mon séjour, cherchant mes mots à tout bout de champ. J'aimerais l'impressionner par ma volubilité au sujet des œuvres d'art que j'ai admirées, par exemple, mais je me trouve réduite à énumérer mes visites comme une touriste lambda. En hôte parfait, Dominic pose des questions pertinentes et semble fasciné par mes anecdotes. Il ne se rend évidemment pas compte que cette charmante attention ne fait qu'aggraver ma gêne. Dans un effort pour paraître cultivée, je poursuis :

— J'ai adoré les miniatures de la Wallace Collection, de même que le portrait de Madame de Poppadum, dis-je dans une tentative pour paraître cultivée.

— Madame de Poppadum ? répète Dominic, interloqué.

— Oui, la maîtresse de Louis XV, dis-je, tout heureuse de pouvoir étaler ma culture.

— Oh ! s'exclame-t-il. Vous voulez parler de Madame de Pompadour.

— Oui, Madame de Pompadour. Ce n'est pas ce que j'ai dit ?

— Non, il me semble avoir entendu « Madame de Poppadum ». C'est trop mignon !

Il renverse la tête en arrière, et la pièce se met à résonner de son rire franc et grave.

Je me joins à son hilarité, mais ma stupidité me fait rougir de honte, et soudain les yeux me piquent de nouveau. *Ah non ! Pas question ! Tu ne vas pas te remettre à chouiner !* J'ai beau me réprimander intérieurement, cela n'arrange rien, au contraire. Je me suis couverte de ridicule et, comme une gamine, j'en ai les larmes aux yeux. Je rassemble toutes mes forces et me mords la joue pour me contenir.

Dès que Dominic remarque mon expression, il arrête de rire et redevient sérieux.

— Eh, ne vous en faites pas. Il n'y a pas de mal, j'ai très bien compris à qui vous faisiez allusion. C'était drôle, donc j'ai ri, mais je ne me moquais pas de vous.

Il tend la main et la pose sur la mienne.

Un étrange phénomène se produit alors. Le contact de sa peau sur la mienne me brûle presque, et le courant électrique qui passe entre nous me fait frissonner. Je lève les yeux vers lui, éberluée, et il me rend mon regard, tout aussi surpris, comme si lui non plus ne s'attendait pas à de telles sensations. J'ai l'impression de deviner sa vraie personnalité, dépouillée de toute politesse ou autres convenances. Et il voit clair en moi.

Chaque jour, chacun d'entre nous croise des centaines de visages sans en être vraiment conscient. On échange des regards dans le train ou le bus, l'escalator ou l'ascenseur, à la caisse d'un supermarché ou d'un magasin, sur le chemin du travail ou du retour. Autant de minuscules connexions rompues sitôt établies. Pendant une poignée de secondes, on reconnaît l'existence d'une personne, le fait qu'elle a une vie, une histoire, un passé qui l'a amenée inexorablement sur notre route à cet instant. Puis on détourne la tête et on se perd, chacun partant vers son avenir propre.

Pourtant, alors que je regarde Dominic, j'ai la certitude de le connaître, même si c'est un étranger – comme si notre différence d'âge et d'expérience ne comptait pas.

Tout disparaît autour de nous. Je n'ai plus conscience de rien à part de sa main sur la mienne et du torrent d'émotions qui me traverse tandis que ses yeux semblent me comprendre de façon intime et absolue.

Cet échange muet a paru durer des siècles, mais il ne s'est écoulé que quelques secondes. Je commence à revenir à moi, comme un plongeur qui atteint enfin la surface de l'eau, et me demande avec un frisson d'anticipation quelle sera la suite les événements.

Dominic a l'air à la fois déstabilisé et émerveillé, comme s'il venait de vivre quelque chose de totalement nouveau et inattendu. Il ouvre la bouche et s'apprête à parler, lorsque nous entendons un bruit en provenance du vestibule. Dominic tourne la tête vers la porte, et je suis son regard juste à temps pour voir une femme entrer d'un pas vif, l'air contrarié. Malgré la saison, elle porte un long manteau de fourrure sombre.

— Tu étais où ? demande-t-elle d'un ton impérieux en s'avançant dans la pièce.

Elle s'arrête net en m'apercevant, puis me détaille de la tête aux pieds, aimable comme une porte de prison.

— Oh, fait-elle avant de se tourner vers Dominic. Qui c'est ?

Le charme est rompu. Dominic retire sa main de la mienne et nous présente.

— Vanessa, je te présente Beth. Beth, voici mon amie Vanessa.

Je murmure un rapide « bonsoir ». Il s'agit de la femme que j'ai déjà vue en sa compagnie. Elle s'appelle donc Vanessa. Ça lui va bien.

— Beth habite juste en face, explique Dominic, dont le ton posé trahit néanmoins une légère agitation. En bon voisin, je lui ai proposé de passer boire un café, conclut-il.

— Comme c'est aimable, rétorque Vanessa en me saluant d'un hochement de tête. Sauf qu'on était censés se retrouver il y a deux heures, toi et moi.

— Je sais. Je suis désolé. Tu n'as pas reçu mon message ?

Il évite de mentionner qu'il a volé à mon secours dans les rues de Soho.

Elle lui jette un regard glacial signifiant clairement qu'elle ne souhaite pas aborder le sujet de leur rendez-vous devant moi. Je me lève aussitôt.

— Merci beaucoup pour le café, Dominic. Je vais rentrer ; il ne faudrait pas que je laisse De Havilland seul trop longtemps.

— De Havilland ?

— Le chat de Celia.

— Il faut qu'elle rentre s'occuper du chat. Comme c'est mignon ! raille Vanessa. Nous ne voudrions surtout pas vous retenir.

Dominic se lève à son tour.

— Faites comme vous voulez, Beth, mais vous pouvez rester le temps de finir votre café.

— Non, je vais y aller, merci quand même.

Il me raccompagne à la porte et, lorsqu'il me tend ma veste, je sonde ses yeux presque noirs. Ai-je rêvé cet instant magique partagé ? Dominic est redevenu l'étranger poli que j'ai croisé dans la rue, pourtant une complicité demeure dans la profondeur de son regard.

— Prenez soin de vous, Beth, murmure-t-il. Je suis sûr qu'on se reverra bientôt.

Alors que je m'apprête à sortir, il se penche vers moi et m'effleure la joue du bout des lèvres. Je lutte pour ne pas tourner la tête et offrir ma bouche à ses baisers, comme je rêve de le faire. Ma peau est brûlante là où il m'a touchée.

Ma voix n'est qu'un soupir quand je réponds :

— Avec plaisir.

Puis il ferme la porte et je regagne l'ascenseur en me demandant si mes jambes arriveront à me porter jusque chez Celia.

Chapitre 6

Ma boîte de réception est pleine de messages, sans intérêt pour la plupart. Tout en les supprimant un à un, je me demande pourquoi j'ai souscrit aux newsletters de tant de sites de shopping en ligne ou de potins. Un grand *latte* refroidit doucement à côté de moi, le cacao fondant sur la mousse du lait. Je me trouve dans un de ces cafés où tout le monde est attablé devant un ordinateur portable, une tasse à moitié pleine à portée de main, histoire de profiter du Wi-Fi gratuit. Un e-mail de Laura est arrivé dans mon courrier indésirable, et je clique dessus. Elle traverse le Panama et m'a envoyé, en pièces jointes, des photos où on la voit croulant sous un énorme sac à dos mais avec le sourire, devant des paysages verdoyants et magnifiques.

« Tu me manques. Je suis impatiente de te retrouver. J'espère que tu passes un bel été dans les bras d'Adam. Plein de bises, Laura. »

Je regarde ces quelques mots, ne sachant comment lui répondre. Elle me croit toujours chez mes parents, occupée à travailler au café le jour et à passer mes soirées avec Adam. J'ai déjà parcouru un bon bout de chemin depuis cette époque-là, et quelque chose me dit que l'aventure ne fait que commencer. J'envisage d'écrire un long message à Laura pour tout lui raconter, mais je ne suis pas encore prête. Mon secret est encore trop étrange, trop délicat ; il n'existe pas encore vraiment. Si j'en parle, je risque de le tuer dans l'œuf par inadvertance.

Un délicieux frisson me parcourt l'échine quand je repense au moment magique que j'ai partagé avec Dominic hier soir. (C'est fou la vitesse à laquelle j'ai abandonné le surnom de « M. R. », qui me semble à présent puéril et ridicule.) Au simple souvenir de son regard, de l'intimité qui s'est aussitôt invitée entre nous, j'ai le corps en émoi, comme si mes organes faisaient des loopings sous ma peau. C'est tantôt plaisant, tantôt insupportable.

Et puis… il y a Vanessa. La compagne de Dominic. La femme que j'ai vue chez lui et avec qui il avait rendez-vous hier soir.

Certes, mais il ne lui a pas dit qu'il m'avait rencontrée à Soho, ni qu'il l'a laissée en plan pour m'aider.

Ça ne veut rien dire, crétine.

Oui, bon, j'ai le droit de rêver, non ?

Je tape un rapide message à Laura, lui disant que je suis ravie de voir qu'elle se régale et qu'il me tarde qu'on se revoie pour que je puisse lui raconter tout ce qui m'arrive. Tandis que j'écris, je vois un nouveau message atterrir dans ma boîte et, dès que j'ai envoyé ma réponse à Laura, je clique dessus. Il provient de james@ridinghousegallery.com. *Qui ça ?* Il me faut quelques secondes pour me rappeler. *Mais oui ! L'entretien à la galerie.*

J'ouvre le message.

« Bonjour Beth,

Ce fut un plaisir de vous rencontrer hier. J'ai vu d'autres candidats après vous, mais je dois avouer qu'aucun d'entre eux n'a montré un enthousiasme comparable au vôtre – ou ce je-ne-sais-quoi qui me laisse à penser que nous devrions former une bonne équipe, vous et moi. Si le poste d'assistante à la galerie vous intéresse toujours, j'aimerais vous revoir afin de vous en parler plus longuement. Communiquez-moi vos disponibilités et je vous appellerai.

Dans l'attente de votre réponse, je vous souhaite une belle journée.

James McAndrews. »

Je dois le relire trois fois avant d'oser y croire. James me propose de travailler pour lui. *C'est fantastique !* Je jubile, aux anges. La journée d'hier n'a donc pas été un fiasco total : mon nouveau look m'a au moins servi à ça. Je suis bien consciente de ma chance : trouver un emploi dans une galerie pareille constitue une incroyable aubaine.

Qui sait où ça pourrait te mener ?

Je me dépêche de répondre à James pour l'informer que le poste m'intéresse toujours beaucoup et que je serais ravie de travailler avec lui. J'ajoute qu'il peut m'appeler sur mon portable à tout moment. À peine ai-je envoyé ce message que mon téléphone sonne.

— Allô ?

— Allô, Beth. James à l'appareil.

— Bonjour !

— Alors, prête à devenir ma nouvelle assistante ? demande-t-il, un sourire dans la voix.

— Et comment !

— Quand pouvez-vous commencer ?

— Lundi, si ça vous va.

Il éclate de rire.

— Décidément, votre enthousiasme ne se dément pas ! Lundi, c'est parfait.

Il me fournit quelques détails sur ce qu'il attend de moi ainsi que sur le salaire – à peine plus élevé que ma paie au café, mais c'est la loi quand il s'agit d'une opportunité comme celle-ci. Je le remercie avec effusion, puis raccroche, regonflée à bloc. On dirait bien que Londres a décidé de m'ouvrir ses portes, après tout. Je rédige un rapide e-mail à mes parents pour leur annoncer la bonne nouvelle et les assurer que je vais bien. Par les fenêtres du café, je vois le soleil radieux qui caresse la ville.

Ce sont tes derniers jours de liberté absolue avant de commencer à travailler. Autant en profiter.

Je finis mon *latte*, range mon ordinateur et repasse à l'appartement pour déposer mes affaires. Ensuite, je me dirige vers la National Gallery. Tout ce que je croise me paraît grisant. *C'est fou à quel point un changement d'humeur peut transformer le monde.* La Gallery est bien trop vaste pour que je puisse tout visiter en une seule fois, je décide donc de privilégier les salles dédiées à l'Europe du début du XXe siècle, histoire de me préparer à mon nouvel emploi. Puis je termine la journée sur une généreuse dose de faste et de munificence dans l'aile consacrée à la Renaissance.

Alors que je regagne Trafalgar Square et ses lions de bronze noir qui montent la garde près des fontaines, je me fais la réflexion que ce serait un crime de passer le reste de cette belle journée enfermée. Me frayant un chemin parmi les touristes, je retourne à l'appartement où j'attrape ma couverture, mes lunettes de soleil, un livre, une bouteille d'eau et un fruit avant de descendre dans les jardins. Je traverse le parc et m'installe à la même place que la dernière fois, près des courts de tennis. Ces derniers sont vides, nulle trace de Dominic. Cela ne devrait pas me décevoir ; il travaille sans doute à l'heure qu'il est. Je me demande ce qu'il fait dans la vie. Lorsque je l'ai vu s'entraîner avec son prof, c'était en pleine journée, après tout. Qui sait ? Peut-être que son métier lui permet d'avoir des horaires flexibles.

Je m'allonge et commence à lire, me délectant de la chaleur du soleil sur ma peau. J'ai beau essayer de me concentrer sur mon roman, mes pensées me ramènent sans cesse à Dominic et à cet instant magique que nous avons partagé hier. Lui aussi a senti quelque chose, aucun doute possible. Je me rappelle l'expression qu'il a affichée, cette espèce d'incompréhension face à la force du lien qui venait de surgir entre nous, comme s'il se disait : « Quoi ? Cette fille ? Mais... c'est tellement improbable... »

Je pousse un long soupir d'aise et repose mon livre avant de fermer les yeux pour mieux revoir le visage de Dominic et ressusciter le souvenir de sa main sur la mienne. À cette pensée, une flamme me réchauffe le ventre.

Beth.

J'entends sa voix aussi clairement que s'il se trouvait juste à côté de moi. Son timbre grave, sensuel et musical me rend toute chose. Je me passe une main le long du torse en regrettant que Dominic ne soit pas là en personne.

— Beth ?

Cette fois, sa voix est plus distincte et clairement interrogative. Dominic se tient là et me sourit de toute sa hauteur.

— Désolé, je ne voulais pas vous faire peur, reprend-il.

Je me redresse et cligne des yeux.

— Je ne pensais pas vous croiser ici.

Il porte un jean large et un tee-shirt blanc qui lui vont divinement bien. Je le trouve aussi beau en tenue décontractée qu'en costume strict.

— Je ne comprends pas bien ce que je fais là, pour être honnête, avoue-t-il avec une drôle de lueur dans le regard. Je travaillais en haut quand, soudain, j'ai eu la conviction que, si je descendais, je vous trouverais ici. Et vous voilà, conclut-il en écartant les bras.

Nous nous sourions sans rien dire, à peine gênés. Notre connexion d'hier perdure et continue de faire des étincelles.

— Et sinon, qu'est-ce que vous faites ? demande-t-il d'un ton détaché.

— Oh, je prends le soleil. Je profite de ce temps magnifique. Je m'adonne à l'oisiveté la plus totale, à vrai dire.

— J'ai assez travaillé pour aujourd'hui, reprend-il. Est-ce que ça vous dirait de vous joindre à moi ? Je connais un pub génial près d'ici. Ils ont un jardin et servent un Pimm's à tomber par terre. Je n'imagine pas de plus belle forme d'oisiveté que de m'y rendre en votre compagnie.

— Avec plaisir.

— Super. Je pourrai aussi vous montrer des coins de Londres que vous ne trouveriez peut-être pas toute seule. J'ai juste besoin de repasser chercher quelques affaires chez moi.

Est-ce que ça vous convient si on se retrouve à l'entrée dans vingt minutes ?

— C'est parfait, dis-je avec un grand sourire.

Je ne me suis jamais sentie aussi joyeuse.

J'ai juste le temps de troquer mon short et mon tee-shirt contre ma petite robe à fleurs, et mes baskets contre une paire de tongs à paillettes. Après un moment d'hésitation, je décroche un châle en dentelle suspendu dans le placard de Celia et l'enroule sur mes épaules. Combiné à ma queue-de-cheval haute et à mes lunettes de soleil, cela me donne un petit look années 1960. J'ai l'impression que ce châle va me porter chance, même si je ne conçois pas bien pourquoi. Celia verrait-elle d'un bon œil que j'entame une relation avec son voisin ? Quelque chose me dit qu'elle en serait ravie. Je l'entends presque me murmurer à l'oreille : « Vas-y, Beth, fonce ! Amuse-toi ! Qu'est-ce qui t'en empêche ? »

Dominic m'attend devant la porte de l'immeuble. Il porte des Ray-Ban à monture carrée et lit un message sur son téléphone. Lorsqu'il relève la tête et m'aperçoit, son visage s'illumine, et il range son portable dans la poche de son jean.

— Ah, super, vous êtes là ! Allons-y.

Nous parlons de tout et de rien en parcourant les rues ensoleillées de Mayfair. Dominic connaît notre destination, et je m'en remets entièrement à lui. Il m'entraîne dans des ruelles ombragées qui mènent à de petites places reculées.

Les gens sont attablés en terrasse devant des bars et des cafés aux portes grandes ouvertes pour capturer la légère brise de l'après-midi. Des corbeilles de fleurs suspendues à des crochets apportent aux façades des touches d'écarlate et de magenta. J'adore marcher à côté de Dominic. Ça me donne l'impression que nous ne faisons qu'un et qu'une partie de son aura rejaillit sur moi – même si ce n'est qu'une impression.

— Nous y voilà, dit-il alors que nous approchons d'un pub.

Il s'agit d'une bâtisse de type traditionnel, envahie par le lierre et par d'autres fleurs grimpantes. Nous traversons la salle du bar, sobre et moderne, et débouchons dans une cour transformée en un magnifique jardin par une profusion d'arbres en pots et de bacs de fleurs. Des tables en bois y sont disposées à l'ombre de grands parasols verts. Une serveuse s'approche, et Dominic commande du Pimm's. On nous apporte presque aussitôt une grande carafe contenant ce qui pourrait passer pour du thé glacé, avec des fruits coupés dedans. Je distingue des morceaux de fraise, de pomme et de concombre, ainsi que des tiges de menthe fraîche qui flottent à la surface.

— Un été sans Pimm's n'est pas un été digne de ce nom, annonce Dominic en me servant un grand verre, les fruits et les glaçons cascadant avec un bruit joyeux. Ça fait partie des choses que les Anglais font le mieux.

— Parfois, à vous entendre, on a l'impression que vous n'êtes pas anglais vous-même, dis-je d'une voix timide.

Votre accent est britannique, mais il m'arrive d'y déceler des vestiges exotiques.

Je meurs d'envie d'en savoir plus sur lui, et prends une gorgée de Pimm's pour tromper mon impatience. C'est délicieux, frais, légèrement sucré et riche de saveurs parfaitement équilibrées. Ce n'est pas la première fois que j'y goûte, mais je n'en ai jamais bu d'aussi bon. Heureusement, je sais qu'il faut se méfier : on sent à peine l'alcool, qui est pourtant bien présent.

— Vous êtes perspicace, fait remarquer Dominic en me regardant d'un air pensif. Je suis anglais, né ici même à Londres, mais mon père, en tant que diplomate, a été envoyé en mission un peu partout. J'ai donc voyagé depuis mon plus jeune âge, et passé une bonne partie de mon enfance en Asie du Sud-Est. On a habité en Thaïlande pendant quelques années, puis mon père a obtenu un poste à Hong Kong. J'adorais cet endroit mais, évidemment, au moment où je commençais à m'ouvrir au monde, j'ai été renvoyé en Angleterre, dans un pensionnat, conclut-il avec une grimace.

— Ça ne vous a pas plu ? L'idée du pensionnat m'a toujours paru super romantique.

Quand j'étais petite, je mourais d'envie d'être pensionnaire, de faire des batailles de polochons dans le dortoir en pleine nuit, etc. Mon quotidien, qui consistait à me rendre à l'école à pied et à en revenir chaque soir avec un cartable chargé de devoirs, me paraissait bien morne en comparaison des histoires d'internat qui peuplaient mes livres.

— Oh, ce n'est pas tant que ça ne me plaisait pas, reprend Dominic avec un haussement d'épaules. C'est surtout la distance, vous voyez. Prendre l'avion tout seul pour rentrer au pays pendant les vacances, ce n'est pas désagréable. Prendre l'avion tout seul pour retourner à l'école, je ne connais rien de plus atroce.

J'imagine la scène : un petit garçon luttant pour ne pas pleurer et essayant de faire bonne figure le temps de dire au revoir à ses parents à l'aéroport. Une hôtesse de l'air vient le prendre par la main tandis que sa mère, très chic avec son chapeau et ses gants, le salue d'un geste. Une fois qu'il se sait hors de vue, il ne peut retenir quelques larmes, même s'il ne veut pas que l'hôtesse s'aperçoive de son chagrin. Puis on lui indique son siège ; alors commence le long et solitaire voyage qui va le ramener en Angleterre. Une matrone au visage sévère, au chignon serré et à la poitrine imposante l'accueille à l'arrivée et le ramène au pensionnat. Je me représente l'école sous l'apparence d'une bâtisse menaçante au milieu d'une lande désolée, peuplée presque exclusivement de petits garçons qui se languissent de leur maman. Bizarrement, je ne trouve plus grand-chose de romantique à ce tableau.

— Tout va bien ? me demande Dominic en fronçant les sourcils.

— Oui, oui.

— Vous aviez l'air complètement bouleversée.

— Je m'imaginais ce que vous deviez ressentir à l'idée de quitter votre famille pour retourner à l'école, si loin…

— Oh, je n'étais pas malheureux, une fois sur place. On peut même dire que je me suis bien amusé. Je partageais une chambre avec deux autres garçons ; chacun avait apporté son duvet, ses posters, ses livres préférés. Et puis, j'adorais le sport, et on était servis. Presque chaque week-end, je représentais les couleurs de l'école, que ce soit en rubgy, en foot ou en cricket, ajoute-t-il avec un sourire. Point important en faveur des internats anglais : ils sont en général dotés d'équipements en tout genre – piscine, courts de tennis, studios pour peindre… J'en ai bien profité.

Le tableau digne de Dickens que je me suis imaginé quelques minutes auparavant disparaît aussitôt, remplacé par l'image d'une joyeuse colonie de vacances. Le pensionnat remonte dans mon estime.

— Même si j'ai adoré mon école, quand j'ai dû choisir une université, j'ai préféré déployer mes ailes et repartir à l'étranger, poursuit Dominic.

— Vous êtes retourné à Hong Kong ?

— Non, j'ai décidé d'aller aux États-Unis – à Princeton, plus précisément.

Je connais la réputation de cette université. Elle fait partie de l'élite de la côte est américaine, ce qu'on appelle la Ivy League et qui correspond à Oxford et Cambridge en termes de prestige.

— Vous avez aimé ?

— J'y ai passé des années incroyables, répond-il avec un sourire.

Je crois déceler dans sa voix une trace d'accent américain, sans doute réveillé par ses souvenirs de Princeton.

— Et vous faisiez des études de quoi ?

Je reprends une gorgée de Pimm's, et un morceau de fraise heurte doucement mes lèvres. J'ouvre la bouche et il vient se poser sur ma langue, délicieusement parfumé par l'alcool. Je mange le fruit lentement, tout en imaginant une version plus jeune de Dominic, terriblement sexy dans sa petite chemise à carreaux et son pull col V, assis dans un amphithéâtre et occupé à prendre en notes ce que dit son professeur de...

— Commerce.

... de commerce. Le prof parle avec enthousiasme, et Dominic porte désormais des lunettes à monture noire qui font de lui un sosie de Clark Kent – en bien plus beau. Il fronce légèrement les sourcils sous l'effet de la concentration, ce qui fait glisser ses lunettes. Tandis qu'il s'applique à copier les perles de sagesse que délivre son mentor au sujet des grosses multinationales et des organismes de régulation, une jeune fille assise non loin l'observe avec une fascination évidente.

Elle ne parvient pas à se concentrer tant la proximité de Dominic la fait vibrer…

J'entrouvre les lèvres en imaginant ce qu'elle doit ressentir – pas sorcier, vu ce que j'éprouve moi-même – et, sans bien m'en rendre compte, je frotte mes jambes l'une contre l'autre, appréciant le contact de ma propre peau réchauffée par le soleil.

— Beth ? À quoi pensez-vous ?

— Euh…

Tirée de ma rêverie, je m'aperçois que Dominic, penché vers moi, m'observe avec une lueur d'amusement dans ses yeux noirs.

— Non, rien, je… Je réfléchissais, c'est tout.

— Je donnerais cher pour savoir à quoi.

Je me sens rougir.

— Oh, non, c'est sans importance.

Je maudis mon imagination débordante ; cette sournoise m'attire toujours dans un univers si réel qu'il me paraît presque palpable.

Dominic rit doucement et je me dépêche de poursuivre la conversation, tout en espérant qu'il ne soit pas extralucide. Ce serait le comble de la honte.

— Et après Princeton, qu'est-ce que vous avez fait ?

— J'ai fait un *master* à Oxford, et le réseau que je m'y suis constitué m'a permis de décrocher mon emploi actuel.

J'ai travaillé deux ans pour un fonds d'investissement, histoire de me familiariser avec les lois de la finance.

— Quel âge avez-vous ?

— Trente et un ans, répond-il, l'air soudain méfiant. Et vous ?

— Vingt-deux. J'en aurai vingt-trois en septembre.

Dominic semble soulagé ; il a sans doute craint que je ne sois une de ces jeunes filles qui paraissent plus que leur âge.

Je reprends une gorgée de Pimm's, et Dominic m'imite. Nous sommes parfaitement à l'aise, alors que la teneur de notre conversation révèle à quel point nous nous connaissons peu.

— En quoi consiste votre métier ?

Je me doutais déjà que ce devait être quelque chose en rapport avec l'économie, pour permettre à un homme relativement jeune, comme Dominic, de vivre à Mayfair. À moins que ce ne soit un riche héritier, évidemment.

— Je fais de la finance. Des investissements, répond-il, évasif. Je travaille pour un homme d'affaires russe fortuné, que j'aide à gérer ses biens. Ça me permet de voyager un peu partout dans le monde, mais je suis essentiellement basé à Londres, et mes horaires sont très flexibles. Si je ressens le besoin de m'octroyer un après-midi de repos, comme aujourd'hui, rien ne m'en empêche, conclut-il en me souriant.

— Intéressant, dis-je, même si je ne sais toujours pas ce qu'il fait, au juste.

La vérité, c'est que ça me fascine parce que c'est lui, tout simplement.

— Mais assez parlé de moi. Ma vie n'a rien d'exceptionnel. J'aimerais en apprendre davantage à votre sujet. Par exemple : votre copain n'a aucune objection au fait que vous soyez venue seule à Londres ?

J'ai l'impression qu'il me taquine, s'amusant de la gêne qui me fait rougir et balbutier :

— Je suis célibataire, à vrai dire.

— Vraiment ? Ça m'étonne.

Difficile de savoir s'il est sincère ou ironique. Ses yeux noirs peuvent parfois se montrer bien opaques. J'espère que je n'ai pas donné l'impression de brandir mon célibat comme une invitation. Ça m'embarrasserait terriblement qu'il le croie, surtout qu'il est pris, lui. D'ailleurs, je tiens peut-être ma chance d'en apprendre plus à ce sujet.

J'adopte un ton détaché.

— Et vous ? Depuis quand sortez-vous avec Vanessa ?

Aussitôt, je crains d'avoir dépassé les bornes. Le visage de Dominic se ferme, comme si toute émotion l'avait déserté. Son expression, ouverte et amicale encore une seconde plus tôt, est devenue glaciale.

— Oh, je… je suis désolée, dis-je précipitamment. C'était très grossier de ma part. Je ne voulais pas…

Puis, aussi brusquement qu'il s'était rembruni, Dominic redevient l'homme charmant que j'ai connu jusque-là, bien que son sourire me semble un peu forcé.

— Non, ne vous en faites pas. Vous n'avez rien dit de grossier.

Je soupire de soulagement.

— Je me demandais juste ce qui a pu vous faire croire que nous étions ensemble, Vanessa et moi.

— Oh, eh bien… Elle m'a donné cette impression de… enfin, que vous étiez très proches, comme un couple, quoi.

Oh, misère, pourquoi faut-il que tu t'exprimes aussi mal dans les moments importants ?

Dominic marque une pause avant de reprendre la parole.

— Vanessa et moi ne sommes pas en couple. Nous sommes juste bons amis.

Je repense au club où je les ai vus entrer. Ils doivent vraiment être d'excellents amis pour se rendre ensemble dans ce genre d'endroit. D'ailleurs, je n'arrive toujours pas à réconcilier ce que j'y ai aperçu avec le comportement ouvert et sympathique de Dominic. Je me promets de me pencher sur ce mystère une autre fois.

Les yeux baissés, Dominic effleure le bois de la table du bout des doigts avant d'avouer d'une voix presque hésitante :

— Je ne vais pas vous mentir, Beth. Vanessa et moi sommes effectivement sortis ensemble, mais c'est fini depuis longtemps. Nous sommes juste amis, maintenant.

Je me rappelle un détail de la veille : Vanessa est entrée sans frapper. Elle possède les clés de l'appartement de Dominic. Me dit-il vraiment la vérité ?

— OK, dis-je d'une petite voix. Je ne voulais pas me montrer indiscrète, Dominic.

— Je sais. Ne vous en faites pas, il n'y a pas de mal. Voici ce que je vous propose, reprend-il pour changer de sujet. On commande un second pichet de Pimm's, puis je vous emmène dîner. Ça vous va ?

— Euh…

Je me demande comment réagir. Je ne peux quand même pas laisser un homme que je connais à peine m'inviter à dîner, si ?

— Avec grand plaisir, mais je tiens à payer ma part, bien sûr.

— On réglera ce détail plus tard, rétorque-t-il sur un ton qui me laisse à penser qu'il ne me laissera pas faire.

Tant pis. Tout ce qui compte, c'est que je m'apprête à passer la soirée entière avec Dominic et que, à moins qu'il ne se produise quelque chose de vraiment étrange, Vanessa ne risque pas de débarquer et de l'accaparer.

Je souris, ravie.

— Laissez-moi au moins payer la prochaine tournée.

— Marché conclu ! lance-t-il d'un ton enjoué tandis que je me lève pour aller commander.

Je passe une soirée absolument merveilleuse. J'adore la compagnie de Dominic et me délecte de sa beauté ténébreuse. Non seulement il me rend heureuse par le simple fait de s'offrir à mes regards, mais en outre il semble s'intéresser sincèrement à moi. Ce constat m'amène à la réflexion que je n'étais peut-être pas aussi comblée par Adam que je voulais bien le croire. Lorsque nous nous sommes séparés, ce dernier ne faisait plus le moindre effort. À mon retour de l'université, j'ai compris qu'il s'attendait à ce que je m'intègre à la petite vie qu'il s'était concoctée, entre ses potes, le pub, les *fish and chips* et la télé.

Et me voilà attablée dans ce charmant petit jardin, éclairé par la lumière dorée de cette fin d'après-midi.

— Quels sont vos rêves d'avenir, Beth ? me demande Dominic.

— Je ne suis presque jamais sortie de ma petite ville. J'aimerais voyager et, d'une manière générale, découvrir de nouveaux horizons.

— Vraiment ? fait-il en me regardant d'un air impénétrable qui semble contenir une pointe de danger. On va voir ce qu'on peut faire à ce sujet.

Mon estomac se noue. Qu'entend-il par là ? Je déglutis et tente de masquer ma gêne, mais j'ai beau énumérer les pays que j'aimerais visiter, l'étincelle d'excitation que sa remarque a suscitée perdure.

Au fur et à mesure que l'alcool pénètre dans mes veines, les derniers vestiges de ma timidité disparaissent et je me détends pleinement. Je raconte à Dominic des anecdotes amusantes sur le quotidien de ma ville natale et mes expériences parfois loufoques en tant que serveuse au café. Il rit aux éclats à mes descriptions de nos clients les plus excentriques et de leurs petites lubies.

Nous finissons par quitter le pub pour nous rendre au restaurant, et je suis tellement épatée de réussir à amuser Dominic par mes histoires que je ne prête pas du tout attention au trajet. Ce n'est qu'une fois installée à une table, sous une treille, et alors que la divine odeur d'un barbecue me rappelle que je meurs de faim, que je reviens à moi. Nous nous trouvons à la terrasse d'un restaurant persan, attablés devant une bouteille de vin blanc dans un bac à glaçons et une immense assiette contenant des crudités croquantes et parfumées aux herbes, du houmous et du pain libanais encore tout chaud. Tout est délicieux, et nous commençons à manger avec un bel appétit. Je suis déjà presque rassasiée lorsque le plat principal arrive : des grillades d'agneau mariné, accompagnées de salade et de riz blanc tout simple mais merveilleusement parfumé, sucré et salé à la fois.

Au cours du dîner, la conversation prend un tour plus personnel. Je parle de mes frères et de mes parents, de mon enfance provinciale, de ce qui m'a poussée à étudier l'histoire de l'art. Dominic, à son tour, me raconte comment c'était de grandir fils unique, entouré de serviteurs et de domestiques.

Dans cette atmosphère intime, il me paraît tout naturel de lui parler d'Adam. Je ne révèle pas grand-chose – certainement pas cette horrible nuit où je les ai surpris, Hannah et lui –, mais je lui laisse entendre que ma première relation sérieuse vient de se terminer.

— C'est un passage difficile, que l'on traverse malheureusement tous un jour ou l'autre, dit Dominic d'une voix douce. Sur le moment, on a l'impression que c'est la fin du monde, mais ça finit toujours par s'arranger. Je vous le promets.

Je lève les yeux vers lui, enhardie par le vin et la beauté indescriptible de cette soirée.

— C'est ce que vous avez ressenti quand Vanessa et vous vous êtes séparés ?

Après une seconde d'étonnement, il part d'un rire un peu tendu.

— Non, c'était différent. Vanessa n'était pas mon premier amour, et je n'étais pas le sien non plus.

Je pose les coudes sur la table.

— Mais vous avez rompu.

La même expression glaciale que tout à l'heure passe comme un nuage sur le visage de Dominic, puis disparaît.

— D'un commun accord, oui. Cela nous convenait mieux d'être amis.

— Vous avez cessé de vous aimer ?

— Pas exactement... On s'est rendu compte qu'on n'était pas aussi... compatibles qu'on l'avait cru.

Je fronce les sourcils.

— Disons que nous n'avions plus les mêmes envies, résume-t-il avant de faire signe au serveur de nous apporter l'addition. Il n'y a pas grand-chose à raconter, en fait. Nous sommes amis, maintenant, c'est tout ce qui compte.

Je saisis une pointe d'irritation dans sa voix et cherche un nouveau sujet de conversation. Je ne tiens vraiment pas à gâcher la soirée intime – presque romantique – que nous venons de passer.

— Oh, je ne vous ai pas dit ? J'ai trouvé du travail.

— Ah bon ? Où ça ? demande-t-il, sincèrement intéressé.

Je lui parle donc de la *Riding House Gallery*, et il semble ravi pour moi.

— C'est génial, Beth ! La concurrence doit être rude pour décrocher un boulot pareil ! J'imagine donc que les vacances sont finies pour vous ?

— Exactement, dis-je d'un ton faussement contrit. Me voici privée de bains de soleil dans le parc ! Enfin, en semaine, du moins...

— Oh, je suis sûr que vous trouverez le temps de vous amuser, rétorque-t-il en haussant les sourcils, une lueur malicieuse dans le regard.

Avant que je n'aie eu le temps de lui demander à quoi il fait allusion, le serveur arrive avec l'addition que Dominic règle dans sa totalité.

Il fait presque nuit lorsque nous reprenons le chemin de Randolph Gardens. La brise transporte ce parfum si particulier propre aux soirées d'été dans une grande ville : fleurs diverses, asphalte chaud, poussière sèche… Je baigne dans le bonheur.

Je me demande s'il est aussi enchanté que moi, pensé-je en jetant un regard en coin à Dominic. *Il n'a aucune raison de planer sur un petit nuage, lui. Il vient seulement de dîner avec une fille venue passer l'été à Londres. Ça doit le changer des fonds d'investissement et autres trucs de finance, mais c'est tout.*

Au fond de moi, j'espère que ce n'est pas tout, justement, mais je n'ose pas croire au miracle.

Alors que nous approchons du but, la tension monte entre nous. Un couple qui rentre à pied après un délicieux repas : quoi de plus romantique ? C'est le genre de scène qui se termine par…

J'ose à peine concevoir les mots.

Un baiser.

Il est célibataire, après tout. Il te l'a dit lui-même. Et il est hétéro puisqu'il est sorti avec Vanessa. Et puis… je n'arrive pas à imaginer que tu sois la seule à ressentir le courant qui passe entre vous.

Voilà, nous sommes arrivés. Dominic s'arrête au bas du perron et je m'immobilise à côté de lui. Une fois que nous serons entrés, il ne pourra plus rien se produire. La présence du portier empêchera toute étreinte spontanée, tout « bonne nuit » un peu appuyé.

Je lève la tête vers lui et sens la brise soulever quelques mèches autour de mon visage. *Maintenant, Dominic. Maintenant.* Je l'encourage, le supplie par la pensée, follement désireuse de sentir sa bouche magnifique sur la mienne.

Il me regarde comme s'il souhaitait mémoriser les traits de mon visage.

— Beth, murmure-t-il tout bas.

— Oui ?

J'espère que mon désir ne transparaît pas trop clairement dans ma voix.

Dominic marque une longue pause, puis se penche tout doucement vers moi. Une excitation presque insupportable me submerge. *Oh, oui, Dominic. S'il te plaît, je t'en prie.*

— Je suis pris demain, finit-il par dire. Mais… est-ce que ça vous dirait que nous passions la journée de dimanche ensemble ?

— J'adorerais, dis-je dans un souffle.

— Super, moi aussi. Je viens vous chercher vers midi, d'accord ?

Il me dévisage juste assez longtemps pour que je me demande s'il va m'embrasser, puis, d'un geste vif, il m'effleure la joue du bout des lèvres.

— Bonne nuit, Beth. Laissez-moi vous raccompagner jusqu'à l'ascenseur.

— Bonne nuit…

Je doute de pouvoir contenir plus longtemps l'explosion de désir que son contact a fait naître en moi, mais j'ajoute dans un souffle :

— Et merci.

— Mais je vous en prie, répond-il avec un regard impénétrable. Dormez bien.

Ce sera déjà miraculeux que j'arrive à fermer l'œil, me dis-je tandis que nous entrons dans l'immeuble.

Chapitre 7

Finalement, je dors comme une bienheureuse – sans doute les effets conjugués de l'excitation et de l'alcool. Je fais un rêve électrisant et échevelé dans lequel Dominic et moi sommes à une fête. Les autres invités portent des masques qui scintillent, et je passe mon temps à courir après Dominic, qui se fond dans la foule et m'échappe chaque fois. Je sais pourtant que, si j'arrive à l'atteindre, il se produira quelque chose de merveilleux. Après plusieurs heures de poursuite, je parviens à l'attraper, mais, au moment où il s'apprête à poser ses lèvres sur les miennes, je me réveille, enflammée.

J'envisage de retourner dans la libraire érotique pour y acheter un gode, histoire d'évacuer la frustration qui me travaille, mais, avant que je n'aie pu entreprendre le moindre geste, De Havilland entre et saute sur le lit, réclamant son petit déjeuner à coups de griffes. Le temps que j'accomplisse cette mission, mon excitation est retombée.

Je décide de partir à la recherche d'une ou plusieurs tenues appropriées à mon futur emploi. Je me dirige donc vers Oxford Street, mais l'ambiance qui m'y attend contraste violemment avec la journée de soins sur mesure que j'ai savourée plus tôt dans la semaine. Par ce samedi ensoleillé, les clients se pressent dans les boutiques et les vendeurs et vendeuses sont débordés et rouges de sueur malgré la climatisation. Le moindre essayage prend des heures et, lorsque je rentre à la maison, les bras chargés de paquets, je suis aussi épuisée que le personnel des magasins. Après le bain de foule que je viens de traverser, Randolph Gardens ressemble à un havre de paix et de tranquillité. Pour la millième fois au moins, je remercie Celia de m'avoir permis de vivre dans un cadre aussi idyllique. J'aurais pu me trouver contrainte de subir des heures de bus et de métro pour rejoindre une colocation miteuse ou un studio délabré loin du centre, mais, au lieu de cela, j'habite au beau milieu d'une oasis de calme luxueux.

Tandis que je déballe mes emplettes, j'anticipe avec bonheur la journée du lendemain.

En plus de la jupe stricte et des chemisiers assortis que j'ai achetés pour la galerie, je me suis offert une petite fantaisie, que je compte porter pour sortir avec Dominic. C'est une sage petite robe en tissu soyeux à motifs rose et bleu marine, à laquelle une ceinture haute, des demi-manches froncées et un col bateau juste assez échancré donnent un peu de piquant.

Je l'enfile et m'admire dans le miroir : impeccable. J'ai en outre repéré dans le placard de Celia un chapeau de paille d'allure *vintage* qui complétera parfaitement l'ensemble. Avec un soupir de satisfaction, je me déshabille et me plonge dans un bain chaud pour laver la poussière de la ville. Lorsque j'en sors, je revêts un peignoir en soie suspendu à la porte de la salle de bains et vaque à mes occupations. Sans vraiment en avoir conscience, je me garde d'allumer la lumière et laisse les ténèbres envahir le salon. Mon regard revient sans cesse vers la fenêtre d'en face, où j'espère à tout moment apercevoir Dominic. Je meurs d'envie que la scène s'illumine et m'offre le privilège de le voir évoluer dans son intimité. J'ai pensé à lui toute la journée, allant parfois jusqu'à lui parler dans ma tête.

Je dîne d'un plat de pâtes aux artichauts, poivrons et fromage de chèvre que j'ai déniché dans une épicerie, puis accorde un peu d'attention à De Havilland avant de m'installer dans le canapé avec quelques-uns des livres de Celia sur les genoux et un verre de vin à portée de main. Il n'est pas dans mes habitudes de boire seule et, tandis que je sirote mon petit blanc frais et minéral, je me trouve soudain très adulte.

Absorbée par l'histoire tout en photos de Dior et du New Look, je ne relève la tête que bien plus tard – et sursaute.

L'appartement de Dominic est allumé ; je distingue les lampes disposées de part et d'autre du canapé, mais guère plus. Les stores ne sont pas baissés, mais des rideaux de voile diaphane, que je n'avais pas remarqués lorsque j'ai visité les lieux, sont tirés sur toute la longueur de la fenêtre. Le résultat est un drôle de théâtre d'ombres, où les silhouettes sont étrangement distordues mais néanmoins reconnaissables. Je resitue sans problème le mobilier, la table et les chaises, mais l'ensemble acquiert un caractère nouveau, l'objet le plus banal se retrouvant doté d'un exotisme soudain. J'aperçois une forme bizarre, sorte de rectangle situé près du sol et armé de pointes dressées vers le plafond. Il me faut un moment pour me rappeler le siège que j'avais eu du mal à identifier.

Je me lève et m'approche de la fenêtre en silence. Je sais bien que personne ne peut me voir ni m'entendre depuis l'appartement d'en face, mais je choisis de me mouvoir avec prudence.

Deux personnes entrent dans la pièce : un homme – sans doute Dominic – et une femme, ombres chinoises qui se déplacent avec aisance derrière les voiles blancs et s'assoient. Ils ont dû laisser une fenêtre ouverte quelque part, car les rideaux se gonflent et se froissent comme sous l'effet d'un courant d'air, brouillant un peu plus la scène. Ils s'immobilisent un instant, me permettant d'avoir une vue presque nette, puis se tordent de nouveau.

Excédée, je râle entre mes dents.

— Mais arrêtez de bouger, enfin !

C'est un supplice infernal de savoir Dominic en compagnie d'une femme. Qui cela peut-il bien être ? Vanessa, sans doute : je n'ai vu qu'elle dans cet appartement. Pourtant, rien ne me permet d'en être sûre. Seule la coupe de sa robe m'indique qu'il s'agit bien d'une femme. Je réprime un cri de rage.

De Havilland a terminé son petit somme et saute sur le rebord de la fenêtre à côté de moi. Il s'assied, enroule sa queue autour de lui, cligne des yeux et suit du regard les pigeons qui volètent sur le toit d'en face. Puis il lève une patte et entreprend de la nettoyer. J'envie son calme et sa sérénité, mais je suis captivée par ce qui se déroule devant moi.

Serais-tu jalouse ?

Évidemment !

Il ne s'est rien passé de plus qu'un rendez-vous entre Dominic et moi, pourtant je suis submergée par un sentiment sauvage et possessif. Hier soir, pendant le dîner, il m'a dit qu'il avait rompu avec Vanessa. Alors pourquoi y a-t-il une femme avec lui dans son appartement ?

En même temps… tu ne lui as pas demandé s'il voyait quelqu'un d'autre.

Cette vérité m'atteint en pleine face, aussi efficace qu'un seau d'eau froide. Quelle bêtise de ma part de déduire que Dominic est célibataire. Quand je l'ai virtuellement supplié de m'embrasser en levant mon visage vers lui, lèvres entrouvertes, je croyais que la tension qui crépitait entre nous était une attirance réciproque. Mais peut-être que Dominic se sentait tout simplement gêné de découvrir que je craquais complètement pour lui.

Si ça se trouve, il est justement en train de lui raconter.

— Oh, elle est bien mignonne, mais je crois que je me suis montré un peu imprudent avec elle, dit-il à sa compagne tout en lui versant une flûte de champagne bien frais. Elle a cru que j'allais l'embrasser, hier soir. Ne sachant pas trop comment m'en sortir, je lui ai fait une bise sur la joue. Je lui ai proposé de lui faire visiter Londres demain – après tout, elle est seule ici, la pauvrette. Je me suis dit qu'elle apprécierait d'avoir un guide, rien de plus, mais maintenant j'ai peur qu'elle s'imagine des choses.

Sa copine éclate de rire et prend la flûte qu'il lui tend.

— Oh, Dominic, ta bonté te perdra ! Tu aurais pourtant pu te douter qu'une jeune naïve de ce genre tomberait amoureuse de toi au premier regard !

— Peut-être…, bafouille-t-il, un peu honteux.

— Mais enfin, mon chéri, c'est évident. Tu es beau, riche et intelligent ; à tous les coups, elle te prend pour le prince charmant depuis que tu as daigné lui sourire, plaisante-t-elle en se penchant en avant, une moue blasée sur ses lèvres impeccablement maquillées. Abrège ses souffrances, mon cœur. Appelle-la pour annuler votre sortie de demain.

— Tu as sans doute raison…

Je bous de rage face à la méchanceté de cette femme imaginaire et me sens prête à aller frapper chez Dominic pour me défendre lorsque, soudain, les rideaux cessent de remuer et je distingue mieux ce qui se déroule derrière. Les silhouettes ont changé, et je me rends compte que Dominic est nu, ou presque. Quant à la femme, si elle porte encore quelque chose, ce doit être un vêtement très ajusté. Ses contours sont nets et parfaitement dessinés. Tous deux se tiennent tout proches, comme s'ils examinaient un même objet.

La colère qu'a suscitée leur conversation imaginaire s'évanouit. Mon cœur bat la chamade, affolé par une terrible appréhension. *Il est nu ? Mais pourquoi ?*

Pourquoi un homme se déshabillerait-il en présence d'une femme ? Voilà une énigme digne de ce nom...

À moins qu'il ne s'agisse d'un massage... Mais oui, si ça se trouve, c'est juste un massage.

En tout cas, leur comportement ne semble pas annoncer une étreinte passionnée. D'après ce que je devine, ils bavardent tranquillement. Puis, soudain, je perçois un changement d'ambiance entre les deux silhouettes. L'homme s'agenouille devant la femme, tête basse. Elle le domine de toute sa taille, les mains sur les hanches et le nez en l'air, hautaine. Tout en parlant, elle se met à tourner lentement autour de l'homme, qui reste immobile. Ce petit manège dure plusieurs minutes, et je les observe, le souffle court. Je me demande à quoi cela rime – et à quoi ça va les mener.

Ma patience est bientôt récompensée. La femme se dirige vers l'étrange fauteuil et s'y installe. L'homme la rejoint à quatre pattes et s'arrête lorsqu'elle se remet à lui parler, l'air strict et inflexible. Il est à ses pieds, littéralement. D'ailleurs, elle lève une jambe et il semble lui effleurer les orteils du bout des lèvres. Puis elle attrape un objet sur la table et le lui tend. Ça ressemble un peu à un miroir, avec un long manche et une tête ovale. L'homme s'incline et porte l'objet à sa bouche.

Il l'embrasse ?

Réduite à l'état de spectatrice passive, je suis incapable d'émettre une pensée cohérente.

Voilà que l'homme, prostré de nouveau, enserre les jambes de la femme, comme s'il voulait lui grimper dessus. De fait, il s'étend en travers de ses cuisses, la tête et les bras pendant d'un côté, et les fesses à portée de sa main droite, dans laquelle elle tient toujours l'espèce de miroir.

Aussitôt qu'il est en position, elle le frappe d'un geste fluide. L'homme ne réagit pas, immobile. Elle lui assène un nouveau coup rapide et sûr, puis un autre, et ainsi de suite.

OK, tu ne rêves pas ; elle est en train de lui donner la fessée, avec une brosse à cheveux ou un engin du même genre.

J'ai la bouche sèche et les idées complètement embrouillées. La distance m'empêche de percevoir la scène en détail, surtout lorsque le vent agite les rideaux, mais ça n'en demeure pas moins la chose la plus étrange que j'aie jamais vue. Je ne peux m'empêcher de trouver cela ridicule : un homme adulte qui étend son grand corps sur les genoux d'une femme pour recevoir une sévère correction de sa main. J'ai déjà entendu parler de ce genre de pratiques, bien sûr, mais toujours sur le mode de la plaisanterie, comme si seuls les canards boiteux de la haute société s'adonnaient à ce genre de délire parce qu'ils ne se sont jamais remis des fessées de la gouvernante ou des coups de martinet du précepteur. Sauf que, évidemment, de tels sévices n'ont plus cours de nos jours, surtout pas en ce qui concerne des hommes de la trempe de Dominic – riche, beau, intelligent…

L'incompréhension m'amène au bord des larmes. Qu'est-ce qu'il lui prend ? La fessée gagne en intensité ; les gestes de la femme se font à la fois plus rapides et plus violents. Ça doit faire horriblement mal. Qui peut bien vouloir se soumettre à ce genre de torture ? Qui peut apprécier ça, enfin ?!

Brutalement, la scène change. La femme repousse l'homme et écarte les jambes, puis il revient se positionner entre elles, les bras passés par-dessus sa cuisse gauche et les pieds sous la droite. La femme saisit un nouvel instrument, plus large, plus plat, et recommence à frapper les fesses de sa victime. L'objet qu'elle utilise ressemble un peu à une paire de castagnettes : il est doté de deux panneaux qui, en se choquant l'un contre l'autre, doivent démultiplier la force de l'impact. La morsure d'un engin pareil doit être terrible, mais l'homme encaisse sans bouger. Il semble agripper la cuisse gauche de la femme, entièrement soumis. Pendant au moins vingt minutes, elle lui administre des coups à une cadence presque métronomique. Je croirais presque entendre le claquement de chaque fessée.

Puis l'homme roule au sol, prostré, tandis que la femme se lève et arpente la pièce. Elle doit avoir des fourmis dans les jambes à force de supporter le poids de sa victime sur ses genoux. Lorsqu'elle prend la parole, l'homme s'allonge à plat ventre sur l'étrange fauteuil, les jambes écartées, et tend un bras sur chacun des accoudoirs qui dépassent du même côté. Voilà donc à quoi ils servent – et pourquoi ils sont disposés ainsi.

La femme s'approche et attrape, sur une des tables, des pièces de tissu – des foulards ? – qu'elle utilise pour attacher les poignets de l'homme aux accoudoirs. Puis elle saisit un nouvel instrument : une longue lanière qui ressemble à une ceinture, sauf que je ne discerne aucune boucle. Elle fait claquer cette espèce de fouet en l'air à quelques reprises, sans doute pour réveiller un frisson d'appréhension chez sa victime. Je sais déjà ce qui va suivre et supporte à peine l'idée d'y assister, pourtant je ne peux détourner les yeux. Je vois la sangle s'élever et retomber avec force sur les fesses exposées de l'homme soumis. Un, deux, trois coups, rythmés et administrés d'une main ferme. Je n'imagine même pas la douleur que doit infliger la morsure du cuir sur la peau nue – surtout une peau déjà meurtrie par d'autres sévices. Le pauvre, il doit être sur le point de s'évanouir ou de devenir fou.

Et si j'appelais la police? Alors que cette idée me traverse l'esprit, je jette un coup d'œil en direction du téléphone. Qu'est-ce que je leur dirais? « Venez vite! Une femme est en train de frapper un homme dans l'appartement en face du mien! Il faut à tout prix l'arrêter! » Il est consentant, après tout. Est-ce illégal de tabasser quelqu'un qui vous l'a demandé?

Non, appeler la police serait une mauvaise idée. Cet homme aurait pu arrêter les frais à tout moment – du moins tant qu'il avait les mains libres. Tout ça, il l'a voulu.

Je ferme les yeux, horrifiée. *C'est ça que tu aimes, Dominic?* Je me souviens qu'il a fait sa scolarité dans un internat. Peut-être a-t-il été battu lorsqu'il était enfant, ce qui aurait déclenché ce penchant incompréhensible? Piètre théorie, mais je n'en trouve pas d'autre.

Quand je rouvre les yeux, la brise s'est levée et agite les rideaux avec force, si bien que je ne distingue plus les silhouettes à l'intérieur.

Tant mieux. J'en ai assez vu comme ça.

Alors que je me détourne, une question s'impose. Après un tel spectacle, comment vais-je faire, demain, pour regarder Dominic en face?

Deuxième semaine

Chapitre 8

Le lendemain, quand Dominic frappe à la porte, je suis prête. Le soleil brille et la journée s'annonce chaude et radieuse. Je ne me souviens même plus de la dernière fois qu'il a plu et, quand j'ai écouté les informations à la radio ce matin, il était question d'adopter des mesures relatives à la sécheresse s'il ne pleuvait pas bientôt.

Mais, lorsque j'ouvre la porte, la pluie et le beau temps disparaissent de mes préoccupations. Vêtu d'une chemise blanche en lin, d'un short beige, et chaussé de tennis en toile, Dominic rayonne. Ses Ray-Ban dissimulent ses yeux, mais il me salue d'un franc sourire.

— Waouh ! Vous êtes magnifique.

— Merci, dis-je après une petite pirouette. J'espère que c'est approprié à notre programme du jour.

— C'est parfait. D'ailleurs, ne tardons pas, la journée s'annonce chargée.

Il semble d'humeur joyeuse, mais, en voyant le reflet de son dos dans le miroir de l'ascenseur, je ne peux m'empêcher de me demander ce que cache cette chemise d'une blancheur éclatante. Porte-t-il les marques de la lanière de cuir ? Et ses fesses ? Sont-elles couvertes d'ecchymoses après la sévère punition qu'il a subie la veille ?

Arrête de gamberger comme ça ! Tu ne sais même pas si c'est vraiment lui que tu as vu.

J'essaie de me rappeler à l'ordre, mais une petite voix sournoise me contre.

Qui veux-tu que ce soit d'autre ? Il s'agit bien de son appartement, que je sache !

Ces questions m'ont taraudée toute la nuit. Je ne suis toujours pas sûre de comprendre de quoi j'ai été témoin ; tout ce que je sais, c'est que ça n'impliquait aucun rapport sexuel. La relation de cet homme et de cette femme se situait sur un tout autre plan, qui consistait à donner ou recevoir une bonne correction. Cela, en soi, me laisse infiniment perplexe. Au beau milieu de la nuit, alors que je retournais le problème dans ma tête, j'ai décidé que la meilleure chose à faire était de cesser d'y penser et de profiter pleinement de ma journée en compagnie de Dominic. Si, d'aventure, l'occasion d'aborder le sujet se présente sans que ce soit complètement déplacé, eh bien… cela voudra dire que les choses ont sacrément évolué entre nous.

Dans les faits, aussitôt que nous sommes ensemble, le dérangeant théâtre d'ombres auquel j'ai assisté hier revêt le caractère irréel d'un rêve, si bien que j'arrive presque à me convaincre que j'ai tout imaginé. La silhouette sans visage que j'ai vue se faire torturer, ligotée à un banc, n'a rien en commun avec l'homme en chair et en os, magnifique et chaleureux, qui m'accompagne aujourd'hui et dont la simple proximité me donne de délicieux frissons. Une journée entière au côté de Dominic – je n'envisage rien de plus merveilleux.

Nous nous rendons à Hyde Park et, tandis que nous approchons, je me rappelle l'avoir longé peu après mon arrivée. La Beth qui regardait par la fenêtre du taxi ce jour-là me paraît bien lointaine, à présent. Voilà que, habillée d'une jolie robe en soie et coiffée d'un chapeau de paille *vintage* signé par un créateur, je me promène au bras d'un mec terriblement sexy qui s'apprête à me divertir pendant quelques heures. Ma vie s'est singulièrement améliorée, et j'ai à peine pensé à Adam, ces derniers jours.

— Est-ce que vous connaissez ce parc ? demande Dominic alors que nous passons l'une des portes.

Je fais signe que non.

— Il regorge de trésors cachés, et j'ai l'intention de vous en révéler quelques-uns.

— Je suis impatiente.

Nous échangeons un sourire.

Concentre-toi sur le moment présent. Savoure-le ; cela ne se reproduira peut-être jamais.

Le parc est immense, et nous parcourons une bonne distance avant que j'aperçoive une étendue d'eau dans laquelle se reflète le ciel turquoise, puis une petite cabane devant laquelle sont amarrés des barques blanches à fond vert ainsi que des pédalos.

Une exclamation m'échappe.

— Waouh !

— C'est la Serpentine, un lac artificiel creusé pour le bon plaisir de la reine Caroline. De nos jours, chacun a le droit d'en profiter.

Il règle toutes les formalités et, bientôt, nous sommes installés dans l'une des barques. Je m'assieds à l'arrière, face à Dominic, qui prend les rames et commence à nous diriger vers le milieu du lac.

Je regarde l'immense étendue d'eau qui serpente, si bien nommée, et le pont de pierre qui l'enjambe à une extrémité.

— Tout ça, c'est dû à la main de l'homme ?

— Oui, répond Dominic avec un petit sourire en coin. C'est souvent le cas des plaisirs les plus intenses. La nature nous donne un modèle, et nous apprenons à l'améliorer. Grâce aux faiblesses et caprices de divers monarques, nous avons hérité de tout ceci.

Il manie les avirons avec aisance, en de grands mouvements fluides et élégants. Visiblement, il a l'habitude de ce genre de sport. Tandis que nous glissons à la surface de l'eau, je ressens à peine les secousses des moments où il pèse sur les rames et les ramène à lui. Je laisse pendre une main par-dessus bord et trempe les doigts dans l'eau froide.

— Vous connaissez beaucoup d'anecdotes sur ce lieu ?

— Oui ; j'essaie toujours d'en apprendre un maximum sur les endroits où je vis, et Londres constitue un sujet d'étude fascinant, foisonnant d'histoire. Hyde Park était réservé à l'usage royal, jusqu'à ce que Charles Ier l'ouvre au public. Il a été bien inspiré, d'ailleurs : la moitié de la population de Londres s'y est réfugiée pendant l'épidémie de peste, espérant échapper aux miasmes.

Je laisse errer mon regard sur les vastes pelouses, tondues avec soin mais légèrement jaunies par ces deux semaines de sécheresse. Entre les arbres magnifiques qui les bordent, on aperçoit parfois d'élégants bâtiments. À la terrasse d'un café, non loin, des gens mangent des glaces ou sirotent des boissons fraîches. Je m'imagine une vaste foule de pauvres Londoniens venus par milliers trouver un abri précaire, terrifiés par la maladie qui ravage leur siècle. Je crois entendre les conversations et les disputes, sentir les odeurs nauséabondes d'une humanité entassée, voir les enfants courir autour de feux de bois sur lesquels des femmes en bonnet et tablier crasseux essaient de cuisiner tandis que, non loin de là, les hommes fument la pipe en réfléchissant à un moyen de sauver les leurs.

Sur la rive, je remarque une famille : la mère pousse un landau luxueux tandis que le père tente de passer de la crème solaire sur les bras et les jambes de sa fille, qui fait de son mieux pour lui échapper et prendre la poudre d'escampette sur sa trottinette rose.

Autres temps, autres mœurs... et autres problèmes.

Je reporte mon attention sur notre barque ; c'est un tel plaisir d'observer Dominic en plein effort. Les muscles de ses bras se tendent à chaque coup de rame et, lorsqu'il se penche en avant, sa chemise s'entrouvre légèrement, révélant quelques poils noirs sur son torse. Cette vision affole mon cœur, et je respire lentement et profondément pour essayer de me contrôler. Je ne veux pas que Dominic devine à quel point sa proximité et son magnétisme me chavirent, aussi je détourne la tête. Je me concentre sur l'eau qui glisse entre mes doigts, mais, du coin de l'œil et malgré ses lunettes noires, je me rends compte que lui aussi m'observe. Il croit peut-être que son regard est entièrement masqué. Un courant électrique me parcourt, comme si ses yeux avaient la faculté de me brûler la peau aussi sûrement que deux lasers. C'est une sensation d'une intensité incroyable, à la fois plaisante et presque douloureuse, et j'aimerais qu'elle ne cesse jamais. Dominic rame pendant un long moment, puis me demande si je veux essayer.

J'éclate de rire.

— Il ne vaut mieux pas. Je n'ai pas votre force.

Je ne résiste pas à la tentation de lui lancer un regard taquin avant de demander :

— Vous faites beaucoup d'exercice ?

— J'essaie de garder la forme. Je détesterais me laisser aller et, comme je passe pas mal de temps assis devant mon ordinateur, je saisis toutes les occasions de faire du sport.

— Du sport en salle ?

Il me dévisage avec une expression impénétrable dans ses yeux presque noirs.

— En salle, ou ailleurs, dit-il dans un murmure si chargé de sous-entendus que je frissonne.

Pour la première fois, j'ai l'impression de m'épanouir sous son regard. Les choses sont différentes entre nous, aujourd'hui. Il ne s'agit pas du geste amical d'un voisin pour une jeune fille un peu paumée. Je suis une femme, et il me désire. Ce constat me fait vibrer, et je me rends compte qu'une tension certaine s'est installée entre nous et donne à cette journée une sorte d'exubérance magnifique.

— Je fais une pause, annonce Dominic.

De minuscules gouttes de sueur perlent sur son front et sur l'arête de son nez, et je dois résister à l'envie de les cueillir du bout des doigts. Il retire ses lunettes et s'essuie, puis relève les rames et les fixe le long de la coque. Nous dérivons sous le soleil pendant un long moment d'agréable silence, puis Dominic reprend la parole.

— Je ne sais pas vous, mais cette petite promenade m'a donné faim. Si on allait déjeuner ?

— Excellente idée.

— Super. C'est parti.

Il replonge les avirons dans l'eau et prend la direction de la rive. Il consacre tous ses efforts à nous ramener sans dire un mot. Quant à moi, je me contente de l'admirer. Ses mouvements répétitifs et cadencés réveillent des souvenirs en moi, et l'image d'Adam m'apparaît. Autrefois douloureusement distincte, elle me semble étrangement brouillée, comme si j'avais du mal à me rappeler son visage. Je n'ai pas oublié les sentiments que je nourrissais pour lui, mais tout ça me paraît bien loin. Ce dont je suis sûre, en revanche, c'est qu'il ne m'a jamais inspiré ne serait-ce qu'une fraction du désir incroyable qui court dans mes veines en ce moment. Lorsque nous faisions l'amour, c'était beau, sincère et romantique, mais je n'ai jamais éprouvé le genre d'excitation que m'inspire la simple vue de Dominic en plein effort. Qu'est-ce que ce serait s'il me touchait ? Cette perspective suffit à me bouleverser, et je me déplace un peu sur ma banquette pour contenir mon désir.

— Tout va bien, Beth ?

Je réponds par un hochement de tête. Dominic n'insiste pas mais ne me quitte plus des yeux, l'air pensif. Heureusement, le temps que nous regagnions la rive, je parviens à me maîtriser. Une fois que nous avons rendu la barque, l'homme qui tient le kiosque annonce à Dominic :

— Votre commande a été livrée et installée selon vos instructions, monsieur.

— Merci, dit Dominic avant de se tourner vers moi avec un sourire. Si vous voulez bien me suivre.

Il m'entraîne vers un immense chêne dont les branches forment un cercle d'ombre sur la pelouse. Au pied de l'arbre, sur une couverture de couleur claire, est disposé un fabuleux pique-nique. Un serveur monte la garde à côté en attendant notre arrivée.

Je me tourne vers Dominic, les yeux brillants.

— Oh, merci ! C'est merveilleux !

Nous approchons suffisamment pour que je puisse voir le menu des réjouissances : du saumon poché, des crudités aux couleurs vives et variées – tomates, poivrons –, des grains de grenade, des crevettes entières, des œufs de caille dans leur coquille mouchetée, un ramequin de mayonnaise jaune doré, des tranches de rosbif saignant, une part de brie bien coulant et une baguette toute fraîche. D'élégantes verrines contiennent le dessert – quelque chose de crémeux avec des morceaux de fruits dedans. Dans un seau de glace, je crois reconnaître une bouteille de champagne. La perfection absolue.

Le serveur s'incline devant Dominic.

— Tout est prêt, monsieur.

— Ça a l'air délicieux. Vous pouvez disposer, merci.

D'un geste discret, il remet un pourboire au serveur qui s'éclipse, nous laissant seuls face à notre festin.

— J'espère que vous avez faim, me dit Dominic avec un sourire chaleureux.

— Je pourrais dévorer un bœuf !

Je m'installe joyeusement sur la couverture.

— Tant mieux. J'aime vous regarder manger. Vous avez un solide appétit, et ça me plaît.

Il sort la bouteille du seau. C'est du Dom Pérignon rosé, une marque que, même moi, je connais. Dominic fait sauter le bouchon et emplit deux coupes.

Il m'en tend une, puis lève la sienne.

— À cette belle journée d'été, et à la belle jeune femme avec qui j'ai l'honneur de la passer.

J'éclate de rire, rougissante, et nous trinquons les yeux dans les yeux avant de prendre une gorgée du vin mousseux et pétillant.

C'est tellement parfait !

Nous mangeons comme des ogres, puis, rassasiés et un peu grisés par le champagne, nous nous étendons sur la couverture et discutons tranquillement. Dominic a cueilli un brin d'herbe et le mâchonne d'un air pensif. Mon corps tout entier vibre de le sentir si près, mais une image persiste dans mon esprit malgré tous mes efforts pour ne pas y penser.

Il s'agit du spectacle de l'homme allongé sur l'étrange siège de Dominic tandis que Vanessa le fouette sans relâche avec cette lanière de cuir qui mord la chair de ses fesses jusqu'à ce qu'elles soient à vif…

—Beth…

—Quoi ? dis-je dans un sursaut.

Je me tourne vers Dominic qui, allongé sur le flanc à présent, se trouve tout près de moi. Je perçois l'odeur citronnée de son parfum, accentuée par la chaleur de sa peau. Mon estomac se noue et mes mains tremblent légèrement.

Dominic me regarde longuement dans les yeux, comme s'il cherchait à lire mon âme.

—L'autre soir… celui où je vous ai trouvée en train de pleurer dans la rue. J'y ai beaucoup repensé et je me demandais… Était-ce uniquement parce que vous étiez perdue, ou y avait-il une autre raison ?

Je reste bouche bée de surprise et détourne le regard, me concentrant sur les carreaux de la couverture.

—Eh bien, à vrai dire, je venais de me faire refouler d'un bar, dis-je tout bas. Un endroit étrange qui s'appelle *L'Asile*.

Quand je relève les yeux, le visage de Dominic est un masque glacial.

Mais pourquoi tu as dit ça? Tu es folle de parler de cet endroit ? Regarde ce que tu as fait !

—Pourquoi y étiez-vous allée? demande Dominic sèchement.

—Euh… je ne sais pas. J'ai vu des gens y entrer, alors j'ai suivi… *(Ce n'est pas un mensonge, après tout. C'est vraiment ce qui s'est passé.)* Mais le videur m'a hurlé dessus, me disant que c'était un club privé et que je n'avais rien à faire là.

— Je vois..., murmure Dominic en faisant rouler son brin d'herbe entre le pouce et l'index.

— Les clubs privés, ça ne court pas les rues, par chez moi, ajouté-je sur le ton de la plaisanterie. Il ne m'est même pas venu à l'idée qu'on puisse m'interdire l'entrée.

— Et... qu'est-ce que vous avez vu, pendant que vous étiez à l'intérieur ?

Je respire profondément et secoue la tête.

— Pas grand-chose. Des gens qui bavardaient en buvant un verre. Je n'y suis restée qu'une minute.

J'ai envie de lui raconter la vérité et de lui demander ce que tout ça signifie, mais je n'ose pas. Je n'aime pas quand son visage se ferme ainsi ; je veux retrouver l'atmosphère chaleureuse, sensuelle et tellement prometteuse qui s'était installée entre nous.

— Tant mieux, murmure-t-il. Je doute que ce soit un endroit pour une fille comme vous. Vous êtes si douce... si incroyablement douce.

Il tend le bras et, à mon étonnement le plus complet, pose la main sur la mienne et me caresse avec le pouce, allumant un incendie sous ma peau. Il me regarde droit dans les yeux, et je crois déceler une sorte de conflit intérieur.

— Je ne devrais pas... Non, vraiment, je ne devrais pas.

J'ose à peine demander :

— Pourquoi ?

— Parce que vous êtes trop... Je ne sais pas, termine-t-il dans un soupir.

— Trop jeune ?

— Non, dit-il en secouant la tête, ce qui me donne envie de passer la main dans ses épais cheveux bruns. L'âge n'a rien à voir là-dedans. Il m'est arrivé de rencontrer des adolescentes d'une maturité incroyable et des quadragénaires aussi naïves que Blanche-Neige. Non, ce n'est pas ça, le problème.

— C'est quoi, alors ? demandé-je d'une voix enrouée de désir.

Dominic entremêle ses doigts aux miens, et je dois lutter pour ne pas attraper son visage et l'attirer à moi.

Lorsqu'il reprend la parole, c'est dans un murmure presque inaudible et sans oser me regarder en face. Mon cœur s'affole.

— Je n'ai pas l'habitude de m'abandonner, Beth. Pourtant, je trouve en vous quelque chose de si frais, de si merveilleusement impétueux et exaltant... Je me sens revivre à votre contact.

Chaque cellule de mon corps réagit à ses paroles, et je peine à respirer.

— Cela faisait très longtemps que je n'avais pas ressenti ça, poursuit-il encore plus bas. J'avais oublié à quel point c'est beau et, grâce à vous, je me rappelle, mais...

Évidemment, il fallait qu'il y ait un « mais ». Pourquoi faire simple quand on peut faire compliqué ? Tu viens de dire que je te faisais revivre ! Sauf que je n'ose pas prendre la parole, de peur de rompre le charme.

— Mais..., s'enferre Dominic.

Il semble si tourmenté que je finis par demander :

— Vous avez peur de me blesser ?

Il me lance un regard des plus indéchiffrables, puis part d'un éclat de rire un peu amer.

— Vous n'aurez pas le temps de me faire du mal, poursuis-je. Je ne reste que quelques semaines – pas de quoi s'engager dans une relation.

Dominic porte ma main à sa bouche. C'est le baiser le plus exquis que j'aie jamais connu, et il n'a même pas effleuré mes lèvres. Soudain il relève les yeux et dit :

— Oh, nous avons tout le temps qu'il nous faut, Beth. Croyez-moi.

Alors – enfin ! –, il m'attire à lui et je me retrouve pressée contre la chaleur de son torse, enveloppée par ses bras puissants et par son délicieux parfum. Il m'agrippe l'épaule d'une main et, de l'autre, dessine des cercles langoureux dans le bas de mon dos tandis qu'il m'embrasse. Sans même me poser de question, j'entrouvre la bouche. Les lèvres de Dominic sont aussi délicieuses que dans mon imagination, mais son baiser dépasse tous mes fantasmes. Chaud, profond, absolu, il me donne l'impression de me perdre dans la sensation de sa langue qui me caresse et me taquine. Mon corps réagit de lui-même, ma langue entre dans une danse exquise avec la sienne, et je comprends que je n'avais jamais encore été vraiment embrassée. Je ressens une félicité incomparable, comme si nos bouches étaient faites l'une pour l'autre.

Les yeux fermés, je me concentre exclusivement sur ce baiser fabuleux, qui gagne en intensité à chaque instant, ainsi que sur la sensation des mains de Dominic sur mon corps. Il cesse de me masser le dos et referme sa paume sur la courbe de mes fesses, tout en poussant un petit grognement.

Lorsque, enfin, nous nous écartons, j'ai le souffle court et les yeux brillants. Dominic me dévisage, le regard brûlant.

— J'en avais envie depuis notre première rencontre, avoue-t-il avec un sourire.

— Depuis que j'ai fait tomber mon pot de glace à tes pieds ?

— Exactement ! Tu m'as fait une très forte impression. Mais c'est le lendemain, alors que tu étais étendue sur la pelouse du jardin, que je me suis rendu compte à quel point tu étais belle.

Je me sens soudain embarrassée.

— Belle ? Moi ?

— Et comment ! renchérit-il.

Je n'arrive pas à croire qu'un homme aussi magnifique que lui puisse me trouver belle.

— Il a fallu que je me maîtrise, tu sais. Quand je t'ai trouvée en train de pleurer dans la rue, j'ai eu toutes les peines du monde à ne pas t'embrasser sur-le-champ.

J'éclate de rire.

— Et moi qui croyais que tu étais en colère !

— Pas du tout…, murmure-t-il en me soulevant doucement le menton. D'ailleurs, pardonne-moi, mais… il faut à tout prix que je t'embrasse de nouveau.

Lorsque nos bouches se rencontrent, un feu d'artifice explose dans ma tête et je m'abandonne complètement à la douceur de cet instant, comblée par les caresses de sa langue et le goût divin de ce baiser. Nous nous serrons avec ardeur l'un contre l'autre, et je sens son érection contre mon ventre. Cette preuve de son désir m'enflamme et me laisse pantelante.

Cette fois, lorsque nous rompons le baiser, Dominic dit :

— J'avais prévu toutes sortes d'activités pour le reste de la journée, mais je me sens totalement incapable de faire autre chose que ça…

— Qu'est-ce qui nous empêche de continuer ?

— On ne va pas rester ici tout l'après-midi, rétorque-t-il en prenant ma main dans la sienne et en me dévisageant. En revanche, on pourrait rentrer à la maison… Enfin, si tu veux…

Si je veux ? Il n'y a rien que je désire plus au monde !

— J'aimerais beaucoup, dis-je dans un souffle éperdu.

Après un regard éloquent, nous nous relevons, et je rassemble mon chapeau et mon sac à main.

— Et les restes du pique-nique ?

Dominic tape un message sur son téléphone.

— Ils seront là dans deux minutes pour tout remballer.

— C'était merveilleux, dis-je pour qu'il ne prenne pas ma hâte de partir pour une critique de sa journée soigneusement planifiée.

— Pas aussi merveilleux que ce qui nous attend, ajoute-t-il.

Une onde de chaleur, délicieuse et désormais familière, me parcourt.

Je ne sais pas comment nous nous débrouillons pour rentrer aussi vite mais, en un rien de temps, nous sommes dans l'ascenseur, qui nous amène chez Dominic. Nous nous embrassons avec passion, et j'aperçois notre reflet dans le miroir. La façon dont nos deux corps s'épousent, dont nos bouches se mêlent, me fait trembler de désir. J'ai tellement envie de lui que je pourrais crier.

Mon esprit embrumé se demande jusqu'où cela va nous mener, mais je ne vois pas ce qui pourrait nous arrêter. La faim dévorante qui me tenaille depuis que je connais Dominic semble encore plus impérieuse chez lui. Il m'embrasse dans le cou – sa barbe naissante chatouille ma peau tendre et m'arrache un petit cri – avant de revenir à ma bouche. Les portes de l'ascenseur sont ouvertes depuis quelques secondes lorsque nous nous rendons compte que nous sommes arrivés.

— Viens, dit Dominic d'une voix rauque en m'entraînant vers son appartement.

Enfin, nous entrons et il referme la porte derrière nous, nous garantissant l'intimité tant attendue. Je tremble de désir tandis que nous avançons à tâtons dans le couloir, trop occupés à nous embrasser pour marcher droit.

Dans la chambre de Dominic règne une douce pénombre malgré le soleil au-dehors. Son lit est immense, avec une tête matelassée en velours violet, des oreillers d'un blanc immaculé, des draps bleu ciel et un plaid en cachemire gris jeté au pied du matelas.

Maintenant que nous sommes seuls, Dominic se tourne vers moi avec une expression de pur désir qui m'excite au plus haut point. Personne ne m'a jamais contemplée comme ça.

— Tu es sûre ? me demande-t-il d'une voix rauque.

— Oui, dis-je dans un soupir. Oh, oui.

Il s'approche tout près et scrute mon visage.

— Je ne sais pas ce que tu me fais… mais il est vain d'y résister.

Il passe les mains dans mon dos et me caresse légèrement les omoplates avant de trouver la fermeture Éclair de ma robe. Il l'ouvre et je sens la fraîcheur de l'air sur ma peau. D'un geste vif, il défait la boucle de la ceinture et la robe glisse à mes pieds. Je porte un ensemble tout simple : un soutien-gorge blanc avec une bordure de dentelle et une culotte assortie.

— Tu es si belle, murmure Dominic en passant un doigt sur la courbe de ma hanche. C'est incroyable.

Le plus incroyable, c'est que je le crois. Ma sensualité réveillée, je suis prête à m'épanouir sous ses caresses. Je ne me suis jamais sentie aussi belle.

— J'ai envie de toi, chuchote-t-il avant de m'embrasser passionnément tout en promenant ses mains sur mon corps.

Il s'attarde dans mon dos puis sur mes fesses, et en savoure l'arrondi.

— Ton cul est fait pour moi, susurre-t-il à mon oreille. Il est parfait.

Je ne peux m'empêcher de me cambrer pour venir à la rencontre de ses paumes chaudes, et il pousse un doux grognement. Il dépose de légers baisers brûlants le long de ma joue, de mon cou, puis de mon épaule. Sa barbe naissante me picote délicieusement et je gémis de plaisir. Je n'en peux plus, je veux sentir sa peau brune et chaude sous mes doigts, l'odeur de son parfum. Je veux lui arracher sa chemise et embrasser son torse à l'endroit où j'ai aperçu ces quelques poils noirs, mais il me tient les bras et m'empêche de le toucher.

— Moi d'abord, murmure-t-il avec un sourire. Tu auras le droit de jouer après.

Des promesses, toujours des promesses… Oh ! C'est divin !

Sa bouche me met au supplice en approchant de mes seins, qui se soulèvent et s'abaissent au rythme de ma respiration. Il prend tout son temps, embrassant chaque parcelle de peau entre la base de mon cou et la dentelle de mon soutien-gorge. Mes tétons durcis sont terriblement sensibles contre le coton, et je ne peux m'empêcher de rejeter la tête en arrière pour offrir ma poitrine à ses baisers tandis que, enfin, il atteint la bordure de ma lingerie. Aussitôt il lève une main aux longs doigts élégants, forts et prometteurs, et repousse le tissu pour libérer mon sein droit, dont la pointe se tend comme pour réclamer l'attention de sa bouche. Avec une lenteur insupportable, il passe la langue tout autour avant de le prendre entre ses lèvres et de le sucer doucement. Je retiens mon souffle, affolée par un désir brûlant qui se répand de ma poitrine à mon sexe.

— S'il te plaît. Je n'en peux plus, je t'en supplie…

— Ah, mais la patience est une vertu, jeune fille, me taquine-t-il avec un petit rire.

Justement : je ne me sens pas vertueuse du tout, au contraire ! Je m'abandonne à ses caresses expertes comme une fille de joie dévergondée et insatiable. Il m'amène peu à peu à un état d'excitation presque insupportable.

De son autre main, il effleure mon sein gauche et en pince le téton à travers le tissu. Ma respiration est rapide et saccadée, ponctuée de petits soupirs de plaisir. Malgré moi, mes paupières se ferment tandis que mes lèvres s'entrouvrent.

Je pose les mains sur ses épaules en le suppliant :

— S'il te plaît, laisse-moi te toucher.

Il tire doucement sur mon téton du bout des dents, l'éraflant très légèrement, puis se redresse et recule d'un pas. Il m'observe un instant avec un sourire, puis déboutonne sa chemise et la laisse tomber à ses pieds. Je m'émerveille à la vue de son large torse, de sa peau brune parsemée de poils noirs entre ses tétons sombres, de ses bras musclés...

Et tout ça, c'est pour moi ?

Dominic retire ses chaussures, ne gardant que son short, qui attire mon attention. Je devine qu'il bande, mais, lorsqu'il défait sa braguette et enlève son short, je ne peux retenir un petit cri devant son incroyable érection. Son pénis fièrement dressé semble merveilleusement doux au toucher, même si sa taille et sa raideur m'indiquent clairement à quel point Dominic me veut.

Il avance d'un pas, les paupières mi-closes, et me serre dans ses bras avant de m'embrasser avec fougue. Son sexe durci et chaud se presse contre mon ventre, et je suis obsédée par le désir de le sentir en moi.

Dominic dégrafe mon soutien-gorge et le laisse tomber au sol. Je peux enfin passer les bras autour de lui et le serrer contre moi, attirant son torse contre mes seins et caressant la peau lisse et douce de son large dos. Je dessine de mes paumes ouvertes ses muscles longs et fins, avant de m'aventurer vers ses fesses fermes et rebondies.

Pas de marques.

Ce constat s'impose à moi sans que je comprenne pourquoi. Qu'est-ce que mon inconscient essaie de me dire ?

La sévère correction à laquelle tu as assisté... Dominic ne porte aucune marque. Tu les sentirais, sinon.

Donc ce n'était pas lui ! J'ignore de qui il s'agissait et pourquoi ils se trouvaient chez Dominic, mais ce n'était pas lui !

Un soulagement incroyable me submerge et libère mon désir qui, d'anticipation frémissante, se transforme en une faim impérieuse que je n'avais encore jamais éprouvée auparavant. Je serre Dominic un peu plus fort contre moi, lui griffant très légèrement le dos, puis appuie mon front contre sa poitrine et goûte sa peau, le mordillant par endroits. Je prends un de ses tétons tout bruns dans ma bouche et le suce.

— Oh oui ! s'exclame-t-il lorsque je tire doucement dessus du bout des dents.

Puis il reprend avec une pointe de vulgarité dans la voix :

— Tu veux que je te baise ?

Je relève la tête et acquiesce, laissant échapper son téton luisant de salive.

— Vraiment ?

— Oui !

— Alors demande-moi...

Je n'ai jamais dit ce genre de chose à voix haute, mais je ne suis plus en état de m'en soucier.

— S'il te plaît, baise-moi. J'ai tellement envie de toi...

Alors il me soulève et me porte jusqu'au lit comme si je ne pesais rien du tout. Il m'allonge sur le dos, de sorte que mes seins et mon ventre sont exposés à ses regards. Les draps me paraissent délicieusement frais sous ma peau brûlante.

Dominic ouvre le tiroir d'une petite table de chevet et en sort un préservatif, dont il ouvre l'emballage d'un geste fluide. Puis il déroule le latex sur son sexe tendu.

Je ne rêve pas, c'est réellement en train de m'arriver.

Je suis prête à l'accueillir en moi ; j'en meurs d'envie. Il revient vers le lit et se penche, passant les doigts dans l'élastique de ma culotte pour la faire lentement descendre le long de mes jambes. Il la laisse tomber au sol et m'écarte doucement les cuisses pour approcher sa bouche de mon sexe, qui s'ouvre à ses caresses. L'attente devient insupportable ; mon corps réclame le sien.

— Tu es magnifique, murmure-t-il.

Je sens son souffle sur mon clitoris et frissonne. Puis il referme les lèvres dessus avant de le taquiner du bout de la langue, le faisant réagir. Cet exquis supplice me laisse pantelante.

— Dominic, s'il te plaît, je n'en peux plus !

Il se redresse et reste un instant debout, son érection impressionnante et magnifique. Puis il s'avance sur moi et presse le bout de son gland contre mon sexe. Je remue légèrement sous son poids et écarte davantage les jambes en me cambrant pour l'inviter à me pénétrer enfin. Je ne contrôle plus mon corps, qui semble mu par la recherche de son propre plaisir.

Dominic se recule légèrement de sorte que sa verge effleure à peine mes lèvres brûlantes et gonflées.

Enfiévrée, je le supplie d'une voix faible.

— Dominic, s'il te plaît !

Il me dévisage, le regard intense et ténébreux, savourant pleinement cet instant délicieux. Un désir impossible court dans mes veines et me fait vibrer tout entière. Je me redresse légèrement et lui attrape les fesses à deux mains pour l'attirer à moi. Enfin – enfin ! – il me pénètre, d'un seul mouvement mais avec une exquise lenteur, jusqu'à me combler pleinement. Quelle sensation merveilleuse !

Un gémissement m'échappe et je l'agrippe de plus belle tandis qu'il s'avance profondément en moi. Ses traits sont crispés, comme s'il se concentrait pour faire durer le plaisir. Il donne un puissant coup de reins, puis un autre, et je soulève les hanches pour venir à sa rencontre. J'adore ce qu'il me fait ressentir ; je n'ai jamais rien connu de tel. Il accélère la cadence et j'adopte le même rythme, cambrant le dos pour mieux le recevoir. Puis il modifie un peu sa position et passe une main sous chacune de mes fesses, les agrippant pour m'attirer à lui. Les sensations qu'il me procure ainsi sont plus vives, plus explosives, et chacun de ses mouvements m'arrache un cri. Il raffermit encore sa prise sur mes fesses et oriente son bassin de façon à venir peser contre mon clitoris. Un tourbillon délicieux monte en moi, de plus en plus intense, et me transporte vers des sommets d'extase en vagues successives et presque insupportables. J'étends les jambes pour m'offrir plus complètement, et Dominic accélère, porté par la montée de mon plaisir. Je lève les yeux vers son visage, et c'est la lueur qui brille dans son regard tandis qu'il m'observe qui déclenche mon orgasme. Des spasmes fulgurants me parcourent tout entière, et je ne suis plus consciente de rien, jusqu'à ce que j'entende Dominic crier sa propre jouissance. Puis il se laisse retomber sur ma poitrine, et nous restons ainsi un long moment, haletants et épuisés.

Lorsque Dominic relève la tête, il affiche un sourire radieux.

— Alors, Beth, est-ce que tu as apprécié cette petite journée de promenade ?

— J'ai surtout apprécié le retour de la promenade ! dis-je en riant.

— Et ce qui a suivi le retour !

Nous éclatons de rire, liés par une intimité incroyable. Puis Dominic se retire, enlève son préservatif, le jette et revient s'étendre à côté de moi. Il me prend dans ses bras et m'embrasse doucement avant de murmurer :

— C'était fantastique, Beth. Tu n'as pas fini de me surprendre.

Je pousse un soupir de bien-être.

— Je t'avoue que c'était plutôt formidable.

— Est-ce que tu veux rester dormir ?

— Pourquoi ? Il est quelle heure ?

— Plus de 20 heures.

— Vraiment ? Je n'en reviens pas… Mais oui, j'adorerais rester dormir, dis-je en me blottissant contre lui.

— Qu'est-ce que tu dirais d'aller dîner ?

Mais le lit est chaud et douillet et, quelques instants plus tard, nous dormons comme des bienheureux.

Chapitre 9

Lorsque je me réveille, le bruit de la douche me parvient depuis la salle de bains attenante à la chambre. Quelques minutes plus tard, Dominic en sort, une serviette nouée autour de la taille. Il est tout simplement sublime avec ses cheveux noirs qui gouttent sur ses larges épaules.

Il me sourit, les yeux brillants.

— Salut ! Tu as bien dormi ?

— Très bien, dis-je en m'étirant entre les draps, avec un sourire digne du chat d'*Alice au pays des merveilles*.

— Tu es à croquer, murmure-t-il en me regardant d'un air gourmand. Si seulement je n'étais pas obligé d'aller au bureau, aujourd'hui. Je n'ai envie que d'une chose : venir te rejoindre pour un deuxième round.

Je prends ma voix la plus coquine et lance :

— Qu'est-ce qui t'en empêche ?

La vue de son corps à demi nu a suffi à réveiller mes sens, et je vibre de désir.

— Malheureusement, ma chérie, j'ai du travail et je suis déjà en retard, répond-il en saisissant une seconde serviette, plus petite, pour s'essuyer les cheveux. D'ailleurs, ce n'est pas aujourd'hui que tu commences chez ton nouvel employeur ?

Pendant quelques secondes, je me demande ce qu'il veut dire, puis je me redresse brusquement.

— Oh, mon Dieu ! La galerie !

Prise dans le tourbillon de la veille, j'avais complètement oublié mon nouveau métier. Paniquée, je demande :

— Quelle heure est-il ?

— Presque 8 heures. Il faut que je file.

— Ouf ! dis-je en me détendant un peu. Je ne commence qu'à 10 heures.

— Ah, les artistes ! Vous avez la vie dure ! ironise Dominic en secouant la tête.

Soudain je sursaute et me plaque une main sur la bouche.

— Qu'est-ce qui t'arrive ? demande Dominic en haussant un sourcil.

— De Havilland ! Je ne lui ai pas donné à manger hier soir ! Oh, le pauvre ! Comment j'ai pu l'oublier ?

Je me lève et rassemble mes affaires à la hâte.

— Ne t'en fais pas. Je suis sûr qu'il se porte comme un charme et, égoïstement, je suis content que tu n'aies pas interrompu nos ébats pour aller nourrir ton chat.

— Ce n'est pas mon chat, justement : c'est celui de Celia !

J'enfile ma robe à la va-vite et me précipite vers Dominic.

— Merci ! Merci pour tout : hier midi… hier soir…

Il m'attire contre son torse encore humide. J'entends les battements de son cœur et hume son odeur, mélange de savon, d'après-rasage et de lui.

— C'est plutôt à moi de te remercier, dit-il dans un murmure qui résonne comme un grondement sourd à mon oreille.

Puis il se penche pour attraper son téléphone et ajoute :

— Je n'ai pas ton numéro. Tu veux bien me le donner ?

J'énumère les chiffres, qu'il entre dans son répertoire.

— Super, merci. Je t'enverrai un texto, comme ça tu auras le mien aussi. (Il se penche pour m'embrasser doucement. Il a un goût de menthe et de miel.) Allez, file. Il ne faudrait pas que tu arrives en retard pour ton premier jour.

Évidemment, De Havilland m'en veut à mort. Dès qu'il entend ma clé dans la serrure, il se met à brailler et, lorsque j'entre, il me fusille de son regard doré.

— Je sais, je sais ! Je t'ai oublié, c'était très vilain de ma part et j'en suis désolée. Mais je suis là, maintenant !

Il me précède dans la cuisine et trottine jusqu'à son bol, la queue dressée comme pour me signifier son mécontentement. Il ne cesse de miauler qu'une fois ses croquettes servies. Alors il se jette dessus comme s'il n'avait pas vu de nourriture depuis des semaines.

Je consulte l'horloge ; il ne faut pas que je traîne. J'ai besoin d'une bonne douche, mais, une fois sous le jet d'eau, c'est à contrecœur que je me débarrasse de l'odeur qui me colle à la peau. Elle me rappelle nos ébats d'hier, si merveilleux qu'une simple image suffit à me donner une drôle de sensation dans le ventre, comme une chute d'eau qui se jette du haut d'une falaise. Rien à voir avec ce que j'avais pu ressentir dans les bras d'Adam, en tout cas. Lorsque nous faisions l'amour, c'était toujours pareil : tranquille et plutôt satisfaisant, mais terriblement prévisible... Je n'avais jamais été possédée par l'extase torride et complètement désinhibée qui m'a submergée hier soir. Quand Dominic a pénétré en moi, j'ai éprouvé une profonde intimité, et l'orgasme que nous avons partagé était d'une intensité exceptionnelle. Cette expérience m'a profondément bouleversée. Je baisse les yeux vers mes seins couverts de mousse, l'arrondi de mon ventre, les quelques boucles en dessous... Pour la première fois, j'ai l'impression d'avoir compris ce dont j'étais capable.

C'était vraiment moi ? Est-ce que ça se reproduira ? Oh ! J'espère que oui !

Dominic me manque déjà ; j'ai autant besoin de lui que de l'air que je respire.

Dominic.

Son nom me fait frissonner de plaisir.

Eh, tu as un job, je te rappelle ! Arrête de fantasmer et rince-toi : la journée ne fait que commencer, ma grande !

J'arrive à la *Riding House Gallery* à 10 heures pétantes. James s'y trouve déjà et, lorsque je frappe à la porte, il vient m'ouvrir.

— Bonjour, Beth ! Comment allez-vous ? Vous avez passé un bon week-end ?

Il est plus grand et plus mince que dans mon souvenir, et fait très gentleman anglais avec son pantalon à pinces kaki, sa chemise rose et son pull sans manches bleu marine. Ses fines lunettes perchées sur son nez aquilin, il me sourit gentiment.

— Oui, j'ai passé un excellent week-end, merci !

— Bon, j'en suis ravi. Suivez-moi, je vais vous montrer les ficelles du métier. Règle numéro un : la journée commence par un café, et c'est le premier arrivé qui s'y colle. Ce qui m'amène à la règle numéro deux : on ne va pas chercher du café tout fait et hors de prix, on le prépare ici.

Tout en le suivant dans la petite cuisine au fond de la galerie, je demande avec un sourire :

— Et il y a combien de règles, en tout ?

— Oh, pas tant que ça ! Mais j'ai mes valeurs.

Voilà qui ne me surprend guère ; James semble avoir des idées bien arrêtées sur ce qui lui plaît ou lui déplaît. En matière de café, son choix se porte sur un mélange colombien fraîchement moulu, fort et épicé, qu'il fait passer dans une machine à expresso rutilante. Quelques minutes plus tard, il me tend un *latte* qui sent divinement bon et sirote son café noir dans une petite tasse en porcelaine.

— Voilà ! soupire-t-il une fois que nous avons fini. Maintenant que nos cerveaux respectifs sont en état de fonctionner normalement, mettons-nous au travail.

Au fur et à mesure que la matinée avance, j'acquiers la certitude que je vais me plaire dans cette galerie. Sous ses dehors calmes et sophistiqués, James s'avère drôle et spirituel, et ponctue ses explications de plaisanteries et d'éclats de rire. Mon travail n'a rien de sorcier. Il s'agit de répondre au téléphone, de proposer mon aide aux visiteurs et clients potentiels et de tenir la paperasse à jour. Évidemment, comme je ne connais rien en la matière, James doit tout me montrer, mais je ne tarde pas à comprendre comment son système fonctionne.

— Je suis désolé ; je sais que tout cela reste très basique, s'excuse-t-il une fois ce premier tour d'horizon terminé. Je vous promets de vous confier des tâches plus gratifiantes, avec le temps.

— Oh, ça ne me dérange pas de commencer au bas de l'échelle, vous savez.

— À la bonne heure, rétorque-t-il avec un sourire malicieux. Je sens qu'on va bien s'entendre.

De fait, nous nous entendons à merveille. James est facile à vivre et n'arrête pas de me faire rire. Je pourrais presque croire qu'il me drague, mais je suis rassurée à ce sujet lorsque, dans le courant de l'après-midi, un homme blond d'âge moyen entre dans la galerie. Son visage buriné contraste étrangement avec son impeccable costume blanc. Il se dirige droit vers James, l'embrasse sur la joue et se met à lui parler dans une langue que je ne reconnais pas. James lui répond avant de se tourner vers moi.

— Beth, je vous présente Erlend, mon compagnon. Excusez-le, il est norvégien.

Erlend se tourne vers moi et me salue poliment.

— Bonjour, Beth, enchanté de faire votre connaissance. J'espère que vous passerez d'agréables moments à travailler avec James. Méfiez-vous : il adore mener son monde à la baguette. Ne vous laissez pas faire.

— C'est promis, dis-je avec un sourire.

Bon, c'est sûr : James ne me drague pas.

Tandis que les deux hommes reprennent leur conversation en norvégien, je parcours du regard l'espace propre et lumineux de la galerie. J'ai envie d'exécuter une pirouette tellement je suis heureuse.

J'ai ce travail ; j'ai Dominic... Que demander de plus ?

En fin d'après-midi, je reçois un texto.

« Salut ! Tu finis à quelle heure ? Tu veux qu'on dîne
ensemble ? Bons baisers, D. »

Je réponds immédiatement.

« Oui ! Je finis à 18 heures. Bises, B. »

Un nouveau message me parvient quelques instants plus tard.

« Retrouve-moi à 18 h 30 devant All Souls Church,
sur Regent Street, pas loin de la BBC. Je t'embrasse. »

— Les nouvelles sont bonnes ? me demande James en haussant un sourcil par-dessus ses fines montures dorées.

Je hoche la tête en rougissant.

— C'était votre petit ami ?

Je m'empourpre de plus belle.

— Euh… non…

— Pas encore, mais cela ne vous empêche pas d'espérer, m'interrompt James avec un sourire.

Je dois ressembler à un camion de pompiers.

— Eh bien… un peu, oui.

— Quel veinard ! J'espère qu'il vous traite avec les égards que vous méritez.

Aussitôt, une image s'impose à mon esprit, me rappelant avec quels égards Dominic m'a traitée la veille. De nouveau, j'ai l'impression d'avoir sauté d'un plongeoir situé à une hauteur vertigineuse. Je n'ose pas ouvrir la bouche et me contente d'acquiescer.

La galerie ferme à 18 heures et ne se situe qu'à quelques minutes à pied de l'église où Dominic m'a donné rendez-vous. Je suis le chemin que James m'a indiqué et j'arrive largement en avance. J'observe le vieil édifice en pierre et me poste sous le portique circulaire, soutenu par six colonnes, qui domine Regent Street. La circulation est dense devant le bâtiment de la BBC, tout proche. Je m'amuse à regarder les passants, mais il me tarde de revoir Dominic. J'ai l'impression d'être une gamine qui se souvient soudain, en se réveillant, que c'est le jour de Noël : je sais qu'une divine surprise m'attend – je vais être comblée.

Je suis plongée dans la lecture d'un des panneaux affichés par la communauté lorsque Dominic arrive enfin, et je sursaute en l'entendant prononcer mon nom.

Je fais volte-face, rayonnante.

— Salut ! Tu as passé une bonne journée ?

Il est magnifique dans son costume bleu marine à la coupe impeccable – même mon œil peu exercé le devine – et, un sourire aux lèvres, il m'embrasse sur la joue tout en posant une main dans le creux de mes reins.

— Excellente, merci. Et toi ?

Je me lance dans le récit de mon premier jour à la galerie tandis que Dominic me fait traverser Regent Street et m'entraîne vers l'ouest en direction de Marylebone. Il m'écoute mais ne pose guère de questions, comme si quelque chose le préoccupait.

Alors que nous entrons dans un charmant petit bar à vin, avec une voûte de pierre éclairée par des appliques en verre fumé qui créent des ombres étranges, je finis par poser la question qui me taraude.

— Dominic ? Tu es sûr que tout va bien ?

Il ne me répond qu'une fois que nous sommes installés dans l'une des discrètes alcôves disposées le long des murs et qu'il nous a commandé deux verres de puligny-montrachet.

— Oui, oui, très bien, dit-il sans toutefois croiser mon regard.

— Dominic ? (Je place ma main sur la sienne et il la serre rapidement – trop rapidement – avant de la relâcher.) Qu'est-ce qui se passe ?

Il baisse les yeux vers la table, l'air soucieux.

— Dominic, tu m'inquiètes. Dis-moi ce qui se passe !

La serveuse apporte nos verres, et nous n'échangeons pas un mot tant qu'elle est à portée de voix. J'ai l'estomac noué par l'angoisse. Pourquoi Dominic est-il si froid ? Si distant ? Ce matin encore, il me manifestait son désir sans retenue, mais à présent il a dressé une sorte de barrière entre nous.

— Dominic, dis-je une fois que nous sommes seuls, raconte-moi ce qui ne va pas, s'il te plaît.

Il lève enfin les yeux vers moi, et j'y lis une tristesse et une désolation qui me terrifient.

— Beth, je suis désolé…, articule-t-il avec lenteur.

Soudain, je comprends tout et reçois un véritable coup de poing dans le ventre.

— Non !

La fureur fait bouillir mon sang dans mes veines. Je refuse de le laisser faire ça.

—Je suis désolé, répète-t-il en contemplant ses mains croisées devant lui, les traits crispés comme s'il souffrait. J'y ai réfléchi toute la journée et…

—Ne dis pas ça. Donne-nous au moins une chance !

Je déteste avoir l'air de le supplier, mais c'est plus fort que moi.

—Justement, rétorque-t-il en relevant les yeux. Je ne peux pas me permettre de nous donner une chance.

—Pourquoi ?

J'ai l'impression d'être emportée par une avalanche, ballottée par une force incroyable qui me retourne complètement, mais je m'efforce de rester calme.

—Ce qui s'est passé hier soir… pour moi, c'était merveilleux, magique… Est-ce que je ne suis qu'une pauvre niaise ? Est-ce que ce genre d'expérience t'arrive tout le temps ? Parce que j'ai cru que ça signifiait quelque chose pour toi aussi – qu'on vivait un moment unique…

—Mais bien sûr que c'était unique ! s'écrie-t-il d'un air peiné. C'était vraiment une expérience à part. Ce n'est pas ça, le problème, Beth.

—Qu'est-ce que c'est, alors ?

La pensée qui me hante depuis quelques jours – et que j'ai essayé de refouler de toutes mes forces – s'impose à mon esprit. *Tu sais très bien de quoi il s'agit*, me chuchote une petite voix avec une joie mauvaise. *Tu as vu quelque chose, mais il l'ignore...*

— Est-ce que tu vois quelqu'un d'autre dont tu ne m'aurais pas encore parlé ?

— Non, souffle-t-il en fermant les yeux et en secouant la tête. Non.

— Mais alors...

Allez, me chuchote la petite voix sournoise, *cesse de jouer les imbéciles. Tu en sais plus qu'il ne croit. Tu dois le lui dire.*

J'ai envie de me défendre et de hurler : *Mais ce n'était pas lui ! Je n'ai pas vu de marques sur son corps !*

Peut-être qu'elle maîtrise l'art de ne pas laisser de traces, insinue la petite voix.

Oh, non ! Je n'avais pas envisagé cette possibilité... J'ai l'impression que le monde s'écroule autour de moi. Quand j'arrive enfin à parler, c'est d'un ton hésitant, presque effrayé.

— Est-ce que c'est à cause de ce que tu fais avec Vanessa ?

Mes paroles l'ont clairement choqué. Il se fige puis ouvre la bouche, comme s'il voulait dire quelque chose mais ne trouvait pas les mots.

Je prends mon courage à deux mains et avoue :

— J'ai tout vu.

— Tu as vu quoi, exactement ?

Je craignais qu'il ne soit en colère, mais son expression reflète surtout une profonde perplexité. J'hésite entre poursuivre et me taire, mais il me sonde de ce regard sévère et glacial que j'ai appris à redouter.

— Beth, je veux savoir ce que tu as vu.

Des images de la scène me reviennent en tête : l'homme à genoux, en train d'embrasser le battoir, le mouvement régulier du bras de la femme, le théâtre d'ombres de cette étrange bastonnade.

Je me lance d'une voix ténue, tête basse.

— J'ai vu... Samedi soir, j'ai vu ce qui se passait dans ton appartement. Les voilages étaient tirés, mais l'éclairage les rendait transparents et... je vous ai vus, Vanessa et toi. Enfin, je crois l'avoir reconnue mais je n'en suis pas sûre.

J'ose enfin affronter son regard, ces magnifiques yeux noirs qui reflètent la flamme de la bougie, et il me répugne de devoir dire ce que je m'apprête à dire.

— Je l'ai vue te frapper. Au début, tu étais couché en travers de ses genoux comme un gamin capricieux, puis vous avez changé de position. Ensuite tu t'es allongé sur cette espèce de tabouret bizarre, et elle t'a fouetté avec une sorte de ceinture en cuir.

Dominic me dévisage, et je crois le voir pâlir.

— Voilà ce que j'ai vu, poursuis-je d'une voix plate. Je sais ce que vous faites, tous les deux. Est-ce que c'est la raison pour laquelle tu veux me larguer sans même nous accorder une chance ?

— Oh, Beth…, soupire-t-il avant de s'interrompre le temps de trouver ses mots. Oh, mon Dieu. Je ne sais vraiment pas quoi te dire. La scène que tu viens de décrire a eu lieu dans mon appartement ?

J'acquiesce.

— Et tu en as déduit qu'il s'agissait de Vanessa et moi ?

— Qu'est-ce que tu voulais que je pense ? Il s'agit de ton appartement, et je vous y ai déjà vus ensemble. Qui cela pouvait-il être d'autre ?

Dominic réfléchit un moment avant de répondre.

— OK, je crois comprendre ce qui s'est passé. Tu as raison sur un point : c'est bien Vanessa que tu as aperçue. Elle a un double des clés de chez moi, comme tu as dû t'en douter en la voyant débarquer l'autre soir. Par contre, poursuit-il en soutenant mon regard, l'homme qu'elle frappait… ce n'était pas moi. Je te le promets.

— OK, mais… qui est-ce que tu autorises à venir se faire battre chez toi, comme ça ?

— « Autoriser » est un bien grand mot… Je n'aime pas qu'on se serve de mon appartement comme ça. Mais Vanessa savait que j'étais absent ce soir-là, et un de ses clients a pour fantasme de jouer le riche magnat qui se fait flageller dans son intérieur cossu. Elle a dû l'amener chez moi parce qu'elle savait que le décor lui plairait. Je ne lui ai pas expressément interdit de le faire, mais je lui ai déjà demandé de ne pas me mêler à son travail, de près ou de loin. Elle abuse un peu de notre relation passée.

Je ne suis pas sûre de comprendre.

— Attends… Tu as bien dit « un de ses clients » ? « Son travail » ? Vanessa est… C'est une prostituée ?

Je n'arrive pas à le croire. Cette femme ravissante et sophistiquée est en fait une pute ? Ça me paraît peu plausible. Pourquoi aurait-elle besoin d'exercer un tel métier ?

Dominic laisse échapper un long sifflement et s'adosse à sa chaise.

— Quelle galère ! Bon, maintenant que la boîte de Pandore a été ouverte, j'imagine que je vais devoir tout t'expliquer.

— J'aimerais bien, oui, dis-je avec une pointe de sarcasme.

— OK. J'allais te parler de moi, de toute façon, mais commençons par Vanessa.

Il soulève son verre, sur lequel perlent des gouttes de condensation, et boit une gorgée, comme s'il avait besoin de se donner du courage. Je l'imite et goûte le vin blanc frais et minéral qu'il a choisi. Un peu de courage en bouteille ne me fera pas de mal non plus.

Enfin, Dominic redresse les épaules, croise les mains devant lui et me regarde dans les yeux.

— Premièrement, Vanessa n'est pas une prostituée. Du moins, pas dans le sens où tu l'entends. Elle fait payer ses clients, bien sûr, mais ne couche quasiment jamais avec eux. Les services qu'elle propose sont d'une tout autre nature.

C'est une maîtresse, ou dominatrice professionnelle, en quelque sorte. Sa spécialité consiste à offrir à des gens qui ont des désirs particuliers un cadre privé et sûr dans lequel ils peuvent vivre pleinement leurs fantasmes.

J'absorbe ces informations en silence. Les rares fois où j'ai entendu parler de dominatrices, c'était dans des films ou dans des histoires qui se moquaient de ces pratiques. Je n'avais encore jamais envisagé qu'elles existent dans le monde réel. Voilà donc le métier de Vanessa ?

Dominic poursuit ses explications.

— Pour la plupart des gens, les relations sexuelles et amoureuses suivent un schéma tout simple : un homme et une femme se déshabillent et baisent. On appelle ça le « sexe à la vanille ». Tu as déjà dû voir les couvertures des magazines de cul représentant ce qui passe généralement pour le fantasme masculin de base : des photos en couleur avec des seins nus et des chattes ouvertes, sur lesquels les mecs sont censés se branler.

Je suis un peu déroutée d'entendre des mots pareils sortir de la bouche de Dominic, surtout qu'il les prononce avec une sorte de mépris glacial.

Il se penche vers moi, me consacrant toute son attention.

— Mais beaucoup d'entre nous avons des fantasmes complètement différents de ce modèle-là. Nous avons besoin d'autre chose, et pas seulement en imagination. En actes, aussi.

Il dit « nous », donc il s'inclut là-dedans. Oh, mon Dieu! Qu'est-ce qu'il va m'annoncer?

— Tu te rappelles ce bar en sous-sol, *L'Asile*? demande-t-il soudain.

Il attend que j'acquiesce pour poursuivre.

— Il appartient à Vanessa. En fait, l'immeuble entier lui appartient. Les gens y viennent pour vivre leurs fantasmes et satisfaire leurs désirs sans crainte. C'est un peu une sorte de refuge, qu'elle a créé pour celles et ceux qui partagent ses goûts.

Tandis que je digère ces informations, je revois les femmes et l'homme attachés dans leur cage.

— C'est une dominatrice…, dis-je, toujours pas revenue de ma surprise.

— Et tous les doms ont besoin de soumis, sinon aucun jeu n'est possible, conclut-il en esquissant un sourire – le premier de la soirée. C'est une histoire d'offre et de demande, de yin et de yang.

Il se tait pendant un moment, comme perdu dans ses souvenirs, puis reprend :

— J'ai rencontré Vanessa quand j'étudiais à Oxford. Elle m'a tout de suite plu ; l'attirance entre nous était électrique. Je venais de rentrer des États-Unis et ne connaissais personne, donc j'étais d'autant plus ravi de rencontrer une femme comme elle. Elle avait un comportement très singulier et n'a pas tardé à me dévoiler ses… préférences. Au début, c'était plutôt joueur : elle m'attachait au lit, m'excitait, puis me laissait en plan, parfois très longtemps. Elle me rendait fou, mais j'adorais ça. Rapidement, elle a commencé à utiliser des accessoires – foulards, cordes… Elle aimait me bander les yeux et me bâillonner avant de me faire subir ses petits caprices. Puis elle m'a initié à la fessée. Gentiment, d'abord – quelques claques administrées à la main –, puis elle est passée aux choses sérieuses. Elle apportait des battoirs et des ceintures de cuir, et consacrait le plus clair du temps qu'on partageait à me frapper. Elle aimait ça… Oh, elle aimait vraiment ça !

Ses yeux brillent à l'évocation de ce souvenir.

Il n'est donc pas très différent de l'homme que j'ai vu dans son appartement. Je n'apprécie pas du tout ce que je ressens en imaginant Vanessa et Dominic en train de faire l'amour – il s'agit d'un mélange de jalousie brûlante et d'excitation secrète à me représenter Dominic allongé sur un lit et transporté jusqu'aux confins du plaisir.

— Et toi ? Tu aimais ça ?

Il pousse un nouveau soupir et reprend une gorgée de vin.

— C'est très difficile à concevoir si tu n'as jamais essayé, mais, aussi incroyable que cela puisse paraître, le plaisir et la douleur sont très étroitement liés. La douleur ne constitue pas forcément la pire chose au monde, au contraire. Elle peut stimuler, exciter et rendre le plaisir d'autant plus intense. Si, en plus, cela fait écho à des fantasmes ou des penchants déjà en germe chez la personne – le désir de se sentir contrôlé, par exemple, ou celui d'être puni, traité comme un sale gamin ou une petite coquine à qui il faut apprendre les bonnes manières – eh bien, ça peut devenir carrément explosif.

J'essaie de comprendre, mais je n'arrive toujours pas à imaginer qu'on puisse prendre son pied à se faire battre et à souffrir. En tout cas, je ne m'imagine pas prendre mon pied comme ça, moi. Je ne pense pas nourrir le désir secret de me faire punir. Mes fantasmes sont des fantasmes d'amour.

Dominic continue ses explications, bien décidé à se délester de toute cette histoire.

— J'étais prêt à suivre Vanessa jusqu'à un certain point, mais pas au-delà, or elle en voulait davantage. Elle rêvait de m'utiliser pour mettre en scène une vraie flagellation, mais je n'en avais pas envie. Passé un certain stade, ses petits jeux ne me faisaient plus aucun effet. C'est à cette époque qu'on a découvert *Le Club*.

— *Le Club* ?

— Oui. C'est une sorte de société secrète qui se réunit dans un hangar désaffecté sur les quais de la Tamise. Ça ne paie pas de mine de l'extérieur, mais l'intérieur est entièrement consacré à l'art de la flagellation. On y trouve tout l'équipement adéquat – des choses qu'il serait délicat de stocker chez soi, comme des barres d'écartement, des croix, des rails avec des chaînes, etc.

Je déglutis péniblement. *Il parle d'une chambre de torture, là! Oh, mon Dieu! C'est le genre de choses qu'on essaie d'interdire, pas d'encourager, non? Est-ce qu'Amnesty International est au courant?*

Dominic lit l'expression sur mon visage.

— Je sais que ça a l'air sinistre, comme ça, mais je t'assure que c'est entièrement consensuel. Personne ne subit jamais rien contre son gré. Ma première expérience du *Club* a été hallucinante. J'y ai vu un homme flageller une femme, et il n'y est pas allé de main morte.

Il s'interrompt un instant, le regard perdu dans le vide, et je devine qu'il revit son souvenir.

— Elle était enchaînée à une croix de saint André – tu sais, une croix en forme de X – avec des menottes aux poignets et aux chevilles, et il a utilisé sept instruments différents. Il a commencé doucement, avec du crin de cheval, mais ça s'est terminé par un truc qu'on appelle « chat à neuf queues », sauf que celui-là comptait une bonne vingtaine de lanières. À la fin, elle était complètement à vif. C'était incroyable.

Je visualise assez bien la scène : une femme qui hurle de douleur, le dos ensanglanté, tandis qu'un homme ivre de domination la fouette de toutes ses forces. *Comment est-ce qu'on peut trouver ça plaisant?*

Je risque une timide question.

— Mais… et le sexe? Ça intervient quand, dans tout ça?

— Le sexe? demande Dominic, interloqué.

— Il s'agit bien d'une sorte de jeu sexuel, non ? Je suis peut-être complètement à côté de la plaque mais… à quel moment ils ont couché ensemble ?

— Les règles du *Club* stipulent qu'il ne peut y avoir pénétration que si les deux partenaires se trouvent dans un lieu privé et que ça fait partie du scénario sur lequel ils se sont mis d'accord. Mais nombreux sont ceux qui ressentent une forme de plaisir érotique sans ce que tu définirais comme un rapport sexuel. Pour eux, le sexe et la flagellation ne font qu'un. Ou pas, ça dépend. La relation de pouvoir entre les deux participants suffit souvent à assouvir leurs désirs.

Je le contemple en silence. Il a raison : je n'avais encore jamais envisagé que de telles pratiques existent vraiment.

— Et donc Vanessa et toi êtes devenus membres de ce club ?

— Oui. Vanessa était aux anges : elle avait enfin trouvé son terrain de jeu – la famille qu'elle cherchait depuis si longtemps. *L'Asile* est en quelque sorte le fils spirituel du *Club*, mais en plus élaboré – on y trouve plus que de la simple domination.

— Ah bon ? Parce qu'il y a plus ?

— Oh, oui ! s'exclame Dominic dans un éclat de rire. Bien plus… Mais si je commence à te parler de ça, je n'arriverai jamais à t'expliquer pourquoi je ne pourrais jamais être l'homme que tu as vu dans mon appartement.

— Et pourquoi ?

Il me regarde droit dans les yeux pour me répondre.

— Parce que, quand j'ai assisté à cette flagellation, j'ai acquis la certitude que je ne voulais en aucun cas me retrouver attaché à cette croix ou sentir la morsure de ces cruels instruments de torture. Je voulais être celui qui tient le fouet, ajoute-t-il après une brève hésitation. Je ne voulais plus recevoir de coups, je voulais en donner.

Je ne sais pas quoi dire et me contente de le dévisager, estomaquée.

Dominic pousse un long soupir, l'air abattu.

— Je n'avais pas l'intention de t'apprendre tout ça de cette façon. Je m'y suis pris comme un manche.

Trop occupée à faire le rapprochement avec ce que je sais déjà, j'entends à peine ses excuses.

— C'est à ça que tu faisais allusion quand tu m'as dit que tes désirs et ceux de Vanessa ne coïncidaient plus ?

— J'en ai bien peur, oui, répond-il en acquiesçant lentement. Il n'y a pas la place pour deux personnalités dominantes dans une même relation – pas quand le rapport de force constitue le moteur de la dynamique sexuelle. Mais surtout, nous n'étions plus amoureux. Cette partie-là de notre histoire était terminée, et nous sommes devenus amis – ce que nous aurions dû être depuis le début. Notre expérience commune de ce milieu a créé des liens très forts entre nous.

— Un peu comme des menottes, quoi, dis-je sur un ton sarcastique.

Il éclate de rire et, vexée, je proteste :

— Je ne plaisante pas ! Tout ça est super bizarre pour moi, tu sais.

Je me penche vers lui et l'examine un instant. J'aurais dû me douter qu'une beauté pareille cachait une personnalité terriblement complexe.

— Tu es en train de me dire que tu ressens le besoin de flageller des femmes, c'est ça ?

Il reprend une gorgée de vin. *Mes questions le mettraient-elles mal à l'aise ?*

— Je ne sais pas bien comment t'expliquer ça, Beth. Tu ignores tout de cet univers, donc des choses qui me paraissent parfaitement normales vont te sembler complètement abracadabrantes. Crois-le si tu veux, mais beaucoup de femmes prennent un immense plaisir à se faire dominer. Et il me plaît beaucoup de les contrôler.

Je ne sais vraiment plus quoi dire. J'essaie de me représenter cet homme, si normal au premier abord, en train de fouetter le dos d'une femme vulnérable. Un mélange de colère et de tristesse me submerge, sans que je comprenne vraiment d'où viennent ces émotions. Avant même de me rendre compte de mes gestes, je me lève et repousse ma chaise, qui crisse sur les dalles de pierre.

— Je comprends mieux pourquoi tu ne veux pas de moi, dis-je d'une voix tremblante. Ce qu'on a partagé hier soir ne te suffira jamais. C'était une expérience magnifique pour moi, mais j'imagine que, puisque tu n'as pas pu me tabasser comme un sauvage, tu n'as pas dû trouver ça très satisfaisant. Merci de m'avoir mise au courant.

— Beth ! Non ! Il ne s'agit pas de ça ! s'écrie-t-il, blessé.

Je ne le laisse pas poursuivre.

— Laisse tomber, je comprends. Il faut que j'y aille.

Je tourne les talons et fonce vers la porte. Dominic se lève à son tour et crie mon nom, mais il ne peut pas partir sans payer, et je me dépêche de héler un taxi.

— Randolph Gardens, dis-je dans un souffle en refermant la portière.

Je passe tout le trajet à frissonner comme si la température avait soudain chuté de vingt degrés.

Chapitre 10

James remarque immédiatement mon changement d'humeur lorsque j'arrive à la galerie le lendemain.

— Tout va bien ? me demande-t-il en m'inspectant par-dessus ses lunettes. Vous ne semblez pas aussi enthousiaste qu'hier, ma chère.

— Si, si, je vais bien, dis-je en m'efforçant de sourire.

— J'ai compris. C'est une histoire de cœur, c'est ça ? Ne vous en faites pas, je suis passé par là. Vous n'imaginez pas à quel point je suis heureux qu'Erlend et moi formions un vieux couple paisible, bien loin des affres de la séduction. Ce que l'on perd en frissons, on le gagne largement en tranquillité, devise-t-il d'un air compatissant. Mais cela ne veut pas dire que j'ai oublié combien ça peut faire mal. Promis, je ne vais pas vous poser de question – je me contenterai de vous distraire.

Je ne vois pas bien comment James compte s'y prendre pour me faire oublier les révélations de Dominic. Je ne cesse d'y repenser. Je n'ai pas dormi de la nuit, le cerveau encombré par des images de Dominic en train de brandir toutes sortes d'instruments avec un rire diabolique avant de les abattre violemment sur le dos d'une femme soumise.

Dominic – un homme qui aime frapper les femmes. Comment est-ce possible ? Je ne comprends pas, et je ne suis même pas sûre de vouloir comprendre.

J'ai beau essayer de me convaincre, cela ne change rien à ce que je ressens pour lui. Il me manque et continue d'occuper mes pensées, malgré tous les efforts de James, qui me charge de valider les épreuves du catalogue de l'exposition à venir. Je n'ai aucune nouvelle de Dominic et, les heures passant, je sens la déprime me gagner. Je ne le reverrai sans doute jamais.

Le soir, je rentre directement à la maison, m'arrêtant uniquement pour faire quelques courses. J'essaie de me persuader que je ne surveille pas du tout l'appartement d'en face dans l'espoir d'y apercevoir Dominic. La vérité, c'est que je meurs d'envie de le voir – comme une droguée qui attend sa dose – mais, en même temps, j'en ai un peu peur. S'il apparaît à sa fenêtre, arriverai-je à me retenir d'aller sonner chez lui ?

À 20 heures, le salon de Dominic est toujours plongé dans le noir et je tourne en rond dans le mien comme un lion en cage. À plusieurs reprises, j'attrape mon téléphone pour lui envoyer un message puis me ravise au prix d'un immense effort, le tout en me demandant où il est et ce qu'il fait. Je suis sur le point de retourner à *L'Asile* pour voir s'il s'y trouve lorsque l'on frappe à ma porte.

Je me fige. *C'est lui. C'est sûr. Lui ou le portier...*

J'ouvre la porte d'un geste hésitant, le cœur battant à tout rompre. Dominic se tient devant moi, un bras appuyé au chambranle. Pour la première fois depuis que je le connais, il a une mine atroce. Il a un début de barbe, les yeux cernés et injectés de sang, et on dirait que lui non plus n'a pas fermé l'œil de la nuit. Son jean et son tee-shirt gris tout froissé lui donnent un air négligé. Il a les yeux rivés au sol mais relève la tête lorsqu'il devine ma présence.

— Salut, murmure-t-il. Je suis désolé, tu n'as probablement aucune envie de me voir, mais il fallait que je vienne...

— Ce n'est pas vrai, dis-je avec un pauvre sourire. J'avais envie de te voir, moi aussi. Tu m'as manqué.

Il a vraiment l'air abattu.

— Mais tu es partie tellement vite hier soir... Tu semblais horrifiée, choquée... dégoûtée.

Il se passe une main dans les cheveux, les ébouriffant au passage. C'est absurde, mais ça le rend terriblement sexy. Moi qui croyais aimer le Dominic élégant et tiré à quatre épingles, je me rends compte que je l'apprécie encore plus au naturel.

— Je m'y suis vraiment mal pris, Beth, reprend-il en me suppliant du regard. Je n'aurais pas dû te présenter les choses de façon aussi abrupte. De toute évidence, tu te fais une idée fausse.

J'ai la gorge sèche et déglutis péniblement avant de demander :

— Et c'est quoi, la vraie idée ?

— Tu crois que j'aime tabasser des femmes, mais ce n'est pas ça du tout, je t'assure. Tu veux bien m'accorder une seconde chance de m'expliquer ? S'il te plaît ?

Je le dévisage longuement. Je serais bien incapable de le renvoyer chez lui aussi sec, mais je suis tellement sonnée de me retrouver en sa présence que mon cerveau fonctionne au ralenti.

— Bien sûr. Entre.

Je recule pour le laisser passer et il me rejoint dans le vestibule. Il ne m'en faut pas davantage. Dès qu'il s'approche, je hume son parfum irrésistible, à la fois citronné et épicé. Je fonds littéralement de le sentir aussi près de moi ; mes genoux flageolent et je ne peux détacher mon regard de sa bouche tandis que mes propres lèvres s'entrouvrent sous l'effet du désir.

— Beth, souffle-t-il d'une voix rauque avant de m'embrasser passionnément.

Un bonheur indicible m'entraîne dans une tornade de velours, un tourbillon de sensations merveilleuses, puissantes, douces et ténébreuses à la fois. Le goût de Dominic et l'expression de son désir réveillent en moi une faim telle que je n'en avais jamais connu. J'ai terriblement envie de lui, et il suffit que ma langue effleure la sienne pour que mon sexe réagisse. Je sens l'érection de Dominic contre mon ventre – il est aussi excité que moi. Nous n'exerçons plus aucun contrôle, ni l'un ni l'autre ; nous sommes entièrement guidés par notre instinct et par la force de notre désir.

Dominic glisse les mains sous mon petit haut et le fait passer par-dessus ma tête, dévoilant mon soutien-gorge. Il baisse la tête et dépose de petits baisers brûlants à la naissance de mes seins, mais se redresse bien vite pour m'embrasser avec fougue. Je le goûte de nouveau avec ferveur et soulève son tee-shirt d'une main fébrile. Il prend le relais et l'ôte d'un geste fluide, puis presse son torse nu contre ma poitrine. Sa peau contre la mienne est un ravissement de tous les sens.

Son baiser se fait plus intense ; il me mordille les lèvres et aspire doucement ma langue. La tension que je sens monter en lui attise mon propre désir. Je griffe très légèrement son dos large et musclé, lui arrachant un grognement qui résonne dans ma bouche, puis je défais à la hâte les boutons de son jean. Aussitôt, je sens la chaleur qui irradie de son érection, tendue contre le tissu de son boxer. Je glisse la main à l'intérieur et caresse sa peau veloutée avant de refermer la paume dessus, le faisant gémir de nouveau. De son côté, il défait la fermeture de ma jupe, qui glisse à mes pieds. Puis il introduit ses doigts dans ma culotte et effleure mon sexe brûlant et engorgé. Il caresse mes lèvres humides puis glisse un doigt à l'intérieur, et je retiens mon souffle, l'embrassant avec une passion renouvelée. Il remonte un doigt vers mon clitoris, qu'il titille par de petits mouvements circulaires. Les sensations qu'il me procure ainsi me font frissonner, et je raffermis ma prise sur son pénis tendu. Nos gestes se font plus précis, plus pressants. De nouveau, il glisse un doigt en moi, puis deux, et je rejette la tête en arrière avec un cri d'extase. Il accentue son mouvement, de plus en plus fort.

—Je ne pense qu'à toi depuis qu'on a baisé, murmure-t-il. J'ai sans cesse envie de te sentir… de te goûter…

Pour toute réponse, je tire son pantalon vers le bas. Il me lâche à regret le temps que je fasse descendre son jean et son boxer le long de ses jambes musclées. Lorsque j'atteins ses pieds, je m'agenouille devant lui et presse mon visage contre son érection, humant l'odeur subtile de son excitation. Dominic passe les mains dans mes cheveux et entortille quelques mèches autour de ses doigts. Son sexe m'attire irrésistiblement, et j'ai envie de l'aimer – de lui donner autant de plaisir que j'espère en retirer bientôt. Je promène mes lèvres sur toute la longueur, émerveillée par le contraste entre la rigidité de son érection et la douceur de sa peau. Quand j'arrive à son gland, je glisse une main sous ses testicules, que je caresse doucement. J'entends Dominic retenir son souffle lorsque je les taquine de l'index puis, sans plus attendre, je prends son sexe dans ma bouche, passant la langue autour de son gland avant de le sucer avec avidité, sans cesser de le stimuler de mon autre main. Dominic commence à remuer les hanches et resserre sa prise sur mes cheveux, emporté par l'intensité du plaisir que je lui procure. Son excitation enflamme la mienne, et je me demande combien de temps je vais supporter cette délicieuse torture lorsque, soudain, il s'écarte.

— Tu vas me faire jouir, souffle-t-il d'une voix rauque.

Aussitôt, il s'agenouille par terre à côté de moi et m'embrasse avec fougue tout en me poussant doucement jusqu'à ce que je me retrouve allongée sur les dalles de marbre. La fraîcheur du sol contraste avec nos peaux brûlantes et me fait frissonner de plaisir. Puis, avec un soupir, je sens Dominic positionner son gland à l'entrée de mon sexe avant de me pénétrer d'un seul mouvement, me comblant de sensations délicieusement indécentes. Je croise les chevilles dans son dos pour trouver l'angle idéal. J'ai envie – non, besoin – qu'il s'insinue au plus profond de moi et qu'il me pousse toujours plus loin vers l'extase.

Une espèce de furie passionnée s'empare de nous, et les coups de reins de Dominic sont si puissants que notre baiser est interrompu.

Soudain, d'une seule main, il s'empare de mes deux poignets et les plaque au sol, au-dessus de ma tête. Un courant d'excitation me parcourt l'échine. Voici donc ce que ça fait d'être dominée, immobilisée sous le poids de son corps tandis qu'il prend les commandes. Quelle sensation incroyable !

— Oh oui, ma belle, chuchote-t-il entre ses mâchoires serrées, le regard enfiévré par son propre plaisir. Vas-y, jouis pour moi.

Ses mots m'excitent au plus haut point, me donnant l'impression qu'il prend possession de ma jouissance. Même l'esprit embrumé par l'érotisme intense de ce moment, je me demande si c'est un avant-goût de ce que je ressentirais en me soumettant aux pulsions de Dominic. Si c'est le cas, j'ai peut-être sous-estimé l'intérêt de la chose. Chacun de nos mouvements fait peser son pelvis contre mon clitoris et l'entraîne un peu plus loin en moi. Un plaisir de plus en plus intense rayonne dans tout mon corps, et j'ai l'impression d'être soulevée toujours plus haut par des vagues toujours plus puissantes. L'intensité de mes sensations devient presque insupportable et, alors que je n'en peux plus, l'orgasme me frappe de plein fouet et m'emporte dans un tourbillon étourdissant. Je pousse un cri inarticulé et me raidis, tandis que Dominic accélère la cadence et, dans un gémissement sourd, jouit en donnant de longs coups de reins.

Pendant quelques instants, nous restons allongés là, haletants, Dominic toujours en moi. Je lui caresse le dos, un sourire béat sur les lèvres, mais il se retire et je me rends compte qu'il a l'air soucieux.

— Dominic ? Qu'est-ce qu'il y a ?

— Je n'ai pas mis de préservatif, dit-il.

Effectivement, je sens sa semence couler le long de ma cuisse.

— Oh… Bon, je prends la pilule. Ça fait des années, et je n'ai pas pensé à arrêter quand on s'est séparés, Adam et moi. Par contre…

— Je sais, ce n'est pas le seul problème, et je n'aurais pas dû me laisser emporter comme ça, achève-t-il, l'air soudain sérieux. Écoute, je me fais régulièrement tester, histoire d'être tranquille. Je suis en parfaite santé, tu n'as pas de souci à te faire.

J'aimerais en dire autant, mais je me rappelle soudain qu'Adam couchait avec une autre en secret, et que je n'ai aucun moyen de savoir combien elle avait de partenaires ou s'ils utilisaient des préservatifs. Les larmes me montent aux yeux.

— Qu'est-ce qu'il y a, ma belle ? demande Dominic en me caressant tendrement les cheveux.

Une fois que je lui ai expliqué d'une voix tremblante, il reprend :

— À mon avis, tu n'as pas de raisons de t'en faire, mais, si ça peut te rassurer, je vais te prendre rendez-vous avec mon médecin. Il est tout près, sur Harley Street, et il est fantastique. Ou alors, si tu préfères, il y a une femme qui exerce dans le même cabinet. Ça en vaut la peine, si ça peut te tranquilliser…

Touchée par sa sollicitude, je l'embrasse sur la joue.

— Oui, je crois que je vais faire un test. Comme ça, je pourrai vraiment oublier Adam et tout ce qui le concerne.

— Super, conclut-il en déposant un léger baiser sur mes lèvres. Et si on se levait ? Le sol commence à devenir dur et froid, tu ne trouves pas ?

Je me douche la première et, lorsque Dominic ressort de la salle de bains en jean et en tee-shirt, je l'attends dans le canapé, drapée dans le peignoir en soie de Celia, un verre de vin à la main, un autre pour lui sur la table basse.

— Ce n'est pas ce que j'avais en tête en venant te voir, tu sais, fait-il remarquer avec un sourire en s'installant dans le fauteuil en face de moi. Ou peut-être que si, après tout...

Je lui rends son sourire avant d'avouer :

— J'ai passé une journée horrible.

— Moi aussi, convint-il avant de s'assombrir de nouveau. Mais il faut quand même qu'on discute.

— Je sais, dis-je avec un soupir. Ce n'est pas facile pour moi, Dominic. J'ai vraiment du mal à comprendre qu'une expérience comme celle qu'on vient de vivre ne puisse pas te suffire. Tu en veux plus, tu as envie de ce monde étrange que Vanessa t'a fait découvrir.

Dominic acquiesce lentement.

— Je ne me l'explique pas bien moi-même. Disons que c'est un peu comme une drogue. Une fois que tu as pris l'habitude de puiser ton plaisir à cette source-là, il devient difficile de s'en passer. Pour le moment, ce que nous vivons ensemble est incroyable, vraiment. Je mentirais si je prétendais le contraire, mais... je connais la suite, dit-il tandis qu'une soudaine tristesse passe sur ses traits. Dans quelque temps, ça ne va plus me satisfaire pleinement, et je vais commencer à vouloir pimenter les choses avec un peu de danger. Je vais ressentir le besoin de te contrôler, dit-il en soutenant mon regard de ses yeux perçants. Et toi, tu ne veux pas qu'on te contrôle.

— Tu n'en sais rien ! Peut-être que si, justement !

— Non. La plupart des soumis développent cette tendance très jeunes, au moment où leur sexualité s'épanouit. Je veux que tu me comprennes : je ne cherche pas à battre des femmes, c'est plus compliqué que ça. J'aime exercer un contrôle sur des personnalités qui désirent se soumettre et recevoir une correction de ma part. Naturellement, comme je suis hétéro, mes partenaires sont des femmes, mais personne ne se fait agresser ou humilier. Nous agissons toujours dans la bonne entente et en toute sécurité. Si tu éprouvais le désir de te faire fouetter ou fesser, tu le saurais sans doute déjà.

Je le dévisage un moment avant de le contredire.

— Pourtant, ça n'a pas été ton cas.

— Qu'est-ce que tu veux dire ? demande-t-il, surpris.

— Si j'ai bien compris ton histoire, tu n'as ressenti ce genre de pulsion que quand Vanessa t'a montré ce qu'elle attendait de toi. Et encore, ce n'est qu'en assistant à une flagellation que tu as découvert ton penchant dominateur.

Il prend le temps d'examiner mon argument, caressant d'un geste distrait le bras de son fauteuil.

— Tu as raison, admet-il enfin. Mais je ne sais pas si la même règle s'applique aux doms et aux soumis.

D'une voix presque implorante, je demande :

— Qu'est-ce qui nous empêche de continuer ? On verra bien ce que ça donne. Peut-être que, cette fois, tu ne ressentiras rien de ce genre.

— Je ne peux rien te promettre, Beth. Ça s'est toujours déroulé de cette façon jusqu'à présent. Je ne voudrais pas que tu nourrisses des sentiments pour moi et que tu souffres si, un jour, je te quitte parce que ça ne peut plus coller entre nous.

— C'est un peu tard, dis-je à mi-voix.

— Je sais. Je suis désolé, souffle-t-il, incapable de croiser mon regard.

J'observe son beau corps dégingandé, trop grand pour le délicat fauteuil de Celia, et me demande comment on en est arrivés là.

— Donc tu persistes ? Malgré ce qui vient de se passer, c'est fini entre nous ? On ne tente même pas l'aventure ?

Dominic relève la tête et je lis dans ses yeux un immense chagrin.

— J'en ai bien peur.

Complètement accablée, je m'écrie :

—Alors c'était juste un coup tiré dans le vide pour se dire adieu, c'est ça ?

—Tu sais bien que non, proteste-t-il doucement, blessé par mon cynisme.

En moi, la colère le dispute au chagrin.

—Comment peux-tu me dire que tu me veux, que tu n'as pensé qu'à moi pendant tout ce temps – comment peux-tu jouir comme tu viens de le faire ? – et me quitter juste après ?

Il baisse la tête un instant et, quand il la relève, il semble encore plus triste que lorsque je lui ai ouvert la porte. Il se lève doucement et lance :

—Tu sais quoi, Beth ? Je n'en sais rien du tout. Mais, crois-moi, c'est mieux comme ça. Je te le promets.

Il s'approche du canapé et se penche pour m'embrasser. Enivrée malgré moi par sa proximité, je ferme les yeux pour me protéger.

—Beth, murmure-t-il. Je n'aimerais rien tant que te montrer mon côté le plus sombre. Je voudrais pouvoir te révéler toute l'étendue du désir que j'éprouve pour toi et te faire mienne – entièrement mienne. Mais, si tu me suis sur cette route, tu ne pourras plus faire demi-tour, et je ne supporterais pas de t'entraîner là-dedans pour t'y perdre ensuite.

Il marque une courte pause avant de soupirer :

—Je suis désolé.

Je garde les yeux fermés mais je sens qu'il s'écarte, puis j'entends le bruit de ses pas et le claquement de la porte. J'ai l'impression que mon cœur se brise.

Chapitre 11

— NON, MAMAN, JE T'ASSURE QUE ÇA VA.

Je fais une grimace à James, qui vient de déposer une tasse de café sur le bureau devant moi, pour lui indiquer que je n'en ai pas pour longtemps. Il me fait signe de ne pas me presser et s'éloigne pour me laisser parler en toute liberté.

— Tu es sûre, ma chérie ? insiste ma mère d'une voix inquiète. Je me fais du souci pour toi, toute seule dans cette grande ville, tu sais.

— Oui, oui, tout va très bien. Je suis au travail, là, je ne peux pas te parler…

— Tu m'appelles plus tard ? Promis ? Je peux sauter dans un train et venir te rejoindre si tu as besoin de moi. Surtout, n'hésite pas.

— Tu n'as pas besoin de te déplacer, je t'assure. Mais je t'appelle ce soir, promis. Il faut que j'y aille, OK ?

— D'accord. Prends soin de toi, ma chérie. Je t'aime !

— Moi aussi, maman. Au revoir.

Je raccroche, réconfortée. Je n'ai absolument pas mentionné Dominic, mais ma mère a des antennes – elle a très bien senti que mon humeur n'était pas au beau fixe.

James revient me demander où j'en suis avec les épreuves du catalogue, et je lui annonce que j'ai presque fini.

— Magnifique ! Vous avez le sens du détail, chose que j'apprécie énormément. Vous m'ôtez une sacrée épine du pied, vous savez. Je ne suis pas doué pour ça. Parfois, je demande à Erlend de me relire, mais son anglais écrit n'est pas impeccable, et il lui arrive d'ajouter des erreurs au lieu d'en supprimer. On forme une sacrée paire de vieux fous, tous les deux ! rit-il en secouant la tête. Bon, quand vous aurez terminé, j'aurai d'autres tâches à vous confier.

Il m'explique les missions qui m'attendent : organiser une visite privée prévue dans une quinzaine de jours et superviser le décrochage de l'exposition actuelle ainsi que l'accrochage de la suivante. Je ne vais pas m'ennuyer, et James sera libre de se consacrer aux clients – son point fort. Je l'ai déjà vu à l'œuvre face à un homme entré un peu par hasard. Ils ont discuté des artistes représentés par la galerie et de leurs tableaux. Le client semblait réticent au début, craignant sans doute qu'on ne lui force la main, mais James lui a laissé le temps de se détendre et l'a aidé à choisir une toile qui l'inspirait vraiment. Quelques minutes plus tard, l'affaire était conclue.

J'étais très impressionnée par cette performance. Ça ne doit pas être facile de persuader quelqu'un de sortir cinq mille livres sterling de sa poche quasiment sur un coup de tête.

—En période de crise financière, comme celle que nous connaissons actuellement, les gens considèrent l'art comme un investissement, m'a expliqué James. J'ai dû passer un peu de temps à lui assurer que la cote de cet artiste allait au moins se maintenir, voire progresser. C'est ce qui préoccupe les clients en premier lieu, de nos jours, mais ils n'achèteraient pas une œuvre qui ne leur plaît pas plus que ça. C'est un investissement qui peut également leur procurer un réel plaisir.

À présent, il m'observe de son air de grand sage, par-dessus la monture de ses lunettes. Il me rappelle un peu le hibou d'une histoire pour enfants.

—Vous ne semblez pas dans votre assiette, aujourd'hui. Tout va bien ?

—Oui, oui, dis-je d'une voix morne qui trahit mon mensonge.

—Houlà, je crois qu'il est temps que nous ayons une petite discussion, rétorque-t-il avec douceur en s'asseyant en face de moi, les coudes sur le bureau et le menton dans les mains. Les épreuves sont presque corrigées, la galerie est vide… Racontez-moi vos malheurs.

J'ai du mal à croire que nous ne nous connaissons que depuis quelques jours. Nous nous entendons à merveille, et il est capable de parler d'absolument tout : rien ne semble le choquer. J'ai l'impression qu'il a accumulé une riche expérience de la vie et que celle-ci, alliée à sa gentillesse naturelle, fait de lui le parfait confident. Il s'intéresse vraiment à moi, qui plus est. *Et si tu lui avouais la vérité ?*

— Peu importe ce qui vous tracasse, vous pouvez tout me dire, intervient-il, comme s'il avait lu dans mes pensées.

— Eh bien…

Je prends une profonde inspiration et, sans plus réfléchir, je lui déballe toute l'histoire, depuis la première fois que j'ai aperçu Dominic par la fenêtre jusqu'à son refus catégorique de nous donner une chance, hier soir. Quel soulagement de ne plus garder tout ça pour moi ! Quand je finis par me taire, James a l'air franchement perplexe.

— Ah, Beth, fait-il en secouant la tête. Ce ne sont pas des problèmes de cœur classiques que vous me racontez là. Je dirais même que c'est un beau sac de nœuds.

— Je ne sais pas quoi faire. S'il ne veut pas de moi, je ne peux pas le forcer.

— Là n'est pas le problème, très chère, déclare James. Clairement, il vous veut.

— Ah bon ? Vous croyez ?

— Bien sûr. Il est dingue de vous mais ne veut pas vous faire de mal, donc il se sacrifie.

—Mais il n'en a pas besoin, enfin! Je ne lui ai pas demandé de se sacrifier!

—Non… Vous aussi, vous êtes folle de lui. On ferait n'importe quoi quand on est en proie à une émotion aussi violente. Il anticipe les ennuis et préfère vous épargner, mais vous, vous êtes prête à souffrir plus tard pourvu que vous obteniez du plaisir dans l'immédiat.

Je prends un instant pour réfléchir à ces paroles, les yeux rivés sur le bois clair du bureau, sur les épreuves du catalogue aux illustrations chatoyantes. Puis, d'une petite voix, je me lance.

—Et si j'étais prête à souffrir dès maintenant?

—Qu'est-ce que vous voulez dire? demande James, interloqué.

—Dominic a décrit son besoin de contrôler l'autre comme une forme d'addiction – une sorte de drogue. Peut-être que je peux entrer dans ce monde avec lui et qu'on trouvera ensemble un moyen de le faire décrocher et de lui permettre de vivre sans ces mises en scène.

Maintenant que j'ai formulé cette idée, elle s'impose comme une évidence. Une bouffée de joie me submerge: je crois bien avoir trouvé la solution parfaite à mon problème. Pour être avec Dominic, je ne reculerai devant rien et n'hésiterai pas à me frotter à ce milieu. Je repense à la façon dont il m'a tenu les poignets et ordonné de jouir pour lui lorsque nous avons fait l'amour hier, et le souvenir de l'intense orgasme qui m'a secouée me procure un petit frisson. Cette initiation à la douleur pourrait peut-être s'avérer étonnamment plaisante...

— Il ne s'agit pas d'une plaisanterie, Beth, m'avertit James, l'air vaguement inquiet. Dominic vous a bien fait comprendre qu'il ne souhaitait pas vous mêler à cette partie de sa vie. C'est peut-être un aspect de sa personnalité que, au fond, il n'apprécie pas vraiment, ou qu'il ne veut pas partager avec vous.

— S'il ne veut pas partager ça avec moi, alors on ne pourra jamais construire une relation, or je le désire plus que tout, déclaré-je d'un ton catégorique. Et puis... (Je me sens rougir à l'idée d'avouer un truc pareil – à mon chef, qui plus est.)... je crois que je suis curieuse, aussi. Je veux comprendre le pouvoir qu'exerce cet univers. J'ai mis ma vie en sourdine pendant des années ; il est hors de question que je retourne à cette existence de somnambule.

— Alors là, d'accord, reprend James en haussant les sourcils. Si vous le faites pour vous, et pas seulement pour lui, c'est différent. Disons que ça me paraît moins dangereux. Je n'aimerais pas beaucoup vous voir entreprendre ce genre d'expérience juste pour garder votre homme. Le BDSM ne m'a jamais attiré, fait-il remarquer d'un ton pensif. Ça veut dire « Bondage, Domination et Sado-Masochisme ». Beaucoup de gays fréquentent cet univers, pourtant, notamment des fétichistes du cuir qui aiment se faire attacher et punir. J'avais des amis – un couple – qui adoptaient un rapport de maître à esclave dès qu'ils se retrouvaient seuls ou en présence d'amis proches. Je trouvais ça très bizarre, commente James en fronçant les sourcils. Ça ne me plaisait pas du tout de les voir jouer cette mascarade ; ça me mettait franchement mal à l'aise. Gareth tenait la place du maître et Joe celle de l'esclave. Gareth l'appelait « ça » ou « 1 », et Joe vivait littéralement sous ses ordres : il faisait la cuisine, le ménage et le service, souvent en se déplaçant à quatre pattes. Ils s'étaient aménagé un donjon, dans lequel ils se retiraient pour s'adonner à leurs petits jeux. Gareth y torturait Joe pendant des heures – pour leur plus grand plaisir à tous les deux, bien sûr, se hâte-t-il d'ajouter. Mais, honnêtement, ça me donnait la chair de poule. Quant à mon petit soldat, ça l'incitait plus à aller se recroqueviller dans un coin qu'à se mettre au garde-à-vous, si vous voyez ce que je veux dire.

Je regarde James avec de grands yeux, l'estomac soudain noué.

— Vous croyez que c'est ce que Dominic recherche ?

— Quoi ? Une esclave ? Non, je ne pense pas. Un soumis n'est pas un esclave, d'après ce que j'ai compris. Gareth m'a confié, un jour, que Joe était un masochiste radical – ce qu'on appelle parfois un *pain pig*. Un type un peu taré qui aime se vautrer dans la douleur, en quelque sorte.

— Un quoi ?!

— Le terme est choquant, je sais... Ça signifie que, même d'un point de vue BDSM, Joe se livrait à des pratiques dangereuses. Il recherchait vraiment des formes extrêmes de punition. Je doute que ce soit le genre de votre Dominic. En fait, vu les rapports sains et satisfaisants que vous avez déjà eus ensemble, alors que vous n'avez même pas dégainé le moindre objet en cuir, j'aurais tendance à croire qu'il n'est pas profondément sadique.

Je rougis de nouveau, mais ces informations me sont d'un grand secours. Je commence à comprendre les rouages de cet univers étrange et ténébreux.

— Merci infiniment, James, ça m'a fait beaucoup de bien de discuter.

— Mais je vous en prie, ma chère. En revanche, je pense vous avoir dit tout ce que je savais. Je doute de pouvoir vous aider davantage.

— Ce n'est pas tout à fait vrai, dis-je lentement. Vous pouvez peut-être me rendre un petit service. Enfin, pas si petit que ça. Je sais que c'est beaucoup demander, mais...

— Dites-moi tout, coupe-t-il en se penchant vers moi, les yeux brillants.

Une idée a commencé à germer dans mon esprit, et je prends le temps de choisir mes mots avant d'expliquer à James ce que j'attends de lui.

Lorsque je rentre chez moi, je me sens épuisée par les bouleversements de ces derniers jours. J'ai l'impression d'être passée à la lessiveuse émotionnelle, de l'extase pure au désespoir... Mais un bon repas, un bain chaud et une petite conversation avec De Havilland me remontent le moral. Et puis le plan que j'ai imaginé pour le reste de la soirée m'amuse et m'excite à la fois, même si j'ai du mal à croire que je m'apprête vraiment à faire ça. J'en ai des papillons dans le ventre, mais cette sensation ne me déplaît pas.

Je sors de mon bain, propre et fraîche, enfile le peignoir dont la soie caresse ma peau et me rends dans le salon. Pour la première fois depuis mon arrivée, j'espère à moitié que l'appartement d'en face sera plongé dans le noir mais, évidemment, il n'en est rien. Le store est levé, les rideaux sont ouverts, et je distingue nettement le séjour de Dominic, même si lui ne s'y trouve pas. La vue de son superbe intérieur éclairé d'une lumière douce me donne l'impression d'être toute proche de lui. Jusqu'à présent, j'aimais rester dans l'ombre pour échapper aux regards de Dominic, mais pas ce soir. Je parcours la pièce et allume toutes les lampes de Celia, qui diffusent une douce clarté et font briller les panneaux de laque métallique comme la surface de l'eau sous la lune.

Puis, comme je l'espérais, Dominic entre dans son salon, un verre de liquide ambré à la main – du whisky ou du cognac. En chemise et pantalon de costume, il a l'air de rentrer tout juste du travail, comme s'il avait eu la force de jeter sa veste et sa cravate en vrac sur le lit, mais pas de se changer complètement. Mon cœur s'emballe quand je le vois, et j'ai envie de le prendre dans mes bras, d'embrasser ses lèvres si sensuelles, de caresser son visage fatigué et de passer les doigts dans ses cheveux noirs. Je croirais presque sentir l'odeur délicieusement épicée de sa peau. Presque. La réalité, c'est que nous sommes séparés. À peine a-t-il mis un pied dans le salon que Dominic jette un coup d'œil en direction de l'appartement de Celia. Il se fige en me voyant, je le devine, mais j'évite soigneusement de croiser son regard, comme si j'ignorais tout de sa présence.

Comme une comédienne sur scène, qui feint de ne pas savoir qu'elle a un public.

Je déambule tranquillement, ajustant un cadre par-ci, une babiole par-là, attrapant des livres au hasard et faisant mine de les feuilleter avant de les reposer. Du coin de l'œil, je devine que Dominic s'est approché de sa fenêtre et qu'il m'observe, son verre serré contre sa poitrine, l'autre main dans la poche. Il attend que je tourne la tête vers lui et que je lui fasse signe. Mais je m'y refuse.

Il n'aura pas le signe qu'il attend, en tout cas.

Je commence par allumer le lecteur CD pour me mettre dans l'ambiance. Celia a laissé un album de guitare classique sur la platine, et le son des cordes pincées résonne doucement dans la pièce. J'aurais pu trouver mieux, comme bande-son, mais ça fera l'affaire. Toujours en mouvement, je m'étire langoureusement pour me débarrasser des raideurs de la journée. Un peu plus tôt, j'ai posé un verre de vin rouge sur la table, et je m'arrête le temps d'en prendre une gorgée. Je savoure le bouquet riche et corsé, ainsi que la chaleur qui se répand aussitôt dans mon ventre et dans mes veines – aide précieuse vu ce que je m'apprête à accomplir.

Dominic, immobile, me regarde toujours. Je m'approche un peu de la fenêtre et me caresse doucement les bras avant de me passer une main dans le cou et de la faire glisser sur ma poitrine, l'insinuant sous l'ourlet du peignoir. J'aime la sensation de mes doigts frais sur mes seins. Après mon long bain chaud parfumé à l'essence de rose, j'ai la peau douce et satinée. J'abandonne mes seins et soulève mes cheveux avant de les laisser retomber.

Est-ce que ce geste était sensuel ? Est-ce que je suis sexy ?

Alors même que je me pose ces questions, je sais que je vais devoir dépasser ma gêne et me perdre dans la beauté de l'instant si je veux que mon plan fonctionne.

Fais-le pour toi.

Je ferme les yeux et oublie le Dominic qui m'observe, à quelques mètres seulement, au profit de celui qui m'a fait crier de plaisir. Je revois son visage crispé de désir, la tension sur ses traits tandis qu'il me pénétrait et me faisait jouir dans un va-et-vient enivrant. Je me rappelle la sensation de son sexe dans ma bouche, de son gland sous ma langue, ainsi que les grognements que je lui ai arrachés par ce délicieux supplice.

Avec un frisson, je sens l'excitation me gagner et me fouetter le sang, si bien que je suis prête à passer à l'action.

De nouveau, je glisse une main dans mon peignoir mais, cette fois, je soulève légèrement mon sein et passe le pouce sur mon téton déjà dressé. Cette simple caresse suffit à envoyer une onde de chaleur jusque dans mon sexe, et je soupire doucement. Je titille mon autre sein, en pinçant le bout tendu pour faire monter la pression. Puis, lentement, je laisse le peignoir s'entrouvrir et glisser de mes épaules. Il est toujours maintenu par la ceinture autour de ma taille, mais ma poitrine est exposée. Je porte un soutien-gorge de dentelle noire qui contient à peine les rondeurs pâles de mes seins.

À travers mes paupières mi-closes, je distingue Dominic, toujours immobile, et j'imagine son souffle qui s'accélère alors qu'il comprend à quoi je joue. Soudain, il s'éloigne et, un instant plus tard, son appartement est plongé dans l'obscurité. Puis il revient à sa fenêtre, mais pas aussi près, de sorte que je devine à peine sa silhouette.

Les rôles sont inversés : c'est lui m'épie depuis les ténèbres, à présent.

Sauf que j'en suis consciente et que je sais exactement ce que je fais.

Une nouvelle vague d'excitation me réchauffe, et je me caresse les seins, jouant avec mes tétons devenus extrêmement sensibles au contact de la dentelle un peu rêche. Puis je me passe les mains le long des bras, des épaules et du cou avant d'effleurer la peau veloutée de mon ventre et, enfin, de revenir à mes seins. J'abaisse délicatement les bonnets de mon soutien-gorge. Puis je me penche en avant pour saisir mon verre et en boire une gorgée, avant de plonger un doigt dans le liquide rouge et de me titiller les tétons avec.

Cette petite mise en scène m'a mise en émoi. J'ai le souffle court et le sexe engorgé, les lèvres gonflées et brûlantes. Mon corps, réveillé de sa torpeur par Dominic, en réclame toujours plus, impatient de connaître de nouveau l'extase qu'il m'a offerte. D'instinct, mes mains descendent et j'en glisse une entre les plis du peignoir. Je la pose doucement sur mon sexe et sens la chaleur accumulée là.

Tu me regardes, Dominic ? Ça t'excite ?

D'un geste lent, je tire sur la ceinture du peignoir, qui tombe à mes pieds, révélant ma culotte de dentelle noire. Tout en me massant les seins de la main, j'insinue la droite sous le fin tissu et entre mes lèvres brûlantes. *Oh, mon Dieu !* Je suis dans un état d'excitation indescriptible, prête à répondre à la moindre stimulation. Je caresse la peau humide et satinée de mon sexe, puis remonte mon doigt vers mon clitoris, qui réagit avec la violence d'une décharge électrique.

Je me passe la langue sur les lèvres tout en accentuant le mouvement de ma main droite, passant mon doigt en cercles de plus en plus appuyés sur mon clitoris, qui frémit comme pour demander plus de force, plus de plaisir…

Dominic !

J'imagine que c'est lui qui me touche, qui plonge ses longs doigts puissants à l'intérieur de moi tandis que, du pouce, il masse ce petit point si sensible.

Incapable de me retenir plus longtemps, j'accélère la cadence.

— Dominic ! dis-je dans un souffle tandis qu'un orgasme libérateur me secoue tout entière.

De la main gauche, je prends appui contre la fenêtre pour ne pas tomber. J'ai les jambes qui tremblent tant ma jouissance est profonde, et je baisse la tête, les yeux fermés.

Enfin, je reprends lentement mon souffle et rouvre les yeux. Je me penche pour ramasser mon peignoir et l'enfile avant d'éteindre une à une toutes les lampes du salon.

J'ignore ce qui se passe dans l'appartement d'en face. Il y fait toujours noir et, de toute façon, je ne cherche même pas à voir. Je me suis dévoilée à Dominic d'une façon on ne peut plus intime. Maintenant, il sait que je suis prête à aller plus loin que ce qu'il croyait.

Et encore, Dominic, ça ne fait que commencer.

Chapitre 12

— Vous êtes vraiment sûre de vous ? me demande James en me regardant d'un air inquiet.

Visiblement, il craint de m'entraîner sur une pente dangereuse.

— Certaine, dis-je avec aplomb.

J'ai revêtu ma nouvelle robe noire sexy et utilisé les techniques de maquillage que l'on m'a enseignées le jour où je l'ai achetée dans l'espoir de me rendre aussi sophistiquée que possible.

— Très bien, dit James. En tout cas, vous êtes ravissante. C'est un honneur de vous avoir à mon bras.

Je pose la main sur sa manche et nous nous dirigeons vers Soho dans la lumière déclinante de ce début de soirée. J'espère ne pas me fourvoyer complètement. Malgré ma petite mise en scène d'hier soir, je n'ai reçu aucune nouvelle de Dominic. Je suis sûre qu'il m'a observée jusqu'au bout, mais mon téléphone n'a pas sonné de la journée – ni appel ni texto. Pourvu que mon idée lumineuse n'ait pas eu l'effet inverse de celui escompté.

C'est trop tard, de toute façon.

Mon plan de ce soir est différent. Il s'agit de m'inviter dans le monde de Dominic, sans lui demander son avis. Je prends de gros risques car il m'est impossible de prévoir sa réaction. Sa personnalité change peut-être complètement lorsqu'il se retrouve dans cet autre univers.

James reprend la parole, me distrayant des idées qui fusent dans ma tête.

— Je me suis un peu renseigné sur ce club, m'annonce-t-il tandis que nous déambulons.

Nous pouvons sans doute passer pour l'un de ces couples élégants qui se rendent au théâtre ou vont dîner dans un restaurant chic, mais la réalité est tout autre…

— Et alors ?

— Eh bien, ça n'a pas été évident. Il y a un site Internet, mais le contenu est extrêmement vague, et presque entièrement réservé aux membres. Évidemment, rien n'explique vraiment comment devenir membre. Il s'agit sans doute de connaître la bonne personne, comme souvent. J'ai quand même réussi à passer quelques coups de fil et à dénicher quelqu'un qui fait partie du club.

— Ah oui ? Et qu'est-ce qu'il en disait ?

— Que du bien, répond James, laconique. Il adore. Il a adhéré quand il a rencontré l'amour de sa vie. Comme il n'a pas encore avoué à la jeune femme en question qu'il affectionne particulièrement le lavement anal et la douche dorée, il se rend au club de temps en temps pour y trouver son plaisir. D'après lui, cela mérite largement que l'on paie l'adhésion, pourtant coûteuse.

Me voyant bouche bée, James éclate de rire.

— Oh, ma chère ! Vous n'avez vraiment aucune idée de ce qui vous attend, n'est-ce pas ? Ah, votre innocence me rappelle des temps plus heureux, soupire-t-il en me tapotant la main d'un geste presque paternel. Ne vous tracassez pas, nous n'assisterons pas à ce genre de pratique. Dans les clubs sophistiqués comme *L'Asile*, on ne s'adonne pas à ça devant tout le monde. Vous allez voir.

Heureusement que James connaît bien notre destination, parce que je commence à me sentir nauséeuse. Il avance d'un pas énergique, bien décidé à mener cette expérience à son terme, et c'est la seule chose qui m'empêche de ralentir l'allure avant de faire demi-tour et de rentrer à la maison. Bientôt – bien trop tôt à mon goût –, nous laissons derrière nous les rues animées de Soho et bifurquons à gauche en direction de la place étrangement calme bordée de hautes maisons géorgiennes isolées du monde extérieur par des stores baissés. Le lampadaire d'allure antique éclaire les grilles en fer forgé de sa lueur orangée. Il est facile d'imaginer que j'ai remonté le temps et que, d'un instant à l'autre, je vais entendre claquer les sabots d'un cheval et grincer les roues de la calèche que conduira, peut-être, une silhouette mystérieuse en redingote et chapeau haut de forme.

—Nous y voilà, annonce James en s'arrêtant devant la demeure. *L'Asile*... Et si nous allions nous mêler aux aliénés ?

—D'accord, dis-je après une profonde inspiration.

Nous empruntons l'escalier métallique qui mène au sous-sol et à la porte peinte en noir.

Assis à la table du vestibule, se trouve l'homme que j'ai vu la première fois. Il est aussi effrayant que dans mon souvenir, avec ses tatouages sur la moitié du visage et du crâne et ses yeux étrangement pâles. Il lève la tête lorsque nous entrons et, immédiatement, son regard se porte sur James. J'espère qu'il ne se rappelle pas ma brève incursion ; dans le doute, je baisse les yeux.

—Oui ? lance-t-il d'un ton brusque.

—Bonsoir, monsieur. Je ne suis pas membre de ce club, malheureusement, mais mon ami Cecil Lewis, qui a cette chance, m'a promis de faire en sorte que nous soyons les bienvenus ici ce soir, déclare James.

Je n'aurais jamais réussi à parler avec une courtoisie si ferme.

—Cecil ? répète le videur en inclinant la tête, l'air un peu moins glacial. Bien sûr, tout le monde connaît Cecil. Une minute, je vous prie.

Il se lève et emprunte un couloir obscur qui doit mener à un espace situé sous la chaussée. James et moi échangeons un regard – alarmé dans mon cas, amusé dans le sien – et il lève la main pour me montrer qu'il croise les doigts. Le videur revient un instant plus tard.

— Tout est en ordre, Cecil a fait le nécessaire. Je vais avoir besoin d'établir une carte de membre temporaire pour chacun d'entre vous et, bien entendu, les réjouissances de cette soirée vous seront facturées.

— Bien entendu, reprend James en sortant son portefeuille.

— Nous ne manipulons pas d'argent en ces lieux, proteste le videur, l'air outré par tant de vulgarité. Vous recevrez un courrier relatif au paiement. Veuillez inscrire vos noms et coordonnées dans ce registre et garder à l'esprit que, si vous omettiez de régler votre facture, Cecil serait obligé de la prendre en charge à votre place.

— Je comprends. Mon club fonctionne selon les mêmes règles, répond James sans se départir de son flegme.

Il s'incline pour prendre le porte-plume en argent, le trempe dans l'encrier et note les informations requises sur le cahier. Le crissement de la plume sur le papier résonne dans le silence.

— Voilà, annonce-t-il une fois qu'il a fini.

— À votre tour, grommelle le videur en se tournant vers moi.

Obéissante, je saisis le porte-plume et inscris mon nom suivi de l'adresse de Celia.

L'homme nous tend à chacun une carte faite d'un épais papier couleur ivoire sur lequel sont gravées ces deux lignes en lettres noires : « Membre temporaire de *L'Asile* – Nous comptons sur votre discrétion. » Je prends la mienne et la serre dans ma main. Je détiens enfin mon sésame pour ce monde secret.

— Vous pouvez entrer, à présent, nous indique le videur en désignant l'arche qui mène à l'intérieur du club.

— Merci, dit James avant de me précéder dans l'obscurité du bar.

Je reconnais les lieux, mais, cette fois, j'ai tout le loisir d'observer ce qui m'entoure. J'ai beau m'appliquer à paraître blasée, mon regard est irrésistiblement attiré par les cages disposées au fond de la pièce. Elles sont vides et évoquent de gigantesques cages à oiseaux. Seules des chaînes pendent mollement à l'intérieur.

Je m'approche de James pour lui chuchoter à l'oreille :

— Il y avait des gens là-dedans, la dernière fois. Des filles et un homme entravés par ces chaînes.

— Je me demande pourquoi il n'y a personne ce soir, fait-il remarquer avant de m'entraîner vers une table libre. Asseyons-nous là.

La pièce n'est que faiblement éclairée par les petits photophores rouges disposés sur les tables et quelques appliques presque opaques sur les murs. Cela rend l'atmosphère vaguement inquiétante. Des serveurs vêtus de pantalons et de polos noirs circulent entre les tables en portant des plateaux. Je remarque que personne ne mange. Les appétits que les gens viennent satisfaire ici sont un peu particuliers.

Un garçon s'approche de notre table et nous tend un menu, que James consulte longuement avant d'annoncer :

— Une bouteille de château-pichon-longueville-comtesse-de-lalande, 1996, s'il vous plaît.

— Bien, monsieur, répond le serveur, impassible. Et... quelle sorte de salon souhaitez-vous réserver pour plus tard ?

Pour la première fois de la soirée, James paraît déconcerté.

— Euh... C'est-à-dire que je ne suis pas sûr... Nous n'avons pas encore décidé.

— Vraiment ? demande le garçon, étonné.

— Eh bien... nous sommes membres temporaires, et je ne sais pas exactement quelles sont les différentes possibilités.

— Bien sûr ! s'écrie le serveur, dont le visage s'éclaire. Je vous apporte le menu, monsieur. Vous pourrez consulter l'étendue de nos services.

Sur ce, il s'éloigne, et James se penche vers moi.

— Comme ça, au moins, nous serons fixés.

J'observe discrètement les autres clients. Ils semblent tout à fait normaux à première vue – des couples élégants qui sirotent des boissons hors de prix, en toute décontraction malgré la bizarrerie du décor – mais, petit à petit, je remarque qu'il se joue de drôles de scénarios. Je me rends compte que l'une des deux demoiselles installées à une table non loin est en fait un homme, habillé et maquillé comme une femme. Il garde les yeux soigneusement baissés, ne bouge que pour remplir le verre de sa compagne et ne prend la parole que lorsque cette dernière le sollicite.

— Regardez, dis-je à James, qui jette un coup d'œil discret dans leur direction. Vous croyez que c'est un travesti ?

— Non, je ne pense pas, chuchote-t-il. Mais ne me demandez pas à quoi ils jouent. Je n'en sais rien.

Un peu plus loin, une femme boit seule. C'est du moins ce qu'il me semble, jusqu'à ce que je remarque l'homme accroupi à ses pieds, sous la table. Il me faut un moment pour comprendre ce qu'il fait : il lèche avec assiduité le cuir de ses bottes, d'un geste aussi régulier que celui d'un chat qui ferait sa toilette.

Le serveur revient avec notre commande et le menu des salons.

— Ce soir, c'est cabaret, monsieur, annonce-t-il en posant la bouteille sur la table. C'est un thème extrêmement populaire auprès d'une partie de notre clientèle. Je vous conseillerais de réserver un salon dès maintenant, il y a souvent affluence après le spectacle.

Il débouche la bouteille et s'éloigne, nous laissant parcourir le menu à notre guise. Je l'ouvre et m'efforce de déchiffrer malgré le faible éclairage.

— La nursery, lis-je juste assez fort pour que James m'entende. Deux chambres entièrement équipées pour répondre à tous les besoins de bébé. La salle de classe, spécialement dédiée à l'éducation – et à la punition. La salle du trône, au luxe digne d'une reine. Le mont Olympe, salon divin conçu pour une déesse et son dévoué serviteur mais qui peut convenir à un dieu et à son humble prêtresse. La salle d'eau, où tous les jeux de vilains sont permis. Le donjon : trois pièces indépendantes, situées en sous-sol et équipées des meilleurs instruments, pour que maîtres et maîtresses puissent dompter leurs esclaves avec tout le luxe qu'ils méritent. (Je repose le menu, vaguement écœurée.) Oh, mon Dieu ! Qu'est-ce que c'est que cet endroit ?

— Dominic ne vous a rien expliqué ? demande James en haussant un sourcil.

— Il m'a dit que c'était un refuge où chacun pouvait vivre ses fantasmes en toute sécurité. Il n'a pas précisé de quel genre de fantasmes il s'agissait.

— Il n'y a pas de limites dans ce domaine, ma chère. Aucune limite.

— Mais quand même… Une nursery ?

— Je vous parie qu'on y trouve les bébés les plus trapus et les plus poilus du monde ! plaisante James dans un éclat de rire. Ce n'est pas si absurde, si vous y réfléchissez. Imaginez un puissant dirigeant qui éprouve le besoin de se délasser, de se défaire du fardeau que représentent ses responsabilités ou sa fortune… Quoi de mieux que de carrément retomber en enfance ?

— Oui… je peux comprendre, dis-je d'une voix hésitante. Mais au point de se déguiser en bébé ? Ça les excite ?

— Si vous saviez tout ce qui peut exciter les gens… Je suis sûr que certains prennent leur pied à remplir leur déclaration d'impôts. J'avais une amie que les sudoku mettaient dans tous ses états. Elle en avait toujours une pile sur sa table de chevet et paniquait si elle ne trouvait plus de quoi écrire, explique James dans un éclat de rire. J'exagère, mais vous voyez ce que je veux dire.

Il sert le vin, qui a des reflets rubis à la lueur des bougies.

— Je pense que ça va vous plaire, déclare-t-il en admirant la robe du grand cru. Fabuleux ! s'exclame-t-il après avoir pris une gorgée.

Je trempe les lèvres dans mon verre. James a raison. Je ne m'y connais guère en vins, mais je me rends bien compte que celui-ci est extraordinaire – rond et fruité.

Tandis que nous buvons en silence, des lumières s'allument et révèlent une petite scène que je n'avais pas remarquée. Deux spots bleus convergent en son centre et une femme magnifique s'avance dans ce halo. Elle porte une robe rouge, qui souligne ses formes généreuses, et des talons vertigineux. Sa coiffure et son maquillage sont dignes des plus beaux jours d'Hollywood. Les premières notes d'une mélodie résonnent et elle se met à chanter, d'une voix rauque, son désir d'être aimée, juste un peu. C'est un numéro de cabaret classique, jusqu'à ce que la chanteuse commence à se déshabiller lentement. Sa robe se sépare en deux, révélant un corset serré autour d'une taille de guêpe pour mieux souligner une poitrine impressionnante. Une culotte en soie, un porte-jarretelles et des bas complètent l'ensemble.

— Quelle beauté ! murmure James.

Il s'agit donc d'un spectacle burlesque, comme on en voit de plus en plus ces derniers temps. Tout en chantant, l'artiste défait son corset, qui dévoile des seins plus volumineux que ce que l'on pourrait attendre sur sa silhouette. Elle se déhanche avec grâce, perchée sur ses talons, puis retire ces derniers avant d'enlever ses bas. Vêtue seulement de sa culotte en soie, elle atteint le paroxysme de la chanson et, passant une main dans son dos, décroche quelque chose. Le fin tissu tombe, révélant un imposant pénis et des testicules soigneusement rasés. Une rumeur parcourt l'auditoire, moitié cri de surprise, moitié soupir. La chanteuse se caresse un moment, de sorte que son sexe grossit, sans tout à fait entrer en érection. Puis elle sourit à son public, comme pour l'encourager à s'extasier sur son organe.

— Oh ! s'écrie James. Je ne m'y attendais pas du tout.

Je ris doucement.

Une autre femme vêtue d'un corset monte sur scène et gronde sévèrement la chanteuse, qui semble d'abord étonnée, puis honteuse. La nouvelle venue – qui semble être née femme, elle – brandit une cravache. En voyant cela, la chanteuse prend un air effrayé. Elle se laisse tomber à terre, et l'autre commence à la frapper sans pitié, rouant de coups la peau blanche de son dos et de ses épaules, sans cesser de reprocher à la malheureuse son exhibitionnisme effronté.

Le public manifeste bruyamment son enthousiasme. Ce spectacle explique peut-être la présence des nombreuses dominatrices que j'ai remarquées dans l'assistance.

— Je n'ai aucune idée de ce que je vais dire quand on va revenir nous demander quel salon nous voulons, murmure James tout en nous resservant.

— Nous pouvons peut-être nous éclipser en invoquant un prétexte quelconque, dis-je sans quitter la scène des yeux. D'ailleurs, je crois que le serveur revient, poursuis-je en voyant quelqu'un approcher dans la pénombre. Essayez d'inventer un prétexte…

Mais je me rends bientôt compte que ce n'est pas le serveur qui se dirige vers nous. C'est Dominic, qui me toise d'un regard glacial, le visage pâle et tendu. Mon estomac se noue sous l'effet de la peur conjuguée au plaisir de le voir, et je me fige.

— Qu'est-ce que tu fais ici, Beth ? gronde-t-il à mi-voix avant de jeter un coup d'œil terriblement hostile à James. Et qui c'est, ce connard ?

— Bonsoir, Dominic.

J'essaie de garder mon calme, mais sa proximité me trouble. Il est magnifique avec son pull en cachemire noir et son pantalon sombre. Malgré tout, j'ajoute :

— Je ne savais pas que tu serais là ce soir.

— Pourtant, me voici, rétorque-t-il d'une voix qui tremble de colère contenue.

Non mais de quel droit s'énerve-t-il contre moi ? Je ne lui appartiens pas, que je sache ! C'est lui qui a voulu qu'on se sépare !

Cette idée me donne le courage de l'affronter.

— Comment est-ce que tu as su que j'étais ici ?

— J'ai vu vos noms sur la liste, répond-il.

Cela ne m'apprend pas comment il a eu accès à la liste en question. Dominic jette un nouveau regard à James.

— Qui c'est, lui ?

— Un ami.

Dominic me toise, furieux. Il sait que je n'ai pas d'amis à Londres, mais il ne semble pas vouloir m'interroger davantage devant James.

— Je ne veux pas de toi ici, assène-t-il après un long silence glacial.

Ces mots me blessent terriblement, mais je m'efforce de feindre l'indifférence.

— Je me fiche de ce que tu veux. Je suis libre d'aller où bon me semble.

— Faux. Ceci est un club privé. J'ai le droit de vous demander de partir.

— Nous allons partir, ne vous en faites pas, intervient James. Pourrions-nous finir notre bouteille, d'abord ? C'est un cru remarquable…

Dominic le considère avec une moue de dégoût avant de répondre :

— Soit. Finissez votre bouteille et partez. Beth, je peux t'appeler un taxi si tu ne veux pas de la compagnie de cet homme, ajoute-t-il à mon intention.

Je redresse les épaules et le défie du regard.

— Je n'ai pas besoin de ton aide. Je me débrouille très bien toute seule.

Dominic ouvre la bouche, puis la referme sans rien dire, les yeux étincelants de fureur.

— Très bien, lance-t-il sèchement avant de s'éloigner d'un pas vif.

Nous le regardons partir, tandis que le reste du public demeure concentré sur la scène, où la correction continue.

— Je n'ai qu'une chose à dire, déclare James en portant son verre à ses lèvres : ce jeune homme n'a certainement pas fini de vous désirer. Au contraire. Si le but de la soirée était de donner un coup de pied dans la fourmilière, alors c'est réussi, conclut-il avec un sourire.

Sur le chemin du retour, nous partageons un taxi, même si James habite loin de chez Celia.

— Ce n'est pas grave, me rassure-t-il lorsque nous arrivons devant Randolph Gardens. Ça ne m'ennuie pas du tout de faire un détour. Vous êtes sûre que ça va aller, toute seule chez vous ?

— Oh, oui, j'ai l'habitude. Et puis, De Havilland me tiendra compagnie.

Une méchante déprime s'est abattue sur moi comme un gros nuage noir, si bien que je ne me rappelle même plus ce que j'espérais accomplir ce soir. Si je croyais que Dominic allait m'accueillir à bras ouverts, je me mettais le doigt dans l'œil.

— Bon, si vous êtes sûre…

Il m'embrasse sur la joue et me tapote gentiment la main, puis je descends du taxi.

— À demain, lance-t-il. N'hésitez pas à m'appeler si ça ne va pas.

— Merci. Bonne nuit.

Je monte l'escalier lentement, accablée par mon malheur. Le désastre de cette expérience me fait douter de mes bonnes résolutions. Je voulais faire mes premiers pas dans l'univers de Dominic, pour voir s'il était disposé à m'y accueillir, mais je me suis heurtée à un mur. James m'a déjà apporté toute l'aide qu'il pouvait, et je ne vois pas vers qui d'autre me tourner.

Quoique… Le visage de Vanessa me revient en mémoire. C'est la seule autre personne que je connaisse à Londres, et la seule à avoir une influence significative sur Dominic.

Pourrait-elle… voudrait-elle m'aider ? Cela me paraît peu probable, mais bon… Il faudrait déjà que je trouve un moyen de la contacter.

Une fois chez Celia, je me rends dans le salon et me poste à la fenêtre, mais, évidemment, l'appartement d'en face est plongé dans l'obscurité. Je sais où se trouve Dominic. Alors que je repense à ce que j'ai fait la veille, ici même, une question me taraude.

Est-ce que je me suis ridiculisée ?

Je soupire. Je n'en sais rien, mais il semblerait que pénétrer l'univers de Dominic soit plus compliqué que ce que je croyais.

Chapitre 13

Le lendemain, nous avons une journée bien remplie à la galerie, et James me demande de rester après la fermeture pour l'aider à superviser le décrochage de l'exposition qui vient de se terminer. Lorsque l'artiste vient s'assurer que tout va bien et que ses tableaux sont manipulés avec tout le soin nécessaire, James ouvre une bouteille de vin blanc et nous trinquons. Cette soirée me ravit et me conforte dans l'idée que c'est exactement le genre de carrière qu'il me faut. Côtoyer des artistes et picoler gentiment en compagnie de mon patron ? Je signe tout de suite.

J'essaie de ne pas penser à Dominic et de plutôt me concentrer sur le moyen de contacter Vanessa. La seule solution qui me paraisse valable, c'est de retourner à *L'Asile* et de demander à lui parler, mais je risque de tomber nez à nez avec Dominic, ce qui gâcherait tout. Je ne sais rien de cette fille – même pas son nom de famille.

Lorsque je me retrouve seule ce soir-là, la déprime me gagne, plus sévèrement que jamais. J'approche de la moitié de mon séjour et le temps semble accélérer. J'adore mon nouveau travail, mais comment vais-je pouvoir le garder si je n'habite plus chez Celia ? Mon salaire n'est pas mirobolant et, si je veux trouver un logement à Londres, il va falloir que je me mette à chercher sans tarder. Je n'envisage pas de rentrer à la maison – cette simple idée me fait horreur. J'ai entamé une nouvelle vie et il n'est pas question que je fasse demi-tour si tôt.

Le fait que je n'aie toujours aucune piste concernant Vanessa n'aide pas à me remonter le moral.

Le seul rayon de soleil que je perçois à l'horizon, je le dois à James. Il m'a invitée à l'accompagner au théâtre ce week-end. Après, il a promis de m'emmener dîner dans l'un de ses restaurants préférés où, paraît-il, on croise souvent des célébrités.

Je m'installe dans le salon avec un DVD que j'ai acheté pendant ma pause-déjeuner. Puisque Celia n'a pas la télé, je me suis constitué un petit stock de films à regarder sur mon ordinateur portable. Ce soir, j'ai choisi un classique : *Un cœur pris au piège*, une comédie des années 1940 en noir et blanc, avec Barbara Stanwyck et Henry Fonda. Les dialogues ciselés me font toujours rire aux éclats.

Le générique vient à peine de commencer lorsqu'on frappe à la porte.

Aussitôt, mon cœur se met à battre la chamade. Je mets le film en pause et vais ouvrir, retenant mon souffle. Dominic se tient devant moi, vêtu d'un jean, d'une chemise claire et d'un pull en cachemire dont la couleur gris anthracite fait ressortir le noir de ses yeux.

— Salut, Dominic, dis-je dans un murmure à peine audible.

— Salut, répond-il, le regard froid et cassant. Est-ce que tu aurais quelques minutes à m'accorder ? Je voudrais te parler.

Je m'efface pour le laisser entrer.

— Bien sûr.

Il se rend tout droit dans le salon et aperçoit l'écran de mon ordinateur.

— Oh, pardon. Je t'ai interrompue.

— Ne sois pas ridicule, tu sais très bien que je préfère nettement te parler que regarder un film.

Je retourne m'asseoir sur le canapé. Si seulement j'avais su qu'il viendrait, j'aurais pris le temps de me recoiffer et de retoucher mon maquillage.

Sans un mot, Dominic va se poster à la fenêtre et regarde dehors. Son profil se détache nettement, et j'admire la ligne droite de son nez. Je devine qu'il a les mâchoires crispées et les épaules tendues.

— Quelque chose ne va pas, Dominic ?

De Havilland a sauté sur le canapé à côté de moi et s'applique à se faire un nid douillet, comme une grosse poule noire. Je caresse son épaisse fourrure et il se met à ronronner doucement.

Dominic se retourne vers moi, des étincelles dans les yeux.

— J'ai essayé de garder mes distances, mais ça me tue, finit-il par dire. J'ai besoin de savoir qui est cet homme et ce que tu fabriques avec lui. (En deux enjambées, il réduit l'espace qui nous sépare.) S'il te plaît, Beth, dis-moi qui c'est.

Je le dévisage en silence et, pour garder mon calme, me concentre sur De Havilland qui ronronne, imperturbable, sous mes doigts. J'hésite entre mensonge et vérité, persuadée que ce que je m'apprête à dire peut influencer la suite des événements.

— C'est un ami, dis-je d'une voix douce, suffoquant presque de sentir Dominic si près de moi sans pouvoir le toucher. Un ami qui a promis de m'aider.

— De t'aider à quoi ? demande-t-il aussitôt.

Avant de répondre, je prends tout le temps d'examiner l'expression de son visage. Je ne le connais que depuis peu, pourtant il signifie déjà énormément pour moi. J'ignore si mes paroles changeront quoi que ce soit, mais je ne supporte plus la situation telle qu'elle est, donc je me lance – mais d'une voix presque inaudible.

— C'est un ami qui va m'aider à entrer dans ton univers.

Dominic blêmit.

— Et comment il va s'y prendre ? demande-t-il presque sans remuer les lèvres.

Mes émotions remontent à la surface, et je défie Dominic du regard.

— Tu ne m'en crois pas capable, c'est ça ? Eh bien, moi, si. J'y arriverai grâce à son aide.

— Oh, mon Dieu !

Dominic se laisse tomber dans un fauteuil et se cache le visage dans les mains. Il m'imagine sans doute avec James, qui me fait subir tout ce qu'il a juré de ne jamais me faire, lui. Ça doit le torturer. Quand il finit par relever les yeux vers moi, c'est pour me lancer un regard tourmenté.

— Tu lui permettrais…

Je me penche vers lui.

— Je veux être proche de toi – avec toi. Si c'est le seul moyen d'y arriver, alors je veux essayer.

— Non, dit-il d'une voix cassée. Tout mais pas ça. Je peux supporter de renoncer à toi, mais ça, c'est au-dessus de mes forces.

Je me lève et m'agenouille devant lui, les mains posées sur ses jambes.

— Mais rien ne t'oblige à affronter ça, dis-je d'un ton presque suppliant. Rien ne t'empêche de m'initier à sa place.

Lentement, il relève la tête et me regarde, à la fois hésitant et plein d'espoir.

— Tu es sérieuse, là ? C'est vraiment ce que tu veux ?

— Oui. S'il faut en passer par là pour être avec toi, alors je le veux. Et si tu refuses de m'aider, je trouverai quelqu'un d'autre.

Nous restons un instant immobiles, les yeux dans les yeux, puis il se penche vers moi et me soulève doucement.

— Beth, j'ai tellement envie de toi, murmure-t-il d'une voix rauque. Tu n'as pas idée de ce que tu me demandes, mais ça me tue de t'imaginer avec un autre homme.

— Alors garde-moi pour toi.

Je porte sa main à mes lèvres et y dépose un baiser avant de prendre un de ses doigts dans ma bouche et de le sucer délicatement. Je fais jouer ma langue contre la peau de Dominic et vois ses paupières s'abaisser sous l'effet du désir. Je m'approche de lui et lâche sa main, qu'il glisse aussitôt derrière ma tête pour m'attirer à lui. Avec une délicieuse lenteur, nos bouches se trouvent et se pressent. Je sens la langue brûlante de Dominic passer sur mes lèvres et les entrouvre pour l'accueillir. Tandis qu'il me taquine, m'attirant tout contre lui, je me délecte de sa saveur désormais familière et m'abandonne complètement à ce baiser.

Lorsque nous nous écartons enfin, hors d'haleine, nous nous dévisageons avec fièvre.

— Je t'ai vue, l'autre soir. Ici.

— Tu veux dire…

— Oui. Quand tu étais toute seule. C'était extraordinaire, chuchote-t-il, les yeux brillants.

— Est-ce que ça t'a… Enfin, ça t'a fait plaisir ?

— Plaisir ? Je n'avais jamais rien vécu de tel, dit-il en me caressant la main.

Je souris, un peu gênée mais fière de moi.

— C'est pour toi que je l'ai fait.

— Je sais, et c'était un merveilleux cadeau, dit-il dans un éclat de rire. J'espère juste que le vieux M. Rutherford, qui habite au-dessus de chez moi, n'était pas à sa fenêtre à ce moment-là. Sinon, il a dû la faire, l'attaque cardiaque dont il parle depuis des lustres.

Je ris aussi, et nous nous détendons enfin.

— Tu veux rester un peu ?

— Je ne vois pas comment j'arriverais à partir, répond-il, les yeux voilés de désir.

— Alors, viens, dis-je en me levant.

Je le prends par la main et l'entraîne dans la chambre.

Il me déshabille lentement, en prenant le temps de déposer des baisers à chaque endroit qu'il découvre. La sensation de ses lèvres sur les miennes et de sa langue sur ma peau me met dans un état indescriptible. Le temps que je me retrouve en sous-vêtements, je ne peux plus résister à l'envie de le toucher à mon tour.

— Laisse-moi faire, dis-je en passant les mains sous le tissu de sa chemise, à sa taille.

Dominic obéit et lève les bras pour que je puisse lui retirer son pull. Puis je défais sa chemise en m'arrêtant après chaque bouton pour embrasser son torse nu. Je devine à la bosse de son jean que son sexe se dresse fièrement, et j'ouvre sa braguette avant de faire glisser le pantalon le long de ses cuisses fuselées.

Il ne porte plus que son boxer, et je le mène jusqu'au lit. Nous nous allongeons côte à côte et nous caressons longuement, Dominic soulignant les rondeurs de mes seins et de mon ventre tandis que je parcours les lignes pures de ses muscles.

Je glisse une main vers le bas et passe les doigts dans les fins poils noirs qui dessinent un chemin de son nombril à l'élastique de son boxer. J'effleure le renflement de son gland, et son sexe réagit sous ma main.

Je caresse toute la longueur de son érection, puis me penche lentement pour déposer des baisers sur son ventre et lécher du bout de la langue sa peau chaude tout en descendant vers son pubis.

Je me déplace le temps de lui ôter son boxer, puis remonte doucement, jusqu'à chevaucher ses cuisses. Les paupières mi-closes, il regarde mes seins, encore prisonniers de mon soutien-gorge, et la culotte qui lui dissimule mon sexe.

Je me penche sur lui, laissant mes cheveux lui chatouiller le ventre, et prends son membre à deux mains avant de le masser doucement.

— Tu es énorme, dis-je dans un murmure.

Il ne répond pas mais prend une inspiration audible.

— J'ai envie de t'embrasser, de te prendre dans ma bouche et de te sucer, poursuis-je d'une voix rauque.

Puis je souffle doucement sur son gland et donne de petits coups de langue tout autour avant de le prendre dans ma bouche. Je garde une main serrée autour de sa verge et descends l'autre vers ses testicules. Je fais jouer mon index juste en dessous, à un endroit qui – je le sais – ne manquera pas de faire réagir Dominic.

Il gémit et remue légèrement les hanches, me forçant à prendre son pénis encore plus loin dans ma bouche. Je passe de longues minutes à le sucer et à jouer avec, ivre de joie de sentir l'effet que j'ai sur lui, de voir le désir voiler son regard et de sentir sa cuisse musclée sous mon sexe excité, stimulant mon clitoris.

— Beth, soupire Dominic, je ne vais pas pouvoir tenir beaucoup plus longtemps. Si tu continues, je vais jouir dans ta bouche…

Une partie de moi en a envie, mais, égoïstement, je ne veux pas renoncer à mon propre plaisir. Je m'éloigne le temps de retirer ma culotte puis reviens le chevaucher. Je m'avance au-dessus de son sexe et le prends dans une main pour le maintenir dressé vers moi. Dominic m'observe à travers ses paupières mi-closes, frissonnant d'anticipation. Je descends lentement le bassin et fais jouer son gland entre mes lèvres brûlantes et trempées de désir. Je meurs d'envie de sentir son érection en moi, mais j'aime aussi beaucoup le délicieux supplice que je nous inflige ainsi à tous les deux.

Dominic met les mains sur mes hanches, puis les fait glisser sur mes fesses.

— Vas-y, me supplie-t-il. Viens, j'ai besoin de toi.

À ces mots, je me laisse peser sur lui et le reçois enfin en moi. Il m'atteint si profondément que j'ai presque l'impression qu'il a percé quelque chose. Je rejette la tête en arrière avec un petit cri, le dos cambré tant les sensations qu'il me procure sont intenses. Les mains sur mes hanches, il m'imprime une cadence parfaite qui nous arrache à tous les deux des gémissements de plaisir à chaque mouvement.

Je sens l'extase monter en moi tandis que Dominic accélère. Les longues minutes passées à jouer avec son sexe l'ont amené au bord d'un orgasme dévastateur, et il s'en rapproche dangereusement. Le spectacle de son excitation me rend folle et, chaque fois qu'il touche mon point le plus sensible, une décharge de plus en plus puissante me traverse. Soudain, je sens ses cuisses se contracter sous moi et vois ses traits se tordre sous la force de son plaisir. Alors qu'il jouit dans une succession de violents coups de reins, mon propre orgasme me submerge. Lorsque les spasmes qui me secouent cessent, je pose le front sur le torse de Dominic, épuisée.

Avec un soupir, il me serre dans ses bras et me caresse les cheveux.

— J'ai l'impression d'avoir retrouvé ma place, souffle-t-il.

— Je ne veux plus que tu me quittes, dis-je en caressant sa peau, où perlent quelques gouttes de sueur. Je veux être avec toi ; je suis prête à tout pour toi. Tu veux bien me montrer ? Tu veux bien me faire entrer dans ton univers ?

Il serre ma main dans la sienne et m'embrasse l'épaule avant de me regarder dans les yeux.

— Oui. Je vais t'y emmener. Je te le promets.

Soudain, je me sens envahie par une profonde quiétude. Pourtant, la bataille que je viens de remporter ne m'apportera peut-être pas que du bonheur.

— Merci, dis-je d'une voix douce.

Il me contemple longuement de ses yeux noirs, sans un mot.

Troisième semaine

Chapitre 14

« Beth,

Merci pour cette merveilleuse soirée.

Je m'absente pour affaires ce week-end, mais nous commençons nos leçons lundi. Je passerai te chercher après le travail et t'emmènerai dîner.

D. »

Je trouve ce petit mot sur l'oreiller à côté de moi en me réveillant. Je le lis plusieurs fois, puis le presse contre mon cœur en regardant le plafond. Je tiens enfin la preuve que j'ai réussi à atteindre le but que je m'étais fixé. Dominic va me guider sur ce chemin ténébreux, vers une destination que je n'imagine même pas. Je n'ai pas la moindre idée de ce qui m'attend. Je n'ai jamais reçu la moindre gifle. Mes parents ne m'ont jamais donné la fessée, et mes frères préféraient se battre entre eux plutôt que de s'en prendre à moi.

Et voilà que j'ai demandé à l'homme que je désire plus que tout au monde de me faire subir ça – sans savoir ce que « ça » implique.

Je me lève et me rends dans la salle de bains. J'ai encore tout le week-end devant moi. James a établi un programme des réjouissances, il fait toujours un temps magnifique, je suis jeune et c'est l'été. Pour ne rien gâcher, j'ai rencontré un homme délicieux qui tient à moi. Sous la douche, je me dis que, tout compte fait, la vie est belle.

Je passe le week-end dans l'expectative la plus totale. Alors même que je suis la pièce de théâtre, que je me régale au restaurant hyper chic où James m'a emmenée, ou que je prends le soleil pendant une promenade en bateau sur le fleuve, je n'arrive pas à me défaire d'un frisson d'excitation mêlée d'appréhension.

James veut savoir où j'en suis avec Dominic.

— J'ai cru déceler un tempérament de feu chez ce jeune homme, remarque-t-il. Mais quelle beauté ! Pas étonnant que vous ayez craqué.

Je ne lui raconte pas tout en détail, mais quelques allusions suffisent à lui faire comprendre l'essentiel.

— Restez prudente, Beth. N'oubliez pas qu'il est impossible de séparer le cœur du corps. Ce sont vos émotions qui font votre force. Ce que, d'après vous, votre corps peut endurer… eh bien, ce n'est que ce que vous pouvez endurer vous-même.

Je sais qu'il est sincère lorsqu'il m'assure qu'il sera là pour moi si j'ai besoin de lui.

J'espère juste que je n'aurai pas à accepter son offre.

Lundi arrive, et l'appréhension qui m'agite va croissant. J'ai toutes les peines du monde à rester concentrée sur mon travail et une conversation musclée avec moi-même s'impose.

Face au miroir des toilettes, je m'observe et me trouve changée. Cette impression est peut-être due à la qualité de ma tenue – jupe noire, chemisier blanc et fin gilet agrémenté d'une ceinture, queue-de-cheval soignée – mais je parais plus mûre et plus sage qu'il y a quelques semaines. Plus à même de me montrer courageuse, peut-être.

— Ne t'en fais pas, Beth, dis-je à mon reflet. Il ne va pas te dire « bonjour » et sortir son fouet dans la foulée. Il n'y a aucune raison que ça se passe mal.

Quelles que soient mes peurs, j'ai confiance en Dominic. Il saura me guider avec douceur et compréhension. Je n'ai qu'à me détendre et m'en remettre à lui.

C'est peut-être justement là-dessus que tout repose. Si ça se trouve, je lui ai déjà remis les commandes – je l'ai déjà autorisé à prendre ce contrôle qu'il aime tant exercer.

Je suis frappée par le paradoxe de la situation : il m'a fallu toute ma force de caractère pour oser me livrer entièrement à un autre. Pourtant, je ne doute pas un instant que Dominic saura me protéger, et ce sentiment est profondément réconfortant.

De toute façon, j'en saurai plus ce soir.

J'ai les yeux qui brillent d'excitation à l'idée de la tournure qu'ont prise les événements. Plus que quelques heures à attendre…

Dominic arrive pile au moment où James accroche le panneau « Fermé » à la porte de la galerie. Je ressens une vague de fierté en le voyant entrer d'un pas vif, si grand et si beau dans son costume gris anthracite agrémenté d'une cravate en soie dorée. Soudain, il a l'air éberlué en apercevant James. Il reconnaît aussitôt celui qui m'accompagnait à *L'Asile*.

— Enchanté de vous revoir, le salue James, imperturbable. Passez une bonne soirée.

— Merci, James. Bonne soirée à vous.

J'attrape mon sac et rejoins Dominic à la porte.

— C'est ton patron ? demande-t-il, incrédule, en m'embrassant légèrement sur les lèvres.

— On a vite sympathisé, dis-je avec un sourire espiègle tandis que nous sortons dans la rue.

Dominic fronce les sourcils et je distingue un éclair de jalousie dans son regard.

— Pas trop, j'espère. Tu comptais vraiment entamer une sorte de relation avec lui ?

J'attire Dominic près de moi de façon à pouvoir lui chuchoter à l'oreille.

— Tu veux savoir un secret ? Il est gay.

Dominic semble un peu rassuré mais grommelle néanmoins :

— Ça ne veut pas dire grand-chose, dans le monde où j'évolue. Crois-moi, tu serais étonnée de voir tout ce qui peut arriver quand les barrières tombent.

Tout en marchant, je passe mon bras sous le sien et me love contre lui.

— Où est-ce qu'on va ?

Bizarrement, je ressens un élan d'affection sans précédent pour lui ; je meurs d'envie de le serrer dans mes bras. L'espace d'un instant, j'hésite à lui demander d'annuler cette initiation pour rentrer se faire des câlins dans le canapé à la place. Puis je me rappelle à l'ordre. *Dominic n'est pas le genre d'homme à se contenter de gentils câlins dans le canapé, je te signale. Si tu renonces à ça, tu renonces à lui.*

— On va à *L'Asile*, répond-il d'un ton distrait.

Je tente de me persuader qu'il a choisi cette destination pour s'éloigner de ce quartier où les trottoirs grouillent de monde.

— Oh.

Je ressens une obscure déception. Je m'attendais à ce qu'il m'emmène dans un endroit nouveau, mais, après tout, son choix est logique. *L'Asile* joue un rôle prédominant dans sa vie, je vais donc devoir me familiariser avec.

Quelques minutes plus tard, nous descendons l'escalier métallique qui mène au club. La soirée n'a pas encore commencé ; les lieux semblent déserts et vaguement désolés. Il n'y a personne dans le vestibule, mais Dominic me conduit à l'intérieur sans ralentir le pas. Le videur tatoué se tient derrière le bar. Il est en train d'écrire quelque chose sur un bloc-notes et lève la tête à notre arrivée.

— Bonsoir, Dominic, lance-t-il d'une voix enjouée qui contraste fortement avec sa mine patibulaire.

— Salut, Bob. Elle est là ?

— À l'étage. Je la préviens tout de suite.

Il décroche un téléphone et marmonne quelques mots.

— Il s'appelle Bob ? dis-je dans un murmure incrédule avant de rire doucement.

— Oui. Qu'est-ce que ça a de si étrange ?

— Oh… c'est juste qu'il n'a pas une tête à s'appeler Bob, c'est tout.

— C'est vrai qu'il n'est pas banal, admet Dominic avec un sourire. Il faut croire que j'ai l'habitude.

— Bob…

J'éclate de rire, puis parcours du regard le bar vide. C'est fou à quel point un endroit change de caractère lorsqu'il n'y a personne pour l'habiter. Mes réflexions sont interrompues lorsque Vanessa entre par une porte située vers le fond de la salle.

Elle porte un magnifique tailleur-pantalon rouge foncé sur un chemisier blanc, et des escarpins à talons. Son rouge à lèvres est assorti à son tailleur et ses courts cheveux ondulent autour de son visage, adoucissant ses traits. Ses yeux, en revanche, restent froids.

— Bonsoir, très cher, roucoule-t-elle en s'approchant de Dominic pour l'embrasser sur la joue.

Lorsqu'elle se tourne vers moi, son sourire s'évanouit et elle me toise avant de lancer :

— Bonsoir. Je ne m'attendais pas à vous revoir. C'est un plaisir.

Je la salue d'un timide hochement de tête. Elle est d'une beauté et d'une sophistication qui me semblent inatteignables.

— Allons nous installer dans mon appartement, annonce-t-elle avant de tourner les talons. Suivez-moi.

Le moment est venu de quitter l'espace public où rien ne peut m'arriver.

J'emboîte le pas à Vanessa, Dominic derrière moi, et nous passons une porte matelassée qui mène à la partie la plus privée du club. Tout d'abord, je ne remarque rien de particulier : un couloir, une cage d'escalier, des portes fermées. Lorsque nous arrivons au premier étage, Vanessa se tourne vers Dominic.

— Est-ce qu'elle souhaiterait voir un des salons ?

— Je te suggère de lui demander directement : elle se trouve juste là, répond Dominic d'une voix douce.

Vanessa dirige son regard glacial vers moi.

— Ça vous dirait ?

J'inspire profondément. *Pourquoi pas ?*

— Oui, s'il vous plaît.

— D'accord, dit Vanessa en allant ouvrir la porte la plus proche. La soirée s'annonce calme, et ce salon n'est pas réservé. Nous nous trouvons dans l'aile de la nursery.

Elle s'efface pour me laisser entrer, et je fais quelques pas dans la pièce avant de regarder autour de moi.

Il s'agit d'une chambre d'enfants digne d'un vieux film, avec des imprimés Vichy roses et bleus partout, une commode blanche décorée de mignons petits lapins, un coffre à jouets et un berceau orné de froufrous, sauf que tout est à l'échelle d'un homme adulte. Même le pot rangé dans un coin et dont la base est masquée par une jupette en tissu, ou la table à langer qui contient des lingettes pour bébé, du talc, et une corbeille de couches-culottes XXL. Sur une étagère sont alignés ours en peluche, livres cartonnés et hochets, ainsi qu'un plateau de biberons et de tétines.

J'observe l'ensemble, éberluée. C'est donc bien vrai que des gens s'adonnent à ce genre de mise en scène.

— La nursery fait partie de nos salons les plus prisés, remarque Vanessa. D'ailleurs, l'autre chambre est occupée et, si j'en juge par les bruits qu'on entend, bébé a été très vilain, aujourd'hui. Continuons la visite.

Je la suis dans le couloir, saisie d'une subite envie de rire. Pourtant, je trouve cela étrangement réconfortant de savoir que, s'il prend à quelqu'un l'envie de retomber en enfance de façon aussi radicale, cet endroit rend la chose possible.

— Cette pièce devrait vous plaire aussi, dit Vanessa en ouvrant une porte en face.

Je jette un coup d'œil à l'intérieur : il s'agit d'une salle de classe à l'ancienne, avec un tableau noir, des pupitres et des bancs en bois, des porte-plumes et des encriers, une vieille mappemonde, une bibliothèque sur laquelle sont alignés divers manuels... Évidemment, les instruments de punition sont très présents : un bonnet d'âne côtoie un martinet, un battoir suspendu à un clou par une lanière de cuir et une longue ceinture. Je remarque aussi un objet en bois qui a vaguement la forme d'une tunique.

— Très prisé, constate Vanessa. Extrêmement prisé, même. Mon seul problème, c'est de réussir à trouver suffisamment de gouvernantes compétentes. Croyez-moi, ça vaut son pesant d'or.

Sur ces mots, elle referme la porte et nous poursuivons notre chemin. Je lance un regard inquisiteur à Dominic, qui me répond par un sourire en secouant la tête. Je comprends le message : tout ça est très éducatif mais ne nous concerne en rien.

— Je crois que les autres salons sont occupés, reprend Vanessa. Allons chez moi.

Nous montons à l'étage supérieur, et Vanessa s'arrête devant une porte verte, qu'elle ouvre. Le décor n'a plus rien à voir. Nous nous trouvons dans un appartement décoré avec goût, qui offre une vue magnifique sur les toits de Londres. Vanessa nous fait signe de nous asseoir tandis qu'elle se rend dans la cuisine.

Nous nous installons dans un canapé Chesterfield en velours vert foncé, et je murmure :

— Qu'est-ce qu'on fait là ?

— Je veux que Vanessa t'accepte, et tu auras sans doute pas mal de questions à lui poser. Elle pourra t'offrir un aperçu féminin de cet univers. (Il me prend la main et y dépose un baiser, tout en me couvant d'un regard doux et chaleureux.) Je veux faire ça bien, Beth, et cet endroit me semble constituer un bon point de départ.

Vanessa revient avec un plateau où sont disposés une bouteille de vin, trois verres et un petit bol d'amandes grillées. Elle sert le vin et nous tend un verre à chacun avant de s'asseoir en face du canapé dans un élégant fauteuil de daim beige. Elle m'observe, et semble moins hostile que sur ses gardes.

— Beth, Dominic m'a dit que vous vouliez devenir membre de ce club.

J'acquiesce.

— Qu'est-ce qui vous a attirée vers cet univers particulier ? demande-t-elle en haussant un sourcil. Souhaitez-vous devenir une maîtresse ?

Ne sachant pas très bien ce qu'elle entend par là, je réponds :

— Je ne suis pas sûre.

— Pas sûre ? répète-t-elle en lançant un regard à Dominic. Dans ce cas, je pense pouvoir affirmer que non. En général, une maîtresse sait ce qu'elle veut avec certitude.

— Beth pensait plutôt au rôle de soumise, intervient Dominic.

— Ah. Je vois. Le monde des maîtresses n'est donc pas fait pour vous. On y trouve des femmes soumises, mais rarement. Le schéma classique, c'est un homme dominé par une femme. Vous avez sans doute compris, en visitant les salons que je vous ai montrés, qu'il s'agit de types qui ont besoin de se faire punir et humilier par des femmes fortes et autoritaires. Ils aiment jouer le rôle d'un vilain petit garçon qui a besoin de se sentir contrôlé et de recevoir une sévère correction – et d'en retirer du plaisir. Ça va même plus loin : ils tirent leur jouissance des actes de rébellion qu'ils commettent, de la peur de se faire prendre et, en définitive, de la soumission à cette punition bien méritée.

Vanessa pousse un soupir d'aise, comme si elle se souvenait d'agréables moments. Elle joue avec son verre de vin d'un geste distrait, et je remarque que les ongles de sa main droite sont plus courts que ceux de la gauche. Puis elle reporte son attention sur moi et poursuit :

— L'univers des maîtresses gravite autour des notions de discipline et de punition. Cela implique des costumes, des décors et des accessoires qui peuvent paraître joueurs, mais qui n'excluent pas une réelle dureté. Les vilains garçons subissent des traitements dont la seule évocation vous ferait monter les larmes aux yeux. Les vilaines filles, en revanche… (Elle se penche vers moi, les yeux brillants.) D'après vous, Beth, quels devraient être les sévices encourus par les petites coquines désobéissantes ?

J'ai tout à coup la sensation étrange que le monde accélère sa rotation et m'entraîne avec lui. Je balbutie :

— Euh… je… je ne sais pas.

— Moi, je crois qu'il y a des filles qui meurent d'envie d'éprouver la colère de leur maître, reprend Vanessa d'une voix hypnotique. Il y a des filles qui ne vivent pleinement que lorsqu'elles s'abandonnent à la délicieuse morsure de la cravache, au claquement du fouet qui s'abat sur leur dos et au voyage extraordinaire que leur offre la flagellation. Il y a des filles qui ont besoin de sentir des cordes se serrer autour de leurs poignets et de leurs chevilles, qui ont besoin qu'on introduise des jouets de toutes sortes dans leur chatte en chaleur et qu'on transforme ainsi leur douleur en un plaisir indescriptible. (Elle incline la tête sur le côté et m'adresse un sourire doucereux.) Est-ce que vous faites partie de ces coquines-là, Beth ?

J'ai le cœur qui bat à tout rompre et le souffle court, mais j'essaie de cacher mon émoi.

— Je ne sais pas, dis-je d'une voix enrouée. Peut-être…

Le sourire de Vanessa s'évanouit et elle se tourne vers Dominic.

— J'espère que tu sais ce que tu fais, le prévient-elle d'une voix blanche. Tu n'ignores pas ce qui se passe quand…

— Tout ira bien, Vanessa, l'interrompt Dominic. Je t'assure.

Elle prend un instant pour réfléchir, puis me lance un nouveau regard.

— Je veux juste m'assurer que vous me comprenez bien, Beth. Certains adultes ressentent le besoin de faire des choses que le reste de la société considère avec dégoût, voire avec horreur. Des choses qui ne cadrent pas avec la conception classique de la sexualité et qui peuvent révéler quelques vérités difficiles à encaisser. Pourtant, je suis persuadée que chacun d'entre nous a le droit de rechercher le bonheur et que, si cela implique une fessée de temps en temps, ça ne devrait pas poser de problème. C'est la raison d'être de ce lieu : j'ai voulu procurer à ces gens un espace où ils peuvent vivre leurs fantasmes en toute sécurité. La sécurité et le consentement sont la clé de tout ce qui se passe ici, Beth.

Une fois que vous aurez compris ça, vous pourrez aborder ce nouveau cheminement l'esprit tranquille.

— Oui, je comprends, dis-je tout en mesurant la chance que j'ai de me trouver ici, en présence d'une femme qui détient une telle expertise en la matière.

— Bon, fait-elle avant de reprendre une gorgée de vin. Je dois y aller, une longue soirée m'attend et je crois que Dominic a quelque chose à vous montrer.

Elle repose son verre et se lève avant de me saluer d'un sourire presque amical.

— Au revoir, Beth. Ça m'a fait plaisir de discuter avec vous.

— Au revoir, et merci.

— Dominic, on se reparle bientôt.

Puis elle tourne les talons et sort.

Je lance un regard à Dominic et souffle.

— Waouh !

— Elle maîtrise son sujet, confirme-t-il en hochant la tête. Viens, il nous reste un dernier endroit à visiter.

Nous redescendons au sous-sol, traversons le bar et passons une lourde porte blindée qui mène à une autre porte. Cette dernière ne m'inspire pas confiance, avec ses énormes clous métalliques. Dominic me précède et l'ouvre, révélant un espace plongé dans l'obscurité la plus totale. Puis il appuie sur un interrupteur et, soudain, la pièce s'illumine.

Je pousse un petit cri malgré moi. Ce que j'ai sous les yeux ressemble à une chambre de torture médiévale.

Je distingue un imposant cadre en bois équipé de chaînes et de fers destinés à attacher les poignets et les chevilles. Une croix en X est appuyée contre un mur, également pourvue d'anneaux auxquels on peut passer des chaînes. D'ailleurs, il en pend plusieurs du plafond, mais je serais bien incapable d'en deviner l'usage exact – du moins pour l'instant. Je vois par ailleurs plusieurs bancs d'allure étrange, où les soumis doivent adopter diverses postures. Dans un coin, se trouve une espèce de haute boîte rectangulaire percée de trous. Tout ceci est déjà bien menaçant, mais le pire est à venir. Je tourne la tête vers le mur du fond et aperçois toute une collection d'instruments terrifiants suspendus à des crochets. Tous ces objets sont destinés à la flagellation. Certains sont pourvus d'un solide manche en bois et d'un faisceau touffu de fines lanières de cuir, d'autres ne comptent que quelques sangles, plus épaisses et terminées par un nœud chacune. Je suis frappée par le contraste entre les objets délicats, qui semblent presque doux et utilisent des matériaux souples comme du crin, et ceux qui ont de toute évidence plus de mordant – lanières tressées ou pourvues d'une sorte de langue fourchue et franchement menaçante. Puis il y a les cravaches, minces et dures, et qui doivent infliger une vive douleur sur la peau nue, ainsi que les fouets. Je vois également des martinets, des cannes en bois et des battoirs de tailles et de formes diverses. Certains sont doublés, comme celui que

Vanessa a utilisé sur son client chez Dominic, d'autres sont troués, mais ce sont les plus sobres qui me terrifient le plus.

— Dominic, dis-je en m'agrippant à son bras. Je… je ne suis pas sûre de…

— Chut…, murmure-t-il avant de me prendre dans ses bras et de me caresser les cheveux. Cet endroit est conçu précisément pour faire froid dans le dos. C'est une pièce où l'imagination s'égare et réveille les pires cauchemars. Mais je te promets que ce n'est pas si terrible. Tu entres de ton plein gré, et tu décides si tu veux rester ou non. Il ne t'arrivera jamais rien de plus que ce que tu souhaites.

J'ai du mal à le croire, pourtant il me sourit avec une infinie douceur avant de poursuivre.

— Tu as ma parole. Je ne veux pas te faire de mal – pas comme tu le crois. De toute façon, nous n'allons pas commencer par là. Ne t'en fais pas.

Je tremble de peur. Dans quoi me suis-je embarquée ? Suis-je capable d'aller jusqu'au bout ?

Dominic prend mes mains dans les siennes et y dépose un baiser. Quand il reprend la parole, c'est d'une voix grave et enrouée de désir.

— Fais-moi confiance. C'est tout ce que je te demande : que tu me fasses confiance.

Chapitre 15

Sur le chemin du retour, je ne dis pas grand-chose. Je me sens toute bizarre – vaguement malade. Je n'arrive pas à me défaire de l'image du donjon, et mon esprit s'ingénie à visualiser ce qui doit s'y passer. Je vois des visages tordus de douleur, les yeux fous et la bave aux lèvres, tandis que retentissent cris et coups de fouet. Comment réconcilier cela avec l'amour ? Avec cette impulsion de chérir et de protéger l'autre ? De lui témoigner douceur et affection ?

Dominic a senti ma terreur et me laisse le temps de digérer tout cela, tout en gardant un bras passé autour de ma taille et la tête tout près de la mienne. J'ai l'impression de puiser dans ses réserves de force et d'assurance, et cela me rassure un peu.

— J'ai quelque chose à te montrer, annonce-t-il tandis que le taxi s'éloigne, nous laissant devant Randolph Gardens. Quelque chose qui nous est exclusivement réservé.

Voyant mon air interloqué, il me prend la main avec un sourire enjoué.

— Viens !

Il m'entraîne à l'intérieur, vers l'ascenseur qui mène à son aile de l'immeuble. Mais nous ne nous arrêtons pas chez lui ; nous continuons jusqu'au septième et dernier étage.

Étonnée, je demande :

— Où est-ce qu'on va ?

— Tu verras bien, répond-il avec un sourire.

Nous sortons de l'ascenseur et nous longeons le couloir jusqu'à une porte, que Dominic déverrouille.

J'ai passé la soirée à éprouver tour à tour de l'amusement, de la surprise et de l'horreur chaque fois qu'on m'ouvrait une porte, mais, en cet instant, je suis juste complètement déboussolée. Nous entrons dans un simple appartement, plus petit que celui de Dominic ou de Celia, mais disposé de façon semblable. Je ne distingue aucune extravagance dans le mobilier ou la décoration.

— Viens, dit Dominic en se dirigeant vers la chambre.

Je le suis et regarde à l'intérieur.

— C'est pour nous, m'indique-t-il tandis que j'observe la pièce. J'ai tout organisé ce week-end.

Je me trouve face à un magnifique boudoir où trône un gigantesque lit en fer forgé, avec des draps d'un blanc immaculé, une montagne d'oreillers et un duvet de soie mauve. Cet endroit est un festival de textures douces et sensuelles : un fauteuil en velours, un tapis de fourrure blanche et une collection de petits plumeaux alignés sur une table près du lit. Le reste du mobilier consiste en une commode d'allure ancienne, une armoire de bois blond foncé et un étrange fauteuil. Ce dernier ressemble au banc que j'ai vu chez Dominic, mais en plus long et plus large, avec un rembourrage de cuir blanc et souple, des sortes de rênes fixées sous le siège et un repose-pieds.

— Regarde, souffle Dominic en allant ouvrir l'armoire.

J'y aperçois de la lingerie fine, en dentelle essentiellement noire, ainsi que de longues bandes de soie ou de cuir qui évoquent davantage un équipement de cavalière que des vêtements. Je distingue des anneaux de tailles et de formes diverses mais ne comprends pas bien de quoi il s'agit. Sont également suspendus des corsets lacés et de larges ceintures dotées de grosses boucles et de fermetures Éclair. Un déshabillé de soie prête à l'ensemble une touche de luxe sensuel.

Je me tourne vers Dominic, incrédule.

— Tu as acheté tout ça pour moi ?

— Bien sûr, répond-il en désignant la pièce d'un geste ample. C'est le but de l'opération : tout est flambant neuf… Nous pouvons jouer avec comme bon nous semble. Tu aimes ?

— Mille fois plus que le donjon ! dis-je avec ferveur, ce qui le fait rire. Sérieusement : tu as fait tout ça pendant le week-end ?

Je peine à imaginer l'organisation nécessaire à une mise en scène pareille, sans compter la somme d'argent qu'il a dû falloir débourser pour acquérir un appartement, le mobilier et tous les accessoires qui vont avec.

Dominic hoche la tête et s'avance vers moi en me couvant d'un regard pénétrant.

— C'est fou ce qu'on peut faire quand ça en vaut la peine, murmure-t-il en me prenant doucement le menton pour que je lève le visage vers lui. Je veux te montrer les sommets du plaisir que l'on peut atteindre ensemble.

Une flamme de désir pur s'allume dans mon ventre et chasse toute notion de peur ou de douleur. Nous baignons dans une atmosphère de beauté et de tendre espièglerie.

— C'est tout nouveau pour moi, dis-je d'une voix rauque, mais je ne demande qu'à découvrir.

— Les leçons seront bien plus faciles et délectables que tu ne l'imagines, reprend-il, et nous procéderons étape par étape.

Il effleure mes lèvres des siennes, aussi douces qu'une aile de papillon, puis, quand ce supplice devient insupportable, il m'embrasse avec fougue et, du bout de la langue, m'encourage à ouvrir la bouche. Nous nous abandonnons à ce baiser, donnant vie au désir latent qui n'a cessé de croître entre nous. Je suis ravie de me trouver ici – ni chez Celia ni chez Dominic, mais dans cet endroit qui n'appartient qu'à nous.

Dominic me déshabille rapidement entre deux baisers et, bientôt, je me tiens nue devant lui, les tétons dressés, tandis qu'il me caresse du regard.

— Tu es incroyable, souffle-t-il d'une voix presque étonnée. Tu es faite pour le plaisir. Et ton cul est magnifique, poursuit-il en passant une main sur mes fesses. Je bande rien que d'y penser.

Il me prend la main et la pose sur son sexe tendu.

— Tu vois ?

Oh ! Je meurs d'envie de le sentir sans la barrière du tissu. Je fais glisser sa veste de ses épaules et il se dépêche de la retirer, ainsi que le reste de ses vêtements. Nous nous tenons face à face, nus, le souffle court, à nous dévorer du regard.

Le cœur battant, je demande :

— C'est le début de la leçon ?

Un désir presque douloureux m'envahit. Je ne me serais jamais crue capable de vouloir quelqu'un avec une telle force.

Dominic sourit et se penche pour enfouir son visage dans mon cou, faisant jouer sa langue le long du lobe de mon oreille avant de le mordiller doucement et de chuchoter :

— Ce n'est qu'un avant-goût. Un tout petit aperçu.

La caresse de son souffle sur mon oreille me procure des sensations presque insupportables, et je me cambre de plaisir en gémissant.

Il me prend la main et la porte à sa bouche, refermant les lèvres sur mon index et mon majeur. Je sens la chaleur humide de sa langue sur le bout de mes doigts, puis il les fait passer sur ses canines. Un frisson me parcourt : il pourrait me mordre sauvagement si l'envie le prenait et, même si je sais qu'il ne le fera pas, le danger existe. Le simple fait qu'il me suce les doigts ainsi m'excite terriblement, surtout lorsqu'il les happe plus profondément et fait courir sa langue tout autour. Puis je sens son autre main s'aventurer entre mes jambes. Il commence par effleurer les boucles de mon pubis d'un geste si léger que je le perçois à peine, puis me caresse avec plus de force. Soudain, presque brutalement, il glisse un doigt en moi, aussi loin qu'il peut. J'adore ça, mais j'en veux plus. Les taquineries de sa langue me rendent folle, et je renverse la tête en arrière avec un soupir. Comme s'il m'avait comprise, Dominic introduit un second doigt en moi, et je sens les parois de mon sexe s'ouvrir pour lui. Mais ça ne me suffit toujours pas. Je sais ce que je veux. Je tends la main vers son érection, mais il s'écarte pour m'empêcher de l'atteindre.

Quand, soudain, il cesse de me sucer les doigts et guide ma main vers le bas, je crois qu'il va enfin m'autoriser à le toucher, à caresser son gland chaud et doux, mais il prend une autre direction. Je croise son regard brûlant tandis qu'il pousse ma main vers mon sexe. Je sens les mouvements vigoureux de ses doigts, et cela m'excite follement d'associer à son geste les sensations exquises qu'ils me procurent. Lorsqu'il les retire et les passe sur mon ventre, y laissant une traînée brûlante, c'est pour m'encourager à prendre sa place.

— Caresse-toi, murmure-t-il.

Il m'a vue me donner du plaisir par la fenêtre ; je n'ai donc aucune raison d'avoir honte. Je fais glisser mes doigts le long de mes lèvres brûlantes, sous le triangle de mes poils.

— Oui, c'est ça, souffle Dominic tandis que j'effleure doucement mon sexe trempé. Vas-y !

J'obéis et introduis mon index en entier.

— Maintenant, ressors ton doigt et goûte-le.

J'hésite.

— Allez, m'encourage-t-il.

Pour la première fois, je perçois une note autoritaire dans sa voix. S'agit-il d'un test ?

Lentement, je porte mon doigt à ma bouche et, sous le regard intense de Dominic, le glisse entre mes lèvres.

— Suce-le, chuchote Dominic.

Je m'exécute et découvre la saveur acidulée, presque sucrée, qui se répand sur ma langue. Le goût du sexe.

— Tu es délicieuse, déclare Dominic. Va vers le lit.

Je m'exécute et me retourne.

— Et maintenant ?

Mais son regard suffit à me faire taire.

— Chut. C'est moi qui parle.

Oh, mon Dieu, ça y est. Pourtant, il a dit que ce n'était qu'un aperçu. Je n'ai pas peur. Pour l'instant, je n'éprouve aucune difficulté à le laisser tenir les rênes.

—Allonge-toi sur le dos, lève les bras au-dessus de ta tête et ferme les yeux.

J'obéis. Les draps de coton et la couette soyeuse sont merveilleusement doux sous ma peau nue. Je ferme les yeux et croise les poignets sur l'oreiller.

J'entends Dominic s'approcher, puis le bruit d'un tiroir qu'on ouvre et qu'on referme.

—On va commencer par quelque chose de simple.

Un fin tissu m'effleure le visage et, une seconde plus tard, Dominic l'applique sur mes paupières et me soulève la tête pour le nouer. Le monde devient soudain très noir et je ressens une pointe de panique. *Je n'y vois plus rien! Ce n'est pas ce que je croyais!*

—Détends-toi, Beth. Je fais tout ça rien que pour toi, murmure Dominic comme s'il lisait dans mes pensées. Tu vas voir, tu ne crains rien.

Il soulève l'un de mes poignets et l'attache à la tête de lit à l'aide d'un tissu tout doux, puis fait de même avec l'autre. Il n'a pas serré les liens, et je ne ressens aucun inconfort, mais je trouve étrange de ne plus disposer de ma liberté de mouvement. Je teste ma marge de manœuvre, qui n'est que d'un centimètre ou deux.

—Fais-moi confiance, souffle Dominic. Je fais tout ça pour ton plaisir, promis. Maintenant, écarte les jambes.

J'hésite un peu à m'exposer ainsi de la façon la plus intime et la plus vulnérable qui soit alors que je ne vois même pas où Dominic se trouve ni ce qu'il fait. En revanche, mes sensations ont acquis une acuité nouvelle à présent que je suis privée de la vue. Je prends conscience d'un léger courant d'air qui passe sur mon sexe ouvert et brûlant. Dominic ne fait pas un bruit, mais je le sens évoluer dans la pièce. J'entends le bruit d'une allumette qu'on craque et hume l'odeur de soufre qui va avec. Un instant après, je perçois un parfum entêtant et doux de jasmin et de cèdre.

D'accord, il vient d'allumer une bougie parfumée. Tout va bien, c'est plutôt agréable.

Jusqu'ici, cette expérience me plaît : la chambre joliment décorée, les tissus somptueux et, à présent, cette senteur délicate... Mais je suis un peu déboussolée par cette inaction, qui fait légèrement retomber mon excitation. Je reviens peu à peu à moi, m'éloignant du merveilleux abandon que je ressentais il y a quelques instants.

Puis, soudain, Dominic revient à mes côtés. Je sens le lit remuer tandis qu'il monte dessus et se positionne entre mes jambes écartées.

— Tu es prête ? demande-t-il d'une voix rauque.

— Oui, je suis prête.

Aussitôt, mon corps recommence à vibrer de désir. Je suis perdue dans le noir, offerte et vulnérable, les mains liées.

— Bien.

Après une pause, j'éprouve une drôle de sensation. Une goutte presque brûlante tombe sur mon sein et se transforme aussitôt en une douce chaleur. La même chose se reproduit sur mon autre sein, puis sur mon ventre, à deux reprises. *Qu'est-ce que c'est ?*

Dominic passe les doigts sur mon sein et les fait glisser sur la source de chaleur. Je comprends : il a fait couler de l'huile chaude sur ma peau et commence à la faire pénétrer. Son lent massage me procure des sensations voluptueuses et me rend toute douce et glissante. Il passe l'huile sur mes tétons, puis les titille légèrement. Comme ils sont rendus presque insaisissables par le liquide, Dominic les pince et les frotte avec vigueur entre son pouce et son index, envoyant des ondes de désir jusque dans mon ventre.

Une question traverse mon esprit engourdi tandis que je me cambre de plaisir. *Comment se fait-il que cette zone soit aussi directement liée à l'entrejambe ?* Dominic me titille les tétons avec toujours plus de force, et je sens qu'ils sont dressés et durs comme des petites billes. Quant à moi, je suis trempée de désir.

— Ne bouge pas, m'intime Dominic.

J'essaie d'obéir, pantelante, mais il m'est difficile de ne pas réagir aux sensations qu'il suscite en moi. Il commence à me masser les seins, les prend dans ses mains, puis se concentre de nouveau sur mes tétons avant de diriger ses caresses vers mon ventre, faisant pénétrer l'huile et me rendant toute glissante.

— Tu es si belle, Beth, souffle-t-il tandis que je sens ses grandes mains puissantes me frotter le ventre et descendre peu à peu, avec une lenteur insupportable. J'adore te voir offerte ainsi, rien que pour moi. Ton corps magnifique est à mon entière disposition.

Ses mots me font frissonner, mais je ne dis rien. Toute mon attention est captivée par les cercles décrits par ses doigts agiles, de plus en plus proches de mon sexe brûlant. Je n'ai qu'une envie, c'est qu'il les plonge en moi de nouveau. Ou, mieux, qu'il me prenne sans tarder. Je veux sentir sa queue au plus profond de moi.

— S'il te plaît, Dominic, gémis-je, je n'en peux plus.

— Tu vas devoir apprendre la patience, ma belle, rétorque-t-il d'une voix amusée.

Ma frustration atteint son comble quand il contourne mon sexe et fait couler de l'huile chaude sur mes cuisses. Tranquillement, avec une minutie insoutenable, il me masse les jambes, puis les pieds, l'un après l'autre. Il taquine chacun de mes orteils avant de se concentrer sur la plante. C'est incroyablement stimulant. Je n'aurais jamais cru que mes pieds avaient un tel potentiel. Mais, alors que je m'abandonne à ces délices, Dominic remonte le long de mes jambes, jusqu'à mes hanches.

J'aimerais pouvoir regarder son visage mais, bientôt, toute pensée cohérente me déserte lorsque Dominic entreprend de passer de l'huile sur mon pubis. Il a posé les mains sur mes hanches et utilise ses pouces pour me masser, approchant toujours plus de mon clitoris, qui, à force d'excitation, me semble aussi gros que mes tétons. Folle de désir, je sens le sang affluer vers mon sexe. Je meurs d'envie de bouger, de remuer les hanches et de me cambrer, mais je me rappelle l'ordre de Dominic. Je suis déterminée à jouer le jeu et à lui obéir de mon mieux.

Alors que je crois devenir dingue d'impatience, il passe enfin le pouce sur mon clitoris, m'arrachant un cri et un sursaut.

—Aujourd'hui, les règles sont exceptionnellement souples, dit-il d'une voix rauque qui laisse transparaître sa propre excitation de me voir dans cet état. Je t'autorise à bouger si tu veux.

Puis il se met à me caresser le sexe avec une insistance croissante, me faisant frissonner de délice. Puisque le bandeau me confine à un monde d'obscurité, je ressens tout avec une acuité extraordinaire et, lorsque je remue, je me rappelle que mes mains sont entravées, ce qui m'enfièvre un peu plus. Je ne peux rien faire. J'ai besoin de Dominic. Sans lui, je ne pourrai pas atteindre le sommet de l'extase, cette délivrance dont j'ai tellement besoin.

Soudain il s'écarte un peu.

—J'avais prévu d'autres jeux, mais je ne peux plus attendre non plus.

Je sens qu'il se lève. J'aimerais tellement voir son érection ! Puis il revient se placer entre mes jambes et fait jouer son gland contre mes lèvres enflées, lubrifiées par l'huile et l'excitation.

Je lève les hanches à sa rencontre, mais il prolonge encore un peu le supplice.

— Tu es brûlante, murmure-t-il avant de me pénétrer d'un grand coup de reins.

Je pousse un cri inarticulé. *Oh oui!*

J'ai l'impression de le sentir plus profondément que jamais. Il se retire lentement, puis redonne un violent coup de boutoir, et recommence la manœuvre jusqu'à trouver son rythme. À chaque mouvement, il vient buter contre mon pubis, offrant à mon clitoris toute la stimulation dont il a besoin.

— Je veux te sentir jouir, maintenant, gronde-t-il avant de m'embrasser avec fougue.

J'émets un son que je ne reconnais absolument pas. Je n'avais encore jamais ressenti de sensations aussi intenses. Alors que Dominic atteint des endroits secrets et merveilleusement sensibles au plus profond de moi, je m'abandonne à l'obscurité veloutée que m'inflige le bandeau, ainsi qu'à l'orgasme que je sens monter.

— Jouis ! me commande Dominic.

Aussitôt, je suis soulevée et transportée par une puissante vague d'euphorie qui semble durer plusieurs minutes. Enfin, je sens Dominic se tendre, marquer une pause, puis donner un dernier coup de reins, son pénis plus imposant que jamais, avant de jouir avec une force délicieuse. Incapable de le voir, je perçois d'autant mieux les sursauts de son éjaculation. Il finit par se retirer et s'allonge à côté de moi, haletant.

Moi-même, je n'ai pas encore retrouvé mon souffle, ébahie par la puissance de ce que je viens de ressentir, lorsque Dominic me détache les poignets et me retire mon bandeau.

Il me sourit avec tendresse, puis m'embrasse sur les lèvres.

— Alors, cette première leçon ?

— C'était… hallucinant, dis-je dans un soupir satisfait. Magnifique et explosif.

— Oui, ça, je l'ai senti et entendu. Tes spasmes étaient d'une puissance incroyable. C'était exquis, ajoute-t-il en me déposant un nouveau baiser, sur le bout du nez, cette fois. Je pense qu'on peut considérer que ce lit est bel et bien baptisé.

Je m'étire avec bonheur.

— Mmm. Il est génial.

— Ravi qu'il te plaise. Cet endroit est notre sanctuaire. Nous pouvons y faire tout ce que nous voulons, dit-il en me sondant d'un regard intense. Et, demain, nous commencerons pour de bon.

Chapitre 16

L'euphorie de cette folle soirée perdure jusqu'au lendemain. James ne me pose aucune question mais m'affuble d'un joli surnom : « la Joconde » – en raison de mon sourire énigmatique, précise-t-il sur un ton affectueux.

Il n'a pas tort : je sais que j'ai affiché une mine béate toute la journée. Mon expérience de la veille s'est révélée infiniment agréable, et je commence à me demander ce que j'ai raté d'autre pendant toutes ces années.

Si c'était aussi merveilleux, c'est parce que c'était Dominic.

Ce soir, il est prévu que nous sortions. Dominic me l'a annoncé hier : avant que l'on s'aventure plus loin sur cette voie, il faut que l'on discute de plusieurs choses. Sur le coup, ça m'a paru vaguement menaçant, mais il a dû deviner mon inquiétude car il m'a aussitôt assuré qu'il s'agissait d'une simple mise au point.

À 19 heures précises, mon taxi me dépose devant le restaurant où Dominic m'a donné rendez-vous. Je ne connais pas ce quartier, mais nous sommes passés près de la Tour de Londres et de Tower Bridge en chemin. Je dois donc me trouver à l'est de la ville.

Le restaurant est un ancien entrepôt réhabilité, situé au bord de la Tamise et offrant une vue magnifique sur le fleuve et la rive sud.

Le maître d'hôtel m'accueille avec une courbette lorsque je lui explique que j'ai rendez-vous avec M. Stone. En prononçant ces mots, je me rends compte que je ne sais même pas s'il s'agit vraiment du nom de famille de Dominic. C'est juste le nom sous lequel il s'est annoncé en arrivant ici.

— Bien sûr, madame. Si vous voulez bien me suivre.

Il me fait traverser la salle bondée du rez-de-chaussée, et me conduit à un ascenseur qui nous emmène jusqu'à la véranda qui prolonge le toit de l'entrepôt. La vue me coupe le souffle.

— M. Stone vous attend sur la terrasse privée, annonce le maître d'hôtel.

Il m'entraîne vers un ravissant espace isolé du reste par des baies vitrées doublées d'arbustes en pots. La brise du soir agite les feuilles de cette petite haie et fait parvenir jusqu'à nous le parfum iodé du fleuve.

Dominic est attablé devant un verre de vin blanc. Il se lève à mon approche, un demi-sourire aux lèvres. Il est plus beau que jamais dans son costume bleu marine assorti à une chemise bleu pâle et à une cravate de soie gris argenté.

— Mademoiselle Villiers. Je suis enchanté de vous revoir.

— Monsieur Stone. Tout le plaisir est pour moi.

Tandis que le maître d'hôtel tire ma chaise, Dominic et moi échangeons un baiser poli sur la joue.

— Je suis ravi que vous ayez pu vous libérer, ajoute Dominic.

Je m'assieds, et le maître d'hôtel repousse ma chaise doucement derrière moi avant de me servir un verre de vin. Puis il replace la bouteille dans le seau à glace et s'éclipse avec une courbette.

Dominic se penche vers moi, les yeux brillants, et murmure :

— Toute la journée, j'ai senti ton goût sur mes doigts.

Le contraste entre notre attitude polie et le souvenir de nos ébats délicieusement dépravés de la veille me fait rire.

— Tu as pris une douche ce matin, dis-je. J'en déduis donc que cette déclaration est un mensonge éhonté.

— Mon imagination doit me jouer des tours, alors, rétorque-t-il en levant son verre. À nos belles découvertes.

— À nos belles découvertes !

Nous trinquons et buvons une gorgée de vin. Je parcours du regard le panorama de cette soirée d'été, ravie de voir la ville s'illuminer à mesure que la nuit tombe. Je distingue les ponts qui enjambent la Tamise, ainsi que l'activité exubérante qui règne sur les quais. Le monde s'agite en ronronnant autour de nous, mais cette terrasse contient l'intégralité de mon univers – tout ce dont je pourrais avoir envie ou besoin. Parmi les qualités que je recherche chez un homme, il n'y en a pas une dont Dominic soit dépourvu : il est intelligent, cultivé, drôle et d'une beauté incroyable. Par ailleurs, il est gentil, attentionné, et m'amène à des niveaux d'extase dont je ne soupçonnais même pas l'existence. L'intense ravissement que je ressens chaque fois que je pense à lui signifie sûrement que je suis en train de tomber amoureuse. C'est un sentiment à la fois plus profond et plus excitant que ce que j'éprouvais pour Adam. Avec le recul, cette histoire m'apparaît comme une gentille amourette adolescente, qui pâlit en comparaison des plaisirs que je viens de découvrir.

— J'ai commandé pour nous deux, annonce Dominic.

— D'accord, dis-je, un peu surprise qu'il ne m'ait pas attendue.

Tu t'es engagée sur cette voie, je te rappelle. Cela fait sans doute partie du jeu.

Écoutant la voix de la sagesse, je réprime mon agacement. Après tout, je fais confiance à Dominic, et je n'ai aucune allergie à ma connaissance. Certes, il n'a aucun moyen de le savoir puisqu'il ne m'a rien demandé, mais je ne dois pas oublier qu'il ne cesse de parfaire mon éducation. Ce qu'il a commandé ne peut que mériter que j'y goûte.

Il me dévisage, les paupières mi-closes, et je me demande s'il se rappelle notre folle nuit de la veille. Je l'espère, en tout cas. Cette simple évocation me fait frissonner de plaisir.

— Bon, commence-t-il. Nous devons établir nos règles de base.

— Nos règles de base ?

Il acquiesce.

— C'est absolument nécessaire quand on s'embarque dans ce genre d'aventure.

Les paroles de Vanessa me reviennent en mémoire. « La sécurité et le consentement sont la clé de tout ce qui se passe ici, Beth. Une fois que vous aurez compris ça, vous pourrez aborder ce nouveau cheminement l'esprit tranquille. »

— D'accord, dis-je lentement. Je ne sais pas si nous en avons réellement besoin, mais je te fais confiance.

Un sourire s'esquisse sur les lèvres de Dominic.

— Ce sont des mots qu'un homme comme moi ne se lasse jamais d'entendre. Cela dit, nous en avons réellement besoin. On ne peut s'en passer que dans les relations les plus extrêmes, et cela ne m'attire pas du tout. J'aime dominer mais je ne suis pas un vrai sadique.

— Contente d'apprendre qu'il y a une différence.

Je commence tout juste à m'accoutumer à ces termes, mais j'ai bien évidemment entendu parler du sadisme. Il y avait un type, à l'université, qui s'amusait à lire des extraits du marquis de Sade à toutes les soirées étudiantes. En général, il suffisait de quelques minutes pour que je me sauve, le cœur au bord des lèvres.

— Je peux infliger une certaine douleur, reprend Dominic, mais je n'éprouve nullement le désir de torturer mes partenaires comme le font les vrais sados. En fait, je ne connais que très peu de gens qui aiment ça.

Peu désireuse de réfléchir plus longtemps à cette question, je lance, avec une certaine impatience :

— Et donc, ces règles de base ?

Dominic se penche vers moi.

— Alors, la première chose que tu dois comprendre, c'est que le Dominic avec qui tu feras l'amour – tu peux appeler ces expériences comme tu veux – sera le maître dominateur à qui tu as promis d'obéir. En dehors de cette pièce à part, nous nous comporterons selon les usages traditionnels, mais, à l'intérieur, ce sera tout autre chose. Pour signaler ce changement de scénario, j'aimerais que tu portes un collier de cuir.

— Oh, dis-je, surprise. Un truc de bondage, tu veux dire ?

— Oui. Le collier est un puissant symbole de soumission.

J'y réfléchis une minute. Il a raison : le collier est souvent une marque d'appartenance – on en met aux animaux, les esclaves en portaient… Le collier indique que l'on est dressé, domestiqué. *Est-ce vraiment ce que je souhaite ?*

— Je n'ai jamais considéré que j'avais besoin de me faire apprivoiser, dis-je sans vraiment y penser.

Aussitôt, Dominic semble inquiet.

— Tu ne m'as pas bien compris. Il ne s'agit pas vraiment de toi, mais de ton identité fantasmée. Je n'ai aucune envie de te dresser ou de t'apprivoiser dans le monde réel. En revanche, dans notre petit univers privé, tu acceptes de te soumettre à moi. Tu vois la différence ?

J'acquiesce lentement, percevant sa logique. Il m'apparaît soudain que les particularités de ma vie sexuelle avec Dominic ne refléteront pas forcément ce que je suis en réalité. Cela me rassure, pour une raison qui m'échappe.

— Donc tu acceptes de porter un collier ? insiste Dominic.

— Oui.

— Parfait. J'en ai un superbe qui t'attend à l'appartement.

Le souvenir du lieu magnifique qu'il a aménagé rien que pour moi me fait fondre.

— J'aimerais qu'on y soit déjà, dis-je dans un souffle.

Les cheveux ébouriffés par le vent, il joint les deux mains d'un air pensif.

— Moi aussi, mais, d'abord, il faut vraiment qu'on discute de nos limites…

À ce moment-là, la porte de la terrasse s'ouvre et un serveur s'avance, les bras chargés d'un présentoir en métal sur lequel reposent plusieurs grandes assiettes.

Il place le tout sur notre table en annonçant :

— Votre plateau de fruits de mer, monsieur.

Un second serveur apparaît et dispose devant nous des rince-doigts, de petites fourchettes et des espèces de casse-noix, ainsi qu'un ramequin de mayonnaise, un autre contenant une vinaigrette où marine une échalote émincée, des demi-citrons enveloppés dans de la mousseline et une bouteille de Tabasco.

Enfin, le garçon rafraîchit nos verres de vin, puis s'éclipse.

— Les huîtres contiennent beaucoup de sélénium et de zinc, dit Dominic en haussant un sourcil. C'est excellent pour la santé.

Mais il n'y a pas que des huîtres au menu. Chaque étage du plateau contient aussi, disposés sur un lit de glace, des langoustines, des pinces de homard, des bigorneaux et des crevettes.

— Et ce riesling s'accorde parfaitement avec les fruits de mer, ajoute Dominic d'un air satisfait après une gorgée de vin. Bon, nous pouvons commencer.

Je le regarde faire et suis son exemple, m'aidant des petites fourchettes pour déloger les bigorneaux et des espèces de casse-noix pour faire céder les pinces de homard avant de tremper la chair tendre et blanche dans l'épaisse mayonnaise. Je découvre que quelques gouttes de vinaigrette à l'échalote relèvent le goût salin et presque métallique des huîtres. Je comprends à présent pourquoi ces mets sont généralement considérés comme chargés d'érotisme. Le rituel qui consiste à extraire les chairs de leurs coquilles, puis à en attiser les saveurs salées et acidulées, rend ce repas particulièrement excitant. C'est la première fois que je mange des huîtres, mais j'imite Dominic et laisse glisser sur ma langue ces corps ovales et festonnés, accompagnés par l'acidité du vinaigre et du citron ou par la flamme épicée du Tabasco. Leur consistance presque crémeuse me déroute au début, mais je trouve cela délicieux.

— Il nous reste d'autres détails à régler, déclare Dominic au bout de quelques minutes.

— Ah oui ?

Sous les effets conjugués du plaisir culinaire, de la brise du fleuve et de l'atmosphère d'opulence qui nous entoure, je me détends complètement. Le vin blanc sec – l'un des meilleurs que j'aie jamais goûtés – contribue sans doute à mon bien-être.

— Oui. Tout d'abord, je veux que tu comprennes qu'il s'agit avant tout de toi et de ta jouissance. Les gens croient souvent que seul le dom prend du plaisir dans ce genre de relations, mais c'est entièrement faux. Lorsque nous entrerons dans cet univers, tu en seras le centre. Toute mon attention sera dirigée vers toi, et tu y gagneras une expérience riche et intense, la réalisation de tes fantasmes, sans oublier… quelques puissants orgasmes, ajoute-t-il dans un demi-sourire.

Je frissonne à cette idée. *Une offre pareille ne se refuse pas.*

— Mais tu en retires quand même du plaisir, non ?

— Si, bien sûr. Mon plaisir consiste à obtenir ta soumission pleine et entière. Je veux exercer un pouvoir sur toi, t'imposer tes moindres faits et gestes. L'intensité de mes expériences tient à la réalisation de mes fantasmes. Là réside la beauté de la chose : nos fantasmes se rencontrent et se nourrissent mutuellement.

— Je comprends.

Effectivement, dans le boudoir, j'ai tout ressenti de façon plus vive grâce au suspense que Dominic entretenait.

Il trempe une queue de langoustine dans la mayonnaise et la déguste lentement avant de poursuivre.

— Lorsque nous serons dans l'intimité et que tu porteras ton collier, tu devras m'appeler « monsieur » et me vouvoyer. C'est une autre manière de me signaler que tu es prête à m'obéir.

— Et comment tu m'appelleras, toi ?

— Je t'appellerai comme je veux, rétorque-t-il avec un bref éclair dans le regard. C'est justement le principe.

Vaguement humiliée par cette réponse, je proteste néanmoins.

— Ça ne me paraît pas très juste.

— Je n'utiliserai probablement pas ton prénom, concède Dominic, mais je t'appellerai comme j'en aurai envie sur le moment. L'autre chose qu'il nous reste à décider, c'est un élément fondamental de ce genre de relation. Lorsqu'on entre dans l'univers du fantasme, il y a toujours le risque de se laisser emporter. C'est pour ça qu'on utilise un signal d'urgence qu'on appelle un *safeword*. Ça veut dire : « Stop, j'en ai assez ».

— Pourquoi ne pas dire : « Stop, j'en ai assez », tout simplement ?

— Parce qu'il peut t'arriver de crier « stop », « non » ou « je n'en peux plus » alors que tu ne souhaites pas vraiment arrêter. Il faut un terme qui rompe le charme du fantasme et ramène immédiatement à la réalité. Le mot « rouge » est un choix assez usuel, mais je voudrais quelque chose qui n'appartienne qu'à nous. Je te propose donc « rubis ». Tu penses pouvoir t'en souvenir ?

— Bien sûr. « Rubis » signifie « stop ».

À vrai dire, je ne pense pas en avoir besoin un jour. Je n'imagine pas refuser les délices que Dominic me prodigue.

— Bon. Nous pourrions aussi discuter des limites de ce que tu es prête à accepter, mais, pour l'instant, je voudrais que tu me fasses confiance, Beth. Je vais t'emmener sur ce chemin avec lenteur, en évitant de t'infliger des supplices trop extrêmes.

Je fronce les sourcils.

— Tu veux dire, des trucs comme ce qu'on a vu dans le donjon ?

— Oui. Je crois avoir cerné ton expérience passée et ta nature profonde. À mon avis, tu seras ouverte à la plupart des choses que j'aimerais te montrer. Je sais déjà que je prendrai un plaisir immense rien qu'à te faire découvrir tout ça. Et puis, à la moindre objection, tu prononces le *safeword*. Cette proposition te paraît-elle acceptable ?

Je prends un instant pour réfléchir. Tout cela demeure très vague à mes yeux, mais l'équipement que j'ai aperçu dans notre boudoir différait complètement de l'attirail du donjon. Tout y était féminin, sexy et érotique, sans la moindre menace de douleur, contrairement à ce qu'annonçaient les instruments de torture du club.

— Oui, ça me paraît acceptable.

— Formidable, conclut Dominic dans un sourire. Il ne nous reste plus qu'un détail à régler. Je veux que tu me consacres trois nuits cette semaine, à commencer par jeudi soir. Notre accord présent arrive donc à son terme samedi, ce qui te laisse dimanche pour te remettre de tes émotions. Alors, nous pourrons en renégocier les termes, l'un comme l'autre.

Je le dévisage, surprise. Depuis quand notre histoire a-t-elle pris une tournure aussi professionnelle ? Moi qui croyais que nous étions en train d'évoluer avec délices vers une relation de couple ! Voilà que je me trouve face à un contrat à durée déterminée éventuellement renouvelable.

— Je fais ça pour toi, souffle Dominic en décelant mon dépit. Pour te protéger. Le fait de te soumettre à quelqu'un peut te donner l'impression que tu n'as plus aucune prise sur rien, mais la vérité, c'est que tu ne fais que suspendre ton pouvoir. Tu ne donnes rien, tu n'abandonnes rien, tu ne perds rien. Il ne faut surtout pas l'oublier.

— D'accord, dis-je dans un souffle.

Je garde peut-être le pouvoir, mais je ne vois pas comment refuser quoi que ce soit.

— Bien. Maintenant que nous avons établi nos règles de base, terminons ce délicieux repas. Après, je te raccompagne. Tu as besoin de sommeil.

— On ne passe pas la nuit ensemble ? demandé-je d'une petite voix déçue.

Dominic secoue la tête en riant doucement.

— Pas ce soir. On se voit jeudi. Je suis persuadé qu'un peu d'attente ne nous fera pas de mal, au contraire. En plus, je pars en voyage d'affaires demain à l'aube.

— Ah bon ? Où vas-tu ?

— À Rome.

— Pour quoi faire ?

— Une réunion. C'est d'un ennui mortel, crois-moi.

— Rome, ça ne peut pas être mortel, dis-je d'un air rêveur.

— Oh, Rome n'est pas en cause, c'est ma réunion qui est mortellement chiante.

— Je ne sais toujours pas vraiment en quoi consiste ton travail…

— Ça, c'est parce qu'il existe au moins mille sujets de conversation plus intéressants que mon travail, rétorque-t-il en levant son verre. D'ailleurs, parle-moi du nouvel artiste que vous exposez à la galerie.

Nous commençons à bavarder comme n'importe quel couple en train de dîner en terrasse par une belle soirée d'été. On ne dirait pas que nous venons de passer un étrange contrat qui stipule un échange de pouvoir et qui régira à l'avenir nos relations érotiques. Le simple fait de penser à ce qui nous attend m'envoie une onde d'excitation dans le ventre, comme si un noir serpent venait de s'y lover.

Où va-t-il m'emmener? Est-ce que je peux vraiment le suivre?

Je le saurai bien assez tôt.

Chapitre 17

Sachant que Dominic est à Rome, je suis surprise lorsque, le lendemain, un coursier m'apporte une lettre à la galerie. Tandis que je signe le reçu, James sort de la petite cuisine en demandant :

— C'est pour moi ?

— Non, dis-je en contemplant l'épais papier couleur crème sur lequel est inscrit mon nom.

— Oh, fait James, interloqué, avant de sourire. Je suppose que ça vient du merveilleux Dominic.

— Sans doute.

J'ouvre l'enveloppe et y trouve une clé, ainsi qu'une feuille de papier, que je déplie.

« Beth,

Je veux que tu te rendes à l'appartement jeudi soir. Voici la clé. Tu devras être impeccablement propre et soignée, avec les cheveux relevés de façon à découvrir ta nuque. Je souhaite que tu portes le collier que tu trouveras à côté du lit, ainsi que les sous-vêtements que j'ai sélectionnés et disposés sur les draps. Sois prête à 19 h 30, lorsque j'arriverai. Je veux te voir agenouillée à côté du lit en entrant.

Dominic. »

Rougissante, je replie la lettre à la hâte.

— Un petit mot doux ? me demande James.

Il s'apprête à partir pour un rendez-vous et ne fait pas trop attention à moi – heureusement.

— Oui… c'est ça.

Au risque de paraître ridicule, je devine une certaine tendresse à travers ces quelques lignes aussi brèves qu'autoritaires. En tout cas, elles contiennent la promesse d'une soirée aussi étrange qu'excitante.

— Comme c'est mignon ! lance James.

Si on veut…

Les yeux rivés sur la lettre, je prends la mesure du sérieux de ce que j'ai entrepris. Dominic m'a prévenue et m'a laissé le temps pour me préparer, physiquement comme mentalement. Cela prouve qu'il sait ce qu'il fait.

Jeudi soir

Je suis à l'appartement bien avant l'heure prévue et j'ai respecté les instructions de Dominic à la lettre. Je me suis frictionnée sous la douche et me suis épilée avec soin avant d'appliquer sur ma peau une lotion qui la rend douce comme la soie. J'ai relevé mes cheveux en un chignon qui dégage mon visage et mon cou. J'ai l'impression de m'être adonnée à une cérémonie de purification – une étape nécessaire avant d'ouvrir ce nouveau chapitre de ma vie.

Mercredi, je me suis rendue dans le centre médical de Harley Street dont m'avait parlé Dominic et où, dans un environnement discret et plutôt luxueux, on m'a fait passer toute une batterie de tests. J'ai reçu les résultats le soir même : je suis en parfaite santé. Cela me semble merveilleusement logique, comme si ces tests confirmaient que je suis également pure de l'intérieur.

Sur le lit, qui n'est couvert que d'un simple drap, je trouve un ensemble de lingerie qui semble, au premier abord, d'une extrême simplicité. J'enfile la culotte, faite d'un assemblage de soie et de tulle noirs. La coupe laisse voir mes hanches par transparence et dessine une sorte de diamant autour de mon sexe, qui est découvert. Lorsque je me regarde dans le miroir, je me rends compte que la culotte révèle également mes fesses, dont la blancheur contraste avec la soie noire. Le soutien-gorge consiste essentiellement en un assemblage de minces lanières. Les bonnets ne couvrent pas mes seins – ils se contentent de les mettre en valeur. L'effet est saisissant : de fines lignes noires soulignent mes courbes comme pour mieux les offrir aux caresses.

Moi qui n'ai jamais porté pareille lingerie, je trouve ce mélange de sophistication et de simplicité terriblement sexy. Les motifs entrecroisés comportent quelque chose d'un peu sévère, mais pas trop. Mon regard est irrésistiblement attiré par mon sexe dénudé, et mes tétons se dressent fièrement. Je me passe une main fébrile sur le ventre et les seins, frissonnant légèrement. Je brûle déjà d'excitation.

J'aperçois le collier sur la table de chevet et m'approche. Je soulève l'objet, qui n'a rien à voir avec le collier de chien en cuir clouté que j'imaginais. Celui-ci est entièrement en latex, et de minuscules trous y dessinent un motif en filigrane, un peu comme de la dentelle. Il y a un petit ruban à l'avant et un bouton-pression à l'arrière. Je le place autour de mon cou.

Mon estomac fait un bond lorsque le latex touche ma peau et que le symbolisme de cette démarche m'apparaît clairement. Cet objet est la preuve de ma soumission. Quand je l'attache, je cède le contrôle de mon corps. À ma grande surprise, cette réflexion me fait frissonner de désir.

Cela fait peut-être partie de ma personnalité profonde, après tout. Le collier me va parfaitement, comme un ruban de fine dentelle.

Un coup d'œil à l'horloge m'apprend qu'il est presque 19 h 30. Puisque je suis apprêtée et habillée comme Dominic me l'a demandé, il ne me reste plus qu'à aller m'agenouiller sur le tapis de fourrure à côté du lit. Au début, je me sens un peu bête, même s'il n'y a personne pour me voir. Je passe une éternité à enrouler des brins de fourrure autour de mes doigts, m'immobilisant au moindre bruit. J'ai beaucoup de mal à contenir mon impatience lorsque l'horloge marque enfin 19 h 30, mais les minutes continuent de s'écouler en silence.

Est-ce qu'il aurait été retardé ?

J'ignore si je dois lui envoyer un texto pour m'assurer que tout va bien ou si je dois rester à ma place.

Toujours agenouillée, j'écoute l'horloge égrener les secondes. Cinq minutes, puis dix. Finalement, n'y tenant plus, je me relève pour aller dans l'entrée, où j'ai laissé mon sac avec mon téléphone à l'intérieur. À peine ai-je mis un pied sur le marbre froid que j'entends la clé tourner dans la serrure. Mon cœur s'emballe et une soudaine terreur s'empare de moi, si bien que j'ai les paumes qui picotent. Je fais volte-face et, moins d'une seconde plus tard, me retrouve agenouillée sur le tapis de la chambre. J'entends la porte qui s'ouvre, puis des pas lents. Je distingue des mouvements, qui alternent avec des pauses, mais Dominic n'entre pas tout de suite dans le boudoir. J'en suis reconnaissante et espère qu'il va laisser le temps à mon cœur de se calmer et à ma respiration de revenir à la normale. Mais il me semble ne plus avoir aucun contrôle là-dessus – je tremble toujours sous le coup de ma culpabilité. Je lui ai désobéi.

Mais qu'est-ce qu'il fait ? Je n'en peux plus d'attendre !

Enfin, les bruits de pas s'approchent et, sans oser lever les yeux, je devine que Dominic se tient dans l'encadrement de la porte.

— Bonsoir, lance-t-il d'une voix grave où je perçois une note autoritaire.

— Bonsoir, dis-je en redressant juste assez le cou pour voir ses jambes.

Il porte un jean. Après une longue pause, je me rappelle ses exigences et reprends :

— Bonsoir, monsieur.

— As-tu respecté toutes mes instructions ? demande-t-il en s'approchant.

J'acquiesce.

— Oui, monsieur.

Je n'ose toujours pas regarder son visage. Ce nouveau Dominic, le Dominic à qui j'ai accepté d'obéir, m'effraie un peu.

— Vraiment ? insiste-t-il d'une voix plus douce qui ne masque pourtant pas une certaine inflexibilité. Lève-toi.

Je me redresse, consciente que mes seins pointent de façon éhontée et que mon sexe dénudé constitue une sorte d'invitation. Mais je sais également que je suis magnifique habillée ainsi et, à en juger par le souffle rauque qui échappe à Dominic, il est du même avis. Pour la première fois de la soirée, je lève les yeux vers lui – et le trouve différent. Il reste d'une beauté à couper le souffle, mais ses prunelles noires me couvent avec une lueur dure, et le pli de sa bouche semblerait presque cruel si je n'y décelais pas également une indéniable tendresse.

— M'as-tu obéi ?

— Oui, monsieur.

À peine ai-je répété ces mots que je me sens blêmir. Je suis en train de lui mentir et il le sait sûrement. Mon cœur s'emballe ; j'ai les mains qui tremblent et les genoux en coton.

— Je t'accorde une dernière chance. M'as-tu obéi ?

J'inspire profondément avant de me lancer.

— Non, monsieur. Comme vous étiez en retard, je suis allée dans l'entrée.

— Oh, je vois, commente-t-il avec une étincelle de plaisir dans le regard et un demi-sourire. Tu me désobéis déjà. Mon Dieu... Il va falloir que tu retiennes la leçon, et sans tarder. Nous devons absolument tuer dans l'œuf toute velléité d'insubordination. Va ouvrir la porte de droite de l'armoire.

M'efforçant de calmer mon agitation et ma respiration, je me dirige vers le meuble et m'exécute. Je me retrouve face à une vaste collection d'objets étranges.

— Sors la corde rouge.

Celle-ci se trouve sur l'étagère du bas et, lorsque je l'attrape, je suis surprise par son extrême douceur. Je m'attendais à quelque chose de rêche.

— Apporte-la-moi.

Je reviens vers Dominic, qui semble tout-puissant dans son jean et son tee-shirt noir, avec ses cheveux coiffés en arrière. Il me prend l'objet des mains sans sourire.

— C'est très mal de désobéir, Beth, souffle-t-il.

Il brandit une des extrémités de la corde, terminée par une longueur de cire rouge, et la promène sur tout mon corps.

Saisie d'une puissante excitation, je sens mon sexe s'ouvrir et se couvrir de rosée. *Oh, mon Dieu ! Rien que ça, c'est torride !*

— Va t'agenouiller près d'un des pieds du lit, m'ordonne Dominic en me retournant.

Je m'exécute, me demandant s'il va me frapper à coups de corde.

— Passe les bras autour du pied et joins les mains de l'autre côté.

Une fois que j'ai adopté la position requise, il m'attache les poignets avec un bout de la corde, dont il fait traîner le reste au sol.

— Écarte les jambes.

J'obéis, sachant que mes fesses sont alors exposées, que mon cul lui est offert, ainsi que mon sexe engorgé. Je suis sûre que Dominic voit mes lèvres luisantes d'excitation, et cette idée attise encore plus mon désir. Je presse mon visage brûlant sur mon avant-bras, qui est étroitement maintenu contre le montant du lit.

Je sens quelque chose à l'entrée de mon sexe. Pendant un instant, je pense que c'est le doigt de Dominic, mais c'est trop gros. Pourtant, c'est également trop fin et pas assez dur pour être son gland. Puis je comprends – il s'agit de l'extrémité de la corde, le bout enduit de cire, qu'il passe entre mes lèvres trempées. Ces sensations délicieuses m'arrachent un soupir.

— Oh !

— Chut. Je t'interdis de parler ou de bouger.

Je sens un léger coup sur mes fesses et devine qu'il m'a fouettée avec la partie soyeuse de la corde. Ce n'est pas douloureux, mais très explicite. Je me force à rester immobile.

— Et maintenant, un petit quelque chose pour commencer ta punition.

Dominic s'éloigne et, du coin de l'œil, je le vois se diriger vers l'armoire. Il en sort quelque chose qu'il dépose sur le lit, dans mon champ de vision. Il s'agit d'un bel objet en verre d'une douzaine de centimètres de long, lisse et légèrement incurvé. Une fois assuré que je l'ai bien vu, Dominic le reprend et passe derrière moi. Il s'agenouille si près que je sens la chaleur de son corps dans mon dos. Il approche son visage de ma nuque et caresse mon collier du bout des doigts.

— J'aime beaucoup, chuchote-t-il. Ça te va à ravir.

Il me dépose un baiser dans le cou avant de me mordre légèrement.

J'ai envie de soupirer de plaisir mais, gardant à l'esprit les ordres qu'il m'a dictés, je reste aussi passive que possible.

De nouveau, je sens quelque chose à l'entrée de mon sexe – quelque chose de froid et de très lisse. L'objet en verre, sans doute.

— Ceci est un gode, Beth. Je vais l'introduire dans ton vagin, et je veux que tu l'y gardes. Tu ne dois pas le laisser ressortir.

Il joint le geste à la parole, et la fraîcheur du verre rend les sensations de la pénétration encore plus intenses. Dominic enfonce profondément le gode avant de le lâcher. Malheureusement, je suis tellement excitée que l'objet commence à glisser et à m'échapper.

— Vilaine fille, gronde Dominic lorsqu'il voit le gode reparaître. Qu'est-ce que je t'ai dit ?

Il repousse le gode d'un geste brusque qui manque m'arracher un soupir. Je contracte mes muscles pelviens de toutes mes forces pour retenir le lisse objet en verre.

— C'est bien. Je vois que tu fais des efforts, murmure Dominic. Maintenant, c'est ton cul qui réclame mon attention.

Il me caresse les fesses, insistant sur les endroits où ma peau est nue entre le tulle et la soie. Soudain il m'administre une petite claque, pas forte, mais saisissante. Je sursaute, ce qui fait tressaillir le gode et m'offre une sensation aussi merveilleuse qu'inattendue. Dominic reprend ses caresses avant de me donner une nouvelle fessée, dont l'écho retentit en moi. Ça ne me cause aucune douleur mais provoque des réactions qui font tressauter le gode, l'entraînant toujours plus profond.

Oh, mon Dieu!

—Tu as un cul magnifique, dit Dominic d'une voix enrouée avant de me fesser une fois de plus.

Oh oui! Je sens que ça vient!

J'appuie le front contre le pied du lit, juste au-dessus de mes bras. La vue de mes poignets liés par la corde de soie rouge m'excite. Mes seins aux pointes tendues et hyper sensibles effleurent le froid métal du montant. Alors que le gode, à présent réchauffé, commence à m'échapper, je contracte les muscles et le sens remonter. Une onde de chaleur se répand dans mon ventre.

—Qu'est-ce que c'est que ça, Beth? Tu ne peux pas le garder? Même pour moi? gronde Dominic d'une voix joueuse. Je n'aurais pourtant pas cru que c'était trop te demander… Soit, puisque c'est comme ça…

Il me donne trois vives claques qui résonnent délicieusement dans tout mon corps. Puis, il attrape l'extrémité du gode et commence à le faire aller et venir avec vigueur. J'éprouve des sensations nouvelles mais délectables tandis que, agenouillée devant Dominic, offerte, je le laisse me baiser violemment avec un *sex toy* en verre. Au bout d'un moment, il approche sa main gauche de mon clitoris surexcité. Je pense que j'aurais pu jouir sans cette stimulation supplémentaire, mais, lorsque Dominic fait glisser son doigt sur ce point si sensible avant de le faire courir le long de mes lèvres et de revenir à mon clitoris, des vagues d'un plaisir complètement euphorique me parcourent tout entière. J'ai les jambes en coton et glisserais sans doute au sol si je n'étais pas attachée. Je tremble de la tête aux pieds, submergée par l'extase.

— Puisque tu n'es qu'une débutante, siffle Dominic d'une voix dure à mon oreille, je t'autorise à jouir, mais seulement si tu jouis de toutes tes forces. Vas-y ! Abandonne-toi !

Il ne m'en faut pas plus. Je pousse un cri tandis qu'un orgasme dévastateur me bouleverse complètement.

— Oh oui, soupire Dominic. C'est exactement ce que je voulais voir. Mais nous n'en avons pas encore terminé. Pas tout à fait.

Il enlève le gode et le fait glisser entre mes fesses. Puis il en positionne l'extrémité, lubrifiée par ma jouissance, à l'entrée de mon anus. Il donne une légère pression, puis, alors que, partagée entre la peur et la curiosité, je me demande s'il compte me pénétrer là aussi, il retire le gode.

Un instant plus tard, il me détache les poignets mais, si je crois que c'est terminé, je me trompe.

— Allonge-toi par terre, m'ordonne Dominic. Lève le cul bien haut et pose la tête sur les bras.

Je m'étends sur le tapis de fourrure et, sans la moindre honte, tends les fesses vers Dominic, offrant à ses regards mes lèvres encore gonflées et humides. Je sens qu'il dessine les contours de mon sexe du bout du doigt, écartant mes quelques boucles et caressant ma peau plus sensible que jamais.

— Quelle vision magnifique, dit-il d'une voix rauque de désir. Et tout ça m'appartient.

Je l'entends déboutonner son jean, mais pas l'ôter. Puis il se positionne derrière moi et, prenant son érection en main, la presse contre mes fesses.

— Je vais te baiser comme une chienne. Tu as le droit de faire du bruit si tu le souhaites.

Je suis reconnaissance pour cette autorisation parce que, lorsqu'il me pénètre d'un violent coup de reins, je ne peux retenir un cri tant il va profond. À chaque poussée, son gland atteint un point hyper sensible où le plaisir confine à la douleur, pourtant j'en veux encore. C'est une exquise torture et je veux offrir à Dominic le même genre de jouissance indescriptible qu'il m'a fait atteindre. Je veux me donner à lui sans réserve.

Le tissu un peu rêche de son jean vient frotter contre mes fesses à chaque coup et je trouve cela insupportablement excitant. Me saisissant la hanche d'une main, Dominic se penche pour, de l'autre, attraper mon sein et en pincer la pointe tendue. Le souffle rauque, il tient sa promesse et me baise vite, fort, son sexe grossissant encore. Soudain, il se raidit, puis, dans un dernier coup de reins, il s'abandonne à son propre orgasme.

Nous sommes tous deux hors d'haleine lorsque, lentement, il se retire de moi. Il se relève et va chercher, sur la table de nuit, un mouchoir en papier avec lequel il s'essuie. Quant à moi, je me laisse tomber sur le tapis le temps de reprendre mon souffle. Je sens la chaleur de son sperme couler le long de ma cuisse…

— C'était merveilleux, dis-je en lui souriant.

Je me sens incroyablement proche de lui ; j'ai envie de le serrer contre moi, de respirer son parfum enivrant et d'embrasser sa bouche sensuelle. Il se tourne et me lance un regard presque impassible. Puis, avec un petit sourire, il répond :

— Merci, Beth. J'ai beaucoup apprécié cette première punition. Tu as fait preuve de beaucoup de bravoure, mais ce n'était que le début.

Surprise, je le regarde s'approcher d'un pas nonchalant tout en reboutonnant son jean.

Est-ce parce que je porte encore le collier ?

Dans le doute, je lève les bras pour le détacher.

Dominic s'agenouille à côté de moi, me prend la main et la porte à ses lèvres.

— Merci, répète-t-il. C'est avec grand plaisir que j'anticipe notre prochaine rencontre.

Puis, il se relève et s'en va, me laissant allongée par terre tandis que son sperme me coule toujours sur la cuisse.

Je reste là, seule, prostrée, horrifiée, blessée. *C'est vraiment censé se passer comme ça?* Moi qui aimerais tant le prendre dans mes bras, me blottir contre sa poitrine, l'embrasser et lui montrer l'étendue de ma tendresse!

J'ai promis de lui obéir. Et puis, ce n'était que la première soirée. Il faut que j'attende de voir où il compte m'emmener. Dominic sait ce qu'il fait. Je dois lui faire confiance.

Vendredi

Je me réveille en sursaut dans le lit de Celia. Il est à peine 4 heures du matin, et je ne sais pas ce qui m'a tirée de mon sommeil. Je devrais être épuisée après les événements de la veille. Cette soirée s'est révélée éprouvante, tant moralement que physiquement. À côté de moi, De Havilland dort tranquillement. Je ne suis pas sûre que Celia lui permette de monter sur le lit, mais je trouve sa présence réconfortante. Je tends la main et caresse son épaisse fourrure. Au bout d'une petite minute, il se met à ronronner doucement.

— Toi, au moins, tu as besoin de moi, dis-je dans un murmure. Pas vrai, petit chat? Il suffit que je te caresse pour te rendre heureux, hein?

Pourquoi faut-il que l'amour soit si compliqué? Pourquoi a-t-il fallu que, de tous les hommes du monde, je tombe amoureuse de celui qui cache une main de fer dans un gant de velours? Je suis en train de tomber amoureuse, c'est évident.

Sinon, je ne serais pas aussi anxieuse et déroutée, l'esprit encombré de questions sur ses sentiments à lui. Je sais qu'il me désire – qu'il me trouve belle et excitante. Je sais que je lui donne du plaisir – tellement qu'il a été jusqu'à prendre un deuxième appartement et à le meubler exprès pour moi.

Combien est-ce que ça lui a coûté ? Et tout ça pour une semaine de baise ?

Cette réflexion en amène une autre.

À moins qu'il n'ait l'intention de faire durer cette histoire au-delà d'une semaine ?

Je ne sais pas trop quoi penser. Jusqu'ici, ce jeu ne me déplaît pas, mais j'aime bien savoir qu'il y a des limites. Mon avis sur la question serait sans doute différent si cela devait devenir notre mode de vie permanent. Parce que…

Parce que j'ai besoin d'amour, pas de punitions… ?

Parce que j'ai envie de donner autant que de recevoir… ?

Parce que…

Une idée sombre, horrible, effleure ma conscience puis m'échappe aussitôt. Avec un long soupir, je me retourne, et ce mouvement dérange De Havilland. Il s'étire et sort les griffes avec un petit miaulement avant de se rouler en boule et de recommencer à ronronner.

J'aimerais me rendormir, moi aussi, mais le sommeil m'échappe. Alors je m'occupe en comptant les perroquets du papier peint chinois et en suivant du regard leur plumage chatoyant, jusqu'à ce que mon réveil sonne.

Conséquence directe de ma nuit agitée : au matin, je suis lasse et grincheuse.

— Beth ? Tout va bien ? me demande James lorsque j'insulte l'ordinateur, trop lent à mon goût.

— Oui, désolée, dis-je, un peu honteuse. J'ai mal dormi, c'est tout.

— Les nuits blanches, il n'y a rien de tel pour terminer un bon livre, fait-il remarquer d'un ton détaché.

Néanmoins, pendant le reste de la matinée, il se montre particulièrement attentionné à mon égard. Il m'apporte du café et s'assure que j'ai toujours à portée de main ces petits biscuits au gingembre dont je raffole.

Vers midi, un coursier apporte une nouvelle enveloppe adressée à mon nom. Voici la teneur de la lettre :

« Ma chère Beth,

Ton initiation fut une réussite et je t'en félicite. J'espère que tu y as pris autant de plaisir que moi. Sois à l'appartement à 19 h 30 ce soir et tiens-toi prête. Tu porteras ce que tu trouveras sur le lit et, avant mon arrivée, tu devras laver et lubrifier les objets disposés sur la table, puis organiser les instruments destinés à ta punition. Ensuite, tu t'agenouilleras par terre, comme hier.

Dominic. »

Je lis ce message à deux reprises, et l'excitation m'envoie des ondes de chaleur dans le ventre, mais je ne me sens pas aussi joyeuse qu'hier. La fessée que m'a administrée Dominic ne m'a pas vraiment fait mal, mais je sais que c'est dû à l'état dans lequel j'étais quand il a commencé à me frapper. J'avais déjà atteint un stade où le plaisir et la douleur allaient de pair. Les claques qu'il m'a données avaient pour seul but d'amplifier ma jouissance, mais j'ignore quelles vont être mes réactions lorsqu'il va vouloir aller plus loin.

Et ça ne fait aucun doute qu'il va vouloir aller plus loin.

— Beth ? Vous êtes toute pâle, dit James en s'approchant. Vous vous sentez bien ? Tout se passe comme vous voulez avec Dominic ?

J'acquiesce.

Il m'examine en silence, l'air pensif. Depuis que je lui ai fait part des penchants de Dominic, il s'amuse à me taquiner en faisant des jeux de mots ou des plaisanteries. Je m'attends donc à quelque chose de ce genre, mais il reste sérieux et me regarde droit dans les yeux.

— Beth, vous êtes toute seule, loin de chez vous. Si Dominic vous force à faire quoi que ce soit qui vous déplaît, ou si vous n'appréciez plus ce qu'il vous fait, j'aimerais que vous me le disiez. Je suis votre ami et je m'inquiète pour vous. Vous êtes une si petite chose, conclut-il avec tendresse.

Sa gentillesse réveille une tempête d'émotions et me fait monter les larmes aux yeux bien malgré moi.

— Merci, dis-je d'une voix étouffée.

— De rien, ma belle. On vit dans un monde de fous, mais rien ne vous oblige à le subir seule. N'hésitez surtout pas à m'appeler si besoin, même le week-end.

Tandis que je le regarde s'éloigner, une larme s'échappe et roule sur ma joue. Je l'essuie d'un geste vif, replie la lettre et tâche de me concentrer sur mon travail en attendant qu'il soit l'heure d'aller rejoindre Dominic.

Ce soir-là, je trouve un nouvel ensemble de sous-vêtements sur le lit. À ce stade, je n'ose plus appeler ça de la lingerie. On dirait plutôt une sorte de harnais, constitué non pas de lanières de cuir, mais de rubans élastiques noirs. Il me faut un moment pour comprendre comment l'enfiler, mais, une fois que c'est fait, l'objet dessine un schéma osé sur ma peau blanche. Deux longues lanières me passent sur les épaules puis sous les seins et se rejoignent sur mon ventre en formant un V. Deux autres me ceignent les hanches et à la plus large des deux sont accrochées des jarretelles. Ces sangles croisent le V juste sous mon nombril, et le tout est maintenu par une fermeture Éclair. En outre, deux lanières me passent entre les jambes et encadrent mon sexe avant de se rejoindre derrière. Lorsque je me retourne pour me voir de dos dans le miroir, je remarque l'effet de quadrillage créé par les ceintures et les jarretelles, ainsi que par la lanière qui me passe entre les fesses à la manière d'un string. De petits nœuds ornent les intersections du motif, et l'ensemble est d'une beauté toute géométrique.

J'enfile alors les bas qui sont dépliés sur le lit, puis les escarpins à talons aiguilles disposés à côté. Ils sont parfaitement à ma taille.

Reste le collier, qui n'a rien à voir avec la fine dentelle de latex d'hier. Celui-ci est en cuir vernis noir et se ferme par une boucle sur la nuque. Des strass noirs jouent le rôle des clous traditionnels, en beaucoup plus chic. Je le fixe autour de mon cou et l'examine dans le miroir – le symbole de ma soumission.

Puis, me rappelant les consignes de Dominic, je retourne vers le lit et y trouve, à côté d'une petite bouteille violette, un long vibromasseur bleu qui a presque la forme d'un pénis. Je le soulève et l'examine, impressionnée par l'élégance que lui confèrent ses courbes fluides et cette jolie couleur. Les *sex toys* aux teintes trop réalistes me semblent toujours vaguement sordides. À la base du gode, je remarque une petite excroissance, qui sert sans doute à la stimulation du clitoris.

J'emporte le jouet dans la salle de bains et le nettoie soigneusement à l'eau et au savon, même si je suis persuadée qu'il n'a encore jamais servi. Puis je le sèche à l'aide d'une serviette propre et retourne m'asseoir sur le lit. J'attrape la petite bouteille de lubrifiant, m'en verse quelques gouttes au creux de la main, puis entreprends d'en enduire le gode bleu. À ma grande surprise, le simple fait de masser ce jouet de latex m'échauffe. Il s'agit d'un objet inanimé, pourtant cette prise de contact me paraît presque intime, comme si, en faisant connaissance avec cet instrument, j'anticipais déjà les plaisirs que j'allais en retirer. Je commence à ressentir une espèce d'affection pour ses courbes douces et élancées et, à mesure qu'il devient humide et luisant grâce au lubrifiant, j'ai l'impression que lui aussi est excité par mes caresses.

Soudain, je jette un coup d'œil à l'horloge et me rends compte qu'il me reste à peine quelques minutes avant l'arrivée de Dominic. Je repose le vibromasseur sur la serviette, que j'ai étendue sur le lit, et passe en revue les autres accessoires. Eux non plus n'ont rien à voir avec les instruments de torture que j'ai aperçus dans le donjon. Ici, tout est beau, élégant, et semble plus destiné à être exposé qu'à rester rangé dans un coin. Je remarque un fouet doté d'un manche épais, orné d'une boule d'acier, et d'une dizaine de fines mèches de daim. J'y passe les doigts : c'est très doux et cela m'évoque les tentacules d'une anémone de mer. À côté du petit fouet se trouve une cravache, dont la tige mince et dure se termine par une boucle de cuir noir.

Oh. Oh, mon Dieu.

Je frémis, doutant de supporter ça. Puis, sortie de nulle part, une pensée s'invite dans mon esprit :

Si je suis aimée, je pourrai tout supporter.

Je veux prouver à Dominic que je suis digne de son amour, et j'y arriverai.

Dominic n'a que cinq minutes de retard, cette fois, mais j'ai retenu la leçon. Je reste sagement à genoux jusqu'à ce qu'il arrive et, quand il entre, je garde les yeux rivés sur le tapis de fourrure blanche. Du coin de l'œil, j'aperçois le jean de Dominic et ses chaussures noires Paul Smith.

Il m'observe en silence pendant un moment avant de souffler d'une voix douce :

— Très bien, je vois que tu m'as obéi. Tu commences à apprendre. Comment vas-tu, Beth ?

— Très bien, monsieur, dis-je dans un murmure, sans relever la tête.

— Est-ce que tu es impatiente ? À quoi as-tu pensé en nettoyant l'objet bleu ?

J'hésite un peu avant de répondre.

— J'ai pensé à ce que je ressentirai quand vous me le mettrez, monsieur.

— Très bien, murmure-t-il après un long soupir. Mais ne te réjouis pas trop, d'autres surprises t'attendent. Lève-toi.

Je me remets debout et vacille légèrement sur mes hauts talons. Je garde les yeux rivés au sol mais j'entends Dominic retenir son souffle.

— Tu es magnifique. Tourne-toi.

Je pivote lentement pour qu'il puisse voir la façon dont les lanières du harnais se croisent dans mon dos, quadrillent mon cul et disparaissent entre mes fesses, laissant le haut de mes cuisses exposé, la blancheur de ma peau contrastant avec les jarretelles noires.

— Magnifique, répète-t-il d'une voix rauque. Retourne-toi et regarde-moi.

J'obéis et lève timidement les yeux vers lui. Il porte un tee-shirt noir qui souligne les muscles de son torse et la largeur de ses épaules. S'agit-il de l'uniforme qu'il a besoin d'endosser pour me contrôler ? La passion m'envahit quand je vois son visage. Je l'aime tant ! Pas seulement parce qu'il est d'une beauté incroyable, mais parce que c'est le sien. Je veux le sentir près de moi. Je veux qu'il m'embrasse – qu'il m'aime.

Dominic tend la main et caresse mon collier.

— Ravissant, dit-il d'un ton pensif. Celui-ci fonctionne très bien.

Il passe un doigt dessous et m'attire à lui. Il m'embrasse avec fougue, m'écrasant les lèvres et faisant jouer sa langue contre la mienne. J'ai l'impression que c'est notre premier baiser depuis des siècles, mais je n'y retrouve pas la même tendresse qu'avant. Dominic est dur et presque violent dans sa façon de prendre possession de ma bouche, comme s'il ne se préoccupait pas le moins du monde de ce que je ressens.

Puis il s'écarte et sourit.

— Bon, voici la première tâche que tu dois accomplir ce soir. Enlève les objets qui sont disposés sur le lit et mets-les sur la table de nuit. Ensuite, allonge-toi sur le dos, les bras au-dessus de la tête et les jambes écartées.

Je sens une trépidation familière dans mon ventre tandis que mon pouls s'accélère. Et maintenant ? Est-ce qu'il va commencer à me faire souffrir ? J'appréhende la douleur, mais, en même temps, j'anticipe les affres d'un plaisir indescriptible.

Frémissante, je m'allonge sur le lit.

— Ferme les yeux.

Je m'exécute et entends Dominic approcher. Puis je sens qu'il noue un foulard de soie autour de ma tête. Me voici aveuglée de nouveau. L'un après l'autre, il soulève mes poignets et les passe dans des espèces de bracelets tout doux, qu'il fixe à la tête du lit. *Des menottes, sans doute.* Dominic répète ensuite l'opération avec mes chevilles. J'éprouve doucement la solidité de mes liens : je peux à peine remuer.

— Ne bouge pas ! m'ordonne sèchement Dominic. Je ne te le dirai pas deux fois : je t'interdis d'émettre le moindre son et de faire le moindre geste. Si tu désobéis, tu vas le regretter, alors tiens-toi tranquille. Et surtout ne t'avise pas de jouir tant que je ne t'y ai pas autorisée.

Il s'approche de nouveau et je sens la chaleur qui émane de son corps. Je meurs d'envie de le toucher, de caresser sa peau du bout des doigts. Ce que je trouve le plus dur, dans notre pacte, c'est qu'il semble refuser que je lui manifeste mon amour. Je ne m'attendais pas à cela lorsque je me suis soumise à lui.

Dominic effleure mes oreilles, puis y enfonce des bouchons de mousse qui s'adaptent aussitôt de façon à bloquer le moindre bruit. Je ne perçois plus que les battements sourds de mon cœur et le sifflement de ma respiration. Je trouve ça très étrange, et la force de ces sons m'effraie un peu. Si j'essaie de parler, entendrai-je ma propre voix ? Je n'ose pas faire le test – l'avertissement de Dominic résonne encore dans mon esprit.

Pendant un moment, je reste seule avec, pour toute compagnie, l'obscurité et les échos sourds de mon propre corps. Je ne perçois plus le poids de Dominic sur le matelas ni sa chaleur. Il s'est éloigné et je n'ai aucun moyen de savoir où il se tient. Je ne saurais dire combien de temps il me laisse là, mais, avec chaque seconde qui passe, la tension monte. Je sais ce qui m'attend – une sensation imminente, délicieuse ou douloureuse –, et le suspense devient tellement insoutenable que j'ai envie de crier pour qu'il se passe enfin quelque chose. Peu m'importe quoi.

Alors que je suis sur le point de craquer, je sens un drôle de contact au centre de ma poitrine. *Ça brûle !* Quoique... Non, en fait, la brûlure que j'ai ressentie est due à un froid intense – si intense que je devine la chair de poule qui se forme sous... *C'est un glaçon.*

Un second vient se poser sur mon ventre, et je dois faire appel à toute ma volonté pour me retenir de contracter mes muscles. La glace me picote et me brûle en même temps, et je meurs d'envie d'y porter la main. Idée futile : même si je me risquais à bouger, je n'aurais pas la liberté de mouvement nécessaire. Soudain, le glaçon posé sur ma poitrine se déplace – une force invisible le promène sur mes seins, puis sur mes tétons. La brûlure paradoxale du froid fouette mes terminaisons nerveuses et envoie dans tout mon corps un message fiévreux qui résonne entre mes jambes et me laisse ruisselante de désir. *Tout ça pour un glaçon.*

Celui qui se trouve sur mon ventre commence à fondre et à glisser, laissant sur ma peau un sillage frais. Soudain, il rencontre l'une des lanières du harnais et la suit doucement en direction de ma hanche. J'ai toutes les peines du monde à me retenir de soulever le bassin pour faire tomber le glaçon et échapper enfin à cette torture.

Mais alors, tout doucement, quelque chose vient jouer entre mes lèvres gonflées. Ça me rappelle le gode en verre que Dominic a déjà utilisé, sauf que, cette fois, c'est plus gros, plus chaud et bien lubrifié. *Le vibromasseur. Il va me pénétrer avec.* Frémissant de désir, mon bas-ventre s'enflamme et mon sexe se contracte légèrement. Je m'attends à ce que Dominic titille un peu mon clitoris pour me préparer, mais non. Au lieu de ça, il enfonce le vibromasseur d'un coup sec. J'imagine cette élégante forme bleue logée en moi, absorbant ma chaleur en attendant de se mettre en mouvement. Mais, une fois que le gode est en position et que la petite excroissance à sa base vient peser contre mon clitoris, plus rien. Dominic le laisse là, immobile, pendant plusieurs minutes, jusqu'à ce que, incapable de résister plus longtemps, je contracte mes muscles pour faire avancer le gode plus profondément en moi. Clairement, ce n'est pas autorisé car je reçois une vive tape sur le ventre. Je cesse aussitôt.

Est-ce que j'ai dépassé les bornes? La peur se mêle à l'excitation et me fouette le sang. *Qu'est-ce qui va se passer, maintenant?* La réponse met un certain temps à arriver mais, soudain, le *sex toy* se met à vibrer en moi. *Oh! Que c'est bon!*

Tandis que l'espèce de verge est parcourue de pulsations rythmiques, la petite excroissance vient décrire de petits cercles contre mon clitoris, me procurant des sensations extraordinaires. Privée de la vue et de l'ouïe, j'ai l'impression d'entendre le moteur de l'appareil dans ma poitrine, comme le ronronnement d'un chat. Je m'efforce de rester immobile et laisse les ondes de plaisir irradier dans tout mon corps, mais, bientôt, ça va devenir trop fort pour moi. Je vais éprouver le besoin de remuer et, même si je parviens à me retenir, je vais finir par jouir. Ça ne fait aucun doute. Je serre les dents et me concentre sur les ordres que j'ai reçus.

Puis, sans que je perçoive la cause de ce changement, le vibromasseur effectue des mouvements de plus en plus rapides. Mais ce n'est pas tout. J'ai l'impression qu'une petite balle dure me masse de l'intérieur en parcourant toute la longueur de l'objet. Je n'ai jamais connu une stimulation pareille.

Oh, mon Dieu! C'est incroyable! Je ne vais pas pouvoir m'empêcher de jouir.

La petite excroissance se presse contre mon clitoris avec une force presque insupportable, sans jamais ralentir ou marquer de pause, et je commence à m'envoler vers une extase explosive.

Stop ! Je n'arrive plus à penser…

Mon cerveau n'est plus qu'un tourbillon noir constellé d'étoiles aux couleurs vives. Sans réfléchir, je commence à onduler des hanches pour m'accorder au rythme qui me donne tant de plaisir. À travers les brumes sombres de l'état second où je me trouve, je perçois le son de ma voix, lointaine, et je me rends compte que je suis en train de crier.

Brusquement, tout s'arrête et, d'un geste brusque, le vibromasseur m'est arraché. Je subis cette perte avec une immense déception, tremblant de m'abandonner enfin à l'orgasme dont j'ai tant besoin mais qui m'a été refusé.

Puis, on m'enlève les bouchons d'oreilles et j'entends mon souffle court de l'extérieur.

— Tu as bougé, vilaine ! Tu as osé crier ! Tu voulais jouir, c'est ça ?

— O-o-oui, avoué-je au prix d'un immense effort.

— Oui, qui ?

— Oui, monsieur.

— Tu n'es qu'une sale petite coquine voluptueuse dont le corps avide et lascif mérite une punition, annonce-t-il avec un plaisir évident tout en détachant mes menottes.

Il me laisse les yeux bandés, cependant, et je me sens désorientée, comme si je me retrouvais tout à coup dans un endroit que je croyais avoir quitté.

— Lève-toi, m'ordonne Dominic en me prenant le bras.

Je me laisse entraîner et descends du lit. J'ai les jambes en coton et peine à tenir debout. Dominic me fait traverser la pièce et je le suis, à l'aveuglette, sans même savoir dans quelle direction nous allons. Puis Dominic me fait poser les mains sur une surface incurvée et recouverte de cuir souple. Ça y est, je sais où je me trouve : je suis face à l'étrange siège blanc, avec les rênes en cuir et le repose-pieds.

Et maintenant ?

Je devrais peut-être avoir peur, pourtant je ne crains rien. C'est avec des gestes très doux que Dominic m'aide à évoluer, et j'ai toute confiance en lui : il saura quand s'arrêter. La colère qu'il manifeste est feinte – elle fait partie de ce petit jeu destiné à nous rapprocher et à nous emmener vers des sommets illicites et exquis. Forte de cette certitude, je frissonne à l'idée de ce qui nous attend.

Dominic m'installe à califourchon sur le fauteuil, puis m'encourage à m'allonger à plat ventre sur le dossier légèrement incliné tandis que mon sexe encore mouillé se presse contre le doux cuir blanc. Il ne faut que quelques secondes à Dominic pour m'attacher les poignets à la structure sous le siège, et j'ai l'impression d'embrasser le coussin ferme mais moelleux comme si c'était le corps de mon amant. La bordure de mes bas m'irrite légèrement à l'endroit où mes cuisses frottent contre les côtés du siège. Dominic s'affaire derrière moi et, au bout d'un court instant, détache les sangles de mon harnais de façon à laisser mon dos complètement nu.

— Oh, ma chérie, souffle-t-il. J'aimerais tellement ne pas avoir à te faire souffrir, mais, face à une désobéissance aussi flagrante, je n'ai pas le choix.

Je l'entends faire un aller-retour jusqu'à la table de nuit, puis j'attends un long moment, incapable de respirer ou presque, avant de sentir la lente caresse du fouet en daim.

Ça ne fait pas mal du tout, au contraire. Ça chatouille légèrement et agréablement ma peau déjà chauffée à blanc. Dominic dessine des 8 dans mon dos en un mouvement si fluide qu'il m'évoque la danse des algues au gré du courant. Je me détends et ma peur se calme un peu. Soudain, les 8 cessent et je reçois un coup de semonce tout en douceur, suivi d'un deuxième, puis d'un troisième... Les souples mèches de daim me picotent et me procurent une sensation presque revigorante. Mon sang afflue sous ma peau, qui se couvre de chair de poule.

— Tu rosis, murmure Dominic. Tu réponds au baiser du fouet.

Je ne peux m'empêcher de cambrer un peu le dos lorsque les coups gagnent en intensité. Les lanières m'infligent une légère morsure, mais on est encore loin de ce que je qualifierais de douleur. Cela me fait tout drôle de l'admettre, même intérieurement, mais j'aime bien ce bouquet de sensations : mon dos nu et exposé ; ma peau stimulée par les coups caressants du fouet ; mon sexe pressé contre le cuir velouté du siège... Peut-être est-ce dû à l'état d'excitation dans lequel je me trouve après mon presque orgasme. Une image s'impose à moi – le souvenir de l'homme qui s'est fait fesser dans l'appartement de Dominic, sur un banc semblable à celui-ci. Je me rappelle l'horreur et la stupéfaction que j'avais ressenties devant un tel spectacle. Pourtant, me voici dans une posture similaire, à goûter les joies de ma propre punition.

Les coups de fouet s'intensifient sur mon dos. Ça commence à m'élancer et, lorsque les lanières mordent un peu plus fort dans ma peau, je laisse échapper un cri, aussitôt suivi par un soufflet encore plus vigoureux. Je contracte les cuisses à ce contact et, avec un nouveau soupir, presse mon sexe engorgé et mon clitoris durci contre le cuir. J'ai la peau brûlante, et les endroits que Dominic frappe commencent à me faire souffrir. Chaque nouveau coup m'arrache un cri de douleur, à présent.

— Encore six, Beth, annonce Dominic.

Il tient sa promesse, mais ses mouvements sont de plus en plus doux, comme s'il voulait me calmer. J'ai le dos en feu, parcouru d'un picotement à la limite du supportable, pourtant cela m'a terriblement excitée et je suis prête à me laisser conduire à l'extase.

— Et maintenant, je vais m'occuper de ton cul, petite coquine.

Je me demande encore ce qu'il veut dire lorsqu'un vif coup de cravache sur les fesses me fait sursauter. Je ressens aussitôt une douleur aiguë.

— Aïe !

J'ai l'impression qu'on vient de m'appliquer une barre de métal brûlant sur la peau. Une vague de nausée me traverse puis – horreur – un autre coup s'abat sur moi. Je hurle. Cela n'a plus rien à voir avec la caresse du daim ; la cravache claque contre mes fesses et me brûle cruellement. Je ne peux plus – ne veux plus – supporter une chose pareille.

Soudain, les coups cessent.

— Tu as reçu ta punition avec courage, dit Dominic avec tendresse. La prochaine fois, tu n'envisageras même pas de jouir sans ma permission, n'est-ce pas ? Maintenant, je veux que tu embrasses cette cravache. Mais attention, je ne parle pas d'un baiser.

Aussitôt, je sens le dur manche de cuir jouer contre mon sexe. Dominic le fait remonter entre mes fesses, s'arrête au niveau de mon anus et donne une petite poussée. Je retiens mon souffle, puis… plus rien.

Dominic me détache les poignets et dénoue mon bandeau. Me prenant par la taille, il me fait pivoter de sorte que je me trouve face à lui. Il est nu, et son impressionnante érection vient appuyer contre son ventre tellement il est excité.

Je n'ai aucune idée du moment où il a enlevé ses vêtements, mais j'imagine qu'il a eu tout le temps de se déshabiller pendant que j'étais coupée du monde. Il a les yeux plus noirs que jamais, comme si cette petite séance l'avait mis en transe.

Je m'allonge doucement et apprécie le contact du cuir frais contre la peau brûlante de mon dos.

— Maintenant, c'est moi qui vais t'embrasser, Beth...

Il me soulève les jambes, et je remarque des sortes d'étriers de chaque côté du siège. Dominic y place mes pieds puis s'agenouille sur le repose-pieds, le visage au niveau de mon sexe. Il hume profondément.

— Tu sens divinement bon, murmure-t-il avant de passer les bras autour de mes cuisses et de mettre le nez dans mes quelques boucles.

Je sursaute tant la sensation de plaisir qui me parcourt est électrique.

Puis il passe la langue sur mon clitoris. *Oh! Oh...*

Les mots me manquent, mais mon corps répond avec enthousiasme. Quels que soient les ordres, je ne vais pas pouvoir me retenir de jouir. Dominic fait courir sa langue de bas en haut en de lents mouvements avant de titiller mon clitoris déjà hyper sensible. Un courant délicieusement électrique me traverse et me fait trembler. Soudain, mes muscles se raidissent, et je sens que ça vient. Alors, Dominic prend mon clitoris entre ses lèvres et le suce avec avidité, appuyant sa langue dessus avant de la faire descendre, puis remonter…

Oh, je n'en peux plus ! Je…

J'ai les poings et les paupières crispés, la bouche ouverte, le dos cambré.

Il faut que je jouisse, je n'en peux plus d'attendre…

L'orgasme explose comme un immense feu d'artifice. Je ne sais plus qui je suis ni ce qui m'arrive ; mon univers se résume à d'immenses vagues d'une extase indescriptible.

Alors que je suis encore parcourue de frissons, je sens Dominic approcher son sexe du mien. D'un violent coup de reins, il entre en moi, profitant de mes derniers spasmes. Il se tient aux bras du fauteuil et prend appui dessus pour me pénétrer à fond. Son excitation a quelque chose de ténébreux – il a le feu aux joues et les yeux fous. Sans un mot, il se laisse peser contre moi et m'embrasse avec fougue tandis que je sens son propre orgasme le submerger.

Il reste allongé sur moi un instant et reprend son souffle, la joue appuyée contre le cuir blanc. Puis il fait courir une main le long de mon corps, tourne la tête et me dépose un baiser sur la joue.

— Tu as été parfaite.

Ce compliment me ravit. Je tiens tant à lui faire plaisir – à gagner son amour.

— La cravache… J'ai trouvé ça très dur, dis-je d'une voix humble. Je n'ai pas aimé la douleur.

— Tu n'es pas censée aimer ça, rétorque-t-il avant de se retirer et de se remettre debout. Mais tu obtiens ta récompense, après. Tu ne te sens pas mieux ?

Je le regarde un instant. Il a raison : je baigne dans une merveilleuse torpeur post-orgasmique, mais… Je ne suis pas sûre que cela me suffise. Les yeux rivés sur Dominic, je me rappelle que j'ai toujours mon collier de soumise autour du cou et que nous nous trouvons encore dans le boudoir. J'ignore si j'ai le droit de dire que je meurs d'envie qu'il me manifeste sa tendresse et son affection. Le maître en lui me fascine et m'excite, mais je veux aussi mon autre Dominic, le plus doux des amants. Ce Dominic-là me tenait dans ses bras et me caressait au début et, plus que jamais, c'est lui qu'il me faut après la sévère punition qu'il m'a infligée.

Je le supplie du regard. *S'il te plaît, Dominic, reviens-moi. Aime-moi.*

Mais il s'éloigne déjà, à la recherche de quelque chose avec quoi s'essuyer. J'admire son dos large, ses fesses rebondies et ses cuisses fuselées, mais cette vue ne fait qu'accentuer mon désir de le retrouver. Je voudrais faire courir mes mains sur sa peau ; je voudrais qu'il emploie ce grand corps si puissant à me rassurer autant qu'à me faire souffrir.

— On se voit demain matin, dit-il. Je veux que tu passes une bonne nuit de sommeil. Tu vas avoir besoin de toutes tes forces.

Puis il se retourne et commence à se rhabiller, tandis que je reste allongée sur le fauteuil. Il a beau se trouver juste devant moi, j'ai l'impression qu'il m'a déjà quittée.

Samedi

Le lendemain, je m'examine dans le miroir. Je constate qu'il n'y a pas la moindre trace dans mon dos – de toute évidence, Dominic sait manier le fouet – mais je distingue deux minces lignes rouges sur mes fesses. Je me doutais que la cravache me laisserait un souvenir – j'ai la peau qui marque facilement.

Ça ne me fait plus mal, mais j'ai les muscles raidis d'avoir été maintenue longtemps dans la même position par les menottes. Je m'accorde donc un bon bain chaud pour me détendre. Seule dans l'appartement silencieux, je me demande pourquoi, alors que mon corps va bien, mon cœur saigne. Ce devrait être le contraire : j'ai obtenu ce que je voulais, après tout. Dominic ne fait que tenir ses promesses en m'entraînant dans son sillage aussi loin que j'oserai le suivre. Chaque jour, il me mène à l'extase tout en y puisant son propre plaisir.

Alors pourquoi est-ce que je pleure ? Tandis que les larmes coulent le long de mes joues, j'essaie de trouver une réponse.

Parce que je me sens seule.

Parce que je ne connais pas ce Dominic qui me donne des ordres et me bat.

C'est pourtant toi qui le lui as demandé, me souffle la petite voix. *Il ne voulait pas, mais tu as insisté. Tu n'as pas le droit de le regretter, et il est trop tard pour reculer.*

D'ailleurs, je n'ai pas envie de reculer. J'ai au moins cette certitude. Mais, en acceptant les termes de notre accord, je ne me doutais pas que Dominic le maître remplacerait de façon permanente le Dominic que j'avais appris à connaître et à aimer. La tendresse et l'affection que nous avons pu partager me manquent atrocement. Les aventures qui m'arrivent dans le boudoir une fois que j'ai enfilé le collier qui proclame ma soumission m'apportent peut-être des sensations exquises, mais ont aussi la capacité de m'humilier et de me dégrader. Quand j'autorise Dominic à me traiter comme une sale gosse qui mérite une bonne correction, une part de moi est honteuse de s'abaisser ainsi.

J'ai besoin que Dominic me dise qu'il m'aime et me respecte toujours autant et que, dans le monde réel, je reste la Beth qu'il estime et chérit.

Sauf que, justement, je ne le vois plus du tout en dehors du boudoir!

Ce samedi est le dernier jour de notre petit arrangement. Je n'ai aucune idée de ce qui va se passer ensuite – après le test que Dominic a prévu pour aujourd'hui. J'aimerais vibrer d'excitation, mais je me sens juste vide et froide.

S'il y a bien une chose que je n'aurais jamais cru ressentir pour Dominic, c'est ce terrible néant…

Je m'habille et fais le ménage dans l'appartement pour le rendre aussi pimpant que je l'ai trouvé. J'ai beau me sentir chez moi, je ne saurais oublier que tout appartient à Celia. Alors que je regarde mon téléphone, au cas où j'aurais reçu un message de Dominic, on frappe à la porte.

Je vais ouvrir, m'attendant à le voir en personne, mais ce n'est que le portier.

— Bonjour, mademoiselle, dit-il en me tendant un paquet enveloppé de papier kraft. On m'a demandé de vous livrer ceci. Apparemment, c'est urgent.

Je lui prends le colis des mains.

— Merci.

— C'est votre anniversaire ? demande-t-il avec un regard curieux.

Je souris.

— Non, ce doit être ma mère qui m'envoie quelques affaires.

Une fois qu'il est parti, je m'agenouille sur le marbre de l'entrée et déchire l'emballage marron. À l'intérieur se trouve une boîte de couleur noire autour de laquelle est noué un ruban de satin assorti. Une enveloppe de papier crème est glissée dessous, et je la décachette pour lire la lettre qu'elle renferme.

« Tu dois te reposer, ce matin. Ton déjeuner te sera livré vers midi, et tu devras avoir tout mangé pour 13 heures. À 14 heures, tu auras le droit d'ouvrir cette boîte. Tu y trouveras les instructions concernant la suite de la journée. »

Même en son absence, Dominic me dicte mes faits et gestes, certain que je vais lui obéir. J'ai l'impression qu'il n'ignore rien de ce que je fais, comme si, au-delà du salon, il voyait ce qui se passe dans l'appartement tout entier.

Il a peut-être installé du matériel de surveillance dans chacune des pièces. Il en serait presque capable.

À peine ai-je formulé cette idée saugrenue que je la regrette. Pourtant, je n'arrive pas complètement à me défaire du soupçon que le nouveau Dominic oserait sans doute faire une chose pareille.

Les yeux rivés sur la boîte noire, je réfléchis à ce qu'elle peut bien contenir.

— Oh, et puis zut. Ça ne sert à rien de se prendre la tête, dis-je à voix haute. De toute façon, je ne vais pas l'ouvrir avant 14 heures. Si ça se trouve, il a mis une minuterie qui va lui indiquer le moment exact où je soulève le couvercle.

Je ne veux pas lui fournir la moindre raison de me punir, cette fois. Après tout, c'est le dernier jour, il va pousser l'expérience à l'extrême.

À cette idée, une sorte de froide excitation s'empare de moi. Pour la première fois, mon désir pour Dominic est teinté d'une peur bien réelle.

Fidèle à ses instructions, je passe une matinée calme et tranquille. Ma mère m'appelle pour prendre des nouvelles et, même si j'ai l'impression de parler tout à fait normalement, elle comprend tout de suite que je ne suis pas dans mon assiette.

— Tu es malade ? me demande-t-elle d'une voix inquiète.

— Non, maman, je suis juste un peu fatiguée. La semaine a été longue, et la vie londonienne pompe pas mal d'énergie.

La vie londonienne… et le sexe.

— Tu n'es pas en forme, je l'entends bien. Dis-moi tout : c'est à cause d'Adam ?

— Adam ?

Ma surprise n'est pas feinte. Cela fait des jours que je n'ai pas pensé à lui. À la hâte, j'ajoute :

— Non, non, pas du tout, maman. Londres était exactement le remède dont j'avais besoin pour me guérir d'Adam.

— Bon, ça me fait plaisir, soupire ma mère, soulagée. J'ai toujours pensé que tu pouvais trouver mieux, Beth. Évidemment, je m'étais bien gardée de te dire quoi que ce soit tant que tu étais amoureuse, mais bon… Pour un premier petit ami sérieux, il n'était pas si mal, mais je suis contente que tu aies enfin la chance de déployer tes ailes. Il te faut quelqu'un de curieux, qui te fera découvrir de nouveaux centres d'intérêt, de nouvelles expériences… Quelqu'un d'aussi énergique et heureux de vivre que toi. Je veux que ma Beth soit aimée par le meilleur homme du monde.

Je ne peux plus rien dire tant j'ai la gorge nouée. Des larmes brûlantes me montent aux yeux avant de rouler sur mes joues, et un sanglot m'échappe.

— Beth ?

J'essaie de parler, mais un nouveau sanglot se fait entendre.

— Qu'est-ce qu'il y a ? s'écrie ma mère. Qu'est-ce qui ne va pas, mon bébé ?

Je m'essuie les yeux et parviens à calmer mes pleurs suffisamment pour articuler :

— Ce n'est rien, maman, je t'assure. Je me sens un peu seule, c'est tout.

— Alors rentre à la maison, ma puce ! Toi aussi, tu nous manques.

— Non, maman. Celia revient dans deux semaines. Je ne veux pas gâcher cette chance ni lui faire faux bond, protesté-je en reniflant et partant d'un petit éclat de rire pathétique. Quelle nouille je fais ! Ce n'est rien du tout – juste une petite crise de larmes sans importance.

— Tu es sûre ? insiste ma mère, toujours inquiète.

Oh, maman ! Je t'adore, tu sais. Et je reste ta petite fille, quoi qu'il arrive.

J'agrippe le téléphone, comme s'il avait le pouvoir de me rapprocher d'elle, de la chaleur maternelle de ses bras.

— Ce n'est rien de grave, promis. Si ça ne s'arrange pas, je rentrerai à la maison. Mais je suis sûre que tout ira bien.

À midi pile, on frappe à la porte. J'ouvre et me trouve nez à nez avec un homme en livrée – sans doute celle d'un hôtel ou d'un restaurant chic –, qui porte un immense plateau chargé de plusieurs cloches en argent.

— Votre déjeuner, madame, annonce-t-il.

— Merci.

Je m'efface pour le laisser entrer et lui indique la direction de la cuisine. Il dépose le plateau sur le plan de travail puis recouvre la petite table d'une nappe en lin avant d'y déposer des couverts en argent, un verre à pied et un mince vase contenant une unique rose rouge. Une fois que c'est fait, il soulève les cloches et révèle mon repas : un énorme steak grillé surmonté d'une noix de beurre à l'estragon, des pommes de terre agrémentées de fines herbes, ainsi que des légumes cuits à la vapeur – brocolis, haricots verts et pousses d'épinards. L'ensemble est magnifique et sent divinement bon. Je me rends compte que je meurs de faim. Le serveur dépose une coupe de framboises à la crème sur la table, sort une demi-bouteille de vin rouge de sa poche et m'en sert un verre avant de reculer avec un sourire.

— Votre déjeuner est servi, madame. Lorsque vous aurez terminé, il vous suffira de laisser le plateau vide devant votre porte. Nous viendrons le récupérer ce soir.

— Merci, ça a l'air délicieux.

— Je vous en prie, madame.

Je le raccompagne à la porte et reviens dans la cuisine, où l'horloge m'indique qu'il est 12 h 10. Je m'assieds et attaque mon repas solitaire.

Tout est aussi bon que je m'y attendais. Le steak est grillé à l'extérieur mais rose au centre, les légumes cuits à la perfection. Je devine que Dominic a choisi un menu aussi copieux qu'équilibré afin que je prenne des forces pour l'après-midi qui m'attend. Je termine bien avant 13 heures, mais il me reste encore une bonne heure à patienter avant de pouvoir ouvrir la boîte.

Je commence à bien connaître les effets de l'attente et du plaisir à retardement. Les minutes s'égrènent avec une lenteur infinie, mais je ne sais pas si j'ai envie d'ouvrir ce paquet ou si je le redoute. Je l'ai laissé dans l'entrée, d'où il m'attire presque autant que si Dominic en personne y était caché.

Je déambule d'un pas nerveux et, parfois, je risque un coup d'œil à l'appartement d'en face. Je me demande ce que Dominic fait en ce moment, ainsi que ce qu'il a prévu pour cet après-midi. Son salon reste vide et sans vie.

À 14 heures, je retourne dans l'entrée et regarde la boîte.

OK. Le moment est venu.

Je tire sur les rubans de satin noir, qui tombent au sol en silence. Je soulève le couvercle, si ajusté qu'il me faut un petit moment pour le dégager, puis le dépose à côté de moi et me penche sur la boîte. Je ne distingue que du papier de soie noir et une nouvelle enveloppe couleur crème. À l'intérieur se trouve un petit carton assorti, sur lequel sont imprimées quelques phrases en lettres noires.

« Passe tout ce que tu trouveras dans cette boîte – et je dis bien *tout*. Rendez-vous au boudoir à 14 h 30 précises. »

Je repose le carton et déplie le papier noir.

Waouh. OK. On franchit une nouvelle étape.

Le harnais que je découvre n'est pas fait de soie douce comme celui d'hier – il s'agit cette fois d'épais cuir noir. Au lieu de petits nœuds, les intersections sont décorées d'anneaux argentés. Je soulève cet objet. Si je comprends bien, je dois le passer sur mes épaules et le fixer sous mes seins. Derrière, les bretelles se rejoignent entre mes omoplates et se prolongent en une seule lanière. Celle-ci se termine par un anneau qui m'arrive au milieu du dos et auquel est également fixée la sangle qui me passe sous les seins. Minimaliste, mais efficace.

Je sors un autre objet en cuir de la boîte. Ça ressemble à une grosse ceinture, et il me faut un moment pour comprendre qu'il s'agit d'un serre-taille – un article de lingerie à mi-chemin entre la ceinture et le corset. Il me paraît minuscule. Est-ce que je vais réussir à le fermer ?

Ensuite vient le collier – le plus impressionnant des trois. Façonné dans un cuir épais et noir, il va me couvrir complètement le cou. Il s'ajuste sur la nuque à l'aide d'une grosse boucle, et un anneau est fixé devant.

Oh, mon Dieu.

Me rappelant que je dois mettre absolument tout ce que contient le paquet, je termine de le vider.

J'y trouve une paire d'escarpins à talons aiguilles semblables à ceux que j'ai portés hier, ainsi que deux petites boîtes violettes. L'une d'entre elles renferme deux jolis papillons en argent.

Qu'est-ce que c'est ? Des barrettes ?

Je les examine en détail. Lorsque je serre et relâche les ailes du papillon, une sorte de fermoir s'ouvre et se referme en dessous. Soudain, je comprends.

Ce sont des pinces à tétons.

J'ouvre l'autre boîte et y découvre un œuf de silicone rose avec une base argentée et un cordon noir, disposé à côté d'une télécommande. J'appuie sur l'interrupteur et l'œuf se met à vibrer.

OK.

Voilà donc les accessoires qui vont me permettre de rejoindre Dominic aux portes de l'univers qu'il aime tant.

Le temps presse ; je dois me préparer.

Dix minutes plus tard, je porte le harnais, le corset, qui me serre cruellement la taille, et les escarpins. À part ça, je suis complètement nue.

Je dois y aller. Il doit m'attendre là-bas. Il va se fâcher si j'arrive en retard.

J'attrape un des papillons. Est-ce que ça va faire mal ? Je saisis un de mes tétons entre le pouce et l'index, et il réagit aussitôt, comme s'il savait que quelque chose d'extraordinaire l'attendait. J'ouvre la pince et laisse les élégantes petites dents métalliques se refermer sur la pointe rose de mon sein. On dirait que le papillon vient de se poser là pour butiner quelque nectar. Le picotement de la pince n'est pas désagréable – il faut dire que celle-ci est moins serrée que ce que je craignais –, mais j'imagine que la morsure va devenir plus aiguë avec le temps. J'applique le second papillon. Le contraste avec le harnais est presque absurde, pourtant l'effet est saisissant.

Et maintenant, l'œuf.

J'écarte les jambes et approche le jouet de mon sexe, déjà humide à la perspective de mon rendez-vous avec Dominic. À l'aide de mon index, j'introduis l'objet, qui se loge dans mon vagin, me procurant une agréable sensation. Le cordon pend entre mes jambes pour me permettre de retirer le jouet quand celui-ci aura terminé son office. J'attrape la télécommande et appuie sur l'interrupteur. L'œuf commence à vibrer en moi sans le moindre bruit ou le moindre indice. C'est mon petit massage secret.

Comment je vais faire pour aller jusqu'au boudoir ? Je ne vais quand même pas traverser l'immeuble comme ça !

Les instructions de Dominic ne mentionnent pas de veste, mais je vais bien devoir en porter une. Dominic ne s'attend tout de même pas à ce que je sorte de l'appartement presque nue. Je prends le trench dans le placard de l'entrée et l'enfile. Me voilà présentable. À part le collier qui me prend tout le cou, rien n'indique à un œil extérieur que je m'apprête à me soumettre. Je glisse les clés de l'appartement dans ma poche et sors.

Traverser l'immeuble habillée comme ça, en sachant où je me rends, s'avère bien plus excitant que je ne l'aurais cru. Tandis que le petit œuf vibre en moi, je descends dans le hall et vais prendre l'autre ascenseur au bout du couloir.

— Alors ? C'était une bonne surprise ? me demande le portier lorsque je passe devant lui.

Je sursaute. J'étais tellement concentrée sur ma destination que je ne l'ai pas vu.

— Quoi ?

— Votre colis. C'était une bonne surprise ?

Je le dévisage un instant, presque nue, tandis que les pinces à tétons commencent à me faire un peu mal et que l'œuf vibre en moi.

— Oui, merci. C'était super… Une nouvelle robe.

— Oh, très bien.

— Au revoir, le salué-je avant de m'éloigner d'un pas rapide.

Je sais qu'il me reste au mieux deux minutes. L'ascenseur met du temps à arriver et je sens l'angoisse monter. *Je vais être en retard !*

Lorsque, enfin, les portes s'ouvrent, je m'engouffre à l'intérieur et appuie sur le bouton.

Allez, plus vite !

Après une lente ascension, j'atteins enfin le septième étage et avance dans le couloir d'un pas rendu hésitant par mes talons. Je frappe à la porte du boudoir, hors d'haleine.

Pourvu que je sois à l'heure !

La porte ne s'ouvre pas. Je frappe une deuxième fois et attends. Toujours rien. Je cogne le battant de mon poing fermé.

Soudain, la porte s'ouvre. Dominic se tient devant moi, vêtu d'un long peignoir de soie. Il me toise d'un regard d'acier, les lèvres pincées.

— Tu es en retard, lance-t-il d'un ton sec.

Mon estomac se noue sous le coup de la frayeur.

— J'ai… Je…

Je tremble tellement que j'arrive à peine à prononcer :

— L'ascenseur…

— J'avais dit 14 h 30. Tu n'as aucune excuse. Entre.

Oh, merde. Je suis terrifiée ; mon cœur bat la chamade et l'adrénaline me fouette le sang. Une petite voix me souffle de me sauver – de l'envoyer bouler, de lui dire que je ne joue plus. Mais je sais que je vais obéir. Je ne vais quand même pas reculer maintenant, alors que je suis parvenue jusqu'ici.

— Enlève ton manteau. D'ailleurs, je ne me rappelle pas t'avoir autorisée à en porter un.

Je veux protester, mais je comprends qu'il m'a délibérément poussée à la faute. Mon retard ne fait qu'exacerber sa colère. Le trench tombe à mes pieds, et je me tiens devant Dominic vêtue seulement de mon harnais, de mon serre-taille et de mes papillons. Ces derniers me font franchement mal, à présent. J'ai les tétons rougis par la pression des pinces – et par l'excitation que je ne peux m'empêcher de ressentir face à Dominic. Mon traître de corps frémit d'impatience. Le petit œuf qui vibre dans mon vagin n'arrange pas mon affaire, avec ses caresses secrètes.

— Très bien, murmure Dominic, les yeux brillants. Oui, c'est parfait. C'est pile ce que je voulais. Maintenant, mets-toi à quatre pattes.

— Oui, monsieur.

Je m'exécute, et il se penche en tendant la main vers l'anneau fixé à mon collier. Lorsqu'il se redresse, je me rends compte qu'il y a attaché une longue laisse en cuir.

— Viens.

Il s'éloigne dans le couloir et je le suis comme une chienne. Il ne tire pas sur la laisse, mais j'en ressens la présence et la symbolique : je lui appartiens. En arrivant dans la chambre, je remarque qu'il a tamisé les lumières et fait installer un long banc au pied du lit. Une fois que nous sommes à l'intérieur, Dominic s'incline pour me retirer les pinces. C'est un immense soulagement, même si mes tétons sont à présent étirés et hyper sensibles.

— Va près du banc, m'ordonne Dominic en se relevant. Place-toi à un bout et pose le buste dessus.

J'obéis sans savoir ce qui va m'arriver. Je m'étends sur la surface de bois lisse, toujours à genoux mais les fesses offertes.

— Passe les bras autour du banc.

Je m'exécute, et mes tétons me font souffrir à ce contact.

Derrière moi, Dominic fait les cent pas. Je n'ai aucune idée de ce qu'il prépare, mais j'entends un claquement rythmique et devine qu'il se frappe la paume avec l'instrument qui m'est destiné.

— Tu m'as désobéi, déclare-t-il sur un ton d'une sévérité sans appel. Tu étais en retard. Crois-tu vraiment qu'une soumise puisse se permettre de faire attendre son maître ne serait-ce qu'une seule seconde ?

— Non, monsieur, dis-je dans un murmure.

J'anticipe avec terreur ce qu'il va bien pouvoir me faire subir.

— Ton devoir était d'arriver en avance afin de pouvoir te trouver dans le boudoir sur le coup de 14 h 30, poursuit-il en ponctuant le mot « coup » d'un nouveau claquement contre sa paume.

Oh, non ! Qu'est-ce qu'il a dans la main ?

— À ton avis, qu'est-ce qu'il faut que je fasse ? demande-t-il dans un murmure.

— Il faut me punir, monsieur, réponds-je d'une petite voix honteuse.

— Quoi ?

Je répète, plus fort :

— Il faut me punir, monsieur.

— Exactement. Il faut que je t'apprenne les bonnes manières, vilaine. Tu as été vilaine, n'est-ce pas ?

— Oui, monsieur.

À ces mots, mon excitation s'accroît. Je me demande s'il a oublié la présence de l'œuf, qui vibre toujours en moi.

— Dis-le : qu'est-ce que tu es ?

— Je suis vilaine, monsieur.

— Oui, tu es très vilaine. Et désobéissante, par-dessus le marché. Il va falloir six coups, assenés avec application, pour que tu retiennes la leçon.

Il cesse d'arpenter la pièce et fouette l'air de l'instrument qu'il manie. À en juger par le sifflement produit, il s'agit de la cravache. Une vague de terreur me submerge. Je ne veux pas de coups de cravache – ça fait trop mal. Intérieurement, je m'exhorte à être forte. *Ne lui montre pas que tu as peur.*

Un long silence s'installe, et je sens ma peau picoter par anticipation à l'endroit où il va sans doute frapper. Soudain, alors que je n'en peux plus d'attendre, *schlack* !

Je reçois un coup vif sur les fesses, mais ce n'est pas la violente morsure que je craignais. Je m'efforce de rester immobile.

Schlack!

Le deuxième coup s'abat un peu plus fort que le premier, et je retiens mon souffle. Avant que je n'aie pu reprendre mes esprits, un troisième coup m'atteint, suivi d'un quatrième. Je laisse échapper un cri. J'ai déjà la peau en feu, mais le coup suivant m'inflige une morsure atroce qui fait rayonner la douleur dans tout mon corps. Je n'aime pas du tout cette horrible brûlure. L'œuf de silicone continue de vibrer, mais je ne remarque plus ses caresses. Tout ce que je sens, c'est la cravache qui me cingle les fesses une cinquième fois et m'arrache un sanglot. Les larmes aux yeux, je m'arme de courage pour le dernier coup, qui s'abat avec une force impitoyable, si bien que j'ai l'impression qu'il s'agit d'un fer chauffé à blanc.

J'ai besoin de faire appel à toute ma volonté pour réprimer le sanglot qui menace. Je ne veux pas que Dominic me voie pleurer.

C'est fini. C'est fini.

En revanche, je vais lui dire que je ne veux plus jamais subir ça. Je ne supporte pas la morsure de la cravache, et il ne s'agit pas que de la torture physique provoquée par cet instrument. Je déteste l'humiliation que j'éprouve à me faire violemment fesser de la sorte.

Dominic se penche et tire sur le cordon de l'œuf, qui sort avec un petit bruit sec. Puis il l'éteint.

— C'est bien, Beth, souffle-t-il tout en caressant doucement ma peau endolorie. J'y ai été un peu fort. Je n'ai pas pu résister à la vue de ton cul magnifique rougissant de désir pour moi. J'avais envie de le frapper de toutes mes forces, explique-t-il en inspirant profondément avant de pousser un soupir. Tu m'as excité. Lève-toi.

Je m'écarte du banc, mais mes fesses m'élancent et je tiens à peine debout.

— Non, finalement, je préfère que tu viennes à genoux, reprend Dominic.

J'obéis et, me voyant approcher, il dénoue son peignoir, révélant sa nudité. Son sexe est dressé en une impressionnante érection – résultat de cette fessée qui l'a tant ému. Le regard assombri par le désir, il observe mes seins, que le harnais met en évidence. Je tiens la laisse pour éviter de trébucher dessus.

— Donne-moi ça.

Je lui tends la sangle en cuir, sans lever les yeux, de peur de l'offenser. Il prend la laisse et tire doucement dessus jusqu'à ce que je sois collée à lui et que son érection vienne se presser contre ma joue. J'ai les seins écrasés contre ses jambes, le collier au niveau de ses cuisses.

Une montée de désir me fait presque oublier la douleur de ma fessée. L'odeur de Dominic est merveilleuse, familière et réconfortante. Il va enfin me laisser l'occasion de l'aimer comme j'en ai envie. Je vais pouvoir le toucher, le caresser, lui montrer ce que je ressens pour lui.

— Prends-moi dans ta bouche, m'ordonne-t-il. Mais sans me toucher avec tes mains.

La déception m'envahit. *Au moins, je peux l'embrasser, le lécher, le goûter…*

Je passe la langue sur toute la longueur de son sexe durci, qui irradie de chaleur. Lorsque j'arrive au gland, je le saisis entre mes lèvres et fais jouer ma langue tout autour, suçant et léchant. Dominic glisse les doigts dans mes cheveux et referme les poings. Je le laisse enfoncer son pénis dans ma bouche aussi profondément que possible. La position dans laquelle je me trouve ne me facilite pas la tâche, et son érection est telle que j'en ai mal aux mâchoires, mais la joie de pouvoir l'aimer ainsi m'aide à oublier ce léger inconfort. J'adore ça – j'adore sentir son odeur musquée et goûter la saveur un peu salée de son excitation.

Tandis que je le suce avec plus de vigueur, il crispe les poings dans mes cheveux et pousse un gémissement. Puis il s'écarte et se dirige vers le fauteuil en cuir blanc, tirant sur la laisse pour que je le suive. Il s'installe sur le siège, jambes écartées, et m'invite à m'agenouiller sur le repose-pieds comme il l'a fait hier.

Je me penche en avant, une main de chaque côté, et le reprends dans ma bouche. Il gémit un peu plus fort. J'ai terriblement envie de saisir son érection et d'augmenter son plaisir, mais je me rappelle que c'est interdit. Je m'ingénie donc à le titiller avec ma langue, alternant de longues caresses sur toute sa longueur et de petits coups autour de son gland.

— Oh, oui, c'est exquis, murmure-t-il.

Les yeux mi-clos, il m'observe tandis que j'entoure son pénis de toutes les attentions. J'imagine de quoi j'ai l'air, à genoux devant lui dans mon harnais, mon serre-taille et mon collier, occupée à rendre hommage à son sexe tendu. Je suis terriblement excitée, à présent, et je meurs d'envie de sentir cette formidable érection au plus profond de moi.

Le souffle court, Dominic pousse une sorte de grondement et son sexe se gonfle encore. Il se met à remuer les hanches et à pousser son sexe plus avant dans ma bouche, comme s'il me baisait. J'ai envie – non, besoin – de le toucher. J'ai un peu peur qu'il n'aille trop loin et que je ne doive le retenir avec mes mains pour l'empêcher de m'étouffer. Lorsqu'il donne un violent coup de reins, je dois réprimer un haut-le-cœur. Son orgasme approche, je le sais. Après quelques mouvements brefs, je sens un liquide chaud et salé sur ma langue. Je prends un instant pour le goûter, puis avale. Étrangement, son sperme laisse dans son sillage une drôle de brûlure. Sans réfléchir, je pose une main sur le sexe de Dominic lorsqu'il se retire de ma bouche.

— C'était merveilleux, Beth, commente-t-il d'une voix douce et menaçante à la fois. Mais tu m'as touché, alors que je te l'avais strictement interdit.

Je lui lance un regard nerveux. Évidemment, même quand je lui donne du plaisir, je demeure sa soumise. Je dois obéir. Est-ce que je vais recevoir une nouvelle punition ? J'espérais qu'il ferait quelque chose pour soulager le désir brûlant qui ne cesse de monter en moi.

— Je... Toutes mes excuses, monsieur, je...

Il m'interrompt d'une voix sèche.

— Lève-toi et va dans l'entrée. Remets ton manteau et attends-moi.

Je m'exécute. *Et maintenant?* Quelques minutes plus tard, Dominic sort du boudoir, vêtu d'un jean et d'un tee-shirt noir.

— Suis-moi.

Je lui emboîte le pas jusqu'à l'ascenseur ; ma laisse pend à l'intérieur du trench. Pendant que nous descendons, Dominic m'ignore royalement et compose des messages sur son téléphone. Lorsque nous arrivons au rez-de-chaussée, il traverse le vestibule à grandes enjambées, si bien que je dois trottiner pour le suivre, faisant claquer mes talons sur le carrelage. Dehors, une Mercedes noire nous attend. Dominic ouvre la portière et monte, me laissant le soin de le rejoindre à l'intérieur. Le chauffeur est dissimulé par une vitre teintée. Aussitôt que je suis installée à côté de Dominic, la voiture démarre en douceur.

J'ai envie de demander où nous allons, mais je n'ose pas. Dominic continue de pianoter sur son téléphone en silence.

Cette journée s'avère très étrange – et Dominic se montre encore plus étrange qu'elle. Je risque un regard dans sa direction. Il semble terriblement distant.

Ce n'est pas ça que je veux. Pas du tout.

J'essaie de ne pas écouter la petite voix qui me souffle ces mots. Si, c'est ça que je veux. Forcément, puisque j'ai insisté pour l'obtenir.

Je rassemble mes forces et mon courage afin d'affronter ce qui m'attend à l'issue de ce trajet.

Je ne suis pas surprise lorsque nous nous arrêtons dans la ruelle de Soho où se trouve *L'Asile*. Depuis le début, je me doutais que je finirais ici – et cet instant fatidique est arrivé.

Un frisson de terreur me parcourt l'échine.

— Sors, m'ordonne Dominic.

Une fois que j'ai obéi, il me rejoint sur le trottoir puis descend l'escalier métallique qui mène à l'entrée du club. Là, il tire une clé de sa poche et ouvre la porte. Je le suis à l'intérieur et il referme derrière nous. Je devine que les lieux sont déserts. Dominic me retire mon trench, saisit ma laisse, puis, sans un mot, prend la direction du bar en m'entraînant à sa suite. Une fois de plus, il marche si vite que je dois presque courir derrière lui. Je sais où nous allons.

Avoue : tu l'as toujours su.

Mon intuition ne m'a pas trompée : Dominic me mène à la lourde porte cloutée et l'ouvre. Puis il se tourne vers moi et, pour la première fois depuis que nous avons quitté Randolph Gardens, il me regarde.

— Maintenant, tu vas apprendre ce qu'est une vraie punition.

Je suis terrifiée, paralysée par une peur bleue qui me noue la gorge. J'avance dans la pénombre du donjon, et Dominic appuie sur un interrupteur. L'éclairage est de toute évidence électrique mais semble provenir d'authentiques chandelles disposées le long des murs, dans des appliques en fer forgé.

Pour la seconde fois, je distingue les divers instruments de torture présents : les croix, les barres, la rangée de fouets et de battoirs tous plus menaçants les uns que les autres. Mon estomac se tord et j'ai peur de vomir.

Pas question de reculer. Je dois aller jusqu'au bout, coûte que coûte.

Je me rappelle ma décision de faire confiance à Dominic. Après tout, il a promis de ne pas dépasser les bornes.

Il me guide vers les barres horizontales qui longent le mur du fond, puis décroche mon harnais et me le retire. Il le laisse tomber négligemment par terre et fait de même avec mon serre-taille avant de me positionner face aux barres et dos à lui. Il me lève le bras de manière à passer mon poignet dans des menottes qui me laissent un peu de liberté de mouvement, puis répète l'opération de l'autre côté. Ensuite, il me fait écarter les jambes et m'attache les chevilles. Je l'entends haleter – ça l'excite.

— Bien, souffle-t-il une fois que je suis entravée. Nous allons pouvoir commencer.

Je crispe les paupières, l'estomac toujours noué. Je peux surmonter cette épreuve. Je vais y arriver. Après, je pourrai lui expliquer que le donjon ne fait pas partie de mes fantasmes.

Il sait déjà que cet endroit te terrifie… Alors pourquoi t'y a-t-il amenée ?

Je refuse d'écouter cette satanée petite voix – je refuse d'entendre ses arguments. Il faut que je me concentre pour supporter ce qui m'attend.

Le premier contact est léger et sensuel ; je devine la caresse du crin sur mes épaules. Dominic semble presque dessiner quelque chose sur mon dos, un peu comme s'il délimitait son territoire et en apprenait les contours avant de se mettre à frapper.

— Maintenant, je vais te punir pour m'avoir désobéi, déclare-t-il.

Je sens sa présence derrière moi et sais qu'il se repaît du spectacle : une fille menottée aux barres et éclairée par la lumière des bougies tandis qu'il brandit son fouet.

Le premier coup est plutôt doux, de même que les suivants. Dominic me prépare, m'échauffe. À mesure que mon sang afflue sous ma peau et la rend plus sensible, j'ai l'impression que les crins rugueux m'infligent de fines coupures. Je garde les yeux fermés et tente de contrôler ma respiration, mais mon cœur bat à tout rompre. La brûlure de mon dos rayonne quand Dominic accentue la force de ses coups et en accélère le rythme.

C'est donc ça, une flagellation. Je suis en train de me faire fouetter dans un donjon.

Je redoute la suite des événements avec un certain détachement. J'analyse la délicate situation dans laquelle je me trouve, comme si je n'habitais plus mon propre corps, ce qui veut dire que la flamme de mes fantasmes vacille et menace de s'éteindre.

Trop tard.

Les coups cessent, et j'entends Dominic s'éloigner, puis revenir. Je devine qu'il a changé d'instrument et qu'il fait tourner le nouveau fouet en l'air, comme pour s'échauffer. Soudain, des dizaines de mèches s'abattent sur mon dos avec une violence inouïe, et chacun des nœuds qui les ponctuent me meurtrit sauvagement.

Je rejette la tête en arrière avec un cri de surprise et de douleur mêlées, mais, avant que je n'aie pu réfléchir, le fouet m'attaque depuis l'autre côté. Dominic me frappe de grands coups latéraux, à une cadence rapide et soutenue.

Oh, mon Dieu! C'est infernal!

Il me fouette avec une violence et une régularité implacables. Ma vive souffrance a raison de ma volonté et m'arrache des hurlements. Dominic se déchaîne de plus en plus, comme si mes cris l'incitaient à redoubler d'ardeur. Il a le souffle court et saccadé.

J'ai la peau à vif sous les assauts répétés du chat à neuf queues. C'est plus que je n'en peux supporter. Je tremble de la tête aux pieds et, entre deux cris de douleur, je pleure.

Le signal. Il faut que je dise le mot de secours.

J'ai perdu toute foi en Dominic. Il est évident qu'il ne se rend pas compte de l'état dans lequel il m'a mise. Il me bat avec une férocité inouïe, et mon esprit embrumé me souffle que mon maître ne répond plus de rien.

Terrifiée, je sanglote de plus en plus fort tandis que les mèches du fouet me labourent le dos et les côtes sans faiblir ni ralentir, atteignant parfois mon ventre et mes seins.

C'est quoi, déjà, le mot ?

Je souffre trop pour réfléchir. J'ai la tête qui ballotte en arrière, le dos cambré et les bras raidis. Je suis à peine capable de redouter le coup suivant.

Le mot… C'est…

Je rassemble toutes mes forces et hurle :

— Rouge !

Vlan ! Dominic me frappe de plus belle, et des centaines de lames lacèrent mon dos meurtri.

— Rouge ! Arrête, Dominic ! Stop !

Ce n'est pas « rouge », c'est… Oh putain ! Ça fait trop mal ! C'est atroce ! Je vais mourir… Je…

Enfin, je hurle :

— Rubis ! Rubis !

Je me contracte en prévision du prochain coup, puis, quand rien ne se passe, je commence à trembler comme une feuille, secouée de sanglots incontrôlables. Je n'avais encore jamais connu une telle souffrance, physique ou morale.

— Beth ? demande une voix que je n'avais plus entendue depuis des jours.

C'est la voix du vrai Dominic – mon ami, mon tendre amant, l'homme qui m'a tellement manqué.

— Beth ? Ça va ?

Je pleure trop fort pour parler ; les larmes roulent le long de mes joues et j'ai le nez qui coule.

— Oh, ma chérie ! Qu'est-ce qu'il y a ? insiste Dominic, l'air paniqué.

Il lâche son fouet et vient me détacher. Dès que mes bras sont libérés, je m'écroule au sol et, la tête sur les genoux, commence à me balancer d'avant en arrière.

— Beth, s'il te plaît !

Dominic me pose une main sur le bras en prenant soin d'éviter mon dos martyrisé.

Folle de rage, je hurle :

— Ne me touche pas ! Ne t'approche pas de moi !

Il recule légèrement, interloqué.

— Tu as dit le *safeword*…

— Parce que tu étais en train de me tabasser, espèce de connard ! Enflure ! Après tout ce que j'ai fait pour toi ! Tout ce que je t'ai donné, tout ce que j'ai enduré… Putain ! Je n'arrive pas à croire que… (Les sanglots menacent de m'étouffer, pourtant je persiste.) J'ai vraiment été trop conne ! Je t'ai fait confiance, espèce d'ordure ! Je m'en suis remise à toi, et regarde ce que tu m'as fait !

J'ai tellement mal – d'avoir été battue et trahie à la fois – que j'en suis finalement réduite à pleurer en silence.

Pendant plusieurs minutes, Dominic m'observe, muet. Il semble se demander comment nous en sommes arrivés là ou comment il pourrait me consoler. Puis, sans un mot, il va chercher ma veste et me la pose sur les épaules. Même le doux coton du trench me brûle comme les flammes de l'enfer.

Doucement, Dominic m'aide à me relever et me fait sortir du donjon, du bar et du club. La voiture nous attend dans la rue, et nous nous installons. Je n'arrive ni à calmer mes pleurs ni à m'adosser au fauteuil.

Nous rentrons à Randolph Gardens sans échanger un mot.

Quatrième semaine

Chapitre 18

Ce dimanche est le pire jour de ma vie. Je souffre le martyre, et mon dos est couvert de marques rouges dont la vue me fait frémir. N'ayant aucun moyen de passer de la pommade dessus, je prends un long bain frais pour tenter de calmer la sensation de brûlure.

Quant à mon état émotionnel… Je n'arrête pas de pleurer en repensant à ce que m'a infligé Dominic. Je ressens tout cela comme une horrible trahison. Quand il m'a demandé de lui faire confiance, j'ai accepté. Quand il s'est engagé à évaluer mes limites, je l'ai cru. Je lui ai dit que je n'aimais pas ce fichu donjon, pourtant il m'y a emmenée pour m'y faire subir un châtiment atroce.

Et tu l'as laissé faire.

Ça aussi, ça fait mal. Dominic tenait le fouet, certes, mais uniquement parce que je lui ai permis d'aller aussi loin. Aussitôt, je me rappelle que c'est Dominic qui a perdu les pédales en faisant franchir à cette expérience un cap que je n'étais pas capable de passer. Dans le feu de l'action, il a dû oublier que j'étais novice en la matière. Pourtant, c'était à lui de s'assurer que j'allais bien et qu'il ne dépassait pas les bornes. Il a lamentablement échoué.

Par ailleurs, je souffre de ne pas avoir eu de ses nouvelles. On dirait qu'il est devenu muet. Tout ce que j'ai reçu, c'est un texto.

« Désolé. D. »

Il croit vraiment qu'un pauvre message peut suffire à racheter ce… cette agression ?

Non. Il va devoir trouver mieux.

Lundi matin, j'appelle James pour lui annoncer que je suis trop malade pour venir travailler. Il semble un peu méfiant, comme s'il se doutait que je ne lui disais pas tout, mais il fait preuve de sa gentillesse habituelle et me souhaite un prompt rétablissement. Je passe une journée solitaire à revivre de façon presque obsessionnelle mes derniers jours en compagnie de Dominic, en essayant de déterminer à quel moment tout a dérapé. Je me pelotonne sur le canapé avec De Havilland et puise un certain réconfort dans sa douce chaleur et ses allègres ronronnements.

Au moins, le chat m'aime toujours, lui.

Les marques dans mon dos demeurent rouges et sensibles, mais la douleur s'est estompée. La sensation de brûlure qui m'a empêchée de dormir dimanche soir se calme peu à peu. J'arrive même à envisager le moment où je n'aurai plus mal du tout – le jour où je serai guérie.

Mardi, je rappelle James pour lui dire que je me sens encore patraque. Cette fois, il paraît franchement inquiet.

— Tout va bien, Beth ?

— Oui... si on veut...

— Est-ce que ça a quelque chose à voir avec Dominic ?

— Oui et non. J'ai juste besoin d'un jour de plus pour me remettre, James. Je vous promets que je reviens demain et que je vous raconterai tout.

— D'accord, ma belle. Prenez tout le temps qu'il vous faut. Je comprends.

J'ai vraiment une chance incroyable d'avoir un patron pareil.

Au cours de la journée, je commence à me sentir mieux. Mon dos ne me fait presque plus souffrir. En revanche, je suis malade de n'avoir toujours pas de nouvelles de Dominic. Chaque fois que j'y repense, je suis anéantie qu'il ait osé me traiter comme il l'a fait avant de m'abandonner. Il doit pourtant se douter que je suis une véritable épave.

En fin d'après-midi, on frappe à la porte. *C'est peut-être Dominic.* Mon cœur s'emballe.

Non, me dis-je intérieurement en allant ouvrir, *ce doit être James qui vient m'apporter du bouillon de poule et des chocolats.* Pourtant, je ne peux pas m'empêcher d'espérer.

À mon plus grand étonnement, l'homme qui se tient devant moi dans le couloir n'est ni Dominic ni James. C'est Adam.

— Surprise ! s'écrie-t-il avec un grand sourire.

Je le dévisage, bouche bée. Je n'en crois pas mes yeux tant il me paraît différent – tout en étant exactement le même qu'avant. Il porte une chemise à carreaux tout élimée, un sweat-shirt gris sur lequel figure le nom d'une équipe de foot, un jean trop large qui souligne sa bedaine naissante et une paire de vieilles tennis blanches. Il a en outre un sac de sport sur l'épaule. Il me contemple, l'air absolument ravi de sa petite surprise.

— Ben alors ? On ne dit pas bonjour ? finit-il par demander face à mon silence.

— Euh…

Mon pauvre cerveau a du mal à analyser les images que mes yeux lui envoient. Ça n'a aucun sens. Adam ? Ici ? Dans l'appartement de Celia ?

— Salut, dis-je mollement.

— Je peux entrer ? J'ai super envie de pisser et de boire une tasse de thé. Pas en même temps, bien sûr.

L'idée de l'inviter chez Celia me déplaît, mais il a besoin d'aller aux toilettes et je ne me sens pas capable de lui refuser ça. Je m'écarte donc pour le laisser passer. C'est extrêmement étrange de voir ce chapitre de ma vie – chapitre que je considère révolu – bousculer ma nouvelle existence. Je n'apprécie pas du tout.

— C'est par là, dis-je en indiquant la direction de la salle de bains.

Tandis qu'Adam s'y précipite, je rassemble mes esprits. Dès qu'il ressort en sifflotant gaiement – habitude que je trouvais adorable à l'époque mais qui me fait grincer des dents aujourd'hui –, je lui demande :

— Qu'est-ce que tu fais ici, Adam ?

Il semble surpris par la sécheresse de ma voix.

— Ta mère m'a expliqué où tu étais, et j'ai eu envie de venir te voir.

Il ouvre les bras, comme pour exprimer son étonnement que j'ose remettre en question quelque chose d'aussi naturel.

Je le dévisage et me rappelle vaguement avoir aimé cet homme au point d'être accablée de chagrin quand il m'a brisé le cœur, mais tout cela me paraît ridicule, à présent. Comparé à Dominic, il est blafard et mal fichu, avec ses cheveux tout plats coupés n'importe comment et son visage poupin aux yeux bleu pâle.

Je m'efforce de rester calme et posée.

— Pourtant, Adam, la dernière fois qu'on s'est vus, c'était pour rompre. Tu ne te souviens pas ? Tu te tapais Hannah dans mon dos. Tu m'as larguée pour elle.

Il fait une grimace, accompagnée d'un geste impatient.

— Ouais, ça… Écoute, je suis venu m'excuser, justement. C'est fini, ces conneries. J'ai fait une bourde et je le regrette. La bonne nouvelle, c'est que j'ai vraiment envie qu'on se donne une seconde chance, toi et moi !

Il me décoche son plus beau sourire et me regarde comme s'il s'attendait à ce que je saute de joie.

— Adam…

Désarmée, je ne sais pas quoi lui dire de plus.

— Qu'est-ce qu'il faut faire pour avoir droit à une tasse de thé, dans cette maison ?

Joignant le geste à la parole, il commence à ouvrir les portes au hasard.

— Gagné ! s'exclame-t-il en trouvant la cuisine.

Je le suis à l'intérieur, horripilée de le voir envahir ma petite vie bien ordonnée. Ça me rappelle sa fichue habitude de débarquer, de se servir avec un sans-gêne incroyable et de laisser un bazar pas possible dans son sillage.

— Adam, ça ne se fait pas de se pointer sans prévenir. Tu aurais dû m'appeler.

— Mais je voulais te faire une surprise, rétorque-t-il, l'air un peu blessé, avant de remplir la bouilloire. Tu n'es pas contente de me voir ?

Il me fait son regard de petit garçon triste – celui qui me faisait fondre il n'y a pas si longtemps.

— Franchement, tu ne tombes pas super bien.

Mais enfin! Pourquoi tu t'échines à ménager sa petite susceptibilité? Il n'a pas eu autant d'égards envers toi, lui! Dis-lui de prendre ses cliques et ses claques et de se tirer, qu'on en finisse!

—Pourtant, tu n'as pas l'air débordée. Ta mère m'avait conseillé d'attendre pour passer te voir parce que tu serais peut-être encore au travail, mais j'ai quand même décidé de venir directement en descendant du train. Et te voilà! Si ça, c'est pas le destin!

Il replace la bouilloire sur son socle et la met en marche.

OK, un thé et il dégage.

Je sors deux mugs et place un sachet dans chaque tandis qu'Adam me raconte son périple en train et sa première expérience du métro londonien. Je l'emmène dans le salon où, près de la fenêtre, De Havilland garde un œil vigilant sur les pigeons, comme à son habitude. Lorsque nous entrons, il nous lance un regard doré, cligne des yeux, puis reporte son attention au-dehors, la queue enroulée autour des pattes.

—Il déchire, cet appartement! s'exclame Adam en examinant les lieux. C'est chez qui?

—La marraine de mon père. Elle s'appelle Celia.

—Oh. C'est cool. Si tu joues bien tes cartes, tu pourrais peut-être en hériter un jour, reprend-il avec un clin d'œil lourd de sens. Ce serait sympa.

Nous nous asseyons dans le canapé, et je me demande déjà ce que je vais bien pouvoir lui raconter. Faute de mieux, je me rabats sur son passé proche.

— Alors, comme ça, c'est fini, avec Hannah ?

Adam fait une grimace, comme si j'avais évoqué quelque chose de dégoûtant.

— Ouais. Ça ne collait pas, entre nous. C'était purement physique et... Tu sais bien... au bout d'un moment, ça devient lassant.

Je les revois au lit, tous les deux, et cette image ne me fait plus ni chaud ni froid. Rétrospectivement, je les trouve plutôt bien assortis. Je me rappelle soudain nos propres ébats, à Adam et moi. Il me baisait comme un métronome en haletant dans mon oreille, sans jamais rien changer. C'était rapide et fonctionnel. Je trouvais ça merveilleux parce que j'étais amoureuse, mais les adjectifs « émouvant », « passionné » ou « excitant » ne me seraient jamais venus à l'esprit. Repoussait-il les frontières du plaisir ? M'amenait-il à découvrir des aspects de ma personnalité dont j'ignorais l'existence ?

Bien sûr que non. Pour ça, il a fallu que je rencontre Dominic.

Brusquement, je comprends que mes récentes aventures m'ont changée à jamais. Après ce que je viens de vivre, je serais parfaitement incapable de retourner avec quelqu'un comme Adam. Dominic a peut-être des prédilections inhabituellement osées, mais, au moins, je ne me suis jamais ennuyée avec lui.

Adam m'observe, tenant sa tasse à deux mains.

— C'est pour ça que je suis venu te retrouver – parce qu'on partageait vraiment quelque chose de spécial, toi et moi. J'ai été stupide et je t'ai fait du mal, mais c'est derrière moi, tout ça. Je veux qu'on se remette ensemble.

— Euh, je… je ne pense pas que… (J'inspire un grand coup.) Non, Adam. Il est hors de question qu'on se remette ensemble.

— Sérieusement ? demande-t-il, l'air déçu.

— Sérieusement. J'ai une nouvelle vie, un travail…

— Un copain ?

— Euh… pas vraiment, non. *(On dirait bien que ma petite histoire avec Dominic est finie, après tout.)* Mais ça ne change rien. On n'a aucun avenir ensemble, toi et moi.

— Beth, je t'en prie, insiste-t-il en me suppliant du regard. Tu ne peux pas m'effacer comme ça. Je sais que ça a dû être un choc pour toi de me voir débarquer à l'improviste, mais je voudrais que tu prennes le temps d'y réfléchir.

— Je ne changerai pas d'avis, dis-je, implacable.

Adam pousse un gros soupir et prend une gorgée de thé.

— Est-ce qu'on peut en reparler plus tard ?

— Comment ça, « plus tard » ?

— Beth… je n'ai nulle part où dormir. Je pensais passer la nuit ici.

Exaspérée, je m'écrie :

— Tu délires ou quoi ? On est séparés, je te rappelle !

— Mais je veux que tu reviennes !

Je soupire, agacée. Nous voilà revenus à la case départ.

— Il n'y a plus de trains pour rentrer ce soir, plaide Adam. S'il te plaît, dis-moi que je peux dormir ici. Allez...

Il ne me laisse pas vraiment le choix. Je ne vais quand même pas le jeter à la rue.

— OK, tu peux dormir sur le canapé, mais c'est juste pour une nuit, d'accord ? Je ne plaisante pas.

— Message reçu ! s'exclame-t-il, tout joyeux.

Je déchiffre sans mal l'expression de son visage : il croit qu'il ne lui en faudra pas plus pour me reconquérir.

Une fois que je me suis habituée à la présence d'Adam, je commence à apprécier sa compagnie, d'une certaine façon. Il me raconte tous les potins de notre petite ville, ainsi que les dernières lubies de son frère. Je nous prépare un plat de pâtes tout simple, que nous partageons tandis qu'il bavarde gaiement. Je trouve étrange d'entendre autant de bruit dans l'appartement de Celia, d'habitude tellement silencieux.

Après dîner, nous retournons dans le salon, et Adam essaie de m'amadouer en évoquant le bon vieux temps, ainsi que les promesses que nous nous étions faites à l'époque. Je n'ai rien contre ces souvenirs, mais je sais qu'ils n'auront pas l'effet escompté par Adam. Lorsque je lui apporte un oreiller et une couverture, il tente de m'embrasser, mais je le repousse fermement et il semble prendre la chose avec philosophie.

Je suis certaine que, dans sa petite tête, ce n'est qu'une question de temps avant que je lui tombe dans les bras.

Je retourne dans la chambre de Celia, toujours déboussolée par la présence d'Adam dans l'appartement, et me couche en me demandant s'il va essayer de s'inviter dans mon lit. Heureusement, il me laisse tranquille.

Le lendemain matin, j'ai retrouvé ma bonne humeur et suis pressée de retourner travailler.

Après le petit déjeuner, tandis que je me prépare à partir, je demande à Adam :

— Tu pars vers quelle heure ?

— Ben, en fait…, commence-t-il d'un air retors. Je pensais rester un peu, si ça ne t'ennuie pas. J'aimerais bien en profiter pour visiter Londres, et comme tu as de la place…

— Adam…, dis-je d'un ton menaçant.

— Juste une nuit, plaide-t-il.

Je le toise un instant. Une nuit n'y changera rien, de toute façon.

— OK. Une nuit, et tu repars.

— Ça marche, fait-il avec un grand sourire.

James m'a manqué ; je suis absolument ravie de le revoir.

— Ma Joconde est de retour ! s'exclame-t-il lorsque j'entre dans la galerie. Je me suis fait du souci, vous savez.

Il s'approche pour me serrer dans ses bras, mais j'ai un mouvement de recul accompagné d'une grimace.

— Ah, je vois, dit-il d'un air compréhensif, bien qu'un peu triste. Oh, Beth, il vous a fait du mal ?

J'acquiesce lentement, soulagée de pouvoir enfin me confier.

— Le salaud ! Est-ce que c'était contre votre volonté ?

De nouveau, je hoche la tête, mais j'ai l'impression de trahir Dominic.

— C'est contraire aux règles, déclare James avec le plus grand sérieux en me regardant par-dessus la monture de ses lunettes. Je suis désolé, Beth. Au risque de froisser vos sentiments à son égard, je vous rappelle que les principes du BDSM sont très clairs : sécurité, lucidité et consentement mutuel. S'il n'a pas su s'y tenir, vous ne devriez plus vous approcher de lui.

À ces mots, ma dernière bulle d'espoir éclate, mais James a sans doute raison. Si seulement la vérité était moins dure à encaisser !

Nous passons une agréable matinée à rattraper le temps perdu et à rire des pauvres tentatives d'Adam pour regagner mon cœur. Je précise à James que j'ai la ferme intention de mettre mon ex à la porte dès le lendemain, quoi qu'il en dise.

C'est mon tour d'aller chercher le déjeuner et, peu après midi, je sors sur Regent Street en direction de notre traiteur japonais préféré pour nous rapporter des sushis. À deux pas de la galerie, je passe devant une vieille église à moitié dissimulée par un mur de brique et un portail en fer forgé – ouvert pour permettre aux curieux de visiter les lieux. À ma grande stupéfaction, quelqu'un sort de l'enceinte en courant et m'attrape par le bras.

Je sursaute et lève les yeux vers Dominic, agrippé à mon coude, l'œil fou et la mise étonnamment débraillée. Mon estomac se noue sous l'effet de l'excitation.

— Dominic !

— Il faut que je te parle, lance-t-il d'une voix essoufflée avant de m'entraîner dans la cour de l'église.

Il va me présenter des excuses ! Mon cœur bondit de joie à cette perspective. *Tout n'est peut-être pas perdu…*

Dominic me dévisage d'un air fiévreux – il semble en colère contre moi.

— Qui c'est, Beth ?

— Quoi ?

— Ne fais pas l'innocente, je l'ai vu ! L'homme qui vit dans ton appartement. Qui c'est, putain ?

Sans réfléchir, je réponds :

— C'est Adam.

Dominic retient son souffle et me lance un regard lourd de chagrin avant de me lâcher le bras et de s'enfuir à grands pas, sans se retourner.

— Et merde !

Je m'élance à sa suite, mais il a disparu au coin d'une rue adjacente. Pourquoi j'ai dit ça ? J'aurais pu prétendre qu'il s'agissait de mon frère ! Maintenant, Dominic va croire que je me suis remise avec Adam. Je lance un nouveau juron. Je vais devoir l'appeler pour lui expliquer.

Et pourquoi, d'abord ? Il ne s'est pas excusé pour ce qu'il t'a fait, lui ! Ça ne lui fera peut-être pas de mal de mariner un peu.

Le temps que je revienne à la galerie, les bras chargés de sushis, je n'ai toujours pas pris de décision quant à la marche à suivre.

J'y réfléchirai plus tard.

En moins de vingt-quatre heures, Adam a réussi à répandre dans tout le salon le contenu de son sac de sport – ainsi que les restes de ce qu'il a mangé au cours de la journée. J'éprouve des sentiments mêlés à la vue de ce spectacle. Je suis à la fois irritée par la négligence dont il fait preuve dans l'appartement de Celia et soulagée à l'idée que, après tout, je ne passerai pas ma vie à nettoyer derrière lui.

— Salut ! La journée a été bonne ? s'enquiert-il lorsque je rentre. J'ai bien envie de t'inviter à dîner quelque part. Qu'est-ce que tu en penses ?

— C'est gentil, Adam, mais… je te propose déjà qu'on aille boire un verre, et on avisera après. D'accord ?

Je suis déterminée à lui signifier sans la moindre équivoque qu'il a vraiment intérêt à dégager le lendemain matin. Un pub semble tout indiqué pour ce genre de conversation.

— OK, super. C'est parti.

Nous sortons de l'immeuble et déambulons dans les rues. Il fait une chaleur étouffante et, pour la première fois depuis des semaines, de gros nuages blancs obscurcissent le ciel. Un orage se prépare, je le sens. Ce sera probablement un soulagement après une canicule pareille.

— Tu sais quoi, Beth ? lance Adam tandis que je retrouve le chemin du premier pub où Dominic m'a emmenée. Tu as changé. Vraiment. Tu parais… je ne sais pas… plus mûre, plus sophistiquée. Et plus sexy, aussi. Carrément plus sexy, conclut-il avec un coup d'œil qui se veut sans doute séducteur mais semble vaguement vicieux.

— Vraiment ?

Malgré moi, son avis m'intéresse. Je me suis déjà demandé si mes récentes expériences m'avaient marquée. On dirait bien que c'est le cas.

— Oh, oui, répond gentiment Adam. Tu es très belle.

— Merci ! dis-je dans un éclat de rire avant de me rappeler que je m'apprête à lui jeter un seau d'eau froide sur la tête. C'est adorable, Adam, mais ça ne veut pas dire qu'il va se passer quoi que ce soit entre nous.

Il s'immobilise sur le trottoir pour me regarder dans les yeux, puis sourit d'un air un peu triste.

— C'est vraiment fini, hein ?

— Oui. Je ne t'aime plus. C'est terminé.

— Il y a quelqu'un d'autre ?

Je ne dis rien mais me sens rougir violemment.

— Je m'en doutais, poursuit Adam avec un soupir. Tant pis ! Au moins j'aurai essayé. J'ai été très con, Beth, j'en suis conscient. Je ne me rendais pas compte de la chance que j'avais et j'ai tout gâché. En tout cas, ton nouveau mec est un petit veinard.

Je lui rends son sourire, la gorge nouée.

— Merci, Adam. Ça me fait du bien de t'entendre dire ça. Vraiment. On peut rester amis, si tu veux.

— Bien sûr ! Mais j'ai comme l'impression qu'on ne va pas te revoir souvent dans notre trou paumé. Je me trompe peut-être, mais c'est presque une certitude.

Il réfléchit un moment avant de lancer :

— Bon, on va la boire, cette bière ? En souvenir du bon vieux temps ?

— Oui, ça me dit bien.

— Super ! Et demain matin je te laisse tranquille.

Nous échangeons un long regard, le temps de faire de paisibles adieux à cette période de nos vies où l'on comptait tant l'un pour l'autre. Puis nous reprenons notre route vers le pub.

Quand nous rentrons, bien plus tard, Adam – un peu saoul après quatre pintes – parle fort et ne remarque pas l'enveloppe couleur crème glissée sous la porte de l'appartement.

Le cœur battant, je la ramasse vivement et m'enferme dans la chambre pour l'ouvrir d'une main tremblante, laissant Adam parler tout seul.

« Maîtresse,

Avec tout le respect qui vous est dû, votre esclave sollicite une soirée en votre compagnie. Honorez-le de votre présence demain soir dans le boudoir. Il vous y attendra à partir de 20 heures. »

Je serre la lettre contre mon cœur.

Oh, mon Dieu ! Mon esclave ? Que veut-il dire ?

Je suis obligée d'y aller. Comment refuser ?

Chapitre 19

Le lendemain, je fais mes adieux à Adam et le regarde reprendre le chemin de la gare et de la petite vie provinciale que j'ai quittée. Cela me rappelle que Celia rentre bientôt. Que vais-je faire, alors ? L'inquiétude commence à me ronger. Je n'aurai plus de logement et, dès que l'assistant de James sera sorti de l'hôpital, je n'aurai plus de travail non plus.

Je décide d'envoyer un e-mail à Laura pour lui annoncer que j'accepte de prendre un appartement en colocation avec elle. Qui sait ? Peut-être que James trouvera un moyen de me garder à la galerie.

Une chose est sûre : je ne retournerai pas à mon existence d'avant. Plus maintenant.

Je passe la journée dans un état de fébrilité extrême, mais je ne suis pas sûre de ce que j'éprouve à l'idée de rencontrer Dominic ce soir. Je n'en parle pas à James, mais retourne la question dans ma tête pendant des heures, me demandant ce que cette lettre peut bien signifier. L'excitation et la peur se succèdent sans cesse. Mon dos ne me fait plus souffrir et les cicatrices ont disparu, mais la tournure qu'ont prise les événements reste douloureuse à mon cœur. J'ai fait de mon mieux pour offrir à Dominic ce dont il avait besoin et il a pris plus que je ne pouvais donner, en définitive. Le pire, c'est qu'il ne m'a toujours pas présenté d'excuses. Cela m'humilie davantage que la flagellation en soi. Je l'aimais – je m'en suis entièrement remise à lui – et il a subitement disparu de ma vie, comme s'il n'en avait jamais fait partie.

Je me rappelle l'étincelle de folie dans son regard lorsqu'il m'a demandé qui était Adam. Il doit croire que nous nous sommes remis ensemble. Oh, et puis zut, il comprendra bien assez tôt quand il ne verra plus Adam par la fenêtre du salon.

Par ailleurs, quelque chose m'intrigue : mon « esclave » ? Dominic n'aime pas se soumettre. Je n'ai pas oublié que c'est comme ça qu'il a commencé – en permettant à Vanessa d'exercer ses talents de dominatrice –, mais je me rappelle aussi qu'il a renoncé à être le jouet d'une femme.

Quelque chose d'important est sur le point de se produire – sauf que j'ignore quoi.

De retour à Randolph Gardens, je prends un long bain pour faire passer le temps. Puis je m'habille avec soin. Rien d'exotique, juste ma petite robe noire. Ce soir, je ne porterai pas de culotte ouverte ou de harnais en cuir, mais j'enfile quand même mes plus jolis sous-vêtements.

On ne sait jamais.

J'espère secrètement que Dominic va me prendre dans ses bras, m'embrasser et m'avouer qu'il a commis une grave erreur – qu'il n'est finalement pas dominateur du tout, juste un type normal qui aime offrir des fleurs et des chocolats à sa compagne, mais avec une sexualité un peu plus excitante et beaucoup plus épanouie que la moyenne. Surtout, j'espère qu'il va me dire qu'il veut toujours de moi. Ce scénario résoudrait tous nos problèmes, mais je doute qu'il se réalise.

Il est plus de 20 h 30 quand je me rends au boudoir. C'est un peu puéril de faire poireauter Dominic, mais je jubile à l'idée de me venger de toutes les fois où il m'a fait attendre. Le cœur battant à tout rompre, des papillons dans le ventre et les paumes moites, je me décide à frapper à la porte. Je suis impatiente de revoir le Dominic que j'ai connu et qui était mien, mais j'ai également peur de ce qui pourrait se passer une fois que j'aurai pénétré dans ce boudoir. C'est le lieu où j'ai promis de me soumettre.

Oui, mais tu ne portes pas de collier, aujourd'hui.

Après un moment, la porte s'ouvre lentement. Je jette un coup d'œil au vestibule, plongé dans l'obscurité, avant de me risquer à faire un pas à l'intérieur.

— Dominic ?

Une lumière tamisée émane de la chambre, et je m'approche. Si le siège en cuir blanc demeure, le banc qui était disposé au pied du lit a disparu, remplacé par deux fauteuils qui se font face. Dominic est assis dans l'un d'entre eux et se lève à mon arrivée, tête basse, comme s'il examinait le sol.

— Merci d'être venue, commence-t-il d'un ton ténébreux. Je n'en méritais pas tant.

— Je voulais entendre ce que tu avais à me dire, réponds-je d'une voix plus ferme que je ne l'aurais cru possible. Je me demandais combien de temps il allait te falloir pour oser m'adresser de nouveau la parole – ou même si tu oserais un jour.

Il lève vers moi des yeux tellement assombris par le chagrin que j'ai envie de le serrer dans mes bras et de lui assurer que tout va s'arranger, mais je me retiens. Je suis terriblement curieuse de l'écouter.

— Assieds-toi, Beth, reprend-il en désignant le second fauteuil. Je vais tout t'expliquer.

Une fois que nous sommes installés face à face, il se lance :

— J'ai vécu un véritable enfer depuis notre dernière rencontre. Ce qui s'est passé samedi – cet épisode affreux – m'a fait traverser une crise terrible. J'ai eu besoin de quitter Londres pendant un jour ou deux pour aller voir quelqu'un auprès de qui me confesser et demander conseil.

— Un thérapeute ?

— Pas vraiment. Plutôt une sorte de mentor. Il s'agit de quelqu'un qui m'a parfois éclairé en la matière et dont je respecte la sagesse et l'expérience. Je n'en dirai pas davantage à son sujet, sauf pour préciser qu'il m'a fait prendre conscience de la gravité de mes actes.

Dominic baisse la tête et joint les mains sur ses genoux en un geste de supplication.

Mon cœur saigne pour lui. Il est tellement beau dans la lumière tamisée de la lampe qui dessine sa silhouette. J'ai envie de le toucher, de caresser son magnifique visage et de lui murmurer que je lui pardonne.

Tu lui pardonnes ? Vraiment ?

Non, pas encore. J'ai des choses à lui dire avant.

Dominic relève ses yeux d'un noir d'encre.

— Comme tu le sais, un certain nombre de principes régissent ce genre de relation. Or j'ai fait preuve d'une grande arrogance en les ignorant sciemment. Quand nous avons discuté des termes de notre accord, je t'ai affirmé être capable d'évaluer moi-même tes limites. Je ne t'ai pas laissé l'occasion de me les exposer. Tu m'avais fait comprendre que tu n'aimais pas le donjon, mais je t'y ai emmenée malgré tout. Avec le recul, je me rends compte que j'en avais décidé ainsi depuis le début, au mépris de tes sentiments. Je… (Il fait une grimace avant de poursuivre.) On m'a dit que je reproduisais les relations dépourvues d'amour que j'avais connues jusque-là, et où mes soumises ne servaient qu'à assouvir mon plaisir sexuel. Mais là... nous... Ça n'a plus rien à voir. Je sais que tu t'es offerte par amour, pas parce que ça t'excitait. Quand je repense à la façon dont j'ai détourné ce don précieux pour mon plaisir égoïste, ça me fait mal.

— Tu n'étais pas entièrement égoïste, le contredis-je doucement. J'ai adoré une bonne partie – plus, la majorité – des expériences que nous avons partagées. J'ai passé des moments merveilleux. Tu m'as fait connaître des plaisirs dont je ne soupçonnais même pas l'existence. Cela dit, quelque chose clochait.

Dominic hoche la tête.

— Je crois savoir quoi, mais vas-y, dis-moi.

J'ai passé tellement de temps à y réfléchir que les mots me viennent tous seuls.

— Quand tu endossais le rôle de maître, le Dominic que je connaissais disparaissait complètement. Tu ne m'embrassais plus – ou alors sans la moindre tendresse – et tu me touchais à peine. Je m'en accommodais dans le cadre de notre mise en scène – tant que je jouais la soumise. C'est après que ça devenait bizarre. Je me sentais à la fois proche de toi et terriblement vulnérable d'avoir subi tes désirs, surtout quand tu me frappais. C'était dans ces moments-là que j'avais besoin que tu me montres ton amour, que tu me réconfortes. J'aurais voulu que tu me prennes dans tes bras, que tu m'embrasses et que tu me confirmes que j'avais bien fait tout ce qu'il fallait, dis-je, les larmes aux yeux. Mais, surtout, j'avais besoin de savoir que je n'étais pas qu'une minable esclave pour toi. J'aurais voulu que tu me dises que je demeurais précieuse à tes yeux.

—Arrête, Beth, m'interrompit-il d'une voix rude, comme si mes paroles le faisaient souffrir. Je sais que j'ai complètement déconné, crois-moi. J'ai du mal à l'admettre, parce que ça ne m'était encore jamais arrivé de perdre le contrôle. Jamais. Je me considérais au-dessus de ça. Je croyais maîtriser mon art, mais j'étais bien loin du compte! s'exclame-t-il avec un petit rire amer. Je ne sais pas pourquoi j'ai réagi comme ça. La seule explication qui me paraisse plausible, c'est que je n'ai pas l'habitude de ressentir de tels sentiments pour quelqu'un.

Il se lève et va chercher, dans l'armoire, un objet qu'il revient poser sur mes genoux.

—C'est pourquoi je veux que tu te serves de ça, annonce-t-il.

Je baisse les yeux et aperçois le chat à neuf queues avec lequel il m'a fouettée dans le donjon. La vue de cet instrument me donne la nausée.

—Non, Dominic. Je ne peux pas…

—S'il te plaît, Beth. Je te le demande. J'ai besoin de ressentir un peu de ta souffrance pour pouvoir me pardonner, plaide-t-il en me dévisageant.

Je résiste à l'envie d'envoyer valser cet ignoble engin de torture et hurle :

— On ne peut pas être normaux ? Tu ne pourrais pas t'excuser, comme tout le monde ? Pourquoi est-ce qu'il fallait que tu rapportes ce truc ?

— Pour ma pénitence, répond-il d'une voix basse, comme s'il répétait les mots de quelqu'un d'autre. J'en ai besoin.

Il retire sa veste et son tee-shirt et se tient devant moi, torse nu.

Oh, Dominic ! Tu es tellement beau ! Je veux t'aimer, pas te frapper.

— Non, dis-je dans un souffle.

Dominic vient s'agenouiller à mes pieds, tête basse. Je regarde son dos large et bronzé, les boucles noires sur sa nuque, les muscles puissants de ses épaules. J'ai envie de sentir sous mes doigts la douceur enivrante de sa peau, la fermeté de sa chair… Je lui passe doucement la main dans les cheveux.

— Je veux te présenter mes excuses, Beth, murmure-t-il. Je veux me racheter pour les atrocités impardonnables que je t'ai infligées. Notre relation reposait sur la confiance et, justement, j'ai abusé de ta confiance. Je m'en veux tellement. Je suis désolé.

— Je te pardonne. Je n'ai pas envie de te punir.

— S'il te plaît, Beth…, m'implore-t-il. J'en ai besoin. Je dois éprouver ta souffrance. C'est le seul moyen.

Je baisse les yeux vers le fouet posé sur mes genoux. Il a l'air inoffensif, comme ça. Pourtant, animé par le désir d'un être humain, il a le pouvoir d'écorcher vif.

— S'il te plaît, répète Dominic en me suppliant du regard.

Comment lui refuser ça ?

Je me lève, le chat à neuf queues à la main. Ne s'agit-il pas d'une soumission ultime de ma part ? Mon magnifique Dominic, si autoritaire et dominateur, exige que je lui donne un aperçu de ce qu'il m'a fait subir. Il l'a demandé, et je m'apprête à obéir.

— D'accord. Si c'est ce que tu veux.

— Merci ! s'écrie-t-il d'un air soulagé, presque heureux. Merci.

Il va s'installer sur le siège en cuir blanc, et je me rappelle l'extase incroyable à laquelle il m'a menée à cet endroit précis. Allongé sur le ventre, les mains crispées sur le montant de la structure, il m'offre son dos, nu de la taille à la nuque.

— Je suis prêt.

Je m'approche ; le fouet pèse dans ma main et la poignée est un peu trop grande pour moi. Ce n'est pas sans doute pas l'instrument que choisirait une dominatrice amoureuse pour administrer sa première flagellation. Dominic a toujours commencé par échauffer ma peau à l'aide de matériaux doux qu'il manipulait avec délicatesse avant de passer à l'artillerie lourde.

Tu vas vraiment lui faire ça ?

Oui, si c'est ce qu'il désire. Malgré tout, je l'aime.

Je lève le fouet et l'abats sur le dos de Dominic en un mouvement circulaire. J'oserais à peine qualifier ça de coup – je l'ai à peine effleuré –, mais le maniement d'un instrument pareil m'est tellement étranger que je ne peux y mettre davantage de force. Je fais une deuxième tentative, suivie d'une troisième, mais je n'arrive toujours pas à le frapper pour de bon : ma répugnance à lui faire mal atténue mes coups.

— Essaie un geste différent, me conseille Dominic. Ramène ton bras en arrière, fais partir le fouet en ligne droite de sorte que les mèches me passent sur le dos, puis fais-le revenir en arrière. Évite d'engager tout le corps, limite le mouvement à ton bras et à ton poignet.

Écoute les leçons du maître, me siffle la petite voix, perfide. Néanmoins, j'obéis et le premier coup digne de ce nom s'abat sur le dos de Dominic. Je retiens mon souffle en sentant l'impact résonner dans mon bras.

— C'est ça, lance Dominic d'une voix ferme. Continue, plus fort.

Je répète l'opération pendant quelques minutes et vois la peau de Dominic rougir sous les lanières du fouet. Coup après coup, je frappe au même endroit.

— Très bien, Beth. C'est ça, continue, s'il te plaît.

Peu à peu, je trouve mon rythme et m'habitude au poids du chat à neuf queues ainsi qu'aux secousses que je ressens chaque fois que les mèches mordent la chair de Dominic.

Je prête l'oreille aux sons qui semblent battre la cadence et, bientôt, j'oublie que ces impacts font mal à Dominic, même si je sais que ça doit être le cas.

Peu à peu, mes gestes gagnent en intensité, et je vois la peau de Dominic se boursoufler. Je commence à comprendre ce qu'on éprouve quand on détient un tel pouvoir – et comment on peut en arriver à s'acharner sur une pauvre victime consentante. Je sens s'exprimer une sorte de force primitive. Peut-être suis-je plus brutale que je ne le soupçonnais ?

Peut-être que les dominateurs ont avant tout besoin de se contrôler eux-mêmes. Leurs désirs doivent se plier à ce que leurs soumis peuvent encaisser, après tout.

C'est précisément en cela que Dominic a échoué – et qu'il m'a trahie.

Une fois que j'ai compris ça, je ne ressens plus la moindre envie de prendre du plaisir à lui faire mal. La vue des morsures du fouet sur sa peau me rend infiniment triste.

Pourtant, je continue.

D'instinct, je change de position et me place à côté de Dominic. Je frappe chaque coup comme si je servais pour un match de tennis, mais, au lieu de ramener le bras en arrière pour faire revenir les mèches, j'arrête mon geste de sorte qu'elles atteignent Dominic à pleine vitesse, avec une intensité redoublée.

Chaque coup lui arrache un cri, et cela me déchire le cœur, surtout lorsque je remarque qu'un liquide clair commence à suinter sur son dos. Les larmes me brûlent les yeux, et mes sanglots s'accordent aux mouvements rageurs de mon bras. C'en est trop, pourtant je serre les dents et continue. Dominic a cessé de se plaindre. Les yeux fermés et les mâchoires crispées, il lutte visiblement pour se contenir et supporter la douleur en silence. Je sais que chaque coup le lave de sa faute et lui apporte la rédemption à laquelle il aspire.

Mais c'est un procédé barbare, impitoyable. Je ne sais pas combien de temps je vais encore pouvoir tenir.

— Ne t'arrête pas ! lance Dominic entre ses dents serrées. Continue !

« Continue » ? Je pleure à chaudes larmes, à présent, mais je me force à poursuivre. Sur le dos de Dominic, les traces du fouet forment une masse rouge et suintante. On dirait que sa peau pleure, elle aussi.

— Je ne peux pas. Je n'en peux plus ! dis-je entre deux sanglots.

C'est alors que j'aperçois de petites gouttes couleur rubis perler sur son dos ravagé, comme autant de minuscules volcans en éruption. Le sang commence à couler.

— Non !

Je relâche mon bras et le chat à neuf queues redevient inoffensif le long de mon corps.

— Je ne peux pas continuer, ajouté-je, le visage baigné de larmes. Tu saignes !

Bouleversée, je tombe à genoux. Le manche du fouet m'échappe des mains et je baisse la tête, secouée par des sanglots incontrôlables. Comment ai-je pu en arriver là ? J'ai fouetté l'homme que j'aime jusqu'à le faire saigner !

Dominic se redresse doucement, raidi par la douleur. Lorsqu'il se tourne vers moi, je vois qu'il a lui aussi les yeux brillants de larmes.

— Beth, ne pleure pas ! Tu ne vois pas que je refuse de te faire souffrir ?

L'ironie de cette remarque me fait sangloter de plus belle.

— Eh, ma belle, souffle-t-il en se levant du siège pour venir s'agenouiller à côté de moi et me prendre les mains. Ne pleure pas.

Son visage est empreint de tristesse, et je ne peux même pas le prendre dans mes bras – l'état de son dos ne me le permet pas. Alors je pose doucement les paumes sur ses joues et murmure :

— Comment on en est arrivés là ? demandé-je en me relevant lentement. Je ne peux pas continuer comme ça. Je sais que tu as besoin d'évacuer la culpabilité insensée qui te ronge, mais je refuse d'être l'instrument de tes délires. Ça me fait trop mal, Dominic. Désolée.

Là-dessus, je tourne les talons et quitte la pièce. Je répugne à abandonner Dominic comme ça mais je sais que, si je ne pars pas tout de suite, mon cœur va éclater.

Chapitre 20

Le lendemain, James me traite avec une douceur infinie. Il a dû deviner que je me débattais avec un nœud d'émotions tourmentées et contradictoires. Il regrette sans doute de m'avoir embauchée. Depuis mon arrivée, je ne lui ai valu que des problèmes.

Heureusement, j'arrive à me concentrer sur mon travail, ce qui m'aide beaucoup. Au moins, pendant que j'organise l'exposition à venir, j'oublie les terribles événements de la veille. Quand j'y repense, c'est avec une espèce d'angoisse innommable. J'ai l'impression d'être aux prises avec un cauchemar dans lequel l'amour et la douleur sont totalement indissociables. Pour la première fois, j'envisage d'y renoncer, purement et simplement.

Je repense à Adam, qui m'attend à la maison, placide et prévisible. Là réside peut-être la réponse, après tout.

Peut-être que je ne suis pas faite pour les grandes passions et les drames qui vont avec.

Je me trouve face à un problème sans issue : si je m'entête, c'est au risque d'avoir le cœur brisé, et si je renonce, c'est pareil.

— J'ai des nouvelles de Salim, m'annonce James dans l'après-midi en m'apportant une tasse de thé.

Salim est l'assistant que je remplace et, d'après ce que j'ai pu constater en reprenant ses dossiers, il est d'une efficacité remarquable.

— Il sort de l'hôpital la semaine prochaine et, le lundi suivant, il reviendra travailler ici, reprend James d'un ton presque penaud.

— Bien sûr. Vous m'aviez prévenue, James, il n'y a pas de problème.

— Je sais, soupire-t-il en retirant ses lunettes. Mais j'ai beaucoup apprécié le fait de vous avoir ici, Beth. Je dois dire que vous avez ajouté un peu de piquant à ma vie. J'aimerais bien trouver un moyen de vous garder parmi nous.

— Ne vous en faites pas pour moi, dis-je en souriant. Je dois quitter l'appartement de Celia à la fin de la semaine prochaine, de toute façon. Je savais bien que ce n'était qu'une parenthèse enchantée.

— Oh, Beth ! lance James en posant une main sur mon bras. Vous allez me manquer. J'espère que vous n'oublierez pas votre vieil ami, ajoute-t-il avec un clin d'œil.

— Bien sûr que non ! Si vous croyez que vous allez vous débarrasser de moi aussi facilement…

J'essaie d'adopter un ton joyeux, mais le doute me noue la gorge. Qu'est-ce que je vais bien pouvoir faire après cette ultime semaine ? Même si Laura est d'accord pour que nous prenions une colocation, elle ne revient qu'à l'automne et, en attendant, je vais devoir rentrer chez mes parents. Sans travail ni appartement, qu'est-ce qui pourrait bien me retenir à Londres ?

Dominic ?

Je refuse d'y penser. L'alternative – vivre avec lui ou sans lui – est trop douloureuse.

— Si j'entends parler d'un poste qui pourrait vous convenir, je vous ferai signe, reprend James.

— Merci beaucoup. C'est très gentil de votre part.

— Comment ça va, avec Dominic ? demande-t-il d'un ton hésitant. Ça évolue ?

Je m'accorde un petit moment pour réfléchir à ce que je peux me permettre de lui raconter, puis je me lance.

— Je pense que ça ne pourra jamais marcher entre nous. On est trop différents.

— Ah, fait James d'un air sage. C'est un peu comme quand une femme tombe amoureuse d'un homo, j'en ai bien peur. Vous avez envie de croire que vous pouvez le faire changer, mais, la vérité, c'est que vous n'y arriverez pas.

Je suis désolé, ma puce, dit-il en me caressant gentiment le bras. Je suis sûr que vous rencontrerez quelqu'un d'autre.

Je n'ose pas ouvrir la bouche et me contente d'acquiescer. Puis je baisse la tête et fais mine de me replonger dans la mise à jour du fichier de clientèle pour que James ne voie pas mes yeux s'emplir de larmes.

Lorsque je rentre à Randolph Gardens, les rues bruissent de la joyeuse animation caractéristique d'un vendredi soir. Le soleil a bel et bien disparu derrière une épaisse couche de nuages gris, pourtant il fait encore chaud et lourd.

Dans l'ascenseur, j'ai l'impression que quelque chose a changé, et cette intuition est confirmée lorsque j'ouvre la porte de l'appartement. Déjà, De Havilland ne vient pas m'accueillir en trottinant, la queue en l'air. Puis j'aperçois deux grosses valises dans l'entrée.

— Bonjour ! lance une voix enjouée depuis le salon.

Quelques secondes plus tard, une dame âgée se tient devant moi. Elle est grande et très élégante dans sa robe portefeuille en soie bleue imprimée. Elle a le visage ridé, mais sa peau paraît néanmoins douce comme celle d'un bébé. Ses cheveux gris sont coupés à la garçonne. *Celia.*

Je la regarde, bouche bée.

— Je sais, je sais, déclare-t-elle en s'approchant, les bras tendus. J'aurais dû t'appeler ! J'en avais l'intention, mais, chaque fois que j'y pensais, mon téléphone ne captait pas et, quand j'avais du réseau, j'étais accaparée par des histoires de passeport et de contrôles de sécurité à la noix.

J'en suis encore à essayer de comprendre ce qui se passe lorsqu'elle prend mes mains dans les siennes et m'embrasse sur les deux joues.

— Celia ! Est-ce que j'avais compris de travers ? Je pensais que tu ne rentrais que dans une semaine.

— Non, non, tu as raison, mais je n'en pouvais plus de cette maudite retraite ! Je ne m'étais encore jamais retrouvée enfermée pendant aussi longtemps en compagnie d'une telle bande de vieux schnocks sans intérêt. Franchement, je m'épate d'avoir tenu jusqu'ici. Et qu'est-ce qu'on mangeait mal ! s'exclame-t-elle en levant les yeux au ciel. Au risque de passer pour une snob, je refuse de croire qu'une nourriture exécrable contribue à l'assainissement de l'âme ! Au contraire, ma chérie, je me sens bien plus charitable quand j'ai le droit de me flatter les papilles trois fois par jour. J'espère que tu n'es pas déçue par mon retour anticipé.

— Bien sûr que non !

C'est un gros mensonge, évidemment.

— Tu peux rester ici aussi longtemps que prévu, tu sais, même si je me vois dans l'obligation de récupérer mon lit. C'est triste à dire, mais les vieillardes de soixante-douze ans ont besoin de leur matelas de luxe et de leurs oreillers profilés. Cela dit, il paraît que mon canapé vaut largement certains lits d'hôtels, si ça ne t'ennuie pas d'y dormir, conclut-elle avec un sourire lumineux.

Elle a vraiment une peau magnifique. On dirait de la soie.

— Eh bien, puisque tu le proposes…, dis-je d'un ton hésitant.

Après tout, je n'ai nulle part où aller, et il me reste une semaine entière à la galerie. Je pourrais peut-être trouver un arrangement pour ces derniers jours, mais je ne vois pas bien comment.

— Entendu ! reprend Celia d'un ton enjoué. L'appartement est impeccable et De Havilland a l'air heureux comme un pape. Je vois que tu t'en es bien occupée, de mon petit amour. Bon, et sinon : est-ce que tu as quelque chose de prévu ce soir ou est-ce que je peux t'inviter à dîner quelque part ?

Mes seuls projets pour la soirée consistaient à essayer d'apercevoir Dominic par la fenêtre. De toute évidence, ça va devoir attendre.

— Oh, merci, Celia ! Je suis libre, et j'accepte avec plaisir, dis-je dans un sourire.

— Parfait. Je vais t'emmener au *Monty's*. Leur cuisine est à tomber par terre et j'estime avoir amplement mérité ça après ces semaines de torture.

Le dîner au *Monty's* est à la hauteur des louanges de Celia. Pourtant, c'est plus fort que moi, je regrette de ne pas être seule à l'appartement pour voir si Dominic se trouve chez lui ou non. Celia est une véritable mine d'anecdotes aussi amusantes qu'intéressantes, et elle me pose de nombreuses questions sur mon séjour à Londres et sur mon travail à la galerie. Malgré cela, j'ai le sentiment que je devrais me trouver ailleurs. Nous rentrons tard et, quand je peux enfin m'isoler dans le salon pour regarder chez Dominic, son appartement est plongé dans l'obscurité.

Même pelotonnée dans le lit douillet que m'a improvisé Celia sur le canapé, je ne parviens pas à trouver le sommeil. Les yeux rivés sur la fenêtre de Dominic, je me demande où il est et ce qu'il fait.

Lorsque je me réveille samedi matin, je me dis que Celia a sans doute besoin de défaire ses bagages et de se réapproprier son espace. Je pars donc de bonne heure et passe la journée à arpenter Londres en solitaire. J'ai l'impression d'être revenue à la case départ, tandis que je fais la queue pour entrer au British Museum puis au Victoria and Albert Museum au milieu de centaines d'autres touristes. Je consulte mon téléphone toutes les demi-heures dans l'espoir de trouver un message de Dominic, même si c'est peu probable. La dernière fois que nous nous sommes vus, je l'ai quitté en lui affirmant être incapable d'accéder à ses demandes. Il a dû estimer que j'étais une cause perdue. Et puis, maintenant qu'il a fait pénitence à sa manière, il n'a plus besoin de moi.

Pourtant, je ne peux m'empêcher d'espérer qu'il va se battre pour me garder ou même – qui sait ? – qu'il va essayer de changer. Mais les heures se succèdent sans que je reçoive de ses nouvelles.

Lorsque je rentre à l'appartement en fin d'après-midi, Celia m'accueille, calme et détendue.

— Toi, tu as besoin d'une bonne tasse de thé, déclare-t-elle en me voyant arriver, fatiguée et déshydratée.

Elle fait infuser un délicieux Earl Grey, qu'elle accompagne de petits biscuits à l'abricot. Nous prenons notre thé en bavardant tranquillement, jusqu'au moment où Celia s'écrie :

— Oh, pendant que j'y pense ! Quand je suis rentrée, hier, j'ai trouvé une lettre qui t'était adressée. Je l'ai posée sur la petite table pour te la donner à ton retour, et puis j'ai complètement oublié. Évidemment, je ne l'ai revue que ce matin, après ton départ.

Je repose ma tasse d'un geste vif et me précipite dans l'entrée. Je reconnais aussitôt le papier couleur crème de l'enveloppe, ainsi que l'écriture de Dominic. Je l'ouvre d'une main tremblante et en sors la carte sur laquelle Dominic a écrit à la main.

« Ma chère Beth,

Je ne cesserai jamais de respecter ton courage et ta bravoure. Il en fallait beaucoup pour faire ce que j'ai exigé de toi hier soir. Je sais que je t'ai poussée dans tes retranchements et je comprends totalement que tu ne veuilles pas aller plus loin. Si quelqu'un a besoin de prendre sur soi, dans cette histoire, c'est moi, Beth, pas toi. J'ai fait preuve d'un égoïsme monstrueux, mais j'ai compris quelque chose d'important : tout ça ne m'apportera pas ce dont j'ai besoin plus que tout, c'est-à-dire toi.

Tu m'as déjà donné ma chance, j'en suis conscient. Tu m'as supporté plus longtemps que n'importe quelle autre ne l'aurait fait et, pourtant, j'ai réussi à tout gâcher. Je sais aussi que je n'ai pas le droit d'attendre de faveur de ta part, mais je serai chez moi toute la soirée, si tu veux qu'on discute.

Si je n'ai pas de nouvelles de toi, je comprendrai que tu ne souhaites plus avoir affaire à moi et je respecterai ta décision.

Je te souhaite le plus grand des bonheurs avec Adam.

Bien affectueusement,

D.

P.-S : le boudoir reste à ton entière disposition, aussi longtemps que tu en auras besoin. »

Un cri d'horreur m'échappe. Dominic m'attendait hier ! Pendant que je dînais dehors avec Celia, il m'attendait chez lui en se demandant si j'allais venir.

Sa lettre laisse à penser qu'il veut changer – qu'il est prêt à essayer un nouveau mode de relation.

Oh, mon Dieu ! Est-ce qu'il est trop tard ?

Je retourne en courant dans le salon et me penche à la fenêtre. Les fins rideaux de voile sont tirés, mais je distingue une silhouette qui se déplace.

Il est là ! Je peux encore tout arranger.

Je me tourne vers Celia, qui m'observe depuis le canapé, non sans une certaine surprise.

— Il faut que j'y aille, Celia. Je ne sais pas exactement quand je serai de retour.

— Mais je t'en prie, ma chérie, dit-elle en caressant De Havilland, lové sur ses genoux. Fais ce que tu as à faire. À plus tard.

Je suis tellement pressée que j'en oublie de lui dire au revoir.

Chapitre 21

Il me faut quelques minutes de légère hystérie pour descendre au rez-de-chaussée, courir jusqu'à l'ascenseur qui dessert l'aile où se trouve l'appartement de Dominic, puis remonter jusqu'au cinquième étage. Enfin arrivée devant chez lui, je frappe violemment en criant :

— Dominic ! Tu es là ? C'est moi, Beth !

Après une insupportable attente, je perçois des bruits de pas, puis la porte s'ouvre sur la mince silhouette et les traits aristocratiques de Vanessa.

Qu'est-ce qu'elle fait là ?

— Beth. Ça alors, remarque-t-elle d'un ton froid.

— Où est Dominic ? dis-je d'une voix essoufflée. Il faut absolument que je le voie.

— C'est un peu tard pour ça, vous ne croyez pas ? lance-t-elle en tournant les talons.

Le cœur battant à tout rompre, je la suis à l'intérieur.

— Qu'est-ce que vous voulez dire ?

Elle fait volte-face et me toise d'un air hautain.

— Vous ne trouvez pas que vous avez fait assez de dégâts comme ça ? Tout allait à merveille avant votre arrivée, mais vous avez tout chamboulé.

— Je… je ne comprends pas. Qu'est-ce que j'ai fait ?

Vanessa entre dans le salon et je lui emboîte le pas. C'est horrible de se trouver ici sans Dominic. Les lieux semblent avoir perdu leur âme.

— Eh bien, on peut dire que vous avez flanqué une belle pagaille. Dominic est parti, conclut Vanessa avec un regard appuyé.

Je me sens blêmir et j'ai la tête qui tourne.

— Parti ? Mais où ?

— Franchement, ça ne vous regarde pas… Enfin, si vous voulez tout savoir, il est en route pour la Russie. Son employeur a besoin de l'avoir à ses côtés pendant un certain temps.

— Combien de temps ?

— Oh, je n'en sais rien. Ça peut se compter en semaines ou en mois, répond Vanessa avec un haussement d'épaules. Quand son patron l'appelle, il fonce. Si, après la Russie, ce dernier lui demande d'aller à New York ou à Los Angeles – voire au Belize ou au pôle Nord –, il ira. Qui sait quand il rentrera…

— Mais… il habite ici, non ?

— Il habite où ça l'arrange. S'il a besoin de changer de décor pendant quelque temps, il n'a que l'embarras du choix, poursuit Vanessa en arpentant la pièce pour rassembler divers objets dans un sac de toile. J'ai bien peur que votre petite amourette de vacances ne soit morte et enterrée.

Je la dévisage, interloquée. Que sait-elle, au juste ? Dominic m'a dit qu'ils étaient très proches, mais… au point qu'il lui confie les détails de notre relation ?

Soudain, Vanessa s'immobilise et se tourne vers moi, une main sur la hanche, l'air sévère.

— Si vous voulez mon avis, vous n'êtes qu'une pauvre conne. Dominic était prêt à faire plus de sacrifices pour vous que pour n'importe qui d'autre. Il envisageait de changer, mais vous l'avez jeté.

— Non ! C'est un malentendu, finis-je par dire. Dominic croit que je me suis remise avec mon ex, mais c'est faux. Et je serais venue le voir hier soir si j'avais su, mais, le truc, c'est que je viens tout juste de trouver sa lettre.

Vanessa hausse les épaules, comme si ces détails l'ennuyaient au plus haut point.

— Quelles que soient vos raisons, vous avez raté le coche, constate-t-elle avec un sourire amer. Dominic s'est bel et bien envolé. La plupart des femmes auraient donné n'importe quoi pour garder un mec pareil, même avec ses petits défauts. Je doute qu'il vous accorde une seconde chance.

Ses mots me vrillent le cœur. Ai-je vraiment été stupide à ce point ?

Soudain, Vanessa se penche vers moi et son expression s'adoucit.

— Écoutez, Beth, rentrez chez vous et oubliez Dominic. Ça vaudra mieux, je vous assure. Cette aventure n'avait ni queue ni tête, de toute façon. Alors, maintenant que vous vous êtes bien amusée, retournez dans votre province.

Je soutiens son regard et toute volonté de me battre me déserte. *Elle a sans doute raison. Elle connaît Dominic mieux que personne.* Si Dominic et moi avions eu un avenir ensemble, nous n'aurions pas mené cette histoire à la catastrophe comme nous l'avons fait. Si je n'ai pas lu la lettre à temps, c'est peut-être parce que le destin en a décidé ainsi. Et puis Dominic est parti de toute façon.

— OK, dis-je dans un souffle. Je comprends. Est-ce que vous pourrez lui dire que… ? Dites-lui que j'aurais aimé que les choses se passent différemment entre nous et que je ne regrette absolument pas de l'avoir rencontré. Ce que nous avons partagé comptera toujours énormément pour moi.

— Bien sûr, lance-t-elle avec un sourire, comme si elle était heureuse de mettre un terme à notre conversation. Au revoir, Beth.

— Au revoir.

Je tourne les talons et quitte l'appartement de Dominic – probablement pour la dernière fois.

Lorsque je rentre chez Celia, elle est en train d'écouter du Haendel avec un livre dans une main et un verre de vin blanc dans l'autre. En me voyant arriver, elle va chercher un second verre, le remplit et me le tend.

— Ma pauvre Beth, soupire-t-elle d'un ton compatissant. La vie fait parfois des misères, n'est-ce pas ? Laisse-moi deviner : chagrin d'amour ?

Je hoche la tête, toujours sonnée par cette vérité atroce : Dominic est parti.

— Ne te sens pas obligée de me raconter quoi que ce soit, ma chérie, mais sache que je suis là si tu as besoin de te confier.

Je m'assieds et prends une gorgée de vin, dont la fraîcheur minérale m'aide à retrouver mes esprits.

— Je croyais… je croyais que j'allais réussir à rejoindre quelqu'un à temps et que ça pourrait marcher entre nous, mais je suis arrivée trop tard. Il est parti.

— Oh, non ! s'écrie Celia en secouant la tête. Est-ce qu'il y a eu un malentendu entre vous ?

J'acquiesce de nouveau, les yeux brûlants de larmes. Je lutte pour garder le contrôle de mes émotions parce que je sais que, si je me laisse aller, je ne pourrai plus m'arrêter.

— Oui. Enfin, je crois. Je n'en suis même plus sûre. Je trouvais ça trop douloureux de rester avec lui, mais, maintenant, je me demande comment je vais faire pour vivre sans lui.

— Oh, misère, soupire Celia. Ça y ressemble bien.

— Ça ressemble à quoi ?

— À de l'amour, ma belle. Beaucoup de gens préfèrent fuir l'amour et se contenter de quelque chose de plus facile, de moins dévorant – de moins dangereux. Comme l'a écrit Shakespeare, les joies violentes ont des fins violentes. Les grandes passions apportent leur lot de souffrances. Pourtant... est-ce que ça vaut la peine de vivre sans ? demande-t-elle, les yeux brillants. Je n'en suis pas sûre... Tout le monde n'a pas la chance d'éprouver des sentiments d'une telle force, que ce soit les délices des débuts ou l'agonie de la fin. J'ai eu le privilège de connaître ça à plus d'une reprise, et c'est pour cette raison que je suis parfaitement heureuse de vivre seule, à présent. Maintenant que j'ai goûté à ce merveilleux nectar, je préfère en chérir le souvenir que me contenter de moins.

Je l'observe et l'imagine, plus jeune, perdue dans les affres exquises de l'amour, marchant sur le fil du rasoir, entre émerveillement et désespoir, comme je l'ai fait ces dernières semaines.

— Évidemment, tout ça, c'était il y a très longtemps, reprend-elle avec un sourire malicieux. Tu as sans doute du mal à croire qu'une vieille dame comme moi ait pu ressentir ce que tu ressens en ce moment.

— Non ! Pas du tout !

— Laisse-moi seulement te dire ceci, ajoute-t-elle avant de se pencher vers moi. Ne te satisfais jamais d'une petite vie bien tranquille. La jeunesse s'écoule bien plus vite que tu ne pourrais le soupçonner. Rassemble toute la force et la vigueur qui t'animent, saisis-les à pleines mains et profites-en à fond. Il t'arrivera de souffrir, mais, même ça, ça prouve que tu es bien vivante et ça t'aide à vraiment apprécier les moments de plaisir. Les hommes ne sont pas éternels. « Humbles et puissants, tous doivent pourrir un jour. » Ne l'oublie jamais. Nous aurons tout le temps d'être tranquilles dans la mort.

Ses mots sont comme un déclic.

Elle a raison! L'idée que j'aie pu envisager de rejeter Dominic et tout ce qu'il m'a offert me paraît complètement absurde, à présent. Certes, il a dépassé les bornes, mais j'ai la certitude absolue qu'il n'aurait jamais laissé une chose pareille se reproduire. Il était prêt à m'écouter et à faire des compromis. Mais cette chance m'a filé entre les doigts. Dominic est parti.

Il n'y a pas de plaisir sans douleur – pas de passion sans souffrance. Je préfère la vie à la tranquillité.

Où te caches-tu, Dominic ?

Ce n'est que bien plus tard, une fois couchée sur le canapé, que je me rappelle ce que Dominic a écrit au sujet du boudoir. La clé se trouve toujours dans la poche du trench de Celia, et je me relève en silence pour aller la récupérer. Elle est étrangement froide et lisse dans ma main.

On dirait bien que je peux m'en servir aussi longtemps que je le veux. J'ai du mal à mesurer la portée de ce geste extraordinaire, mais je me rends compte que cela résout mon problème de logement. Je peux aller habiter dans le boudoir dès que l'envie m'en prend – dès ce soir, même, si je le décide.

Mais le sujet est encore trop sensible. Il me paraît impensable de retourner dans cet appartement en sachant que c'est là que j'ai vu Dominic pour la dernière fois – et en sachant ce que nous y avons fait. Y a-t-il laissé tous les accessoires ? Les sous-vêtements, les *sex toys*, le siège en cuir blanc ? Je ne sais pas si je supporterais de les revoir. Je range donc la clé en lieu sûr en attendant de prendre une décision.

Le lendemain, l'orage éclate et un véritable déluge s'abat sur Londres, accompagné de violents coups de tonnerre et d'éclairs aveuglants. La tension accumulée pendant des jours et des jours est enfin libérée.

Je regarde la pluie tomber par la fenêtre en réfléchissant au problème du boudoir. Il va falloir que j'en parle à Celia. Elle va forcément se demander comment je me suis débrouillée pour avoir accès à un appartement situé dans son immeuble. Elle risque également d'en parler à mes parents, ce qui ne manquera pas d'entraîner un tas de questions gênantes. Pourtant, je n'ai pas envie de lui mentir.

Quand mon téléphone sonne, je me précipite pour répondre, dans l'espoir d'entendre la voix de Dominic, mais c'est James qui m'appelle.

— Bonjour, ma belle. Je suis désolé de vous déranger en plein week-end, mais j'ai eu vent de quelque chose qui pourrait vous intéresser. Est-ce qu'on peut se voir ?

— Euh... oui, bien sûr. Tout va bien ?

— Oui, très bien, mais j'aimerais vous parler. Retrouvez-moi dans une heure à la *Pâtisserie Valerie* de Piccadilly.

Munie d'un parapluie, je sors dans les rues luisantes de pluie. Il ne me faut que quelques minutes pour arriver à Piccadilly. L'atmosphère du dimanche a quelque chose de particulier et je m'en imprègne avec bonheur. Le quartier reste animé, mais sans la folle agitation des jours de semaine.

Quand j'arrive, je trouve James attablé devant un expresso fumant, le nez dans un journal. Il lève les yeux vers moi et me sourit gentiment.

— Ah, vous voilà ! Merveilleux. Je vais vous chercher un café.

Après m'avoir rapporté un *latte* et un pain au chocolat, James entre dans le vif du sujet.

— Je sais que ça peut paraître bizarre, mais il fallait absolument que je vous voie. Ce matin, j'avais rendez-vous avec un de mes clients – un homme particulièrement intéressant. Il s'appelle Mark Palliser et se charge d'acquérir des œuvres d'art pour un personnage fortuné. Mark voulait me voir pour discuter affaires et, vu qu'il lui arrive de dépenser de grosses sommes d'argent à la galerie, j'ai tout naturellement accepté de me rendre chez lui.

Je trempe mon pain au chocolat dans mon café, puis mords dedans et laisse la pâte feuilletée fondre sur ma langue. Je ne comprends pas bien pourquoi James me raconte tout ça, mais je le laisse poursuivre.

— Nous avons discuté autour d'un petit déjeuner dans sa maison de Belgravia. Comme vous vous en doutez, Mark est un homme de goût qui, accessoirement, cherche à embaucher quelqu'un pour l'assister. Je lui ai parlé de vous. Travailler pour lui serait une formidable expérience ; vous apprendriez beaucoup à son contact.

— Vraiment ?

La perspective d'un emploi potentiel est une excellente nouvelle, mais pourquoi James ne pouvait-il pas attendre lundi matin pour m'en faire part ?

— Bref, nous étions en train de conclure une affaire lorsqu'un autre visiteur est arrivé. Mark m'a donc demandé de patienter dans le grand salon pendant quelques minutes. Le grand et le petit salon étant originellement séparés par un mur dans lequel une fort jolie arche a été ménagée, j'ai pu voir le visiteur en question et entendre l'essentiel de sa conversation avec Mark. C'était Dominic, conclut-il en me regardant dans les yeux.

— Dominic ? dis-je dans un souffle. Ce n'est pas possible, il a quitté Londres. Il est parti en Russie.

— Pas encore, corrige James. Si j'ai bien compris, il décolle ce soir à bord d'un jet privé et ne reviendra pas avant un moment.

J'ai le cœur qui bat la chamade.

— Je croyais qu'il était déjà parti. C'est ce que m'a dit Vanessa.

— Je me suis demandé si vous étiez au courant de ses projets, mais il m'a semblé d'une humeur tellement exécrable que j'en ai déduit que non, poursuit James avec un sourire. Beth, j'ai longuement réfléchi avant de vous appeler. Comme vous le savez, j'ai l'impression que Dominic n'applique pas à la lettre les règles du BDSM. Mais une chose est sûre : ce n'est pas à moi de décider ce que vous devez savoir ou ignorer. Vous aimez cet homme, c'est évident. Il fallait donc que je vous raconte ce que j'ai appris ce matin et que je vous laisse faire votre propre choix. Soyez prudente, quand même. D'accord ?

— Entendu. Merci infiniment de m'avoir prévenue. J'apprécie votre sollicitude. Mais… Dominic ne vous a pas vu ?

— Je ne pense pas. Il ne semblait pas se douter que quelqu'un se trouvait dans la pièce voisine et, de toute façon, il y avait un grand vase chinois judicieusement placé entre lui et moi. Je m'en suis assuré, ajoute-t-il d'un air malicieux.

J'inspire profondément, les yeux écarquillés.

— Qu'est-ce que je vais faire, James ?

— Vous voulez le revoir une dernière fois avant son départ ?

J'acquiesce, les larmes aux yeux. À l'idée que je vais pouvoir expliquer à Dominic que j'ai commis une erreur en le quittant l'autre soir, mon cœur s'emballe et l'adrénaline me fouette le sang.

James se penche par-dessus la table.

— Si ça peut vous aider, il a précisé qu'il comptait repasser chez lui vers 15 heures. Un chauffeur viendra le chercher pour le conduire à l'aéroport.

J'ai l'impression qu'une petite bulle de bonheur explose dans ma poitrine.

— Merci, James ! Merci de tout cœur.

— Je vous en prie. Je tenais à voir votre tête lorsque je vous apprendrais la nouvelle. Maintenant, filez. Vous pouvez peut-être apprendre à amadouer ce grand méchant loup.

Chapitre 22

Je me dépêche de retourner vers Randolph Gardens, m'arrêtant juste dans une papeterie pour acheter une carte et une enveloppe de couleur crème. Je n'ai pas beaucoup de temps pour mettre mon plan à exécution.

La pluie ne me paraît plus du tout déprimante, au contraire. Je marche d'un bon pas, sans chercher à éviter les flaques d'eau. Je n'ai même pas ouvert mon parapluie – je me moque bien d'être trempée. J'ai une chance de revoir Dominic, de passer quelques instants avec lui et de lui dire ce que j'ai tant besoin qu'il entende.

Je vais frapper à sa porte mais, heureusement, personne ne vient ouvrir. Vanessa a dû repartir.

Je me demande pourquoi elle m'a menti et pourquoi elle me tient à l'écart, mais je n'ai pas le temps d'y réfléchir pour l'instant. Je me précipite au septième étage et déverrouille la porte du boudoir. Quel sentiment étrange d'y pénétrer alors que je sais qu'il n'y a personne à l'intérieur ! J'allume la lumière dans l'entrée : rien n'a changé. Je me dirige donc vers la chambre et, là, c'est une autre histoire. Le siège en cuir blanc a disparu et la commode est fermée à clé. L'armoire ne contient plus aucun accessoire de bondage, mais la lingerie en dentelle et le peignoir de soie sont toujours là. Dominic a retiré tout ce qui pourrait évoquer les activités inhabituelles auxquelles nous nous sommes livrés ici, mais il a laissé ce qu'il estime être à mon goût.

Hum… Ce n'est pas grave. Après tout, on peut s'amuser sans forcément utiliser des instruments et des sex toys *faits sur mesure…*

Avant de me pencher sur la question, j'écris ma petite carte pour Dominic.

« Rejoins-moi au boudoir tout de suite. C'est urgent.

Beth. »

Cela devrait suffire. Je redescends chez Dominic, glisse l'enveloppe sous la porte et remonte dans le boudoir pour me préparer.

À 15 heures, je suis une véritable boule de nerfs. J'ai eu tout le loisir d'examiner l'appartement, qui est meublé sans grande imagination mais parfaitement fonctionnel. Il est plus petit que celui de Celia ou de Dominic, mais largement assez grand pour moi. Est-ce que je peux vraiment m'y installer comme si j'étais chez moi ?

Je me promets de poser la question à Dominic, mais je suis trop agitée par cette attente insoutenable pour rester durablement concentrée sur quoi que ce soit. Je porte un des magnifiques ensembles de sous-vêtements que Dominic a laissés dans l'armoire, la paire d'escarpins qu'il avait réservée pour le deuxième soir, ainsi que le trench que j'ai emprunté à Celia pour sortir rejoindre James. J'ai noué mes cheveux en un chignon et entrepris de me maquiller – sachant que je n'avais que du fond de teint et du gloss dans mon sac à main.

Pourtant, quand je m'examine dans le miroir de la salle de bains, je me trouve pas mal du tout. J'ai les yeux brillants et les joues roses d'excitation – le blush le plus naturel du monde. Je regarde mon reflet dans les yeux et lance à voix haute :

— Bonne chance.

À 15 h 10, un coup vif frappé à la porte me fait sursauter. Il est venu. C'est ma dernière chance. Quoi qu'il arrive, je n'ai pas droit à l'erreur.

Je prends une profonde inspiration pour essayer de calmer les papillons qui s'agitent dans mon ventre, puis vais ouvrir. Devant moi se tient Dominic, d'une beauté à couper le souffle dans un magnifique costume noir, les cheveux en bataille et le regard anxieux.

— Beth ? Tu vas bien ? J'ai eu ton message.

Je perçois l'inquiétude dans sa voix, mais parviens à rester neutre et ferme.

— Entre.

Il obéit en fronçant les sourcils.

— Qu'est-ce qui se passe ? Dis-moi au moins si tu vas bien…

Je referme la porte derrière lui, m'y adosse dans la pénombre et murmure d'une voix grave :

— Non. Ça ne va pas du tout.

— Quoi ? Raconte-moi !

Je m'efforce de prendre un ton inflexible.

— Je suis très, très fâchée contre toi.

— Hein ? fait-il, interloqué. Mais, Beth, je…

— Tais-toi ! Plus un mot. Je suis furieuse que tu aies osé envisager de partir sans m'en informer. Je sais parfaitement ce que tu t'apprêtes à faire. Un chauffeur va venir te chercher dans quelques heures pour te conduire à l'aéroport, où tu prendras un jet privé pour la Russie.

— Comment est-ce que tu sais tout ça ? s'exclame-t-il, surpris.

Je m'ingénie à le prendre à contre-pied.

— Ne pose pas de questions. Tu étais sur le point de t'enfuir sans ma permission, et ça me met très, très en colère. (Je m'approche de lui et décèle une lueur de compréhension dans ses yeux.) Alors je vais m'assurer que tu n'aies plus jamais l'idée saugrenue de faire une chose pareille. Me suis-je bien fait comprendre ?

Il me dévisage un long moment avant de répondre à voix basse :

— Oui, j'ai compris.

— Très bien. Suis-moi.

Je le précède dans la chambre, où j'ai tiré les rideaux et tamisé la lumière, puis je pivote et laisse glisser le trench, qui révèle lentement ma quasi-nudité. Dominic retient son souffle et caresse du regard mes seins, mis en valeur par un soutien-gorge pigeonnant, mes hanches et mon ventre, puis la culotte de soie noire qui épouse la rondeur de mes fesses.

— Est-ce que ça te plaît, Dominic ?

Il acquiesce, les yeux dans les miens.

— Parfait. Maintenant, déshabille-toi.

— Beth…

— Tu m'as bien entendue. Allez.

Il semble sur le point de protester, mais il s'immobilise et, après une courte hésitation, s'exécute. Il retire d'abord sa veste et son pantalon, puis tout le reste – sauf son boxer. Je devine l'érection qui commence à en tendre le tissu.

— À quoi tu joues ? Il me semble t'avoir demandé de te déshabiller, non ? Est-ce que tu es nu, là ?

Il secoue la tête.

— Alors enlève-moi ça tout de suite !

Aussitôt, il retire son boxer et se tient devant moi dans toute sa gloire, avec son torse large et musclé, son ventre plat et ses longues jambes fuselées. Son sexe dressé semble dur comme la pierre. Enfin nu, Dominic me dévore d'un regard fiévreux.

— Et maintenant, tu vas comprendre ce que signifie la colère de ta maîtresse. Va te mettre à côté du lit.

Dominic fait demi-tour et je retiens à grand-peine un cri d'horreur. Son dos est parcouru de longues lacérations rouges qui ont tout juste commencé à cicatriser. J'ai envie d'aller déposer de doux baisers sur ces blessures que je lui ai infligées moi-même, avant d'y passer un baume rafraîchissant pour les aider à guérir. Mais j'ai d'autres projets pour l'instant. Je veux lui montrer que je peux lui faire subir une torture d'un genre différent.

— Allonge-toi sur le dos, dis-je d'un ton sans appel.

J'espère qu'il protestera si c'est trop douloureux, mais il obéit sans broncher. Je m'approche, munie de la ceinture de soie du peignoir, saisis les poignets de Dominic, les lie ensemble, puis les attache à la tête de lit.

Dominic suit mes gestes du regard, visiblement de plus en plus excité à mesure qu'il se soumet à ma volonté.

Je m'étends à côté de lui et le caresse doucement, faisant courir mes doigts sur son torse ferme, autour de ses tétons et le long de son ventre. Je hume avec bonheur son délicieux parfum à la fois musqué et citronné. Quelle merveille ! Aussitôt, je sens une flamme de désir courir dans mes veines.

— Je veux te punir à ma manière, dis-je dans un murmure. Comme ça, tu y réfléchiras à deux fois avant de me quitter.

Puis, je consacre toute mon attention à son corps, déposant de légers baisers partout sur sa peau. Je descends jusqu'à ses pieds et m'amuse à lui sucer et à lui mordiller les orteils, avant de remonter le long de ses jambes et vers son buste, sans jamais effleurer sa formidable érection. Je le chatouille doucement là où je sais qu'il est le plus sensible, lui lèche les tétons avant de les aspirer dans ma bouche. Voyant qu'il est presque hors d'haleine, je m'installe à califourchon sur son ventre et, lentement, dégrafe mon soutien-gorge. Je le laisse tomber avant de me pencher pour que mes seins se trouvent à portée des lèvres de Dominic. Il les saisit goulûment, les titille et les mordille jusqu'à ce qu'ils soient rougis et durcis. Puis je passe de longues minutes à lui faire des baisers dans le cou et à donner de petits coups de langue le long des lobes de ses oreilles. Enfin, lorsqu'il n'en peut plus, j'approche ma bouche de la sienne et l'autorise à m'embrasser – ce qu'il fait aussitôt avec fougue.

J'ai suffisamment feint de ne pas remarquer son érection. Je meurs d'envie d'y consacrer mes baisers et mes caresses. Tandis que je me penche sur son sexe tendu, celui-ci est agité d'un soubresaut, témoin de son impatience. Je fais courir ma langue sur toute sa longueur et, d'une main, joue avec les boucles noires de Dominic avant d'effleurer ses testicules, lui arrachant soupirs et gémissements. Je prends un malin plaisir à contourner son gland, retardant le moment où il y sentira la chaleur de ma bouche. Quand je n'en peux plus d'attendre, j'enroule ma langue autour de sa peau infiniment douce, sans cesser de caresser la base de son érection pour intensifier les sensations que je lui procure. Je vois qu'il s'affole, qu'il en veut davantage.

Moi-même, je suis terriblement excitée et meurs d'envie de subir ses assauts – d'éprouver son adoration.

Je retire ma culotte et m'allonge sur Dominic, les seins pressés contre son torse, son érection contre mon ventre. Le visage dans mes cheveux, Dominic grogne :

— Oh, Beth ! Tu es si belle ! J'aime tellement quand tu prends les rênes, comme ça ! Tu es magnifique…

— Je veux que tu m'aimes, Dominic. Jusqu'ici, on n'a fait que baiser. C'était fantastique, mais, maintenant, je veux que tu me fasses l'amour. Je vais te détacher, et tu vas me montrer à quel point je suis belle – me montrer ce que mon corps t'inspire.

Joignant le geste à la parole, je tire sur le lien de soie, qui se dénoue et libère Dominic. Aussitôt, il m'attrape les fesses à pleines mains et les caresse en murmurant :

— Oh ! C'est merveilleux… Je ne me lasserai jamais de ton cul.

— Tu sais ce que je veux, dis-je dans un souffle. Obéis.

— Tes désirs sont des ordres, rétorque-t-il, le regard brûlant.

Il se tourne sur le côté et chuchote :

— Ouvre-toi pour moi, Beth.

J'écarte les jambes pour qu'il voie à quel point je suis prête. Aussitôt, il descend déposer des baisers sur mes lèvres gonflées et taquiner du bout de la langue mon clitoris durci, m'arrachant des soupirs d'extase.

— Tu es délicieuse. Tu as le goût du miel…

J'ai envie qu'il accentue ses caresses, mais, soudain, il m'attire contre lui et s'allonge sur moi, utilisant son poids et sa force pour m'écarter encore plus les jambes et se positionner entre mes cuisses.

— Est-ce que tu me veux ? demande-t-il entre deux baisers.

— Oui…

— Alors serre-moi dans tes bras.

Jusque-là, j'ai évité de toucher son dos, mais je lui obéis et sens le relief de ses plaies sous mes doigts.

— Tu me guéris, chuchote-t-il en plaçant son érection à l'entrée de mon sexe pour me pénétrer doucement. Ton amour me guérit.

Je suis incapable de parler, captivée par la sensation incroyable de son pénis me comblant doucement. Je soulève les hanches pour aller à sa rencontre et l'encourager à avancer encore plus profondément. Pendant de longues minutes, nous nous perdons dans le mouvement de nos corps, dans la fougue de nos baisers.

Puis, soudain, nous accélérons la cadence. Nos coups de reins se font plus longs et plus forts à mesure que le désir d'atteindre l'extase nous gagne. Je noue les jambes autour de la taille de Dominic pour l'attirer toujours plus près, de sorte que son pubis vient peser contre mon clitoris, me promettant une volupté incomparable.

Dominic halète près de mon oreille, et je devine à la façon dont il crispe les mâchoires qu'il est proche de l'orgasme.

— Dominic, dis-je d'une voix qui ressemble à un grognement, ne t'arrête pas, s'il te plaît ! Continue comme ça…

— Mais je veux te sentir jouir, mon amour.

Il ne m'en faut pas davantage. Je rejette la tête en arrière et pousse un long cri d'extase tandis que, en moi, Dominic jouit à son tour. Je suis parcourue de violents spasmes qui font écho aux siens et, quand mes tremblements finissent par se calmer, je suis hors d'haleine et hébétée de plaisir. Dominic, haletant, a posé le front contre ma poitrine.

Lorsque nous retrouvons l'usage de la parole, il s'écrie :

— Oh, Beth ! C'était incroyable !

Il éclate de rire et m'embrasse sur le visage et dans le cou. Pour la première fois depuis très longtemps, il semble parfaitement heureux.

— Merci ! lance-t-il.

— Merci à toi, dis-je, les yeux brillants.

— Quel plaisir inattendu ! reprend-il avec un petit rire avant de se retirer pour s'allonger à côté de moi. J'ignorais qu'une petite maîtresse au caractère bien trempé m'attendait ici.

— Tu n'es plus obligé de partir, si ? dis-je en me lovant contre lui pour mieux savourer sa présence. Est-ce que ton chauffeur t'attend ?

— Probablement, oui, répond-il après un coup d'œil à sa montre. Je n'ai pas envie d'y aller. Je préférerais rester ici avec toi.

Une merveilleuse sensation de chaleur m'envahit. Voilà ce que j'espérais obtenir de lui. Une généreuse dose d'amour pour calmer la douleur.

— Sauf que… c'est impossible. Je suis désolé, ma belle, mais je dois y aller d'une minute à l'autre.

Mon cœur se serre.

— Tu n'as pas le choix ?

— Non, et j'ignore quand je serai de retour.

— Mais alors… qu'est-ce que ça veut dire, pour nous deux ?

— J'en déduis que tu ne t'es pas remise avec Adam, fait remarquer Dominic en me lançant un regard en coin.

— Non ! Pas du tout. Il n'en a jamais été question. Il est venu me trouver et je lui ai annoncé que c'était bel et bien fini. Sérieusement !

Dominic contemple le plafond pendant une petite minute avant d'articuler lentement :

— Je t'avoue que je suis un peu perdu, Beth. Il y a une heure, je croyais que tu ne voulais plus jamais me revoir et je faisais de mon mieux pour encaisser le coup – pour digérer toute cette histoire. Je sais que tu as beaucoup souffert, Beth, mais moi aussi, poursuit-il en se tournant vers moi, la tête appuyée sur la main. Pour être honnête, je n'en ai pas encore fini. Ce qui s'est passé entre nous – ce que je t'ai fait… ça m'a vraiment secoué.

Je tends le bras pour lui caresser les cheveux.

— Mais… ça va mieux, entre nous, non ? Tu sais que je veux toujours de toi, pas vrai ?

Il referme sa main libre sur la mienne et part d'un rire tendre, presque mélancolique.

— Oh, Beth ! Si seulement c'était aussi simple ! Mais ce que je t'ai fait… ça m'a terrifié. J'ignorais que j'étais capable de perdre les pédales comme ça. J'ai besoin de comprendre pourquoi et comment c'est arrivé avant de pouvoir me faire confiance quand je suis avec toi, tu comprends ?

Il s'approche tout près, et je remarque que ses yeux ne sont pas noirs du tout, mais d'une riche couleur chocolat. Ses magnifiques cils longs et fournis soulignent la beauté et la tristesse de son regard.

— Si je ne parviens pas à analyser l'origine de ce problème et à le régler une bonne fois pour toutes, je risque de recommencer. Et ça… ça, je ne le supporterais pas. J'ai besoin de savoir que, si nous entamons une vraie relation, tu y seras en sécurité.

— Évidemment que je serai en sécurité avec toi !

— Ta confiance me touche, Beth, mais je ne suis pas certain de la partager.

L'angoisse m'étreint.

— Qu'est-ce que tu veux dire ? Qu'est-ce que tu comptes faire ?

— Je n'en suis pas sûr, mais, avant de revenir ici, il faut que j'affronte mes démons et que j'arrive à les vaincre. Je pense que j'ai besoin de guérir mon côté obscur.

Je fronce les sourcils.

— Tu veux dire… ton désir de dominer ?

— Non, ce n'est pas si simple, souffle-t-il en secouant la tête. C'est tellement complexe que je n'y comprends rien moi-même. Ça fait si longtemps que j'ai dissocié le sexe de l'amour que j'ai eu l'impression d'un cataclysme, avec toi. Tu m'as profondément bouleversé, et je veux être sûr que tu ne risques rien avant d'envisager une relation. Tu vois bien, poursuit-il après un soupir, même quand je t'ai demandé de me punir, je t'ai forcée à me frapper contre ta volonté. Je l'ai compris, depuis, et c'est difficile à avaler. Ma pulsion de domination détermine mon comportement à tel point que je ne contrôle plus rien, résume-t-il en riant de l'ironie de la chose. J'espère que tu me comprends ; j'ai du mal à m'expliquer. Je ne veux pas te faire de promesses en l'air, Beth. Mais, si tu acceptes de m'attendre pendant que je démêle ce sac de nœuds, peut-être qu'on pourra essayer de construire un avenir ensemble.

— Évidemment que je vais t'attendre ! dis-je, même si j'ai mal à l'idée d'être séparée de lui. Combien de temps il va te falloir, à ton avis ?

Du bout du doigt, il dessine les lignes de ma main avant de répondre.

— Je n'en sais rien. Tu veux bien essayer quand même, Beth ?

— Oui. Je t'attendrai aussi longtemps qu'il faudra.

— Merci, souffle-t-il en m'embrassant sur le front. Évidemment, rien ne nous empêche de rester en contact pendant mon absence. Tu prends soin de toi, d'accord ?

Je hoche la tête. L'heure des adieux a fini par arriver. Dominic s'en va loin, à un endroit où je ne peux pas le suivre. Peut-être qu'il reviendra changé. En admettant qu'il parvienne à dominer ce côté obscur qui l'effraie tant, sera-t-il toujours Dominic ? Deviendra-t-il quelqu'un d'autre ? Soudain terrifiée, je le serre contre moi en criant :

— Ne pars pas ! S'il te plaît !

Il m'embrasse longuement et tendrement.

— J'aimerais pouvoir rester… Mais je te promets qu'on se retrouvera, Beth.

Puis, comme à regret, il s'arrache à mon étreinte et se redresse avant de me contempler avec une douceur infinie.

—Je vais revenir, Beth, je te le promets. Ne m'oublie pas, d'accord ?

Comme si je pouvais t'oublier !

—Promis, dis-je dans un souffle. Au revoir, Dominic.

Je ferme les yeux pour échapper à la torture de le voir se rhabiller et me quitter. Je sens le matelas bouger quand il se lève, puis j'entends Dominic s'affairer dans la chambre. Une douleur sourde me pique les paupières, et je devine qu'il s'agit des larmes que je lutte pour retenir. Une fois qu'il est prêt, Dominic vient s'agenouiller à côté du lit. Il prend ma main dans la sienne, grande et chaude, et presse sa joue contre la mienne. Un faible sanglot m'échappe et une larme perle au coin de mon œil avant de rouler le long de mon nez.

—Ne pleure pas, ma belle, souffle-t-il avec une telle douceur –une telle gentillesse– que je dois me concentrer pour ne pas craquer.

Dominic cueille cette larme solitaire d'un baiser puis effleure mes lèvres des siennes.

—Je te donnerai des nouvelles.

Je ne peux pas me résoudre à ouvrir les yeux. C'est trop horrible de le voir partir. Il me lâche la main et s'éloigne du lit. Puis il quitte la chambre, et j'entrouvre les paupières juste à temps pour apercevoir son dos large et ses cheveux noirs avant qu'il referme la porte derrière lui. J'entends celle de l'entrée claquer avec la solennité d'un couperet qui tombe.

Et voilà. Je crispe les yeux pour effacer l'image du boudoir. Celle-ci est aussitôt remplacée par celle de Dominic, debout au milieu du parc, souriant, fort, heureux. Il me dit que quelque chose l'a poussé à sortir de chez lui et à venir me chercher – et qu'il m'a trouvée.

Sauf qu'il est parti.

Mon attente ne fait que commencer.

CPI
AUBIN IMPRIMEUR

IMPRIM'VERT
Votre imprimeur agit pour l'environnement

Achevé d'imprimer en mars 2013
N° d'impression 1303.0061
Dépôt légal, avril 2013
Imprimé en France
81121031-1